Anthologie de la littérature latine

Préface de Jacques Gaillard
Maître de conférences honoraire à l'Université Marc Bloch
de Strasbourg

*Choix présenté et traduit
par Jacques Gaillard et René Martin*
Professeur émérite
à l'Université de Paris III - Sorbonne Nouvelle

Ouvrage traduit avec le concours du Centre national du livre

Gallimard

© *Éditions Gallimard, 2005.*

© *Éditions Gallimard, 1956,*
pour la traduction de la première Bucolique *de Virgile*
par Paul Valéry.

EUX ET NOUS :
LIRE LES AUTEURS LATINS

Entreprenez une anthologie et, en tout état de cause, vous vous trouverez dans une situation singulière. On peut ainsi la résumer: on vous juge bon connaisseur d'un domaine, d'un auteur, d'un vaste pan de littérature; on vous suppose également bon connaisseur de l'utile et de l'agréable, du beau et du bon, et des sentiments d'intérêt, voire d'admiration, qu'un public de lecteurs moins éclairés que vous (et peut-être absolument novices) pourra éprouver en découvrant tel ou tel texte; on estime que vous saurez avec une lucide clairvoyance sacrifier l'exhaustif au sélectif, rechercher le meilleur, le trouver, l'ordonner, détacher les plus belles pages — et donc savoir ce qu'est le beau ou, ce qui n'est pas moins délicat, l'intéressant. En un mot comme en cent, c'est un défi. Et chacun vous dira que, s'il peut exister de bonnes anthologies, il n'en est point d'incontestable, en ce sens qu'à tout choix peut s'opposer un autre, et que la clarté des principes elle-même ne garantit nullement la satisfaction des appétits. Autrement dit, on vous confère une autorité qui vous invite à l'humilité.

La question se complique encore dès lors qu'il s'agit d'opérer dans le domaine particulier d'une littérature en langue étrangère. Deux options s'offrent à vous : puiser dans le stock de traductions estimables et estimées, ou prendre la responsabilité de vous faire, vous-même, traducteur. La question est vite tranchée, si l'on s'en tient aux règles du projet : une anthologie de la littérature latine, par exemple, peut-elle être, sous les apparences rassurantes du respect pour tant de beaux travaux, une anthologie des traducteurs de la littérature latine? Ou bien encore : peut-on assumer le choix, et sous-traiter la matière? D'aucuns diraient que cette option garantit, à sa façon, une qualité de texte dont vous aurez été, comme il se doit, le juge. Et l'on peut tenir pour rassurant de se placer sous l'auvent d'un Hugo, d'un Valéry ou de quelque autre moderne pour éviter l'averse des critiques, utiles et nécessaires, mais toujours plus pondérées lorsque de grands noms signent l'objet. Néanmoins, la voix de la conscience, que l'habitude ne parvient pas à faire taire lorsque l'on fait profession de lire, d'écrire et d'enseigner, souffle que cet appétit de quiétude a quelque chose de rusé, pour ne pas dire malhonnête. Peut-on pousser la révérence académique jusqu'à l'alibi? Grave question, sur laquelle la tradition universitaire s'est trop peu penchée, nous semble-t-il. À trop citer, les thèses se vident de pensée au fur et à mesure que se remplissent les bas de pages d'une foison de notes bibliographiques souvent absconses, mais rituelles. Admettons toutefois que nos savoirs ne progressent qu'en s'appuyant sur la science d'autrui, à laquelle on s'en remet chaque fois que nécessaire : faut-il en faire autant pour l'élaboration d'une traduction, et déléguer, par respect ou par facilité? On l'aura bien compris, nous avons choisi de traduire, et nous dirons plus loin, comme il se doit, selon quels grands principes.

Mais pour l'heure, nous scrutons les tâches générales dont l'« anthologiste », si l'on peut forger ce nom pour l'occasion, doit se faire autant de devoirs — ses officia, *dirait Cicéron. S'agissant de l'anthologie d'une littérature ancienne et, de quelque manière, classique, sa tâche sera encore une fois compliquée par le fait que les siècles, la mémoire culturelle, les programmes scolaires et même l'air du temps ont choisi avant lui. Faire l'anthologie d'une littérature exotique et généralement peu connue est une chose; s'appliquer à rassembler en bouquet les plus belles fleurs de la littérature latine en est une autre, car, d'une certaine manière, la littérature latine que nous possédons est déjà une anthologie. Le tri s'est fait de longue date, pour autant que les œuvres conservées, dans leur grande majorité, l'ont été pour leur valeur reconnue, qui multiplia leurs copies, en réduisant d'autant le risque d'une disparition sous la dent des rongeurs, dans l'incendie d'une bibliothèque, ou je ne sais quel désastre ordinaire — l'oubli pur et simple, par exemple. Nous n'avons guère, en main, que des œuvres lues et relues, pour des raisons diverses, mais avec une égale valeur de référence.*

La plus belle littérature du monde ne peut offrir que ce qu'elle a — donc, pour une littérature antique, ses meilleurs restes, ou le meilleur de ses restes. De ce meilleur il faut extraire le meilleur. Qui ne fut pas toujours le même, semble-t-il: même si, au hit parade des grands auteurs latins, on rencontre toujours une pléiade de grands noms (disons, pour voir large, une Pléiade et demie), leur «cote» a connu des hauts et des bas. La Renaissance vit en Cicéron un grand philosophe, un égal de Platon ou d'Aristote: ensuite, les professionnels de la philosophie ont relégué pendant des siècles ses dialogues et ses traités au rang de compilations éclectiques et boursouflées de rhétorique. Racine admire Sénèque pour ses tragédies, que Montaigne semble ignorer. Les jésuites ont fait la gloire de Tite-Live, avant que Tacite ne le supplante en fascinant Diderot et Hugo (tandis que Napoléon, seul ou presque, leur préfère César...). Entre Virgile et Ovide, on hésita longtemps pour désigner le plus grand poète latin, et si l'Université a sans ambages, au siècle dernier, opté pour Virgile, le poète des Métamorphoses a fait, depuis, un come back *étourdissant, même s'il n'a pas retrouvé le rang qu'il occupa au Moyen Âge. Les élégiaques étaient futiles sous Louis XIV et délicieux sous Louis XV. Le président de Brosses ne jure que par Salluste, qui, depuis Quintilien, parut souvent assommant...*

C'est dans ce champ richement semé de savoirs et de goûts, parfois de préjugés, fussent-ils culturels, qu'il faut cueillir les fleurs et en faire un bouquet. Lorsqu'on sait combien de déceptions, de surcroît, les «meilleures pages» de Proust ont pu susciter chez des lecteurs attirés par la célébrité de la Recherche, *on se demande ce que pourront valoir, abstraction faite de la notoriété de l'auteur, telles ou telles pages d'un dialogue philosophique de Cicéron, si utiles à la compréhension du stoïcisme et de l'épicurisme, mais, somme toute, fort peu stimulantes pour le profane. Bâtie par des philologues et des théoriciens de l'imitation, la réputation des Anciens a du mal à s'ancrer dans un plaisir du texte dont il faut faire cas sitôt que l'on admire la littérature comme un acte de création esthétique. N'ayons pas peur des mots : la littérature latine est davantage, dans le système de nos références culturelles, un objet de savoir qu'un objet de plaisir.*

Mais c'est justement là que semble s'imposer — et c'est, principalement, la raison de cet essai introductif — une réflexion peut-être dérangeante sur la singularité du prix que nous accordons à la littérature latine et, plus largement, au texte antique.

*

Imaginez que la Modernité culturelle — notre Modernité — soit un corps. Faites-en la radioscopie. Vous y trouverez au moins vingt pour cent d'Antique

— ce qui est considérable, si l'on y réfléchit. Et il ne s'agit pas d'osselets épars, d'appendices vaguement ornementaux, de résidus organiques désormais inertes et bons pour le formol : c'est du côté de notre colonne vertébrale culturelle, dans la charpente de nos habitudes et de nos goûts, que se tient l'essentiel du gisement ; autrement dit : de grands repères qui permettent d'accrocher la chair vive des formes et des idées neuves. Ou bien, dans la périphérie du cœur, du foie et des poumons, là où s'enfle le souffle de la rhétorique, où se distille notre sensibilité, où bat le tambour émotif de nos spéculations esthétiques et éthiques. Bref, diraient les amateurs de dissection, dans le vif du sujet.

Changeons d'angle, et quittons la métaphore. Sur une année d'édition, de spectacles, d'expositions, combien d'auteurs antiques sont sollicités ? Sur les planches, par exemple : il pouvait récemment se lire qu'à peine cinq auteurs dramatiques vivants étaient joués régulièrement en France, et avec des droits d'auteur estimables. Mais parmi les morts, Aristophane, les tragiques grecs et même Sénèque tiennent une excellente forme, et concurrencent avantageusement des ténors comme Molière, Racine, Shakespeare et Feydeau. Même dans les théâtres des banlieues dites difficiles, Sophocle ou Aristophane sont au répertoire, alors que d'autres auteurs d'une partie plus moderne de notre patrimoine culturel sont jugés inaccessibles.

Il y a mieux. En 1993, Jean-Luc Godard proposa au public une énième réécriture, cinématographique cette fois, de l'Amphitryon antique. Dans le même temps, une romancière, dit-on, « réécrit » Autant en emporte le vent, ou se risque à reprendre, en les parant différemment, les structures dramatiques et narratives de ce roman : on la soupçonne, on l'accuse, elle se heurte à des interdits — ceux de la loi, mais aussi ceux du goût : bien au-delà de la question des droits d'auteur, il est implicite que « cela ne se fait pas ». Ces constatations suffiraient, s'il en était besoin, à démontrer que ce qui est impossible pour l'ordinaire de la littérature (sauf par les voies du pastiche ou de la parodie) est non seulement possible, mais élégant, s'agissant du texte antique, qui décidément est un texte différent.

Cela va de pair avec une cultural correctness qui n'étonne pas assez. On peut (cela s'est vu) abominer Descartes, brûler Voltaire, jeter Marx à la poubelle, juger Balzac lourdaud et Zola obsolète, dire (sans trop réfléchir) « Victor Hugo, hélas ! » et soupirer d'ennui en relisant Tite et Bérénice (ce qui n'empêche pas de le voir à l'affiche); on peut classer les impressionnistes parmi les décorateurs de boîtes à biscuits, soutenir que le Caravage, après tout, fatigue l'œil et que la Joconde est insuffisamment conceptuelle; on peut pratiquer de grands et radicaux rinçages critiques sur des siècles et des siècles de pensée ou d'art; mais on ne voit point que les ruines de Pompéi soient désertées par la multitude, ni ses peintures (fort délabrées) en manque de célébration. Le Bourgeois gentilhomme ne fait plus sourire grand monde, bien qu'il soit de Molière, tandis qu'on s'intéresse aux Acharniens, parce qu'ils sont d'Aristophane. Vous pouvez prendre le risque d'affirmer en public que la philosophie de Hegel pèse son poids d'enclumes, mais allez donc soutenir que Platon coupe en vingt-huit des cheveux que nous taillons en brosse depuis des lustres ! On soupire sur les longueurs de Claudel, mais il serait imprudent d'évoquer celles d'Euripide. Je ne sache point qu'il y ait en France un seul citoyen qui use de l'Énéide ou de l'Iliade comme livre de chevet, et je soupçonne ceux qui l'insinuent de se moquer du monde; mais allez suggérer que Virgile, après tout, et même Homère... Gide et Valéry, en confidence, avaient avoué le colossal ennui que leur inspirait la lecture *des épopée antiques : ils se sont bien gardés de proclamer hautement cette lassitude, et il faut fouiller leur journal pour capter ce soupir.*

Il y a, bien sûr, une « part scolaire » dans toute culture, et l'étude façonne les bienséances. L'étonnant, en l'occurrence, c'est que ces antiques auteurs ont été, dans nos classes, plus cités que lus, évoqués au passage, célébrés (au mieux) dans d'abruptes considérations sur l'histoire littéraire. Une infime partie de nos bacheliers en a traduit quelques bouts, une partie encore plus infime en a soupesé le sens et la beauté. Le livre de poche les popularise mieux que les lycées, si l'on excepte les « spécialistes » qui ont à en connaître pour obéir aux programmes ; et encore, il est avéré que l'on peut empocher l'agrégation en n'ayant lu, de sa vie, qu'une demi-douzaine d'œuvres antiques en entier. On les lit ailleurs, quand on les lit, et autrement : qui aurait pu croire qu'un auteur aussi peu désopilant que Sénèque glisserait un jour dans nos librairies du rayon de l'agrégation à la gondole des nouveautés, ventre en l'air et « relooké » par des titres alléchants, qui promettaient une cure philosophique de première ordre à nos chagrins, nos doutes, nos désespoirs postmodernes ? Et cela dans une fin de siècle où tout passait pour mort, ou en train de l'être : les idéologies, l'art, le progrès, etc. Le De vita beata *sur les tables de nuit ? C'était dans les années 80 du siècle dernier — et certains expliquèrent ce phénomène par les angoisses suscitées, dans le cimetière des morales plus récentes, par l'épidémie du sida.*

Dans l'étrange alchimie de mémoire et d'oubli qui filtre les ingrédients d'une culture, les textes antiques jouissent d'un respect tout à fait comparable à la piété qui entoure les autres grandes ruines de ces temps lointains, et bénéficient sans doute d'une définition de la beauté qui n'est point commune. Il s'en déduit une forme de vénération dont il faut prendre acte avec satisfaction — c'est un fait, et il aide à démontrer qu'on ne peut concevoir une culture sans mémoire — mais avec étonnement. Car ses ressorts et ses motifs sont fort difficiles à analyser: un tel amour, face aux élémentaires prescriptions des modernités successives, ne laisse point d'être paradoxal, comme toutes les passions durables.

*

Oui, le texte antique (j'entends par là, dans une globalité objective, la somme d'une littérature définie par son « antiquité », c'est-à-dire écrite en grec ou en latin dans une période qui va d'Homère au Ve siècle apr. J.-C.) est davantage qu'une collection d'auteurs connus pour être anciens et s'exprimant en langues mortes depuis des siècles. Ce « texte antique », donc, se lit, globalement, comme une sorte de Bible disparate (et encore plus disparate que la Bible) ou, si l'on préfère, comme un « discours sur l'Antiquité » dont il constitue, en regard des vestiges architecturaux ou plastiques, la substance. Car l'idée même que l'on se fait de ces vestiges découle de ce qu'en dit le texte antique.

Or on ne mesure pas vraiment les implications de ce statut différent. Les notions d'héritage et de tradition, franchement ou vaguement métaphoriques, en impliquant une définition patrimoniale ou une conservation suffisamment ritualisée pour être pieuse, figurent une relation temporelle très valorisée, et c'est déjà un point singulier, qui ne va pas de soi. Très rares, disions-nous, sont les « modernes » qui ont osé dire qu'Homère pouvait ennuyer son lecteur, et encore, s'ils l'ont fait, c'est généralement avec des intentions ouvertement iconoclastes. En revanche, que l'on ouvre n'importe quelle histoire de n'importe quelle littérature d'Europe occidentale, il sera question du texte antique. Accommodé à diverses sauces, mais incontournable.

Comme une donnée? Pas seulement: comme une source sacrée, comme une sainte relique, comme l'image même du caractère incorruptible des chefs-d'œuvre absolus. Or, à y regarder de plus près, cette référence constante — cette mémoire continuée et polymorphe — revêt des formes extrêmement déconcertantes. Paradoxales, disions-nous, car la doxa *veut que les choses aient leur temps, même en littérature. C'est une saisie concrète de l'histoire qui, sauf lorsque, par jeu ou spéculation intellectuelle, l'on proclame avec lyrisme l'actualité du* Roman de Renart *ou l'on monte un* Misanthrope *en complet veston, n'autorise guère de transgressions. Les possibilités de conversions en d'autres codes littéraires ou plastiques sont, pour l'ordinaire des textes, singulièrement limitées (si l'on excepte la déclinaison dramatique ou cinématographique, dont notre temps a les avantages et les inconvénients) en regard de l'extraordinaire monnayage dans ces autres codes qu'ont pu connaître maints segments du «texte antique». Il a généré non seulement une «littérature parallèle» faite de la prolifération des commentaires sur lui-même, mais encore une «littérature seconde» constituée par la multitude des réécritures, et même tout un système de représentations artistiques couvrant, des arts plastiques à l'opéra, la totalité des domaines de création. Je parle de système parce que, à la différence de productions ponctuelles dérivées de textes modernes (par exemple, les avatars de* Don Quichotte*), cette pratique s'inscrit dans une théorie implicite ou proclamée de l'imitation, voire de l'émulation, ou, pour reprendre la métaphore de l'héritage, d'«exploitation» (plus ou moins spéculative) du trésor initial: l'Antiquité est une mine d'or...*

La remarque pourrait s'étendre aux objets culturels les plus variés du monde antique (arts plastiques, architecture, conceptions de l'État et du droit, quelques techniques, beaucoup de méthodes). Aussi n'est-il pas absurde de globaliser cette permanence sous la métaphore de l'« héritage », qui traduit non seulement l'existence d'un transfert de valeurs, mais encore la certitude d'une filiation. Mais voilà : on n'hérite qu'à la mort d'autrui. Alors que l'Antique bénéficie, comme modèle ou comme contre-modèle, d'une existence continue. Le mettre au cœur d'une querelle, c'est encore prend acte de sa vitalité.

*

Le texte antique était assurément d'une existence plus périssable que les statues ou les ponts. Matériellement, d'abord, cela va de soi, car la « critique rongeuse » des souris ne s'est pas acharnée que sur les philosophes ; comme objet de consommation intellectuelle, il suffit d'évoquer la conversion officielle du monde occidental à un système théologique absolument différent dans ses principes et ses symboles, pour observer que la durée, en l'occurrence, n'allait pas de soi — la tentation de détruire les livres des païens a pu exister chez des fanatiques, mais n'a jamais dépassé, semble-t-il, de modestes censures ; comme modèle enfin, et cela nous intéresse au premier chef, la succession des théories esthétiques et de leurs déterminants socio-historiques rendait problématique la référence à l'Antique, et encore plus son imitation. Or, il est assez frappant de constater que, dans ce domaine comme dans celui de la peinture, il n'est pratiquement pas de « révolution d'école » qui n'ait cité le texte antique comme le nord de la boussole, fût-ce pour s'orienter à son gré, en s'aventurant plein sud. Il faut, d'autre part, considérer que, de l'éducation du Dauphin à celle des enfants de notre siècle, le recours pédagogique et culturel aux textes antiques (voire à leurs langues) paraît avoir vocation à enflammer les débats : cela configure assez bien un enjeu socioculturel et idéologique majeur, car les résistances ou les promotions ne s'organisent pas, d'ordinaire, sur des chimères.

En un mot, il n'est pas du tout naturel de faire si grand cas de telles vieilleries. C'est culturel, répondra-t-on. La réponse est courte, en tout cas, bien trop floue. Il est, certes, de bon aloi de définir la culture comme une méditation sur les lointains, qu'ils soient géographiques ou historiques, et de nuancer ainsi l'illusion possible — mais favorisée par les attitudes contemporaines — d'une culture de l'immédiat, de l'intime, du quotidien. Tolérable quand elle légitime une certaine simplicité des plaisirs, des goûts et des curiosités, une telle définition de la culture, si elle prétend hiérarchiser l'urgence des savoirs, condamne à une ignorance doublement narcissique : à brève échéance, on n'y voit que ce que l'on aime, et encore seulement la surface de ce beau miro... La profondeur, on s'en doute, est dans les lointains — s'y rendre, c'est questionner, au risque de n'avoir point de réponse lisible ; car il est de peu de prix de regarder le bout de nos lacets comme la résolution phénoménologique de notre angoissante évaluation du monde et de nos valeurs.

*

Il faut donc s'interroger sur une étrange réalité culturelle : rien n'est plus « aboli » que le texte antique — car l'Antiquité, comme son nom latin l'indique est ce qui, ayant été, n'est plus (« abroger une loi » se disait, à Rome, antiquare legem, *la « renvoyer dans le néant ») ; et cependant, dans les formes et le fond, la création littéraire et artistique, parfois inconsciemment, a non seulement, depuis des siècles « imité » les textes antiques, mais assuré leur survie par des relec-*

tures, des réécritures, des restaurations de forme et de sens plus ou moins aventureuses. Œuvre théoriquement close sur son ancienneté irréductible, écrite en langue morte, pétrifiée en vestige, le texte antique est, paradoxalement, et pour reprendre une notion chère à Roland Barthes et Umberto Eco, l'œuvre la plus « ouverte » qui soit. On ne peut ignorer son « exotisme historique » : il est datable et daté, on le sait agencé sur un réseau conceptuel et un imaginaire lointains, dans un système de lois et de valeurs dont certaines doivent nécessairement nous paraître étranges. Ce qui est évident lorsqu'on lit Strabon ou la Germanie de Tacite (ces hommes ne pensent l'espace ni ne « savent » la géographie comme nous) s'oublie trop aisément lorsqu'on se plonge dans l'ordinaire des idées et des sentiments qui animent les textes antiques.

Ainsi s'est-on évertué à déceler chez les philosophes une sensibilité que l'on peut qualifier d'anachronique : par exemple, malgré tout ce qu'on a voulu leur faire penser, ni Cicéron ni Sénèque n'éprouvent, si on les lit bien, s'agissant du spectacle de gladiateurs (munus), le moindre scrupule sur le principe — car la vie humaine, généralement parlant, n'est pas pour eux une valeur absolue, elle est, dira-t-on, une valeur variable, qui s'estime selon la condition juridique (homme libre ou esclave ? homme ou femme ?), selon les circonstances (à la guerre ou à la maison ?), selon l'humeur : en l'occurrence, le « spectacle de midi » déplaît à Sénèque parce que c'est un fourre-tout de mauvais goût, bref, un mauvais spectacle pour un public grossier, alors qu'un vrai combat de gladiateurs, bien virils, correctement appariés, loin d'être une monstruosité, est une de ses métaphores favorites pour décrire les combats bénéfiques que nous inflige la Fortune dans ses bontés.

De même, tout sentiment n'est pas toujours et partout matière à littérature, et cela peut déconcerter.

*L'amour conjugal, par exemple, n'illumine guère la littérature antique, où aimer son épouse semble plutôt être une drôle d'idée : ce n'est pas à «ça» que sert le mariage. Au demeurant, même après la «moralisation chrétienne», soyons honnête, le couple marital n'est pas l'affaire de la littérature «occidentale» : l'adultère s'y montre beaucoup plus fécond, y compris dans les grands mythes amoureux décrits par Denis de Rougemont. Mais il y a pire : l'amour entre gens ordinaires, vu à travers les écrivains latins, est un sentiment plutôt comique, si l'on lit non seulement les comédies latines, mais encore la poésie élégiaque, si souriante malgré son nom lugubre. Ce sentiment relève de l'*éthos*, dirait Aristote, et n'atteint au* pathos *que lorsqu'il frappe des personnes susceptibles de subir héroïquement tous les malsains ravages des passions — des dames de haut rang, princesses ou reines, Ariane, Médée ou Didon, et alors, il les dérange comme une maladie catastrophique, au point d'abîmer leur raison.*

  Bref, il est extrêmement risqué de lire la carte du Tendre des Anciens en ayant en tête notre catalogue des «sentiments obligés», lesquels, on le sait bien, caractérisent historiquement une civilisation aussi nettement que l'usage de l'électricité ou l'allongement de la durée de la vie. Et pourtant, c'est cette lecture pariant sur l'immuable au mépris de toute lucidité, c'est, dirais-je, cette préférence pour le familier (l'Antique est à la fois étrange et familier) qui a entretenu la lisibilité de ces œuvres lointaines. L'intemporalité, voire l'éternité que l'on prête aux textes antiques n'est pas, dira-t-on en reprenant le distinguo des rhéteurs, intrinsèque : c'est un attribut rapporté, très différent de l'immortalité souhaitée par les poètes et les orateurs, une valorisation extrinsèque qui constitue, en soi, un fait culturel. Autrement dit, cette intemporalité ne résulte pas d'une transcendance spécifique, mais, de la part du lecteur, d'un oubli du temps qui a sa particularité. En effet, alors même que l'on pointera du «primitivisme» dans les arts plastiques du Moyen Âge ou de la Renaissance débutante, et que l'on taxera de lourdeur archaïque ou de «simplisme» des formes littéraires émergeant sans référence à l'Antiquité classique (là encore, certains essais de la littérature médiévale, dans le conte, l'épopée ou le théâtre, sont terriblement «datés»), on n'hésitera pas à célébrer la «modernité» de tel ou tel Ancien : Antigone, par exemple, place Sophocle dans l'éternité, tandis que Jodelle reste définitivement planté dans les âges obscurs de notre littérature.

S'agissant du texte antique, la possibilité des relectures — c'est-à-dire, si l'on y réfléchit, autant de reconstructions momentanées et historiquement déterminées du texte et de son sens — reste largement ouverte. Avec plus ou moins de latitude, mais beaucoup plus largement qu'on ne le croit. Qu'il suffise de citer, à l'intersection des critiques littéraires et philosophiques, ces Socrate(s) si nombreux et divers qu'a recensés Sarah Kauffmann en un livre subtil. Ou, dans un champ plus proprement littéraire, les contradictions radicales sur la nature et l'intention de l'Odyssée. Ou encore, pour en revenir aux Latins, la sinueuse interprétation de l'élégie érotique romaine, tantôt « roman d'amour » (avec Properce et Cynthie en première ligne), tantôt jeu presque oulipien sur le discours amoureux, ou, si l'on préfère, tantôt sentimentale, tantôt libertine, selon les lectures et les lecteurs. C'est ainsi, au demeurant, que se consolide la notion d'héritage : la sensation d'une possession patrimoniale « actualise » le bien, abolit son histoire tout en la sanctionnant. On arrive ainsi au paradoxe que le texte antique engendre un savoir pour la seule raison qu'il suppose un savoir : de ce qu'on le sait ancien naît, en quelque sorte, l'obligation de trouver les moyens de sa perpétuation dans la mémoire des hommes instruits. Si, par principe, le texte antique est impérissable parce qu'il n'a point péri, et non l'inverse, il se «ressource» aussi bien dans le pur classicisme que dans le «modernisme» systématique, et Les Métamorphoses *d'Ovide inspirent aussi bien Simon Vouet que Picasso…*

*

Toutefois, il est légitime de se poser une question que d'aucuns jugeraient saugrenue : et si, en aimant ces éternels revenants, nous n'aimions que des fantômes ? Certains indices sont inquiétants. En effet, et cela le distingue radicalement, le texte antique survit même gravement mutilé, à peine visible, atomisé en fragments. Parfois même — en témoignent les mystères qui entourent le Satyricon *et contribuent à sa renommée — il en tire une grande force. L'idée selon laquelle la partie, fût-elle infime, peut avoir la force du tout et le valoir, cette idée, loin d'être facile, relève du mysticisme. C'est elle qui fonde l'admiration pieuse que l'on voua longtemps aux «reliques». Et l'on nous accordera que les fragments de textes bénéficient, s'ils sont antiques et à cette condition, d'une vénération très spéciale. On pourrait aller jusqu'à imaginer, comme exercice de style et de pensée à la fois, un «éloge de la lacune» qui scruterait les avantages esthétiques et intellectuels que, dans ces conditions particulières, ce «trou» confère au tissu rémanent — car tout texte est tissu, nous dit l'étymologie.*

Penchons-nous donc sur le Satyricon, *exemple royal de texte-fragment, puisque nous n'en possédons ni le début ni la fin, et que nous ne pouvons même pas apprécier quelle partie de l'édifice originel constituaient les pages conservées. Ajoutez à cela une vieille incertitude sur l'auteur de cette «chose» sans précédent à Rome comme ailleurs, y compris sur la date de* *sa composition : la solution du Pétrone courtisan de Néron mentionné par Tacite avait peut-être pour seul avantage, en situant la «chose» dans les «temps néroniens», selon la formule classique, de faire surgir cet objet littéraire inconvenant et non identifié dans le règne impérial du fantasme absolu, autrement dit, comme un beau fantôme dans un cadre largement fantasmatique. Pour faire bonne mesure, on rappellera que l'orthographe même du titre (*Satiricon *ou* Satyricon?*) a été longtemps débattue, et détermine des interprétations sensiblement différentes de ce «roman». Fellini, avec sa double virtuosité d'illusionniste et de décorateur en subtils trompe-l'œil, finira d'habiller et de déshabiller le fantôme en se l'appropriant, non sans l'égayer d'une subtile métaphore de la mémoire et de l'oubli — «l'Antiquité, c'est l'obscurité», déclarat-il à l'occasion, non sans lucidité, après avoir filmé l'effacement de belles fresques imaginaires dans le courant d'air historique du chantier du métro romain. Voici donc un texte dont le moins qu'on puisse en dire est qu'il n'a point pâti de l'ordinaire inconvénient d'être partiel, mutilé, disloqué, et même désossé. Imagine-t-on la chose possible ailleurs?*

*On se gardera toutefois de croire que cette faculté d'être non seulement lacunaire sans dépérir, mais fragmentaire sans périr est la seule permission spéciale accordée au texte antique. On lui permet d'être, notoirement, une compilation — songeons aux textes homériques, dans lesquels, depuis Alexandrie, les érudits traquent les interpolations pour mieux valider les interférences. Il s'ensuit, là encore, une magie particulière : ce tissage à mains multiples, ce cousu-recousu configure l'invention même de la littérature, et fait tourner les têtes. À lire Hegel avec confiance on voit dans l'*Iliade *se battre des Grecs et des non-Grecs «asiatiques» (il a fallu Pierre Vidal-Naquet pour que soit sans ambages dénoncée cette analyse toxique,* *dont s'accommodaient si volontiers les idéologies les plus «doriennes»); donc, on ne comprend plus rien à l'épopée, si ce n'est son rôle dans l'idéologie hégélienne, et l'ombre portée d'une imposture contemporaine (les élucubrations d'Ossian). Passe encore: tout nous montre que l'épopée est, pour des modernes, insaisissable. Mais que veut nous dire Joyce, en promenant le fantôme d'Ulysse dans la brume faiblement éclairée de Dublin? Fantaisie d'un pédagogue lettré? ou fantasme inspiré par un texte lui-même fantasmatique, dont le spectre se laisse entrevoir dans la lumière d'un bec de gaz, avant de pousser la porte du* pub *pour y rencontrer Nausicaa? Étrange idée, troublante, qui impose un retour sur l'Odyssée, à tort considérée comme plane, construite et lumineuse, alors qu'elle est tourmentée, sinueuse et obscure — un texte suspect, digne d'un aveugle, et, partant, d'une certaine manière invisible en tant que texte plein et clos. Un archétype, ou le fantôme d'un archétype?*

*

Ne nous fions pas trop aux commentateurs pour nous éclairer: osons choquer le lecteur en assurant que la fonction maîtresse du commentaire n'est pas d'éclairer (ce qu'il fait, ponctuellement, plus ou moins bien) mais de conserver. *De contribuer, dirons-nous, à la conservation, dans la mesure où il garantit un texte. De ce point de vue, le commentaire conserve plus sûrement que la copie. Et l'un des paradoxes les plus étonnants du texte antique, c'est que le paratexte sauve le texte tout en le dévorant.*

Rappelons que, jusqu'à l'invention de l'imprimerie et la généralisation du livre imprimé, le texte antique a été mouvant. Mais après Gutenberg, il a vite cessé de l'être, du reste, puisqu'une fois réglée l'édition du texte biblique, rien n'a été plus urgent, pour les hommes de ce temps, que d'imprimer les Anciens. Ce travail a mobilisé les énergies savantes dans toute l'Europe, avec une ambition nouvelle : compiler toutes les lectures, tous les commentaires, tous les manuscrits et toutes les corrections, pour instaurer un texte « moderne » — c'est-à-dire immuable. Là encore, l'expérience historique était tout le contraire de ce que l'on attendrait : le bel objet éternel, dans sa matérialité, fut durablement modifiable et modifié, donc, d'une certaine façon, vivant par l'effet du commentaire et de l'examen critique des mots, du sens, de la langue et de la forme. C'est seulement par la « renaissance » et par l'imprimerie qu'il connut du moins la tentation de se figer et, en gagnant par la multiplication aisée des exemplaires la confiance d'être aisément et sûrement conservé, il perdit, sans doute, une bonne part de sa force vivante. Par l'effet de l'édition critique, qui, dans les éditions dites « savantes », exhibe son travail en bas de page en signalant les leçons refusées et les conjectures adoptées, le texte se présente désormais comme le double produit d'un auteur et d'un éditeur — d'une inspiration et d'un travail.

C'est ainsi que le texte antique est devenu un « texte savant », homologué philologiquement, ce qui ne va pas sans l'exposer à un changement de statut. Il faut en effet se souvenir que la philologie, au sens moderne et universitaire du terme, n'exige qu'exceptionnellement, et à très faible dose, une sensibilité littéraire. Si l'on veut risquer une comparaison éclairante, soit la Vénus de Milo : la philologie serait la science qui nous dit dans quel marbre fut taillée la statue, ce qui nous renseigne peu, somme toute, sur les raisons pour lesquelles on la tient pour belle. Toutefois, pour peu qu'on la distingue soigneusement des approches littéraires, la philologie, comme la géologie, tire une grande force de la rigueur de ses méthodes et de la « matérialité » de ses analyses. Même si le texte *concerné, au bout du compte, n'est généralement amélioré que dans un nombre de « lieux » très limité, même s'il n'est plus considéré, pour ces enquêtes, comme un objet d'art, mais comme un simple objet, ce texte établi selon des critères qui éliminent autant que possible la subjectivité est fiable, et nous nous sommes effectivement fiés, pour les pages traduites dans cette anthologie, aux éditions de la Collection des Universités de France (dite « Budé »), qui font autorité.*

Néanmoins, ainsi s'est opéré un retournement inaperçu du mot de « critique » : appliquée aux textes modernes, la critique de texte s'intéresse aux rédactions successives par l'auteur (du premier jet au dernier repentir) : c'est une enquête sur la création *littéraire ; tandis qu'appliquée aux textes antiques, elle s'intéresse aux strates successives des mutilations et des corrections : c'est une entreprise de* restauration. *À être ainsi traité au mot près, le texte antique confirme toutefois la singularité de son statut, chose que l'on ressent dès le débat qui opposa, du point de vue de la traduction, Anciens et Modernes. Et d'abord, ce débat impliquait de fort doutes sur la légitimité de traduire du grec ou du latin ces textes devenus sacrés au même titre que les « livres » des « religions du Livre ». Cela nous concerne encore aujourd'hui : alors que l'on n'est pas tenu pour un être frivole si l'on avoue lire les auteurs Russes en français et non en russe, de grands esprits tiennent encore pour plébéien de lire les Anciens autrement que « dans le texte », expression qui en dit long sur ce « texte » incontournable sans altération radicale de son être. Plébéien, parce que la maîtrise du latin et du grec reste la « voie royale ». La grande perdante est donc, si l'on veut filer la métaphore, la « République des lettres », plus démocratique, mais coincée entre la vulgarité des béotiens et la majesté de l'Académie.*

Mais la culture peut accomplir un travail plus radical encore, et rétrécir le texte antique (ou du moins son image) de façon spectaculaire. L'art de la citation a longtemps fait partie des mérites d'une conversation de bon goût; désormais, on s'en remet à des dictionnaires ad hoc, *qui se sont multipliés magiquement dans la seconde moitié du XX*e *siècle, attestant sans doute une évolution intellectuelle de masse. Il y a là matière à réflexion, car l'engouement pour les citations dérive d'une vertu que l'on concéda longtemps au seul texte antique: là encore, la partie bénéficie de l'excellence du tout et en témoigne. La citation, parcelle d'un texte, confère volontiers à son auteur une qualité prophétique, et il n'est pas indifférent que l'Antiquité ait, de la sorte, revêtu un pouvoir oraculaire. Nous voyons en effet que les bonnes règles de la sagesse ordinaire* (si vis pacem, para bellum), *les meilleurs principes de l'art* (ut pictura poesis), *les voies et moyens de l'ambition politique* (ad augusta per angusta) *ont été durablement exprimés en latin par des formules indélébiles. C'est l'ombre portée, dira-t-on, d'une tradition pédagogique: jusqu'à la fin du XIX*e *siècle, toute œuvre de composition intellectuelle ou artistique, dissertation, discours ou poésie, se faisait en latin dans nos collèges et nos lycées. Il n'est donc point étonnant que la réserve d'ornements, pour ces exercices, ait été en langue latine. Néanmoins, un siècle et demi plus tard, le latin est resté la langue par excellence de la citation.*

On peut adopter un autre point de vue. D'une part, la citation est une «manière d'être» en soi du texte antique dans la mémoire culturelle: cette pratique dérive elle-même d'un usage antique bien attesté, par exemple, par Platon citant Homère, et Cicéron citant Ennius; tant il est vrai que, dès ces temps eux-mêmes *antiques, on se tournait vers une antiquité relative pour y trouver l'*auctoritas, *cette «autorité» concédée par principe aux «anciens». Plus on est ancien, nous dit l'homme antique, plus on est près des dieux, et c'est la raison pour laquelle les sources les plus lointaines, dans l'une et l'autre culture, se sont vu conférer une telle puissance oraculaire. Gardons-nous toutefois d'oublier que tout texte antique a pour ambition de s'inscrire éternellement dans la mémoire des hommes — cent pages de nos antiques auteurs nous rappellent sans ambages que confier à l'écrit sa prose ou ses vers a pour seule justification cette prétention que nous, modernes, jugerions volontiers exorbitante, car notre rapport à la littérature est, à l'évidence, plus ludique : même les académiciens doutent d'être immortels. Il n'est pas douteux, en revanche, que les tendances «sententiales» qui tant de fois se laissent percevoir chez maints auteurs antiques ne soient à l'exacte mesure de cette ambition. Être cité, c'est rester vivant dans la mémoire des hommes, ce qui est le destin spécifique d'une œuvre d'art.*

*D'autre part, la citation, élément essentiel de la «rémanence», opère un incontestable travail sur le texte, en effaçant tout contexte. Un exemple ? On peut lire dans l'*Heautontimoroumenos *de Térence un vers qui, pour avoir été cité par Cicéron, est devenu illustre :* Homo sum : humani nil a me alienum puto *(«Je suis un homme : je pense que rien d'humain ne m'est étranger»). La formule, il est vrai, définit admirablement l'humanisme, et saint Augustin n'a pas peu fait pour qu'on y reconnaisse, après Cicéron, une miraculeuse illumination, proférée dans la brutalité du paganisme par ce Terentius Afer en qui on peut reconnaître un ancien esclave, africain de surcroît (donc, un compatriote d'Augustin...). Mais Chrémès, le personnage de Térence qui la prononce, en use pour répondre à son voisin Ménédème, lequel lui reproche*

— à juste titre — d'être un oisif qui se mêle de ce qui ne le regarde pas... Un autre exemple? En écrivant qu'il fallait avoir une mens sana in corpore sano, Juvénal a simplement voulu souligner qu'on a beaucoup plus de chances de vivre heureux si l'on n'est ni idiot ni malade — mais, depuis un siècle, cette formule est devenue l'ornement obligé de tout éloge pédant des bienfaits du sport. Pour le simple plaisir, évoquons encore l'illustre ut pictura poesis, auquel on a fait dire à peu près tout et son contraire, et le fameux et ego in Arcadia *du tableau de Poussin* Les Bergers d'Arcadie — *ce n'est pas une citation latine, tout en y ressemblant furieusement, assez, en tout cas, pour avoir l'air d'enfermer je ne sais quelle énigme.*

Voici donc comment se perpétue et parfois s'enrichit un nouveau paradoxe: alors même que les textes s'effacent, dans notre culture moderne, les sentences restent, comme autant de phrases précieuses, de bonnes et belles paroles — scripta volant, verba manent, *dirons-nous en détournant, à notre tour, le vieil adage.*

*

Pour mériter de procurer, tel un bon oracle, autant de belles sentences, le texte antique doit bénéficier d'une sorte de sainteté fondamentale: pendant des siècles, cette littérature des origines, des sources et des fondements a été célébrée comme si elle exprimait des vérités et des savoirs oubliés ou négligés depuis lors. De là à soutenir que l'Antiquité païenne a produit une littérature « antélapsaire », entendons par là douée de l'innocence qui précède la Chute, il n'y a qu'un pas, que bien des commentateurs franchissent sans même s'en rendre compte. Il faut reconnaître que, selon les dires des Anciens eux-mêmes, les purs et vrais poètes, les sages penseurs et même les plus éloquents des orateurs avaient l'avantage d'une divine inspiration, dionysiaque ou apollinienne, avec ou sans transports, grâce aux Muses ou à Minerve. Il faut croire que la nostalgie est l'opium des Anciens, plus que ne le sera, par la suite, la religion : l'âge d'or des païens, à la différence de l'Éden biblique, entretient un rapport évident avec la création poétique et lui bénéficie — bien des siècles plus tard, on continue à célébrer Homère et Virgile comme des prophètes (il n'est que de voir quel rôle Dante confie à ce dernier), tandis que Platon reçoit un culte dans l'Académie florentine de Marsile Ficin et que Cicéron, dans l'ironique dialogue d'Érasme, intitulé Ciceronianus, suscite des vénérations fanatiques.

Il y a là, c'est clair, beaucoup d'exagération, mais enfin, si l'on considère l'histoire de la réception de ces textes, même dans les siècles modernes, on leur reconnaît implicitement le mérite d'avoir bâti non seulement des types, mais des archétypes. Voici le Poète, le Sage, la République, le Vrai, le Beau. Dans des champs qui touchent de près aux enseignements divins — la grande misère de la condition humaine, l'immortalité de l'âme, la survie des justes après leur mort, ou, plus banalement, l'accès à l'éternité que procure la gloire — la grande majorité des textes antiques disposent des notions essentielles, des références inusables, des mythes ou des représentations qui font encore, passez-nous l'expression, figure d'Évangile. L'anneau de Gygès, l'épée de Damoclès, la mort de Socrate, celle de Lucrèce, la clémence d'Auguste, sans pouvoir désormais rivaliser avec le tragique destin d'Œdipe, occupent une place encore très visible dans notre espace culturel. Il est tout à fait remarquable que plus personne ou presque ne sait de quels textes viennent ces pépites de sagesse : on les sait antiques, toutefois, et cela fait leur valeur, car on ne saurait *imaginer qu'elles aient pu sédimenter dans notre mémoire culturelle si elles n'étaient point d'une exceptionnelle densité, qui les rend inusables.*

Nous mettons moins d'empressement, désormais, à «nourrir» l'âme par des aliments antiques: mais cette métaphore de la «nourriture», alliée à celle de l'«élévation» spirituelle, a littéralement envahi tous les éloges de la littérature latine, puis les argumentaires en faveur de son étude, dès lors qu'elle fut menacée par un enseignement en français, qui était dénoncé comme une sorte d'impiété culturelle. Encore aujourd'hui, on peut lire des plaidoyers pour le latin au collège qui, avec une désarmante bonne foi, traitent les malheureux enfants tenus à l'écart de la vraie culture comme si on les condamnait à végéter éternellement dans les limbes du savoir : on ne leur prédit pas d'ignorer tout de la moralité, ce qui se faisait encore au début du XXe siècle lorsqu'on put passer le baccalauréat sans latin, mais il est présenté comme certain que toute une face de l'humanité leur sera invisible, faute de l'initiation incomparable que procure la fréquentation de Cicéron dans le texte...

Toujours est-il qu'en entourant comme d'un nimbe les humbles productions de nos lointains auteurs, et en accréditant l'idée qu'ils pensaient divinement bien, cette mystique accable le texte antique d'une réputation néfaste : dans un âge où les gens ne vont pas très volontiers à la messe, il n'est pas forcément judicieux de les inviter à visiter un sanctuaire...

*

Il n'est pas indifférent qu'en fin de compte ces textes païens aient reçu l'onction de l'Église, après qu'Augustin en eut reconnu l'honnête bonne foi, et que d'autres Pères de l'Église y eurent trouvé des signes puissants d'une inspiration quasi chrétienne :

Seneca saepe noster, «*Sénèque est souvent l'un des nôtres*», affirme l'apologiste chrétien Tertullien, en voyant que le sage selon Sénèque porte en lui tous les traits du «saint» dont l'image mettra encore quelques siècles à se raffiner. Quant à nous, pour éviter toute ambiguïté, nous arrêterons la présente anthologie à Apulée, dernier auteur qui n'a pas été placé en concurrence, si l'on peut dire, avec les auteurs de l'apologétique chrétienne, puis de la patristique; mais même **Les Métamorphoses**, roman si manifestement païen (on y voit une dette manifeste envers Platon, pour le «Conte d'Amour et de Psyché» qu'il renferme, et l'influence du culte isiaque, évidemment, pour le dernier livre et peut-être la symbolique globale du roman), ont pu se prêter à une interprétation privilégiant l'émancipation de l'Âme et l'appel du Salut comme autant d'aveux d'une aspiration encore latente à la Révélation christique. La chose n'a rien d'étonnant dans la mesure où c'est le néoplatonisme, si familier à Apulée, qui donnera sa charpente conceptuelle à la théologie des chrétiens, encore à faire lorsque est écrit le roman. Il faut toutefois se garder d'oublier de quel poids de telles annexions ont pu peser dans l'évaluation et l'interprétation des textes, en présentant, dans le meilleur des cas, ces paroles de païens comme la vérification d'idées (fondamentalement morales) dont le christianisme, gorgé de (néo)platonisme, affirmait la vérité éternelle. À l'âge du positivisme, c'est à peine si une critique «historiciste» murmura quelques réserves et si, aujourd'hui, des aventuriers proposent des lectures plus relativistes et critiques. Car déjà, dans le contexte d'un postmodernisme que ravissent les banalités transhistoriques et les symboles éparpillés, on retrouve la voie des émerveillements: le temps revient où l'on ne s'étonnera plus de voir Virgile, trente ans avant la naissance du Christ, annoncer la venue d'un Sauveur dans sa **Quatrième Bucolique**.

Après tout, le cinéma américain a bien prêté (au grand dam de Stanley Kubrick) la même inspiration à Spartacus, qui vécut et surtout mourut crucifié cinquante ans plus tôt ! Mais ce que l'on pardonne au péplum, il est plus difficile de le pardonner à la science.

Heureusement, les outrances de la surinterprétation, qui font partie intégrante de la tradition universitaire, ne faussent généralement pas trop le regard du grand public : celui-ci, tributaire d'une autre tradition, plus vulgaire, est enclin à espérer de l'orgie partout où il y a du Romain, et succombe aux ambiguïtés de certains titres : L'Art d'aimer *d'Ovide a beau ne consacrer qu'une pincée de vers aux étreintes des amants, ce spirituel manuel de séduction bénéficie néanmoins d'une réputation sulfureuse, et le* Satyricon *a pu lui tenir compagnie dans des collections discrète de « livres précieux ». De façon générale, le puritanisme chrétien a stigmatisé, en la déformant, l'attitude des auteurs romains vis-à-vis de la sexualité : ni la fréquentation des courtisanes (surtout à l'âge où les désirs sont impérieux), ni l'exercice d'un « droit de cuissage » sur le personnel servile de la maison (mâle et femelle), ni l'homosexualité des casernes et des camps (du moins pour l'amant qui tient le rôle « actif ») ne sont, pour eux, répréhensibles, sauf lorsqu'on y met de l'excès ou des complaisances abusives. Le catalogue des interdits, dirons-nous, n'était point celui auquel l'idée de « péché de chair » nous a habitués. Néanmoins, notre moderne libération des mœurs, fondée justement sur l'exercice responsable d'une liberté de choix, ne nous aide pas davantage à entrer de plain-pied dans des textes anciens : la notion de « relations entre adultes consentants » ne cadre pas du tout avec les réalités de la société et des valeurs romaines ! L'essentiel est de résister à la tentation de voir, dans quelque texte latin que ce soit, la moindre esquisse d'un manifeste : croire aux dieux ou n'y pas croire, être homo-, bi- ou hétéro-*

sexuel strict, voilà des questions qui, à Rome, ne méritent ni un traité ni un sermon — elles n'intéressent pas la littérature, en tout cas. Si les convenances suggèrent un comportement public, des auteurs peuvent dénoncer, ici ou là, le scandale, piquer les banderilles d'une épigramme, ou s'alarmer de mœurs «infâmes» (souvent imputées à l'influence grecque ou asiatique). Mais, dans son ensemble, on aura du mal à trouver, dans ces domaines, un moralisme ou un immoralisme de la littérature latine. À l'aune de nos tolérances contemporaines, il n'est pas un auteur latin qui ne puisse être mis, comme on dit, «entre toutes les mains», et l'on regrettera d'autant plus, dans ces conditions, que l'on continue à édulcorer Catulle ou Martial (les éditeurs récents ont cependant renoncé aux points de suspension). Quant à nous, nous éviterons de chercher volontairement les vers les plus croustillants de ces auteurs, mais nous ne dissimulerons pas, non plus, le talent qu'ils mirent à être graveleux avec esprit!

*

On voit donc que, dans sa forme comme dans sa signification, un texte antique, apparemment solide, voire indestructible puisqu'il a résisté aux assauts des siècles, aux dents des souris et à l'oubli des clercs, s'avère pourtant fort fragile: son estimation comme sa consommation intellectuelle et esthétique sont hautement problématiques. Un traducteur, a fortiori un «anthologiste», doit s'en convaincre, et ne point faire comme si lire un auteur ancien traduit dans l'ordinaire style des éditions scolaires ou des versions latines les plus correctes était une démarche qui allait de soi. Autrement dit, il n'est pas certain que les principes de choix et les façons de traduire qui s'inscrivent dans le cadre d'une étude (du collège à l'agré-

gation!) soient à retenir pour récompenser la curiosité d'un plus large public et lui procurer une image à la fois riche et fidèle de la littéraire antique. Il n'est pas certain, en effet, que les textes les plus «classiques» soient ceux qu'un lecteur — nous disons bien: un lecteur, et non un chercheur ou un étudiant — trouverait les plus attachants. Et il est encore moins certain que les traductions les plus fidèles au sens philologique du terme soient les plus fidèles d'un point de vue littéraire...

Il nous semble que pour entrer le plus aisément possible dans le champ ordinaire de la consommation littéraire, la traduction d'œuvres latines doit se régler sur les principes communément admis d'une «bonne» traduction de quelque autre langue que ce soit. Et d'abord, on n'imagine pas que la critique d'un roman anglais ou italien traduit en français puisse se faire en dressant une liste de contresens, de faux-sens et autres inexactitudes par rapport au texte original: on s'attachera à vérifier si le niveau de langage, les caractères saillants du style et ses mérites esthétiques, la «lisibilité» enfin de l'œuvre sont, ici et là, comparables. Plus généralement, on fera confiance à l'éditeur, qui a, en homme de métier, choisi un traducteur talentueux. Il faut savoir qu'un traducteur de grec ou de latin, au contraire, s'expose en premier lieu à un passage au crible de sa copie; et comme il est vraisemblable que le risque de commettre un contresens est proportionnel au nombre de pages que l'on s'est mis en tête de traduire, une édition des œuvres complètes d'un auteur ou une vaste anthologie ont toutes les chances de s'orner de quelques bêtises qui coûteraient deux points dans une version d'agrégation (et, là, ne manqueraient pas de susciter les sarcasmes d'un «correcteur invisible»). Gageons que, dans les multiples traductions de Proust en anglais, en allemand ou en hindoustani, il se trouve des contre-

sens nombreux et variés; nous ne nous féliciterons pas moins que ce grand auteur national soit lu un peu partout dans le monde; et nous rappellerons que même les traductions en langues vernaculaires des bulles papales (dont l'original est en latin) donnent lieu, à l'occasion, à des commentaires acides.

Nous ne plaidons pas pour que nous soient pardonnés des contresens que nous dirons non seulement éventuels, mais, à coup sûr, inévitables. De nombreuses éditions savantes, qui se devraient d'être pures et parfaites, montrent en la matière des exemples révélateurs, fût-ce dans les collections les plus renommées. Disons-le franchement: la prétention d'exactitude rigoureuse sert parfois d'alibi à un travail de traduction insuffisant du point de vue du style, des couleurs, de la beauté même du texte. Il est bon que des traducteurs modernes, pour quelques auteurs particulièrement brillants, aient haussé le ton et fait progresser nos exigences: on pense, évidemment, à la puissance des Bucoliques *de Virgile traduites par Paul Valéry, chef-d'œuvre incontournable (mais répréhensible: certains mots latins n'y sont pas traduits, diront les puristes!). Mais le même poète, grâce à Giono ou Pagnol (sa traduction des* Bucoliques, *pleine du souvenir du «petit Paul» devenu, dans la chaîne de l'Étoile, le dernier des bergers de Virgile, a un charme que seuls les pédants méprisent), mais aussi grâce à Klossowski et quelques autres pour l'*Énéide, *a su renaître en traductions au xx*e *siècle, alors qu'il s'assoupissait dans nos lycées, où le niveau de connaissance de la langue nécessaire à la compréhension de ses vers se révélait impossible à atteindre, en dépit des exigences irréalistes des programmes ministériels.*

*

Sur quelles priorités régler le travail de traduction, lorsqu'on souhaite, par une anthologie, offrir une image à la fois fidèle et séduisante de la littérature latine ? Les deux auteurs de ce livre, après avoir longuement examiné cette question, ont finalement considéré comme parfaitement légitimes leurs différences d'appréciation, lorsqu'il s'en trouvait (et il s'en trouva), pour autant qu'ils acceptaient l'un et l'autre de se laisser porter par la sensibilité personnelle qui les liait à chacun des auteurs dont ils s'étaient chargés. Et si, dans cet essai introductif, un « je » peu académique apparaît (il renvoie à l'auteur de ces lignes), c'est pour éclairer sincèrement le lecteur sur notre démarche. Les noms de Jacques Gaillard et René Martin ont été associés sur maintes couvertures d'études et de manuels : cette Anthologie *est une nouvelle aventure commune, dans laquelle, comme d'habitude, nos savoirs, nos caractères, nos manies et éventuellement nos talents gardent tous leurs traits individuels. Nous ne nous alignons pas l'un sur l'autre, nous nous accordons, et si nous sommes, bien entendu, solidairement responsables de l'édifice, chacun de nous avait à cœur de lui apporter sa marque personnelle.*

L'inventaire des auteurs à « traiter » ne fut pas difficile à faire. Comme il a été dit précédemment, notre anthologie s'arrête avec Apulée, car au-delà de cet auteur nous avons affaire à une littérature non seulement latine, mais chrétienne, ou se plaçant intellectuellement vis-à-vis du christianisme. En limitant là notre ouvrage, nous adoptons une position que l'on peut qualifier de classique. En revanche, il n'est pas tout à fait évident de faire commencer notre ouvrage à Plaute : quelques bribes de Livius Andronicus — le premier auteur en langue latine, sans doute — ou de Naevius, ou encore une ou deux pages conservées d'Ennius auraient pu mériter attention dans une anthologie conçue selon le principe d'une histoire de la littérature latine illustrée. Tel n'est pas notre propos : nous avons résolu de ne retenir que les auteurs auxquels on peut, de nos jours, attribuer une « œuvre littéraire » au sens fort de l'expression, c'est-à-dire dont nous avons conservé sinon une ou plusieurs œuvres entières, du moins un volume de textes cohérents suffisamment large pour que soient perceptibles les traits, les allures et l'ambition d'une entreprise d'écriture de quelque ampleur. Du coup, nous avons éliminé non seulement les œuvres dont ne nous sont parvenus que des fragments minuscules, mais encore celles de certains écrivains que nous appellerons « mineurs » ou « techniques » (ils sont parfois l'un et l'autre) parce que les qualités littéraires de leurs écrits ne sautent pas aux yeux. Par exemple, on peut considérer que les notices biographiques d'un Cornelius Nepos, une fois traduites, se révéleraient d'une absolue platitude ; en revanche, des pages magistrales éclairent, çà et là, l'encyclopédie de Pline l'Ancien. Pour d'autres — les agronomes, par exemple, qui, de Caton à Columelle, ne sont point sans valeur littéraire ou encore de savants hommes comme Manilius ou Quintilien, qui apportent le plus grand soin à leur poésie ou leur prose didactique — nous avons tenu compte des limites que doit s'imposer un ouvrage comme celui-ci : invités à décerner des médailles, nous avons laissé dans l'ombre des textes qui, dirons-nous, sont plus intéressants que beaux, et suscitent l'étude plus que l'admiration.

Nous nous sommes ensuite partagé le travail (ou le plaisir) : cette répartition des auteurs traduit les affinités particulières des deux traducteurs [1]. *À l'évidence,*

---

1. Jacques Gaillard a traduit les textes de Cicéron, César, Catulle, Salluste, Horace, Tibulle, Properce, Sulpicia (dans le *Corpus Tibullianum*), Tite-Live, Ovide, Sénèque et Tacite. René Martin s'est chargé de travailler sur Plaute, Térence, Lucrèce, Virgile, Phèdre, Quinte-Curce, Lucain, Pline l'Ancien, Valerius Flaccus, Stace, Silius

on peut reconnaître deux tempéraments au fait que l'un préfère Virgile, et l'autre Ovide — mais, justement, l'essentiel est que Virgile ne soit pas traduit comme Ovide, et, si l'on ose dire, réciproquement. Le lecteur doit pouvoir s'en rendre compte d'un seul coup d'œil : ici, la densité luxuriante et souvent énigmatique du cygne de Mantoue ; là, le style « bas », le sens de la chute, l'humour volontiers prosaïque, mais toujours élégant, du maître de l'élégie latine. Et il en va de même pour les prosateurs, souvent réduits, dans les traductions classiques, à parler le même français, alors que leur style, leur « manière », dira-t-on, diffère tant ! Il y a donc une règle simple, mais essentielle : écouter le texte, et chercher, en français, à rendre sa musique particulière. Coulante et harmonieuse chez Cicéron ou Tite-Live ; syncopée ou rugueuse chez Salluste et Tacite. Avec, ici, des mots vieillots ; là, des phrases interminables ; ailleurs, des hyperboles, des antiphrases, une rhétorique violente. Cela peut nous mener « loin » de la lettre du texte — mais la difficulté réside justement dans cette volonté de tracer, à travers les textes choisis, une sorte de « portrait de l'artiste » pour chacun des auteurs.

Pour cela, il nous a semblé qu'il n'était pas indispensable de relayer la tradition scolaire et universitaire en reprenant systématiquement les pages les plus réputées de nos auteurs. On pouvait en effet calquer cette anthologie de traductions sur une de ces anthologies de textes latins qui, du fort volume de Georgin aux fascicules de Morisset et Thévenot en passant par quelques tomes de Grimal, ont constitué le matériel pédagogique des classes de nos lycées aussi longtemps que l'horaire d'enseignement du latin était

---

Italicus, Martial, Juvénal, Pline le Jeune, Pétrone, Apulée. Et nous nous sommes partagé Suétone. Mais toutes ces traductions ont évidemment été lues, relues, critiquées et amendées en duo...

censé permettre une véritable « immersion » dans les textes — laquelle tournait généralement, soyons sincères, à la noyade ou se résumait, à l'inverse, à faire sauter les élèves, comme de flaque en flaque, d'un « bout » d'auteur à un autre. Ces sommes souvent très savantes, ont établi comme des constantes que l'étude de Cicéron ne pouvait se concevoir sans la narratio *du* Pro Milone, *qu'il fallait se pénétrer des onze premiers vers de l'*Énéide, *et que Sénèque était tout entier dans la page où il évoque l'humanité des esclaves. Aucun de ces textes n'est évidemment dépourvu de qualités remarquables — mais ils finissaient par occulter d'autres aspects, d'autres œuvres, d'autres beautés.*

Alors, nous avons pris pour règle de montrer la variété plutôt que de célébrer les grandes pages, sans toutefois rejeter par principe ces « morceaux de bravoure » : on trouvera dans ce livre aussi bien la Première Catilinaire *(mais en allant très au-delà de la première page et de son* Quousque tandem..., *afin d'apercevoir le mouvement d'ensemble d'un discours cicéronien) que la description du bouclier d'Énée dans l'*Énéide. *En revanche, dans les* Lettres à Lucilius, *nous n'avons pas forcément choisi les plus « morales » (on sait que les programmes ont longtemps favorisé les textes les plus édifiants), mais préféré des lettres où apparaissent plutôt la sensibilité de Sénèque, sa méthode d'analyse philosophique de l'actualité, ou encore son émotion, rarement feinte, face à la mort et aux douleurs. Aux courts extraits nous avons autant que possible (il faut savoir, là encore, se donner des limites) préféré de longs pans de texte : une scène entière, dans telle comédie de Plaute, ou l'ensemble d'une métamorphose, chez Ovide ; dans un tel mouvement de texte, le lecteur peut trouver le temps de « s'installer » comme un invité. Chez Tacite, nous avons préféré des textes où se laisse lire la grande* *complexité de sa méditation sur l'Histoire et les actions humaines, qui aboutit à la fois à une impitoyable ironie et à une morosité étonnée face à la noirceur des temps qu'il décrit. Ici ou là, les connaisseurs pourront, de la sorte, se laisser surprendre par une page ou un poème qui, d'ordinaire, n'est point admis à figurer dans le bouquet classique des anthologies...*

*

Le principe de traduire les vers par des vers nous a paru aller de soi, dans la mesure où nous nous engagions à respecter la singularité stylistique et esthétique des textes que nous aurions choisis. Laissons aux versions latines le soin de s'acquitter d'un « service minimum » de traduction. On est parfois trompé, mais toujours déçu par les traductions des poètes en prose, rythmée ou non. Que reste-t-il de « poétique », si le lecteur est privé à la fois du rythme et de la mélodie, nous dirons, de la musique particulière de l'écriture poétique ? Lorsqu'on le lit traduit en prose, Virgile semble d'une grande lourdeur, et ne parlons pas des Odes *d'Horace, qui ne chantent plus le moins du monde. La solution d'une « prose rythmée » recouvre de faux scrupules et de vrais renoncements : ni l'œil ni l'oreille du lecteur n'y trouvent leur compte, et la prose reste prosaïque, irrémédiablement. Il faut que, par la régularité métrique, du moins par l'affichage d'un rythme choisi et maintenu, tout autant que par la mise en forme typographique qui, en allant à la ligne, délimite l'espace d'un vers, soit suscitée, chez le lecteur, la reconnaissance d'une allure particulière : on ne voit point qu'un autre signal puisse dénoter, à nos yeux, un texte comme « poétique » (au sens classique du terme : c'est dans ce registre que nous évoluons). En revanche, on ne voit pas de gain formidable à s'imposer la rime, qui contraint à trop de contor-*

sions et marquerait une annexion pure et simple à la métrique française!

Car là commence un débat difficile : les vers latins n'ont ni le statut ni la forme des vers français. Pour la forme, il suffit de rappeler que la métrique du latin n'est pas fondée sur le compte des syllabes, qui constituent les « pieds » de nos vers français. Comme dans d'autres systèmes linguistiques et poétiques, la métrique latine repose sur des combinaisons rythmiques variées, qui s'ordonnent pour composer des « pieds », lesquels se combinent selon des schémas plus ou moins rigides pour former des vers. On sait d'autre part que la rime, longtemps essentielle au vers français, n'existe pas en latin. Enfin, il faut rappeler que la différence entre écriture métrique (oratio vincta) et écriture prosaïque (oratio soluta) ne repose pas, dans la culture littéraire latine, sur l'opposition que nous établirions, en français, entre les traits caractéristiques de la « poésie » (un travail de sublimation du langage) et la fonctionnalité banale de la prose. La poésie latine repose sur une opposition entre parole simple (sermo) et parole « musicalisée » par un travail rythmique strictement codifié.

C'est ainsi que, dans une pièce de Plaute, plusieurs types de vers reposant sur la combinaison de multiples configurations de « pieds » tissent un texte tantôt parlé sur fond musical (il y a toujours de la musique dans ce spectacle), tantôt déclamé-chanté comme un récitatif, tantôt chanté comme nous ferions aujourd'hui dans une opérette : à chaque mode d'intervention de la musique dans la représentation correspond plus ou moins un type d'écriture et une métrique convenable. Cela étant, comment trouver un équivalent satisfaisant en français? Nos comédies ne sont qu'exceptionnellement des comédies musicales, et ce serait forcer le texte de Plaute que d'en faire un « livret » d'opérette de la première à la dernière scène. Chez Molière, le mètre unique de l'alexandrin est employé dans les comédies qui ne sont pas des farces, et l'on sait qu'il y avait, çà et là, des chansons dans les ballets : cela ne restitue pas exactement la diversité de Plaute. Il nous faut toutefois, pour un lecteur qui ne disposera d'aucun fond musical (et pour cause : nous ignorons tout ou presque de la musique antique!), distinguer ce qui avait vocation à être chanté de l'ordinaire dialogue, plus ou moins «dramatisé» par le passage au «récitatif». Il nous a donc paru raisonnable de traduire en prose simple le pur diverbium, pourtant écrit en vers — et de réserver les vers, mis en couplets, aux «chansons» qu'entonnent, ici et là, certains personnages. Traduire tout le texte de Plaute en vers aurait eu pour fâcheux effet de lui donner une forme par trop sophistiquée aux yeux d'un lecteur accoutumé à l'usage français de vers réguliers, rimés ou non : de la même manière qu'il serait démagogique d'accentuer la verve de Plaute en utilisant l'argot et son comique spécifique, alors que l'auteur latin, volontiers leste, ne sombre jamais dans la brutale vulgarité, il faut se garder de le «moliériser», en transformant un spectacle populaire en comédie de Cour.

Pour l'épopée, le passage de l'hexamètre dactylique à l'alexandrin semble aller de soi — bien que, dans la tradition poétique française, le vers épique soit le décasyllabe... Pour nous, la pompe et noblesse de la «diction épique» est, au moins depuis Hugo, étroitement liée à la puissante rythmique du vers de douze pieds (qui peut douter que, si les plus beaux alexandrins se lisent dans Racine, les plus «épiques» sont hugoliens?). Le problème, c'est que la structure de la langue latine, dépourvue d'articles et fort économe en conjonctions, rend quasiment impossible l'idéale correspondance entre un hexamètre dactylique latin et un alexandrin français : si l'on peut, sur quelques vers, s'imposer ce carcan, l'entreprise est ingérable *dans la durée. D'un autre point de vue, pour ne pas dire, dans l'autre sens, la stylistique particulière de la poésie latine (notamment, dans les «genres hauts» comme l'épopée) préconise l'adjonction quasi systématique d'un adjectif épithète à tout nom, puis la disjonction de ce syntagme, et il est évident que cette dispersion des signifiants dans les vers latins y introduisait une sorte de «rythme du sens» à l'intérieur du «rythme des syllabes», le tout s'accompagnant d'un «rythme des sons» dont l'usage envahissant des allitérations et des assonances montre bien l'importance. Il ne faut, en effet, jamais oublier que toute la «littérature» latine fut, en son temps et pendant bien des siècles, composée et «consommée» oralement: l'écrivain n'écrivait pas, il dictait; le lecteur ne lisait pas, il écoutait un «lecteur récitant» (recitare signifie: lire à voix haute), esclave excellemment formé à une lecture expressive et scandée, qui mettait en valeur l'éclat sonore du texte. Autrement dit, sans même évoquer les savantes acrobaties métriques des* Odes *d'Horace, les hexamètres latins recèlent sous leur apparente monotonie un système de diction d'une redoutable complexité: il y a là de quoi décourager tout traducteur.*

Il faut donc faire des choix, et méditer sur la manière dont la tradition française s'est débrouillée face à ces problèmes. Du Bellay procure une solution réaliste: on observe qu'il traduit sans complexe, dans son Hymne à Vénus, *deux hexamètres de Lucrèce par trois alexandrins. C'est souvent la bonne mesure, et l'on peut ainsi conserver un rythme net sans presser trop le texte pour le faire entrer de force dans le moule, chose qui s'obtient généralement en l'amputant de quelques éléments, ou en le condensant au point de le rendre d'une obscurité irrémédiable. En se donnant ainsi de l'espace, on peut plus aisément restituer les mouvements rhétoriques du texte (tous les poètes latins sont de redoutables rhéteurs!), ses ornements parfois gratuits, ses amplifications, ses lourdeurs même, qui, chez Lucain par exemple, sont caractéristiques d'un style en quête de* gravitas. *Il faut bien se garder, en effet, de faire une «traduction cosmétique» — ainsi pourrait-on appeler ces traductions classiques qui, dès le XVIIe siècle, ont «recoiffé» les textes latins les plus ébouriffés, à commencer par Virgile, qui perd, dans les œuvres de l'abbé Delille, tout volume plastique, tout mouvement, toute obscurité... et tout charme. On ne doit pas, non plus, se résoudre à décolorer Lucain, ou à alléger les plis empesés de Lucrèce. Et il faut sans doute, pour les vers des* vates *(les «poètes inspirés» jouant volontiers aux prophètes, par opposition aux* poetae, *plus légers et ludiques) respecter la rigueur et l'arbitraire de la métrique classique française, sa gestion sévère des «e» muets et son refus des coupes acrobatiques. Nous nous y sommes attachés, sans être tout à fait certains de n'avoir point laissé, ici ou là, quelque négligence: voilà ce qu'il en coûte de ne point être nés poètes!*

Voilà pour la comédie et l'épopée, pour lesquelles le bon sens procure aisément des solutions. Mais les autres textes poétiques ont posé des problèmes d'autant plus délicats que la tradition les avait soit délibérément ignorés, soit mal résolus. Nous avons évoqué précédemment les Odes *d'Horace: quel beau chantier pour un traducteur! Rappelons que la composition en strophes, que l'on retrouve dans la plupart de ces pièces, relève d'une métrique totalement étrangère au latin, et «importée» d'après des modèles établis pour la structure particulière de la langue grecque. Il ne suffit pas de saluer au passage le génie d'Horace: il faut imaginer comment, en français, peuvent se «fabriquer» de telles strophes, et donc chercher du côté des* Fables *de La Fontaine, certes, mais aussi de Banville, Gautier, ou Trenet et Gainsbourg. Il n'est pas imper-*

tinent, en effet, pour essayer de restituer le côté «chantable» de ces poèmes (faute d'être certain qu'ils ont été chantés), d'écouter nos chansons, et de les imiter. Seule contrainte: garder le nombre des vers dans la strophe, et leur longueur relative. Telle est la règle que je me suis imposée — en obtenant de René Martin, vigilant gardien de la correction métrique, ces licences dans le décompte des e muets que ces modèles modernes s'accordaient souvent, au nom de la musicalité du vers.

*

Toutefois, notre grand débat aura porté sur la traduction des distiques élégiaques. On se souvient qu'en latin l'élégie est formellement définie par une «formule sacrée»: la succession d'un hexamètre (vers de six pieds) et d'un pentamètre (vers de cinq pieds) formant ce que l'on appelle un distique élégiaque. Rythme inégal, et même bancal, comme Ovide le souligne avec malice: l'élégie est boiteuse, à la différence de l'épopée, sa grande rivale, qui avance à grands pas réguliers d'hexamètre en hexamètre, elle va claudiquant, et c'est cela, nous dit Ovide, qui fait tout son charme. Allez exprimer ce charme en vers français... C'est simple, dira-t-on, il suffit de prendre un alexandrin pour traduire l'hexamètre, et un décasyllabe pour traduire le pentamètre: mutatis mutandis, le compte est bon! L'ennui, c'est que le résultat, satisfaisant pour l'esprit, ne me paraît guère agréable à l'oreille: il n'est pas évident de retrouver ce charme que vante Ovide dans un distique qui, loin de claudiquer avec grâce, bascule d'un vers harmonieux (l'alexandrin) sur une séquence de dix syllabes (le décasyllabe, sorti de nos usages, ne «s'entend» pas spontanément comme un vers: il est prosaïque, et sonne plutôt comme un alexandrin inachevé). Cette combinaison peut sans doute être utilisée dans une pièce courte, pour un effet ponctuel : sur une longue distance, elle m'a paru peu gracieuse, et mal adaptée — au moins trois fois sur quatre, elle condamne à « comprimer » le pentamètre latin, voire à le mutiler, pour que sa traduction tienne dans ce mince tiroir. Et les tentatives pour contourner cet inconvénient en « rallongeant » les composants du distique en français laissent sceptique : en passant à quatorze pieds / douze pieds, on efface totalement la perception d'un rythme poétique. Or c'est bien la nécessité de rendre audible, ou plutôt, de laisser perceptible cette harmonie poétique subtile cultivée par l'élégie, qui a guidé la décision.

Que vaut-il mieux ? Conserver la « boiterie » du texte, marque de fabrique de l'élégie, en sacrifiant sa musicalité ? Ou privilégier la reconnaissance immédiate, par le lecteur, d'une diction poétique dans laquelle la grâce est un enjeu ? Rappelons quel est le « cahier des charges » de l'élégie pour un poète romain : sauf (malheureuse) exception, cette pièce courte traite un sujet qui relève du « genre bas », c'est-à-dire que ses accents, intimistes ou anecdotiques, ne sauraient se perdre dans une rhétorique grandiloquente (en voulant « faire savant », Properce brise le charme). Il s'agit donc de préférer la simplicité, la subtilité, la légèreté — Ovide applique la recette à la lettre. Et d'utiliser pour cela une structure métrique qui affirme le renoncement au « ton épique » non seulement en substituant un pentamètre au second hexamètre, mais en « bouclant » une unité de sens dans l'espace petit et maîtrisé du distique. Il faut bien voir, en effet, que le pentamètre, second vers du distique, n'est pas un hexamètre auquel on a volé un pied. C'est une formule métrique différente, mais fondamentalement symétrique, puisqu'elle est en fait constituée par deux fois deux pieds et demi, avec une contrainte forte : la composition du dernier hémistiche est ne varietur, *et constitue donc, au bout du distique, une « cadence » conclusive nette. Cette donnée, bien vue et longuement traitée par les commentateurs, qui l'associent à juste titre à l'usage de « clore » le sens du distique, a été beaucoup moins prise en compte par les traducteurs. Or il se peut qu'à l'oreille (la lecture dite silencieuse de la poésie s'accompagne d'une « déclamation intérieure » qui restitue cette perception) la perception d'une « cadence » — au sens musical de: séquence rythmique procurant la sensation d'une « chute » conclusive — soit plus pertinente, comme trait spécifique d'une manière poétique, que la disgracieuse succession de deux vers inégaux. Pour une oreille française en tout cas, car nous savons bien que celle-ci est faite à la reconnaissance immédiate de l'alexandrin, indice irréfutable d'une forme poétique, et dans ce contexte rythmique, lorsque le second hémistiche du second vers est configuré comme une « cadence » (du point de vue rythmique) ou une « chute » (du point de vue du sens), cela s'entend. En fait, l'oreille s'accoutume très vite à cette unité d'une couple de vers, et l'on rejoint sans doute là le projet de l'élégie, qui est de briser la continuité formelle du dire épique, exprimé par cette armée d'hexamètres, au profit d'énoncés brefs, donc légers, donc sauvés de la* gravitas *héroïque. On ne gagne rien, ce me semble, à préférer une disgracieuse fidélité d'apparence à une apparente infidélité qui sauvegarde une certaine grâce.*

Enfin, si le « coefficient de foisonnement » (empruntons cette expression aux dialoguistes chargés de faire les textes du doublage sonore des films: elle désigne le rapport, pour un énoncé donné, du nombre de syllabes dans la langue d'origine et en français) requiert parfois trois alexandrins pour deux hexamètres, réduire un pentamètre dactylique — comportant souvent autant de mots latins qu'un hexamètre — en un décasyllabe français conduit à multiplier les mots non traduits. Car la faute inavouée de tant de traductions en vers d'une apparente fidélité formelle, ce sont tous les mots latins jetés par-dessus bord pour alléger le navire. Cette jactura est inévitable, diront certains — et si c'est le seul moyen de faire entrer le vers latin dans le vers français qu'ils ont choisi, ils pourront se prévaloir, entre autres, du précédent de Valéry, qui ne prend pas de gants pour « alléger » Virgile dans sa traduction des Bucoliques. Mais il ne faut pas abuser de cette licence : à terme, plus le poème latin est riche de mots et de sens, plus il s'appauvrit pour tenir dans le moule. S'agissant de l'élégie, l'inconvénient est d'autant plus grave que c'est dans le pentamètre, où se joue la « chute » du distique (souvent spirituelle, notamment chez Ovide : là se joue l'humour), que chaque mot compte...

Mon choix fut donc — malgré les réserves de René Martin ! — de traduire les élégies par des couples d'alexandrins, en respectant aussi nettement que possible la « chute » devenue caractéristique du second, et en prenant appui sur l'artifice typographique que constitue la mise en retrait du second vers ; de même, pour marquer la différence avec les colonnes « épiques » d'alexandrins, pour lesquels, selon l'usage français, le vers commence toujours par une majuscule, nous avons, sauf nécessité grammaticale (nom propre, début de phrase...) laissé la minuscule en tête du second vers du distique, comme dans les strophes lyriques, dans lesquelles les majuscules signalent seulement le début d'une phrase, après ponctuation forte. En d'autres termes, nos distiques sont présentés comme des mini-strophes de deux vers égaux, mais dans un mouvement que le lecteur, je l'espère, percevra aisément, et qu'il pourra comparer à celui qu'engendre, dans Virgile par exemple, la succession des alexandrins « épiques ».

Un choix personnel ? Nous aimerions que le lecteur ne s'offusque pas de cette concession à la subjectivité. Pour le coup, les deux auteurs se rejoignent pour assumer la part d'eux-mêmes qu'ils ont délibérément mise dans cette entreprise. Cette anthologie est, disions-nous plus haut, le reflet de leurs goûts individuels autant que de leur savoir ou de leur savoir-faire. Loin de nous l'idée, un peu naïve au demeurant, que l'on puisse rendre vivante la littérature latine en s'effaçant derrière l'impersonnalité d'un discours scientifique. Ce livre est le reflet de nos passions pour des écrivains, des penseurs et des poètes qui, tout au long de notre vie d'enseignants, nous ont étonnés, laissés perplexes, posé de gros problèmes, séduits, captivés — et même, pour certains, fait soupirer. Il y a désormais plus de trente ans que nous avons, avec René Martin, entrepris des travaux communs sur l'enseignement du latin et l'histoire de la littérature latine. Les pages qui précèdent montrent que nous ne répugnons pas, au bout de toutes ces années, à pousser, entre nous, la dispute. Peut-être les études latines se porteraient-elles mieux, aujourd'hui et demain, si l'on n'avait pas recherché, à tous niveaux, des consensus faciles en niant les problèmes et en ressassant des arguments d'autorité. Puisse cette anthologie procurer à la littérature latine ce qui, demain, donnera un avenir à une discipline fragile, mais précieuse : des lecteurs.

JACQUES GAILLARD

Anthologie
de la littérature latine

PLAUTE

(TITUS MACCIUS PLAUTUS,
VERS 254 — 184 AV. J.-C.)

Plaute n'est pas seulement l'un des pionniers de la littérature latine, il est aussi le seul écrivain de sa génération dont l'œuvre (si l'on en croit certaines sources antiques) nous soit intégralement parvenue. Cela tombe bien, car il est aussi, sans conteste, le plus drôle des auteurs latins, il compte parmi les plus grands comiques de tous les temps, et peut rivaliser avec Aristophane, Rabelais, Molière, Labiche et Chaplin. Son théâtre, qui se compose de vingt et une comédies (dont plusieurs ont inspiré Molière), est en fait gréco-latin plutôt que purement romain, car à son époque les écrivains de Rome ne volent pas encore de leurs propres ailes — si tant est qu'ils l'aient jamais fait — et derrière chacune de ses pièces il y a un modèle grec (un hypotexte) dont lui-même se proclame le simple traducteur; aucun de ces modèles ne nous ayant été conservé, nous ne pouvons pas nous faire une idée précise du degré d'originalité de Plaute, mais nous savons par divers témoignages qu'il s'agissait de traductions fort libres, des adaptations, dirions-nous plutôt, analogues à celles que Molière devait faire à son tour de son Amphitryon ou de son Aululaire. Toujours est-il que son théâtre est représentatif du genre que les Romains appelaient **fabula palliata** *(« la comédie en* **pallium** *»), du nom donné à un manteau caractéristique de l'habillement* *hellénique : l'action se passe en Grèce, les personnages portent des noms grecs, et le public romain devait percevoir ces comédies un peu à la manière dont les Parisiens peuvent percevoir la «trilogie» de Marcel Pagnol. Ces personnages, au demeurant, sont largement stéréotypés, et se retrouvent de pièce en pièce : on y rencontre presque toujours le jeune homme* (adulescens) *amoureux d'une jolie fille, laquelle est le plus souvent une prostituée* (meretrix), *souvent cupide, parfois sentimentale, et tantôt indépendante tantôt propriété d'un «marchand de femmes»* (leno) *; le «vieux», ou le «barbon»* (senex), *autrement dit le papa du jeune homme, qui détient l'argent indispensable à celui-ci pour satisfaire la cupidité de la belle ou du maquereau ; et puis l'esclave débrouillard* (servus callidus), *archétype de nos valets de comédie, qui mène la danse, mettant son astuce au service des amours du jeune homme et extorquant au vieux maître l'argent dont le jeune a besoin ; enfin, gravitant autour du trio* adulescens - meretrix - senex, *divers rôles qui viennent pimenter la sauce, et dont les deux plus fréquents sont le «militaire»* (miles), *qui est en fait un officier servant comme mercenaire à la solde d'un roitelet oriental, et le «pique-assiette»* (parasitus), *un homme libre désargenté, dont la gloutonnerie est sans bornes et qui se fait entretenir par tel ou tel des autres personnages, moyennant des services divers et variés. Cette énumération montre à elle seule que l'intrigue consiste généralement en une histoire d'amour (vénal) contrariée par le manque d'argent, avec pour dénouement le triomphe de l'amour (ou parfois simplement du désir), accompagné de la déconfiture des deux personnages qui incarnent la cupidité ou l'avarice : le* leno *et le* senex*. C'est sur ce thème de base que Plaute, à la suite de ses modèles grecs, brode toutes sortes de variations, en multipliant quiproquos et rebondissements, en faisant une large place à la ges-*

tuelle et aux mouvements scéniques, et en usant d'une langue pittoresque et truculente, populaire sans être argotique et truffée de calembours et jeux de mots en tout genre — le tout constituant ce que les Romains appelaient sa vis comica, *autrement dit son irrésistible drôlerie, qui lui valut de connaître un succès triomphal de son vivant et de rester après sa mort l'un des écrivains latins les plus appréciés.*

Baisers volés

Dans «La Comédie aux ânes» (Asinaria), le jeune Argyrippe est follement amoureux de la belle Philénie, que prostitue sa propre mère, laquelle veut bien la lui louer pendant un an avec contrat d'exclusivité, mais pour la forte somme de vingt mille drachmes. Cette somme, résultant en l'occurrence de la vente d'un troupeau d'ânes (d'où le titre de la pièce), les deux esclaves Léonide et Libanus ont réussi à se la procurer frauduleusement, mais ils ne la donneront à leur jeune maître que moyennant la satisfaction de quelques revendications passablement osées...

LÉONIDE : Écoutez bien ce que j'ai à vous dire, tous les deux, et n'en perdez pas un mot! Primo, nous sommes tes esclaves, Argyrippe, pas question de le nier; mais les vingt mille drachmes dont tu as besoin, suppose qu'on te les fournisse : tu vas nous appeler comment?
ARGYRIPPE : Mes affranchis!
LÉONIDE : Tes affranchis? Dis plutôt tes patrons!
ARGYRIPPE : Va pour mes patrons.
LÉONIDE : Eh bien les vingt mille drachmes, elles sont là, dans cette sacoche que tu vois. Si tu les veux, elles sont à toi.

ARGYRIPPE : Les dieux te bénissent, sauveur de ton maître, honneur du peuple, commandeur des amours ! Donne-moi vite cette sacoche, ou suspends-la à mon cou !

LÉONIDE : Voyons, maître, c'est à moi de la porter, pas à toi.

ARGYRIPPE : Si, si ! Décharge-toi de ce fardeau, remets-le-moi !

LÉONIDE : Jamais de la vie ! C'est moi qui me le coltinerai, et toi, tu marcheras devant moi les mains libres, comme tout maître qui se respecte.

ARGYRIPPE : S'il te plaît, donne-moi la sacoche, je veux sentir son poids sur mon épaule.

LÉONIDE : Écoute, au bout du compte, c'est bien à cette fille que tu vas la donner ? Alors dis-lui de me la demander elle-même !

PHILÉNIE : Mon coco, mon chou, mon petit Léonide, donne-moi cet argent, ne sépare pas deux êtres qui s'aiment !

LÉONIDE : Alors appelle-moi ton petit moineau, ton poulet, ton chéri ; dis-moi que je suis ton toutou, ton minou, ton lapinou ! Et puis tiens, prends-moi par les oreilles, et colle tes lèvres sur les miennes !

ARGYRIPPE : Comment, voyou ? Tu oses lui réclamer un baiser ?

LÉONIDE : Ben quoi ? C'est mal ? Enfin, bon ; mais tu n'auras pas l'argent, si tu ne me caresses pas les genoux.

ARGYRIPPE : S'il le faut absolument, allons-y ! Voilà, je t'ai obéi : je peux l'avoir, maintenant, cette sacoche ?

PHILÉNIE : Oui, Léonide chéri, je t'en supplie, sois le sauveur des amours de ton maître ! Par ce bienfait rachète ta liberté, et du même coup fais de lui ton esclave !

LÉONIDE : Tu es tout plein mignonne, ma belle, et si cette sacoche était à moi, je te la donnerais tout de suite. *(Montrant Libanus:)* L'ennui, vois-tu, c'est que c'est cet individu qui me l'a confiée ; alors c'est à lui qu'il faut t'adresser. Vas-y, ma jolie, vas-y bien gentiment. *(Il lance la sacoche à Libanus.)* Oh camarade, chope-moi ça !

ARGYRIPPE : Canaille ! Tu t'es bien fichu de moi !

LÉONIDE : Je ne voulais pas, maître, je t'assure ! Mais tu m'as tellement mal caressé les genoux ! *(À Libanus :)* À toi de jouer, mec ! Et à toi d'embrasser la fille !

LIBANUS : T'inquiète pas, regarde-moi seulement faire !

ARGYRIPPE : Bon, Philénie, allons vers lui ! C'est un bon garçon, lui, pas une fripouille comme l'autre.

LIBANUS : Faisons les cent pas ; c'est à mon tour de me faire supplier.

ARGYRIPPE : Je t'en prie, Libanus, si tu veux sauver ton maître, donne-moi cet argent ; tu vois bien que je suis amoureux et que je n'ai pas un sou.

LIBANUS : On verra, je ne dis pas non ; reviens en fin de journée. En attendant, dis à ta belle de me présenter sa requête.

PHILÉNIE : Des mots gentils suffiront, ou te faut-il aussi un baiser ?

LIBANUS : Les deux, qu'est-ce que tu crois ?

PHILÉNIE : Eh bien je t'en supplie, sauve-nous tous les deux !

ARGYRIPPE : Libanus, mon cher patron, donne-moi cette sacoche ! Ce n'est pas convenable, pour un patron, de porter un fardeau dans la rue.

PHILÉNIE : Libanus, mon chéri, ma prunelle d'or, mon trésor d'amour, je t'en prie, donne-nous cet argent ! Je ferai tout ce que tu voudras.

LIBANUS : Alors appelle-moi ton petit canard, ton petit pigeon, ton nounours, ton poussinet, et puis fais que j'aie double langue en bouche, comme les serpents, et mets tes jolis bras comme un collier tout autour de mon cou!

ARGYRIPPE : Quoi? Tu veux qu'elle te roule une galoche?

LIBANUS : Je ne le mérite pas, à ton avis? C'est un affront que tu vas me payer cher! J'ai une idée : si tu tiens vraiment à cet argent, tu vas me servir de cheval.

ARGYRIPPE : Te servir de cheval, moi?

LIBANUS : Ah ça oui! Point de cheval, point d'argent!

ARGYRIPPE : Il m'assassine! Enfin, après tout, si tu trouves normal qu'un maître serve de cheval à son esclave, monte sur mon dos!

LIBANUS : Voilà comme on les dompte, ces orgueilleux-là! Mais attends, il faut te mettre comme autrefois, quand tu étais petit, tu vois ce que je veux dire? *(Argyrippe se met à quatre pattes.)* Oui, comme ça, parfait! Je n'ai jamais vu meilleur cheval que toi.

ARGYRIPPE : Allez, monte, qu'on en finisse!

LIBANUS : Voilà, c'est fait. Mais qu'est-ce que c'est que ça? C'est à cette allure que tu avances? Je m'en vais réduire ta ration d'orge, moi, si tu ne trottes pas un peu mieux!

ARGYRIPPE : Franchement, Libanus, ça commence à bien faire, non?

LIBANUS : Tu t'imagines peut-être que je vais céder à tes prières! Je vais te faire grimper la côte à coups d'éperons, après quoi je ferai cadeau de toi au meunier, il aura les moyens de te faire courir... Bon, allez, ça va, arrête-toi! Je vais descendre, mais c'est pure bonté d'âme.

ARGYRIPPE : Et maintenant, s'il te plaît? Vous vous êtes bien moqués de nous, tous les deux, alors vous allez peut-être nous le donner, l'argent? [...]

LIBANUS : D'accord, je crois que la plaisanterie a assez duré : il est à toi.

La Comédie aux ânes (Asinaria),
acte III, scène 3.

Un héros d'opérette

Le Soldat fanfaron (Miles gloriosus), *qui servira de modèle au Matamore du théâtre français, a pour nom Pyrgopolinice (ce qui veut dire « vainqueur des remparts et des villes »), et il est flanqué d'un « parasite » qui vit à ses crochets moyennant force flagorneries et répond au nom d'Artotrogus (autrement dit « Ronge-pain »). C'est sur leur savoureux duo que s'ouvre la pièce.*

PYRGOPOLINICE : Astiquez bien mon bouclier ! Je veux qu'il brille d'un éclat plus vif que le soleil par un beau jour d'été, pour qu'une fois la bataille engagée il éblouisse les yeux des ennemis ! En attendant, il faut que je console mon sabre bien-aimé, car je ne veux pas le voir gémir et se désoler, le pauvre ! Il y a si longtemps qu'il est au chômage, et qu'il brûle de tailler les ennemis en pièces ! Mais où est donc Artotrogus ?

ARTOTROGUS : Présent ! Je suis là, aux côtés d'un guerrier héroïque que chérit la Fortune, qui est beau comme un astre et aux exploits duquel Mars lui-même n'oserait comparer les siens.

PYRGOPOLINICE : Mars, as-tu dit ? C'est bien celui que j'ai sauvé dans les plaines charançoniennes, où commandait en chef Bombomachidès Clutumistharidysarchidès, petit-fils de Neptune ?

ARTOTROGUS : Je m'en souviens... Vous parlez bien de celui dont les armes étaient en or et dont vous balayâtes les légions d'un souffle, comme le vent les feuilles ou le chaume des toits ?

PYRGOPOLINICE : Bah, c'était peu de chose !

ARTOTROGUS : Peu de chose, c'est sûr, par rapport à tout ce que je pourrais dire... *(en aparté)* et que vous ne fîtes jamais ! *(S'adressant au public :)* S'il y a parmi vous quelqu'un qui a vu plus fieffé menteur ou plus grand rouleur de mécaniques que ce type-là, je veux bien devenir son esclave, craché juré, il est mon maître. Seulement, il faut que je vous fasse une confidence : les olives confites qu'on mange chez lui sont proprement géniales !

PYRGOPOLINICE : Où es-tu passé ?

ARTOTROGUS : À vos ordres ! Et, bons dieux, cet éléphant, en Inde, comment que vous lui cassâtes un bras, d'un seul coup de poing !

PYRGOPOLINICE : Comment ça, un bras ?

ARTOTROGUS : Pardon ! Un cuissot, je voulais dire.

PYRGOPOLINICE : Et pourtant j'y étais allé mollo !

ARTOTROGUS : Pardi, si vous aviez cogné de toutes vos forces, vous lui auriez, d'un seul coup de poing, traversé la peau, la bidoche et la gueule !

PYRGOPOLINICE : Laissons cela, pour l'instant. [...] Est-ce que tu as pris...

ARTOTROGUS : De quoi écrire ? Bien sûr !

PYRGOPOLINICE : Je vois qu'il y a accord parfait entre ton esprit et le mien.

ARTOTROGUS : C'est ma mission : connaître à fond vos habitudes, et devancer vos ordres.

PYRGOPOLINICE : Te rappelles-tu...

ARTOTROGUS : Parfaitement : cent cinquante en Cilicie, cent en Scytholatronie, trente Sardes, soixante Macédoniens, c'est le nombre des tués qu'en un seul jour vous fîtes.

PYRGOPOLINICE : Et au total, ça fait combien ?

ARTOTROGUS : Sept mille.

PYRGOPOLINICE : Oui, ça doit être ça ; tu es un bon comptable.

ARTOTROGUS : Oui, et sans noter un seul chiffre j'ai tout ça dans la tête.

PYRGOPOLINICE : Bravo pour ta mémoire !

ARTOTROGUS : Eh ! C'est en mangeant que je l'entretiens.

PYRGOPOLINICE : Ne crains rien : aussi longtemps que tu te conduiras ainsi, tu seras chaque jour invité à ma table.

ARTOTROGUS : Et en Cappadoce, donc ! C'est cinq cents d'un seul coup que vous eussiez occis, si votre sabre ne s'était émoussé.

PYRGOPOLINICE : Je m'en souviens. Mais ce n'était que de la piétaille, alors je les ai laissés vivre.

ARTOTROGUS : À quoi bon dire ce que savent tous les mortels, que vous êtes Pyrgopolinice, le seul, l'unique, le champion toutes catégories du courage et de la beauté, que vos exploits sont insurpassables, et que toutes les femmes en pincent pour vous ? Je les comprends, d'ailleurs... Tenez, pas plus tard qu'hier, y en a deux qui m'ont tiré par la manche.

PYRGOPOLINICE : Ah oui ? Et pour te dire quoi ?

ARTOTROGUS : Eh bien l'une m'a demandé : « C'est bien Achille ? » – « Non, c'est son frère », que je lui ai dit. Alors l'autre : « Qu'est-ce qu'il est beau ! Quelle fière allure il a ! Regarde comme ses cheveux lui vont bien ! Quelle chance elles ont, celles qui couchent avec lui ! »

PYRGOPOLINICE : C'est vrai ? Elle t'ont dit ça ?

ARTOTROGUS : Affirmatif, chef ! Et elles m'ont supplié de vous faire défiler sous leurs fenêtres, comme défile le régiment.

PYRGOPOLINICE : Ah, quelle plaie, d'être trop beau !

ARTOTROGUS : C'est sûr, mais qu'y faire ? Elles sont insupportables, toujours à virevolter autour de moi, toujours à m'implorer de les laisser vous regarder, et même de vous les présenter... C'est bien simple : j'en arrive à n'avoir plus le temps de m'occuper de vos affaires !

PYRGOPOLINICE : Bon, rompez ! Il est l'heure que j'aille payer leur solde aux mercenaires que j'ai recrutés hier...

ARTOTROGUS : Alors allons-y !

PYRGOPOLINICE, *aux hommes de sa garde* : Soldats, en avant, marche !

>   *Le Soldat fanfaron (Miles gloriosus)*,
>   acte I, scène 1.

Un tenancier à poigne

Autre personnage traditionnel, celui du leno, *qui est le propriétaire de femmes esclaves qu'il fait travailler soit dans une maison close soit en les louant pour une durée plus ou moins longue; systématiquement présenté comme cupide et malhonnête, il apparaît comme un personnage à la fois grotesque et odieux, détesté aussi bien de ses clients que de son cheptel féminin, et généralement bafoué à la fin de la pièce. Celui de la comédie intitulée* Le Trompeur (Pseudolus) *porte le nom de Ballion; dès le premier acte il se présente comme une brute sadique, aussi bien à l'égard de son personnel servile que des quatre filles dont il monnaye les charmes — et qui ont l'étrange particularité d'être spécialisées chacune dans un corps de métier...*

BALLION : Amenez-vous ici, mauvaise troupe, bande de paresseux qui m'avez coûté la peau des fesses, bons à rien dont on ne peut rien tirer autrement que par les coups ! Jamais je n'ai vu d'hommes plus semblables à des ânes, tant leurs côtes sont endurcies — c'est au point qu'on s'esquinte soi-même quand on leur cogne dessus ! Ils sont comme ça : ils usent les fouets. Et ils ne pensent qu'à une chose : voler, chiper, et puis décamper quand ils ont le ventre plein. Si c'est pas malheureux ! Je leur confie la garde de la maison, mais autant faire garder ses moutons par des loups ! Pourtant, à les voir comme ça, ils font plutôt bonne impression; mais c'est à l'ouvrage qu'ils se révèlent. [...] Hier soir, vous vous en souvenez? je vous avais réparti vos tâches, mais vous êtes tellement fainéants et vicelards que vous me forcez à vous rappeler votre devoir à coups de fouet, et vous êtes plus durs que lui et que moi-même. Non mais c'est pas vrai, ça! Regardez un peu comme ils font attention à ce que je dis! Ouvrez vos oreilles, bons à rien! Il ne sera pas dit que votre cuir est plus coriace que celui de mon fouet. *(Il les frappe.)* Eh bien, ça vous fait mal? Voilà ce qui arrive aux esclaves qui se moquent de leur maître! Mettez-vous en rang, et ouvrez vos oreilles! Toi, avec ta cruche, remplis d'eau le chaudron du cuisinier; toi, avec ton hachoir, tu es préposé au secteur de la boucherie.

L'ESCLAVE : Mais il est émoussé...

BALLION : Et alors, vous n'êtes pas émoussés, tous autant que vous êtes, à force de coups? C'est pas pour autant que je me passe de vos services! Toi, je te charge d'astiquer la maison, y a de quoi faire, alors au boulot, et plus vite que ça! Toi, prépare les lits de table, toi, nettoie l'argenterie. Je m'absente, maintenant, mais vous avez intérêt à ce qu'à mon retour je trouve tout prêt, balayé, arrosé, essuyé, nettoyé, parfumé. Eh oui, aujourd'hui, c'est mon anniversaire, alors il faut que vous le fêtiez tous avec moi. Toi, le mitron, mets donc à tremper un jambon, de la couenne, des ris de veau et du lard. C'est compris? J'ai à recevoir le gratin de la ville, et je veux mettre les petits plats dans les grands, car je tiens à ce que ces messieurs me croient riche. Alors ne lambinez pas, et que tout soit prêt lorsque arrivera le cuistot! Moi, je vais de ce pas au marché, pour commander la totalité du poisson disponible; passe devant, petit, et fais gaffe que personne ne fasse un trou à la bourse. Et puis non, attends! J'allais oublier de dire quelque chose à ces dames. Holà, les filles, vous entendez ? Écoutez bien, vous aussi, ce que j'ai à vous dire. Oui, mes jolies, vous qui passez vos journées à vous pomponner, à vous dorloter et à prendre du bon temps en compagnie de ces messieurs de la haute, vous, les petites chéries à la mode, je vais savoir aujourd'hui laquelle de vous songe à sa liberté, laquelle à son estomac, laquelle à ses intérêts, et laquelle à roupiller. Parfaitement ! Je vais savoir ce jour même laquelle deviendra mon affranchie, et laquelle je mettrai en vente. Aujourd'hui, je ne vous apprends rien, c'est mon anniversaire : mais ils sont où, tous ces bourgeois dont vous êtes « les yeux, la vie, les délices, les mignonnes, les nénettes adorées, les doux bonbons au miel » ? Arrangez-vous pour que les porteurs de cadeaux affluent ici par compagnies entières ! Sinon, ça sert à quoi, que je vous fournisse robes, bijoux et tout le toutim ? Et qu'est-ce que vous me rapportez, poufiasses que vous êtes, si ce n'est des tracas ? Tout ce que vous aimez, c'est picoler, et pendant que vous vous humectez le gosier, moi je reste à sec. Bon, la meilleure solution, c'est que je fasse l'appel ; comme ça aucune de vous ne viendra tout à l'heure prétendre que je ne lui ai rien dit. Alors ouvrez bien vos oreilles !

Toi d'abord, Hédylie. Tu es spécialisée dans les marchands de blé, qui en ont des montagnes dans leurs greniers. Alors débrouille-toi pour qu'on en apporte ici suffisamment pour toute l'année, et que j'en possède tellement que les gens de m'appellent plus le taulier Ballion, mais le roi Jason ! Quant à toi, Échrodore, qui as pour clients les marchands de viande, dignes émules des marchands de filles (et, soit dit en passant, tout aussi menteurs qu'eux), je te préviens : si je n'ai pas aujourd'hui même trois crocs chargés à se rompre d'échines de porc, eh bien dès demain je te ferai subir le même sort que jadis les fils de Jupiter à Dircé, quand ils l'ont attachée à un taureau; moi, c'est à un croc à viande que je te pendrai, parfaitement, et il te servira de taureau, fais-moi confiance!

PSEUDOLUS: Rien que de l'entendre me met en pétard. Si c'est pas malheureux, que la jeunesse athénienne tolère qu'un tel salaud réside dans nos murs! Où sont-ils planqués, tous les types qui viennent se pourvoir en chair fraîche chez le taulier? Qu'est-ce qu'ils attendent pour se rassembler et pour délivrer le peuple de ce fléau ambulant? Mais je suis trop bête, de poser de telles questions: comment oseraient-ils le faire, alors que le désir fait d'eux les esclaves des salopards de cette espèce, et les empêche de leur faire la moindre peine.

BALLION: À toi, maintenant, Xystilis! Tes michetons ont chez eux d'énormes quantités d'huile. Alors je te préviens toi aussi: si tu ne t'arranges pas pour qu'on m'en apporte ici à pleines outres, c'est toi, oui, toi, que je ferai mettre dans une outre et transporter dans le cagibi d'abattage; et là on te donnera un lit, oh! pas pour y dormir, que non, mais pour que, jusqu'à ce que tu n'en puisses plus... pas besoin de te faire un dessin, je suppose? C'est vrai, quoi? Petite garce, toi qui a tant d'amoureux si largement pourvus d'huile, comment se fait-il qu'aucune de tes petites camarades n'ait les cheveux un tant soit peu brillants? Et que moi je ne mange pas une cuisine un peu plus grasse? Oh mais je sais bien que l'huile, ça ne t'intéresse pas beaucoup: c'est au vin que tu te parfumes. Attends un peu! Je te ferai passer le goût du vin, moi, si tu n'obéis pas à mes ordres. À ton tour, Phénicie! Tu es toujours sur le point, à t'en croire, de me verser l'argent de ton rachat, seulement moi, j'en vois jamais la couleur. Tu es pourtant, sauf erreur, la coqueluche des grossiums de la ville ? Alors si aujourd'hui on ne m'apporte pas, en provenance directe des propriétés de tes amants, de quoi garnir mon garde-manger, demain toi aussi, ma belle, tu feras connaissance avec le cagibi, la peau joliment tannée !

Le Trompeur (Pseudolus), acte I, scène 2.

L'esclave de la ville et l'esclave des champs

Dans chaque pièce de Plaute ou presque, le personnage clef est un esclave retors et débrouillard, qui a pour fonction de pourvoir aux plaisirs du fils de famille et de le mettre à l'abri de la colère paternelle lorsque les choses tournent mal. Dans La Farce du fantôme (Mostellaria), l'esclave en question s'appelle Tranion, et — c'est une des originalités de la pièce — il a pour vivante antithèse un autre esclave, nommé Grumion, qui vient parfois en ville, mais qui est le plus souvent préposé à la ferme que les maîtres, comme il se doit, possèdent aux environs d'Athènes. La pièce s'ouvre sur un dialogue mouvementé entre les deux esclaves, dont l'un incarne le vice et l'autre la vertu, et la scène constitue une véritable «entrée de clowns», qui fait songer aux disputes drolatiques opposant, sur les pistes de cirque, l'«Auguste» et le «Clown blanc».

GRUMION : Allez ouste ! Du balai ! Sors de cette cuisine, voyou, tu as assez fait le pitre au milieu des casseroles. Va-t-en, ruine de tes maîtres, quitte la maison ! Si les dieux me prêtent vie, chenapan, tu vas voir comment je te le ferai payer, moi, à la ferme. Allez, dehors ! Qu'est-ce que tu attends pour déguerpir ?

TRANION, *apparaissant sur le seuil*: Non mais, ça va pas la tête, de gueuler pareillement devant la maison ? Tu te crois à la cambrousse ? Va-t-en toi-même ! Vas-y, à la ferme, on te retient pas ! *(Il le bourre de coups.)* C'est ça que tu cherchais ?

GRUMION : À l'assassin ! Pourquoi tu me cognes ?

TRANION : Parce que tu es vivant.

GRUMION : Patience ! Attends seulement que le vieux maître revienne, oui, laisse-le revenir, lui que tu dévores en son absence !

TRANION : Tu dis vraiment n'importe quoi ! Comment peut-on dévorer quelqu'un qui n'est pas là ?

GRUMION : Petit greluchon de la ville, monsieur le joli cœur, tu as le culot de me reprocher ma campagne ? Mais tu sais bien qu'un jour ou l'autre tu seras emmené au moulin. Car tu ne perds rien pour attendre, Tranion, et tu ne tarderas pas à aller grossir le troupeau des esclaves ruraux, l'engeance des fers-aux-pieds. Alors pour l'instant, tant que ça te chante et qu'on t'en laisse la possibilité, ne te gêne pas, jette par les fenêtres l'argent du maître et transforme en vaurien son brave garçon de fils ! Oui, passez vos jours et vos nuits à picoler, jouez les grécaillons, payez-vous des filles et affranchissez-les, engraissez des pique-assiettes, empiffrez-vous de tout ce qu'il y a de meilleur au marché ! C'est ça, la mission que t'a confiée le vieux, quand il est parti pour l'étranger ? C'est comme ça qu'il s'attend à trouver ses affaires gérées à son retour ? Tu t'imagines peut-être que le rôle d'un bon serviteur, c'est de perdre à la fois le bien et le fils de son maître ? Car il est perdu, le malheureux, depuis qu'il mène ce genre de vie. Quand je pense que dans le temps, de tous les jeunes gens d'Athènes il était le plus sage et le plus économe ! Maintenant c'est dans le vice qu'il est passé champion, et ce beau résultat, c'est à tes leçons qu'il le doit, parfaitement !

TRANION : Non mais des fois ! Mêle-toi de ce qui te regarde ! Au lieu de t'occuper de mes affaires, occupe-toi plutôt des bœufs dont tu es chargé à la ferme ! Moi, ce qui me botte, c'est boire, baiser, courir les filles, et c'est mon dos qui en répondra, pas le tien.

GRUMION : Insolent, tu te prends pour qui ?

TRANION : Pouah ! Que Jupiter et tous les dieux te maudissent ! Tu empestes l'ail ! Répugnant personnage, péquenot, bouc, porcherie ambulante, saloperie de fumier !

GRUMION : Que veux-tu ? C'est comme ça, tout le monde peut pas sentir le parfum comme toi, ni s'installer à table à la place d'honneur comme toi, ni se nourrir comme toi de plats gastronomiques. Garde pour toi tes ortolans, tes poissons, ta volaille ; et laisse-moi manger l'ail qui convient à mon rang. Toi, tu es un veinard et moi non, il faut s'y résigner. Mais ça ne durera pas éternellement, et le jour viendra où j'aurai ma récompense, et toi ta punition.

TRANION : Je vois bien, Grumion, que tu es jaloux de moi, parce que j'ai la bonne vie et pas toi. Et pourtant rien de plus juste : moi, je suis fait pour séduire les filles, et toi pour conduire les bœufs ; moi, je suis fait pour la rigolade, toi tu es fait pour bosser.

GRUMION : Gibier de bourreaux ! T'inquiète pas, le jour viendra où ils te mèneront par les rues, à coups d'aiguillon et le carcan sur la nuque, si jamais le vieux maître revient.

TRANION : Qu'est-ce que tu en sais ? Ce que tu dis, c'est peut-être bien à toi que ça arrivera !

GRUMION : Oh, ça m'étonnerait, parce que moi, je ne l'ai jamais mérité, alors que toi, tu l'as mérité cent fois, et tu le mérites encore !

TRANION : En attendant, ferme-la, si tu ne veux pas refaire connaissance avec mes poings !

GRUMION : Allez-vous me donner du fourrage pour mes bœufs ? Donnez m'en, à moins que vous ne préfériez le manger ! Allez, puisque vous avez commencé, continuez, buvez, vivez à la grecque, mangez, remplissez-vous la panse, taillez dans le gras !

TRANION : Ta gueule, crétin ! Retourne à la cambrousse ! Moi, il faut que j'aille au port, m'acheter du poisson pour ce soir. Pour ce qui est de ton fourrage, je t'en ferai porter demain à la ferme. Qu'est-ce que tu as à me regarder comme ça, pendard ?

GRUMION : Pendard ? Je veux bien, mais ce nom sera bientôt le tien.

TRANION : Oh, tu sais, tant que je vis comme maintenant, ton « bientôt » ne me fait pas peur.

GRUMION : D'accord ! Mais sache bien ceci : ce qu'on ne veut pas arrive bien plus vite que ce qu'on souhaite.

TRANION : Arrête de me taper sur les nerfs ! Casse-toi, et va-t-en à la ferme ! Tu m'as fait perdre assez de temps. *(Il sort.)*

GRUMION, *resté seul* : Et voilà : il est parti sans tenir le moindre compte de mes avertissements. Dieux immortels, je vous en supplie, faites que notre vieux maître revienne bien vite, ça fait trois ans qu'il est absent ! Oui, faites qu'il revienne avant que tout n'ait disparu, la maison et les terres ! Car s'il ne revient pas, le peu qui reste n'en a plus que pour quelques mois. Sur ce, je retourne à la ferme. Car justement je vois venir le fils de notre maître, lui qui était un si bon garçon et qui aujourd'hui n'est plus qu'un voyou...

La Farce du fantôme (Mostellaria),
acte I, scène 1.

La complainte du dépravé

Entre alors en scène le jeune homme en question, Philolachès, qui entonne une chanson que, dans une opérette moderne, on appellerait son « grand air ». Le théâtre de Plaute (c'était l'une de ses originalités par rapport à la comédie grecque) faisait en effet une place importante à la musique, et des scènes chantées (can-tica) étaient, comme chez Labiche, intercalées dans les scènes parlées. Naturellement, tout nous échappe de la musique proprement dite, mais ces passages sont aisément repérables par la métrique, du fait qu'ils comportent des « mètres variés » (diversi modi) — ce qui autorise à recourir, pour les traduire, à une versification à la manière de La Fontaine, en mêlant comme lui alexandrins, décasyllabes, octosyllabes.

PHILOLACHÈS

J'ai beaucoup cogité, dans ma petite tête,
J'ai beaucoup fait trimer ma petite cervelle,
   En admettant, bien sûr, que j'en aie une,
Pour tenter de résoudre enfin ce grand problème :
À quoi ressemble un homme, une fois qu'il est né ?
     Eh bien ça y est, je l'ai trouvé !
Il ressemble en tout point à une maison neuve.
Mais oui ! Et si jamais vous ne me croyez pas,
    Je m'en vais vous le démontrer.
   Écoutez bien, mesdames et messieurs,
   Accordez-moi une oreille attentive,
     Suivez bien mon raisonnement
     Et, j'en suis tout à fait certain,
     Vous serez d'accord avec moi.
Prenez une maison : lorsqu'elle est terminée,
Que tout est achevé, gros œuvre et finitions,
L'architecte est loué, chacun crie au chef-d'œuvre,

> Chacun rêve d'avoir la même,
Tant pis pour la dépense et tant pis pour la peine !
Mais si le proprio est un gros paresseux,
> Négligent, malpropre et sans soin,
La maison sans tarder commence à s'esquinter.
> Et puis voici que survient la tempête,
> Et que du toit elle brise les tuiles
> Que, par paresse, on ne remplace pas ;
> La pluie arrive, et détrempe les murs,
> Et la charpente a tôt fait de pourrir :
> Le beau travail est réduit à néant,
> La maison est inhabitable,
> Et le maçon n'y est vraiment pour rien !
Beaucoup de gens, pourtant, ont pris cette habitude :
Remettant à plus tard des travaux peu coûteux,
Ils laissent peu à peu les murs tomber en ruine ;
> Il faut alors tout rebâtir !
Voilà pour les maisons — vous m'avez bien suivi ?
Eh bien pour les humains c'est tout à fait pareil.
Les deux parents sont les maçons de leurs enfants,
> Car ce sont eux qui en jettent les bases,
Puis, en les élevant, les rendent bien solides,
Et, pour qu'ils soient plus tard parfaits sous tous rapports,
Bien faits de leur personne et pleins de qualités,
> N'hésitent pas à dépenser beaucoup,
> Leur font faire bien des études,
En lettres et en droit, civil et commercial,
> Se saignant même aux quatre veines,
Pour en rendre jaloux tous les autres parents.
Puis arrive le temps de partir à l'armée,
Mais que se passe-t-il, quand la quille est venue ?
Alors là, les maçons n'ont plus rien à y voir,
> Les garçons sont in-dé-pen-dants,
> Et chacun va pouvoir juger
> Ce que devient le bâtiment.

Je vais donc maintenant donner mon propre exemple.
Tant que je suis resté au pouvoir des « maçons »,
    J'ai vécu honnête et sérieux.
Mais livré à moi-même, ô grands dieux quel gâchis !
    Arriva la fainéantise,
    Qui pour moi fut une tempête,
    Et eut tôt fait de balayer
    La toiture de ma vertu,
    Qu'hélas je ne remplaçai point.
    C'est alors qu'en guise de pluie
    Sur moi s'est déversé l'amour.
Et l'amour a coulé au fond de ma poitrine,
L'amour a imprégné mon pauvre petit cœur,
    Et maintenant tous mes soutiens,
    Argent, crédit, renom, honneur,
    Ont totalement disparu :
    Je ne suis plus qu'un bon à rien !
Ma charpente elle-même est toute vermoulue.
Réparer l'édifice ? Hélas ! il est trop tard ;
    Il s'écroulerait d'un seul coup,
    Et personne n'y pourrait rien.
Mon cœur, mon pauvre cœur se remplit de douleur
Quand je pense à celui que je suis maintenant
Et que je le compare à celui de jadis.
Dans Athènes, j'étais, de tous les jeunes gens,
Le plus fort à l'escrime, à la balle, à la course,
Comme au lancer du disque ou bien du javelot,
Cavalier accompli, sportif de haut niveau,
Et cela suffisait à faire mon bonheur.
    Car j'étais pour tous un exemple
    De sobriété, d'endurance,
Et les meilleurs venaient s'instruire auprès de moi.
    Maintenant je suis un voyou,
    Et j'en suis le seul responsable.

La Farce du fantôme (Mostellaria),
acte I, scène 2.

Une sacrée cuite

Dans la scène suivante, arrivent deux autres personnages, le « copain » (sodalis) de Philolachès, nommé Callidamate, qui entre en scène en titubant, accompagné de sa petite amie Delphie, une jeune prostituée, bien sûr, tout comme Philématie, la chérie de Philolachès. Plaute nous offre alors l'archétype de toutes les « scènes de cuite » que nous ont offertes depuis le théâtre et le cinéma.

CALLIDAMATE, *parlant, la voix pâteuse, à son esclave*: Je veux qu'on vienne me chercher de bonne heure chez mon copain Philolachès. Eh! Tu m'entends? C'est à toi que je parle!... *(L'esclave sort.)* Je me suis tiré de la maison où j'avais été invité : j'en avais ras le bol du dîner et de la conversation. Alors je vais finir la soirée chez Philolachès, parce que là, au moins, je suis sûr qu'on va bien rigoler. *(À Delphie:)* T'as pas l'impression que je suis un peu bou... bou.. bourré?

DELPHIE: Pour ça oui, mais ça ne te change pas!

CALLIDAMATE: T'as pas envie qu'on s'embrasse, tous les deux?

DELPHIE: S'il n'y a que ça pour te faire plaisir, à ton service!

CALLIDAMATE: T'es un amour. Et puis non, aide-moi plutôt à marcher!

DELPHIE: Oui, mais essaie de tenir debout!

CALLIDAMATE: Ché... ché... chérie, mon amour en sucre, je suis ton bébé.

DELPHIE: Fais gaffe de pas t'étaler dans la rue! Il ne faut pas te coucher avant que nous soyons installés sur le lit qui nous attend là-bas.

CALLIDAMATE: Non, lai... lai... laisse-moi tomber!

DELPHIE, *sans le lâcher* : Je veux bien, seulement si tu tombes, moi je tombe avec toi.

CALLIDAMATE : C'est pas grave : y aura bien quelqu'un pour nous ramasser quand nous serons par terre !

DELPHIE : Il tient une sacrée cuite !

CALLIDAMATE : Tu dis que j'tiens une sa... sa... sacrée cuite ?

DELPHIE : Donne-moi la main, je ne veux pas que tu te fasses du mal.

CALLIDAMATE : Tiens, la voilà, ma main.

DELPHIE : Allons, viens avec moi !

CALLIDAMATE : Mais pour aller où ?

DELPHIE : Enfin, tu ne le sais pas ?

CALLIDAMATE : Si, si, ça me revient ! Je vais dans une maison où je pourrai... boire.

DELPHIE : Exactement.

CALLIDAMATE : Je m'en souviens très bien. *(Ils arrivent chez Philolachès.)*

PHILOLACHÈS, *s'adressant à Philématie* : Permets-moi, chérie, d'aller les accueillir. De tous mes amis c'est celui qui m'est le plus cher. J'en ai pour une seconde.

PHILÉMATIE, *minaudant* : C'est trop long, une seconde !

CALLIDAMATE : Salut, Philolachès ! Salut, toi que j'aime le plus au monde !

PHILOLACHÈS : Que les dieux te bénissent ! Installe-toi à table, Callidamate. D'où arrives-tu ?

CALLIDAMATE : J'arrive... de là d'où peut venir un homme complètement paf.

PHILÉMATIE : Oh bonjour, ma chère Delphie, installe-toi près de lui !

CALLIDAMATE : Donne-lui à boire, à cette chérie. Moi, je dors !

DELPHIE : Mais qu'est-ce que je vais faire de lui, moi ?

PHILÉMATIE : Laisse-le dormir ! *(À l'esclave qui les sert :)* Allons, toi, pendant ce temps, fais circuler la coupe, et commence par Delphie.

Dans la scène suivante, l'esclave Tranion arrive, en proie au plus complet affolement : il vient de reconnaître, sur le port, le père de Philolachès, qui revient tout juste de son long voyage à l'étranger.

TRANION : Quelle montagne de malheurs je viens d'apercevoir au port ! Le maître est revenu, et c'en est fait de moi ! *(S'adressant au public :)* Y a pas quelqu'un, parmi vous, qui aurait envie de se faire un peu de blé en se faisant mettre en croix aujourd'hui à ma place ? [...] Je suis prêt à offrir la grosse somme au premier qui montera sur le gibet, à condition qu'on lui cloue deux fois les mains et les pieds. Après quoi il pourra toujours exiger d'être payé comptant !

PHILOLACHÈS : Hourrah ! Voilà nos provisions qui arrivent : Tranion revient du port !

TRANION : Philolachès, toi et moi, nous sommes fichus !

PHILOLACHÈS : Que veux-tu dire ?

TRANION : Ton père est là !

PHILOLACHÈS : Qu'est-ce que tu racontes ? Mon père ! Il est revenu ? Mais qui te l'a dit ? Et qui l'a vu ?

TRANION : Moi, je l'ai vu, de mes propres yeux !

PHILOLACHÈS : De tes propres yeux ?

TRANION : Oui, tu es sourd ou quoi ?

PHILOLACHÈS : Si tu dis vrai, je suis mort. Qu'est-ce que je peux faire, maintenant ?

TRANION : Pour commencer, fais vite déblayer tout ça ! Mais qui c'est, le mec qui dort là ?

PHILOLACHÈS : C'est Callidamate.

TRANION : Delphie, réveille-le !

DELPHIE : Allez, réveille-toi !

CALLIDAMATE : Mais je suis tout à fait réveillé. Donne-moi à boire !

DELPHIE : Non : réveille-toi pour de bon ! Le père de Philolachès est rentré de voyage.

CALLIDAMATE : Eh bien bonne santé à son père !

PHILOLACHÈS : Oh je me fais pas de souci pour lui, il va très bien, lui, c'est moi qui suis mort. Allez, debout, debout ! Je te dis que mon père arrive !

CALLIDAMATE : T'as qu'à lui dire de repartir ! Qu'est-ce qui lui a pris, de revenir ?

PHILOLACHÈS : Je suis foutu ! Tout à l'heure mon père va trouver son fils ivre, et la maison pleine de fêtards et de femmes...

TRANION : Oh non ! Voilà l'autre qui a laissé retomber sa tête, et qui pionce de nouveau. Réveille-le !

PHILOLACHÈS : Tu te réveilles, oui ou non ? Je te dis que mon père va arriver d'un instant à l'autre !

CALLIDAMATE : Ton père ? Passe-moi mes sandales, que j'aille chercher mes armes ! Je vais le zigouiller, moi, ton père !

DELPHIE, *excédée* : Tais-toi, je t'en prie !

TRANION : Prenez-le à bras le corps, et emportez-le loin d'ici !

CALLIDAMATE, *se débattant tandis qu'on l'emporte* : Donnez-moi un pot de chambre, bons dieux ! Sinon c'est vous qui allez m'en tenir lieu...

PHILOLACHÈS : Je suis perdu.

TRANION : Tais-toi donc ! J'inventerai bien quelque chose pour apaiser l'orage...

La Farce du fantôme (Mostellaria),
acte I, scènes 3 et 4.

Dispute conjugale

Ce comique farcesque a fait de son vivant même la réputation de Plaute. Mais on trouve aussi chez lui des scènes plus subtiles. Ainsi dans Amphitryon, *première en date des pièces portant ce titre et hypotexte de toutes ces futures réécritures. On connaît la situation: Jupiter, ayant pris en son absence l'aspect du général grec Amphitryon, et accompagné de Mercure qui a pris l'apparence de l'esclave Sosie, s'est offert avec Alcmène, la vertueuse épouse du général, une nuit d'amour au cours de laquelle a été engendré Hercule... Le lendemain, le véritable Amphitryon revient, suivi du véritable Sosie, et a la stupéfaction d'apprendre qu'il est déjà venu la veille au soir. C'est le quiproquo absolu — dont Molière s'inspirera presque littéralement.*

AMPHITRYON: Tu affirmes donc, Alcmène, que, hier, Sosie et moi sommes venus ici?

ALCMÈNE: Mais oui, je l'affirme. À peine arrivé, tu m'as dit bonjour, je t'ai dit bonjour, et je t'ai donné, spontanément, un baiser.

SOSIE: Cette histoire de baiser ne me dit rien qui vaille!

AMPHITRYON: Continue, s'il te plaît.

ALCMÈNE: Eh bien, ensuite tu as pris ton bain.

AMPHITRYON: Soit. Et après?

ALCMÈNE: Tu t'es mis à table.

AMPHITRYON: Continue, je t'écoute!

ALCMÈNE: On a servi le dîner, nous avons mangé ensemble, en tête à tête.

AMPHITRYON: Étendus sur le même lit?

ALCMÈNE: Évidemment!

SOSIE: Cette histoire de dîner ne me plaît pas du tout!

AMPHITRYON : Tais-toi, laisse-la parler! Et... après le dîner?

ALCMÈNE : Tu m'as dit que tu avais sommeil; alors on a desservi la table, et nous sommes allés nous coucher.

AMPHITRYON : Oui, mais toi, où as-tu couché?

ALCMÈNE : Quelle question! J'ai couché avec toi, dans notre chambre.

AMPHITRYON : Ah, c'est le coup fatal!

SOSIE : Que t'arrive-t-il?

AMPHITRYON : Elle vient de me tuer!

ALCMÈNE : Pourquoi dis-tu cela?

AMPHITRYON : Plus un mot! Je suis anéanti : quelqu'un a séduit ma femme en mon absence.

ALCMÈNE : Mais enfin explique-toi! Je ne comprends rien à ce que tu dis, mon mari.

AMPHITRYON : Ton mari, moi? Ne me donne plus, femme trompeuse, ce nom trompeur!

ALCMÈNE : Mais qu'ai-je bien pu faire, pour que tu me parles sur ce ton?

AMPHITRYON : Alors là c'est trop fort! Tu me racontes toi-même ce que tu as fait, et tu oses me le demander?

ALCMÈNE : Mais enfin je n'ai rien fait de mal : j'ai passé la nuit avec toi, toi mon époux légitime.

AMPHITRYON : Ah, parce que tu as passé la nuit avec moi, peut-être? A-t-on jamais vu pareil culot?

ALCMÈNE : L'action dont tu m'accuses est indigne de ma race. Accuse-moi tant que tu veux d'avoir manqué à l'honneur, tu ne pourras pas m'en convaincre. [...] Par Jupiter, le roi des dieux, et par Junon, patronne des épouses, à qui plus qu'à toute autre je dois crainte et respect, je jure qu'aucun autre homme que toi n'a approché son corps du mien pour attenter à mon honneur.

AMPHITRYON : Tu n'as pas peur de proférer ce serment?

ALCMÈNE : Pourquoi aurais-je peur, puisque je suis innocente ? [...] Ma dot, Amphitryon, ce n'est pas ce qu'on appelle de ce nom ; ma dot, c'est la pureté et c'est l'honneur, c'est la maîtrise de mes sens et la crainte des dieux, c'est l'amour de mes parents, et c'est d'être pour toi une épouse docile...

Amphitryon, acte II, scène 2.

En plein quiproquo

Autre quiproquo rendu célèbre par Molière : dans La Comédie de la marmite (Aulularia), *hypotexte de* L'Avare, *le vieil Euclion, modèle d'Harpagon, a enterré dans son jardin une marmite* (aulula) *pleine d'or, faisant office de cassette. Par ailleurs le jeune Lyconide, au sortir d'une beuverie, a violé et rendu enceinte la fille d'Euclion, que celui-ci avait promise en mariage à l'oncle du jeune homme. Or voilà que la marmite a été dérobée par un esclave de Lyconide, et que le vieux vient de découvrir le larcin. S'ensuit une scène fameuse, que Molière devait imiter et parfois traduire littéralement.*

EUCLION : Je suis fichu, je suis mort, je suis assassiné ! Où courir, où ne pas courir ? Arrêtez-le, arrêtez-le ! Qui ? Et comment ? je n'en sais rien, je ne vois rien, je suis aveugle ! Où vais-je, où suis-je, qui suis-je ? Je ne suis plus sûr de rien. *(S'adressant au public :)* Je vous en prie, je vous en supplie, je vous en conjure, ayez pitié de moi, et montrez-moi celui qui me l'a dérobée. Qu'est-ce que tu dis, toi ? Je te fais confiance, tu as la tête d'un honnête homme. Qu'est-ce qui se passe ? Pourquoi riez-vous ? Oh, je vous connais tous : je sais parfaitement qu'il y a parmi vous beaucoup de voleurs qui se dissimulent, bien habillés, tranquillement assis à leur place, et font semblant d'être de braves gens. Alors? Aucun d'entre vous ne l'a volée? Toi, dis-moi, qui est-ce qui l'a? Tu ne le sais pas? Ah, pauvre de moi, c'en est fini! Je suis cuit, anéanti, tant cette fichue journée m'a apporté de malheurs et de tristesse, sans compter la misère et la faim. De tous les êtres vivants je suis le plus infortuné. À quoi bon vivre, maintenant? Tout l'or que je gardais si soigneusement, je l'ai perdu! J'ai vécu de privations pour le conserver, et maintenant d'autres rigolent de mon malheur et de ma perte. C'est impossible à supporter.

LYCONIDE : Quel est cet homme qui hurle devant notre maison, qui se désole et se lamente? Mais je le reconnais, c'est Euclion. Aïe aïe aïe! Je suis fichu : l'affaire est découverte. Il a appris, j'en suis sûr, que sa fille a accouché, et moi je suis bien embêté : vaut-il mieux filer en vitesse ou rester ici? aller le trouver ou bien le fuir? Je ne sais vraiment pas quoi faire!

EUCLION : Qui vient de parler?

LYCONIDE : C'est moi, un pauvre malheureux.

EUCLION : S'il y a ici un pauvre malheureux, c'est plutôt moi, qui suis accablé de malheurs.

LYCONIDE : Garde le moral!

EUCLION : Facile à dire!

LYCONIDE : L'acte dont tu t'affliges tant, vois-tu, c'est moi qui l'ai commis, et je t'en fais l'aveu.

EUCLION : Qu'est-ce que j'entends?

LYCONIDE : La stricte vérité.

EUCLION : Mais quel mal t'ai-je fait, jeune homme, pour que tu te conduises ainsi et que tu causes ma ruine et celle de mes enfants?

LYCONIDE : C'est un dieu qui m'a poussé, et qui m'a entraîné vers elle.

EUCLION : Que dis-tu?

LYCONIDE : J'ai eu tort, je l'avoue, et j'ai pleinement conscience d'avoir mal agi. C'est bien pour ça que je viens maintenant de supplier de me pardonner sans te mettre en colère.

EUCLION : Mais enfin pourquoi as-tu eu l'audace de toucher à ce qui ne t'appartenait pas ?

LYCONIDE : Que veux-tu ? Ce qui est fait est fait. Il faut croire que les dieux l'ont voulu, sans quoi ça ne serait pas arrivé.

EUCLION : Eh bien je vais te dire, moi, ce que les dieux ont voulu : c'est que je te fasse périr chez moi dans les fers !

LYCONIDE : Ne dis pas cela !

EUCLION : Mais enfin pourquoi as tu mis la main, sans mon autorisation, sur ce qui était à moi ?

LYCONIDE : Si j'ai fait cela, la faute en est au vin et à l'amour.

EUCLION : Non mais, espèce d'impudent, tu oses me tenir un pareil discours ! Parce qu'enfin, si on accepte tes principes et les excuses que tu donnes, alors on n'a plus qu'à dérober en plein jour les bijoux des dames, et puis après, si on se fait pincer, on n'a qu'à dire qu'on était ivre, ou qu'on a agi par amour. À t'entendre, si on est ivre et amoureux, on a le droit de faire tout ce qu'on veut ?

LYCONIDE : Ne te fâche pas : faute avouée est à moitié pardonnée.

EUCLION : Eh bien moi, je n'aime pas les gens qui après avoir commis une faute viennent présenter leurs excuses. Puisque tu savais qu'elle n'était pas à toi, tu n'avais pas à y toucher, un point c'est tout !

LYCONIDE : D'accord, seulement le mal est fait : j'y ai touché, je n'en disconviens pas, mais maintenant je ne refuse pas de la garder, de préférence à toute autre.

EUCLION : Quoi ? Tu parles de la garder, et sans mon aval, alors qu'elle est à moi ?

LYCONIDE : Mais je ne refuse pas ton aval, j'estime

seulement qu'elle doit m'appartenir. Oui, Euclion, elle doit absolument être à moi!

EUCLION: Et moi je vais de ce pas porter plainte contre toi, si tu ne rapportes pas...

LYCONIDE: Si je ne te rapporte pas quoi?

EUCLION: Ce que tu m'as volé, bien sûr, et qui m'appartient.

LYCONIDE: Ce que je t'ai volé, et qui t'appartient? Mais enfin... De quoi s'agit-il?

EUCLION: Tu prétends ne pas savoir de quoi il s'agit?

LYCONIDE: Je ne le saurai que si tu me le dis.

EUCLION: Eh bien c'est une marmite que je te réclame, c'est la marmite pleine d'or que tu m'as avoué toi-même avoir volée.

LYCONIDE: Mais enfin je ne t'ai rien volé, et je ne t'ai rien avoué du tout!

EUCLION: Tu nies.

LYCONIDE: Oui, parfaitement, je nie. J'ignore tout de ta marmite et de ton or!

EUCLION: Allez, donne-la-moi! Si tu me la rends, je te promets de ne pas te faire d'ennuis, et je te donnerai même la moitié de l'or.

LYCONIDE: Mais c'est du délire, de me traiter de voleur! Pour tout de dire, Euclion, je croyais que tu voulais parler d'une autre affaire qui, celle-là, me concerne. Une affaire importante, d'ailleurs, et dont j'aimerais bien te parler à loisir.

EUCLION: Parle-moi franchement, Lyconide. Ce n'est pas toi qui as volé mon or?

LYCONIDE: Franchement, ce n'est pas moi.

EUCLION: Et tu ne sais pas non plus qui l'a volé?

LYCONIDE: Pas davantage!

EUCLION: Mais si jamais tu l'apprends, tu me le révéleras?

LYCONIDE: Pas de problème.

EUCLION : Bon, je te fais confiance. Alors maintenant dis-moi ce que tu avais à me dire.

LYCONIDE : Tu as une fille.

EUCLION : C'est exact. Elle est là, chez nous.

LYCONIDE : Et, sauf erreur, tu l'as promise en mariage à mon oncle Mégadore.

EUCLION : On ne peut rien te cacher.

LYCONIDE : Eh bien, mon oncle m'a chargé de t'informer qu'il rompt les fiançailles.

EUCLION : Comment ? Il rompt les fiançailles alors que tout est préparé pour la cérémonie ! Que le maudissent tous les dieux et toutes les déesses !

LYCONIDE : Mais non ! Dis plutôt « Ainsi soit-il » ! Car tout s'arrange, pour toi et pour ta fille.

EUCLION : Bon. Ainsi soit-il !

LYCONIDE : Et maintenant écoute : je vais tout t'expliquer. Quand un homme a commis une faute, s'il a pour deux sous de moralité, il en éprouve de la honte et il cherche à la réparer. Eh bien, Euclion, c'est mon cas : j'avoue que, poussé par le vin et la fougue de la jeunesse, j'ai violenté ta fille pendant les fêtes nocturnes de Cérès ; alors, je t'en prie, pardonne-moi, et donne-la-moi pour femme, conformément à la loi.

EUCLION : Malheur ! Quelle terrible histoire tu me racontes là !

LYCONIDE : Écoute, il n'y a pas de quoi gémir : je t'ai rendu grand-père juste pour le mariage de ta fille. Car figure-toi que, neuf mois après, elle vient de mettre un enfant au monde, et c'est même à cause de cela que mon oncle n'a plus voulu d'elle.

EUCLION : Ce coup-là m'achève ! Les catastrophes me tombent dessus les unes après les autres. Je rentre chez moi pour tâcher de tirer tout cela au clair.

La Comédie de la marmite (Aulularia),
acte IV, scènes 9 et 10.

L'Iliade revisitée

Le comique de parodie n'est pas absent du théâtre de Plaute, et il apparaît notamment dans les passages qui n'étaient ni parlés ni chantés, mais déclamés sur un ton faussement solennel. Ainsi dans cette scène des Sœurs Bacchis (Bacchides): Mnésiloque, fils du vieux Nicobule, s'est laissé séduire par l'une des sœurs Bacchis, deux jumelles qui exercent avec talent le plus vieux métier du monde. Il lui faut donc trouver la forte somme (quatre cents philippes d'or) moyennant laquelle elle vend ses charmes. Son esclave Chrysale (dont le nom signifie « faiseur d'or ») va se charger de les extorquer à Nicobule, au moyen d'une pseudo-lettre de son fils lui demandant le paiement d'une prétendue rançon. Or Chrysale a des lettres, et l'escroquerie qu'il machine va devenir dans sa bouche une nouvelle Iliade.

CHRYSALE

On répète partout que les deux fils d'Atrée
Accomplirent jadis un exploit formidable,
Car, ayant attaqué la patrie de Priam
Dont les remparts étaient de facture divine,
Et puis mené l'attaque avec chevaux et armes,
Avec mille bateaux et des guerriers d'élite,
Ils s'en sont emparés — mais au bout de dix ans.
Eh bien ce n'était rien, à côté de l'assaut
Que moi je vais lancer ce jour contre mon maître,
Sans bateaux, sans armée, sans même un seul soldat!
En attendant, avant que le vieux ne revienne,
Il me plaît de vous faire entendre un chant funèbre.
Ô Troie, grande patrie, ô Pergame, ô Priam,
Vieillard, te voilà mort, car, pauvre malheureux,
Tu vas être tapé de quatre cents louis d'or!

Je possède en effet de précieuses tablettes
Scellées et cachetées, et, vois-tu, ces tablettes,
Sont en réalité ce que fut en son temps
Le cheval que les Grecs poussèrent dans la ville.
Le rôle de Sinon[1], Mnésiloque le tient :
L'autre était étendu sur le tombeau d'Achille,
Mais lui, c'est sur le lit de la belle Bacchis ;
L'autre alluma un feu pour donner le signal,
Mais lui, tout allumé, il brûle pour la belle.
Quant à moi-même enfin, eh bien je suis Ulysse,
Selon les plans de qui tout cela s'exécute.
Et puis les mots qui sont écrits sur les tablettes,
Ce sont les combattants cachés dans le cheval :
Armés de pied en cap tout autant qu'intrépides,
Ils s'en vont attaquer non point un château fort,
Tel celui de Priam, mais bien un coffre-fort,
Et dans l'or du vieillard ils vont bientôt semer
La terreur et la ruine et la désolation.
Notre vieil imbécile est la ville de Troie,
Et moi, je suis Ulysse ainsi qu'Agamemnon.
Ulysse, à ce qu'on dit, fut, comme je le suis,
Audacieux et malin. Un jour, il essaya,
Déguisé en mendiant, de jouer les espions ;
Il s'en fallut de peu qu'il ne fût découvert
Et n'y laissât sa peau. Et moi, pareillement,
J'ai été, voici peu, pris en flagrant délit
De mensonge éhonté, mais j'ai pu m'en tirer
Déjà couvert de liens, par quelque belle ruse. [...]
Mais que notre Priam est supérieur à l'autre !
L'autre, en tout et pour tout, avait cinquante fils ;
Lui en a quatre cents, triés sur le volet.
Et pourtant, aujourd'hui, en deux coups seulement,
Je les massacrerai. Quant à notre Priam,
Pourvu que seulement je trouve un acheteur,

---

1. Sinon, dans le mythe grec, est un espion grec chargé de persuader les Troyens de laisser entrer le cheval de bois dans leurs murs.

Sitôt prise la place, il sera mis en vente.
Oh mais je l'aperçois, debout devant la porte :
Je vais donc l'aborder et lui parler céans.

Les Sœurs Bacchis (Bacchides),
acte IV, scène 9.

Des jumelles irrésistibles...

Mnésiloque a un ami, qui est, pour sa part, tombé sous la coupe de la seconde sœur Bacchis, et dont le père, Philoxène, est un vieil ami de Nicobule. Les deux barbons se mettent en devoir de récupérer et leurs fils et leur argent, avec une détermination du reste inégale, mais ils vont l'un après l'autre succomber au charme (et aux charmes) des deux redoutables séductrices, et la pièce s'achèvera sur le triomphe sinon de l'amour, du moins du désir, en une scène particulièrement enlevée.

BACCHIS I : Dis donc, sœurette, je peux te dire un mot à part ?
BACCHIS II : Dis toujours.
BACCHIS I, *montrant Philoxène* : Tu vois le vioque qui est là-bas ? Je te le livre, tâche de l'apprivoiser joliment. Moi, je me charge de l'autre, celui qui est en pétard. Essayons de les convaincre d'entrer chez nous !
BACCHIS II : D'accord, je vais faire de mon mieux. Mais, j'aime autant te le dire, prendre un cadavre dans mes bras, j'apprécie pas trop.
BACCHIS I : Fais un effort !
BACCHIS II : T'inquiète pas ! Fais ton boulot, je ferai le mien.
NICOBULE : J'aimerais bien savoir ce qu'elles mijotent, toutes les deux.

PHILOXÈNE : Tu sais, mon vieux...
NICOBULE : Qu'est-ce qu'il y a ?
PHILOXÈNE : J'ai un aveu à te faire, mais ça me gêne un peu.
NICOBULE : Et pourquoi ça te gêne ?
PHILOXÈNE : Écoute. Tu es mon ami, alors je peux bien te l'avouer : je suis un vaurien.
NICOBULE : Tu ne m'apprends rien. Mais pourquoi viens-tu me dire ça maintenant ? Explique-toi !
PHILOXÈNE : Eh bien figure-toi que je suis pris à leur piège : c'est comme un aiguillon qui me transperce le cœur !
NICOBULE : Il vaudrait mieux qu'il te pique les côtes. Mais que veux-tu dire exactement ? Je m'en doute un peu, à vrai dire, mais j'aimerais l'entendre de ta propre bouche.
PHILOXÈNE, *montrant Bacchis II* : Tu vois cette fille ?
NICOBULE : Je la vois.
PHILOXÈNE : Elle est pas mal, non ?
NICOBULE : Elle est tout ce qu'il y a de mal, et toi tu es un moins que rien !
PHILOXÈNE : En un mot comme en cent, j'ai très envie d'elle !
NICOBULE : Vraiment, tu as envie d'elle ?
PHILOXÈNE : Pour ça oui !
NICOBULE : Vieux cochon, à ton âge ! Tu n'as pas honte ?
PHILOXÈNE : Quel rapport avec mon âge ?
NICOBULE : Mais enfin c'est un scandale !
PHILOXÈNE : Faut-il le dire ? Je ne suis plus du tout en colère contre mon fils, et tu n'as aucune raison de l'être contre le tien : ils sont amoureux, et ils ont bien raison.
BACCHIS I, *à sa sœur* : Viens avec moi !
NICOBULE : Ah ! Les voilà enfin, ces allumeuses, ces aguicheuses ! Alors ? Nos fils et notre esclave, allez-

vous nous les rendre? ou faut-il qu'on vous les arrache par la force?

PHILOXÈNE, *à Nicobule* : Tais-toi! Quel goujat! Parler si vilainement à une si jolie personne!

BACCHIS I : Mon gentil pépé, le plus gentil du monde, écoute ma prière et laisse-toi fléchir! Renonce à ta colère!

NICOBULE : Ne m'approche pas, ou ton joli minois va prendre un mauvais coup!

BACCHIS I : Je me laisserai faire : tes coups ne me feront pas mal.

NICOBULE : Quelle voix caressante! Aïe aïe aïe! J'ai bien peur pour moi...

BACCHIS II, *montrant Philoxène* : Celui-ci est plus gentil.

BACCHIS I, *à Nicobule* : Tu viens, chéri? Si tu veux gronder ton fils, tu seras plus à l'aise chez moi.

NICOBULE : Veux-tu bien me lâcher, coquine?

BACCHIS I : Mais non, allez, viens, mon gentil monsieur!

NICOBULE : Il n'en est pas question!

BACCHIS II, *montrant Philoxène* : Lui, en tout cas, il ne se fera pas prier!

PHILOXÈNE : Oh que non! C'est même moi qui te prie de m'emmener chez toi!

BACCHIS II : Tu es un chou.

PHILOXÈNE : Mais tu sais à quoi tu t'engages, en m'emmenant chez toi?

BACCHIS II : À me donner à toi?

PHILOXÈNE : Tu l'as dit! C'est mon plus grand désir.

NICOBULE : J'ai déjà vu des vauriens, mais alors toi tu bats tous les records!

PHILOXÈNE : Je ne dis pas le contraire.

BACCHIS I, *à Nicobule* : Viens, je te dis, on sera aux petits soins pour toi : bons petits plats, vins, parfums...

NICOBULE : J'en ai soupé, de vos petits plats! Ils

m'ont déjà coûté assez cher : quatre cents sesterces, qui m'ont été soutirés par mon fils et par Chrysale ! Celui-là, en tout cas, même si on m'en offrait le double, je ne renoncerais pas à le faire mettre en croix !

BACCHIS I : Voyons, si on te rend la moitié de ton argent, tu voudras bien venir avec moi et leur accorder ton pardon ?

PHILOXÈNE : Évidemment qu'il voudra bien !

NICOBULE : Mais pas du tout ! Il n'en est pas question ! Laissez-moi tranquille ! Je tiens à les punir tous les deux.

PHILOXÈNE : Tu vas perdre par ta faute l'aubaine que le Ciel t'envoie. Fais pas l'imbécile : on te rend la moitié du pognon, accepte-la, viens boire, et couche avec la fille !

NICOBULE : Moi, que j'aille boire à l'endroit même où mon fils se débauche ?

PHILOXÈNE : Mais oui !

NICOBULE : Bon d'accord, je n'en suis pas fier, mais s'il le faut je m'y résignerai. Seulement... pendant qu'elle et mon fils se peloteront, moi je tiendrai la chandelle ?

BACCHIS I : Mais non, mon chéri, mais non, c'est toi qui seras dans mes bras et qui auras droit à des gros câlins !

NICOBULE : Rien que d'y penser, j'en ai des frissons dans la tête ! Je suis perdu, je n'ai plus la force de dire non.

BACCHIS I : Eh bien voilà ! Dis-toi bien que le bon temps qu'on se donne dans la vie ne dure pas longtemps, et que si tu laisses passer une bonne occase comme celle d'aujourd'hui, ce n'est pas au tombeau qu'elle se représentera !

NICOBULE : Bon, alors, qu'est-ce que je fais ?

PHILOXÈNE : Comment ? Tu le demandes encore ?

NICOBULE : J'ai à la fois envie et peur.

PHILOXÈNE : Peur ? Mais de quoi ?

NICOBULE : De perdre toute autorité sur mon fils et sur mon esclave.

BACCHIS I : Voyons, mon chou, même si cela arrive, ton fils est ton fils. Où crois-tu qu'il pourra trouver de l'argent, si ce n'est pas toi qui lui en donnes ? Allons, laisse-toi fléchir, et pardonne-leur !

NICOBULE : Comme elle sait s'y prendre ! J'étais pourtant bien décidé, mais je m'incline. Coquine ! Je suis saisi par la débauche, et cela par ta faute !

BACCHIS I : Le jour s'avance. Entrez, tous les deux, et rejoignez vos fils, ils attendent impatiemment...

NICOBULE : Le jour de notre mort, ça je le sais !

BACCHIS II : Le soir tombe. Suivez-nous.

NICOBULE : Conduisez-nous où vous voudrez : nous sommes vos esclaves !

BACCHIS I, *s'adressant au public* : Les voilà joliment pris, eux qui venaient prendre leurs fils !

Les Sœurs Bacchis (Bacchides),
acte V, scène 3.

TÉRENCE
(PUBLIUS TERENTIUS AFER,
VERS 184 — 159 AV. J-C.)

Né l'année où mourut Plaute, et son cadet de deux générations, Térence est pour nous le second représentant de la comédie latine, son œuvre à lui aussi ayant eu le privilège de survivre intégralement au grand naufrage du théâtre romain. Œuvre au demeurant bien moins ample que celle de son aîné, puisque, du fait de sa mort prématurée, elle se réduit à six comédies. Œuvre également bien différente, à la fois de ton et d'esprit, bien qu'inspirée du même théâtre grec que celle de Plaute, et présentant les mêmes personnages dans les mêmes situations: le jeune homme amoureux aux prises avec son père, l'esclave ou le parasite venant à son secours, la femme vénale coûteuse et le maquereau cupide, ces vieilles connaissances se retrouvent chez Térence, même si la jeune fille pauvre et dépourvue de dot y tient plus de place que la courtisane.

Néanmoins, Plaute et Térence sont comme deux cuisiniers qui utiliseraient les mêmes produits, mais les prépareraient selon des recettes passablement différentes: Plaute les accommode le plus souvent avec une sauce fortement épicée, alors que Térence les cuisine plus volontiers à la crème qu'au piment. Aussi son théâtre est-il nettement moins comique: il vise à provoquer plutôt le sourire que le rire, la langue est moins truculente, l'écriture plus raffinée, les scènes moins mouvementées, et il arrive même que l'on soit plus près du « drame bourgeois » cher à Diderot que de la franche comédie : du reste, c'est Diderot lui-même qui voyait dans le théâtre de Térence une préfiguration de ce genre dramatique dont il s'était fait le théoricien.

D'autre part, Térence fait une large place à un problème qui n'était pas inconnu de Plaute, mais qu'il traite de manière presque sérieuse, voire philosophique, à savoir celui de l'éducation. Celle-ci doit-elle être répressive ou permissive, contraignante ou tolérante ? Cette question est récurrente dans son théâtre, même si Térence, en fin de compte, ne tranche pas franchement entre les deux conceptions, et semble conclure par une philosophie du « juste milieu » chère à son modèle grec de prédilection, le poète comique Ménandre qui avait été le disciple d'Aristote et de Théophraste. Il est enfin probable que Térence est resté plus proche de ses modèles helléniques que Plaute, donc, disons-le, beaucoup moins original : c'est ainsi qu'il a totalement renoncé aux scènes chantées introduites par Plaute, revenant au théâtre entièrement parlé qui était celui de Ménandre et des autres comiques grecs. D'ailleurs, le fait que toutes ses pièces, à la différence de celles de Plaute, portent un titre grec est en soi significatif de ce souci de « coller aux modèles »...

Ces différences considérables entre les deux écrivains s'expliquent dans une large mesure par des raisons sociologiques : alors que Plaute écrivait essentiellement pour le « grand public », Térence exerce son activité au sein du cercle aristocratique des Scipions, ces grands seigneurs romains qui, au IIe siècle, se mettent à l'école de la Grèce et cherchent à introduire à Rome tous les raffinements de la pensée hellénique. Térence apparaît donc comme un intellectuel écrivant pour des intellectuels ; aussi son théâtre ne recueillit-il pas toujours le succès auprès du public populaire — et *telle de ses pièces vit même les spectateurs déserter carrément les gradins pour courir à un spectacle de gladiateurs! Mais lui-même est, en revanche, devenu très tôt l'un des auteurs le plus souvent inscrits au programme des «lycéens» romains, un classique parmi les classiques — on ne peut pas plaire à tout le monde...*

Les remords d'un père

Heautontimoroumenos, *dont le titre grec signifie littéralement «Celui qui se châtie lui-même» (on le traduit en général par* Le Bourreau de soi-même*) est une des comédies de Térence qui posent avec le plus de netteté le problème des relations entre père et fils et celui, conjoint, de l'éducation. Sa première scène est sans conteste l'une des pages les plus célèbres de la littérature latine, et l'une de ses répliques («Je suis un être humain...»), reprise par Cicéron et extraite de son contexte, est devenue l'expression même de ce que l'on appelle couramment l'humanisme. Par ailleurs, la scène relève, sinon du drame bourgeois à proprement parler, du moins de la comédie larmoyante, et l'on est assez loin de la drôlerie plautinienne.*

CHRÉMÈS : Bien que nous ne nous connaissions que de vue, et seulement depuis le jour où vous avez acheté, voici peu, cette propriété voisine de la mienne, votre mérite, ou bien le simple fait que nous soyons voisins — chose qui est déjà à mes yeux un début d'amitié — m'ont poussé à vous adresser la parole pour vous dire, en toute franchise, que votre comportement ne correspond ni à votre âge ni à votre condition. Car enfin, grands dieux! que cherchez-vous? que voulez-vous? Vous me paraissez avoir la soixantaine, peut-être même plus; personne, dans la région, ne possède de propriété meilleure ni de plus grand prix ; vous avez en outre un grand nombre d'esclaves, et pourtant on dirait vraiment que vous n'en possédez aucun, à voir l'énergie que vous dépensez pour faire le travail à leur place ! Si tôt que je sorte le matin, si tard que je rentre le soir, je vous vois, sur votre terre, en train de bêcher, de labourer ou de transporter quelque fardeau. Bref, vous avez l'air d'être aux travaux forcés, sans le moindre égard pour vous-même, et je vois bien que vous ne faites pas cela par plaisir. Vous allez me dire que c'est de voir le peu de travail qu'on fait ici qui vous chagrine. Je veux bien, mais quand même ! Tout le mal que vous vous donnez pour faire ce travail, si vous vous le donniez pour faire travailler les autres, ce serait bien plus efficace !

MÉNÉDÈME : Dites, mon vieux, vos propres affaires vous occupent donc si peu, que vous vous occupez de celles des autres, qui ne vous regardent en rien ?

CHRÉMÈS : Je suis un être humain, et j'estime qu'à ce titre, rien ne m'est étranger de ce qui est humain. Dites-vous qu'en fait je cherche à m'informer. Car enfin, de deux choses l'une : ou bien vous avez raison d'agir comme vous le faites, et alors il faut que j'en fasse autant ; ou bien vous avez tort, et dans ce cas j'ai le devoir de vous en détourner.

MÉNÉDÈME : Ma conduite me convient, à moi ; quant à vous, conduisez-vous comme ça vous chante !

CHRÉMÈS : Mais enfin à quel homme convient-il d'être pour lui-même un bourreau ?

MÉNÉDÈME : À moi.

CHRÉMÈS : Si vous avez quelque chagrin, vous m'en voyez navré. Mais, dites-moi, quelle en est la cause ? Pourquoi méritez-vous pareille punition ?

MÉNÉDÈME, *fondant en larmes* : Hélas !

CHRÉMÈS : Ne pleurez pas ! Apprenez-moi plutôt ce que vous avez, quoi que ce soit ! Dites-moi tout, n'ayez pas peur de vous confier à moi. Ou bien je vous consolerai, ou bien je vous conseillerai, ou bien je vous donnerai de l'argent, si cela peut vous être utile.

MÉNÉDÈME : Vous voulez savoir ce qu'il y a ?

CHRÉMÈS : Oui, et je viens de vous dire pourquoi.

MÉNÉDÈME : Je vais tout vous expliquer.

CHRÉMÈS : Bon, mais pendant que vous le ferez, posez au moins cette pioche, et interrompez votre travail !

MÉNÉDÈME : Il n'en est pas question !

CHRÉMÈS : Mais pourquoi cela ?

MÉNÉDÈME : Souffrez que je ne m'accorde aucun répit, aucune pause.

CHRÉMÈS : Non, je ne le souffrirai pas.

MÉNÉDÈME : Ce n'est pas juste !

CHRÉMÈS, *lui enlevant la pioche des mains* : Un outil aussi lourd, a-t-on idée ?

MÉNÉDÈME : C'est tout ce que je mérite.

CHRÉMÈS : Et maintenant, parlez !

MÉNÉDÈME : Eh bien voilà. J'ai un fils unique, un tout jeune homme. Quand je dis « j'ai », je ferais mieux de dire : « j'avais ». En fait, je ne sais même pas si je l'ai ou si je ne l'ai plus !

CHRÉMÈS : Je ne comprends pas.

MÉNÉDÈME : Vous allez comprendre. Il y a ici une pauvre vieille, originaire de Corinthe ; mon fils est tombé follement amoureux de sa fille, au point de la traiter presque comme son épouse légitime — et tout cela à mon insu. Mais j'ai fini par apprendre la chose, et alors je me suis mis à le traiter de manière inhumaine, sans la moindre indulgence, comme le font d'ailleurs la plupart des pères, et non pas comme il aurait fallu s'y prendre avec son cœur malade. Chaque jour je l'accablais de reproches : « Tu t'imagines peut-être pouvoir te conduire encore longtemps comme ça, et, alors que moi, ton père, je suis en vie, traiter une maîtresse presque en femme légitime ? Si tu crois cela, Clinia, tu te trompes, et tu me connais bien mal ! Je veux bien qu'on t'appelle mon fils aussi longtemps que tu agis d'une manière digne de toi ; mais dans le cas contraire je saurai bien te punir comme tu le mérites. En fait, tout cela vient de ce que tu as trop de loisirs. Moi, à ton âge, je ne pensais pas à avoir des maîtresses ; j'étais pauvre, et pour cette raison je me suis engagé comme soldat en Asie, où j'ai trouvé fortune et gloire sur les champs de bataille. » Résultat : à force de m'entendre lui seriner ce discours, mon fils s'est laissé convaincre ; il a estimé que j'en savais plus que lui et que je voyais mieux les choses, et à son tour il est parti en Asie, Chrémès, pour servir dans l'armée d'un roi !

CHRÉMÈS : Que dites-vous ?

MÉNÉDÈME : Je dis qu'il est parti, sans même m'en avertir. Et il y a trois mois que je suis sans nouvelles de lui.

CHRÉMÈS : Vous êtes à blâmer autant l'un que l'autre. Mais ce qu'il a fait, en tout cas, témoigne d'un cœur à la fois délicat et résolu.

MÉNÉDÈME : Dès que ceux qui étaient dans le secret m'eurent appris son départ, je suis rentré chez moi, affligé, bouleversé, éperdu de chagrin. Je revois la scène : je m'assieds, des esclaves accourent, me retirent mes chaussures ; j'en vois d'autres s'empresser, préparer le dîner, étendre des couvertures sur les lits, chacun s'efforçant d'adoucir autant qu'il le pouvait le chagrin dans lequel ils me voyaient plongé. Constatant cela, j'ai commencé à me dire : « Tant de gens se mettent en peine pour moi seul et s'efforcent de me satisfaire, moi et rien que moi ! Ai-je vraiment besoin de tant de servantes pour m'habiller ? Faut-il vraiment que je fasse tant de dépenses pour moi tout seul ? Et mon fils unique, qui avait autant que moi, et même, vu son âge, plus que moi droit à tout cela, je l'ai flanqué à la porte, le malheureux, en toute injustice! Eh bien, aussi longtemps qu'il vivra cette vie de misère, privé par ma faute de sa patrie, aussi longtemps je me punirai, je peinerai, j'économiserai, je me priverai de tout, je me ferai esclave pour lui. » Et c'est ce que j'ai fait : je n'ai rien laissé dans la maison, ni vaisselle ni vêtements ; j'ai tout liquidé, servantes, esclaves, à l'exception de ceux qui rapporteraient le prix de leur entretien en travaillant aux champs, tout ça je l'ai vendu aux enchères, et la maison par-dessus le marché ; c'est ainsi que j'ai pu acquérir cette propriété, où je m'astreins au travail. Il m'a semblé, Chrémès, que je serais moins coupable envers mon fils si j'étais malheureux moi-même, et j'ai décidé de me priver de tous les plaisirs tant qu'il ne serait pas revenu sain et sauf pour les partager avec moi.

CHRÉMÈS : À mon avis, votre caractère vous pousse à être affectueux envers vos enfants, et le sien à être un fils obéissant, à condition qu'on le traite correctement, et conformément à la justice. Seulement vous le connaissiez mal, et lui non plus ne vous connaissait pas bien. Pourquoi? Cela se produit lorsqu'on ne vit pas selon la vérité : jamais vous ne lui avez montré combien vous l'aimiez, et jamais lui-même n'a osé vous confier ce qu'il est normal de confier à son père. Si vous l'aviez fait, l'un et l'autre, ce malheur ne serait jamais arrivé.

MÉNÉDÈME : Vous avez raison ; je l'avoue : j'ai commis une lourde faute.

CHRÉMÈS : Écoutez, Ménédème, j'ai la conviction que très prochainement il vous reviendra sain et sauf.

MÉNÉDÈME : Les dieux vous entendent!

CHRÉMÈS : Ils le feront. En attendant, puisque c'est aujourd'hui la fête de Dionysos, venez donc dîner à la maison, ça me fera plaisir.

MÉNÉDÈME : Impossible !

CHRÉMÈS : Pourquoi donc ? Ménagez-vous un tout petit peu, je vous en conjure : votre fils, s'il était là, serait le premier à vous le demander.

MÉNÉDÈME : Non et non ! Je l'ai contraint à vivre à la dure, et il n'est pas question qu'aujourd'hui je me la coule douce.

CHRÉMÈS : C'est bien décidé ?

MÉNÉDÈME : Absolument.

CHRÉMÈS : Eh bien, au revoir !

MÉNÉDÈME : Au revoir ! *(Il sort.)*

CHRÉMÈS : Ce pauvre vieux m'a arraché des larmes, et il me fait vraiment de la peine.

Le Bourreau de soi-même
(Heautontimoroumenos), acte I, scène 1.

Les frères ennemis

Adelphi (« Les frères », en grec — on use généralement, en français, du titre : Les Adelphes) est sans doute la pièce la plus fameuse de Térence. Les frères en question, Micion et Déméa, sont deux « barbons » dont l'un a adopté l'un de ses deux neveux, Eschine — pratique courante dans l'Antiquité. Les deux hommes ont en matière d'éducation des théories et des pratiques diamétralement opposées, et sont en l'occurrence des « frères ennemis ». Leur dialogue, dans la deuxième scène, est particulièrement savoureux, bien que modérément comique.

MICION : Eschine n'est pas rentré de la nuit, et je n'ai vu revenir aucun des esclaves que j'avais envoyés à sa rencontre. Ah, c'est bien vrai, ce qu'on dit : si l'on rentre chez soi en retard, mieux vaut que se soit passé ce que dit ou imagine une épouse en colère, plutôt que ce que disent et imaginent des parents attentionnés. Car une épouse, si l'on tarde à rentrer, s'imagine tout de suite qu'on court la gueuse, ou qu'une femme vous court après, ou qu'on est en train de boire et de bambocher, bref qu'on se donne du bon temps, pendant qu'elle-même se morfond dans la solitude. Tandis que moi, comme mon fils n'est pas rentré, je me fais tout de suite des idées et je m'inquiète pour lui : il a peut-être attrapé froid, ou il a eu un accident, ou il s'est cassé quelque chose... Ah, pourquoi faut-il donc que l'on place dans son cœur un être qui vous soit plus cher que vous-même ? Et pourtant ce garçon n'est même pas né de moi, c'est un fils de mon frère — qui ne me ressemble vraiment pas et ne m'a jamais ressemblé ! Moi, j'ai préféré les agréments de la ville et les loisirs, et, ce que l'on considère généralement comme un bonheur, je suis resté célibataire ; lui, il a fait tout le contraire : il a passé sa vie à la campagne, en s'astreignant à trimer et à économiser ; il s'est marié, il a eu deux fils — dont j'ai adopté l'un, que j'ai élevé depuis sa petite enfance, que j'ai considéré et aimé comme mon propre gosse, et qui fait mon bonheur — il est même tout ce que j'aime au monde ! Je fais tout ce que je peux pour que cet amour soit réciproque : je suis généreux, tolérant, je me garde d'exercer tous mes droits de père, ce qui fait que lui, au lieu de faire à mon insu les frasques qu'on se permet à son âge, ne me cache rien de celles-ci. Car celui qui a pris l'habitude de mentir à son père et de le tromper fera ensuite la même chose avec tout le monde. À mon avis, pour empêcher les jeunes de faire des bêtises, mieux vaut faire appel à leur sens de l'honneur que leur inspirer de la crainte. Sur ce point également mon frère est en total désaccord avec moi ; il ne croit pas à ces principes, et à tout moment il vient me trouver en criant : «Dis donc,

Micion, pourquoi pousses-tu ce garçon à sa perte ? Pourquoi a-t-il une maîtresse ? Pourquoi fréquente-t-il les banquets ? Et pourquoi lui donnes-tu de l'argent pour cela ? Pour sa toilette aussi tu es trop complaisant. Tu es vraiment trop faible ! » Eh bien non, c'est lui qui est trop dur, au-delà de ce qui est normal, et il fait totalement fausse route, s'il se figure que l'autorité qui repose sur la force est mieux établie que celle qui naît de l'affection. En tout cas, voilà ma méthode et ma conviction : celui qui accomplit son devoir sous la menace d'une punition ne le fait qu'aussi longtemps qu'il croit que sa conduite peut se savoir ; mais s'il pense que personne ne saura ce qu'il fait, alors il s'abandonne à ses mauvais penchants ; au contraire, celui que l'on s'attache en étant gentil avec lui s'efforce de rendre la pareille et, que l'on sache ou que l'on ignore ce qu'il fait, se conduit de la même façon. Le devoir d'un père, c'est donc d'habituer son fils à bien agir spontanément et non point par la crainte d'autrui : c'est toute la différence entre un père et un maître. Celui qui n'est pas capable de cela, il n'a qu'à avouer qu'il ne sait pas s'y prendre avec les enfants ! Tiens, mais voilà justement mon frère qui s'amène. Hou là là ! Il n'a pas l'air content ; j'ai la nette impression que je vais une fois de plus en prendre pour mon grade... Bonjour, Déméa ! Je suis content de te voir en bonne santé.

DÉMÉA : Alors toi, tu tombes à pic : j'ai à te parler.

MICION : Tu m'as l'air bien sombre. Qu'est-ce qui t'arrive ?

DÉMÉA : Tu me demandes, avec l'Eschine que nous avons, pourquoi j'ai l'air sombre ?

MICION, *à part* : Je l'avais bien dit ! *(Haut:)* Qu'est-ce qu'il a donc fait ?

DÉMÉA : Qu'est-ce qu'il a fait, lui qui n'a honte de rien, qui n'a peur de personne, qui ne respecte aucune loi ? Mais laissons de côté ce qu'il a fait dans le passé : aujourd'hui, il a battu ses records !

MICION : Comment cela ?

DÉMÉA : Il a pénétré par effraction dans une maison, en défonçant la porte, il a rossé le propriétaire et tout le personnel, et il a kidnappé une fille dont il était amoureux ! Tout le monde crie que c'est un forfait abominable ; à mon arrivée, Micion, qu'est-ce qu'il m'a fallu entendre ! On ne parle que de ça en ville. Mais enfin, bons dieux, s'il doit suivre un exemple, ne voit-il pas son frère s'occuper de notre propriété et passer sa vie à la campagne, dans l'économie et la sobriété ? Ils sont à l'opposé l'un de l'autre. Je dis cela pour Eschine, Micion, mais je le dis aussi pour toi, car s'il est devenu un voyou, le vrai fautif, c'est toi !

MICION : Nul n'est plus injuste qu'un homme sans expérience, qui n'approuve que ce qu'il fait lui-même.

DÉMÉA : Que veux-tu dire ?

MICION : Je veux dire que toi, Déméa, tu fais complètement fausse route ! Ce n'est pas une honte, pas du tout, qu'un jeune homme coure les filles et fasse la fête, ni même qu'il défonce des portes. C'est vrai que ni toi ni moi, dans le temps, ne nous sommes conduits ainsi, mais c'est tout simplement parce que nous étions dans la dèche. Toi, aujourd'hui, tu présentes comme un mérite ce qui n'était que la conséquence de notre pauvreté, et en cela tu es parfaitement injuste ; car si nous avions eu les moyens de faire des frasques, tu sais fort bien que nous ne nous serions pas gênés. Alors toi, si tu avais pour deux sous d'humanité, tu permettrais à ton fils d'en faire, tant que c'est de son âge, plutôt que de savoir qu'aussitôt après ton enterrement il s'empressera de s'éclater, même si alors ce n'est plus de son âge !

DÉMÉA : Tu veux me faire tourner en bourrique, ou

quoi ? Tu penses vraiment qu'une telle conduite n'est pas une honte pour un jeune homme ?

MICION : Bon, écoute ! J'en ai ma claque que tu me rebattes les oreilles du même discours ! Il faut que les choses soient claires : tu m'as donné ton fils en adoption ; à partir de ce moment-là, il est devenu mien ; donc s'il fait des bêtises, Déméa, c'est moi, et pas toi, qui en supporterai les conséquences. Il fait la fête ? Il se parfume ? C'est à mes frais. Il s'offre une donzelle ? C'est moi qui paie. Et ça durera aussi longtemps que ça me plaira ; le jour où ça ne me plaira plus, il se fera peut-être plaquer, on verra bien. Il a défoncé une porte ? On la fera réparer. Il a déchiré des habits ? On les fera raccommoder. Grâce aux dieux, j'ai encore de quoi payer, et pour l'instant ça ne me gêne pas. Donc tais-toi, ou alors désigne-nous un arbitre : je n'aurai pas de mal à montrer que, dans cette affaire, le plus fautif, c'est toi !

DÉMÉA : Arrête ! Et apprends à être père auprès de ceux qui savent vraiment l'être !

MICION : Tu es son père par la nature, moi je le suis par la raison.

DÉMÉA : Il vaut mieux entendre ça que d'être sourd !

MICION : Si tu continues sur ce ton, salut ! Faut-il que je t'entende rabâcher toujours la même chose ?

DÉMÉA : Mais c'est que je me fais du souci.

MICION : D'accord, moi aussi. Mais, Déméa, partageons-nous le souci à parts égales : occupe-toi de l'un, et moi de l'autre. Car si tu t'occupes des deux, c'est comme si tu voulais me reprendre celui que tu m'as donné.

DÉMÉA : Excuse-moi, Micion, mais je ne suis quand même pas un étranger pour vous ! Enfin, si je vous gêne... Tiens, je m'arrête ! Tu veux que je m'occupe d'un seul ? C'est bon, je m'en occuperai, et je rends grâces aux dieux qu'il soit comme je le souhaite. Quant au tien, il s'apercevra plus tard... Bon, je n'insiste pas! *(Il sort.)*

MICION, *resté seul* : Il n'a pas entièrement tort, mais il n'a pas non plus entièrement raison. [...] C'est un fait que, dans cette affaire, Eschine semble être allé un peu loin. Quel être! Avec quelle fille n'a-t-il pas couché? À laquelle n'a-t-il pas donné de l'argent? Enfin, j'ai un peu l'impression qu'il en a assez de toutes, parce que, l'autre jour, il m'a dit qu'il voulait se marier. J'ai pensé qu'il s'était calmé, et j'avoue que je m'en réjouissais. Et puis voilà que ça a l'air de le reprendre... Mais je vais aller à sa recherche, pour en avoir le cœur net.

Les Adelphes (Adelphi),
acte I, scènes 2 et 3.

Dans la suite de la pièce va éclater un comique de situation flagrant : en effet, la jeune femme qu'a enlevée Eschine est une prostituée, pensionnaire d'une maison close, mais le jeune homme l'a kidnappée non pour son propre compte, mais pour celui de son frère, Clitiphon, celui-là même que Déméa croit profondément vertueux, et qui en réalité ne l'est pas plus que l'autre... Comme quoi les deux méthodes d'éducation, bien que diamétralement opposées, aboutissent au même résultat !

CICÉRON
(MARCUS TULLIUS CICERO,
106 — 43 AV. J.-C.)

C'est assurément, avec Virgile, le plus grand nom de la littérature latine — le plus célébré, en tout cas, par la tradition. Le plus grand orateur? Il était reconnu comme tel dès son époque, et admiré même par ses rivaux. Au demeurant, il est le seul dont nous ayons conservé les discours, si l'on excepte le Panégyrique *de Pline, et ce signe ne trompe pas : par nécessité (ni l'essentiel des* Verrines *ni le plaidoyer pour* Milon, *pourtant exemplaire, n'ont été prononcés), par opportunité (il ne fallait pas que s'oublient les graves paroles des* Catilinaires*), par souci de sa propre gloire, Cicéron a fait copier et publier ses discours et bon nombre de ses plaidoyers, en les remaniant sans doute assez pour leur donner cette allure de perfection qui en fit des modèles. Lus et relus par la postérité, ils illustrent les vertus majeures d'une éloquence riche, l'ampleur des argumentations, l'aisance dans tous les tons, cette abondance* (copia verborum) *toujours bien ordonnée, rythmée, balancée. Pour qui étudie la rhétorique, on trouvera là toutes les figures, de mots et de pensée, toutes les techniques de la persuasion, tous les registres de l'émotion. Mais si le lecteur moderne se sent à même d'apprécier l'élan et la portée politique de ces grands moments d'éloquence, il est plus mal à l'aise pour se mouvoir dans le décor historique, institutionnel et juridique de ces discours. Il est* donc facile d'admirer l'orateur Cicéron, mais plus difficile de le lire — ou de le traduire : souvent, l'accumulation des anaphores, la masse trop ornée de la période oratoire, les effets de détail et les balancements alourdissent irrémédiablement, comme en jugeait des Esseintes, « la prose ampoulée de l'homme au pois-chiche » — car c'est à une verrue ressemblant à cette graine, ou à une ride sur son nez, bref, à un « pois chiche » (cicer) sur leur visage que les hommes de la famille Tullia devaient cet amusant cognomen : Marcus le fit passer à la postérité !

Toutefois, la vie et l'œuvre de Cicéron doivent se lire comme une conquête : conquête des honneurs politiques, pour le bourgeois d'Arpinum, né loin de Rome et de la noblesse sénatoriale, puis valeureux consul ; conquête d'une éloquence éclairée par la culture la plus large possible, et par une « morale de l'éloquence » dont le De oratore montre la beauté ; conquête d'un nouveau territoire littéraire, avec le projet réussi de fonder une littérature philosophique en langue latine, et celui, laissé intact pour les écrivains à venir, d'une historiographie belle à lire et à méditer (historia ornata) ; conquête, enfin, d'une sagesse très personnelle, faite d'hésitations qui sont souvent des scrupules plutôt que des lâchetés, d'admirations sincères pour les grands auteurs, les grands hommes, les sages et les héros, et, en fin de compte, d'engagements personnels très forts, sur le tard, nourris de stoïcisme, mais aussi d'amour pour la République — il mourra pour avoir, dans ses Philippiques, attaqué Antoine après avoir célébré les assassins de César, et en offrant au moins l'esquisse d'une idéologie à un jeune homme nommé Octave, le futur Auguste.

En fin de compte, la vie et l'œuvre de Cicéron illustrent une idée très platonicienne : rien n'est parfait, mais tout est perfectible, et c'est dans cet effort de perfectionnement que se vérifie, en tout domaine, la sin-

gularité du génie humain. On aurait vingt motifs de juger sévèrement le politicien marqué par l'échec, le phraseur ressassant l'ingratitude de ses concitoyens à son égard, le calculateur maladroit (sa correspondance, qui n'était pas faite pour être publiée, nous en montre de belles...). Mais on a cent raisons de voir en lui non seulement un homme sensible, un écrivain généreux, un véritable humaniste, mais encore et surtout, avec vingt siècles d'avance, peut-être, le premier intellectuel. Chacun sait que ce statut ne suscitera jamais une admiration unanime...

Les «Verrines»

Caïus Verrès, gouverneur de Sicile, avait, comme tant d'autres magistrats en province, commis des abus de pouvoir nombreux et variés. Les Siciliens portent plainte contre lui, et confient leurs intérêts à Cicéron, qui avait été unanimement apprécié dans ses fonctions de proquesteur sur l'île, à Lilybée — belle occasion pour cet homo novus de se faire valoir comme orateur, mais aussi comme «jeune loup» d'une nouvelle génération politique.

Une fois débarrassé des obstacles dressés par Verrès pour l'empêcher de conduire l'accusation, Cicéron n'eut même pas besoin de prononcer les Verrines en entier: l'accusé prit la fuite. Il ne restait plus à l'orateur frustré d'audiences qu'à publier, dans toute son extension, la gigantesque plaidoirie qu'il avait minutieusement préparée (et qu'il n'aurait jamais eu le temps de déclamer sous cette forme!). En cinq discours, l'avocat démontait le «système Verrès». En variant le ton, ironique pour évoquer sa paresse, technique pour détailler ses escroqueries, mordant pour flétrir ses passions, pathétique enfin pour dénoncer *ses crimes et tenter de dramatiser l'enjeu politique du procès.*

Une farce

Verrès adorait les œuvres d'art, et ne reculait devant aucun méfait pour enrichir sa collection. Dans toutes ses « missions » (par exemple, lorsqu'il était légat en Carie, province de l'Asie Mineure), il ne pensait qu'à sa passion; et, en Sicile, ses hautes fonctions lui permettent de dépouiller méthodiquement ses administrés, avec l'aide de deux « experts ».

Originaires de Cibyre, Tlépolème et Hiéron étaient deux frères, dont l'un, paraît-il, était sculpteur sur cire, et l'autre peintre. À Cibyre, ils furent soupçonnés, je crois, d'avoir pillé un sanctuaire d'Apollon, et, redoutant la condamnation du tribunal et de la loi, ils s'enfuirent de chez eux. Ils avaient appris que Verrès était passionné pour leur art, lorsque celui-ci était venu à Cibyre avec une mission sans objet véritable (des témoins vous l'ont confirmé), et, en s'enfuyant de chez eux, c'est auprès de lui qu'ils s'exilèrent, lors de son séjour en Asie. Pendant cette période, il les garda auprès de lui et se servit beaucoup de leur diligence et de leurs conseils pour les pillages et les vols qu'il fit étant légat. C'est à eux que, dans ses registres, Quintus Tadius note avoir remis, sur l'ordre de Verrès, une somme « aux peintres grecs ». Il apprit à bien les connaître, les éprouva par la pratique, et les emmena avec lui en Sicile. Arrivés là, comme de véritables chiens de chasse, ils flairaient admirablement tous les objets d'art et les quêtaient à la piste, si bien que, d'une manière ou d'une autre, ils découvraient où se trouvait le moindre d'entre eux. Par des menaces, par des promesses, en faisant intervenir des esclaves, des affranchis, des hommes libres, par l'intermédiaire d'un ami ou d'un ennemi, ils le découvraient. Et de tout ce qui leur avait plu, la perte était inévitable. Ceux à qui l'on réclamait leur argenterie ne souhaitaient qu'une chose : qu'elle ne plaise pas à Hiéron et Tlépolème.

Mais, juges, écoutez ce que je vais vous raconter. Je vois encore Pamphile de Lilybée, qui fut mon ami et mon hôte, un homme de qualité, me raconter cette histoire : Verrès lui avait, par abus de pouvoir, dérobé une aiguière faite de la main de Boethos, d'un remarquable travail, d'un poids considérable, et il s'en était revenu chez lui abasourdi de tristesse, parce qu'on lui avait volé ce vase d'une telle qualité, hérité de son père et de ses ancêtres, et dont il n'usait que les jours de fête ou à l'arrivée de quelques hôtes. « J'étais assis chez moi, me dit-il, plein de tristesse, lorsque soudain accourt un esclave du temple de Vénus. Il m'ordonne d'apporter séance tenante au préteur mes coupes ciselées. Je suis bouleversé : j'en avais une paire, je les fais sortir l'une et l'autre et, pour éviter encore pire malheur, j'ordonne qu'on les porte avec moi, en litière, au palais du préteur. Quand j'arrive là, le préteur faisait la sieste ; les fameux frères de Cibyre faisaient les cent pas. Ils me voient et me demandent : "Où sont tes coupes, Pamphile ?" Je les leur montre, tout triste ; ils en disent grand bien. Je me mets à me plaindre : il ne me resterait plus aucun objet de quelque valeur, si ces coupes aussi m'étaient enlevées ! Alors, ces deux-là, quand ils me virent bouleversé : "Qu'est-ce que tu veux bien nous donner, pour qu'on ne t'enlève pas tes coupes ?" Bref, ils me demandèrent mille sesterces ; je dis que je les paierais. Sur ces entrefaites, le préteur appelle, demande les coupes. Alors, les deux gars se mirent à dire au préteur qu'ils avaient pensé, car c'était ce qu'on leur avait dit, que les coupes de Pamphile avaient quelque valeur ; en fait, c'était un travail de bas de gamme, indigne de figurer dans l'argenterie de Verrès. Lequel déclare que c'était aussi son avis ! » Et c'est comme ça que Pamphile repart avec ses superbes coupes.

Pour ma part, je savais bien, avant cela, que prétendre s'y connaître en de tels objets était une foutaise, mais je m'étonnais que cet individu eût quelque jugement en ces matières ; pour le coup, et pour la première fois, je compris en quoi les frères de Cibyre étaient utiles à Verrès : pour voler, il se servait de ses propres mains, mais voyait par leurs yeux.

Verrines, 2, IV, 30 *sqq.*

Un drame

Les crimes les plus graves commis par Verrès concernent ses abus de pouvoir sur la personne des citoyens romains, que leur citoyenneté rendait sacro-saints. Le pire fut sans doute commis avec le supplice, en place publique, d'un certain Gavius de Compsa, accusé d'être un espion à la solde d'esclaves révoltés. Dans une furieuse crise de colère, Verrès lui infligea les verges et la croix, qui étaient le châtiment réservé aux esclaves.

Verrès en personne se rend au forum, embrasé par sa fureur criminelle. Ses yeux étincelaient, de tout son visage jaillissait la cruauté. Tous attendaient : jusqu'où irait-il ? qu'allait-il faire ? Et soudain, il ordonne que l'on traîne l'homme devant lui, qu'en plein milieu du forum on le déshabille et qu'on le ligote, et que l'on apprête les verges. Le malheureux criait qu'il était citoyen romain, du municipe de Compsa, qu'il avait servi à l'armée sous les ordres de Lucius Raecius, chevalier romain de tout premier plan, négociant à Palerme, qui, sur tout cela, pourrait renseigner Verrès. Mais celui-ci dit avoir été informé que cet individu avait été envoyé comme espion en Sicile par les chefs des esclaves fugitifs ; de cette accusation, nulle preuve, nulle trace, nul soupçon chez qui que ce soit ; puis Verrès ordonne qu'on entoure l'homme et qu'on le fouette le plus fort possible.

On tailladait à coups de fouet un citoyen romain, en plein forum de Messine, et, cependant, dans le douloureux claquement des coups, nul gémissement, nulle autre parole de ce malheureux ne se laissait entendre, que ces mots : « Je suis citoyen romain ! » En rappelant ainsi son droit de citoyen, il pensait qu'il écarterait tous les coups, qu'il sauverait son corps du supplice. Non seulement il ne parvint pas à détourner la violence du fouet par ses prières, mais encore, tandis qu'il implorait encore et encore et se réclamait de son titre de citoyen, une croix, oui, une croix était apprêtée à l'intention de cet infortuné accablé de malheur, qui n'avait même jamais vu ce fléau de Verrès !

Ô liberté, au nom plein de douceur ! ô justice, merveille de notre cité ! ô lois Porcia et Sempronia ! ô pouvoir des tribuns, si fortement regretté, et enfin rendu aujourd'hui à la plèbe romaine ! Toutes ces garanties ont-elles donc abouti à ce qu'un citoyen romain, dans une province du peuple romain, dans une ville d'alliés de Rome, fût ligoté et tailladé de coups par celui qui s'était vu confier les haches et les faisceaux par les suffrages du peuple romain ? Quoi ! quand on lui appliquait les braises, les lames rougies, tous les autres instruments de torture, même si ses douloureuses supplications et sa voix pitoyable ne te retenaient pas, Verrès, tu ne te laissais pas émouvoir ni par les pleurs ni par l'immense gémissement des citoyens romains alors présents ? Tu as osé, Verrès, crucifier un homme qui disait qu'il était citoyen romain ? [...]

Tu ignorais qui il était, tu le soupçonnais d'être un espion ? Je ne cherche pas à savoir sur quoi se fondaient ces soupçons, je t'accuse d'après tes seules paroles : il affirmait qu'il était citoyen romain. Toi, Verrès, si, arrêté chez les Perses ou au fin fond de l'Inde, tu te voyais conduit au supplice, que dirais-tu dans tes cris, sinon que tu es citoyen romain ? Toi, un inconnu, chez ces peuples inconnus, chez ces barbares, chez ces hommes du bout du monde, le nom illustre et fameux de ta cité aurait pu te protéger — et cet homme, quel qu'il fût, dont tu t'emparais pour le lier à la croix, et que tu ne connaissais absolument pas, lorsqu'il affirmait être citoyen romain, devant toi, un préteur, cet homme n'a même pas pu, en invoquant sa citoyenneté et en la revendiquant, je ne dis pas t'échapper, mais obtenir que l'on diffère son exécution ?

Des hommes de petite condition, de naissance obscure sillonnent les mers, abordent à des rivages qu'ils n'ont jamais vus auparavant, où ils ne peuvent ni être reconnus par les habitants de ces lieux ni trouver des garants de leur identité. Et pourtant, en ne se fiant qu'à leur qualité de citoyens, ils pensent être en sûreté, non seulement devant nos magistrats, que retient le risque d'être sanctionnés par nos lois ou par l'opinion publique, ni même seulement devant leurs concitoyens, auxquels ils sont unis par la langue, le droit et maints autres liens : non, partout où ils ont débarqué, ils ont ferme espoir que ce titre les protégera. Ôte cet espoir, ôte cette protection aux citoyens romains ; décrète qu'il n'est d'aucun secours de dire : « Je suis citoyen romain!», et qu'un préteur ou n'importe qui d'autre peut impunément faire supplicier à sa guise un homme qui affirme être citoyen romain, sous prétexte qu'il ne le connaît pas: dès lors, toutes les provinces, dès lors, tous les royaumes étrangers, dès lors, toutes les cités libres, dès lors, le monde entier, qui toujours s'ouvrit largement à nos concitoyens, oui, en avançant cet argument dans ta défense, ce sont tous ces espaces que tu fermes, Verrès, aux citoyens romains!

Verrines, 2, V, 162 *sqq.*

Les «Catilinaires»

Élu consul en 63, Cicéron se trouve confronté à une grave crise: Lucius Sergius Catilina, candidat battu, a fomenté une conspiration. Cet étrange personnage, descendant ruiné d'une noble famille, a rassemblé autour de lui une bande assez hétéroclite de «ripoux» et de «déçus du régime» et levé une petite armée, avec pour but de s'emparer du pouvoir par un coup de force. Situation très délicate pour un consul sans grand poids politique personnel, qui a obtenu du Sénat, le 20 octobre 63, les pleins pouvoirs conférés par le senatus consultum ultimum, *procédure d'extrême urgence qui autoriserait une répression radicale. Mais comment faire usage de cette arme redoutable, alors que, dans les rangs même des sénateurs, bien des personnalités influentes ont, vis-à-vis du conjurateur, une attitude des plus ambiguës? Donc, à la force armée Cicéron préfère les discours: les quatre* Catilinaires, *prononcées alternativement devant le Sénat et le peuple, montrent comment un orateur peut sauver la République, atteindre à la gloire... et compromettre gravement son avenir personnel.*

Haro sur Catilina!

Bien informé, le consul sait tout : le 8 novembre 63, devant le Sénat réuni dans le temple de Jupiter Stator, il bouscule Catilina, présent dans la salle, par un discours d'autant plus percutant qu'il commence ex abrupto, *sans exorde ni précaution oratoire... Ses premiers mots («Quousque tandem abutere, Catilina...»), ainsi que le fameux «O tempora! o mores!», qu'on entend au passage, sont passés à la postérité. L'assaut fut si vif qu'il contraignit Catilina à quitter le Sénat, puis Rome — il s'en alla rejoindre la petite armée de ses conjurés.*

Jusques à quand, à la fin, Catilina, abuseras-tu de notre patience? combien de temps encore ta rage esquivera-t-elle nos coups? jusqu'où t'emportera ton audace effrénée? Rien, ni cette garnison, la nuit, au Palatin, ni ces rondes de nuit à travers la Ville, ni cette peur qui travaille le peuple, ni ce rassemblement massif des bons citoyens, ni le choix de ce lieu, le mieux protégé de tous, pour tenir séance du Sénat, ni ce qui se lit sur tous ces visages, rien, non, rien de tout cela ne t'a fait t'émouvoir? Tes desseins sont percés à jour, tu ne le sens pas? ta conjuration est étranglée par tous ces hommes qui la connaissent, tu ne le vois pas? ce que tu as fait la nuit dernière, ce que tu as fait la nuit d'avant, où tu étais, qui tu as convoqué, ce que tu as décidé, qui, penses-tu, l'ignore parmi nous? Ah! quelle époque! quelles mœurs! tout cela, le Sénat le sait, le consul le voit — et lui, Catilina, vit encore! Il vit? que dis-je? Il vient au Sénat, il participe au conseil de la République, il marque et désigne du regard ceux d'entre nous qu'il assassinera! Et nous, hommes de cœur, nous croyons faire assez pour la République, si nous

nous gardons saufs de sa folie et de ses armes ! C'est toi, Catilina, qu'il aurait fallu, sur ordre du consul, conduire à la mort, et depuis longtemps, c'est sur toi qu'aurait dû se porter cette destruction que tu complotes contre nous ! Quoi ! Scipion, cet homme immense, grand pontife, alors que Tiberius Gracchus faisait à peine trembler l'équilibre de l'État, le mit à mort, en agissant sans mandat public, et ce Catilina, qui brûle de dévaster le monde par le fer et par le feu, nous, alors même que nous sommes consuls, nous devrons le tolérer jusqu'au bout[1] ? Je passe sur des exemples trop anciens, comme ce Caïus Servilius Ahala qui, de sa main, abattit Spurius Maelius, qui méditait une révolution[2]. Il y eut, oui, il y eut jadis dans notre République cette vertu qui faisait que des hommes valeureux, pour repousser un citoyen pernicieux, le châtiaient plus violemment que l'ennemi le plus acharné. Contre toi, Catilina, nous avons le pouvoir conféré par un sénatus-consulte énergique et sévère ; au soutien de l'État ne font défaut ni la sagesse ni l'autorité des membres du Sénat ; c'est nous, oui, nous, les consuls, je le dis haut et fort, qui lui faisons défaut.

Jadis, un décret du Sénat prescrivit à Lucius Opimius, consul, de veiller à ce que la République ne subisse aucun dommage[3]. Point de délai, pas même

---

1. Publius Cornelius Scipion Nasica n'exerçait aucune charge officielle lorsqu'il suscita une émeute fatale au séditieux tribun Tiberius Gracchus, en 133 av. J.-C.
2. Le riche chevalier romain Spurius Maelius se conciliait la plèbe par ses distributions de blé : il fut accusé de démagogie par le dictateur Cincinnatus, qui dépêcha contre lui son maître de cavalerie Caïus Servilius Ahala. Lequel passa Maelius par le fil de son épée (435 av. J.-C.).
3. Lucius Opimius, consul en 121 av. J.-C., fit assassiner Caïus Gracchus, en application des pleins pouvoirs qui lui avaient été conférés par le *senatus consultum ultimum* dont Cicéron, dans cette phrase, rappelle les termes très vagues : « que la République ne subisse aucun dommage ».

une nuit : pour quelques soupçons de sédition Caïus Gracchus fut mis à mort, malgré l'immense gloire de son père, de son grand-père, de tous ses ancêtres ; on exécuta Marcus Fulvius, un ancien consul. Un même sénatus-consulte confia le salut de l'État à Caïus Marius et Lucius Valerius : y eut-il un seul jour de délai avant que Lucius Saturninus, tribun de la plèbe, et Caïus Servilius, préteur, subissent la peine de mort que leur infligeait l'État ? Et nous, voilà vingt jours que nous laissons s'émousser l'autorité des sénateurs ici présents. Eh oui, nous avons les pouvoirs d'un tel senatus-consulte, mais nous le laissons enfermé dans un placard d'archives, comme une arme laissée au fourreau ; et d'après ce sénatus-consulte, Catilina, tu aurais dû être aussitôt mis à mort. Tu vis ! Tu vis, non pour renoncer à ta criminelle audace, mais pour la confirmer encore ! Je veux bien, Sénateurs, être clément ; je veux bien, dans un tel péril pour la République, ne pas paraître perdre mon sang-froid ; mais moi-même, désormais, je m'accuse de mollesse, je m'accuse de lâcheté.

Un camp est planté en Italie, contre le peuple romain, dans les combes de l'Étrurie ; le nombre des ennemis grandit chaque jour ; et le chef de ce camp, le général de ces ennemis, il est dans nos murs et nous le voyons jusque dans ce Sénat, fomentant chaque jour, de l'intérieur, la perte de la République. Si je donne l'ordre, Catilina, que l'on t'arrête, l'ordre que l'on te tue, j'aurai plus à craindre que les bons citoyens me reprochent d'avoir trop tardé à donner cet ordre, plutôt que quiconque s'en aille dire que j'aurais agi sauvagement !

Et pourtant, ce qu'il aurait fallu faire depuis longtemps, j'ai une bonne raison de ne pas me laisser encore amener à le faire maintenant. Alors seulement, Catilina, tu seras mis à mort, quand il ne se trouvera personne d'aussi malhonnête, d'aussi criminel, d'aussi semblable à toi pour ne point reconnaître que ta mort était juste. Tant qu'il y aura un homme pour oser prendre ta défense, tu vivras comme tu vis aujourd'hui, cerné par ma garde personnelle, qui est nombreuse et déterminée, afin de t'empêcher de commettre le moindre mouvement contre la République. Mieux : à ton insu, comme jusqu'à aujourd'hui, maints yeux, maintes oreilles t'espionneront et te surveilleront. Eh bien, Catilina, que peux-tu encore attendre, si la nuit ne peut masquer de ses ténèbres tes conciliabules criminels, si ta propre maison ne peut même pas contenir entre ses murs les secrets de ta conjuration, si tout vient à la lumière, si tout fait fracas ? Change tes projets, crois-moi : oublie les massacres, oublie les incendies. De tous côtés, on te tient ! Le jour est moins clair pour nous que tous tes plans : si tu le veux bien, passe-les en revue avec moi.

Te souviens-tu que, le 20 octobre, je disais au Sénat qu'à une date bien déterminée, qui serait le 27 octobre, Caïus Manlius, l'acolyte et l'instrument de ton audace, prendrait les armes ? Est-ce que je me suis trompé, Catilina, je ne dis pas seulement sur cet événement si grave, si terrible, si incroyable, mais, chose bien plus étonnante, sur sa date ? C'est encore moi qui ai dit au Sénat que tu avais fixé le massacre des aristocrates du Sénat au 28 octobre, date à laquelle de nombreuses personnalités de la Ville se sont enfuies de Rome non point tant pour sauver leur vie que pour s'opposer à tes desseins ? Peux-tu nier que ce jour-là, circonvenu par mes gardes et par ma vigilance, tu n'as pu tenter aucun mouvement contre la République, alors même que, voyant que tous les autres étaient partis, tu disais, toi, que ma mort, puisque j'étais resté, suffisait à te contenter ? Quoi ? lorsque tu étais sûr et certain, le 1er novembre, de t'emparer de Préneste, tu n'as pas réalisé que si cette colonie avait été équipée pour se défendre, c'était par mes gardes, mes sentinelles, mes vigiles ? Tu ne fais rien, tu ne prépares rien, tu ne médites rien qui ne remonte à mes oreilles, bien plus, que je ne voie de mes yeux, que je ne connaisse à fond !

Enfin, passe en revue avec moi les événements de cette avant-dernière nuit : alors, tu comprendras que je veille bien plus activement, moi, pour le salut de la République que tu ne veilles, toi, pour sa ruine. J'affirme que, cette avant-dernière nuit, tu es venu rue des Taillandiers (je ne laisserai rien dans l'ombre !) chez Marcus Porcius Laeca ; là sont venus te retrouver plusieurs complices de ta folie criminelle. Oses-tu le nier ? Tu te tais ? Si tu nies, je le prouverai. Car je vois ici, dans le Sénat, certaines personnes qui étaient avec toi. Dieux immortels ! Dans quel peuple du monde sommes-nous ? quel État est le nôtre ? dans quelle ville vivons-nous ? Ici, ils sont ici, parmi nous, Sénateurs, dans cette assemblée qui est la plus sainte, la plus grave du monde, ils sont ici, ceux qui méditent notre mort à tous, ceux qui méditent la disparition de cette ville, que dis-je ? du monde entier ! Moi, le consul, je les vois de mes yeux, et je soumets à leurs avis des décisions politiques, et ces gens qu'on aurait dû passer au fil de l'épée, mes paroles leur épargnent encore leurs blessures !

Donc, Catilina, tu étais chez Laeca cette nuit-là. Tu as partagé et distribué l'Italie ; tu as fixé l'endroit où chacun devait se rendre ; tu as choisi qui tu laissais à Rome, qui tu emmenais avec toi ; tu as délimité et réparti les quartiers de la ville à incendier ; tu as confirmé que tu allais bientôt sortir de Rome ; tu as dit que la seule chose qui désormais te retardait, c'était que je sois encore vivant. Il se trouva deux chevaliers romains pour te libérer de ce souci, et pour promettre de me tuer cette même nuit, dans mon propre lit, juste avant le lever du jour. Tout cela, votre réunion était à peine dissoute que j'en étais déjà informé; j'ai consolidé la protection de ma maison en augmentant ma garde personnelle; j'ai fermé ma porte aux gens que tu avais envoyés me saluer de bon matin, et ceux qui sont venus était ceux-là mêmes dont j'avais annoncé à l'avance la venue pour cette heure précise à plusieurs personnalités de premier plan.

Puisqu'il en est ainsi, Catilina, continue dans la direction où tu t'es engagé! une bonne fois, sors de cette ville! les portes sont grandes ouvertes! va-t'en! là-bas, dans ce camp de Manlius qui est ton camp, on a trop besoin de toi comme général en chef! Et aussi, emmène avec toi tous tes amis! au moins, fais-en sortir de la ville le plus possible, ça la nettoiera! Tu m'enlèveras une grande crainte, dès lors qu'entre toi et moi il y aura un rempart! Vivre plus longtemps parmi nous, pour toi, c'est désormais impossible: je ne le supporterai pas, je ne le tolérerai pas, je ne le permettrai pas. Il faut grandement remercier les dieux immortels, et le dieu de ce lieu où nous sommes, Jupiter Stator, le plus ancien gardien de cette ville, de nous avoir fait échapper déjà tant de fois à un fléau si monstrueux, si horrible, si acharné contre la République[1]. Il ne faut plus que le salut de la République soit mis en danger par le risque encouru par un seul homme. Aussi longtemps, Catilina, que tu as médité des attentats contre moi, quand je n'étais que consul désigné, je ne me suis pas protégé par la force publique, mais grâce à ma seule vigilance personnelle. Lorsque, aux

---

1. Selon la légende, Jupiter Stator («celui qui reste debout, immobile»), aux premiers temps de Rome, arrêta la fuite des Romains face à leurs ennemis sabins.

dernières élections des consuls, au Champ de Mars, tu as voulu nous assassiner, moi, le consul, et tes concurrents, j'ai étouffé ta tentative criminelle avec les hommes et la garde privée de mes amis, sans décréter la mobilisation générale; bref, chaque fois que tu as voulu me frapper, j'ai paré le coup par moi-même — et pourtant, je voyais bien que ma perte entraînerait de grands malheurs pour la République. Mais maintenant, ouvertement, c'est cette république tout entière que tu veux frapper; les temples des dieux immortels, les maisons de cette ville, la vie de tous les citoyens, l'Italie tout entière, voilà ce que tu appelles à la mort et à la ruine. Ainsi, puisque je n'ose faire encore ce qui est la première chose à faire, ce qui s'inscrit en propre dans mon pouvoir de consul et dans la tradition de nos ancêtres, j'agirai avec plus de modération, du point de vue de la sévérité, mais avec plus d'opportunité, du point de vue du salut public. Car si je te faisais exécuter, resterait, dans l'État, la troupe de tes conjurés; si au contraire, comme je t'y exhorte depuis longtemps déjà, tu sors de Rome, la Ville se videra de tes compagnons, de toute cette lie, si profonde, si pestilentielle pour l'État.

Eh bien quoi, Catilina? est-ce que tu hésites à faire, quand je te l'ordonne, ce que tu allais faire de ton propre mouvement?

Catilinaires, I, 1 *sqq.*

Une victoire lourde de menaces

Cicéron a fait arrêter les complices de Catilina restés à Rome. Le Sénat décide de les tenir au secret, en attendant de les juger. Le consul, dans la Troisième Catilinaire, *rend compte de tout cela au peuple*

(3 décembre 63). Dans la péroraison, Cicéron dit toute sa fierté d'avoir ainsi sauvé la République — et laisse percer son inquiétude : cet exploit risque de lui coûter cher (et, de fait, il traînera comme un boulet l'exécution des complices de Catilina...).

Pour tous ces grands services, Quirites[1], je ne réclame de vous aucune récompense accordée à la vertu, aucune marque d'honneur, aucun monument de commémoration glorieuse — mais seulement ceci : que vous conserviez le souvenir de cette journée. C'est au fond de vos cœurs que je veux que soient conservés, à l'abri, tous mes triomphes, tous les ornements honorifiques, tous les glorieux monuments, toutes les marques de l'estime publique. Rien ne saurait me plaire, aucun témoignage, même muet, même silencieux, rien, en un mot, que d'autres que moi pourraient obtenir sans l'avoir mérité autant que moi. C'est votre mémoire, Quirites, qui nourrira le souvenir de mes actes ; ce sont vos paroles qui les exalteront ; ce sont les livres d'histoire qui les inscriront dans le temps et feront s'accroître leur force. Une même durée, que j'espère éternelle, a été fixée, je le comprends bien, pour la vie même de Rome et le souvenir de mon consulat ; et l'on dira qu'au même moment se sont trouvés dans cette République deux citoyens, l'un, Pompée, pour repousser les limites de l'Empire au bout de la terre, non, du ciel ! — et l'autre pour sauver la demeure et le siège de cet empire.

Mais après avoir fait ce que j'ai fait, je ne puis vivre avec la fortune et les conditions de ceux qui ont gagné des guerres extérieures, car il me faudra

---

1. Lorsqu'un orateur fait un discours devant le peuple, réuni en « assemblée populaire » (*contio*), il s'adresse aux citoyens en les appelant par leur nom antique de Quirites.

vivre avec ceux que j'ai vaincus et soumis, tandis que les conquérants n'ont laissé derrière eux que des ennemis morts ou écrasés : pour cela, c'est à vous qu'il appartient, Quirites, s'il est vrai que les autres touchent le juste bénéfice de leurs exploits, de veiller à ce que les miens ne me causent jamais préjudice. Pour que les calculs odieux et criminels des pires aventuriers ne puissent vous nuire, j'ai fait, quant à moi, le nécessaire ; pour qu'ils ne me nuisent pas à moi, c'est à vous de faire le nécessaire. Mais enfin, Quirites, ces ennemis ne peuvent plus me nuire : il y a en effet chez les gens de bien un grand et ferme soutien, qui m'est acquis à jamais ; il y a dans la République une reconnaissance du mérite, qui me défendra toujours, fût-ce silencieusement ; il y a une force puissante dans ce que chacun sait, force que ceux qui voudront toucher à ma personne ne sauraient braver sans d'eux-mêmes se trahir. Car j'ai assez de courage, Quirites, pour non seulement ne céder à l'audace de personne, mais encore aller sans répit à l'attaque contre les mauvais citoyens.

Mais si tout cet assaut de vos ennemis intérieurs, que j'ai détourné de vous, se retourne contre moi seul, à vous de voir, Quirites, quelle condition vous réservez, par la suite, à ceux qui, pour votre salut, se sont exposés à tous les ressentiments, à tous les dangers. Pour moi, en tout cas, quel bénéfice pourrais-je désormais ajouter à ma vie, puisque, justement, je ne saurais voir dans les honneurs que vous décernez ni dans la gloire que confère la vertu un plus haut degré auquel je puisse vouloir l'élever ? Mais ce que je ferai, pour sûr, jusqu'au bout, Quirites, c'est, redevenu simple citoyen, défendre et faire valoir mon action lors de mon consulat, afin que, si j'ai suscité quelques haines en sauvant la République, elles retombent sur ceux qui les éprouvent, et qu'elles favorisent ma propre gloire. En un mot, voici quelle sera ma ligne politique : me souvenir des actes que j'ai accomplis, et faire en sorte que ces actes semblent avoir été accomplis par l'effet de ma vertu, et non par celui du hasard.

Mais vous, Quirites, puisque la nuit, désormais, est tombée, adorez ce grand Jupiter qui vous a protégés, vous et cette ville, regagnez vos logis et, même si le danger a été écarté, comme la nuit précédente, protégez-les par des gardes et des rondes de vigiles. Que vous n'ayez pas à le faire trop longtemps et que vous puissiez vivre définitivement en paix, voilà à quoi je vais, moi, Quirites, veiller.

Catilinaires, III, 26 *sqq.*

L'exil, un choix héroïque

Quelques années plus tard, en 59-58 av. J.-C., Cicéron affronte les violentes attaques de Clodius, tribun bouillonnant, homme de main de César, qui lui intente un procès pour avoir fait mettre à mort des citoyens romains — ces fameux complices de Catilina... La tension à Rome est très vive : aux carrefours, sur le forum, des bandes armées sèment la violence. N'obtenant aucun appui de Pompée, obstinément silencieux, Cicéron choisit l'exil. Publius Sestius, tribun de l'année 57, avait œuvré pour obtenir, la même année, le retour de Cicéron. Accusé en février 56 d'avoir illégalement entretenu autour de lui une escorte armée, il trouve Cicéron au nombre de ses défenseurs. En fait, cette plaidoirie permet à l'orateur de justifier, avec une éloquence que l'on peut juger trop brillante pour être tout à fait honnête, sa conduite personnelle et son choix d'un exil volontaire.

Un seul parti me restait, diront peut-être quelques citoyens à l'âme forte, énergique, noble : «Tu aurais dû résister, te battre, aller au-devant de la mort en combattant!» Sur ce point, je vous prends à témoin, toi, oui, toi, ma patrie, et vous aussi, pénates et dieux de nos pères! c'est pour vos demeures sacrées et pour vos temples, pour mon salut et celui de mes concitoyens, qui toujours me fut plus cher que ma propre vie, c'est pour tout cela que j'ai fui le combat et le carnage. Si, au cours d'un voyage en mer avec mes amis, une bande de pirates arrivant de partout étaient venus menacer de couler notre navire, à moins qu'on ne m'ait livré, moi seul, entre leurs mains, et que les passagers, refusant ce marché, eussent préféré périr avec moi plutôt que de me livrer aux ennemis, je me serais jeté moi-même dans l'abîme, pour sauver les autres, plutôt que d'exposer ces hommes si attachés à moi, à une mort certaine, ou même à être en grand péril de perdre leur vie. Mais, lorsque le vaisseau de notre République, son gouvernail arraché des mains du Sénat, dérivant en haute mer dans la tempête des séditions et des discordes, allait subir l'abordage de tant de flottes armées si je ne me livrais pas moi seul; quand on annonçait la proscription, le massacre, le pillage; quand les uns, par peur du danger, ne me défendaient pas, quand les autres s'excitaient avec leur vieille haine des bons citoyens, quand certains me jalousaient, d'autres voyaient en moi un obstacle, d'autres voulaient venger une rancœur personnelle, d'autres détestaient la République elle-même et le pacifique régime des gens de bien; quand, pour tant de raisons si diverses tant de gens me réclamaient, moi et moi seul, devais-je engager une bataille de résistance, je ne dis pas : mortelle, mais en tout cas périlleuse pour vous et vos enfants, plutôt que de subir, moi et moi seul, ce qui tous vous menaçait?

« Alors, dira-t-on, les canailles auraient été vaincues ! » Mais c'étaient des citoyens ! et vaincus par moi, alors simple citoyen, moi qui avais, consul, sauvé la République sans recourir aux armes ! Et si au contraire les bons avaient été vaincus, qui serait resté ? Ne voyez-vous pas que la République serait tombée aux mains d'esclaves ? Devais-je, comme certains le pensent, aller à la mort sans plus m'émouvoir ? Quoi ? était-ce la mort que je fuyais ? Y avait-il autre chose de plus souhaitable ? Quand jadis j'accomplissais de si grands actes parmi tant et tant de scélérats, n'avais-je pas la mort devant les yeux, ou l'exil ? Enfin, n'avais-je pas, comme une prophétie au cœur même de l'action, annoncé solennellement tout cela ? Dans le grand deuil qui frappait les miens, dans tout cet arrachement, toute cette amertume, toute cette spoliation de tous les biens que m'avaient donnés la nature et la fortune, devais-je essayer de conserver ma vie ? Étais-je si fruste, si ignorant, si dépourvu de réflexion et d'intelligence ? Je n'avais rien entendu dire, je n'avais rien vu, je n'avais rien appris dans mes lectures et mes recherches ? Je ne savais pas que la vie est courte, et la gloire éternelle ? que, la mort étant la fin prescrite de tous les humains, il fallait souhaiter que cette vie, puisqu'il fallait en payer la dette irrévocable, apparût à tous donnée à la patrie, plutôt que réservée à sa fin naturelle ? J'ignorais ce débat entre les plus sages penseurs, dans lequel les uns soutiennent que la mort éteint l'âme et la sensibilité des hommes, et les autres que l'intelligence des hommes sages et valeureux n'est jamais plus sensible ni vigoureuse qu'une fois dégagée du corps ? qu'en conséquence, dans la première hypothèse, on ne doit pas fuir la mort, puisqu'on ne la ressent point, et, dans la seconde, la désirer, puisqu'elle enrichit notre conscience ? Enfin, après avoir fait du respect de l'honneur le principe conducteur de toute ma vie, et considéré que rien, sans cet honneur, n'est à rechercher dans une vie humaine, j'aurais peur de la mort, moi, un ancien consul, cette mort que même des jeunes filles d'Athènes, dit-on, les filles du roi Érechthée, je crois, affrontèrent en la méprisant pour servir leur patrie[1]? N'étais-je pas, surtout, le concitoyen de Caïus Mucius Scaevola, qui se rendit seul dans le camp de l'Étrusque Porsenna et, au risque de sa propre mort, voulut l'assassiner? de ces Decius, le père d'abord, puis, quelques années plus tard, le fils, doué de la même vertu que son père, qui vouèrent aux Mânes infernaux leurs personnes et leurs vies pour le salut et la victoire du peuple romain[2]? N'étais-je pas le compatriote d'innombrables héros qui avaient couru au trépas avec une parfaite sérénité lors de diverses guerres, les uns pour mériter la gloire, d'autres pour éviter le déshonneur? et du père de notre Marcus Crassus, ici présent, un homme d'un grand courage, qui préféra, pour ne point voir, vivant, son adversaire remporter la victoire, s'ôter la vie de sa propre main, cette main qui tant de fois avait porté la mort dans les rangs ennemis[3]?

Voilà à quoi je pensais, et à cent autres choses encore, et je voyais clairement que, si ma mort ruinait la cause de l'intérêt général, il n'y aurait plus jamais personne, à l'avenir, pour oser défendre, contre les canailles, le salut de la République. Je pensais donc que non seulement si je mourais de mort violente, mais même si quelque maladie m'éteignait, cet

---

1. Le légendaire roi Érechthée devait remporter la victoire sur Eumolpe d'Eleusis, s'il sacrifiait une de ses trois filles: les trois se sacrifièrent.
2. Publius Decius père accomplit cette *devotio* à la bataille de Veseris en 337, son fils, à celle de Sentinum, en 295 av. J.-C.
3. Publius Licinius Crassus Lusitanicus se suicida en 87 av. J.-C. pour ne point voir triompher Lucius Cinna.

exemple que j'avais donné en sauvant la République périrait avec moi. Car si je n'avais pas été rappelé d'exil par le Sénat, par le peuple romain, par le zèle de tant de bons citoyens — et cela, en tout cas, n'aurait pu arriver si j'avais été assassiné —, qui oserait aujourd'hui prendre une quelconque responsabilité politique qui puisse susciter la moindre hostilité contre sa personne ? Donc, j'ai bien servi la République en m'en allant loin de Rome, Juges ! ma douleur, mon chagrin ont détourné de vous et de vos enfants le massacre, la dévastation, l'incendie, le pillage. Moi seul, j'ai sauvé deux fois la République, la première, par ma gloire, la seconde, par mon malheur.

Plaidoyer pour Sestius (Pro Sestio), **46-47**.

L'orateur idéal

Dès les premières lignes de son dialogue philosophique De l'orateur (De oratore), *il est clair que Cicéron engage un débat sur une question qui l'implique personnellement : chercher les traits de l'orateur idéal, c'est aussi prendre la mesure de son propre destin, de cette excellence personnelle dont il ressent la profonde réalité, mais dont il déplore — non sans quelque amertume — l'échec relatif, sur une scène politique bouleversée par trop de crises. Difficile, assurément, d'être un grand orateur !*

Souvent, Quintus, mon cher frère, dans mes réflexions, je me remémore les temps anciens, et je trouve qu'ils ont atteint à la perfection du bonheur, ces hommes qui, dans la meilleure des républiques, comblés d'honneurs et de gloire, ont pu diriger le cours de leur vie de telle manière qu'ils pouvaient participer à la vie politique sans encourir de périls, et s'en tenir à l'écart en conservant leur rang. Et pour moi aussi vint le moment où m'engager dans le repos et tourner mon esprit vers ces belles études qui nous sont chères, à toi comme à moi, me paraissait un droit que tout le monde ou presque m'accorderait, si venaient à cesser, après le faîte de ma carrière de magistrat, mais aussi au tournant de mon âge, les infinis travaux des tribunaux du forum et toutes les préoccupations de l'ambition politique. Cet espoir, qui était au cœur de mes pensées et de mes projets, les graves malheurs d'une crise commune, mais surtout ceux, si variés, qui me frappèrent, l'ont fait évanouir. Car l'époque, qui devait n'être que paix et tranquillité, vit s'amonceler une accumulation d'ennuis et un véritable tourbillon de tempêtes. Et malgré tous mes désirs et tous mes souhaits, je ne me suis point vu accorder de tranquille loisir pour pratiquer ces arts auxquels nous nous sommes adonnés dès l'enfance et reprendre leur étude avec toi. En effet, pour mes débuts, je suis tombé en pleine crise des anciennes données politiques, puis, consul, j'ai été précipité au cœur d'un conflit général et vital, et, après mon consulat, j'ai consacré tout mon temps à endiguer ces flots que j'avais écartés quand ils menaçaient d'un désastre général, et qui retombaient sur nous.

Pourtant, dans cette rude situation, dans ces circonstances critiques, je vais obéir à l'appel de nos chères études, et tout le temps libre que la perfidie de mes adversaires, le soin de défendre mes amis, le service de la République me laisseront, je le réserverai, avant tout, à écrire. Tu m'en pries, tu me le demandes, mon cher frère, et je ne me déroberai pas ; car il n'est personne dont l'autorité et la volonté, à mes yeux, aient plus de valeur. [...]

Souvent, lorsque je jetais les yeux sur l'élite de

l'humanité, sur tous ces génies éminents, j'ai pensé qu'il fallait se demander pourquoi, partout ailleurs que dans l'éloquence, étaient apparus plus de talents dignes d'être admirés. De quelque côté que l'esprit tourne sa réflexion, dans les autres domaines, on voit une multitude de modèles, et non point pour les arts d'un intérêt ordinaire, mais pour les plus éminents, ou peu s'en faut. Qui, en effet, s'il veut mesurer la valeur d'un savoir chez de grands hommes en se fondant sur l'utilité ou l'importance des résultats, ne placera le général au-dessus de l'orateur? Or, qui peut douter que, pour ce qui est des chefs de guerre, notre Rome, à elle seule, a produit d'innombrables généraux exceptionnels, tandis qu'en éloquence nous aurions du mal à citer quelques talents hors du commun? Et des hommes capables de diriger et de gouverner un État avec prudence et sagesse, notre époque en a vu beaucoup se manifester, celle de nos pères et même celle de nos ancêtres encore davantage, alors que pendant longtemps il n'exista pas un seul bon orateur et qu'ensuite, pour chaque génération, à peine s'en est-il trouvé un qui fût passable! Qu'on n'aille point me dire que l'on devrait comparer l'éloquence avec d'autres études, avec des arts plus abstraits ou avec, dans toute sa variété, le domaine des lettres, et non pas avec la gloire d'un général ou la sagesse politique d'un bon sénateur: considérons ces arts eux-mêmes, cherchons quels hommes s'y sont distingués, comptons-les, et alors, on jugera aisément combien il y a peu d'orateurs, et combien, de tous temps, il y en eut peu.

Il ne t'échappe pas, en effet, que la créatrice, la mère, pour ainsi dire, de tous ces arts si vantés, c'est, au jugement des plus grands savants, la discipline que les Grecs appellent philosophie. Difficile de dresser l'inventaire de ceux qui s'y sont adonnés, ou de mesurer l'étendue, la variété et la richesse de leurs études : en effet, loin de travailler séparément sur un seul sujet, ils ont embrassé tous les champs possibles par leur quête absolue du savoir et leur méthode de raisonnement. Qui ignore l'obscurité, l'abstraction, la complexité et la subtilité des travaux des mathématiciens ? Pourtant, dans ce domaine, on a vu un si grand nombre de savants aboutis que pratiquement personne ne semble avoir consacré passablement d'efforts à ces études sans être parvenu au résultat qu'il voulait atteindre. Qui s'est pleinement adonné à la musique ou à cette étude des textes que professent ceux que l'on appelle grammairiens, sans parvenir à embrasser, par la connaissance et le savoir, le contenu et la matière presque infinie de ces disciplines ? Mais je dois dire aussi, ce me semble, que de tous ceux qui se sont engagés dans ces domaines littéraires, la troupe la moins fournie est celle des grands poètes ; et même au nombre de ces artistes, parmi lesquels se manifeste très rarement un talent d'exception, si l'on compare, chez nous et chez les Grecs, on trouvera encore moins de bons orateurs que de bons poètes. La chose doit paraître d'autant plus surprenante que tous les autres arts ont à l'ordinaire des sources cachées, éloignées de nous, tandis que l'art de la parole est, pour ainsi dire, posé au beau milieu de nous, à la disposition de tous, au cœur des usages des hommes, dans leurs échanges de langage ; tant et si bien que dans les autres domaines l'excellence consiste à s'écarter le plus possible de l'intelligence et de la compréhension ordinaire du profane, tandis que, dans l'éloquence, ce serait peut-être la plus grave des fautes que de rejeter radicalement la façon de s'exprimer de tout un chacun, et les façons de penser communes à tous les hommes. [...]

Alors, comment pourrait-on avoir tort de s'étonner, en trouvant un si petit nombre d'orateurs dans toutes les générations, les époques, les cités ? Mais voilà : l'éloquence dont je parle est chose plus considérable que ce qu'en pensent les gens, et se fait en rassemblant plusieurs arts et disciplines. Quelle autre explication proposer de cette rareté, vu le nombre considérable de ceux qui se sont exercés à la parole, l'abondance des maîtres, le talent des personnes, l'infinie variété des causes, la grandeur des récompenses — sinon une incroyable ampleur et une incroyable difficulté de cet art lui-même ? Il faut, en effet, embrasser une foule de savoirs, sans lesquels il n'y a plus qu'un vain et ridicule verbiage. Le style doit recevoir sa forme non seulement par le choix des mots, mais par l'heureux arrangement de ces mots dans la phrase. Et puis, toutes les émotions que la nature a mises dans le cœur de l'homme, il faut les connaître à fond, car toute la puissance calculée de l'éloquence doit être exprimée afin de toucher les consciences des auditeurs, pour les apaiser ou pour les émouvoir. À tout cela il faut que vienne s'ajouter un certain agrément, des traits d'esprit, toute la culture d'un homme bien né, la promptitude et la concision dans la réplique ou l'attaque, sans se départir d'un souci de grâce et de bon goût. Mais aussi, l'orateur doit maîtriser toute l'histoire des temps révolus, et l'autorité des exemples historiques ; il ne saurait négliger non plus l'étude des lois et du droit civil. Sur l'action elle-même, ai-je besoin de m'étendre ? Elle implique le mouvement du corps, le jeu des gestes, l'expression du visage et les inflexions variées de la voix ; quelles difficultés présente déjà, en soi, tout cela l'art frivole du comédien et le théâtre nous le montrent : tous les acteurs travaillent leur articulation, leur timbre, leurs gestes, et cependant, nul ne l'ignore, ils sont bien peu nombreux, aujourd'hui comme hier, ceux que nous pouvons regarder sans agacement ! Que dirai-je de ce trésor absolu, la mémoire ? Si l'on ne confie pas à sa garde tout ce qui a été trouvé et médité, idées et expressions, les autres richesses de l'orateur, fussent-elles en lui les plus éclatantes, seront évidemment perdues.

Cessons donc de nous demander, tout étonnés, pourquoi il y a si peu d'hommes éloquents, puisque l'éloquence réunit une multitude de composantes dont chacune, prise séparément, demande un très grand travail. Exhortons plutôt nos enfants, et tous ceux dont la gloire et la distinction nous sont chers, à se bien représenter la grandeur de cet art. Engageons-les à ne pas se contenter des règles, des maîtres, des exercices dont tout le monde fait usage, mais à se persuader qu'il leur faut d'autres ressources pour atteindre le but auquel ils aspirent. Et à mon avis, nul ne saurait devenir un orateur cumulant toute gloire, s'il n'a point acquis la connaissance de tous les savoirs importants et de toutes les disciplines. Car c'est de cette culture que doit sortir la fleur et jaillir le flot du discours, lequel, s'il ne se fonde sur cette matière parfaitement reconnue et assimilée par l'orateur, n'est fait que de mots débités vainement, presque comme les verbiages d'un enfant.

De l'orateur, I, 1 *sqq.*

Éloge de l'éloquence

La forme littéraire de son De oratore — *le dialogue historique — permet à Cicéron de mettre en scène de grands orateurs de la génération qui a précédé la sienne. C'est à Marcus Licinius Crassus que revient l'honneur de faire l'éloge de l'éloquence.*

« Rien n'est plus beau, ce me semble, que de pouvoir, par la parole, maîtriser des assemblées humaines, séduire les intelligences, entraîner à son gré les volontés ou, à son gré, les détourner d'un choix. Ce pouvoir unique, chez tous les peuples libres et surtout dans les cités vivant en paix et tranquillité, a toujours été le plus florissant, le plus dominateur. Oui, qu'y a-t-il de plus admirable que de voir, dans une multitude immense, se détacher un seul homme, capable de faire, seul ou presque, ce que la nature a pourtant donné à tous ? Qu'y a-t-il de plus agréable à l'esprit comme à l'oreille qu'un discours bien poli et orné par la sagesse des pensées et le poids des expressions ? d'aussi puissant, d'aussi magnifique que de voir le discours d'un seul homme faire basculer les passions du peuple, les scrupules des juges, la gravité du Sénat ? d'aussi royal, d'aussi libéral, d'aussi généreux que de secourir les suppliants, relever les malheureux, sauver des vies, libérer des périls, arracher à l'exil ? Mais encore, qu'y a-t-il d'aussi nécessaire que de détenir ces armes dont la protection permet de défier les mauvais citoyens, ou de punir leurs attaques ? Mais enfin, pour ne pas toujours penser au forum et au barreau, à la tribune des Rostres et au Sénat, quand la vie publique laisse du loisir, quel plaisir plus doux, plus seyant à notre humanité, qu'une conversation spirituelle et, sur tous sujets, cultivée ?

« Notre plus grande supériorité sur les animaux, c'est de communiquer par la parole, et de pouvoir ainsi exprimer nos idées. Aussi, qui n'admirerait à bon droit cet avantage, en pensant qu'il lui faut consacrer les plus grands efforts pour arriver, dans ce talent qui donne aux hommes leur supériorité sur les bêtes, à l'emporter lui-même sur les autres hommes ? Et pour en venir à l'essentiel, quelle autre force a pu rassembler en un même lieu des hommes dispersés, les tirer d'une vie sauvage et rustique pour les mener à notre niveau de culture et de civilisation, et, dans des États constitués, formuler les lois, les procédures judiciaires, le droit? Pour ne point détailler davantage — il y aurait mille choses à dire — je conclurai en quelques mots: je pose en principe que l'orateur accompli, par son sens de la mesure et sa sagesse, maîtrise non seulement le rang qu'il occupe personnellement dans la cité, mais encore le salut de ses nombreux concitoyens, le salut même de la République.»

De l'orateur, I, 30 *sqq.*

Philosopher pour ne point souffrir

Dans les Tusculanes, *Cicéron donne à ses exposés philosophiques l'allure de « conférences » données devant quelques amis dans sa villa de Tusculum. Dans ces pages, la culture philosophique de l'orateur est magnifiquement mise en valeur par son éloquence, tant et si bien que les « discussions de Tusculum » composent un brillant plaidoyer en faveur de la méditation philosophique.*

Si la nature nous avait engendrés tels que nous puissions la connaître par simple intuition et vision parfaite, et que nous soyons à même, sous son excellente direction, de bien conduire tout le cours de notre vie, il n'y aurait bien sûr aucune raison pour que quiconque ait besoin d'un enseignement méthodique. Mais voilà: la nature ne nous a donné que de faibles étincelles, que nous avons tôt fait d'éteindre, dépravés que nous sommes par la malignité des mœurs et des opinions communes, si bien que nulle part nous ne voyons briller cette lumière naturelle.

En effet, dans nos dispositions originelles, il y a des semences innées des vertus ; si elles pouvaient pousser librement, la nature elle-même nous conduirait au bonheur. Mais en réalité, dès que nous sommes mis au monde et reconnus par nos parents, nous vivons aussitôt dans la dépravation générale et la totale perversion des opinions communes, de telle sorte que c'est quasiment comme si nous avions tété l'erreur en même temps que le lait de notre nourrice. Rendus à nos parents, puis confiés à des maîtres d'école, nous nous imbibons d'une telle variété d'erreurs que la vérité s'efface devant la vanité et que la nature elle-même en fait autant devant la force confirmée de l'opinion commune. Viennent s'ajouter à cela les poètes, qui, faisant grand étalage de savoir et de sagesse, sont écoutés, lus, appris par cœur, et viennent se graver au plus profond de nos esprits. Mais lorsque à cela viennent encore s'adjoindre le peuple, comme un maître suprême, et la foule, qui, tout entière, de partout, s'accorde à approuver les vices, alors nous sommes bel et bien infectés par la dépravation des opinions, et nous divorçons d'avec la nature : en fin de compte, ceux qui nous semblent avoir le mieux saisi le fin mot de la nature, ce sont les gens pour qui rien n'est meilleur, ni plus digne d'être recherché, ni plus éminent que les honneurs, les pouvoirs, la gloire populaire. Voilà où est entraîné le meilleur des hommes et, en voulant atteindre au bien véritable, chose unique que la nature recherche par excellence, il vit dans un parfait néant et n'atteint nullement à l'éminent idéal de la vertu, mais seulement à une vague et fantomatique esquisse de la gloire. En effet, la gloire est chose qui a de la masse et du relief, et non point une simple esquisse ; elle consiste dans l'éloge unanime des gens de bien, dans l'avis fidèlement exprimé de ceux qui savent juger comme il faut une vertu d'exception, elle répond en écho à la vertu comme son reflet; et, comme elle accompagne généralement les actions droites, les gens de bien ne sauraient la réprouver. Mais celle qui prétend l'imiter, présomptueuse, irréfléchie, généralement prompte à célébrer les fautes et les vices, je veux dire: la popularité, en singeant le bien, fausse ses traits et sa beauté. C'est dans cet aveuglement que certains, qui aspiraient à la grandeur sans savoir où elle était ni en quoi elle consistait, ont, les uns, bouleversé leurs cités, d'autres, perdu leur propre vie; et encore ceux-là, en quête d'un idéal, se sont-ils trompés moins par intention que par erreur de direction. Mais que dire de ceux qui se laissent entraîner par la passion de l'argent, le caprice des plaisirs, et dont les âmes sont troublées au point qu'ils ne sont pas loin de la folie, malheur qui guette tous ceux qui ignorent la sagesse? N'y a-t-il aucun remède pour les soigner? Dira-t-on que c'est parce que les maladies de l'âme sont moins graves que celles du corps, ou parce que les maladies du corps peuvent être soignées, alors que pour les âmes, il n'existe point de médecine?

Or les maladies de l'âme sont plus dangereuses et plus nombreuses que celles du corps; et on ne peut que les haïr, justement parce qu'elle touchent notre âme et la tourmentent — comme l'écrit Ennius, « pour l'âme malade, errance et souffrance, point de résignation ni de trêve dans le désir ». Pour ces deux maladies (je ne parle point des autres), le chagrin et le désir, quelles maladies du corps peuvent être plus graves qu'elles? Mais comment admettre que l'âme soit incapable de se soigner, alors même que la médecine du corps est une invention de l'âme? Mais encore ceci: alors que pour la guérison des corps, la vigueur naturelle de ces corps compte beaucoup et qu'il ne suffit pas d'être soigné pour aussitôt recouvrer la santé, pour l'âme, lui suffirait-il, pour qu'elle soit bien soignée, de vouloir se soigner et d'obéir aux commandements des sages ? Oui, certes, il existe une médecine de l'âme, et c'est la philosophie. Mais, pour recourir à elle, il ne faut pas, comme dans les maladies du corps, aller chercher une aide en dehors de nous : de toutes nos forces, il nous faut travailler à nous soigner nous-mêmes.

Tusculanes, III, 2-4.

Le bonheur d'être immortel

Dans son dialogue De la vieillesse *(*De senectute, *ou* Cato Major*), Cicéron donne la parole à Marcus Porcius Caton, dit Caton l'Ancien, pour traiter ce sujet en connaisseur : il vécut en effet jusqu'à l'âge, extraordinaire pour l'époque, de quatre-vingt-cinq ans (234-149 av. J.-C.), au terme d'une longue carrière au service de la République. Évidemment, ce héros du* mos majorum *professe, avec pour auditeurs Scipion Émilien et son ami Lélius, les valeurs de la «vieille Rome» — mais, si l'on en croit les paroles que lui prête Cicéron, il a lu Platon...*

« Je ne vois pas pourquoi j'aurais scrupule à vous dire ce que je pense de la mort, puisque, étant plus proche d'elle, j'en ai une vision d'autant plus claire. Je crois que vos pères, Scipion, et toi, Lélius, ces très grands hommes qui furent mes amis très chers, vivent toujours, et de cette vie qui, seule, mérite vraiment le nom de vie. Car tant que nous sommes enfermés dans cette prison du corps, nous nous acquittons d'un tribut à la nécessité, et d'une tâche pénible : l'âme, en effet, qui est de nature céleste, après sa chute de ce sublime séjour, s'est pour ainsi dire engloutie dans la terre, ce lieu contraire à sa nature divine et à son éternité. Mais j'ai la conviction que les dieux immortels ont semé les âmes dans les corps humains pour donner à la terre des gardiens qui, contemplant l'harmonie de l'ordre céleste, soient capables de l'imiter dans leur façon de vivre et dans la fermeté de leurs principes. Cette conviction, les plus grands philosophes me l'ont inspirée non seulement par leurs raisonnements et leurs argumentations, mais encore par leur notoriété et leur autorité. On me disait, en effet, que Pythagore et les pythagoriciens, qui étaient presque nos compatriotes et avaient jadis reçu le nom de «philosophes italiotes», n'avaient jamais douté que nos âmes ne fussent des fragments détachés de l'esprit divin qui anime l'univers[1]. En plus, on développait pour moi les thèses que Socrate, à son dernier jour, exposa sur l'immortalité de l'âme, lui qui avait été désigné comme le plus sage des hommes par l'oracle d'Apollon, à Delphes. Bref, voici mon jugement et mon sentiment: si grande est l'agilité de la pensée, si grande la mémoire du passé et la prévoyance de l'avenir, les arts sont si nombreux, nos savoirs sont si nombreux, nos inventions humaines sont si nombreuses qu'il est impossible que la substance qui embrasse toutes ces merveilles soit mortelle; de plus, comme l'âme est sans cesse en agitation et que son mouvement n'a pas de commencement, puisqu'elle se meut elle-même, ce mouvement n'aura pas non plus de fin, puisque l'âme ne se détachera jamais d'elle-même; d'autre part, comme l'âme est simple de nature et ne comporte aucun élément disparate et dissemblable qui vienne la composer, elle ne peut être divisée: ne pouvant être divisée, elle ne peut

---

1. Pythagore et ses disciples étaient installés à Crotone, en Grande Grèce, c'est-à-dire dans l'Italie méridionale.

périr; enfin, il y a une grande preuve que les hommes possèdent déjà l'essentiel de leurs connaissances avant même de naître, c'est que, lorsqu'ils apprennent, encore tout enfants, des arts difficiles, ils s'approprient une immense quantité de connaissances si rapidement qu'ils semblent non point les acquérir pour la première fois, mais se les rappeler et se les remémorer. Voilà, en gros, ce que dit Platon.

« Chez Xénophon, Cyrus l'Ancien, au moment de mourir, s'exprime ainsi[1]: "N'allez pas croire, mes très chers fils, que, lorsque je vous aurai quittés, je ne serai plus rien, ni nulle part. Car aussi longtemps que j'étais parmi vous, vous ne voyiez jamais mon âme, et pourtant vous compreniez, d'après mes actes, qu'elle était dans mon corps; croyez donc qu'elle existe tout autant, même si vous ne la voyez point. Les grands hommes ne continueraient point, après leur mort, d'être honorés, si leurs propres âmes n'agissaient pas pour faire encore durer, chez nous, leur souvenir. Pour ma part, je n'ai jamais pu me laisser convaincre que les âmes étaient vivantes tant qu'elles étaient dans des corps mortels, et mouraient quand elles en étaient sorties, ni que l'âme perdait sa sagesse quand elle s'était évadée d'un corps qui, lui, n'avait point de sagesse — au contraire, ce me semble, c'est quand, libérée de toute union avec le corps, elle commence à être pure et sans mélange, c'est à ce moment-là qu'elle est pleine de sagesse. Mais encore, quand la substance physique de l'homme est défaite par la mort, pour tous les autres éléments, il est aisé de voir où ils se dispersent: ils s'en retournent d'où ils sont venus à l'origine; tandis que l'âme seule ne se laisse apercevoir ni quand elle est dans le corps, ni

---

1. Xénophon, biographe de Cyrus dans sa *Cyropédie*, était, comme Platon, un disciple de Socrate.

quand elle l'a quitté. Vous voyez bien, cela étant, que rien ne ressemble autant à la mort que le sommeil ; or, c'est quand on dort que l'âme manifeste le plus clairement son essence divine ; en effet, dans cet état de détente et de liberté, nous avons maintes visions prémonitoires de l'avenir, ce qui permet de comprendre ce qu'on sera, une fois absolument dégagés des liens du corps. C'est pourquoi, s'il en est ainsi, honorez-moi comme un dieu ; mais si au contraire l'âme doit périr en même temps que le corps, vous, sans cesser de vénérer les dieux qui gèrent et protègent toute la beauté de ce monde, vous garderez, avec une inviolable piété, mémoire de nous."

« Voilà les paroles de Cyrus mourant ; mais nous, si vous le voulez bien, examinons notre propre histoire. Personne, Scipion, ne pourra jamais me convaincre que ton père, Paul-Émile, tes deux aïeux, Lucius Aemilius Paulus et Scipion l'Africain, que le père de l'Africain, que son oncle ou encore tant d'hommes éminents qu'il n'est point besoin d'énumérer, que tous ces hommes, donc, ont déployé de tels efforts pour intéresser le souvenir de la postérité, s'ils n'avaient pas eu prescience que la postérité pourrait s'intéresser à eux[1]. Ou bien crois-tu, si je puis, comme font tous les vieux, me vanter un peu, que j'aurais assumé tant de labeurs, le jour, la nuit, en temps de paix, en temps de guerre, si je devais accepter, pour limites de ma gloire, celles de ma propre vie ? N'aurait-il pas mieux valu passer ma vie dans le loisir et la tranquillité, sans devoir aller au labeur ou à la lutte ? Non, je ne sais comment,

---

1. Caton évoque ici tous les grands noms de la *gens Cornelia*, à laquelle appartient Scipion Émilien, également descendant de Paul-Émile (Lucius Aemilius Paulus Macedonicus), le vainqueur de Persée à Pydna.

mon âme, en se dressant, apercevait toujours la postérité comme si elle devait enfin vivre, une fois sortie de la vie. Or s'il n'était pas vrai que les âmes fussent immortelles, tous les hommes d'élite ne s'efforceraient point, de toutes leurs forces, d'atteindre l'immortalité et la gloire. Quoi ? si le plus sage des hommes accueille la mort avec la plus grande sérénité, et le plus sot des hommes, avec la plus grande absence de sérénité, ne croyez-vous pas que c'est parce que l'âme dont la vision est la plus distincte et porte le plus loin voit qu'elle part vers un sort meilleur, tandis que l'homme dont le regard est moins aiguisé ne peut voir cet avenir ? Et pour ma part, je désire passionnément voir de mes yeux vos pères, que j'ai honorés et aimés, et je brûle de rencontrer non seulement les seuls grands hommes que j'aie connus personnellement, mais tous ceux dont j'ai appris, lu ou écrit la vie.

« Quand je partirai vers une telle destination, on aurait bien du mal à me tirer en arrière et à me faire recuire comme Pélias[1] ! Et si quelque dieu m'accordait de quitter mon âge actuel pour redevenir un petit enfant vagissant dans son berceau, je refuserais tout net, et je ne voudrais absolument pas, parvenu au bout de la course, être ramené de la ligne d'arrivée aux stalles de départ ! Car quels sont les agréments de la vie ? quels n'en sont pas, plutôt, les pénibles épreuves ? Mais admettons qu'elle ait des agréments, on y trouve aussi, c'est sûr, la satiété et la pleine mesure de ces agréments. En effet, je n'ai pas envie de pleurer la perte de ma vie, ce qu'ont fait beaucoup d'hommes, et des hommes cultivés, mais je n'ai pas non plus regret d'avoir vécu, parce

---

1. Pour punir Pélias, qui avait tué le père de Jason, Médée persuada ses filles de le découper en morceaux et de le faire cuire dans un chaudron : cette opération devait lui rendre la jeunesse...

que j'ai vécu de telle sorte qu'il me semble que je ne suis pas né pour rien ; et je sors de cette vie comme si je quittais une auberge, et non point ma maison, car la nature nous a donné un gîte d'étape où faire halte, et non un domicile fixe. Ô le beau jour, où je me rendrai dans cette divine assemblée des âmes réunies, et où je quitterai la foule d'ici-bas et son impur mélange ! Je partirai non point seulement rejoindre ces grands hommes dont je vous parlais, mais aussi mon cher Caton, un garçon incomparable, d'une piété filiale inégalée[1] : c'est moi qui ai mis son corps sur le bûcher, alors que c'est lui qui aurait dû y déposer le mien, mais son âme, elle, ne m'a point abandonné ni quitté des yeux lorsqu'elle s'en est allée là où elle voyait qu'il me faudrait venir un jour. Et si j'ai paru supporter courageusement ce malheur qui me frappait, ce n'était point par insensibilité, mais parce que je me consolais moi-même en pensant que la séparation et l'éloignement, entre nous, ne seraient pas longs.

« Voilà pourquoi, Scipion — puisque, dis-tu, Lélius et toi trouvez la chose étonnante —, la vieillesse m'est légère : non seulement elle ne me pèse pas, mais elle m'est agréable. Si je me trompe en croyant à l'immortalité des âmes humaines, j'ai plaisir à me tromper, et je ne veux pas, aussi longtemps que je vivrai, que l'on m'arrache de force à cette erreur qui me réjouit ; si au contraire après ma mort, comme le pensent quelques philosophes de petite pointure, je suis privé de tout sentiment, je ne crains pas de voir ces philosophes, qui sont tous morts, se moquer de mon erreur ! Et si nous ne sommes pas destinés à l'immortalité, il n'en faut pas moins souhaiter que tout homme s'éteigne à son heure : il

---

1. Caton évoque ici son fils, Marcus Porcius Cato Licinianus, mort en 152 alors qu'il venait d'être élu préteur.

existe naturellement, comme pour toute chose, une juste mesure pour la vie ; si notre vie est une pièce de théâtre, la vieillesse en est le dernier acte, et il faut éviter qu'il nous lasse, surtout quand nous avons atteint notre content. Voilà ce que, sur la vieillesse, j'avais à vous dire. Puissiez-vous y parvenir, pour vérifier mes dires par votre propre expérience ! »

De la vieillesse (Cato Major), 77 sqq.

Un deuil terrible

En 45 av. J.-C., Cicéron perd sa fille, qui, décédée à trente ans, était restée la « petite Tullia », sa Tulliola chérie. Le coup est d'autant plus dur que tout va mal pour lui : il n'a plus aucun rôle politique, il est brouillé avec son frère Quintus, son fils Marcus est parti pour la Grèce, et il ne peut plus supporter son épouse d'alors, Publiola. Étrange travail de la douleur la plus amère chez ce grand rhéteur : répondant avec émotion à une lettre de condoléances de son ami Servius Sulpicius, Cicéron ne peut se départir de son style habituel, et sa sincérité semble irrémédiablement bridée par son éloquence.

Mon cher Sulpicius,

Ah oui, Servius, j'aimerais, comme tu me l'écris, que, dans ce très grave malheur qui me frappe, tu sois auprès de moi ! L'aide que tu m'apporterais par ta présence, en me consolant, en partageant de près ma souffrance, je la comprends sans peine, du seul fait qu'après avoir lu ta lettre, j'ai eu quelque répit. Car tu m'as écrit des mots capables d'alléger mon chagrin, mais aussi, en me consolant, tu as manifesté toi-même une douleur considérable. Malgré tout, ton fils Servius, en m'entourant de tous les bons offices que permettaient ces circonstances, m'a montré non seulement combien, lui-même, il m'estimait, mais encore combien il savait que tu serais, toi, sensible à une telle affection, de sa part, à mon égard. Et certes, ces bons offices m'ont souvent été plus agréables, mais jamais ils n'ont mérité, à mes yeux, plus de reconnaissance.

Or non seulement les propos que tu me tiens et la façon dont tu t'associes à mon chagrin, mais encore ton autorité personnelle me consolent : en effet, je me sens honteux de ne pas supporter mon malheur de la manière dont toi, avec ta grande sagesse, tu penses que je devrais le supporter. Mais voilà : par moments, la douleur m'écrase, c'est à peine si je peux lui opposer une résistance, parce que me font défaut ces consolations qui ne manquèrent point, en pareille infortune, à ceux dont je me propose l'exemple. Car Quintus Maximus[1], qui perdit un fils consulaire, un grand homme qui avait accompli force actions d'éclat, ou Lucius Paulus[2], qui en sept jours perdit deux fils, ou votre cher Gallus, et Marcus Porcius Caton, qui perdit un fils d'un très grand caractère et d'un très grand mérite[3], tous ces hommes ont vécu ce deuil dans des circonstances où leur propre rang dans l'État, au service de la République, leur apportait une consolation. Mais moi, après la perte de ces ornements que toi-même tu rappelles et que j'avais mérités au prix des plus grands efforts, il ne me restait qu'une consolation — celle-ci, qui m'a été ravie. Je n'avais, pour m'empêcher de penser, ni le soin de m'occuper de mes

---

1. Quintus Fabius Maximus Cunctator, l'adversaire d'Hannibal.
2. Lucius Aemilius Paulus, dit Paul-Émile, déjà évoqué dans le *De senectute*.
3. Sur Caton l'Ancien, voir *supra*, p. 136.

amis ni le souci de servir l'État, je n'avais pas la moindre envie de plaider au forum, je ne pouvais pas même jeter les yeux sur la Curie ; j'estimais — et c'était bien la réalité — que j'avais perdu tous les fruits de mes efforts et de ma bonne fortune. Mais lorsque je songeais que je partageais ce sort avec toi et avec certains autres, et quand je commençais à me maîtriser et à me contraindre à supporter tout cela avec patience, j'avais une personne vers qui me réfugier, auprès de qui trouver du repos, une personne dont la conversation et la douceur me permettaient de laisser là tous mes soucis et mes douleurs. Or aujourd'hui, sous le coup d'une si grave blessure, même ces anciennes blessures qui semblaient guéries se rouvrent en s'aggravant. En effet, je ne puis plus, comme alors, lorsque j'étais attristé par la vie politique et que ma maison m'accueillait pour soulager mon cœur, je ne puis, dis-je, me réfugier dans la vie politique et me reposer dans ses bienfaits, pour oublier le chagrin que me cause ma maison. C'est pourquoi je ne suis plus nulle part, ni dans ma maison ni au forum : ma maison ne peut pas davantage me consoler de la douleur que m'inflige mon activité politique que mon activité politique ne peut me consoler de la douleur qui frappe ma maison.

Je t'attends d'autant plus impatiemment, et je désire te voir le plus tôt possible. On ne saurait me procurer plus grand soulagement que la réunion de notre vieille amitié et de nos conversations. D'ailleurs, j'espère, à ce qu'on m'a dit, que ton arrivée est proche. Et moi, j'ai bien des raisons de souhaiter te voir dès que possible, mais particulièrement le souci de réfléchir ensemble, avant toute décision, à la manière de traverser cette période où tout se règle sur la volonté d'un seul homme[1], qui ne manque ni

---

1. Il s'agit de César, alors dictateur à vie.

de clairvoyance ni de libéralité, et qui, d'après ce que je crois avoir perçu, ne m'est point hostile et reste très lié d'amitié avec toi. Cela étant, il n'en est pas moins fort important d'examiner quelle politique nous devons adopter non pour notre action politique, mais pour notre inaction, avec l'accord de ce monsieur, et grâce à lui.

Au revoir, et porte-toi bien.

CICÉRON

Lettres familières (Ad familiares), IV, 6.

Résister, pour la République !

Au lendemain de l'assassinat de César (14 mars 44 av. J.-C.) s'ouvre à Rome une période de vive tension politique : revigoré par la mort du tyran, Cicéron entend jouer un rôle de premier plan, alors même qu'Antoine, sans revendiquer la succession de César, s'impose comme l'homme fort du moment. Les deux hommes avaient eu, jadis, de bonnes relations d'amitié, et s'estimaient politiquement et intellectuellement. Mais la mainmise d'Antoine et de ses proches sur un pouvoir en déshérence irrite Cicéron au plus haut point : il lance contre lui une première attaque en prononçant devant le Sénat la première des Orationes Antonianae. *La tradition — suivant une suggestion de Cicéron lui-même, qui compare, dans une lettre à Atticus, son offensive oratoire à celle de Démosthène contre les menaces de Philippe de Macédoine — a donné le nom de* Philippiques *à ces quatorze discours. Cicéron cherche à renouveler son exploit de 63 : repousser son ennemi par la seule force de la parole. Il n'y parviendra point. Mais la* Deuxième Philippique, *rédigée après la contre-attaque d'An-*

toine, mais jamais prononcée et publiée comme une longue « lettre ouverte » à la classe politique romaine, développe avec fougue et talent un véritable réquisitoire contre les manipulations de tous ordres auxquelles se livre, selon lui, l'ancien lieutenant de César. En voici la péroraison.

Souviens-toi de ce jour, Antoine, où tu as aboli la dictature; revois la joie du Sénat et du peuple romain; mets en regard de cette joie ces odieux marchandages de toi et de tes amis; alors tu comprendras la différence entre le lucre et la gloire. Mais il n'y a rien d'étonnant à ce que, de même que certains hommes, par l'effet d'une maladie qui engourdit leurs sens, ne perçoivent plus la saveur des mets, tout aussi bien, les débauchés, les cupides, les scélérats ne connaissent plus le goût de la vraie gloire. Cependant, si l'attrait de la gloire ne peut t'amener à te bien conduire, la crainte ne peut-elle pas, non plus, te détourner de commettre les plus honteux forfaits? Tu ne redoutes point les tribunaux : si c'est parce que tu es irréprochable, je t'en félicite; si c'est parce que tu les écrases de ta force, tu ne comprends pas ce que doit redouter un homme qui ne redoute pas les tribunaux pour cette raison-là? Si tu ne redoutes pas les hommes valeureux, ni les excellents citoyens, parce que tu les tiens loin de toi par la force des armes, tes complices, eux, ne te supporteront pas bien longtemps! Or, est-ce une vie de redouter nuit et jour quelque menace de la part des siens? À moins que tu ne te les sois attachés par de plus grands bienfaits que ne le fit cet autre[1] pour certains de ses proches, qui furent ses assassins? Ou bien on ne saurait, de quelque façon, toi, te comparer à lui? Il avait du talent, du raisonnement, de la

---

1. Cet « autre » est César.

mémoire, de la culture, du sérieux, de la réflexion, de l'application ; il avait, à la guerre, fait de grandes choses, fût-ce pour le malheur de la République ; après avoir longuement médité de s'emparer du pouvoir royal, au prix de grands efforts et en affrontant de grands périls, il avait réalisé son projet ; par des jeux, des monuments, des distributions, des banquets publics, il avait séduit une foule ignorante ; il s'était attaché ses amis en les récompensant, et ses adversaires en affichant sa clémence ; bref, il avait introduit, dans notre État républicain, tant par la crainte que par la résignation, une accoutumance à la servitude. Je peux, moi, te comparer à lui pour ton désir passionné de la tyrannie : mais pour le reste, tu ne lui es nullement comparable.

Toutefois, de cette foule de maux qu'il a infligés à l'État, résulte pourtant un bien, un seul : désormais, le peuple romain a appris quelle confiance il doit accorder à chacun, à qui il peut confier son sort, de qui il doit se méfier. Mais à tout cela, tu ne penses pas, et tu ne comprends pas que, pour des hommes valeureux, avoir appris la beauté de l'exploit, la valeur du bienfait, la renommée glorieuse qu'il y a dans l'assassinat d'un tyran, c'est suffisant ? Ou crois-tu qu'ils n'ont pas pu le supporter, lui, et que toi, ils te supporteront ? Désormais, on se battra, crois-moi, pour courir à cette tâche, et on ne restera pas à attendre que, sans se presser, l'occasion se présente !

Ramène enfin, je te le demande, Antoine, tes regards vers la République ! considère les ancêtres dont tu es issu, et non les gens avec qui tu vis ; agis avec moi comme tu voudras, mais réconcilie-toi avec ta patrie. Pour ton propre sort, à toi de voir ; mais, en ce qui me concerne, je puis, moi, déclarer ceci : j'ai défendu la République dès mon adolescence, je ne l'abandonnerai pas devenu un vieil homme ; j'ai méprisé les épées de Catilina, je ne redouterai pas les tiennes. Bien plus : je me précipiterai volontiers sur elles, si ma mort peut rétablir la liberté dans notre État, pour qu'enfin la douleur du peuple romain accouche de ce dont, depuis si longtemps, elle est en travail. Car si, voici presque vingt ans, j'ai, dans ce temple même, affirmé que la mort ne pouvait être prématurée pour un homme qui a exercé le consulat, il est encore plus vrai, ô combien, pour moi, de dire aujourd'hui qu'elle ne peut l'être pour un vieillard ! Eh oui, Sénateurs, pour moi, la mort est même, désormais, chose à souhaiter, après avoir assumé jusqu'au bout tous les honneurs que j'ai obtenus et tous les actes que j'ai accomplis ! Je ne forme plus que ces deux vœux : l'un, c'est qu'en mourant, je laisse le peuple romain vivant en liberté — ce serait pour moi le plus beau cadeau des dieux immortels ; l'autre, c'est que chacun ait le sort qu'il mérite pour ses services à la République.

Deuxième Philippique, 115 sqq.
(péroraison).

CÉSAR

(CAÏUS JULIUS CAESAR, VERS 101 ? — 44 AV. J.-C.)

Chose étonnante, si rien n'est plus connu que la date de la mort de César (les fameuses Ides de mars 44, soit le 15 mars), la date de sa naissance reste indécise... En fait, le plus connu de tous les grands hommes de Rome a gardé sa part de mystère — ce qui lui permet d'avoir non seulement un destin tragique, mais encore une vie dont tout romanesque n'est pas absent. Ce fut assurément un génie, en ce qu'il regorgeait de talents : qu'il s'agisse de trouver des fonds (c'était l'homme le plus endetté de Rome), de recruter des hommes de main et des « agents », de s'acoquiner avec des tribuns et des « groupes de soutien », de mener une armée en se faisant adorer par ses soldats, d'exercer une véritable dictature (au sens moderne du mot !) tout en pratiquant ostensiblement une habile clémence politique, d'imposer des réformes indispensables tout en affirmant éviter à Rome une révolution, de gravir, enfin, tous les degrés du pouvoir personnel pour finalement refuser officiellement d'être roi, César sait faire, et il fait. Il est l'action personnifiée. C'est impressionnant, et tous les historiens qui ont voulu déboulonner la statue de César en ont été pour leurs frais — comme pour Napoléon...

Comme tous les jeunes loups de sa génération, César a été bien éduqué à lire, parler et écrire ; on imagine que, comme Cicéron, il a même troussé des épi-

grammes dans les cénacles des «nouveaux poètes»; érudit, il compose un traité de grammaire sur l'analogie (nous l'avons perdu); orateur, il cultive une sobriété toute attique, un style sec, précis et efficace qui impressionne ses contemporains; et quand il prend la plume pour faire le récit de ses propres guerres, il n'écrit pas autrement. Sous l'allure d'un «rapport d'activités» (c'est le sens de commentarium, *d'où vient la traduction française, traditionnelle mais un peu déroutante, par «Commentaires»), il confisque sa propre histoire et la livre, à sa manière, à l'admiration de tous: habile démonstration de puissance, certes, mais aussi conscience d'avoir mené à bien des tâches difficiles, pour le plus grand bien de Rome, qui ne reniera ni les conquêtes de César ni la plupart de ses réformes. Ainsi fit la France pour Napoléon.*

Les Commentaires de la guerre des Gaules, *puis les* Commentaires de la guerre civile *s'adressaient avant tout à des contemporains connaisseurs en matière de politique et de commandement militaire (tout Romain de l'élite a servi pendant des années sous les enseignes): le récit, souvent très détaillé, de huit années de campagnes en Gaule et de deux années de conflit avec Pompée nous semble parfois offrir peu de champ à l'émotion et au plaisir du texte. Pourtant, pendant des lustres, des milliers de jeunes latinistes, garçons et filles, ont transpiré, en classe de quatrième, sur les sièges d'Avaricum, de Gergovie et d'Alésia! Est-ce pour cette raison que, par la suite, deux Gaulois de bande dessinée ont à jamais permis que la silhouette (stylisée) de César fût la seule que reconnaissent désormais les enfants — avec celle de Napoléon?*

Certes, on peut voir dans ces deux récits une vile entreprise de propagande et d'apologie personnelle, témoignant, selon l'expression consacrée, d'un art subtil de la déformation historique; c'est vrai — sauf que la notion de propagande est anachronique, et que les Anciens n'entendaient pas comme nous la vérité historique. Mieux vaut penser que personne n'aurait pu, mieux que César, nous raconter ses campagnes. Avec ce style faussement détaché, et en parlant de lui à la troisième personne. Non content d'avoir des lecteurs, le glacial César a toujours suscité des ferveurs — demandez à Napoléon!

Et César coupa le pont...

Il s'agit du pont de Genève, entre le pays des Allobroges et celui des Helvètes. Et c'est ainsi que débute la guerre des Gaules, dont on oublie trop souvent la cause — une étrange migration décidée par les Helvètes. En revanche, pour des générations et des générations de lycéens, la première page du récit de César, cette fameuse description de la Gaule partagée entre Gaulois, Belges et Aquitains, fut, disons-le tout net, incontournable. Et, par suite, inoubliable!

Considérée dans son ensemble, la Gaule est divisée en trois parties, dont l'une est habitée par les Belges, l'autre par les Aquitains, la troisième par ceux qui, dans leur langue, se nomment Celtes, et que nous appelons Gaulois. Ces nations diffèrent entre elles par la langue, les institutions et les lois. Les Gaulois sont séparés des Aquitains par la Garonne, des Belges par la Marne et la Seine. Les Belges sont les plus braves de tous ces peuples, parce qu'ils sont les plus éloignés des mœurs policées et de la civilisation de la Province romaine, et que les marchands circulent très peu chez eux et ne leur portent point ce qui contribue à efféminer le caractère; d'autre part, ils sont voisins des Germains qui habitent au-delà du Rhin, et avec lesquels ils sont continuellement en guerre. Pour la même raison, les Helvètes aussi surpassent en valeur les autres Gaulois ; car ils livrent aux Germains des combats presque chaque jour, soit qu'ils les repoussent de leur propre territoire, soit qu'ils mènent eux-mêmes la guerre sur celui de leurs ennemis. La partie du pays habitée, comme nous l'avons dit, par les Gaulois, commence au Rhône, et a pour limites la Garonne, l'Océan et la frontière avec les Belges ; du côté des Séquanes et des Helvètes, elle va jusqu'au Rhin et s'étend en direction du nord. Le pays des Belges commence à l'extrême frontière de la Gaule, et s'étend jusqu'à la partie inférieure du Rhin ; il regarde le nord et l'orient. L'Aquitaine s'étend de la Garonne aux Pyrénées, et à cette partie de l'Océan qui baigne les côtes d'Espagne ; elle est tournée vers le nord-ouest.

Orgétorix était de loin, chez les Helvètes, le plus noble et le plus riche des notables. Sous le consulat de Marcus Messala et de Marcus Pison[1], poussé par l'ambition de devenir roi, il forma une conjuration avec la noblesse et persuada l'instance dirigeante de cette nation de quitter leur pays avec tous leurs biens : puisqu'ils l'emportaient par le courage sur tous les peuples de la Gaule, ils la soumettraient aisément tout entière. Il eut d'autant moins de peine à les persuader que les Helvètes sont de toutes parts enfermés par la nature des lieux : d'un côté par le Rhin, fleuve très large et très profond, qui sépare leur territoire de la Germanie, d'un autre par le Jura, très haute montagne qui s'élève entre la Séquanie et l'Helvétie ; d'un troisième côté, par le lac Léman et le Rhône qui sépare notre Province de l'Helvétie. Il en résultait qu'ils ne pouvaient ni s'étendre au loin ni porter facilement la guerre chez leurs voisins ; et ce point affligeait vivement des hommes pleins d'ar-

---

1. En 61 av. J.-C.

deur belliqueuse. En regard de leur population nombreuse et de la gloire qu'ils acquéraient dans la guerre par leur courage, ils estimaient trop étroites des frontières qui avaient deux cent quarante milles de long sur cent quatre-vingt milles de large.

Poussés par ces motifs et entraînés par l'ascendant personnel d'Orgétorix, ils décident de commencer à disposer tout ce qui servirait pour leur départ et à se procurer un grand nombre de bêtes de somme et de chariots, ils ensemencent toutes les terres cultivables afin de s'assurer des vivres dans leur marche et renouvellent avec leurs voisins les traités de paix et d'alliance. Ils pensaient que deux ans leur suffiraient pour ces préparatifs ; et ils fixent officiellement, par une loi, le départ à la troisième année. Orgétorix est choisi pour mener à bien l'entreprise. Il se charge lui-même de faire l'ambassadeur auprès des cités voisines. Au cours de cette tournée, il persuade le Séquanais Casticus, fils de Catamantaloédis, et dont le père avait longtemps régné en Séquanie et avait reçu du peuple romain le titre d'ami, de reprendre sur ses concitoyens l'autorité royale précédemment exercée par son père. Il inspire la même entreprise à l'Héduen Dumnorix, frère de Diviciacus, qui tenait alors le premier rang dans la cité et était très aimé du peuple ; il lui donne sa fille en mariage. Il leur démontre qu'il leur sera facile de mener à bien ces entreprises, puisqu'il devait lui-même s'emparer du pouvoir chez les Helvètes : il affirme que ce peuple était sans conteste le plus puissant de toute la Gaule, et qu'il les aiderait de ses forces et de son armée à s'approprier le trône. Persuadés par ces discours, ils s'allient sous la foi du serment : ils espéraient qu'une fois qu'ils seraient maîtres du pouvoir, les trois peuples les plus puissants et les plus braves soumettraient la Gaule tout entière.

Ce projet fut dénoncé aux Helvètes; et, selon leurs coutumes, Orgétorix comparut chargé de chaînes pour plaider sa défense. S'il était condamné, il serait supplicié par le feu. Le jour fixé pour le procès, Orgétorix réunit, pour les faire paraître au tribunal, tous ceux qui composaient sa maison, environ dix mille hommes, et rassembla aussi tous ses clients et ses débiteurs, dont le nombre était considérable: grâce à eux, il put se soustraire au procès. Les citoyens, indignés de cette conduite, s'efforcèrent de faire valoir le droit par les armes, et les magistrats rassemblèrent la population des campagnes, mais alors Orgétorix mourut. Il n'est pas vain de penser, conformément à l'opinion des Helvètes, qu'il se donna lui-même la mort.

Après sa mort, les Helvètes ne s'emploient pas moins activement à exécuter leur décision d'émigrer. Lorsqu'ils se jugent prêts, ils incendient toutes leurs villes, au nombre de douze, leurs bourgs au nombre de quatre cents et toutes les habitations particulières isolées; ils brûlent tout le blé qu'ils ne peuvent emporter, afin que, ne conservant aucun espoir de retour, ils soient encore plus prêts à affronter tous les périls. Chacun reçoit l'ordre de se pourvoir de farine à pain pour trois mois. Ils persuadent les Rauraques, les Tulinges et les Latobices, leurs voisins, de s'associer à leur entreprise, de livrer aux flammes leurs villes et leurs bourgs, et de partir avec eux. Ils s'allient et prennent avec eux les Boïens, qui, après avoir pris Noréia, s'étaient établis au-delà du Rhin, dans le Norique.

Il n'y avait que deux chemins par lesquels ils pussent sortir de leur pays: l'un par le pays des Séquanes, étroit et difficile, entre le Jura et le Rhône, où pouvait à peine passer un chariot de front; il était dominé par une haute montagne, si bien qu'une faible troupe suffisait pour en défendre l'entrée; l'autre, à travers notre Province, était beaucoup plus aisé et plus court, puisque le Rhône, qui sépare les terres des Helvètes de celles des Allobroges, que nous avons récemment pacifiés, peut être franchi à gué en plusieurs endroits. Genève est la plus lointaine ville des Allobroges, et la plus proche de l'Helvétie. Un pont relie cette ville au pays des Helvètes. Ces derniers crurent qu'ils persuaderaient facilement les Allobroges, qui ne paraissaient pas encore liés d'amitié au peuple romain, de leur permettre de traverser leur territoire, ou qu'ils les y contraindraient par la force. Tout étant prêt pour le départ, ils fixent le jour où tous doivent se rassembler sur la rive du Rhône. Ce jour était le 28 mars 58, sous le consulat de Lucius Pison et d'Aulus Gabinius.

César, quand il apprend que les Helvètes se disposent à passer par notre Province, précipite son départ de Rome, se rend à marches forcées en la Gaule ultérieure et arrive à Genève[1]. Il ordonne de lever dans toute la province le plus de soldats qu'elle peut fournir (il y avait une seule légion dans toute la Gaule ultérieure), et fait couper le pont de Genève. Les Helvètes, avertis de son arrivée, envoient vers lui en ambassade les plus nobles de leur cité, à la tête desquels étaient Nammeius et Verucloetius, pour dire qu'ils avaient l'intention de traverser la province sans y commettre le moindre dommage, étant donné qu'il n'y avait pour eux aucun autre chemin : ils demandaient que ce passage se fît avec son consentement. César, se rappelant que les Helvètes avaient tué le consul Lucius Cassius et repoussé son armée qu'ils avaient fait passer sous le joug[2], pen-

---

1. César avait pris officiellement son commandement le 1er mars. Selon Plutarque, il ne mit que huit jours pour aller de Rome à Genève — soit des étapes de 150 kilomètres par jour !
2. César a bonne mémoire : cette défaite romaine survint sans doute dans la région d'Agen, en 107 av. J.-C., alors que les Helvètes,

sait ne pas devoir satisfaire cette demande: il estimait que des hommes pleins d'inimitié, s'ils obtenaient la permission de traverser la province, ne sauraient s'abstenir de violences et de désordres. Cependant, pour laisser aux troupes qu'il avait commandées le temps de se réunir, il répondit aux députés qu'il prendrait quelque temps pour y réfléchir, et que, s'ils voulaient connaître sa résolution, ils reviennent le 13 avril.

La Guerre des Gaules, I, 1-7.

L'« imperator » dans la tourmente

En 57 av. J.-C., César fait campagne contre les Belges, qui ont pris position sur une hauteur, en amont de Maubeuge; à son tour, le général manœuvre pour installer son camp sur la colline qui fait face à ses ennemis, de l'autre côté du fleuve. Mais les tribus qui composent l'armée des Belges et surtout, parmi eux, les farouches Nerviens (on suppose qu'ils habitaient vers les bouches de l'Escaut) attendent de pied ferme l'armée romaine: ils les guettent, les attaquent, et la bataille tourne à la pagaille générale. Le danger est réel, pour un César débordé par les événements — et sans doute également coupable de n'avoir pas vu venir le coup: même Napoléon, qui pourtant vénère son modèle, en convient dans ses commentaires! Mais voilà: quand César raconte les batailles de César, l'imperator sait magistralement rétablir la situation. Quel chef! quelle armée! quelle clémence!

---

déjà, tentaient de s'établir en Gaule et se déplaçaient vers l'Océan. Cette année-là, l'autre consul était Marius, dont César se veut le successeur politique: belle coïncidence, qui fait de lui un vengeur!

Voici la configuration du terrain que nos troupes avaient choisi pour installer le camp. Une colline en pente régulière descendait vers la Sambre ; en face, à partir de l'autre berge de la rivière, naissait en symétrie une pente semblable, découverte dans le bas, sur deux cents pas environ, mais, dans sa partie supérieure, garnie de bois si denses que l'on ne pouvait guère discerner ce qu'ils recouvraient. C'est dans ces bois que les ennemis se tenaient cachés ; sur le terrain découvert, le long de la rivière, on ne voyait que quelques postes de cavaliers. La profondeur de l'eau était de trois pieds environ.

César, qui avait envoyé sa cavalerie en avant-garde, la suivait à peu de distance avec toutes ses troupes. Mais il avait ordonné sa colonne de troupes autrement que les Belges ne l'avaient dit aux Nerviens. En effet, à l'approche de l'ennemi, il avait pris la disposition habituelle : il commandait les six légions sans bagages, puis venaient les bagages de toute l'armée, enfin deux légions, celles qui avaient été levées le plus récemment, fermaient la marche et protégeaient les bagages. Notre cavalerie passa la rivière, soutenue par les frondeurs et les archers, et engagea le combat avec les cavaliers ennemis. Ceux-ci, tantôt se retiraient dans la forêt auprès des leurs, tantôt chargeaient nos cavaliers ; et les nôtres n'osaient pas les poursuivre au-delà de la limite du terrain découvert ; pendant ce temps, les six légions qui étaient arrivées les premières tracèrent le camp et entreprirent d'installer ses défenses. Dès que la tête de nos convois de bagages fut aperçue par les soldats ennemis qui se tenaient cachés dans la forêt — c'était à ce moment qu'ils avaient décidé d'engager le combat —, étant donné qu'ils avaient formé leur front et disposé leurs unités à l'intérieur de la forêt, augmentant ainsi leur propre détermination par la solidité de leur formation, ils s'élancèrent soudain tous ensemble et chargèrent nos cavaliers. Ils n'eurent pas de peine à les défaire et à les disperser et, avec une rapidité incroyable, ils descendirent en courant vers la rivière, si bien qu'on put les voir presque au même instant devant la forêt, dans la rivière, et déjà aux prises avec nous. Mais toujours avec la même rapidité, gravissant la colline, ils marchent sur notre camp et sur ceux qui étaient en train d'y travailler.

César devait tout faire à la fois : il fallait faire arborer l'étendard qui appelle les soldats à courir aux armes, faire sonner l'alerte à la trompette, rappeler les soldats du travail, envoyer des hommes pour rappeler les soldats qui s'étaient avancés à une certaine distance pour chercher la terre nécessaire à la construction du remblai, ranger les troupes en ordre de bataille, les haranguer, donner le signal de la contre-attaque. Impossible de faire tout cela, vu le peu de temps, et l'approche de l'ennemi qui montait vers le camp. Dans cette situation critique, deux choses aidaient César : d'une part le savoir-faire et le métier des soldats, qui, exercés par les combats précédents, pouvaient aussi bien se prescrire à eux-mêmes la conduite à suivre que l'apprendre d'autrui ; d'autre part, l'ordre qu'il avait donné aux légats de ne pas quitter le travail et de rester chacun avec sa légion, tant que le camp ne serait pas achevé. Vu la proximité de l'ennemi et la rapidité de son mouvement, ils n'attendaient plus les ordres de César mais prenaient d'eux-mêmes les initiatives qu'ils jugeaient bonnes.

César, se bornant à donner les ordres indispensables, courut haranguer les troupes du côté que le hasard lui offrit, et il tomba sur la Xe légion. Sans faire un long discours, il recommanda seulement aux soldats de se souvenir du courage qu'ils avaient montré dans le passé, de ne pas se laisser désemparer et de résister fermement à l'assaut ; puis, l'ennemi étant à portée de javelot, il donna le signal d'engager le combat. Il partit alors vers l'autre côté du camp pour y exhorter aussi les soldats, il les trouva déjà engagés dans le combat. Tout cela fut si rapide et l'ardeur offensive des ennemis fut telle que le temps manqua non seulement pour revêtir les insignes des grades, mais même pour mettre les casques et pour ôter les housses des boucliers. Chacun prit position là où il se trouva en venant des travaux du camp, se rangeant sous les premières enseignes qu'il aperçut, afin de combattre sans perdre de temps à chercher son unité.

Les troupes s'étaient rangées comme l'exigeaient la nature du terrain et la pente de la colline, mais aussi l'urgence, plutôt qu'en suivant les règles de la tactique et des formations usuelles ; les légions luttaient chacune séparément et, chacune dans leur secteur, résistaient aux ennemis ; lesquels avaient, ainsi qu'on l'a dit plus haut, barré la vue en dressant des haies très épaisses. Pour toutes ces raisons, on n'avait pas de données précises pour savoir où poster des troupes de réserve, on ne pouvait évaluer les besoins de chaque partie du front, et il était impossible d'assurer l'unité du commandement. Voilà pourquoi, les chances étant à ce point inégales, la fortune des armes était tout autant incertaine.

Effectivement, sur l'aile gauche, les Romains font reculer les Atrébates ; mais les Nerviens attaquent en rangs serrés les troupes romaines regroupées sur l'emplacement du camp. César voit ses cavaliers en fuite, et ses fantassins en grande difficulté...

César, après avoir harangué la Xe légion, était parti vers l'aile droite : nos soldats y étaient vivement pressés par l'ennemi ; les soldats de la XIIe légion avaient rassemblé leurs enseignes en un même point et se serraient les uns contre les autres en se gênant mutuellement pour combattre ; la IVe cohorte avait eu tous ses centurions et un porte-enseigne tués, elle avait perdu une enseigne ; dans les autres cohortes, presque tous les centurions étaient blessés ou tués, et parmi eux le primipile Publius Sextius Baculus, centurion particulièrement courageux, épuisé par beaucoup de graves blessures, au point qu'il ne pouvait plus se tenir debout ; pour le reste des troupes, l'ardeur des soldats faiblissait, et un certain nombre d'entre eux, abandonnés par le soutien des derniers rangs, quittaient le combat en esquivant les traits lancés par les ennemis ; ceux-ci, sans relâche, montaient la pente pour déboucher en face de nous et renforçaient leur pression sur nos deux flancs ; la situation était critique. César vit tout cela, et il vit aussi qu'il ne disposait plus d'aucune réserve à envoyer en renfort : il prit à un soldat des derniers rangs son bouclier — car il était venu là sans s'être muni du sien — et s'avança jusqu'à la première ligne : là, il interpella les centurions en appelant chacun d'eux par son nom et harangua le reste de la troupe ; il donna l'ordre de lancer la contre-attaque en faisant marcher les enseignes en avant et de desserrer les rangs pour que l'on pût manier le glaive plus aisément. Son arrivée ayant rendu de l'espoir aux troupes et réveillé leur courage, car chacun, en présence du général, désirait, même si le péril était extrême, s'appliquer de son mieux, l'élan de l'ennemi fut un peu ralenti.

César, voyant que la VIIe légion, qui avait pris position à côté de la XIIe, était tout autant pressée par l'ennemi, demanda aux tribuns militaires de confondre les deux légions et de faire face aux ennemis en contre-attaquant. Par cette manœuvre, les soldats se prêtaient un mutuel appui et ne craignaient plus d'être pris à revers ; dès lors, ils résistèrent mieux et combattirent avec plus d'ardeur. Cependant, les soldats des deux légions qui, à l'arrière-garde de la colonne, protégeaient les bagages, ayant appris qu'on se battait, accoururent au pas de course et se montrèrent aux regards des ennemis au sommet de la colline ; d'autre part, Titus Labienus s'était emparé du camp ennemi et avait vu, de cette éminence, ce qui se passait dans le nôtre : il envoya la Xe légion à notre secours. La fuite des cavaliers et des valets ayant appris à ces soldats quelle était notre situation, et quel danger couraient le camp, les légions, le général, ils mirent tous leurs efforts pour aller le plus vite possible.

L'arrivée de ce renfort produisit un tel renversement de situation que ceux-là même qui, épuisés par leurs blessures, étaient tombés à terre, recommencèrent à se battre en s'appuyant sur leurs boucliers, que les valets, voyant l'ennemi terrifié, attaquèrent même sans armes ces hommes armés, qu'enfin les cavaliers, pour effacer la honte d'avoir fui, vinrent, sur tous les points du champ de bataille, se porter devant les légionnaires. Mais les ennemis eux aussi, même alors qu'il ne leur restait plus le moindre espoir de sauver leur vie, montraient un tel courage que, quand les premiers étaient tombés, ceux qui les suivaient montaient sur leurs corps pour se battre, et quand ils tombaient à leur tour et que s'entassaient les cadavres, les survivants, comme du haut d'un tertre, lançaient des traits sur nos soldats et renvoyaient les javelots qui s'étaient fichés avant d'atteindre leur but : ainsi, il fallait reconnaître que ce n'était pas sans de bonnes raisons d'espérer une victoire que ces hommes d'un pareil courage avaient osé franchir une rivière fort large, escalader des berges fort élevées, gravir un terrain fort difficile ;

toutes ces difficultés, la grandeur de leur mérite en avait fait des tâches faciles.

Après cette bataille, on avait presque réduit à néant la nation et le nom des Nerviens ; aussi, quand ils en apprirent la nouvelle, les vieillards qui, nous l'avons dit, avaient été rassemblés avec les enfants et les femmes dans une région de lagunes et d'étangs, jugeant que rien ne pouvait freiner les vainqueurs ni rien protéger les vaincus, envoyèrent, avec le consentement unanime des survivants, une délégation à César ; ils firent reddition, en rappelant l'infortune de leur peuple : des six cents membres de leur Conseil, il n'en restait que trois, de soixante mille hommes en état de porter les armes, cinq cents à peine. César, pour que l'on vît bien sa miséricorde envers les malheureux et les suppliants, eut grand soin de ne pas les exterminer : il leur laissa la jouissance de leurs terres et de leurs villes, et ordonna à leurs voisins de s'interdire et d'interdire à leurs alliés toute injustice et tout dommage à leur égard.

La Guerre des Gaules, II, 18-28.

La chute d'Alésia

C'est la fin : les forces gauloises, enfermées dans Alésia, vont céder à César, qui ne veut pas manquer le spectacle. Vercingétorix se rend, et, comme le commémore admirablement un gag d'Astérix, jette ses armes aux pieds de son vainqueur. Point final à la guerre des Gaules : César n'écrira pas lui-même une ligne de plus, il passera la main à son fidèle lieutenant Hirtius pour un livre VIII qui nous conduit tout droit à la guerre civile.

Pour l'heure, les assiégés tentent de forcer les lignes

romaines, et Labienus, le fidèle lieutenant de César, est en difficulté. Mais le chef sait tout, voit tout, et renverse la situation en quatre coups de cuillère à pot. Les spécialistes vous expliqueront la manœuvre, qui certainement est géniale, mais reste incompréhensible pour des civils : là n'est pas la question !

César envoie d'abord le jeune Brutus[1] avec six cohortes, ensuite son légat Caïus Fabius avec sept autres cohortes ; enfin, la bataille devenant encore plus acharnée, il fait avancer lui-même un renfort de troupes fraîches. Ayant ainsi rétabli le combat à notre avantage et repoussé les ennemis, César se dirige vers l'endroit où il avait envoyé Labienus, ordonne de faire sortir quatre cohortes du fort le plus voisin, ordonne à une partie de la cavalerie de le suivre, et à l'autre partie de faire le tour des défenses gauloises par l'extérieur et de prendre les ennemis à revers. Labienus, voyant que ni les remparts ni les fossés ne peuvent arrêter l'élan des ennemis, rassemble trente-neuf cohortes sorties des forts voisins et que le hasard a fait venir vers lui, et envoie à César des courriers pour l'informer de ce qu'il pense devoir faire.

César hâte sa marche pour assister à l'affrontement. À son arrivée, on le reconnaît à la couleur de son manteau, son signe distinctif qu'il avait coutume de porter dans les batailles[2] ; les ennemis, qui de la hauteur ont vu sur la pente les escadrons et les cohortes dont il s'était fait suivre, engagent le combat. Un cri s'élève de part et d'autre, et se répète sur le rempart et dans tous les retranchements. Nos sol-

---

1. Ce Brutus, toujours appelé « le jeune » (*adulescens*), n'est pas le futur assassin de César, mais un parent de celui-ci (qui ne désavouera pas le meurtrier !).
2. César porte le *paludamentum*, manteau du commandant en chef face à l'ennemi, de couleur pourpre.

dats, laissant de côté le javelot, se battent glaive en main. Tout à coup, dans le dos de l'ennemi, paraît notre cavalerie. Les autres cohortes approchaient : les Gaulois prennent la fuite. Notre cavalerie barre le passage aux fuyards. C'est un grand carnage. Sedullus, chef de tribu et général des Lémovices, est tué ; l'Arverne Vercasivellaunos est pris vivant dans la déroute ; soixante-quatorze enseignes militaires sont rapportées à César ; d'un si grand nombre d'hommes, bien peu rentrent au camp sans blessure. Les assiégés, apercevant du haut de leurs murs la fuite des leurs et leur massacre, désespèrent de leur salut, et retirent leurs troupes de leurs retranchements. Sitôt la nouvelle arrivée au camp des Gaulois, ils prennent la fuite. Si les soldats n'avaient pas été épuisés par d'aussi nombreux engagements et par les efforts de toute la journée, ils auraient pu anéantir l'armée ennemie tout entière. Au milieu de la nuit, la cavalerie, envoyée à la poursuite, rattrape l'arrière-garde des ennemis ; on en tue ou fait prisonniers une grande partie ; les autres, au terme de leur fuite, se dispersent dans les cités de leurs tribus.

Le lendemain, Vercingétorix convoque l'assemblée et fait valoir qu'il n'a pas entrepris cette guerre pour ses intérêts personnels, mais pour la défense de la liberté commune ; puisqu'il fallait céder à la Fortune, il s'offrait à ses compatriotes, leur laissant le choix de satisfaire les Romains par sa mort ou de le livrer vivant. On envoie à ce sujet des députés à César. Il ordonne qu'on lui remette toutes les armes, qu'on lui amène les chefs. Il se tient assis sur le rempart, devant son camp. On fait avancer devant lui les généraux ennemis. Vercingétorix est livré ; on jette les armes aux pieds de César. À l'exception des Héduens et des Arvernes, dont il voulait se servir pour tâcher de regagner ces peuples, le reste des prisonniers fut distribué par tête à chaque soldat, à titre de butin.

La Guerre des Gaules, VII, 87-89.

Une guerre inévitable?

Nous sommes dans les premiers jours de janvier 49 av. J.-C. En souhaitant être candidat au consulat tout en conservant jusqu'au dernier moment le commandement de ses légions (sa «mission extraordinaire» en Gaule court jusqu'au 1ᵉʳ mars), César a provoqué une crise politique terrible. Pompée et la majorité des sénateurs refusent que, par un privilège, César soit de la sorte dispensé d'être physiquement présent lors de l'élection (ce qui l'obligerait à laisser ses troupes au bord du Rubicon, à la frontière entre la Gaule cisalpine et l'Italie). Secondé par des tribuns bouillonnants, César proteste de sa bonne foi, mais l'on brandit contre lui un décret de salut public qui confie aux consuls les pleins pouvoirs. C'en est trop : le 12 janvier, César franchit le Rubicon — mais n'en dit pas un mot dans son récit!

Pompée persiste dans la ligne politique qu'il avait affichée en agissant par l'entremise de Scipion[1]. Il fait grand éloge de la courageuse fermeté du Sénat ; il dénombre ses propres forces : il a dix légions prêtes à marcher ; en outre, il sait, par des informateurs sûrs, que les soldats de César ne soutiennent pas leur chef, et qu'on ne saurait les décider à le défendre, ni même à le suivre. [...] Les consuls, chose sans précédent, sortent de la Ville sans respecter la procédure, de simples particuliers ont des

---

1. Ce Scipion, ancien consul, était le beau-père de Pompée.

licteurs en pleine ville et sur le Capitole, contrairement à toutes les traditions. Dans toute l'Italie, on lève des troupes, on commande des armes, on exige de l'argent des municipes, on en saisit dans les temples : toutes les lois divines et humaines sont bouleversées.

Informé de ces événements, César rassemble ses troupes et leur fait un discours. Il rappelle tous les dénis de justice que lui ont infligés ses adversaires politiques ; il déplore que ces gens aient détourné Pompée de lui en le faisant dévier du droit chemin par jalousie et désir de rabaisser sa gloire à lui, César, qui, au contraire, avait toujours favorisé et aidé Pompée dans sa quête des magistratures et des titres. Il déplore le précédent introduit dans la vie politique par l'annulation et l'écrasement par les armes du droit de veto des tribuns, droit qui avait été rétabli naguère par les armes. Sylla avait dépouillé la puissance tribunicienne de tous ses pouvoirs : il lui avait néanmoins laissé le droit de veto ; Pompée, qui passait pour avoir rendu aux tribuns les ressources qu'ils avaient perdues, leur avait en fait ôté celles qu'ils avaient conservées auparavant. Chaque fois que l'on avait pris le décret ordonnant que « les magistrats fassent tout pour éviter tout dommage à l'État »[1], selon la formule du sénatus-consulte qui appelle le peuple romain à prendre les armes, cela avait été fait pour combattre des lois catastrophiques, des coups de force des tribuns, des sécessions du peuple, avec occupation de collines et de temples : il montre que ces crises d'un autre temps ont été expiées par le sort que connurent Saturninus et les Gracques[2] ; mais rien de semblable ne s'était produit

1. C'est le fameux *senatus consultum ultimum*, décret conférant les pleins pouvoirs au nom du salut de l'État. Le parti « populaire », depuis Marius, contestait la légalité de cette procédure.
2. Les Gracques (en 133, puis 123) et Saturninus (tribun en 101-

ces jours-ci, rien de tel n'avait même été envisagé : aucun projet de loi placardé, aucune tentative de soulever le peuple, aucune sécession. Il exhorte ses soldats à défendre la réputation et l'honneur du général sous les ordres duquel, pendant huit ans, ils avaient servi la République avec les plus grands succès, en remportant une foule de batailles, et en pacifiant toute la Gaule et la Germanie.

Les soldats de la XIIIe légion, qui étaient là (il l'avait convoquée dès le début des troubles, et les autres légions n'avaient pas encore fait jonction), font une ovation unanime, et proclament qu'ils sont prêts à défendre leur général et les tribuns contre les dénis de justice qu'on leur fait subir. Assuré de l'état d'esprit de ses hommes, César gagne Ariminum[1] avec cette légion, et retrouve là les tribuns qui s'étaient repliés à sa rencontre.

La Guerre civile, I, 6-8.

Pharsale

Pompée, appliquant une étrange stratégie (elle déconcerte même Cicéron, qui n'entend rien à l'art de la guerre !) a quitté l'Italie avec ses troupes pour se déployer en Illyrie. César traverse à son tour l'Adriatique, puis entraîne son adversaire vers la Thessalie. Il installe son armée dans la plaine de Pharsale. Le 9 août 48, c'est là que se joue la guerre civile...

Entre les deux armées il restait tout juste assez d'espace pour qu'elles se lancent à l'assaut l'une de

---

100) avaient proposé des lois « démagogiques » et suscité des troubles populaires, avant de subir de plein fouet la répression du Sénat. Ce sont les « martyrs » du parti réformiste des *populares*.

1. Ariminum : l'actuelle Rimini.

l'autre. Mais Pompée avait donné consigne à ses troupes d'attendre l'assaut de César sans bouger et de laisser sa ligne se disloquer; on disait qu'il avait choisi cette tactique sur le conseil de Caïus Triarius, de façon à briser la première attaque et l'énergie des soldats tout en rompant la continuité de sa ligne d'assaut, et à lancer contre ses troupes dispersées des soldats restés en bon ordre à leurs postes. Il espérait aussi que, s'il maintenait ses troupes en place, les javelots ennemis arriveraient sur elles avec moins de force que s'il les lançait au-devant de ces tirs, et qu'en même temps, obligés de courir sur une double distance, les soldats de César seraient essoufflés et pris de fatigue. À notre avis, Pompée a, ce faisant, adopté une tactique déraisonnable, car tout homme a naturellement en lui une stimulation et une sorte d'ardeur qui l'embrase du désir de se battre. Les généraux doivent non point chercher à étouffer, mais au contraire amplifier encore cet instinct; et ce n'est pas sans raison que, depuis l'Antiquité, on a institué que sonne de tous les côtés le signal de l'attaque et que tous les soldats poussent de grands cris; par là, pensait-on, on terrorisait l'ennemi, et on excitait ses propres troupes.

Mais lorsque nos soldats, au signal donné, se furent élancés en brandissant les javelots et s'aperçurent que les soldats de Pompée ne couraient pas à leur rencontre, en hommes d'expérience instruits par toutes leurs batailles précédentes, ils ralentirent leur assaut de leur propre chef et s'arrêtèrent à peu près au milieu du parcours pour ne arriver épuisés à proximité des ennemis; puis, quelques instants après, ils reprirent leur course, lancèrent leurs javelots et, comme l'avait ordonné César, ils se hâtèrent de tirer le glaive. Mais les Pompéiens ne furent pas débordés. En effet, non seulement ils encaissèrent la salve de javelots et résistèrent à l'assaut des soldats, mais encore, restant en formation et lançant à leur tour leurs javelots, ils dégainèrent le glaive. Au même moment, la cavalerie, sur l'aile gauche de Pompée, se lança en une seule vague conformément aux ordres, et toute la masse nombreuse des archers se déploya[1]. Notre cavalerie ne put supporter cette attaque, elle recula sensiblement, et les cavaliers de Pompée ne l'en pressèrent que plus vivement, en se déployant en escadrons et en contournant nos lignes par la droite. Lorsque César s'en aperçut, il donna le signal convenu à la quatrième ligne qu'il avait formée avec six cohortes. Ces troupes s'élancèrent en avant à grande vitesse, et firent, en formation d'assaut, une charge si vigoureuse contre les cavaliers de Pompée que personne ne put résister : non seulement ils tournèrent bride en cédant du terrain, mais encore, sous la pression immédiate, ils se replièrent en déroute et tâchèrent de gagner les hauteurs. Le terrain ainsi dégagé, tous les archers et les frondeurs de Pompée, laissés sans défense ni couverture armée, furent massacrés. Du même élan, malgré la résistance des Pompéiens sur leur ligne, nos cohortes contournèrent et prirent à revers l'aile gauche des ennemis.

Au même moment, César commanda l'assaut de sa troisième ligne, qui était restée à l'abri de toute attaque et avait gardé jusque-là sa position. C'est ainsi que, en face de ces troupes fraîches et intactes qui étaient venues relever les bataillons fatigués, et alors même que d'autres troupes les prenaient à revers, les Pompéiens ne purent résister et prirent tous la fuite. César ne s'était point trompé en estimant, comme, d'avance, il l'avait annoncé à ses

[1]. Ironie de l'histoire : cette cavalerie était commandée par ce même Labienus qui, après avoir été le lieutenant de César et avoir joué un rôle essentiel dans son succès en Gaule (voir p. 161 *sq.*), avait pris le parti de Pompée.

troupes, que la victoire viendrait de ces cohortes qu'il avait placées en quatrième ligne pour affronter la cavalerie de Pompée. Ce furent elles qui d'abord repoussèrent la cavalerie, puis massacrèrent les archers et les frondeurs, elles aussi qui, après avoir débordé par la gauche la ligne pompéienne, avaient provoqué la déroute. Mais Pompée, voyant sa cavalerie repoussée, réalisant que les troupes en lesquelles il avait le plus confiance étaient prises de panique, ne se fiant plus aux autres corps de troupe, quitta la ligne de bataille et galopa d'une traite jusqu'au camp ; là, s'adressant aux centurions qu'il avait postés à la porte prétorienne, à haute voix, pour être entendu par les soldats, il ordonna : « Gardez le camp, défendez-le courageusement, en cas de malheur ! Pour moi, je vais faire le tour des portes et renforcer les postes de défense ! » Cela dit, il se replia dans sa tente de commandement, redoutant la fin de la bataille, mais attendant tout de même son issue.

Lorsque les Pompéiens en fuite eurent été ramenés à l'intérieur de leur retranchement, César, pensant qu'il ne fallait pas laisser le moindre instant de répit à un ennemi paniqué, exhorta ses troupes à tirer profit des faveurs de la Fortune et à s'emparer du camp. Bien que fatigués par la grande chaleur (la bataille avait duré jusqu'à midi), ses soldats étaient néanmoins prêts à tous les efforts et ils obéirent aux ordres. Les cohortes restées là défendaient énergiquement le camp de Pompée, et ceux qui y mettaient le plus d'ardeur étaient les Thraces et les bataillons des autres alliés barbares de Pompée. Car les soldats qui avaient quitté les lignes pour se réfugier dans le camp, terrorisés, physiquement épuisés, ayant pour la plupart abandonné leurs armes et leurs enseignes, avaient surtout en tête de continuer à fuir, et non de défendre le camp. Mais ceux qui s'étaient mis à la défense du retranchement ne purent longtemps résister à la grêle de projectiles : accablés de blessures, ils quittèrent leurs positions et tous, sans plus attendre, sous la conduite des centurions et des tribuns militaires, se réfugièrent en masse au sommet des collines qui jouxtaient le camp.

Dans le camp de Pompée, on put voir des tonnelles dressées, un grand étalage de vaisselle d'argent, des sols de tente faits de mottes de gazon fraîchement découpées, et même, sur les tentes de Lucius Lentulus et de quelques autres, des couvertures de lierre et toute sorte de décors qui dénonçaient un goût immodéré pour le luxe et une confiance excessive en la victoire : on pouvait sans peine comprendre que ces gens-là n'avaient jamais éprouvé la moindre inquiétude sur l'issue de cette journée, et se préoccupaient de rechercher des plaisirs bien au-delà du nécessaire. Et ils reprochaient à l'armée de César, si pauvre, si endurante, de vivre dans le luxe, alors que, toujours, même le nécessaire lui avait fait défaut !

Pompée, alors même que nos troupes étaient déjà à l'intérieur du rempart du camp, prit un cheval au hasard et, se dépouillant de tous ses insignes de général en chef, se précipita hors du camp par la porte décumane puis, d'une traite, au grand galop, gagna la ville de Larissa. Il ne s'y arrêta pas : continuant sa course sans ralentir, il rejoignit quelques-uns de ses soldats en fuite, et, continuant sa route même de nuit, avec une escorte de trente cavaliers, il atteignit la mer et s'embarqua sur un navire de transport de blé, se plaignant souvent, dit-on, d'avoir vu ses espérances trompées au point que ceux dont il attendait qu'ils lui offrent la victoire étaient précisément ceux qui, en donnant le signal de la déroute, l'avaient quasiment livré à l'ennemi.

La Guerre civile, III, 92-96.

LUCRÈCE
(TITUS LUCRETIUS CARUS,
VERS 98 — 55 AV. J.-C.)

De la vie de Lucrèce nous ne savons rien : les deux seules certitudes le concernant sont qu'il écrivit son œuvre dans les années 50 av. J.-C., et que celle-ci ne fut publiée qu'après sa mort, par les soins de Cicéron qui admirait en lui l'écrivain — sans pour autant adhérer à sa doctrine. De celle-ci, la philosophie épicurienne, Lucrèce demeure pour nous le seul représentant antique, les écrits d'Épicure ayant presque entièrement disparu. Son œuvre se présente comme un poème en six chants relevant de la poésie didactique, mais de tonalité parfois épique, dans la mesure où Épicure y est célébré comme un héros, bienfaiteur de l'humanité, venu combattre l'ignorance et l'obscurantisme qui sont autant d'obstacles au bonheur des humains. L'épicurisme est en effet un matérialisme intégral, reposant sur la physique atomiste élaborée par Démocrite et récusant toute idée de création ou d'intervention divine : l'univers et tout ce qui s'y trouve sont le produit de ce que Démocrite avait appelé « le hasard et la nécessité », d'où il résulte que le monde, simple conglomérat d'atomes voués à se séparer un jour, n'a ni sens ni finalité. De là découle une morale très simple, selon laquelle la sagesse consiste à passer le plus agréablement possible ce bref intervalle entre deux néants qu'on appelle la vie, non point en s'adonnant à tous les plaisirs, mais en recherchant le seul plaisir véritable, qui est l'absence de souffrance ; cela implique de limiter drastiquement ses désirs, afin d'éviter autant que faire se peut la frustration, inévitable cause de souffrance. Plus que cette morale, qui n'y est que partiellement développée, c'est la conception épicurienne du monde que Lucrèce expose dans son poème, dont le titre, De rerum natura (littéralement « La nature des choses »), traduisant le grec Péri Physéôs, signifie à peu près « Traité de physique et de sciences naturelles ». Le contenu en est donc fort austère, mais Lucrèce, selon la définition qu'il donne lui-même de son projet, atténue ou efface cette austérité par le recours à la poésie, comparant celle-ci au miel dont on enduit les bords d'une coupe pour permettre à un enfant malade de boire sans répulsion le médicament amer qu'elle contient. De fait, Lucrèce, poète autant que philosophe, a un sens prodigieux de l'image, et si dans son œuvre les développements ardus ne manquent pas, le lecteur est le plus souvent entraîné par un souffle poétique que devait admirer Virgile après Cicéron.

La religion, une erreur criminelle

La crainte des dieux, et du surnaturel en général, était selon l'épicurisme le premier obstacle au bonheur humain, et dès lors, aux yeux de Lucrèce, le plus grand mérite d'Épicure est d'avoir osé s'attaquer de front au véritable fléau que constitue la religion, instigatrice de tant de crimes. De ceux-ci il ne donne qu'un exemple : le sacrifice d'Iphigénie, tel que l'a imaginé la mythologie ; mais l'histoire devait se charger de donner à ce texte un caractère singulièrement prémonitoire...

Alors qu'aux yeux de tous l'humanité, sur terre,
Se traînait sous le poids de la religion
Qui l'écrasait et qui, depuis le haut du ciel,
Menaçait les mortels de son horrible aspect,
Un homme, le premier, un Grec, sur elle osa
Lever ses yeux mortels et, debout, l'affronter.
Bien loin de l'arrêter, les fables qu'on raconte
Sur les dieux et la foudre et là-haut le tonnerre
Menaçant et grondant, ne firent qu'exciter
L'ardeur de son courage et son désir intense
De forcer le premier les portes de nature.
C'est ainsi que l'effort de son puissant esprit
Finit par triompher, et qu'il put s'avancer
Bien au-delà des feux qui ceignent l'univers;
Et c'est ainsi qu'il put parcourir en pensée
Toute l'immensité, pour revenir vainqueur
Et pour nous révéler ce qui peut exister
Et ce qui ne le peut, et les lois qui limitent
Des choses le pouvoir selon des bornes fixes.
Ainsi renversa-t-il la religion vaine
En la foulant aux pieds, et par cette victoire
Il nous a élevés à la hauteur des cieux.
En te disant cela, je sens naître une crainte:
Ne vas-tu point penser qu'en un savoir impie
Je te fais pénétrer, et que j'ouvre pour toi
Un chemin criminel? Mais non, bien au contraire,
C'est la religion qui souvent enfanta
Des crimes odieux et des actes impies.
C'est ainsi qu'à Aulis le temple d'Artémis
Fut autrefois souillé du sang d'Iphianassa[1]
Par l'élite des Grecs et les plus grands guerriers.
Quand le bandeau ceignant sa coiffure de vierge
Fut en rubans égaux retombé sur ses joues;
Quand elle eut aperçu, debout devant l'autel,

---

1. Iphianassa: nom homérique d'Iphigénie.

Accablé de douleur, son père et, près de lui,
Dissimulant le fer, les ministres du culte,
Et le peuple fondant en larmes à sa vue,
Muette de terreur, les genoux fléchissant,
Elle se laissa choir. Hélas, la malheureuse,
En un pareil moment que pouvait lui servir
D'avoir au souverain donné le nom de père ?
Des mains d'hommes soudain la soulèvent de terre,
Emportent vers l'autel son pauvre corps tremblant,
Non pour la reconduire au chant de l'hyménée,
Une fois accomplis les rites solennels,
Mais pour la laisser vierge à l'âge d'être épouse
Et la faire périr, douloureuse victime,
Par son père immolée afin que les navires
Puissent quitter le port par la grâce divine.
Tant la religion put conseiller de crimes !
Toi-même quelque jour, vaincu par les récits
Que pour nous effrayer nous content les poètes,
Tu voudras nous quitter : combien de rêveries
Peuvent-ils inventer, capables de troubler
Par de vaines terreurs la plus heureuse vie !
Ils n'ont pas tort, d'ailleurs. Car si jamais les hommes
Voyaient qu'à leur misère ils peuvent mettre un terme,
Ils pourraient tenir tête à ces fausses croyances
Et aux discours trompeurs des menaçants prophètes.
Mais ils n'ont aujourd'hui pas le moindre moyen
De s'opposer à eux, puisqu'ils craignent sans cesse
De subir dans la mort des peines éternelles.
On ignore en effet la nature de l'âme :
Naît-elle avec le corps ? Se glisse-t-elle en lui ?
Périt-elle avec lui ? Ou bien va-t-elle voir
Les ténèbres d'Orcus et ses vastes abîmes ?
Ou bien s'introduit-elle en un corps différent,
Ainsi que put jadis le chanter Ennius[1] ? […]

---

1. Ennius : poète de l'époque archaïque, dont ne subsistent que des fragments.

Quand nous aurons appris comment là-haut se meuvent
La lune et le soleil, et comment sur la terre
S'accomplit chaque chose, il importe surtout
Qu'enfin nous comprenions, par raison pénétrante,
De quoi est fait l'esprit et de quoi l'âme est faite[1],
Et quels sont ces objets dont parfois la rencontre
Plonge dans la terreur notre esprit éveillé,
Mais faible sous l'effet de quelque maladie,
Ou bien enseveli dans un profond sommeil,
Au point que nous croyons entendre et voir en face
Des êtres déjà morts dont les os sont sous terre.

De la Nature, I, 62-117 et 127-135.

La mort n'est pas à craindre

La seconde crainte qui fait obstacle au bonheur est celle de la mort, qui est aussi, et d'abord, celle de l'au-delà. Mais, montre Lucrèce, cette crainte est aussi vaine que celle des dieux, car il n'y a ni au-delà ni survie ou immortalité de l'âme : celle-ci, composée d'atomes comme le corps, se désagrège comme lui quand s'achève la vie ; la mort est donc totale, elle est un non-être, un néant identique à celui qui précède la naissance — une conviction que résume assez bien la formule de Jean Cocteau : « J'étais mort avant d'être né », et que les épicuriens de Rome exprimaient en faisant graver sur leurs tombes les initiales F.N.S.N.C. *: Fui, non sum, non curo (« J'ai existé, je n'existe plus, cela m'est égal »)...*

---

[1]. L'âme (*anima*) est le principe vital, qui distingue les êtres vivants (« animés ») des objets « inanimés » ; l'esprit (*animus*), organe de la pensée, est ce qui distingue les êtres humains des autres êtres vivants. Dans la perspective épicurienne, l'un et l'autre sont matériels, et composés d'atomes tout comme le corps.

La mort n'est rien pour nous, et ne nous touche en
    rien,
Puisque l'âme est mortelle aussi bien que le corps.
De même qu'autrefois nous ne souffrîmes point,
Quand on vit de partout se ruer les Puniques
Et quand le monde entier, secoué par la guerre,
Frissonna de terreur sous la voûte du ciel
Et que tous les humains, tremblants, se demandèrent
Auquel des combattants devait échoir l'empire
Sur la terre et la mer, de même, quand un jour
Nous n'existerons plus, puisque l'âme et le corps
Dont l'union nous fait être, auront été disjoints,
Nous pouvons être sûrs que rien, absolument,
Ne pourra nous atteindre et nos sens émouvoir,
Même si terre et mer viennent à se confondre [...]
Quand donc tu vois gémir un homme sur lui-même,
Disant qu'après la mort il lui faudra pourrir
Ou être dévoré par les flammes ardentes
Ou bien être livré aux mâchoires des fauves,
Tu peux être certain que sa voix sonne faux
Et qu'il cache en son cœur quelque aiguillon secret,
Même si en principe il se refuse à croire
Que quelque sentiment subsiste dans la mort :
Car à son insu même il ne peut s'empêcher
De penser que de lui survivra quelque chose
Et de s'apitoyer sur sa propre personne
En se représentant son corps, après la mort,
Mangé par les vautours et les bêtes de proie.
C'est qu'il ne parvient pas à se couper vraiment
De ce corps étendu, de ce cadavre auquel
Il prête malgré lui sa sensibilité.
Il s'indigne d'avoir été créé mortel,
Sans voir que dans la mort aucun autre lui-même
N'existera, debout, pour gémir de se voir
Gisant à terre en proie aux bêtes ou aux flammes.
    [...]
Quant à ces châtiments que la tradition

Faussement imagine au fond de l'Achéron,
On les trouve ici-bas, dans notre propre vie.
Car il n'existe point de malheureux Tantale
Qui, craignant le rocher suspendu sur sa tête,
Serait paralysé d'une vaine terreur[1];
Mais c'est plutôt la peur non moins vaine des dieux
Et celle du destin qui tourmentent les hommes.
Il n'y a pas non plus, au fond de l'Achéron,
De Tityons gisant que des oiseaux dévorent[2]. [...]
Tityon est ici, parmi nous, sur la terre :
C'est l'homme qui, vautré dans la passion d'amour,
Est en proie aux vautours — ceux de la jalousie.
Sisyphe existe aussi, sur la terre : c'est l'homme
Qui s'acharne à briguer les suffrages du peuple
Et que tous ses échecs plongent dans la tristesse ;
Car briguer le pouvoir n'est que vaine recherche
Contraignant à subir de pénibles fatigues,
Tout comme de pousser au flanc d'une montagne
Un énorme rocher qui, à peine au sommet,
Retombe et va rouler tout en bas dans la plaine. [...]
Il n'est point de Cerbère, il n'est point de Furies,
Il n'est point de Tartare aux gorges vomissant
Un effroyable feu. Mais il est dans la vie
Pour d'insignes méfaits une insigne terreur
Des châtiments prévus pour punir tous les crimes :
Prison, verges, bourreaux, carcan, poix et fer rouge,
Sans compter, dans le cas où l'on peut s'y soustraire,
La conscience que l'âme a de ses propres crimes,
Et qui lui fait souffrir la brûlure du fouet [...]
En faisant de la vie un véritable enfer.

De la Nature, III, 830-1023.

1. Cette version du supplice de Tantale, différente de celle, homérique, que la tradition a retenue, est empruntée par Lucrèce aux tragiques et aux lyriques grecs.
2. Tityon : l'un des Géants rebellés contre Zeus, puni d'un supplice analogue à celui de Prométhée.

Contre l'amour

La sagesse impliquant la limitation des désirs, rien ne lui est plus opposé que la passion en général, et la passion amoureuse en particulier. Éviter l'amour et ses inévitables tourments, tout en satisfaisant le simple besoin sexuel, est donc une des premières recommandations de la morale épicurienne — mais on a bien l'impression qu'aux yeux de Lucrèce c'est la sexualité elle-même qui fait problème...

Lorsqu'un homme est blessé par les traits de Vénus,
Lancés par un éphèbe aux membres féminins
Ou bien par une femme au corps voluptueux,
À l'auteur de son mal il brûle de s'unir
Pour lancer dans ce corps la semence du sien ;
Et son muet désir est comme un avant-goût
Du plaisir à venir. Voilà ce qu'est pour nous
Vénus, voilà d'où vient pour nous le nom d'Amour ;
C'est ainsi que Vénus distille en notre cœur
Les gouttes du plaisir, auquel bientôt succède
Un tourment qui nous glace : car si l'objet aimé
Se trouve loin de nous, son image toujours
Est présente à nos yeux, et toujours son doux nom
Obsède notre oreille. Il nous faut donc toujours
Repousser loin de nous tous ces vains simulacres
Dont l'amour se nourrit, et vers d'autres objets
Détourner notre esprit. Car il vaut mieux jeter
Dans n'importe quel corps la liqueur amassée
Que de la conserver pour un unique amour
Qui nous prend tout entiers en gardant pour nous seuls
La peine et la douleur — car l'abcès se ravive
Si nous le nourrissons et bientôt il devient
Un mal invétéré ; alors de jour en jour
S'accroît la frénésie, et la peine devient

Plus lourde à supporter si tu n'effaces pas
Par de nouvelles plaies les premières blessures,
Si tu ne les confies, au hasard des rencontres,
À Vénus vagabonde, et si tu ne diriges
Vers de nouveaux objets les pulsions de ton cœur.
Car éviter l'amour, ce n'est pas se priver
Des plaisirs de Vénus, mais c'est tout au contraire
En profiter à fond sans en avoir les peines.
Celui qui sait ainsi garder la tête saine
Goûte un plaisir plus sûr que le pauvre amoureux
Dont l'ardeur, au moment de la possession,
Erre et flotte incertaine : est-ce par le regard
Qu'il jouira tout d'abord, ou est-ce par les mains ?
L'objet de son désir, qu'il presse étroitement,
Souvent il lui fait mal, il imprime ses dents
Sur sa bouche mignonne, au point de la meurtrir
De baisers passionnés. C'est preuve que chez lui
Le plaisir n'est pas pur : des aiguillons secrets
Le pressent de blesser l'objet de son désir,
Qui fait lever en lui ces germes de fureur
Mais Vénus vient briser ces élans furieux,
Les caresses par elle aux morsures se mêlent,
Car dans l'amour toujours il y a cet espoir
Que l'objet qui, un jour, alluma cette flamme
Pourra l'éteindre aussi — espérance illusoire,
Que dénoncent partout la nature et ses lois !
L'amour est le seul cas où, plus nous possédons,
Plus le désir furieux s'embrase en notre cœur :
Aliments et boissons passent dans notre corps ;
Aussi est-il aisé de chasser le désir
Du boire et du manger. Mais d'un joli visage
Et d'un bel incarnat rien ne pénètre en nous
Dont nous puissions jouir, sinon des simulacres,
Vain espoir que bientôt emportera le vent.
Tel l'homme qui, rêvant, veut apaiser sa soif
Et, ne trouvant pas d'eau pour éteindre ce feu,
S'élance vainement vers des semblants de sources,

S'épuise en ces efforts et demeure assoiffé
Au milieu du torrent où il essaie de boire,
Ainsi les amoureux, dans l'étreinte, sont-ils
Les jouets de Vénus, dont tous les simulacres
Jamais ne rassasient ni leurs yeux ni leurs mains,
Car du corps délicat où errent leurs caresses
Ils n'ôtent de fragment qu'ils pourraient absorber.
Corps contre corps enfin ils jouissent de la fleur
De jeunesse et voilà qu'ils ressentent en eux
La volupté prochaine, et voilà que Vénus
Va lancer la semence en ce champ qu'est la femme.
Pressant avidement le corps de leur amante,
Ils mêlent leur salive à la sienne, ils respirent
Son souffle en appliquant leurs dents contre ses lèvres
Hélas! tous ces efforts sont déployés en vain,
Puisqu'ils ne peuvent rien, de ce corps qu'ils étreignent,
Dérober et garder, non plus qu'y pénétrer
Pour s'y fondre en entier. Car c'est là, par moments,
Ce qu'ils semblent vouloir, et tel est bien au fond
L'objet de cette lutte et de cette passion
Qu'ils mettent à serrer tous les liens de Vénus,
Quand ils fondent tous deux, pâmés de volupté.
Enfin quand le désir amassé dans leurs veines
S'est apaisé, l'ardeur un moment se relâche;
Puis un nouvel accès de leur fureur survient,
Voici que les reprend la même frénésie:
C'est que, ne sachant pas eux-mêmes ce qu'ils veulent,
Ils ne peuvent trouver de remède à leur mal,
Ignorants de la plaie secrète qui les ronge.

De la Nature, IV, 1052-1120.

CATULLE
(CAÏUS VALERIUS CATULLUS, VERS 87 — VERS 54 AV. J.-C.)

Un poète mort à trente ans, cela invite à quelque romantisme, surtout s'il est né à Vérone! Catulle, évidemment, est un de ces fiévreux amoureux dont la postérité a fait ses délices, et la chose est d'autant plus surprenante qu'à Rome le quod decet *de l'art comme celui de la vie sociale décourageaient a priori un écrivain de faire état, dans ses œuvres, de ses sentiments privés, et donc de ses amours. De plus, la belle qui, paraît-il, a tourné le cœur de Catulle est loin d'être une inconnue pour ses contemporains: il l'appelle Lesbie, mais son nom est Clodia, c'était la sœur de P. Clodius Pulcher, l'ennemi juré de Cicéron, et elle défrayait la chronique en accumulant les aventures galantes avec... un peu tout le monde. Bref, ses amants ne se comptent plus (parmi eux, sans doute, Cicéron* ipse*), et le jeune Catulle — il a vingt-deux ou vingt-trois ans, elle dix ans de plus — est entouré de rivaux. Il l'adore et l'idéalise certainement, car il éprouve pour elle la gamme ordinaire des sentiments que l'on prête aux «cœurs d'artichaut». L'avantage, pour nous, c'est qu'il en tire la matière de pièces charmantes, attendrissantes, déchirantes, osant même, dans la veine de l'épigramme, rechercher une intensité définitive en écrivant le plus court poème de la littérature latine, ce fameux* Odi et amo:

J'aime, je hais. Comment est-ce possible ?
Je ne sais. Je le sens, et c'est une torture.

Bref, Lesbie aurait malmené ce jeune galant, il en souffrit, il s'en remit (et l'on ne voit point qu'il en perdit l'appétit du plaisir, avec filles et garçons). C'est du moins ainsi que l'on voyait traditionnellement les choses : mais il est fort possible — des études récentes ne manquent pas d'arguments pour le démontrer — que tout soit fiction dans Catulle, et que Lesbie, diablesse imaginaire, n'ait pas plus de consistance mondaine que Cynthie ou Corinne !

En tout cas, si les Anciens ont placé si haut Catulle et célébré son talent, c'est plutôt pour d'autres raisons qu'un lamentable roman d'amour raté, et nous aurions grand tort de voir surtout en lui un amoureux transi. À l'heure où Rome, avec les Poetae novi, *se convertit aux grâces « modernes » des poètes grecs alexandrins et découvre des formes poétique à la fois plus légères (l'épigramme) et plus alambiquées, Catulle semble avoir excellé dans cet « avant-gardisme » : le recueil de ses cent seize pièces conservées, plutôt désordonné en raison, sans doute, de sa mort inattendue, présente une grande variété de formes et de tons, qui vont de l'épigramme érotique joliment graveleuse à la sophistication assez pompeuse de grands textes comme les poèmes 64 à 68. Autant dire que l'on va, dans Catulle, de la* Chanson de Chérubin *à* La Jeune Parque *en passant par quelques billets satiriques pas piqués des vers...*

Le moineau de Lesbie

Ah, moineau, de ma jeune amante les délices,
Avec qui elle joue et qu'elle tient caché
Dans un pli de sa robe, à qui elle aime offrir

Le bout convoité de son doigt, et qu'elle excite
Afin qu'il le picore ardemment de son bec,
Lorsqu'elle brille des doux feux de mon désir
Et trouve je ne sais quel charme à badiner
Ainsi — menu soulagement à sa langueur,
Pour apaiser, ma foi, cette ardeur qui lui pèse,
Puissé-je moi aussi, en jouant avec toi,
Alléger de mon cœur tristesses et tourments!

Poésies, 2.

Émules de Vénus, de Cupidon, pleurez!
Hommes qui, ici-bas, possédez quelque charme!
Il est mort, le moineau de ma jeune maîtresse,
Ce moineau, de ma jeune amante les délices,
Cet oiseau qu'elle aimait plus que ses propres yeux!
Car, doux comme le miel, il la reconnaissait,
Sa maîtresse, aussi bien qu'une fille sa mère,
Et il ne s'éloignait jamais de son giron :
Non, sautillant de-ci, de-là, pour elle seule,
Pour sa maîtresse, sans repos, il pépiait.
Il s'en va désormais, par le chemin de nuit,
En ce lieu d'où l'on dit que nul ne reviendra.
Oui, vous, je vous maudis, malfaisantes ténèbres
D'Orcus, qui dévorez tout ce qui est joli!
Il était si joli, ce moineau dérobé
Par vous, triste forfait! pauvre petit moineau!
Et voici que les yeux rougis de ma maîtresse
Sont tout gonflés de pleurs — c'est à cause de toi!

Poésies, 3.

Embrassons-nous!

Vivons, Lesbie, aimons-nous, et tous les murmures
De ces tristes vieillards, comptons-les pour un sou!
Les soleils peuvent bien se lever, se coucher:
Nous, il nous faut dormir une nuit éternelle.
Donne mille baisers, donne-m'en cent encore,
Mille autres, à nouveau, encore une centaine,
Et encore une fois mille autres, et puis cent.
Puis quand nous aurons tant de milliers de baisers,
Nous les mélangerons pour embrouiller le compte,
Afin qu'aucun méchant ne puisse être jaloux
En sachant que nous échangeons tant de baisers.

Poésies, 5.

Tiens bon!

Catulle, malheureux, va, cesse d'être fou:
Ce que tu vois perdu, tiens-le donc pour perdu:
Ils ont brillé pour toi, ces soleils éclatants,
Quand tu allais, Catulle, où elle te menait,
Cette fille que tu aimas comme nulle autre.
Alors c'était le temps de tous ces jeux charmants
Que toi, tu voulais tant, sans qu'elle les refuse.
Ah oui, ils ont brillé, les soleils éclatants!
Mais elle ne veut plus — toi, cesse de vouloir,
Elle fuit? ne cours pas, malheureux, après elle,
Non: d'un cœur ferme, endure ce mal, et tiens bon;
Adieu, la fille, adieu! Ton Catulle tient bon!
Il n'ira plus te voir, ni te prier en vain!
Mais toi, tu vas souffrir de n'être point priée,
Malheur à toi, catin! quelle sera ta vie?
Qui te courtisera? Qui te trouvera belle?
De qui te dira-t-on amoureuse et aimée?

Qui aura tes baisers ? Et tes dents dans sa lèvre ?
— Mais toi, Catulle, reste ferme, et tiens bon

Poésies, 8.

Pour en finir avec Lesbie

Coelius ! Notre Lesbie, la fameuse Lesbie,
La fameuse Lesbie, te dis-je, que Catulle
Aima plus que lui-même et plus que tous les siens,
Désormais, dans les carrefours et les impasses,
Broute la tige aux fils du valeureux Rémus !

Poésies, 58.

Trois épigrammes

Ma douce Ipsithilla, je t'aimerai d'amour,
Délices de ma vie aux charmes enchanteurs,
Invite-moi chez toi à l'heure de la sieste.
Tu m'invites ? alors, qu'aucun de tes laquais
Ne mette les verrous à ta porte d'entrée,
Et ne va pas sortir, toi, par quelque caprice :
Non, reste à la maison, et prépare, pour nous,
Neuf étreintes d'amour, sans le moindre repos.
Mais si tu es d'accord, dis-le-moi maintenant :
J'ai bien mangé, je suis, là, couché sur le dos,
Perçant de mon épieu tunique et paletot !

Poésies, 32.

Sur tes yeux, Juventius, à la douceur de miel,
Si je pouvais poser des baisers sans relâche,
Je poserais au moins trois cent mille baisers,

Sans jamais me sentir enfin rassasié,
Même si ma moisson, Juventius, de baisers,
Était plus drue que ces épis mûrs dans le champ.

Poésies, 48.

À Cicéron

Ô toi le plus disert des fils de Romulus,
Ceux d'hier, Cicéron, comme ceux d'aujourd'hui
Ou tous ceux qui seront un jour, dans l'avenir,
Accepte, je te prie, de grands remerciements
De Catulle, qui est le pire des poètes,
Et qui est tout autant le pire des poètes
Que tu es, Cicéron, le meilleur avocat.

Poésies, 49.

Guérir du mal d'amour

S'il est vrai que l'on a du plaisir, méditant,
    à se ressouvenir de ses bienfaits passés,
Quand on se dit qu'on a rempli tous ses devoirs,
    qu'on n'a jamais violé la sainte foi jurée,
Ni invoqué les dieux, pour nul engagement,
    de manière abusive et pour tromper les hommes,
De cet amour ingrat, tu auras fait, Catulle,
    matière à bien des joies, pour une longue vie!
Car tout le bien qu'un homme aurait pu dire ou faire,
    tu l'as fait, tu l'as dit. Et tu as tout perdu,
Pour l'avoir confié à l'âme d'une ingrate :
    alors, pourquoi vouloir encore te torturer?
Ressaisis-toi plutôt, et tire-toi de là,
    ne sois plus malheureux contre le gré des dieux!
C'est dur d'abandonner, soudain, un long amour.

C'est dur, mais, à tout prix, tâche d'y arriver !
Tel est ton seul salut, et ta seule victoire :
   possible ou impossible, il faut que tu le fasses.
Si votre privilège, ô dieux, est la pitié,
   si vous avez jamais secouru un mourant,
Regardez mon malheur et, si ma vie fut pure,
   délivrez-moi de cette peste qui me perd,
Qui rampe au fond de moi comme une léthargie,
   et qui a, de mon cœur, chassé toutes ses joies.
Je ne demande plus qu'elle m'aime en retour,
   ou, impossible vœu, qu'elle soit chaste et pure.
Je veux guérir, quitter cette maladie noire.
   Pour prix de ma piété, ô dieux, ainsi soit-il !

Poésies, 76.

Les plaintes d'Ariane

Le poème qui, dans le recueil de Catulle, porte le numéro 64 (Carmen 64) est une pièce que l'on est tenté de qualifier de monstrueuse, car, avec une rare sophistication, elle «emboîte» plusieurs veines poétiques chères aux plus sophistiqués des poètes alexandrins : la description d'œuvre d'art (ekphrasis), l'épopée en miniature (épyllion), l'éthopée pathétique, la réécriture emphatique... Étincelante selon les uns, d'un clinquant assommant selon les autres, cette œuvre mélange effectivement des vers superbes et des lourdeurs bien pénibles ! Le sujet initial en est le récit des noces de Pélée, roi de Thessalie, avec la déesse de la mer, Thétis. Dans le palais de l'heureux époux, à Pharsale, se dresse la couche nuptiale, sobrement ornée de défenses d'éléphants (!) et recouverte d'une étoffe de pourpre, sur laquelle sont représentés, en une sorte de tapisserie, «les hauts faits des héros». Catulle s'engage illico dans une longue et chatoyante des-

cription d'une des scènes représentées : « Ariane, aux rochers contant ses injustices »...

Sur ce tissu, voici les héros de jadis,
Peints en mille couleurs, et un art merveilleux
Donne à voir leurs hauts faits. De la rive de Dia[1]
Dans le fracas des flots, Ariane aperçoit
Thésée au loin fuyant sur sa flotte rapide,
Ariane au cœur fou d'indomptable passion,
Qui ne peut croire encor ce qu'ont vu ses regards.
Car, d'un sommeil trompeur à peine réveillée,
Sur le sable désert elle est abandonnée,
Tandis que son héros si jeune, l'oubliant,
Pour s'enfuir sur la mer, frappe l'eau de ses rames,
Livrant aux vents mauvais ses promesses trahies.
De loin, l'œil éploré, dans l'algue du rivage,
La fille de Minos regarde vers le large,
Bacchante, hélas! de marbre, et figée en statue :
Nul bandeau fin tissé liant ses boucles blondes,
Nul voile pour couvrir, léger, sa gorge nue ;
Nulle écharpe entourant ses seins blancs comme lait.
Ces ornements ont chu de son corps, çà et là,
Et servent de jouets aux vagues de la mer.
Mais Ariane n'a souci de son bandeau
Ni de son voile au loin par les flots emporté :
Thésée, oui, c'est à toi que s'attachent son cœur,
Toute son âme, et toute sa raison perdue :
Vénus, de deuil en deuil, hélas! l'a égarée
En semant dans son cœur des tourments épineux
Depuis ce fameux jour où l'ombrageux Thésée
Du golfe du Pirée a quitté le rivage
Et s'en vint aborder au palais de Gortyne[2].
Car la légende dit qu'une peste cruelle

1. Ce nom désigne l'île de Naxos, sur laquelle Thésée a abandonné Ariane.
2. Le labyrinthe, « palais » du Minotaure, était situé près de la cité crétoise de Gortyne.

La forçant d'expier la mort d'Androgéon,
La ville de Cécrops offrait au Minotaure
L'élite de ses gars et la fleur de ses vierges[1].
Voyant ce mal ruiner sa modeste cité,
Thésée a préféré, pour sa ville chérie,
Offrir son propre corps plutôt que de laisser
La ville de Cécrops expédier en Crète
Ces convois faits de morts qui n'étaient point des morts.
C'est ainsi que poussé par les brises légères,
Son navire léger vint chez Minos le Grand,
Et dans son fier palais. Mais la fille du roi
Le vit, et par ce seul regard le désira,
Elle qu'un petit lit très chaste et parfumé
Voyait grandir, par sa tendre mère bercée,
Comme les myrtes nés au bord de l'Eurotas
Ou les fleurs que la brise, au printemps, fait éclore.
Elle n'avait, de lui, détaché son regard
Que son corps tout entier s'emplit de cette flamme,
Et elle s'embrasa jusqu'au fond de ses moelles.
Ô toi, qui aux mortels, hélas! donne fureur
D'un délire si doux, ô toi, enfant divin
Qui de tant de tourments mêle les joies des hommes,
Déesse de Golgès, reine de l'Idalie[2],
Quels orages avez-vous lancés sur cette enfant
Pour enflammer son cœur, elle qui tant et tant
Soupirait pour cet hôte aux cheveux éclatants?
Que de peurs endura son âme languissante!
Que de fois on la vit livide comme l'or,
Quand le héros brûlait de combattre le monstre

---

1. Égée, roi d'Athènes (dont Cécrops est le fondateur légendaire) et père de Thésée, avait tué Androgéon, fils de Minos. Pour le punir, les dieux infligèrent une épidémie de peste aux Athéniens, qui devaient pour s'en délivrer offrir chaque année sept filles et sept garçons au Minotaure.
2. Golgès (ou Golgoi) et Idalie sont des villes de l'île de Chypre, fief de Vénus.

Cherchant la mort ou bien la gloire en récompense !
Ce ne fut, cependant, pas à des dieux ingrats
Qu'elle promit des dons et que, les lèvres closes,
Elle adressa des vœux. Comme, en haut du Taurus[1],
Un grand chêne agitant ses bras, ou comme un pin
Lourd de pignes, suant sa résine, se tord
D'être arraché du sol par un vent indompté
Qui souffle en ouragan (l'arbre, déraciné,
Tombe tête en avant, au loin, détruisant tout),
Thésée abat le corps du monstre sanguinaire :
Il l'a occis, vaincu, tandis que vainement
Il cherchait à frapper l'air vide de ses cornes.
Ensuite le héros, sain et sauf, glorieux,
S'en revint en guidant l'errance de ses pas
Grâce à ce mince fil qui, de ce labyrinthe,
Lui permit de sortir au jour sans s'égarer,
Trompé par les obscurs détours de l'édifice.
À quoi bon, oubliant mon sujet, rappeler
Comment, quittant le doux visage de son père,
Les baisers de sa sœur, ceux de sa pauvre mère[2]
Dont cette fille aimée était toute la joie,
Ariane a osé préférer son amour
Pour Thésée, ou comment, naviguant sur sa nef,
Elle vint à la rive écumante de Dia,
Ni comment, le sommeil ayant fermé ses yeux,
Son époux, cet ingrat, partit et la laissa ?
Souvent, dit-on, furieuse en son cœur embrasé,
Elle éclatait en cris jaillis de sa poitrine.
Tantôt elle montait, en larmes, sur les monts
Escarpés d'où sa vue couvrait les flots immenses.
Tantôt elle courait vers la mer frémissante,
Sa tunique troussée, en dénudant sa jambe.
Voici les mots, dit-on, de ses ultimes plaintes,

1. Le Taurus est une montagne qui se dresse entre la Cilicie et la Cappadoce, en Asie Mineure.
2. Ariane a pour père Minos, pour sœur, Phèdre, et pour mère, Pasiphaé.

Visage ruisselant de pleurs, sanglots glacés :
« Ainsi donc, tu m'auras, ô perfide ! enlevée
Aux autels de mon père, et puis abandonnée,
Seule, sur cette rive, ô perfide Thésée ?
Ainsi tu fuis, ingrat ! en méprisant les dieux,
Pour ramener chez toi ton parjure maudit !
Rien n'a donc pu fléchir, de ton âme cruelle,
Le dessein ? Nulle part, en toi, cette clémence
Qui en ton cœur sauvage aurait pitié de nous ?
Ce n'est pas là ce que ta voix me promettait,
Enjôleuse, et l'espoir pour nous était tout autre :
Des noces de bonheur, l'hymen comblant nos vœux !
Vains mots aux quatre vents dissipés dans les airs !
Que jamais, désormais, aux beaux serments d'un homme
Femme n'accorde foi, croyant ses mots sincères :
Tant que brûle en leur cœur l'espoir d'une faveur,
Ils jurent tout sans peur, promettent sans pudeur ;
Sitôt rassasié leur capricieux désir,
Ils ne redoutent plus l'effet de leurs paroles,
Et ne s'alarment pas de violer leur serment.
Moi, quand le tourbillon de la mort te roulait,
Je t'en ai arraché ! Pour ne point te manquer,
Traître, à l'instant suprême, un frère je perdis[1] !
En récompense, offerte aux rapaces, aux fauves,
Je vais être leur proie, ils vont me lacérer,
Et, morte, je n'aurai la terre d'un tombeau.
Quelle lionne t'a, sous un roc solitaire,
Donné le jour, Thésée ? ou quelle mer
T'a conçu et vomi dans ses flots écumants,
Syrte, Scylla rapace, ou Charybde goulue[2],

---

1. Ce sont les amours coupables de Pasiphaé avec un taureau qui donnèrent naissance au Minotaure — qui est donc le frère d'Ariane...
2. Deux zones dangereuses pour la navigation, en raison de courants violents et imprévisibles, la petite et la grande Syrte (entre l'actuelle Tunisie et la Libye), avaient été personnifiées sous la forme de monstres, comme Charybde et Scylla.

Toi qui paies de ce prix d'avoir ta vie sauvée ?
Si ton cœur répugnait à notre mariage
Parce que tu craignais ton intraitable père,
Tu aurais pu au moins chez toi me ramener —
Tendre labeur, pour moi, que d'être ton esclave,
De délasser tes pieds blancs dans une eau limpide
Ou d'étendre un tapis de pourpre sur ton lit.
Mais ma douleur m'égare : à quoi bon fatiguer
De mes plaintes ces vents ignorants, insensibles,
Sourds aux mots que je crie, et muets en retour ?
Lui, le voici déjà au beau milieu des flots ;
L'algue est déserte, ici nul mortel ne se montre,
La Fortune, cruelle, en une ultime insulte,
Va jusqu'à jalouser à ma plainte une oreille !
Jupiter Tout-Puissant ! Plût au ciel qu'au début
Les nefs des Athéniens n'eussent jamais atteint
Les rivages crétois ! Que jamais, apportant
Au sauvage taureau son horrible tribut,
Un perfide marin n'ait jeté l'ancre en Crète,
Que cet infâme n'ait, cachant de ses desseins
La sombre cruauté sous l'éclat de son charme,
En nos palais trouvé le repos dû aux hôtes !
Où me réfugier ? Quel espoir, dans ma ruine ?
Escalader l'Ida[1] ? Hélas ! un vaste gouffre,
Une mer redoutable aujourd'hui m'en sépare !
Le secours de mon père ? après l'avoir laissé,
Pour suivre, tout sanglant, l'assassin de mon frère ?
Dans l'amour d'un époux trouver consolation ?
Il s'enfuit, en courbant ses rames sur les flots !
De plus, nulle maison ici, l'île est déserte,
Dans les flots, tout autour, nulle passe ne s'ouvre :
Aucun moyen de fuir, nul espoir — tout se tait,
Tout est désert, et tout présage mon trépas.
Mais la mort, cependant, n'éteindra pas mes yeux

---

1. L'Ida, sommet de Crète, est un des lieux de naissance que la tradition assigne à Jupiter.

Et mon corps épuisé ne perdra point ses sens
Sans que j'aie demandé aux dieux la punition
Si juste — on m'a trahie ! — en appelant sur moi,
En mes derniers instants, la protection du Ciel.
Oui, vous qui poursuivez de peines vengeresses
Les crimes des mortels, Euménides, venez,
Vous dont le front paré de serpents en couronne
Exhibe de vos cœurs la colère exhalée,
Venez, accourez donc ici, oyez mes plaintes,
Malheur à moi ! ces cris arrachés à ma moelle,
Toute en feu, délirante, aveugle de fureur !
Puisqu'elle a, dans mon cœur, des raisons de sévir,
Ne laissez point passer ma peine sans vengeance !
Thésée, en m'oubliant, a pu m'abandonner ?
De même, qu'un oubli, vengeresses déesses,
Soit cause du malheur, pour les siens et pour lui ! »

Effectivement, Thésée va oublier d'annoncer à son père Égée que sa mission a réussi en hissant des voiles blanches sitôt en vue d'Athènes : croyant son fils dévoré par le Minotaure, Égée se suicide, au grand désespoir de son héros de fils...

Poésies, 64, v. 50-201.

SALLUSTE

(CAÏUS SALLUSTIUS CRISPUS, 86 — 36 OU 35 AV. J.-C.)

Salluste, comme Cicéron, était issu d'une famille provinciale aisée, sans ancêtres brillants, mais capable de permettre une belle carrière politique à Rome : notre auteur ne dissimule pas que telle fut son ambition, et il choisit, pour ce faire, le camp des réformateurs (les populares*) et le parti césarien. On sait qu'il fut questeur en 55 ou 54, puis tribun de la plèbe en 52, année où la violence se déchaîne à Rome ; deux ans plus tard, il est exclu du Sénat par les censeurs, sans doute pour immoralité. Quel crime contre les bonnes mœurs avait-il commis ? On a évoqué des adultères à répétition, et quelques autres débauches classiquement reprochées dans les invectives que se lançaient périodiquement, en de terribles règlements de compte, les adversaires politiques de ces temps troublés. En tout cas, dès lors, le destin de Salluste dépend de la faveur de César, dont il devient une sorte d'agent permanent : ce qui lui vaut de recouvrer son rang de sénateur en 48, puis, après la victoire du dictateur à Thapsus (46 av. J.-C.), d'être nommé proconsul* cum imperio *de la province d'*Africa nova *(l'ouest du Maghreb actuel). Ces fonctions de gouverneur civil et militaire, exercées avec une belle rapacité, lui permirent en trois ans de s'enrichir au point de posséder une des plus grosses fortunes de Rome. À la mort de César, après avoir louvoyé entre diverses accusations,*

Salluste décide de se retirer pour écrire l'histoire de son siècle : heureux propriétaire de magnifiques jardins en plein cœur de Rome, les horti Sallustiani, *et de la villa de César à Tibur, qu'il avait rachetée, notre homme n'en conserve pas moins une sensibilité « populaire » et une certaine fidélité à son protecteur.*

Ce parcours chaotique a laissé des traces dans les idées de l'historien : on sent chez lui à la fois une pénible rancœur envers les grands hommes du camp opposé (notamment, ce Cicéron dont il passe pour avoir épousé la femme, Terentia, après sa répudiation), et la conscience aiguë que sa génération aura vécu, de crise en crise, l'impossibilité d'une indispensable révolution. On ne saurait être plus pessimiste : aussi bien, la vision sallustienne de l'histoire de Rome est celle d'un inéluctable déclin, dont les causes sont à la fois sociales, morales et politiques. Peu crédible personnellement quand il prêche la morale et le désintéressement, Salluste n'en excelle pas moins dans l'art de pointer les conséquences politiques d'un affaissement des valeurs traditionnelles de Rome, laminées par la conquête et l'impact de richesse nouvelles sur une société trop peu cohérente, désormais, pour s'accommoder de la République.

Salluste est donc l'historien des crises de cette république agonisante : d'abord, en racontant la conjuration de Catilina qui, en 63 av. J.-C., montre à la fois la fragilité de l'État romain et la violence latente grâce à laquelle un tel desperado *a pu le menacer d'un si grand danger ; puis, remontant dans le temps, Salluste raconte la guerre des Romains contre Jugurtha, roi de Numidie : l'enjeu n'est pas vraiment de commémorer cette expédition coloniale, mais de célébrer l'émergence du père fondateur du parti « populaire », Caïus Marius, qui parvint au consulat en cette occasion (107 av. J.-C.). Enfin, pour mettre en continuité ces deux monographies, Salluste écrivit des* **His-**

toires *qui, année après année, parcouraient la période entre 104 et 63 : on a malheureusement perdu la quasi-totalité de cet ouvrage.*

Volontiers phraseur et plutôt creux dans ses préfaces ornées de banalités philosophiques, l'historien révèle, dans l'analyse, ses grandes qualités intellectuelles, et surprend parfois par la modernité de sa dialectique. Son modèle, à l'évidence, est Thucydide, jusque dans son style : volontiers archaïsant, il aime la densité des formules, la brièveté de l'expression ; il pratique la gravité en prenant le risque de l'austérité — et, dès l'Antiquité, on lui fit reproche d'être, finalement, trop rugueux pour ne pas être ennuyeux. On ne saurait être moins cicéronien que lui : pour un prosateur, cela vaut, en son temps, un brevet d'originalité !

Les choix d'un historien

Au Ier siècle av. J.-C., à Rome, il est de bon ton, lorsque l'on entreprend une œuvre littéraire, de faire valoir que, ce faisant, on ne cède pas aux plaisirs futiles de l'otium — on appelle ainsi le refus, toujours condamnable, d'assumer ses responsabilités dans la vie publique. Cicéron l'a fait à maintes reprises, en évoquant l'actualité, et Salluste ne peut s'en dispenser. En termes mesurés et très allusifs, il justifie à la fois son choix d'écrire l'histoire, et le choix de son sujet : en soi, ce Catilina au caractère étrange mérite un détour !

Dans la grande abondance des activités humaines, à chacun, sa propre nature indique une voie. Il est beau de servir l'État par des actes ; mais il n'est pas inconvenant de le servir par des mots ; on peut s'illustrer en temps de paix non moins qu'en temps de guerre ; maints éloges vont aux hommes qui ont accompli de belles actions, mais aussi aux écrivains qui racontent ces belles actions. Et à mes yeux, même si écrire l'histoire ne saurait valoir autant de gloire que de la faire, la tâche de l'historien n'en est pas moins des plus difficiles : d'abord, parce que son récit doit coïncider exactement avec les faits ; ensuite, parce que, lorsque l'on critique une faute, bien des lecteurs voient là des propos dictés par la malveillance ou la jalousie ; enfin, parce que, lorsque l'on commémore les grands et glorieux mérites des gens de bien, tout ce qui semble facile à faire, chacun l'admet sans peine, mais tient pour une fantaisie et une pure invention tout ce qui excède ce niveau ordinaire.

Pour moi, tout jeune adolescent, mon goût me porta comme tant d'autres vers la vie politique, et là, je me heurtai à bien des obstacles. Car au lieu de l'honneur, du désintéressement, du mérite, régnaient l'audace, la corruption, la cupidité. Même si je repoussais ces tentations, moi qui ignorais encore les mauvaises manières, ma fragile jeunesse, gâtée par l'ambition, n'en était pas moins prisonnière de tout cet environnement de vices si graves. Et tout en désapprouvant l'immoralité des autres, la soif des honneurs ne m'exposait pas moins qu'eux à la médisance et à l'envie. Donc, quand, après bien des misères et bien des périls, mon cœur eut retrouvé le calme, et que j'eus décidé de passer le reste de ma vie à l'écart de la politique, je n'eus point pour projet de gaspiller cette retraite honorable dans la paresse et l'inaction, ni de passer mon temps à cultiver la terre ou à pratiquer la chasse, occupations bonnes pour des esclaves. Mais, revenant à des inclinations premières dont une funeste ambition m'avait détourné, je décidai d'écrire l'histoire du peuple romain, en choisissant des périodes, en fonction de l'intérêt qu'il me semblait y avoir à les commémorer; et ce d'autant plus que mon esprit était libre de tout espoir, de toute crainte, et de tout engagement politique partisan.

Je vais donc traiter brièvement et le plus véridiquement possible de la conjuration de Catilina. Car ce qui alors se passa me semble particulièrement digne de mémoire, par le caractère inouï de ce crime et du péril qu'il fit encourir. Mais avant d'aborder mon récit, je dois en quelques mots éclairer le lecteur sur les mœurs de Catilina.

Lucius Sergius Catilina, issu d'une noble famille, avait une grande vigueur intellectuelle et physique, mais aussi un caractère mauvais et dépravé. Dès l'adolescence, il se complut aux guerres civiles, aux meurtres, aux rapines, aux discordes entre citoyens; c'est là qu'il exerça sa jeunesse. Un corps incroyablement capable de supporter la faim, le froid, les veilles. Une âme audacieuse, fourbe, inconstante, capable de tout simuler ou de tout dissimuler. Avide du bien d'autrui, prodigue du sien; ardent dans ses passions; de l'éloquence autant qu'il faut, mais trop peu de sagesse. Son esprit dévorant avait des désirs immodérés, incroyables, toujours excessifs. Après la tyrannie de Sylla, il fut pris d'une irrésistible envie de s'emparer de la République; et, pourvu qu'il parvînt à régner sur Rome, rien ne comptait pour lui. Son âme farouche était chaque jour plus tourmentée par la ruine de son patrimoine et par la conscience de ses crimes, qu'il avait aggravées par ces vices dont je parlais précédemment. En outre, il y était encouragé par la corruption de la cité, que travaillaient deux fléaux, les pires, bien qu'opposés l'un à l'autre: le goût du luxe, et la passion de posséder.

La Conjuration de Catilina, 3-5.

Tous avec moi!

Dans tout complot, la réunion secrète des conjurés est un moment d'une grande qualité romanesque et dramatique: Salluste ne peut manquer au devoir d'imaginer le discours que fit Catilina devant ses complices, sans témoins, évidemment — mais, pour un historien antique, imaginer une scène et un discours également vraisemblables, c'est encore être véridique! Pour l'heure, il ne s'agit que de fanatiser le «comité de soutien» du candidat aux élections consulaires pour 63. Mais déjà, quelle flamme! On remarquera, au passage, que l'auteur prend un malin plaisir à placer dans la bouche de Catilina le célèbre «jusques à quand...» qui ouvre la Première Catilinaire *de Cicéron.*

Voyant donc réunis tous les hommes que j'ai cités, et malgré tous les entretiens particuliers qu'il avait eus, à maintes reprises, avec chacun d'entre eux, Catilina jugea opportun de les interpeller et de les exhorter tous ensemble: il les emmena à l'écart, dans la partie la plus reculée de la maison, et là, après avoir éloigné tout témoin, il leur fit un discours dans le genre de ce qui suit:

«Si je n'avais point parfaitement observé votre courage et votre fidélité, en vain se serait présentée cette occasion favorable, en vain aurions-nous de grandes espérances et le pouvoir absolu à portée de main; et avec des lâches ou des têtes vides, je ne sacrifierais pas le certain à l'incertain. Mais comme j'ai souvent, et dans des circonstances décisives, reconnu votre bravoure et votre fidélité envers moi, mon esprit a osé entreprendre la plus haute et la plus belle des tâches; mais c'est aussi parce que j'ai compris que ce qui est bon pour moi l'est aussi pour vous, et de même pour ce qui est mauvais : car avoir les mêmes désirs et les mêmes refus, voilà le fondement le plus sûr de l'amitié.

Les projets que j'ai médités, tous, vous m'avez entendu vous en parler déjà séparément. Mais chaque jour mon cœur s'embrase davantage, quand je songe quelle sera notre condition si nous ne nous libérons pas nous-mêmes. Car depuis que la République est tombée sous le pouvoir absolu d'une poignée de puissants, c'est toujours à ces gens-là que rois et roitelets paient leur tribut, que peuples et nations paient l'impôt ; tous le reste des citoyens, les braves, les bons, nobles ou pas, nous n'avons été qu'une masse vulgaire, sans influence, sans autorité, sujets de ces gens qui, si la République fonctionnait bien, devraient nous redouter. Aussi, toute influence, tout pouvoir, tout honneur, toute richesse sont à eux, ou à qui ils veulent ; ils nous ont laissé les échecs, les dangers, les condamnations, la misère.

Jusques à quand, hommes de cœur, souffrirez-vous ce sort ? Ne vaut-il pas mieux mourir courageusement que perdre honteusement une vie misérable et sans honneur, après avoir servi de jouet à l'insolence d'autrui ? Mais enfin, oui, croyez-moi, j'en prends les dieux et les hommes à témoin, la victoire est entre nos mains ! Nous avons la force de la jeunesse, notre cœur est vaillant ; au contraire, chez eux, tout a vieilli, par l'effet des ans et des richesses. Il suffit de faire le premier pas : le reste ira de soi ! Oui, quel homme digne de ce nom peut supporter que ces gens-là regorgent de richesses, qu'ils gaspillent pour bâtir sur la mer ou aplanir des collines, tandis que notre patrimoine ne suffit même pas au nécessaire ? qu'ils accolent deux, trois maisons, alors que nous n'avons ni feu ni lieu ? Quand bien même ils achètent tableaux, statues, vases ciselés, démolissent des maisons neuves pour en bâtir d'autres, bref secouent et malmènent leur fortune de toutes les manières, ils ne peuvent, malgré les pires caprices, venir à bout de leurs richesses. Mais pour nous, à la maison, c'est la misère, au-dehors, les dettes, une situation minable, un avenir bien plus rude encore. Car enfin, que nous reste-t-il, si ce n'est un misérable souffle de vie ?

Quoi! vous n'allez point vous réveiller? La voici, la voici cette liberté que vous avez souvent appelée de vos vœux; et avec elle, devant vos yeux, il y a la richesse, l'honneur, la gloire. Voilà ce que la Fortune a placé en récompense pour les vainqueurs. Votre situation, les circonstances, le danger, l'indigence, le butin magnifique vous encouragent mieux encore que mon discours. Servez-vous de moi comme chef ou comme simple soldat: ni mon cœur ni mon bras ne vous feront défaut. Tout ce que je vous ai promis, je le ferai, je l'espère avec vous à mes côtés une fois élu consul, à moins que je ne me trompe et que vous soyez disposés à subir la servitude plutôt qu'à exercer le pouvoir!»

La Conjuration de Catilina, 20.

Marius, consul du renouveau

Jugurtha, neveu du roi Masinissa, pour s'approprier le trône de Numidie, s'est rebellé contre l'autorité de Rome, qui exerçait une sorte de protectorat sur ce royaume allié. Il profite des désordres de la vie politique romaine en usant de corruption et soutenant une efficace résistance armée face à des généraux incompétents. Cette crise met en évidence l'usure de l'aristocratie romaine, cette « noblesse » (nobilitas) regroupant les anciennes familles patriciennes et les « clans » issus du Sénat : à force de se partager les consulats, ce que permet le système électoral romain, ces oligarques ont exclu du pouvoir suprême et des responsabilités les meilleurs éléments de l'ordre équestre, au grand dam de la République. Caïus Marius, brillant lieutenant de Metellus, le général en chef des troupes romaines en Afrique, est un homo novus *— aucun de ses ancêtres n'a exercé le consulat. Néanmoins, il est élu consul pour l'année 107 av. J.-C., afin de régler un conflit qui s'enlise lamentablement.*

Après avoir obtenu tous les décrets qu'il avait demandés, il veut procéder à la levée de troupes et, dans le double dessein d'exhorter les hommes à s'enrôler et, à son habitude, de fustiger la noblesse, il convoque une assemblée du peuple. Ensuite, il leur tint un discours de ce style :

« La plupart des hommes, citoyens, je le sais bien, se comportent d'une manière pour vous demander le pouvoir suprême, et d'une autre manière une fois qu'ils l'ont obtenu : avant, ils sont pleins de zèle, d'humilité, de modestie ; ensuite, ils vivent dans l'inaction et l'arrogance. Pour moi, c'est tout le contraire qu'il faut faire. Car autant la République tout entière l'emporte sur un consulat ou une préture, autant il faut, lorsqu'on gouverne la République, consacrer plus d'efforts à cette tâche qu'on en a mis à briguer ces fonctions. Et il ne m'échappe pas non plus quelle charge j'assume grâce au très grand honneur que m'a offert votre bienveillance. Préparer la guerre tout en épargnant le trésor public, contraindre au service armé des citoyens qu'on ne voudrait point brimer, s'occuper de tout, en politique intérieure comme en politique étrangère, et mener ces actions en étant entouré d'adversaires jaloux, d'opposants, d'intrigants, tout cela, citoyens, est une tâche plus rude qu'on ne l'imagine. Mais il s'y ajoute ceci : les autres, s'ils s'avèrent défaillants, ont pour renforts l'ancienneté de leur noblesse, les exploits de leurs ancêtres, la puissance matérielle de leurs parents et alliés, une abondante clientèle[1]; pour moi, je porte seul toutes mes espérances, et je ne peux les étayer que par ma valeur et mon intégrité — pour tout le reste, je n'ai rien de solide. Et je vois bien aussi, citoyens, que tous les yeux sont tournés vers moi, que les hommes justes et honnêtes me soutiennent, puisque mon action est utile à la République, tandis que la noblesse cherche une occasion de fondre sur moi. Il me faut mettre d'autant plus d'énergie à empêcher que vous tombiez entre leurs mains, et à faire que leurs menées échouent. Depuis la prime enfance, j'ai vécu de façon à m'accoutumer à tous les efforts, à tous les périls. Ce que je faisais gratuitement, avant que vous m'accordiez vos bienfaits, je n'ai point l'intention de cesser de le faire, maintenant que j'en ai reçu le salaire. Ceux qui, parvenus au pouvoir, ont du mal à se modérer, ce sont ceux qui, en briguant ces charges, ont feint l'honnêteté; mais pour moi, qui ai toujours vécu de façon irréprochable, l'habitude a fait que bien me conduire est une seconde nature.

« Vous m'avez donné ordre de mener la guerre contre Jugurtha : cette décision, la noblesse l'a très mal acceptée. Je vous en prie, demandez-vous si l'on gagnerait au change en envoyant pour cette mission ou une autre du même genre quelqu'un pris dans le bloc de la noblesse, un homme de haut lignage, riche en portraits d'ancêtres, et pauvre en états de service : sans doute pour que dans une affaire d'une telle envergure, ignorant tout, il se mette à se démener, à se dépêcher, à prendre dans le peuple

---

1. Les « clients », qui forment la « clientèle » d'un notable, sont des hommes libres qui se tiennent à son service et sous sa protection (notamment, face à la justice). Ils l'aident dans ses activités politiques, en particulier lors des élections.

quelqu'un pour lui montrer ce qu'il faut faire. C'est ainsi qu'il arrive le plus souvent que celui que vous avez nommé pour vous commander se cherche à son tour quelqu'un qui lui commande. Et je connais des gens, citoyens, qui, une fois élus consuls et alors seulement, se sont mis à lire les hauts faits des Anciens et les préceptes militaires des Grecs ; ce sont des gens qui procèdent à l'envers. Car s'il est vrai que l'action vient après l'élection, c'est avant l'élection qu'il faut avoir pratique et expérience de l'action. Comparez maintenant, citoyens, avec l'orgueil de ces gens, l'homme nouveau que je suis. Toutes ces choses qu'ils ne connaissent qu'en lisant des livres ou en écoutant les récits des autres, moi, je les ai vues de mes yeux, ou je les ai faites moi-même ; ce qu'ils ont appris dans les livres, moi, c'est à la guerre que je l'ai appris. À vous de juger ce qui a le plus de valeur, les actes ou les paroles !

« Ils méprisent mon état d'homme nouveau, moi, je méprise leur nullité ; ils me reprochent ma condition, moi, je leur reproche leurs turpitudes. Certes, je conviens qu'il n'y a qu'une nature humaine, commune à tous — mais la plus noble race, c'est celle des hommes les plus courageux. Et si l'on pouvait demander aujourd'hui aux pères d'Albinus et de Bestia[1] qui, d'eux ou moi, ils auraient préféré engendrer, que croyez-vous qu'ils répondraient, sinon qu'ils auraient voulu avoir les enfants les plus vertueux ? Mais si c'est à bon droit qu'ils me méprisent, qu'ils en fassent autant pour leurs ancêtres, dont la noblesse, comme la mienne, est née du mérite. Ils

---

1. Spurius Albinus, consul en 110 av. J.-C., succéda à L. Calpurnius Bestia dans la guerre contre Jugurtha. Bestia se laissa corrompre par l'or de son ennemi et lui concéda un traité de complaisance ; quant à Albinus, il laissa son armée en campagne en Afrique à son frère Aulus, un parfait incapable, qui la conduisit à une honteuse défaite...

jalousent la dignité qui m'a été conférée ? Qu'ils jalousent aussi mes efforts, mon intégrité, et même les dangers que j'ai courus, puisque c'est grâce à eux que je l'ai obtenue. Mais ces hommes pourris d'orgueil vivent comme s'ils dédaignaient les honneurs que vous accordez, et ils les briguent comme s'ils vivaient honorablement. En voilà, des hypocrites, qui attendent pareillement des choses absolument opposées, les plaisirs de la paresse et les récompenses de la vertu ! Et, bien plus, lorsqu'ils prennent la parole devant vous ou au Sénat, ils consacrent l'essentiel de leur discours à célébrer leurs ancêtres ; ils pensent qu'en rappelant leurs hauts faits, eux-mêmes brilleront davantage. C'est tout le contraire : plus la vie de leurs ancêtres a été illustre, plus leur propre mollesse est honteuse. Et, en vérité, voici ce qu'il en est : la gloire des ancêtres est comme un flambeau pour leurs descendants, elle ne laisse dans l'ombre ni leurs défauts, ni leurs qualités. Je reconnais, citoyens, qu'en matière d'aïeux, je suis dans l'indigence ; mais, chose qui est bien plus remarquable, je peux moi-même raconter mes propres exploits. Et voyez leur injustice : cette valeur qu'ils s'arrogent en invoquant un mérite qui ne leur appartient pas, ils ne me la concèdent pas au nom de mon propre mérite, sans doute parce que je n'ai pas de portraits de famille, et que ma noblesse est toute récente ; mais cette noblesse, mieux vaut, en tout cas, l'avoir faite soi-même, que d'avoir corrompu celle qu'on a reçue.

« Je n'ignore pas que, s'ils veulent me répondre, ils feront en abondance des discours éloquents et bien agencés ; mais, s'agissant du très grand bienfait que vous m'avez accordé, alors qu'à la moindre occasion ils se répandent en invectives contre vous et contre moi, je n'ai pas voulu me taire, de peur qu'on n'interprétât ma réserve comme un aveu. Car en ce qui me concerne, ma conviction intime, c'est qu'aucun discours ne peut me blesser : s'il dit la vérité, il dit nécessairement du bien de moi, et s'il est mensonger, ma vie passée et mes comportements le démentent. Mais puisque ce sont vos décisions que l'on incrimine, vous qui m'avez chargé de la plus haute des dignités et de la plus lourde des tâches, demandez-vous, encore et encore, si vous devez vous en repentir. Je ne puis, pour donner confiance, exhiber les portraits, les triomphes, les consulats de mes ancêtres, mais, s'il le fallait, je pourrais exhiber des lances, un drapeau, des médailles et autres récompenses militaires, et les cicatrices de mes blessures, toutes reçues de face. Voilà mes portraits de famille, voilà ma noblesse, qui ne m'a pas été léguée en héritage, comme la leur, mais que j'ai acquise au prix des plus grands labeurs et des plus grands périls. Mon discours n'est pas bien agencé ? peu m'importe. La vertu se montre assez par elle-même ; c'est eux qui ont besoin d'artifices, pour masquer leurs vilenies par leur éloquence. Et je n'ai point étudié les auteurs grecs : il ne me plaisait point de les étudier, puisque la vertu de ceux qui les connaissaient mieux que moi n'y a rien gagné. Mais ce que j'ai appris, et qui est de loin ce qui est le plus utile à l'État, c'est à frapper l'ennemi, à monter la garde, à ne rien redouter, fors le déshonneur, à endurer tout aussi bien l'hiver que l'été, à dormir par terre, à supporter en même temps la faim et la fatigue. Voilà au nom de quels préceptes j'exhorterai mes soldats ; je ne les traiterai pas à la dure en m'octroyant le confort, et je ne m'attribuerai pas toute la gloire, en leur laissant toute la peine. Voilà ce qui s'appelle commander efficacement, commander au nom des citoyens ; car, lorsqu'on vit dans la mollesse en mettant son armée au supplice, on n'est pas un général, on est un tyran.

C'est en agissant de cette façon que vos ancêtres ont fait leur célébrité et celle de la République. La noblesse les invoque, alors que sa conduite est tout autre, et elle nous dédaigne, nous, leurs émules ; elle vous réclame tous les honneurs, non en fonction de son mérite, mais comme s'ils lui étaient dus. Mais ces hommes pleins d'orgueil se trompent lourdement : leurs ancêtres leur ont laissé tout ce qu'ils pouvaient leur laisser, leur fortune, leurs portraits de famille, leur glorieux souvenir ; ils ne leur ont pas laissé la vertu, et ils ne le pouvaient pas : elle est le seul bien qu'on ne peut ni donner ni recevoir en cadeau. Ils disent que je suis grossier, de mœurs incultes, parce que je suis trop peu habile à bien ordonner un banquet, que je n'ai pas de bateleur à ma solde, ni de cuisinier acheté plus cher qu'un régisseur. Tout cela, j'ai plaisir à le reconnaître, citoyens. En effet, voici ce que j'ai appris de mon père et d'autres vénérables personnes : que les raffinements conviennent aux femmes, les efforts aux hommes ; que, pour tous les gens de bien, la gloire doit avoir plus de prix que les richesses ; qu'on s'honore d'avoir de belles armes, point d'avoir de beaux meubles. Eh bien soit ! qu'ils se consacrent sans trêve à faire ce qui leur donne du plaisir, à ce qui leur est cher : qu'ils fassent l'amour, qu'ils boivent ! Qu'ils passent leur vieillesse là où ils ont passé leur jeunesse, dans les banquets, esclaves de leur ventre et des plus honteuses parties de leur corps ! Qu'ils nous laissent la sueur, la poussière et tout le reste, car nous préférons cela à leurs festins ! Mais il n'en est pas ainsi. Car, après que ces hommes perdus de débauche se sont déshonorés dans leurs turpitudes, ils viennent enlever aux hommes de bien les récompenses qui leur sont dues. Ainsi, comble d'injustice ! les pires des vices, la luxure et la paresse, ne nuisent en rien à ceux qui les pratiquent, mais causent la perte de la République, qui en est innocente!

Et maintenant que je leur ai répondu aussi longuement que ma conception de la moralité, et non leur propre immoralité, me demandait de le faire, je vais vous dire deux mots de la situation. Avant tout, pour ce qui est de la Numidie, soyez rassurés, citoyens : tout ce qui, jusqu'à ce jour, protégeait Jugurtha, à savoir la cupidité, l'incompétence et l'arrogance, vous l'avez écarté. Ensuite, vous avez là-bas une armée qui connaît le terrain ; mais, par Hercule, la réussite n'a pas été à la hauteur de sa vaillance, car elle était en grande partie affaiblie par la cupidité ou l'irresponsabilité de ses chefs. C'est pourquoi, vous qui êtes en âge de servir à l'armée, venez joindre vos efforts aux miens, venez servir la République, et n'allez point vous laisser effrayer par les défaites de nos autres troupes ou la vanité de leurs généraux. Moi-même, dans les marches comme dans les combats, pour prendre les bonnes décisions comme pour partager vos périls, je serai à vos côtés. Et pour sûr, avec l'aide des dieux, les fruits sont mûrs : la victoire, le butin, la gloire sont là. Et même s'ils étaient encore incertains ou lointains, il ne conviendrait pas moins que tous les bons citoyens viennent secourir la République. Car la lâcheté ne protège personne de la mort : un père ne souhaite jamais que ses fils soient immortels, mais, bien plutôt, qu'ils vivent en bons citoyens couverts d'honneurs. J'en dirais davantage, citoyens, si les paroles pouvaient donner plus de courage aux poltrons ; mais pour des braves, je pense avoir parlé largement assez ! »

La Guerre de Jugurtha, 84-85.

VIRGILE

(PUBLIUS VERGILIUS MARO, VERS 70 — 19 AV. J.-C.)

« Jusqu'à la quarantaine, on peut multiplier les lectures les plus diverses; mais après quarante ans, il suffit de relire Virgile. » Cette phrase, prononcée un jour par Jacques Perret, qui fut l'un des plus grands spécialistes de son œuvre, donne bien la mesure de l'admiration que Virgile a pu susciter. Non qu'il ait été le plus fécond ou le plus brillant des poètes latins (ce double honneur revient sans conteste à Ovide), mais il en a sans doute été le plus profond. Rien, apparemment, ne prédisposait ce jeune provincial de condition modeste, né aux environs de Mantoue dans un milieu rural, à connaître la gloire qui devait être la sienne : il fallut, pour cela, qu'il fût remarqué, après ses premiers essais poétiques, par de puissants personnages qui l'introduisirent dans le premier cercle du pouvoir augustéen et firent de lui le poète officiel du régime — un régime dont les plus hautes autorités avaient l'intelligence de penser que la grandeur d'une nation tient à la richesse de ses créations littéraires autant qu'à la force de ses armes.

On a parfois reproché à Virgile cette proximité peut-être excessive avec le chef de l'État et son « Premier ministre » Mécène, qui a donné son nom au « mécénat » ; et il est bien certain qu'il se situa aux antipodes du rebelle que fut à certains égards Ovide, et ne risqua guère de subir l'exil que devait connaître ce dernier.

Mais on ne voit pas que Virgile ait jamais fait preuve de servilité, et il n'est pas exclu que certains de ses textes à première vue les plus «régimistes» se caractérisent par une ambiguïté que les commentateurs modernes n'ont d'ailleurs pas toujours perçue. Ce qui caractérise aussi Virgile, c'est la diversité de son inspiration et la remarquable évolution de son écriture aussi bien que de son inspiration.

Si la première de ses trois œuvres, les Bucoliques, est souvent marquée au coin du maniérisme et se rattache à l'art mineur, la deuxième, les Géorgiques, constitue une ambitieuse «*défense et illustration*» de l'économie rurale et de la vie paysanne, et la troisième, l'Énéide, plus ambitieuse encore, réalise une synthèse très réussie de l'épopée mythologique et de l'épopée historique, en chantant à la manière d'Homère les origines troyennes du peuple romain, les hauts faits du héros fondateur Énée et la gloire de ses descendants qui ne sont autres que les Romains.

D'une œuvre à l'autre, l'ambition du poète se fait à chaque fois plus haute, tandis que son écriture se dégage des subtilités du maniérisme pour atteindre à une simplicité grandiose. En même temps, Virgile refait en quelque sorte à l'envers le chemin qu'avait suivi la littérature grecque: il part en effet de Théocrite, qu'il prend pour modèle dans les Bucoliques, pour aboutir à Homère, inspirateur de l'Énéide, en passant par Hésiode, qu'il imite dans les Géorgiques. Cette triple imitation, il convient de le souligner fortement, n'a elle non plus rien de servile: si dans les trois cas Virgile emprunte à ses modèles une thématique et un type d'écriture, il s'écarte aussi d'eux à tout moment, et les emprunts qu'il leur fait sont à ce point modifiés et enrichis qu'ils apparaissent négligeables au regard de la puissante originalité dont il fait preuve. Aussi n'est-il pas étonnant que Virgile soit, de tous les écrivains latins, celui qui a suscité le plus grand nombre de commentaires, de traductions, d'imitations, d'adaptations — et aussi de parodies, ce qui est l'un des privilèges des meilleurs écrivains. Fut-il vraiment, comme l'écrivit Claudel, « le plus grand génie que l'humanité ait jamais produit » ? Sans aller jusque-là, on se contentera de saluer en lui l'un des plus grands noms de la littérature universelle.

Les « Bucoliques »

La première en date des œuvres de Virgile est à replacer dans le cadre d'une tendance, très à la mode à Rome au lendemain des guerres civiles, que l'on appelle l'arcadisme. Elle consiste en une idéalisation du peuple pastoral des Arcadiens, adorateurs du dieu Pan, qui habitaient le centre du Péloponnèse, et qui dans l'imaginaire antique passaient pour mener, dans des paysages verdoyants, une vie oisive consacrée pour l'essentiel à l'amour, à la musique et à la poésie. En célébrant ces bergers (en grec boukoloï, d'où les Bucoliques : « poèmes pastoraux »), les « Arcadiens » de Rome privilégiaient une vie de loisir champêtre (otium rusticum), à l'écart de la politique et des affaires, dans une campagne idéalisée qui peut faire songer à celle du Hameau de la reine, au Petit Trianon. Les Bucoliques, au nombre de dix, comptent parmi les œuvres latines les plus difficiles à traduire et à interpréter, mais il est probable que ces poèmes, parfois quasi mallarméens, n'étaient pas plus limpides pour les contemporains de Virgile. Chacun d'eux est une véritable pièce d'orfèvrerie, que le poète a ciselée avec la plus extrême minutie et où se mêlent sans cesse réalisme et maniérisme, rusticité et préciosité. Aussi n'est-il pas étonnant que Paul Valéry soit le seul écrivain qui ait réussi à en donner une traduction en vers digne du texte original : on trouvera ci-dessous sa version de la Première Bucolique, *suivie de notre propre traduction de la* Septième.

Pathétique rencontre

Les exégètes modernes se sont déchaînés sur ce poème étrange, où l'arcadisme semble se teinter de critique sociale, dans la mesure où s'y lisent en filigrane les échos amers d'une brûlante actualité. Elle met en effet en scène deux campagnards, Tityre et Mélibée : le second est contraint de quitter ses terres, à la suite d'une de ces expropriations qui, en l'année 40, ont été décrétées en faveur des vétérans de l'armée d'Octave Auguste, tandis que le premier mène une existence agréable et se dit (conformément au modèle arcadien) pleinement satisfait de son sort, car une faveur du prince lui a permis de conserver son domaine. À première vue, Tityre ressemble à Virgile, auquel la tradition universitaire l'a souvent identifié, puisque, selon ses biographes antiques, le poète, d'abord exproprié, aurait récupéré son bien grâce au « dieu » qui régnait à Rome : il s'acquitterait donc, en tête du recueil, de son devoir de reconnaissance envers le prince. Mais la critique moderne insiste plus volontiers sur la remarquable ambiguïté d'un texte où Virgile, tout en exprimant une sincère gratitude à l'égard d'Octave Auguste, sait ne pas perdre de vue le sort des paysans spoliés, dont il se fait aussi le porte-parole.

MÉLIBÉE

Ô Tityre, tandis qu'à l'aise sous le hêtre,
Tu cherches sur ta flûte un petit air champêtre,
Nous, nous abandonnons le doux terroir natal,

Nous fuyons la patrie, et toi, tranquille à l'ombre,
Tu fais chanter au bois le nom d'Amaryllis.

TITYRE

C'est un dieu qui m'a fait ces loisirs, Mélibée !
Oui, un dieu pour toujours ! Un dieu de qui l'autel
Boira souvent le sang de mes tendres agneaux.
Vois mes bœufs, grâce à lui, librement paître, et moi
Jouer à mon plaisir de ce roseau rustique.

MÉLIBÉE

Je m'étonne encor plus que je ne te jalouse :
Le désordre est partout dans nos champs, et tout triste
Je dois pousser au loin mes chèvres, et j'entraîne
Même celle qui vient de faire deux jumeaux,
Avec peine, dans un buisson, sur une pierre :
Malheur souvent prédit, si ma mémoire est sûre,
Par le ciel foudroyant les chênes prophétiques.
Mais toi, révèle-moi quel est ce dieu, Tityre !

TITYRE

Bien naïf que j'étais, je croyais, Mélibée,
La ville dite Rome être semblable à celle
Où nous menons souvent nos agneaux, nous bergers :
Je voyais les chevreaux ressembler à leurs mères,
Ainsi, du plus petit je concluais au grand.
Mais cette ville élève, entre toutes les autres,
Son front tel un cyprès au-dessus des viornes.

MÉLIBÉE

Mais quel si grand sujet t'attirait donc à Rome ?

TITYRE

La liberté, qui tard, malgré ma négligence,
Me vint, daignant enfin s'intéresser à moi.
Ma barbe avait blanchi. Laissé par Galatée,
Amaryllis déjà m'avait pris pour amant.
Du temps de Galatée, je n'avais, je l'avoue,
Nul espoir d'être libre et nul souci d'argent.
Bien qu'à la ville chiche envoyant des victimes
En nombre, et que l'on fît ici du bon fromage,
Ce que je rapportais n'était jamais bien lourd.

MÉLIBÉE

Ô triste Amaryllis, pourquoi tant de prières,
Me disais-je, et pour qui ces offrandes de fruits?
C'est que Tityre était parti! Tityre, toi
Que les sources, les pins, les plantes réclamaient.

TITYRE

Que faire? Ne pouvant sortir de servitude
Ni me trouver ailleurs des dieux aussi propices,
Mais là-bas, Mélibée, ayant vu ce jeune homme
Pour qui douze fois l'an fument tous nos autels,
À peine supplié, j'obtins cette réponse:
« Garçons, comme jadis paissez votre bétail. »

MÉLIBÉE

Ô trop heureux vieillard, toi tu gardes tes biens!
Tu te contentes de leur roche à fleur de terre
Et de marais fangeux tout envahis de joncs.
Tes chèvres n'auront pas à changer de pâture
Ni de troupeaux voisins à craindre le contact.
Oui, trop heureux vieillard, toi tu prendras le frais

Sur les bords familiers de nos saintes fontaines.
Ici, comme toujours, sur toi viendra vibrer,
Pour t'induire au sommeil par leur léger murmure,
Des abeilles d'Hybla l'essaim nourri de fleurs.
Le chant de l'émondeur s'élèvera dans l'air,
Et d'une rauque voix tes colombes chéries
Ne cesseront pour toi de se plaindre sur l'orme.

TITYRE

On verra dans l'éther paître le cerf agile
Et l'onde abandonner ses poissons sur ses bords,
Ou le Parthe à l'Arare[1] ou le Germain au Tigre
Venir boire, chacun sorti de ses frontières,
Avant que de ce dieu se détache mon cœur.

MÉLIBÉE

Mais nous, irons souffrir de la soif en Afrique,
Nous irons vers le Scythe et le crayeux Oxus[2],
Ou bien chez les Bretons tout isolés du monde.
Ah! si je revoyais, après un long exil,
Ma terre et ma chaumière au toit garni de mousse,
Aurais-je encor sujet d'admirer mes cultures?
Pour un soldat impie aurais-je tant peiné,
Semé pour un barbare? Hélas! de nos discordes
Nos malheurs sont le fruit! Nos labeurs sont pour
    d'autres!
Ah! je puis bien greffer mes poiriers et mes vignes!
Allez! troupeau jadis heureux, chèvres, mes chèvres,
Je ne vous verrai plus, couché dans l'ombre verte,
Au loin, à quelque roche épineuse accrochées.
Vous ne m'entendrez plus, vous brouterez sans moi
Les cytises en fleurs et les saules amers.

1. L'Arare: nom gaulois de la Saône.
2. L'Oxus: fleuve d'Asie centrale, aujourd'hui l'Amou-Daria.

TITYRE

Reste encor cette nuit. Dors là tout près de moi
Sur ce feuillage frais. Nous aurons de bons fruits,
Fromage en abondance et de tendres châtaignes.
Vois : au lointain déjà les toits des fermes fument
Et les ombres des monts grandissent jusqu'à nous.

Bucoliques, I, traduction par Paul Valéry.

Concours de poésie

La Septième Bucolique présente un de ces concours de « chants alternés » (amœbées, disait-on en usant d'un terme grec) qui étaient censés constituer l'occupation favorite des bergers arcadiens. Ce jeu d'improvisation poétique est commun dans la culture méditerranéenne — italienne, corse ou andalouse. La règle en est la suivante : l'un des deux concurrents chante un couplet de quatre vers, auquel son « adversaire » doit répondre par un couplet de même longueur, en traitant le même thème ou un thème analogue, mais de manière en quelque sorte inversée (il évoquera, par exemple, les peines de l'amour si le premier en a chanté les joies, ou la froidure hivernale si le premier a évoqué la chaleur de l'été) et en ajoutant à cela toutes sortes de variations. À la fin, l'un des deux est proclamé vainqueur, selon des critères non formulés, qui nous échappent largement.

MÉLIBÉE[1]

Sous un chêne bruissant était assis Daphnis ;
Unissant leurs troupeaux (pour l'un c'était de chèvres

---

1. Mélibée : personnage homonyme de celui de la *Première Bucolique*, mais différent de lui ; tous les bergers des *Bucoliques* portent des noms grecs, conventionnels et interchangeables.

Aux pis gonflés de lait, pour l'autre de moutons),
Thyrsis et Corydon, tous deux Arcadiens
Et dans la fleur de l'âge, à chanter s'apprêtaient
Tour à tour, alternant le dit et la réponse.
Je protégeais du froid des myrtes encor tendres,
Lorsque s'enfuit mon bouc, le mâle du troupeau.
Venant là, j'aperçois Daphnis ; dès qu'il me voit :
« Viens vite, me crie-t-il, ton bouc et tes chevreaux
Sont sains et saufs ! Alors, si tu es de loisir,
Assieds-toi donc à l'ombre, ici où tous tes veaux,
En traversant les prés, viendront d'eux-mêmes boire.
Là, entre les roseaux qui verdissent ses berges,
S'écoule le Mincio, et bourdonne un essaim
Dans un chêne sacré. » Ma foi, qu'avais-je à faire ?
Près de moi je n'avais ni Phyllis ni Alcippe
Pour m'aider à rentrer les agnelets sevrés ;
Et puis quel beau tournoi : Thyrsis et Corydon !
Je laissai donc tomber mes travaux pour leurs jeux,
Et tous deux à chanter tour à tour commencèrent :
En échangeant leurs vers, selon le vœu des Muses,
Corydon préludant, Thyrsis lui répondant.

CORYDON

Nymphes de l'Hélicon, que j'aime, faites donc
Que je chante des vers dignes du cher Codrus[1],
Qui talonne Apollon. Si j'en suis incapable,
J'accrocherai ma flûte à ce pin consacré.

THYRSIS

Couronnez, ô bergers d'Arcadie, un poète
Débutant — que Codrus crève de jalousie !

---

1. Codrus : sans doute le nom d'un berger, comme les autres noms apparaissant dans le poème ; mais certains commentateurs y ont vu celui d'un poète bucolique grec, qui vivait à Rome et se posait en rival de Virgile.

Mais s'il m'applaudit trop, ceignez-moi de baccar[1],
Qui me protégera de sa langue hypocrite!

CORYDON

D'un sanglier Micon[2] t'offre la tête hirsute,
Ô Diane, avec les bois d'un cerf chargé d'années.
Moi, je vais, si tu veux, te sculpter dans le marbre,
En pied, le mollet pris dans des cothurnes pourpres.

THYRSIS

Priape, protecteur de mon pauvre jardin,
Il te suffit d'avoir du lait, quelques gâteaux.
De marbre est ta statue, aujourd'hui, vu les temps ;
D'or tu seras demain, si mon troupeau s'accroît!

CORYDON

Plus douce que le thym, plus blanche que les cygnes,
Galatée, aussitôt que mes bœufs bien repus
Auront tous regagné leur étable, alors viens,
Si tu as quelque amour pour ton cher Corydon!

THYRSIS

Plus piquant que le houx et plus vil que les algues,
Que rejette la mer, je veux bien te sembler,
Si ce jour n'est pour moi plus long que tout un an.
Alors rentrez, mes bœufs, si vous avez du cœur!

---

1. Le baccar est une plante aromatique, qui était censée préserver du mauvais œil (et des louanges excessives, considérées comme de mauvais augure).
2. Ce Micon est un autre berger.

CORYDON

Herbe douce au sommeil, sources qu'orne la mousse,
Arbousier vous couvrant de son ombre ténue,
Protégez mon troupeau des chaleurs du solstice :
Voici venir l'été qui fait mûrir les grappes.

THYRSIS

Torches grasses aux murs, grand feu dans le foyer,
Fumée qui noircit jusqu'aux montants des portes
Font que nous nous soucions de la bise aussi peu
Que le loup de l'agneau, le torrent de sa rive.

CORYDON

Ici genévriers, là châtaigniers piquants,
Voici que sous chaque arbre on voit ses fruits tombés :
Tout sourit à présent — mais qu'Alexis le bel
Quitte nos monts, et l'eau désertera le fleuve !

THYRSIS

Air malsain, champ brûlant, l'herbe se meurt de soif ;
Et la vigne aux coteaux donne une ombre bien rare.
Mais que Phyllis revienne, tous bois reverdiront,
Et Jupiter fera tomber la pluie féconde !

CORYDON

Vénus se plaît au myrte et Phébus au laurier,
Hercule au peuplier et Bacchus à la vigne.
Oui, mais puisque Phyllis aime le coudrier,
Alors le coudrier vaincra myrte et laurier.

THYRSIS

Le frêne est roi des bois et le pin des jardins,
Des rivières le saule et des monts le sapin.
Viens souvent, Lycidas, et tu seras plus beau
Que le frêne en ses bois, le pin dans ses jardins.

MÉLIBÉE

Thyrsis, il m'en souvient, contesta sa défaite :
De ce jour Corydon, pour moi, c'est Corydon !

Bucoliques, VII.

Les « Géorgiques »

La deuxième œuvre de Virgile, dont le titre (grec) signifie « Poème sur l'agriculture », ne nous fait pas quitter la campagne, puisqu'elle se présente comme un poème didactique en quatre chants, ayant pour finalité apparente l'enseignement des techniques agricoles. Mais la perspective est bien différente de celle des Bucoliques, *car il ne s'agit plus de mettre en scène des bergers menant dans une campagne idyllique une vie de loisir, mais d'évoquer le travail des champs et la vie à la fois rude et saine des paysans. Œuvre de propagande, destinée à soutenir une (hypothétique) politique de « retour à la terre » et de développement agricole voulue par le pouvoir augustéen ? Ou bien œuvre « engagée », exprimant les convictions profondes du poète et visant au contraire à promouvoir une telle politique auprès d'un pouvoir trop insoucieux de l'économie rurale et de la classe paysanne ? Ou bien encore, tout simplement, œuvre dépourvue d'intentions politiques, et ayant pour seul but de rivaliser en langue latine avec Hésiode et son poème* Les Travaux et les Jours, *comme Virgile l'avait fait avec Théocrite dans les* Bucoliques *et comme il allait le faire avec Homère dans l'*Énéide*? Ces trois lectures sont possibles, mais une chose est sûre, c'est que les* Géorgiques *n'ont d'un poème didactique que l'apparence, et que Virgile n'était pas assez naïf pour croire qu'il allait réellement dispenser aux propriétaires terriens un enseignement agricole. «Ce n'est pas pour instruire les agriculteurs, mais pour charmer les lecteurs qu'il écrivit son poème»: ce jugement de Sénèque est parfaitement pertinent.*

Heureux les paysans!

Heureux, oui, trop heureux, s'ils connaissaient leurs biens,
Les paysans! Pour eux, loin des luttes armées,
D'elle-même la Terre, en sa grande justice,
Produit facilement tout ce qu'il faut pour vivre.
Ils n'ont pas de palais au front audacieux,
Ils n'ont pas de clients vomis chaque matin
De toute leur demeure, ils ne sont pas béats
Devant de beaux linteaux tout chatoyants d'écaille,
Des draps damassés d'or, des bronzes de Corinthe;
Leur laine reste blanche et nul ne vient la teindre
Du rouge d'Assyrie, et leur huile d'olive
N'a point goût de cannelle. En revanche ils possèdent
Calme et sécurité en une vie honnête,
Richesses en tout genre, et dans les grands espaces
Le loisir, et les lacs, et les fraîches vallées,
Et le mugissement des bœufs et le sommeil
Sous un arbre, et plus loin les montagnes où gîte
Le gibier, et ils ont une belle jeunesse,
Endurante et sachant se contenter de peu,
Et le culte des dieux et l'honneur fait aux pères.

C'est chez eux que jadis fit son dernier séjour
La Justice, au moment de déserter la terre.
Pour moi, puissent d'abord et avant tout les Muses,
Dont je suis amoureux, dont je porte les signes,
M'accueillir, me montrer les cieux et tous les astres,
Le soleil éclipsé, les phases de la lune,
Pourquoi tremble la terre, et quelle force gonfle
Et soulève la mer jusqu'à rompre ses digues,
Pourquoi dans l'océan se hâtent de plonger
Les soleils hivernaux, ou quel frein ralentit
Les paresseuses nuits. Mais si je ne peux pas
Atteindre ces secrets, parce qu'un sang trop froid
Coule dans ma poitrine, eh bien, que me séduisent
La campagne et les rus coulant dans les vallées,
Et qu'ignorant la gloire, alors je sois l'amant
Des torrents, des forêts! Alors à moi les plaines
Et à moi le Sperchios, et à moi le Taygète,
Là-bas en Laconie où dansent les Bacchantes!
Ô qui m'installera dans les fraîches vallées
De l'Hémus, et de l'ombre immense des grands arbres
Me couvrira? Chanceux, celui qui put connaître
Des choses les raisons, et qui foula aux pieds
Les peurs et le destin que l'on ne peut fléchir
Et le fracas affreux de l'avare Achéron!
Oui, mais heureux aussi celui qui sait les dieux
Des champs, et qui connaît Pan et le vieux Sylvain,
Les Nymphes qui sont sœurs! Car jamais ne le troublent
Ni la pourpre des rois ni les faisceaux du peuple,
Ni la guerre éclatant entre frères parjures,
Ni le Dace arrivant du Danube rebelle,
Ni l'histoire de Rome ou les mortels royaumes.
Il ne déplore pas la misère des pauvres,
Il ne jalouse pas l'opulence des riches.
Mais les fruits que pour lui spontanément la terre
Produit, tout comme ceux que lui offrent les branches,
Il les cueille, sans voir la folie du forum,

Les archives du peuple et ses rigides lois.
D'autres à coup de rame au sein des flots aveugles
S'élancent et se ruent au combat, et pénètrent
Dans les palais des rois dont ils forcent le seuil.
Tel détruit une ville et ses pauvres Pénates
Pour boire en une gemme et dormir dans la pourpre ;
Tel autre dans le sol cache ce qu'il possède
Et couche sur son or ; et tel devant les rostres
Est frappé de stupeur ; tel reste bouche bée
Devant l'ovation qui déferle et redouble
Sur les gradins du peuple et sur ceux du Sénat ;
Tel encor se réjouit du sang versé d'un frère,
Mais doit fuir en exil le seuil de sa maison
Et sous un autre ciel chercher une patrie.
Mais le paysan, lui, de son soc fend la terre :
De là vient le travail de l'an, la nourriture
De la patrie et des enfants, et les troupeaux
De bœufs et les taureaux qui sont de bon service.
Point de repos aussi longtemps que la saison
Ne regorge de fruits ou d'agneaux, ou ne charge,
Dans les champs, les sillons d'une riche récolte
Des gerbes de Cérès, à vaincre les greniers.
Quand arrive l'hiver, dans les pressoirs, on broie
L'olive ; alors les porcs rentrent gavés de glands,
Et les forêts donnent l'arbouse. Et puis l'automne
Prodigue tous ses fruits ; là-haut, sur les coteaux
Ensoleillés se gonfle et mûrit la vendange.
Cependant ses enfants s'accrochent à son cou
Pour avoir ses baisers ; dans sa chaste demeure
La pureté réside, et le pis de ses vaches
Pend bien gonflé de lait, tandis que les chevreaux
Luttent dans les prairies en affrontant leurs cornes.
Et lui, les jours festifs, couché sur le gazon,
Lorsque ses compagnons couronnent le cratère,
Il t'adresse, ô Bacchus, libations et prières ;
Aux maîtres du bétail il propose un concours
De prestes javelots dont la cible est un orme,

Ou un tournoi de lutte en l'agreste palestre
Pour leurs corps endurcis. Or telle était la vie
Que menèrent jadis les Sabins et Rémus
Et Romulus son frère. Et c'est ainsi, sans doute
Que grandit l'Étrurie et que Rome devint,
Tandis qu'elle embrassait en ses murs sept collines,
Ce que le monde entier possède de plus beau.
Et aux temps plus lointains, déjà, de l'Âge d'or,
Lorsque régnait Saturne et qu'une engeance impie
N'avait encore osé se nourrir de taureaux,
Les hommes sur la terre ont mené cette vie.
Personne encor n'avait fait sonner le clairon,
Ni forgé des épées sur les dures enclumes.

Géorgiques, II, 458-540.

L'« Énéide »

La troisième œuvre de Virgile, qui est aussi de très loin la plus ample, est une épopée en douze chants qui totalise près de dix mille vers et que l'on considère généralement comme un des plus hauts sommets de la littérature universelle. On peut la définir comme une continuation de l'Iliade, *puisque le héros qu'elle chante est un Troyen, le prince et demi-dieu Énée, dont la mère n'est autre que la déesse Vénus. À l'issue de la guerre de Troie, et après la destruction totale de la ville, Énée entreprend, tout comme Ulysse, une navigation riche en aventures et périls divers, mais, à la différence du héros grec, il est investi d'une mission sacrée, voulue par Jupiter lui-même et consistant à conduire les Troyens survivants jusqu'à une nouvelle terre, l'Italie, où ils pourront s'établir et donner naissance à un peuple nouveau qui ne sera autre que le peuple romain. L'enjeu est donc de taille, et si l'épopée virgilienne continue* l'Iliade *et imite* l'Odyssée, *elle comporte une dimension historique que n'avaient pas les poèmes homériques : la geste d'Énée est aussi celle de tout un peuple, et l'Énéide a pu être définie comme étant « un miroir du destin romain ». C'est de la fondation — ou de la refondation — d'un peuple qu'il est question dans ce texte lui-même fondateur, dont les échos et les prolongements sont innombrables dans la littérature et la culture européennes.*

La mort de Didon

Le chant IV de l'Énéide constitue une sorte de roman d'amour enchâssé dans l'épopée, dont il est sans aucun doute l'épisode le plus célèbre, source, depuis la Renaissance, d'une bonne centaine de tragédies et de drames lyriques. Le héros troyen a fait escale à Carthage, que gouverne, exilée de Phénicie, la reine Didon, à laquelle Vénus, la mère divine d'Énée, va inspirer pour son fils une passion dévorante ; à cette passion Énée commence par répondre, mais, rappelé à sa mission par Jupiter, il se plie à l'injonction du roi des dieux et, la mort dans l'âme, abandonne Didon, plongeant dans le désespoir la malheureuse reine, qui se suicide après avoir maudit son amant infidèle et appelé sur ses descendants, les Romains, un vengeur dont on devine qu'il ne sera autre qu'Hannibal... Virgile ici se souvient de Catulle et des plaintes d'Ariane (voir supra, p. 188).

Sur le monde déjà l'Aurore répandait
Une lumière neuve ; alors, dès qu'elle vit,
Depuis sa tour, blanchir les premières lueurs
Et là-bas s'éloigner la flotte à pleines voiles,
Et dès qu'elle eut compris que plus un seul marin
Ne restait sur le port, la reine se frappa
Trois fois et quatre fois de ses mains la poitrine

Puis, arrachant ses blonds cheveux : « Ô Jupiter !
Il partira, dit-elle, étranger de passage,
Après s'être joué de notre royauté ?
Il faut qu'on le poursuive, il faut courir aux armes,
Il faut de l'arsenal que sortent les navires
Avec flammes et traits, à la force des rames !
Mais où suis-je ? Que dis-je ? Et quel délire enfin
Altère mon esprit ? Malheureuse Didon,
Ainsi donc maintenant l'impiété te touche ?
Il fallait y songer quand tu donnais ton sceptre !
Tels sont donc les serments, telle est la foi de l'homme
Qui emporte avec lui, paraît-il, les Pénates
De sa patrie, et qui, sur son dos, transporta
Un père que les ans empêchaient de marcher !
Je n'ai donc pu saisir et disperser sur l'onde
Ses membres dépecés[1] ? Je n'ai pu par le fer
Détruire tous les siens, tuer son fils Ascagne
Et puis le lui servir à manger, sur sa table[2] ?
Si la fortune était de ce combat douteuse,
Qu'avais-je à redouter, puisque j'allais mourir ?
J'aurais d'abord porté les torches dans son camp,
J'aurais empli de feu le pont de ses navires,
J'y aurais fait périr et le père et le fils,
Toute sa race enfin — avant de m'y jeter !
Soleil, qui de tes feux éclaires tout sur terre,
Junon, qui sais unir et assister les cœurs,
Hécate, qu'on appelle en hurlant dans la nuit,
Dieux d'Élissa[3] qui meurt, vengeresses Furies,
Accueillez ma prière, exaucez tous mes vœux,
Tournez vers les méchants le courroux qu'ils méritent !

1. Ainsi fit Médée, qui déchira et dispersa les membres de son frère.
2. On connaît au moins deux cas de tels festins : Atrée servant ses enfants à Thyeste, et Procné servant son fils à Térée...
3. Élissa est le nom véritable de la reine, Didon n'étant qu'un surnom phénicien (« la vagabonde ») faisant allusion à son errance, en exil, avant son arrivée à Carthage.

S'il faut absolument, par arrêt du Destin,
Que cet être exécrable atteigne quelque port,
Si c'est inévitable, alors faites qu'Énée,
À son fils arraché, contraint de quémander
Des secours et voyant périr ses compagnons,
Jamais ne puisse jouir ni de sa royauté
Ni des jours qu'il souhaitait, mais qu'il tombe avant
  l'heure,
Seul et sans sépulture au beau milieu des sables!
Oui, telle est ma prière, et l'ultime parole
Qu'avec mon sang j'exhale. Alors, hommes de Tyr,
Haïssez tous sa race avec sa descendance:
Cette haine sera votre offrande à mes cendres.
Les deux peuples jamais ne doivent être amis:
Jamais d'accord entre eux! Et qu'un beau jour, se
  dresse
Un vengeur inconnu, mais issu de ma race,
Pour partout assaillir, par le fer et le feu,
Les Troyens, maintenant ou plus tard, il n'importe,
Pourvu qu'à ce moment les forces ne lui manquent!
Flots contre mers, alors, et rives contre rives,
Les armes à la main, qu'eux et leurs fils combattent,
C'est l'imprécation que je lance aujourd'hui. » [...]
Lors Didon, éperdue, et par son entreprise
Affreuse, hors d'elle-même, en jetant çà et là
Des regards pleins de sang, frissonnante de fièvre,
Les joues de feu marbrées et le teint pâlissant
De sa prochaine mort, monte, l'âme égarée,
Sur le bûcher tout prêt, tire de son fourreau
Le glaive du Troyen, qu'il lui avait offert,
Mais sans le destiner à un pareil usage.
Alors, en regardant pour la dernière fois
Les vêtements d'Énée et leur commune couche,
S'attardant un moment aux souvenirs, aux larmes,
Sur le lit étendue, elle énonça ces mots,
Qui furent les derniers: « Ô reliques, si douces
Du temps que les destins et qu'un dieu le souffraient,

Recevez donc mon âme et dissipez mes peines.
J'ai vécu, j'ai conduit à son terme la course
Ouverte par Fortune, et voici que de moi
Va descendre sous terre une ombre encore grande.
J'ai fondé une ville et bâti ses remparts,
J'ai vengé mon époux et j'ai puni mon frère[1].
Quel bonheur que le mien, oui, hélas, quel bonheur,
Si les vaisseaux troyens jamais n'étaient venus
Mouiller en notre port!» Elle dit, et pressant
Ses lèvres sur le lit: «Je mourrai non vengée,
Mais du moins je mourrai. C'est ainsi qu'il me plaît
D'aller chez ceux d'en bas. Que de la haute mer
Le trop cruel Troyen emplisse de ce feu
Ses yeux, et qu'avec soi il emporte l'augure
De mon trépas!» Didon à peine avait fini
De prononcer ces mots, que déjà ses servantes
La virent retomber sur le fer tout sanglant
En appuyant sur lui ses mains déjà sans vie.

Énéide, IV, 584-665.

La descente aux Enfers

Le chant VI, qui dans le poème occupe la place centrale, peut en être considéré comme le point culminant. Il est consacré à la descente (la «catabase») d'Énée au royaume des morts, dans lequel le héros a obtenu des dieux la faveur exceptionnelle de pénétrer vivant afin d'y rencontrer l'«ombre» de son père décédé et de recevoir par son intermédiaire tout à la fois la confirmation de sa mission et la révélation du destin de Rome. C'est pour Virgile l'occasion de don-

---

1. Le frère de Didon, Pygmalion (différent du fameux roi de Chypre tombé amoureux d'une statue), avait horriblement assassiné Sychée, premier époux de sa sœur.

ner, en s'inspirant des croyances pythagoriciennes, une extraordinaire description des Enfers, que personne n'avait proposée avant lui et dont plus tard devait s'inspirer Dante, dont le propre Enfer doit beaucoup à Virgile, au demeurant son guide au souterrain royaume. Énée, dans son terrifiant cheminement, a lui-même pour guide la Sibylle de Cumes, prêtresse d'Apollon.

Ils avançaient obscurs sous la nuit solitaire
À travers l'ombre, au sein des palais de Pluton,
Royaume du néant, tout comme l'on chemine,
Par incertaine lune et douteuse clarté,
Quand Jupiter enfouit dans l'ombre tout le ciel
Et que la noire nuit dérobe les couleurs.
C'est là qu'au tout début du large vestibule
D'Orcus, Deuils et Soucis ont installé leur couche;
Les pâles Maladies et la triste Vieillesse,
Et la Peine et la Faim, mauvaise conseillère,
Et l'affreuse Misère habitent en ces lieux,
Larves d'horrible aspect, et la Peur, le Trépas,
Puis le Sommeil, son frère, et de l'âme les Joies
Mauvaises et la Guerre assassinant les hommes,
Et les Furies encore et la folle Discorde
Aux cheveux de serpents sous des bandeaux sanglants.
Un orme gigantesque à la sombre ramure
Déploie au beau milieu ses bras chargés d'années :
Les Songes vains, dit-on, ont en lui leurs demeures,
Suspendus sans bouger dans le feuillage épais.
On aperçoit aussi des monstres en grand nombre :
Les Centaures ont pris quartier devant la porte,
Avec l'Hydre de Lerne à l'affreux sifflement,
La brûlante Chimère, Harpyes et Gorgones,
Briarée aux cent bras et le Monstre à trois corps.
C'est alors que, pressé d'une terreur soudaine,
Le Troyen dégaina son glaive, pour frapper
Ces êtres menaçants ; mais sa docte compagne

Arrêta son élan, lui disant que ces monstres
Ne présentaient à lui qu'une vaine apparence
Et n'avaient point de corps : il allait donc frapper
De coups tout aussi vains d'inconsistantes ombres.
C'est ici que commence un chemin qui conduit
Aux eaux de l'Achéron, fleuve mêlé de fange,
Qui bouillonne et vomit en un grand tourbillon
Son abondant limon dans l'étang du Cocyte.
Près de ces flots mouvants, un effrayant passeur,
Charon, monte la garde, horrible à contempler :
Son menton est couvert de poils blancs et hirsutes,
Ses yeux lancent du feu, et dessus ses épaules
Pend un manteau sordide ; il manœuvre à la gaffe
Un bateau tout rouillé, pour transporter les corps ;
C'est un vieillard, bien sûr, mais c'est aussi un dieu
À la verte vieillesse et aux forces intactes.
On voit là se ruer une foule en désordre,
Hommes, femmes mêlés, des filles, des garçons,
Les corps inanimés des héros magnanimes,
Des fils mis au bûcher sous les yeux de leurs pères.
Ils sont aussi nombreux qu'aux premiers froids d'automne
Les feuilles que l'on voit se détacher des arbres,
Ou que sont les oiseaux qui volent vers les terres,
Quand, l'hiver arrivant, ils vont à tire-d'aile
Aux pays du soleil. Ils se tiennent debout,
Voulant qu'on les embarque et les fasse passer,
Bien vite et les premiers, sur la rive d'en face ;
Mais le rude nocher n'en prend que quelques-uns
Et loin de son bateau repousse tous les autres.
Énée, alors, surpris par un si grand tumulte :
« Vierge, demanda-t-il, pourquoi donc cette course
Vers la rive du fleuve, et que veulent ces âmes ?
Et pour quelle raison sont les unes chassées,
Mais les autres ont droit de traverser les eaux ? »
La prêtresse lui fit cette brève réponse :
« Fils d'Anchise, et des dieux descendant véritable,

Ce que tu vois ici, c'est l'étang du Cocyte
Et les marais du Styx dont les dieux, quand ils jurent,
Redoutent d'invoquer en vain la majesté.
Et là tu vois aussi la foule misérable
Des morts sans sépulture et le passeur Charon :
Ceux qu'il prend dans sa barque ont été inhumés,
Les autres n'ont point droit de traverser le fleuve
Et ses rauques courants avant qu'en un tombeau
N'aient reposé leurs os ; pendant cent ans ils errent
Et volent tout autour de ces bords effrayants ;
Ensuite ils sont admis, et à leur tour ils voient
Ces étangs désirés. » Le fils d'Anchise alors
Un instant s'arrêta, le cœur plein de pitié
Pour un sort si injuste. [...]
Ils achèvent enfin la route commencée
Et s'avancent vers l'eau. Mais alors le passeur,
À peine les vit-il, depuis les eaux du Styx,
S'approcher de la rive : « Halte ! s'écria-t-il,
Qui que tu sois qui viens en armes vers nos fleuves,
Dis-moi ce qui t'amène et ne fais plus un pas !
C'est ici le séjour des ombres, du sommeil
Et de l'épaisse nuit, et il est interdit
Qu'on s'embarque vivant dans le bateau du Styx.
J'ai accepté, c'est vrai, jadis, d'y prendre Hercule
Et, après lui, Thésée avec Pirithoüs,
Mais j'en ai eu regret, bien qu'ils fussent tous trois
Ou de race divine ou héros invaincus :
L'un enchaîna Cerbère et le traîna tremblant
Au pied même du trône où siège notre roi ;
Les autres ont voulu détourner notre reine
Du lit de son époux ! » À ces mots la prêtresse
Répondit : « Ne crains rien, épargne ton courroux,
Il n'y a point ici d'embûches de ce genre,
Les armes que tu vois ne sont pas violentes.
Le gigantesque chien qui garde votre seuil
Pourra de ses abois épouvanter les ombres,
Proserpine pourra demeurer chaste épouse.

Car le Troyen Énée, aussi pieux qu'il est brave,
Descend pour voir son père au profond de l'Érèbe. »
   [...]
Charon conduit alors sa barque vers la rive,
Il chasse durement ses quelques passagers
Pour faire de la place au héros gigantesque ;
L'embarcation gémit sous ce poids insolite,
Et l'eau marécageuse entre par ses crevasses.
Mais au-delà du fleuve elle accoste, et dépose
Sur un limon sans forme en de glauques roseaux
La femme et le héros...

Énéide, **VI**, 268-332 et 384-416.

Le bouclier d'Énée

Si les six premiers chants du poème se présentent comme une Odyssée, *la seconde partie est en quelque sorte une* Iliade, *puisque le thème fondamental n'en est plus le voyage, mais la guerre, celle que doivent mener Énée et ses compagnons, après leur débarquement en Italie, contre certains des peuples indigènes. Dans ce conflit, les Troyens bénéficient de la protection de Vénus, la mère du héros, et celle-ci obtient de Vulcain qu'il forge pour son fils des armes et notamment un bouclier analogue à celui d'Achille dans* l'Iliade. *La description de ce bouclier permet à Virgile d'insérer dans son épopée mythologique une superbe fresque de l'histoire romaine, que Vulcain, « le grand Maître du feu », y a prophétiquement gravée. Il faudrait assurément des dizaines de notes explicatives pour éclairer ce texte bourré d'allusions historiques et géographiques plutôt rebutantes pour le lecteur d'aujourd'hui ; mais mieux vaut, sans doute, se laisser emporter par la poésie puissante de cette évocation et par la musique des noms les plus obscurs.*

Les triomphes romains et l'histoire italique,
La lignée à venir d'Ascagne, fils d'Énée,
Et la succession des combats et des guerres,
Connaissant l'avenir, instruit des prophéties,
Le grand Maître du feu les avait gravés là.
On y voyait la Louve avec tous ses petits
Autour d'elle, couchée en l'antre vert de Mars,
Et deux jeunes enfants pendus à ses mamelles
Sans la moindre frayeur ; tournant vers eux son cou,
Elle les caressait tour à tour, façonnant
De sa langue leurs corps. Et l'on voyait, non loin,
Rome et l'enlèvement scandaleux des Sabines,
Arrachées aux gradins, pendant les jeux du cirque,
Puis la guerre opposant les fils de Romulus
Au vieux roi des Sabins et à l'austère Cures[1] ;
Ensuite, ayant mis fin à toute guerre entre eux,
Les mêmes rois, devant l'autel de Jupiter,
Coupe en mains, concluaient une amitié nouvelle
En immolant au dieu une truie, et plus loin,
On voyait les chevaux lancés en sens contraire,
Écarteler Mettus[2] (Albain, tu aurais dû
Respecter mot pour mot ta parole donnée !) :
Tullus Hostilius, dans les bois, dispersait
Les quartiers arrachés du corps de ce parjure,
Qui rougissaient de sang les buissons épineux.
Puis Porsenna[3], offrant son hospitalité
Au roi Tarquin, chassé par ses sujets de Rome,
Mettait devant la Ville un gigantesque siège,

---

1. Cures : cité, peut-être capitale du pays des Sabins.
2. Mettus Fufetius, chef de la cité d'Albe, avait trahi en rompant son alliance avec Rome lors d'une guerre contre Fidènes : il fut écartelé par le roi de Rome Tullus Hostilius.
3. Roi étrusque, en guerre contre Rome : lors de cet épisode s'illustrèrent le borgne Horatius Coclès, qui résista seul sur le pont livrant accès à Rome, et la vaillante Clélie, qui, prisonnière du roi, s'évada en traversant le Tibre à la nage.

Et pour leur liberté les descendants d'Énée
se ruaient au combat. Et l'on reconnaissait
Ce roi, dont le visage exprimait la menace
Et le courroux de voir Coclès rompre le pont,
Et puis d'apercevoir la vaillante Clélie
Qui nageait dans le fleuve, ayant brisé ses chaînes.
Tout au sommet, gardant la roche Tarpéienne,
Manlius se dressait, debout devant le temple,
Et tenait fermement le haut du Capitole[1].
Ici même, volant sous les portiques d'or,
On distinguait une oie au plumage d'argent,
Criant que les Gaulois étaient là, sur le seuil,
Qu'ils étaient là, tout près, cernant la citadelle,
Cachés dans les fourrés et dans la nuit obscure.
D'or est leur chevelure et d'or leurs vêtements,
D'or aussi les colliers ceignant leurs cous de lait,
Ils brandissent bien haut des javelots alpins,
Et protègent leurs corps par de longs boucliers.
Là dansaient les Saliens et les Luperques nus,
Coiffés de leurs bonnets à la pointe de laine,
Avec les boucliers de Mars tombés du ciel[2],
Et par la Ville allaient, sur des chars, des matrones,
Conduisant chastement les cortèges sacrés.
La prison du Tartare était aussi gravée
Et le palais de Dis[3] à la porte imposante,
Avec les châtiments s'abattant sur les crimes,
Et toi, Catilina, suspendu sur un roc,
Épouvanté de voir les faces des Furies ;
Mais aussi, à l'écart, les hommes vertueux
Disciples de Caton qui leur donne ses lois.

---

1. Manlius, surnommé ensuite Capitolinus, repoussa les Gaulois lors de leur assaut contre la citadelle.
2. Les boucliers sacrés de Mars ou *ancilia* (un « authentique », plus onze copies) étaient notamment honorés par les Saliens prêtres-danseurs. Les Luperques sont des prêtres d'un vieux rite destiné, lors des Lupercales, à faire fuir les loups...
3. Dis : Pluton, roi des Enfers.

S'étendait largement, au centre de l'ouvrage,
L'image d'une mer toute d'or, agitée,
Aux vagues d'un bleu sombre et à l'écume blanche,
Et des dauphins d'argent formaient un cercle clair,
Fendant les flots houleux qu'ils fouettaient de leur queue.
On voyait au milieu la bataille d'Actium,
Leucate bouillonnant sous l'arsenal de Mars,
Les flots resplendissant de tout l'éclat de l'or.
Se dresse d'un côté le grand César Auguste,
Conduisant au combat les hommes d'Italie,
Le peuple, le Sénat, les Pénates, les Dieux :
Il se tient là, debout, tout en haut de la poupe,
Ses tempes irradiant deux flammes à l'entour,
Et l'astre de César, son père, le couronne.
Non loin, avec l'appui et des vents et des dieux,
Agrippa fièrement mène le gros des troupes
Et porte sur son front tout hérissé de rostres
La couronne navale, insigne d'un grand chef.
Et de l'autre côté, les armes bigarrées
Des barbares soldats d'Antoine, revenu
Accompagné, malheur! d'une épouse d'Égypte[1],
Vainqueur de la mer Rouge et des peuples de l'Est,
Entraînant avec soi l'Égypte et l'Orient,
Et les Bactres venus du fond de l'univers.
Tous se ruent à la fois, l'eau se couvre d'écume,
Que soulève l'effort des rames et des rostres.
Ils tirent vers le large. On croirait qu'arrachées
Vont flottant sur la mer les îles des Cyclades,
Ou que vont se heurter de plein fouet des montagnes :
Telle est l'énormité des nefs portant des tours
Qui s'affrontent alors. Partout volent des traits
Et des torches d'étoupe, et les champs de Neptune
Rougissent d'un carnage inconnu jusqu'alors.

---

1. Cléopâtre, que les poètes latins évitent scrupuleusement de nommer dans leurs vers.

La reine, au beau milieu de la bataille, appelle
Par le sistre ancestral ses troupes au combat,
Et ne voit pas encor dans son dos les serpents.
Monstrueux sont les dieux faits de toutes natures,
Au premier rang desquels l'aboyeur Anubis,
Qui attaquent Neptune et Vénus et Minerve.
Entre les combattants, ciselé dans le fer,
Mars se déchaîne avec les sinistres Furies
Joyeuse, la Discorde, en robe déchirée,
Se promène partout, et Bellone la suit
Avec son fouet sanglant. Mais, d'en haut, Apollon
Qui veille sur Actium, bandait son arc, et tous,
Soldats venus d'Égypte et d'Inde et d'Arabie,
Saisis par la terreur, se jetaient dans la fuite ;
Et la reine elle-même, en appelant les vents,
Semblait appareiller et, vite, lever l'ancre.
Le grand Maître du feu l'avait représentée,
Toute pâle déjà de sa mort à venir,
Par la mer emportée et le vent de noroît ;
Juste en face, le Nil, géant frappé de deuil,
Appelait les vaincus, en déployant sa robe,
Dans l'asile bleuté des bras de son delta.
Et voilà que César, en un triple triomphe,
Pénètre dans la Ville et consacre à ses dieux
Trois cents temples qui sont une immortelle offrande :
L'allégresse et les jeux, les applaudissements
En font frémir les rues, et dans chacun des temples
On voit devant l'autel des taureaux immolés,
Dans chacun l'on entend la chorale des mères.
Lui, assis sur le seuil aussi blanc que la neige
De l'éclatant Phébus, reconnaît tous les dons
Des peuples qu'il soumet et les fixe aux piliers,
Et l'on voit s'avancer les nations vaincues,
Formant un long cortège aux langues si diverses,
Comme le sont aussi armes et vêtements :
Ici le Forgeron avait représenté

Nomades, Africains en burnous et Lélèges[1],
Enfants de la Carie, et les archers Gélons ;
L'Euphrate radouci faisait couler ses eaux,
Puis venaient les Morins, nés aux confins du monde,
Les Scythes indomptés et le Rhin à deux cornes,
Et l'Araxe irrité par le pont qui l'insulte.
C'est tout cela qu'Énée admire en contemplant
Le bouclier divin que lui offre sa mère :
Sans connaître les faits, il jouit de leur image,
Et de tous ses neveux charge sur son épaule
La gloire et les destins...

Énéide, VIII, 626-731.

1. Peuple d'Asie Mineure. Les Gélons, quant à eux, habitaient le sud de l'actuelle Ukraine ; les Morins, dans le nord de la Gaule, du côté de Saint-Omer. L'Araxe est un fleuve d'Arménie, qui emporta un pont bâti par Alexandre.

HORACE
(QUINTUS HORATIUS FLACCUS,
65 — 8 AV. J.-C.)

 Natif de la petite ville de Venouse, aux confins de l'Apulie et de la Lucanie, Horace n'appartient pas à la «Rome mondaine», et il en est fier: fils d'affranchi, provincial, campagnard, enrôlé dans le camp de Brutus lors de la seconde guerre civile — donc, dans le camp des vaincus... —, il peut affirmer que seul son talent l'a fait remarquer par Mécène, donc par Auguste. De fait, ce talent saute aux yeux: dès les premières Satires, reprenant un vieux «genre» illustré, deux siècles plus tôt, par le féroce Lucilius, Horace trouve un ton, un style, et ce que l'on pourrait appeler une humeur. De la verve, mais sans méchanceté; de l'ironie, mais sans sévérité; de l'humour, mais sans complaisance. S'il faut avoir la dent dure, que ce soit dans les Épodes, où les iambes hérités d'Archiloque permettent des flèches acérées! Mais s'il faut de l'esprit, de l'harmonie, du goût, venons-en aux Odes — aux «Chansons», si l'on veut traduire ce terme grec. Furent-elles chantées vraiment? On ne le sait; une au moins le fut, un hymne, le Chant séculaire, seule commande officielle du Prince à son protégé, qui n'a rien d'un courtisan; mais toutes les autres, avec leurs strophes sophistiquées, leur évidente élégance, leur ingéniosité même? Il faut savoir que, même en grec, la «métrique éolienne» des lyriques pousse en permanence à l'acrobatie: en latin, ces rythmes *conçus pour une autre langue sont un défi permanent. Eh bien, non content de courir sur le fil comme un funambule surdoué, Horace donne l'impression d'une simplicité, d'une facilité qui sont la marque d'une véritable élégance (et un cauchemar pour le traducteur). Après Hugo et Banville, Apollinaire et Gainsbourg ont sans doute en Horace leur grand ancêtre.*

Notre homme est de son temps, et, en fin de compte, plus « augustéen » qu'Auguste lui-même. Il n'éprouve pas le besoin de célébrer à grands coups de trompette une « paix d'Auguste » qu'il vit si... paisiblement. Assez tôt replié dans un domaine de Sabine que lui a offert l'empereur, ce jeune retraité connaît la tentation de se faire moraliste, et il y succombe parfois dans ses Épîtres, *qui enchanteront nos classiques, mais nous semblent désormais, dans l'ensemble, d'une fade tiédeur. Dans les* Odes, *Horace est volontiers le doux jouisseur qui préconise l'insouciance : nous lui devons le* Carpe diem, *sésame du bonheur selon Épicure, ou plutôt selon un art de vivre inspiré par l'épicurisme mondain qui légitime, depuis les années 50 av. J.-C., les belles tentations de la tranquillité. Notre modernité se retrouve mieux dans ces douceurs que dans le stoïcisme patelin des* Épîtres, *encore amolli par une morale du « juste milieu » qui semble moins inspirée d'Aristote que par une sorte de paresse contemplative dans laquelle la médiocrité des désirs et des plaisirs n'est que la face positive d'un ennui philosophiquement accepté.*

Mieux vaut donc célébrer, en Horace, l'artiste. Et même le virtuose...

Les « Épodes »

Les Épodes sont des pièces que nous dirions satiriques, et parfois d'un érotisme agressif, inspirées des épigrammes d'Archiloque, auquel Horace emprunte la forme rythmique des iambes (à l'origine, pied de deux syllabes, une brève suivie d'une longue, puis vers dont les mesures paires sont des iambes). Mais le poète romain, encore jeune et hanté par le crime de la guerre civile, trouve dans ce « micro-genre », qui autorise une violence féroce, l'occasion de flétrir la folie des enfants de Romulus...

Épode à l'ail

Celui qui d'une main impie, un jour, aura
    rompu le cou de son vieux père,
Qu'on lui donne de l'ail, pire que la ciguë!
    Bon pour des moissonneurs blindés!
Quel est donc ce venin déchaîné dans mes tripes?
    A-t-on fait cuire, en infusion,
Le sang d'une vipère avec ces males herbes?
    Canidie[1] était au fourneau?
Lorsque Médée s'éprit du superbe Argonaute,
    Jason leur chef, le plus brillant,
C'est avec cet onguent qu'elle le frictionna
    pour dompter les taureaux sauvages,
Et parfuma les dons offerts à sa rivale,
    avant de fuir sur un dragon.
Jamais les astres n'ont versé pire chaleur
    sur l'Apulie, pays de soif!
Et la tunique offerte au performant Hercule

---

1. Cette Canidie, à laquelle Horace fait plusieurs fois allusion, était une sorcière réputée à son époque pour ses talents d'empoisonneuse.

ne brûla pas d'un pire feu !
Mais si jamais l'envie te prend d'un tel produit,
   que ton amie à tes baisers,
Facétieux Mécène, oppose sa menotte
   et couche à l'autre bout du lit !

Épodes, III.

Le péché originel

Où courez-vous ainsi, criminels ? Et pourquoi
   brandir ce glaive à peine rengainé ?
Sur nos plaines, sur mer, a-t-on trop peu versé
   de sang latin ? Et tout cela pour que
Les orgueilleux bastions de Carthage rivale
   soient encor par vos mains brûlés, Romains ?
Ou pour voir le Breton vierge de servitude
   aller enchaîné sur la Voie Sacrée ?
Non : c'est pour exaucer le vœu du Parthe, et faire
   que Rome meure de son propre bras !
Les loups, ni les lions, jamais ainsi n'agirent,
   sauf pour combattre une espèce ennemie.
Folie, aveuglement, faute, force éperdue,
   qui vous entraîne ? Allez, répondez-moi !
Mais ils restent muets, perdent couleur, blêmissent,
   leur âme est stupéfaite, foudroyée.
C'est ainsi : les Romains, par un affreux destin,
   au meurtre de leurs frères sont poussés,
Depuis que l'innocent Remus versa son sang,
   malédiction pour toute sa lignée !

Épodes, VII.

Les « Satires »

Pour désigner les pièces que nous appelons « Satires », Horace usait du mot latin sermones, *qui signifie « propos, conversations, entretiens ». Et, de fait, si une verve proprement « satirique » s'y fait jour — à la suite de son maître Lucilius, Horace n'est pas tendre! —, les deux livres de* Satires *sont placés sous le signe de la réflexion morale; une morale sans grand éclat, que l'on dit souriante, et qui vaut surtout par l'humour avec lequel le poète passe en revue les travers, graves ou bénins, de ses contemporains qui restent malheureusement, pour la plupart, de fugitives silhouettes pour le lecteur moderne! C'est la raison pour laquelle, laissant aux philologues la lourde tâche d'éclairer les allusions et de dresser le* who is who *de cette galerie de rapides portraits, nous avons, pour une fois, enjambé des passages obscurs...*

Modeste, mais fier...

Loin de dissimuler ses humbles origines — il est provincial, fils d'un affranchi qui exerça le métier de percepteur des taxes dans les ventes aux enchères... —, Horace rend hommage à la sage clairvoyance de Mécène, qui n'accorde pas son amitié en se réglant sur les quartiers de noblesse. Mieux: le poète fait l'éloge de ce père attentif, et c'est à ce titre que cette satire en forme de lettre à Mécène a séduit la postérité.

Si, Mécène, aucun Lydien de l'Étrurie
N'est plus noble que toi, si ta mère et ton père
Ont eu des ascendants, jadis, grands généraux,
Tu n'as point pour cela, comme le font tant d'autres,
Coutume de pincer le nez face aux mal nés

Comme moi dont le père était un affranchi.
Peu importe, dis-tu, de qui l'on est le fils
Pourvu qu'on soit né libre, et tu tiens pour certain,
Non sans raison, qu'avant notre roi Tullius[1],
Parti d'en bas, souvent, des hommes sans ancêtres
Furent des gens de bien, dignes de grands honneurs,
Tandis que Levinus descend de ce Valère[2]
Qui envoya Tarquin le Superbe en exil,
Et ne vaut pas un as de plus, aux yeux du juge
Que tu connais si bien, Mécène, notre peuple,
Qui souvent, comme un sot, honore des indignes,
Cède à la renommée, dont il se fait l'esclave,
Et se laisse éblouir par les titres inscrits
Dans la pierre et par tous leurs portraits de famille.
Nous qui nous tenons loin, bien loin de ce vulgaire,
Que faire ? Bon, d'accord, le peuple aimerait mieux
Élire un Levinus qu'un nouveau Decius[3] ;
Appius le censeur[4] me rayerait des listes,
Moi qui ne suis point fils d'un citoyen né libre,
Et qui ne sais rester tranquille dans ma peau.
Mais à son char brillant, la Gloire ose attacher
Les humbles tout autant que les hommes bien nés !
[...]
Je reviens à parler de moi, fils d'affranchi,
Qu'on déchire à l'envi comme un fils d'affranchi :

---

1. Servius Tullius, cinquième roi de Rome, passait pour avoir été le fils d'une prisonnière de guerre.
2. Ce L. Valerius Laevinus, descendant (lointain !) de Valerius Publicola qui en 509 av. J.-C. chassa Tarquin de Rome, ne put, malgré la renommée de sa *gens*, aller plus loin que la questure dans sa carrière. Autant dire qu'il était d'une nullité remarquable et remarquée.
3. Les Decii se sont illustrés par leur mérite à plusieurs reprises dans l'histoire de Rome — mais si un «homme nouveau» de la trempe d'un Decius se présentait aux élections, peut-être serait-il battu par un Levinus !
4. Appius Claudius Caecus, censeur en 307 av. J.-C., figure typique de la «vieille Rome» très aristocratique.

Pour être maintenant ton commensal, Mécène,
Hier, pour avoir été tribun d'une légion.
Distinguo ! Cette charge, on peut me l'envier,
Et peut-être à bon droit — mais pas cette amitié
Sagement, par ton choix, au mérite accordée,
Non à l'ambition. Serait-ce un coup de chance ?
Ce n'est point le hasard qui m'a fait ton ami.
Cet excellent Virgile, après lui Varius,
T'avaient parlé de moi ; quand je vins devant toi,
Je te dis quelques mots, Mécène, en bredouillant
(Car ma timidité m'avait rendu muet !) :
Mon père n'est point noble, et je ne parcours point
Mon domaine, à cheval, du côté de Tarente ;
Je dis ce que je suis, tu me réponds trois mots,
Selon ton habitude — et je m'en vais. Neuf mois
Plus tard, tu me prias d'être de tes amis.
C'est beaucoup, à mes yeux, de t'avoir plu, à toi
Qui sais du scélérat distinguer l'honnête homme
Non en considérant le rang que tient son père,
Mais la pureté de sa vie et de son cœur.
Pourtant, si ma nature a quelques petits vices,
Est droite par ailleurs (ce sont là ces verrues
Qu'on regrette de voir sur un beau corps semées),
Si personne ne peut vraiment me reprocher
Avarice ou débauche ou mise négligée,
(Je fais mon propre éloge !), étant pur et sans tache,
Et cher à mes amis, je le dois à mon père
Qui, pauvre d'un lopin de terre, refusa
Que j'aille à l'école où Flavius enseignait,
Avec tous les gamins des nobles centurions
Qui, tablette et plumier suspendus à l'épaule,
Tous les quinze du mois lui payaient huit écus.
Tout petit, il osa me transporter à Rome
Pour m'y faire donner toute l'instruction
D'un fils de chevalier, voire de sénateur.
En voyant mes habits, mon escorte d'esclaves,
Tout homme de la foule aurait imaginé

Qu'un patrimoine antique en payait la dépense.
Et mon père lui-même, inflexible gardien,
Venait m'accompagner partout, chez tous mes
   maîtres.
Ma pudeur, cet honneur premier de la vertu,
Fut par lui protégée de tout assaut honteux,
Et même d'une simple insinuation.
Il ne redouta point qu'on lui fît des reproches,
Si, devenu un jour crieur public, ou bien,
Comme il l'avait été, simple encaisseur de taxes,
Je ne réalisais que de minces profits.
Je ne me serais pas plaint, non plus, d'un tel sort :
Mais mon père aujourd'hui, pour cette raison même,
Mérite d'autant plus louanges et mercis.
Il faudrait être fou pour rougir d'un tel père,
Et si tant d'autres gars disent n'être pour rien
Si leur père, en naissant, n'était pas homme libre,
Ni distingué, pour moi, foin de cet alibi !
Je suis loin de penser ou de parler ainsi.
Car si l'on recevait le droit, par la nature,
De remonter le temps passé pour nous choisir
D'autres parents, des miens je serais satisfait
Et ne chercherais pas à m'en procurer d'autres
Qui aient eu les honneurs de la chaise curule.
Les gens me diront fou, mais il se peut qu'à toi,
Refusant un fardeau dont je n'ai l'habitude,
Je semble sage. Aussitôt je devrais chercher
À grossir mes avoirs, et porter mon salut
À plus de gens, me faire accompagner partout
Par un ou deux amis pour ne point partir seul
À la campagne, ou en voyage ; il me faudrait
Nourrir plus de chevaux, plus de palefreniers,
Et conduire un convoi de chars à quatre roues.
Moi, un pauvre mulet dont un simple bissac
Ruine le rein comme un cavalier son épaule,
Aujourd'hui me suffit pour aller, si je veux,
Jusqu'à Tarente ! On ne saura me reprocher

Comme à toi, Tillius[1], ta sordide avarice,
Lorsque toi, un préteur, tu t'en vas à Tibur
Avec pour toute escorte un quarteron d'esclaves
Portant ta jarre à vin et ton vase de nuit!
En cela je vis mieux, illustre sénateur,
Que toi, et grâce aussi à mille autres détails:
Je vais tout seul partout où j'ai la fantaisie,
Je m'informe du prix des légumes, du blé,
Parmi les charlatans j'erre par tout le Cirque,
Et le soir, au forum, j'écoute les devins.
Ensuite à la maison je m'en reviens dîner:
À mon menu, poireaux, pois chiches, et beignets.
Ce repas m'est servi par trois petits esclaves.
Sur ma table de pierre, en guise de couverts,
Deux coupes, un flacon, et un vase à rincer,
Pas cher, une burette à huile et sa soucoupe:
Ma vaisselle est en bronze et vient de Campanie[2].
Puis je vais me coucher, sans souci de devoir
Demain me lever tôt pour saluer Marsyas
Dont le geste dit bien qu'il ne peut supporter
De voir là, face à lui, Novius le cadet[3].
Je dors jusqu'à dix heures, et puis, je me promène,
Ou bien je lis, j'écris pour mon plaisir intime,
Et je me fais masser à l'huile, mais pas celle
Qu'aux lampes dérobait ce pingre de Natta.
Ces jeux m'ont fatigué: le soleil est plus vif,
Il me dit qu'il est temps pour moi d'aller au bain,
Je fuis le Champ de Mars et ses jeux de ballons.
Un déjeuner frugal, juste assez pour ne pas

1. Horace s'en prend volontiers à ce Tillius, à la fois intrigant (il passa du patriciat à la plèbe pour se faire élire tribun) et avare!
2. D'après Pline, ce bronze de Campanie servait surtout à fabriquer des casseroles...
3. Il y avait, sur le forum, une statue grimaçante et menaçante du satire Marsyas (ou de Silène) défendant d'un geste du bras l'outre de vin qu'il portait sur l'épaule... Ce « Novius le Jeune » (comme on dit Pline le Jeune, pour le distinguer de son oncle Pline l'Ancien) était, semble-t-il, un usurier féroce.

Jeûner un jour entier, puis la sieste chez moi.
Voilà la vie d'un homme affranchi des misères
Et de l'ambition, fardeau lourd à porter.
Voilà qui me console et me fait vivre mieux
Que si dans ma famille avaient été questeurs
Mon grand-père, mon père, et son frère, mon oncle.

Satires, I, 6.

Influence paternelle

Dans une pièce précédente, Horace avait fait valoir sa dette envers son père : cet honnête homme, en lui enseignant le bon sens et la vertu, savait, tel un satiriste, épingler chez ses contemporains des exemples édifiants !

Si j'ai dans mes propos mis trop de liberté
Ou de plaisanterie, montrez-vous indulgents
Et donnez-moi ce droit ; car mon excellent père
Épinglait chaque vice à fuir par un exemple :
J'ai pris cette habitude. Ainsi, pour m'exhorter
À vivre sobrement, avec frugalité,
Il me disait : « Vois-tu comme le fils d'Albus
Vit mal ? Et ce Baius, qui n'a pas sou vaillant ?
Excellente leçon pour ne pas dissiper
Son bien ! » Et pour me détourner de trop aimer
Les filles : « Ne sois pas comme ce Sectanus ! »
Pour que je n'aille pas courir les adultères
Quand on me concédait l'aubaine d'un plaisir :
« Trebonius, fiston, pris en flagrant délit,
S'est acquis, disait-il, belle réputation !
Ce qu'il faut éviter, ce qu'il faut rechercher,
Un philosophe saura t'en rendre raison :
Pour moi, c'est bien assez, si je puis maintenir
L'antique tradition de nos mœurs, et garder

Ta vie sans tache, ainsi que ta réputation,
Tout le temps qu'un gardien te sera nécessaire.
Quand l'âge aura durci ton corps et ton esprit,
Sans bouée tu pourras nager!» Voilà comment
Par sa bonne parole il forma mon jeune âge.

Satires, I, 4.

Une histoire de fous

Dans cette satire, Horace converse avec Damasippe, un spéculateur ruiné qui prétend avoir été, au bord du suicide, converti au stoïcisme par l'étrange Stertinius, mélange de Diogène et de ces disciples de Krishna qui prêchent parfois dans nos rues... Pour Stertinius, tout le monde est fou, par avarice, par ambition, par goût du plaisir ou par superstition — quatre passions qui troublent l'âme gravement, selon Stertinius. Damasippe montre qu'il a compris la leçon, en inventant ce dialogue fictif entre un stoïcien et... Agamemnon!

«Tu défends, fils d'Atrée, qu'Ajax soit enterré!
— Je suis roi...
            — Plébéien, la raison me suffit!
— ... Et juste est mon arrêt; mais, si je semble injuste,
Je permets qu'on me dise impunément mon fait!
— Ô le plus grand des rois, qu'il te soit accordé
De prendre Troie, puis de rapatrier ta flotte!
Je puis donc questionner, et répondre?
            — Vas-y!
— Pourquoi le corp d'Ajax, le plus grand des héros
Après Achille, est-il laissé là, tout puant?
Lui qui a tant de fois sauvé les Achéens!
Est-ce pour réjouir Priam et ses Troyens
Qui le voient sans tombeau, lui qui priva de tombe

Tant de jeunes soldats tombés pour la patrie?
— Ce fou a massacré un millier de brebis
Hurlant qu'il abattait Ulysse et Ménélas,
Et moi avec!
                — Mais toi, en guise de génisse,
Tu conduis à l'autel ta fille Iphigénie,
La tête saupoudrée du sel du sacrifice:
Tu as tout ton bon sens?
                         — Que veux-tu dire là?
— Qu'a fait ce fou d'Ajax? en trucidant ces bêtes,
Il n'a point malmené sa femme, ni son fils;
S'il a de mille maux menacé les Atrides,
Il n'a point agressé ni Teucer, ni Ulysse!
— Moi, d'un rivage hostile arrachant notre flotte,
J'ai apaisé les dieux en leur offrant du sang!
— Ton propre sang, dément!
                           — Mon sang, oui; dément, non!»
L'homme à l'esprit troublé de crimes et fantasmes,
On le dit dérangé, et ça ne change rien
Si c'est par déraison ou accès de colère.
Ajax tue des agneaux innocents? Il est fou!
Mais quand avec sang-froid, pour une vaine gloire,
Tu commets un tel crime, es-tu dans ton bon sens?
Ton cœur gonflé d'orgueil reste pur de tout vice?
Si quelqu'un se plaisait à porter en litière
Une jolie brebis, lui offrant une robe,
Une esclave, un bijou, comme à sa propre fille,
S'il aimait l'appeler Pupuce ou Blondinette
Et s'il la destinait à prendre un bon mari,
Le préteur, par arrêt, lui ôterait tout droit
En donnant sa tutelle aux parents sains d'esprit.
Quoi! celui qui, au lieu d'une agnelle muette,
Sacrifierait sa fille, il a tous ses esprits?
Ne me dites pas ça! La conclusion sera
Que le pervers idiot est le plus grand des fous;
Le criminel sera, partant, un fou furieux,

Et celui que séduit la gloire, si fragile,
Bellone, sanguinaire et ravie, le foudroie!

Satires, II, 3.

Les « Odes »

Les Odes *d'Horace, pleines de virtuosité, ont souvent découragé les traducteurs : elles sont d'une grande variété de rythmes, souvent empruntés aux lyriques grecs, dont les constructions en strophes avaient été imaginées pour la langue grecque. Mais la variété des thèmes traités par le poète latin dans ces « chansons » est tout aussi remarquable — même si la postérité a surtout été sensible aux charmantes leçons de bonheur, plus ou moins inspirées de l'épicurisme, que renferme ce recueil.*

Carpe diem

Ne cherche pas (impie savoir!) combien, à toi, à moi
De temps de vie les dieux nous ont donné, Leuconoé,
Et ne va pas interroger les nombres d'Orient.
Comme cela vaut mieux, subir ce qui sera demain!
Qu'encore bien des hivers nous soient attribués, ou que
Le dernier, aujourd'hui, brise aux rochers la Tyrrhénienne,
Toi, sagement, filtre ton vin, et pour si peu de temps,
Taille court tes espoirs. Pendant que nous parlons, jaloux,
Le temps a fui. Cueille le jour : pour demain, ne crois rien.

Odes, I, 11.

Un naufragé d'amour

Quel enfant gracieux, blonde Pyrrha, te presse,
tout baigné de parfums, dans la grotte d'amour,
  parmi tant et tant de roses?
  Pour qui, dans tes cheveux, ce lien

si simple et si coquet? Hélas! Ta foi changeante,
tes parjures si souvent le feront pleurer,
  les vents noirs hérissant la mer
  l'étonneront, ce grand naïf,

qui jouit de toi et d'or pur te croit toute faite,
t'espérant toujours aimable et libre toujours,
  ignorant que la brise ment!
  Malheureux, celui qui ne sait

ce que vaut ton éclat! Pour moi, un ex-voto
dans la chapelle, au mur, dit qu'au dieu de la mer
  tout-puissant, jadis, j'ai offert,
  l'offrande d'un habit trempé...

Odes, I, 5.

Jeunesse

Vois: le Soracte est blanc, couvert de neige épaisse,
épuisées, les forêts s'effondrent sous son poids,
  et le gel incisif
  a figé le ruisseau.

Dissipe tout ce froid, comble ton feu de bûches,
sans compter, Thaliarchos, et généreusement
  de l'amphore sabine
  verse-nous du vin vieux.

Laisse le reste aux dieux, car dès qu'ils ont calmé
les vents qui bataillaient sur la mer bouillonnante,
    ormes anciens, cyprès,
    ne sont plus agités.

Ce que sera demain ? la question est à fuir :
Chaque jour, don du sort, est autant de gagné !
    Ne boude point l'amour
    garçon, danse les rondes,

Tant que nul cheveu blanc n'attriste ta verdeur.
Voici l'heure pour toi d'aller au Champ de Mars,
    sur les places, le soir :
    rendez-vous, chuchotis,

et ce rire charmant jailli d'une encoignure
a trahi ton amie : vole-lui donc un gage
    à son bras ou son doigt
    qui bien mal se défend...

Odes, I, 9.

Sérénité

Garde le cœur égal, lorsque rude est la vie,
souviens-t'en ! Quand tout va, garde un cœur mesuré :
    point d'insolente joie non plus,
    Delius qui un jour mourras,

que tu aies tout ton temps vécu dans la tristesse
ou que, les jours de fête, allongé dans le pré,
    à l'écart, tu aies eu bonheur
    à boire un Falerne de choix.

Pourquoi le pin géant et le blanc peuplier
aiment-ils marier leur ombre hospitalière ?
    Et cet effort de l'eau fugace
    à cascader dans le torrent ?

Fais-toi porter du vin, des parfums, et des roses,
fleurs au charme trop bref, tant qu'il te l'est permis
    par ton âge, ton bien, et les Sœurs
    qui du sort tissent le fil noir.

Tu quitteras, un jour, ta maison, tous tes champs,
et ta villa baignée par l'eau pâle du Tibre,
    adieu ! Et ton or amassé
    ira aux mains d'un héritier !

Tu es riche, et descends des lointains rois d'Argos,
ou tu vis ici-bas en manant sans le sou ?
    C'est pareil, victime d'Orcus,
    qui de rien n'a miséricorde !

Poussés nous sommes tous au même endroit, et tous,
nous serons tôt ou tard tirés au sort dans l'urne :
    et nous monterons dans la barque
    pour un exil d'éternité.

Odes, II, 3.

Moi, Horace, poète...

Je ne supporte pas la foule des profanes,
je l'écarte. Silence ! En grand prêtre des Muses,
    aux filles vierges, aux garçons,
moi, je chante des hymnes encore inconnus.

Redoutables, les rois règnent sur leurs troupeaux,
et règne sur les rois eux-mêmes Jupiter,

des Géants glorieux vainqueur,
lui qui de son sourcil ébranle l'univers.

Cela se peut qu'un tel, dans ses sillons, aligne
plus d'arbres que tel autre ; ou qu'un homme mieux né
　　descende au Champ de Mars briguer
les honneurs ; qu'un tel, plus vertueux, plus vanté,

lui dispute les voix ; qu'un troisième l'emporte,
grâce à tous ses clients : Nécessité, pour tous,
　　tire au sort gloire et bassesse,
elle brasse nos noms dans son urne pansue.

Une épée dégainée, sur cette tête impie,
est suspendue ; pour lui, les banquets siciliens
　　n'auront plus de douces saveurs,
la chanson des oiseaux, celle de la cithare

ne lui rendront point le sommeil — sommeil si doux
qui ne fuit point le toit des gens de nos campagnes
　　ni la rive ombreuse d'un ru,
ni un val de Tempé que bercent les Zéphyrs.

Celui qui n'a désir que de ce qui suffit
ne s'inquiète pas, lui, des tempêtes marines,
　　ni des furieux assauts des vents
au coucher d'Arcturus, au lever des Chevreaux,

ni de sa vigne que la grêle vient gifler,
ni d'un champ traître à ses promesses, quand les arbres
　　disent : « C'est la faute à ces pluies,
à cette canicule, à ces hivers trop durs ! »

Les poissons autour d'eux voient l'eau se rétrécir :
vers le large, on lance des môles — l'ingénieur

se multiplie, fait choir les blocs,
avec ses ouvriers, car de la terre ferme

son maître s'est lassé. Mais partout où il va,
Peur et Menace vont, et le sombre Souci
    s'embarque aussi sur son navire
orné de bronze, et sur son cheval monte en croupe.

Le marbre de Phrygie, ni l'étoffe de pourpre
qui d'un astre a l'éclat, ni le vin de Falerne,
    ni la myrrhe d'Achéménie[1]
ne peuvent soulager un cœur dans le chagrin :

pourquoi de mon salon, en un style nouveau,
devrais-je rehausser, pour les jaloux, la porte ?
    ou échanger mon val Sabin
contre tous les labeurs d'une grosse fortune ?

Odes, III, 1.

Le Chant séculaire

En 17 av. J.-C., Auguste fit célébrer (en trichant un peu sur les dates) des jeux séculaires : au cours de cette cérémonie, tous les cent dix ans selon la tradition, le peuple et ses gouvernants priaient en commun pour la grandeur de Rome, sa conservation, et la puissance de son empire. Le 3 juin, troisième jour de ces fêtes grandioses, un chœur de jeunes filles et de jeunes gens entonna un hymne à Diane et Apollon, spécialement composé par Horace, sur commande du Prince. C'est la seule fois où le poète travailla ainsi expressément pour son protecteur...

---

1. Autre nom de la Perse.

Apollon, Diane des bois,
gloires des cieux, Dieux vénérables
et vénérés, exaucez nos vœux
    à la date sacrée

où les vers sibyllins disent
que vont vierges et garçons chastes
aux dieux amis des sept collines
    déclamer ce chant!

Soleil nourricier, dont le char
fait surgir et s'enfuir le jour,
toi qui renais autre et pareil,
    ne vois rien de plus grand

que Rome, et toi qui fais éclore
leur fruit mûr, Illythie, Lucine
si tu veux, ou Génitalis[1],
    bénis les douces mères,

donne-nous des enfants, et fais
prospèrer la loi du Sénat
qui fait de la femme l'épouse
    offrant des descendants

afin qu'au bout de cent dix ans
hymnes et jeux soient de retour
pour rassembler toute la foule
    pendant trois jours, trois nuits!

Et vous qui prédisez l'arrêt
fatal que vérifie l'Histoire,

---

1. Lorsque plusieurs noms semblaient désigner un dieu ou une déesse, les Romains hésitaient respectueusement sur le « bon » nom à lui donner et, pour plus de sûreté, les citaient tous dans leurs prières! Ces trois noms désignent une divinité présidant aux enfantements.

Parques, joignez d'heureux destins
   aux destins révolus !

Mère des troupeaux et du blé,
Terre, orne d'épis Cérès !
Que Jupiter, par l'air et l'eau,
   nourrisse tes enfants !

Range tes traits, sois bon et doux,
Apollon, ces garçons te prient,
écoute-les, et toi, la Lune,
   écoute aussi ces filles.

Si Rome est votre œuvre et qu'aux rives
d'Étrurie sont jadis venus,
portant leur ville et leurs dieux Lares,
   les dociles Troyens,

qui avaient vu, au cœur des flammes,
Énée le pur, le survivant,
ouvrant la voie et leur offrant
   plus qu'ils n'avaient perdu,

accordez, dieux, des mœurs honnêtes
à notre docile jeunesse,
à la vieillesse, le repos,
   aux fils de Romulus

richesse et gloire et descendance !
Et ce que de vous implore
en sacrifiant des bœufs blancs
   l'illustre descendant

d'Anchise et de Vénus, Auguste,
au combat le meilleur, mais qui
se montre doux pour le vaincu,
   qu'il l'obtienne de vous !

Déjà le Parthe craint son bras
puissant et sur terre et sur mer !
Déjà les Indiens et les Scythes
    voient un oracle en lui.

Déjà la Confiance et la Paix,
déjà l'Honneur et la Pudeur
d'antan reviennent, la Vertu
    et l'Abondance aussi.

Et si le dieu devin, à l'arc
étincelant, maître des Muses,
et dont l'art souverain soulage
    Les corps en maladie,

si Phébus porte avec bonté
son regard sur le Palatin,
bonheur pour Rome et le Latium
    pour un lustre nouveau !

Et la reine de l'Aventin,
Diane, est sensible à ces prières
des prêtres et prête l'oreille
    aux vœux de nos enfants.

De Jupiter, de tous les Dieux
vient bon espoir : moi, je le sais,
chœur instruit à chanter la gloire
    de Diane et d'Apollon !

Chant séculaire.

Leçon de sagesse

Nil admirari... la formule est restée célèbre, et Horace l'emprunte à toute une tradition qui traverse les écoles philosophiques de l'Antiquité, des stoïciens aux épicuriens en passant par Pythagore! Autant dire que cette «sagesse» est d'une déprimante banalité: sans désirs excessifs, sans étonnements bouleversants, bref, sans passion, le sage, si l'on en croit les Épîtres d'Horace, baigne dans le «juste milieu» au point de s'y noyer... d'ennui, qui sait?

Ne t'étonner de rien, voilà, Numicius,
Quasiment le secret unique du bonheur.
Le cours de ce soleil, des saisons, des étoiles,
Il est des gens qui voient sa régularité
Sans frayeur. Et que dire des dons de la terre,
Ou de la mer qui comble l'Inde et l'Arabie
De futiles trésors? Ces acclamations,
Tous ces dons que nous vaut l'amitié d'un Romain,
De quel œil, selon toi, faut-il les contempler?
 À redouter de ces biens l'inverse, on sera
Étonné tout autant qu'à trop les désirer:
Dans les deux cas survient une pénible angoisse
Dès que tombe l'effroi d'une désillusion.
La joie ou la douleur? Le désir ou la peur?
Cela importe peu, si l'on voit arriver
Les choses mieux ou pis qu'on l'avait espéré,
Et que cela nous laisse immobile et hagard,
Corps et âme étonnés et regards stupéfaits.
 Appelle fou le sage, et injuste le juste,
S'il cherche la vertu plus loin qu'il ne suffit.
Va donc, extasie-toi devant ces vieilles pièces
De marbre ou bien d'argent, devant ces bronzes d'art;
Admire les reflets de la pourpre, et les gemmes;
Sois heureux, orateur, mille regards te voient;

Le matin, hâte-toi de descendre au forum,
Et ne rentre chez toi qu'à la tombée du jour;
Que Mutus, dans ses champs (la dot de son épouse!)
Moissonne moins de blé que toi — et ne soit pas
Pour toi, plutôt que toi pour lui, chose admirable
(Sa noblesse est encore moins belle que la tienne!
Le temps mettra au jour ce que cache la terre,
Et ce qui brille tant, il l'enfouira profond.
On te salue sous le portique d'Agrippa,
Et sur la via Appia, on n'a d'yeux que pour toi?
Tu rejoindras pourtant et Ancus, et Numa...

Épîtres, I, 6.

TIBULLE
(ALBIUS TIBULLUS,
VERS 55 — 19 AV. J.-C.)

PROPERCE
(SEXTUS PROPERTIUS,
VERS 50 — VERS 15-13 AV. J.-C.)

De multiples raisons invitent à associer ces deux poètes : d'abord, ils appartiennent à la «première génération» des poètes augustéens, c'est-à-dire à la génération qui a moins connu les guerres civiles que la paix qui s'ensuivit, tout en portant la marque de ce traumatisme dont Rome commence à peine à se remettre. Ils sont tous deux d'origine provinciale, l'un étant né à Gabies, et l'autre, sans doute, à Assise. D'autre part, ils n'ont pas produit une «grande» œuvre: les poésies attribuées avec certitude à Tibulle sont au nombre de seize, réparties sur deux livres d'élégies ; quant à Properce, son recueil comporte trois livres d'élégies, composés par étapes, entre 29 et environ 20 av. J.-C., suivis d'un quatrième livre posthume, soit quatre-vingt-cinq poèmes en tout. Enfin et surtout, ils n'ont écrit que dans une forme, un style et un sous-genre: l'élégie. Une forme? Celle du distique élégiaque, composé d'un hexamètre suivi d'un pentamètre[1]. *Un style? Élégant, spirituel et refusant la gravité. Un sous-genre? L'élégie latine s'inscrit dans la tradition du genre lyrique, mais ne constitua — à l'exception de quelques imitations ultérieures — qu'un bref moment dans l'histoire de la poésie, avec pour singularité de tendre vers un unique thème: l'amour.*

---

1. Sur la manière dont nous avons choisi de traduire ces distiques, voir préface, p. 41 *sq.*

Même si Properce, dans son livre IV, tourna en distiques élégiaques d'étranges pièces célébrant des lieux et des sanctuaires de Rome, l'élégie romaine est avant tout «érotique» — entendez par là qu'elle a pour sujet central les relations amoureuses, sur lesquelles viennent se greffer les thèmes à la mode des bonheurs de la vie rustique, de l'oisiveté souriante, du refus obstiné de toute gloire militaire et, bien sûr, du carpe diem. *Quant à mettre, sous ces lamentations d'amour (souvent joyeuses, du reste), de véritables amours vécues par des poètes passionnés, c'est une autre affaire: si Tibulle semble papillonner entre filles et garçons et chante le beau Marathus après avoir chanté la belle Délie, Properce a consacré tant de pièces à une certaine Cynthie, sensuelle, mais perfide et même violente, que toute une tradition universitaire, électrisée par cette «passion», a fabriqué avec ardeur un «roman de Cynthie» en raboutant les épisodes divers d'une relation cahoteuse dont les pièces du poète seraient le journal de bord... L'hypothèse est d'un romantisme aussi charmant qu'anachronique, mais suppose, pour trouver un semblant de cohérence, deux préalables: d'abord, bouleverser tout le corpus pour rendre vraisemblable la succession de bonheurs, de ruptures et de raccommodements de cette* love story*; ensuite, comme l'a bien montré Paul Veyne, prêter à un poète de l'époque augustéenne un goût de l'épanchement sentimental qui n'ensemencera l'inspiration littéraire que bien des siècles plus tard!*

En vérité, sous les pseudonymes grecs de Délie ou Cynthie (comme, peut-être, sous la Lesbie de Catulle...) se cachent une ou plusieurs dames volages, voire des demi-mondaines, toujours plus ou moins en quête d'un «petit cadeau», et dont les poètes peuvent éventuellement s'amouracher — mais dont ils jouent surtout à être les parfaits galants. Dans ce genre d'affaire, il est de bon ton d'hypertrophier ses douleurs, alors même que, dans l'ensemble, le ton est à la « comédie d'amour ». Tibulle est un amant plutôt paisible, qui goûte avant tout le calme (un peu ennuyeux, peut-être, pour une Délie ou un Marathus!) de son domaine de Pedum, du côté de Tibur. Properce est bien plus sensuel, il s'enflamme facilement, ne déteste pas la débauche et l'« amour vache »... mais fatigue vite le lecteur par son penchant pour les allusions mythologiques, les figures sophistiquées et une façon d'être obscur qui laisse croire à certains modernes qu'il est profond.

Restent ces autres poètes, dont les œuvres (une vingtaine) composent le Corpus Tibullianum, *recueil adjoint aux* Élégies *de Tibulle comme un troisième livre. Sont-ce des proches de Tibulle, qui partageaient avec lui l'amitié de Valerius Messalla, grand personnage de la cour d'Auguste? Certains doctes ont reconnu en Sulpicia la petite-fille d'un grand juriste (?). On ne voit pas l'intérêt de ces enquêtes policières, surtout pour l'aimable Sulpicia, qui a l'immense mérite — jamais souligné dans les traités académiques! — d'être pour nous la seule plume féminine de l'Antiquité classique latine. Ses onze courts poèmes, proches de l'épigramme, ont une rare fraîcheur, une vivacité quelque peu impertinente. C'est sans doute la raison pour laquelle on ne les étudie jamais dans nos universités.*

Vivre en paix, quel bonheur!

Cette élégie donne la juste mesure du talent de Tibulle: on y retrouve, sans grande composition, bon nombre de thèmes qui sont les « lieux communs poétiques » de l'élégie romaine — l'amour de la paix, les délices de l'amour, l'éloge de la simplicité rustique, quelques souvenirs des scènes classiques de la comé-

die sentimentale (l'amoureux transi devant la porte de son amie...), quelques échos du carpe diem *cher à Horace, le tout baignant dans un épicurisme souriant et quelques fantasmes de mort qui semblent annoncer les délires des romantiques... Bref, aucune originalité. Mais il y a là de jolies nuances, de l'aisance, et une sorte de désinvolture qui n'est pas sans charme.*

Qu'un autre amasse en tas de l'or au fauve éclat,
  et cultive des champs sur des milliers d'hectares,
Pour craindre, chaque jour, un ennemi voisin
  et perdre son sommeil quand sonne le clairon !
Moi, que ma pauvreté m'aide à passer ma vie
  sans voir dans mon foyer la flamme dépérir,
Pourvu qu'au bon moment je repique les ceps
  puis, adroit paysan, des scions de fruitiers ;
Qu'Espoir, sans me tromper, fasse s'accumuler
  les fruits dans mon grenier et le moût dans mes cuves.
Car j'adore, dévot, la souche abandonnée
  dans le champ, et la borne au carrefour fleurie ;
De tous les fruits donnés par la nouvelle année,
  j'offre une libation au dieu des paysans.
Blonde Cérès, pour toi, voici, de notre ferme,
  pour le seuil de ton temple une tresse d'épis.
Dans mon jardin fruitier, qu'on place pour gardien
  et rouge épouvantail un Priape et sa faux[1] !
Chers Lares protecteurs de ce pauvre domaine
  autrefois florissant, vous avez vos présents :
On immolait alors, pour cent bœufs, une vache,
  une agnelle aujourd'hui suffit pour nos lopins :
On la tuera pour vous, et tous les jeunes gens
  crieront : « Io ! donnez-nous bon vin, et force blé ! »
Puissé-je seulement vivre content de peu

---

1. Priape, sorte de nain de jardin aux attributs virils démesurés, était avant tout un protecteur des jardins et des vergers.

et ne point être astreint, toujours, aux longues marches,
Fuir à l'ombre d'un pin l'ardente canicule
 l'été, au bord de l'eau fuyante d'un ruisseau!
Sans rougir, je prendrais, de temps en temps, la pioche
 ou encor l'aiguillon, pour piquer les bœufs lents.
Et je ramènerais dans mes bras au logis
 l'agnelle ou le chevreau que leur mère oublia.
Et vous, loups et voleurs, épargnez mon troupeau :
 il est petit, aux grands allez chercher vos proies!
Moi-même, tous les ans, je bénis mon berger
 et j'asperge de lait Palès la pacifique[1].
Dieux, soyez bons pour moi, et ne dédaignez point
 mes dons — pauvre est ma table, aux plats de simple argile!
D'argile aussi étaient, dans la glaise pétries,
 les coupes que tourna l'antique paysan!
Je ne veux point pour moi les biens de mes ancêtres
 ni le profit du blé qu'engrangea mon aïeul!
Un petit champ suffit, si je puis m'endormir
 dans un lit familier, et bien m'y reposer.
Qu'il fait bon, dans son lit, écouter les vents fous
 en serrant sur son cœur une tendre maîtresse,
Ou quand l'Auster[2], l'hiver, verse ses pluies glacées,
 s'endormir sans souci, dans la chaleur du feu!
Ainsi soit-il pour moi! Riche soit, à bon droit,
 qui endure l'orage et la fureur des mers!
Que périssent tout l'or, toutes les émeraudes
 plutôt que nos départs fassent pleurer ma mie!
Toi, tu dois, Messala[3], sur la terre et sur mer,

---

1. Palès, déesse protectrice des troupeaux, était honorée en avril lors des *Palilia*, fêtes rustiques au cours desquelles le maître du domaine «bénissait» ses bêtes et ses bergers.
2. L'Auster est le vent du sud, qui, venant de la mer, amène les nuages et la pluie dans les pays du nord de la Méditerranée.
3. Messala, à l'époque où cette pièce a vraisemblablement été composée (29 av. J.-C.), est en mission en Asie. C'est du moins ce qu'assurent les spécialistes...

guerroyer, pour garnir ta maison de trophées :
Moi, je suis enchaîné par une belle amante,
 je reste planté, là, gardien de sa porte.
Non, je ne cherche pas la gloire, ô ma Délie :
 si je suis avec toi, qu'on me traite de lâche !
Ah ! te voir, au moment de mon heure suprême,
 et te serrer, mourant, dans mes bras défaillants !
Et tu me pleureras, posé sur mon bûcher,
 mêlant à tes baisers l'amertume des larmes ;
Tu pleureras — ton cœur n'est pas blindé d'acier,
 et sous ton tendre sein ne gît point un caillou.
De cet enterrement, aucun garçon, Délie,
 aucune fille ne reviendra les yeux secs ;
Et toi, sans offenser mes Mânes, ne va pas
 maltraiter tes cheveux dénoués et tes joues !
Mais tant que le permet le destin, aimons-nous :
 bientôt viendra la Mort au voile de ténèbres ;
Viendra l'âge engourdi, où il n'est plus de mise
 de s'aimer, ni de badiner en cheveux blancs.
Aujourd'hui de Vénus légère occupons-nous,
 osons forcer la porte, aimons semer la rixe !
Pour cet assaut je suis bon soldat et bon chef :
 vous, drapeaux et clairons, apportez vos blessures
Aux guerriers ambitieux, et enrichissez-les :
 allez-vous-en ! Posé, sans souci, sur le tas
De mes provisions, demain, je me rirai
 avec pareil mépris de la faim et des riches !

Tibulle, *Élégies*, I, 1.

Tibulle et les garçons

Même si l'élégie latine parle surtout de filles, il ne semble pas que les amours homosexuelles (qui, rappelons-le, étaient, entre garçons, parfaitement admises à Rome) en aient été exclues. En tout cas, Tibulle consacre trois poèmes à un certain Marathus, qui non seulement le trompe avec une femme, mais fait encore le gigolo pour un vieux coquin... Plutôt qu'une élégie, nous avons là une longue épigramme, dont voici la fin : on se rend compte que le doux Tibulle ne manque pas de verve!

Toi, Marathus, va-t'en, toi qui vends ta beauté,
    et reviens avec un gros cadeau dans ta main !
Et toi, qui a osé acheter ce garçon,
    que ta femme de toi se moque impunément,
En se jouant de toi par d'incessantes ruses,
    qu'elle épuise en secret les ardeurs d'un jeunot,
Puis se couche, fourbue, dans ton lit conjugal,
    en gardant son pilou pour bien vous séparer !
Qu'il reste, dans ce lit, toujours trace des autres,
    et que ta maison soit ouverte à leurs désirs !
Et qu'on n'accuse point ta sœur, cette cochonne,
    de boire ou d'épuiser plus de coups que ta femme !
On dit que ses banquets arrosés de vin pur
    finissent quand surgit l'étoile du matin !
Pas une ne saurait mieux consumer sa nuit
    ni varier travaux, rôles et positions !
Mais ta femme, bêta, connaît tout ça par cœur !
    ne sens-tu pas son art inédit de bouger ?
Crois-tu que c'est pour toi qu'elle se coiffe bien
    et passe ses cheveux au peigne le plus fin ?
Ta gueule la séduit au point que, pour sortir,
    elle met robe chic et bracelets d'or fin ?
Belle, non pas pour toi, mais pour quelque jeunot,
    pour qui elle vendrait ta maison et tes biens !
Pas par vice : elle fuit, ce délicat tendron,
    ton corps moche, et ta goutte, et tes baisers de vieux.
Et mon gamin chéri a couché avec ça !
    Il pourrait, je le crois, baiser avec des ours.
Tu as osé offrir à d'autres mes câlins,

et ces baisers, grand fou, qui n'étaient dus qu'à
   moi ?
Alors tu pleureras, quand un autre garçon
   m'enchaînera d'amour, et sera le tyran
D'un cœur où tu régnas. Mais alors, Marathus,
   puisse ton châtiment faire toute ma joie !
Et par un ex-voto, remerciant Vénus,
   sur une palme d'or je flétrirai mes maux :
Tibulle délivré de l'amour d'un menteur,
   implorant tes bontés, t'a offert cette palme !

Tibulle, *Élégies*, I, 9, 51-fin.

Une amoureuse, enfin...

Dans le recueil qui nous a conservé les Élégies *de Tibulle (le* Corpus Tibullianum*) figurent quelques pièces attribuées à une nommée Sulpicia, dont nous ne savons rien de sûr... Il faut saluer cette rareté unique : voici la seule voix féminine de la littérature latine !*

Enfin il est venu, l'amour, et le masquer
   me ferait honte plus que de le dévoiler.
Ma Muse a tant prié la reine de Cythère
   qu'elle me l'a donné, l'a mis entre mes bras,
Comme il était promis ! Qu'il conte mes plaisirs
   celui qui, paraît-il, n'en a jamais connu !
Pour moi, pas un seul mot, même écrit sous scellés,
   qu'un autre pourrait lire avant mon bel amant !
Ma faute, quel bonheur ! Qu'importent les on-dit !
   Il est digne de moi, je suis digne de lui.

Corpus Tibullianum, Sulpicia, III, 13.

Dangereuse Cynthie

Dans cette élégie, Properce met en garde son ami Gallus (peut-être le poète ami de Virgile ?) qui convoite la belle Cynthie et jalouse son amant, supposé heureux. Le thème élégiaque est ici la cruauté de la belle, et l'horrible esclavage qu'entraîne son « service » amoureux... Belle manière de décourager un rival !

Jaloux, fais taire enfin tes propos importuns,
    et laisse-nous courir l'amble de nos amours.
Insensé, veux-tu donc éprouver mes fureurs ?
    Malheureux, brûles-tu de connaître le pire,
et de porter tes pas dans des feux inconnus,
    ou de boire tous les poisons de Thessalie ?
Non, rien à voir avec ces gamines volages,
    n'attends nulle douceur si tu la contraries.
Si, par quelque hasard, elle exauce tes vœux,
    des tourments par milliers elle te donnera !
Elle te volera ton sommeil et tes yeux,
    experte sans égale à lier les rebelles !
Que de fois, méprisé, tu courras à ma porte,
    tu me diras ta rage, et tu sangloteras,
Frissonnant et tremblant, plein de deuil et de larmes,
    marqué par la grimace hideuse de la peur !
Et les mots te fuiront quand tu voudras te plaindre,
    tu ne sauras plus qui ni où tu es, pauvret !
Forcé, tu apprendras le poids de son service,
    ce que c'est de rentrer chez soi, chassé par elle.
Ma pâleur, désormais, ne t'étonnera plus,
    comme si je n'étais que l'ombre de moi-même.
Ta noblesse sera sans secours pour l'amant :
    Amour est sans respect pour les portraits d'aïeux.
Et si de ton faux pas tu laisses quelque trace,
    quand on porte un grand nom, vite court la rumeur !
Alors, te consoler, même si tu m'en pries,

je ne le pourrai pas : à mon mal, nul remède !
Égaux dans le malheur, souffrant d'un même amour,
    nous serons bien forcés de pleurer l'un sur l'autre.
Continue d'ignorer ce que peut ma Cynthie,
    Gallus : quand on l'appelle, elle fait des dégâts !

Properce, *Élégies*, I, 5.

Blessures d'amour

Qui peignit Cupidon sous les traits d'un enfant
    avait, ne crois-tu pas?, une main de génie.
Il vit que les amants vivent sans raisonner
    et perdent mille biens pour des futilités.
Il fit bien d'ajouter des ailes aériennes,
    et de ce dieu humain fit un être volage,
Puisqu'au gré du ressac nous sommes ballottés
    et portés çà et là par la brise inconstante ;
À raison on l'arma de flèches acérées
    et d'un carquois crétois pendu à son épaule,
Car il nous blesse avant qu'on ait vu l'ennemi
    et personne, jamais, ne guérit de ce coup.
En moi restent sa flèche et ses traits de gamin ;
    mais il a, c'est certain, perdu toute ses plumes
Car de mon cœur, hélas!, il ne peut s'envoler
    et livre dans mon sang une guerre sans trêve.
Quel plaisir d'habiter ma moelle desséchée ?
    Si l'Amour est enfant, prends-le chez toi, ma mie :
Mieux vaut sur un cœur jeune essayer son venin :
    c'est mon ombre, et non moi, qui essuie tous ses
        coups !
Si tu le fais périr, qui donc te chantera,
    — ta gloire, tu la dois à ma Muse légère ?
Qui chantera tes doigts, tes yeux noirs, ton visage
    et dira ta démarche au charme gracieux ?

Properce, *Élégies*, II, 12.

Nuit d'amour
et méditations subséquentes

Les poètes élégiaques sont plutôt discrets sur l'intimité des plaisirs amoureux, qu'ils évoquent rarement dans leurs poèmes. C'est à peine si quelques pièces célèbrent ces suaves moments. Properce trouve chez son amante un charmant cocktail de douceur et de violence — puis, dans la mélancolie du post coïtum, *il retrouve les thèmes habituels des élégiaques, épris de bonheur, de sensualité, de paix et de plaisirs...*

Bonheur! Nuit à marquer d'un petit caillou blanc!
    Lit que tous mes plaisirs ont rendu bienheureux!
La lampe près de nous, que de mots échangés,
    puis, la lumière éteinte, alors, quelle bagarre!
Tantôt, elle lutta contre moi, les seins nus,
    tantôt sous sa tunique, elle me fit languir.
Sa bouche ouvrit mes yeux assoupis de fatigue:
    «Est-ce ainsi, paresseux, que tu gis épuisé?»
Que de fois enlacés, comme ci, comme ça,
    et combien de baisers s'attardant sur tes lèvres!
Mais c'est gâcher Vénus que d'œuvrer dans le noir!
    Sache-le, dans l'amour, les yeux commandent tout.
Pâris mourut d'amour pour la fille de Sparte
    sortant nue, a-t-on dit, du lit de Ménélas.
Et c'est nu qu'Endymion séduisit Séléné,
    déesse qui coucha toute nue avec lui.
Si tu tiens, effrontée, à te coucher vêtue,
    ta tunique en lambeaux je mettrai, de mes mains!
Pire: si je me fâche, à ta mère, demain,
    tu auras sur tes bras quelques bleus à montrer!
Tes seins ne tombent point, pour refuser ces jeux!
    Tu n'as point enfanté, à d'autres ce souci!
Nous, tant qu'il est permis, gorgeons nos yeux d'amour!

pour toi viendra la nuit, longue et sans lendemain.
Ah! si tu le voulais, nous nous enchaînerions
   par des liens que jamais le temps ne dénouerait.
Prends pour modèles ceux des pigeons amoureux,
   le mâle et sa colombe, unis en parfait couple.
Quelle erreur de vouloir voir finir la passion!
   Le véritable amour ne connaît point de bornes.
La terre produira des fruits inattendus,
   le soleil conduira un char aux chevaux noirs,
On verra remonter à sa source le fleuve
   et le poisson à sec, au fond de l'océan,
Avant que j'aie à cœur de souffrir pour une autre:
   vivant, je serai sien, et mort, je le serai.
Mais si elle veut bien m'offrir de telles nuits,
   une année me sera comme un siècle de vie!
Qu'elle m'en donne cent, je serai immortel!
   En une nuit, chacun peut devenir un dieu!
Si tout homme voulait ainsi vivre sa vie,
   et rester là, couché, écrasé par le vin,
Point de glaives d'acier, point de vaisseaux de guerre,
   point de corps ballottés par les vagues d'Actium!
Rome, que tant de fois ses triomphes assiègent,
   de prendre le grand deuil ne serait point lassée.
De la postérité, je mérite un éloge:
   jamais nos beuveries n'ont offensé un dieu!
Va, tant que luit le jour, goûte au fruit de la vie!
   Donne tous tes baisers, ce sera peu donner!
Des couronnes fanées ont chu quelques pétales,
   et tu les vois flotter sur le vin de nos coupes.
Ainsi pour nous, amants aujourd'hui pleins d'espoirs,
   demain, cela se peut, clora notre destin.

                                   Properce, *Élégies*, II, 15.

Rome d'antan

À l'occasion, et comme pris du remords de n'être qu'un poète d'amour, Properce souhaite chanter « un ton plus haut ». Il nous offre ainsi des élégies à la gloire de Rome, de Mécène, du dieu Vertumne... Cette poésie savante, sophistiquée, souvent obscure, n'est pas sans rappeler celle de Callimaque. Cette élégie très particulière est un dialogue entre Properce et un étranger nommé Horus, un devin, à qui il présente Rome. Paradoxalement, cette commémoration des mœurs rustiques de l'origine suscite une belle impression d'exotisme, par rapport à la Rome que fréquente Properce... Quant au devin, il tire l'horoscope de Properce, et lui conseille de revenir aux poèmes d'amour. L'idée n'est pas mauvaise.

Tout ce qu'ici tu vois, cette Rome si grande,
    n'était, avant Énée, que prairies et collines.
Le temple d'Apollon d'Actium, au Palatin,
    aux génisses d'Évandre offrait une litière.
Jadis, des dieux d'argile habitaient des cabanes
    sans art : des temples d'or ont aujourd'hui poussé ;
Jupiter Tarpéien tonnait sur le roc nu,
    et nos bœufs se baignaient en un Tibre étranger.
Sur ces coteaux, où fut la maison de Rémus,
    était des deux jumeaux le foyer, leur royaume.
La toge aux bords de pourpre illustre la Curie :
    on vit des sénateurs vêtus de peaux, rustiques.
La trompe rassemblait les antiques Quirites :
    cent d'entre eux dans un pré, c'était tout le Sénat.
Point de voiles flottant sur le creux d'un théâtre,
    point de scène non plus, de safran parfumée.
Nul n'allait rechercher à l'étranger ses dieux :
    et le culte ancestral faisait trembler la foule...

Properce, *Élégies*, IV, 1, 1-18.

Une sacré java!

Cynthie (que les amateurs de roman d'amour autobiographique croyaient disparue, en se fiant à Properce!) réapparaît au quatrième livre des Élégies, *notamment pour faire une fugue vers Lanuvium avec quelque galant. Pour se venger, Properce improvise une partie fine avec deux gourgandines, en compagnie de Lygdamus, l'esclave de sa maîtresse.*

En voyant tant de fois mon lit déshonoré,
   j'ai voulu changer d'air, et me coucher ailleurs.
Près du temple de Diane habite la Phyllis,
   pas très jolie à jeun, mais parfaite après boire.
Le bois du Capitole abrite la Téia:
   ivre, d'un seul amant elle n'a point assez!
Je les fis donc venir pour adoucir ma nuit
   et pour inaugurer mes larcins amoureux.
Un seul lit pour nous trois, dans l'herbe, et à l'écart.
   Moi, j'étais couché où? entre les deux coquines!
Lygdamus tient le bar: verres de pique-nique,
   et un cru de Méthymne à saliver en grec!
Un flûtiste égyptien, Phyllis aux castagnettes;
   en vrac, tout un semis de pétales de roses;
Un nain nommé Legrand, au corps ratatiné,
   agitait ses moignons au son d'une bombarde.
La lampe bien garnie, mais la flamme tremblait;
   la table s'effondra, les quatre pieds en l'air.
Moi, je cherchais aux dés le gros coup de Vénus,
   mais les quatre as — les chiens! — me sortaient à
     tout coup.
Elles crient? je suis sourd. Leurs seins à l'air?
   Aveugle!
   Je suis, hélas! tout seul, là-bas, à Lavinium!
Tout à coup, sur ses gonds, la porte grince et crie,
   sur le seuil, on chuchote, et vlan!, voilà Cynthie

Qui envoie promener en l'air les deux battants,
  les cheveux mal coiffés, furieuse, superbe !
La main me fait défaut, et ma coupe m'échappe,
  malgré l'onction du vin, mes lèvres se font pâles.
Elle, la foudre aux yeux, tornade faite femme !
  Quel spectacle ! pas moins, la prise d'une ville !
Ses ongles furieux griffent Phyllis aux joues ;
  Téia, épouvantée, à l'entour crie : « Au feu ! »
Les bourgeois endormis sortent avec des lampes.
  De cette folle nuit tout le quartier résonne !
Les cheveux arrachés, leurs robes en lambeaux,
  les deux filles s'enfuient dans l'ombre d'une rue.
Cynthie a triomphé, dépouillé, s'en revient,
  jubile et d'un revers de main me fend la lèvre,
Me marque dans le cou en mordant jusqu'au sang,
  cogne surtout mes yeux, qui l'ont bien mérité.
Puis, quand ses bras sont las de me rouer de coups,
  au tour de Lygdamus, caché au pied du lit :
De là, elle l'extrait — il m'implore : « Au secours ! »
  Désolé, Lygdamus : moi aussi, je suis pris !

Properce, Élégies, IV, 8, 27-70.

TITE-LIVE
(TITUS LIVIUS, VERS 64
OU 59 AV. J.-C. — 17 APR. J.-C.)

De la vie de Tite-Live, nous ne savons presque rien, et nous avons perdu, au moins, les trois quarts de ses écrits. Néanmoins, cet écrivain savant et stylé nous a laissé un véritable monument dont notre mémoire culturelle s'est nourrie pour construire sa représentation de la Rome antique, et particulièrement de cette République où s'affirment les vertus civiques les plus hautes, dignes d'être admirées par tous les républicains à venir, après avoir inspiré les morales héroïques du Grand Siècle. De fait, maints épisodes du récit de Tite-Live ont inspiré des « réécritures » remarquables dans les codes les plus variés : la peinture historique dite « académique » lui emprunte des scènes héroïques ou pathétiques, et l'on voit poètes et tragédiens trouver chez l'historien latin thèmes, exemples et intrigues.

Originaire de Padoue, contemporain d'Auguste, Tite-Live a sans doute été formé à l'école des meilleurs rhéteurs, et il exauce admirablement le vœu formulé par Cicéron d'une historia ornata, *c'est-à-dire d'une historiographie parée de toutes les beautés que peut dispenser un excellent orateur — entendez par là, un styliste accompli. Et pourtant, l'auteur du* De oratore *notait que l'art du récit, tel qu'il se déploie dans le genre historique, n'avait guère été étudié ni codifié par les rhéteurs : tout restait à faire, pour trouver le bon équilibre entre passion et simplicité, en un « style* moyen » *sachant allier abondance et clarté. Tite-Live aura eu le mérite de mettre en œuvre toutes ces qualités dans une entreprise colossale — raconter toute l'histoire de Rome, de sa fondation (753 av. J.-C.) à la mort de Drusus, frère de Tibère, en 9 apr. J.-C., en choisissant sans doute pour titre* Ab Vrbe condita libri. *Au total, cent quarante-deux livres, et l'auteur aurait peut-être poussé plus loin son récit (jusqu'à la mort d'Auguste, en 14 apr. J.-C. ?) s'il avait vécu plus longtemps...*

De cet ensemble énorme, il ne nous reste que les dix premiers livres, puis les livres XXI à XLV, et un petit fragment du livre XCI. Les origines de Rome, le temps des Rois et les débuts de la République composent cette « première décade » dont l'analyse passionna Montesquieu ; ensuite, les livres XXI à XXX racontent la seconde guerre punique, avec l'affrontement entre Scipion et Hannibal ; enfin, les derniers livres traitent du développement de la puissance romaine en Grèce, jusqu'à la victoire sur Persée.

D'après Sénèque, Tite-Live aurait, à côté de son œuvre historique, écrit des dialogues « plus philosophiques qu'historiques » ; de fait, notre historien assume parfaitement cette « fonction édifiante » de l'Histoire pour les Anciens, qui consiste à montrer ce qu'il faut imiter et ce qu'il faut éviter de faire, autrement dit, cette exemplarité inhérente aux actions des grands hommes tels que la mémoire collective les célèbre ou les condamne. Genre « moral » à ce titre, l'histoire est une vaste méditation sur les causes et les effets, avec, chez Tite-Live, un effort constant de rationalisme rigoureux, au détriment de tout merveilleux, même lorsque la tradition en fait grand usage. De même que Virgile chantait le labor *humain, Tite-Live célèbre, dans la réussite historique de Rome, l'effort magnifique d'un peuple et de ses dirigeants pour conquérir la puissance, la durée, et cette gloire que le sombre pressentiment d'un déclin ne parvient pas à obscurcir. Éloquent dans les discours qu'il prête à ses personnages, précis et dense dans l'analyse, capable d'émotion, soucieux de rythme et d'harmonie dans un récit où se déploient de subtiles périodes narratives, Tite-Live est surtout — on l'oublie trop — un metteur en scène génial, dont les scénaristes futurs s'inspireront souvent: malgré la pauvreté de ses informations, avec justesse et vraisemblance, il met l'Histoire en intrigue, en acte et en représentation, comme une fiction véridique, étonnamment réaliste et si «vraie»... que les historiens modernes succombent très souvent à la tentation de le prendre au pied de la lettre! Il est vrai que les* Ab Vrbe condita libri *restent, pour bien des moments historiques, notre meilleure documentation — les plus agréables à lire, en tout cas.*

Les ambitions d'un historien

En rédigeant la préface de son Histoire romaine, *Tite-Live mobilise tous ses talents de rhéteur: le style, ample et élégant, ravirait Cicéron; mais, pour le fond, on est surpris de constater avec quelle lucidité l'historien aborde son sujet, en définissant clairement ses principes et ce que nous appellerions aujourd'hui sa problématique.*

Vaut-il la peine de raconter dans toute son étendue, depuis les origines de la Ville, l'histoire du peuple romain? Je n'en suis pas absolument certain, et, même si je l'étais, je n'oserais le dire — le sujet, je le vois, est vieux et rebattu, car sans cesse de nouveaux auteurs croient qu'ils vont, sur les faits, apporter une vérité plus sûre, ou, dans l'écriture, surpasser le style rudimentaire des Anciens. Quoi qu'il en soit, je me réjouirai d'avoir, dans la mesure de mes moyens, contribué à rappeler les hauts faits du plus grand peuple du monde ; et si, parmi tant d'écrivains, mon nom demeurait obscur, je me consolerais par la grandeur et la célébrité de ceux qui lui auront porté ombrage. De plus, mon sujet requiert un immense travail, car il faut remonter plus de sept cents ans en arrière, et, après des débuts modestes, l'État romain s'est accru au point que désormais il ploie sous sa propre grandeur ; or je ne doute pas que, pour la plupart de mes lecteurs, les primes origines et les temps proches de ces origines offriront peu d'agrément, et qu'ils se hâteront vers nos époques récentes où la puissance de ce peuple depuis si longtemps dominateur en est venue à se détruire elle-même. Pour moi, au contraire, l'une des récompenses que je vise à retirer de ce travail, c'est de me détourner des malheureux spectacles que notre époque a pu voir pendant tant d'années, en me tenant libre de toutes les préoccupations qui peuvent sinon détourner du vrai, du moins inquiéter l'esprit d'un historien.

Les récits concernant les événements qui se sont passés avant la fondation de la Ville ou le projet même de sa fondation, et qui nous ont été transmis, embellis, par des mythes poétiques plutôt que par d'authentiques témoignages historiques, je n'envisage ni de les confirmer ni de les réfuter. On pardonne à l'Antiquité de rendre plus saintes les origines des villes en mêlant humain et divin ; et s'il faut concéder à un peuple le droit de sanctifier ses origines et de les placer sous la tutelle des dieux, le peuple romain s'est acquis à la guerre tant de gloire que, lorsqu'il proclame que Mars, plutôt que tout autre dieu, est son père et celui de son fondateur, les nations humaines acceptent cette tutelle aussi docilement qu'elles acceptent la domination de notre peuple.

Mais je n'accorde pas une grande importance à

l'avis et au jugement que l'on portera sur cette thèse et d'autres semblables ; voici ce que, selon moi, chacun doit observer avec toute son attention : la vie et les mœurs du passé, les grands hommes et les vertus politiques qui, en temps de paix comme en temps de guerre, ont permis la naissance et la croissance de cet empire. Ensuite, quand peu à peu la discipline se relâcha, il faut méditer d'abord une sorte de fléchissement des mœurs, puis leur effondrement de plus en plus grave, et enfin leur chute radicale, jusqu'à nos jours, où l'on est arrivé au point que nous ne supportons plus ni nos vices, ni les remèdes à ces vices. Ce que la connaissance de l'histoire offre de plus salutaire et de plus fécond, c'est d'offrir au regard, en pleine lumière, en avertissement, le spectacle édifiant des exemples de toute nature ; d'où l'on saisit ce qu'il faut imiter pour son bien et celui de l'État, et ce qu'il faut éviter, ces actes honteux en leurs principes, et qui connaissent des issues honteuses. Toutefois, si la passion pour mon entreprise ne m'abuse, jamais État ne fut plus grand, plus pur, plus riche en bons exemples que le nôtre ; jamais cité ne fut touchée plus tard par l'invasion de la cupidité et du luxe, jamais la pauvreté et la parcimonie ne furent plus longtemps à l'honneur que chez nous. Tant il est vrai que moins on avait, moins on convoitait : c'est récemment que la richesse a introduit chez nous la cupidité, et l'abondance des plaisirs, le besoin de se perdre et de perdre tout par le goût du luxe et les excès du caprice.

Mais trêve de plaintes : déplaisantes aux endroits où peut-être elles seraient nécessaires, qu'elles soient du moins absentes à l'orée d'une œuvre si monumentale. Si, à l'instar des poètes, nous avions pour usage, nous, les historiens, de prononcer des mots de bon augure, de faire des vœux et de prier les dieux, c'est ainsi que je préférerais aborder cette étude, en souhaitant qu'ils veuillent bien accorder un heureux succès à cette œuvre qui seulement commence.

Histoire romaine, Préface.

La geste des jumeaux

Tite-Live a proclamé, dans sa préface, sa grande méfiance vis-à-vis des légendes; mais comment éluder le mythe fondateur de Rome, cette légende des jumeaux qui confère à la Ville une origine à la fois divine (les jumeaux sont fils de Mars) et bien humaine (ils se disputent le pouvoir)? Prêtons la plus grande attention aux mots de Tite-Live: sans écarter la légende, il sonde sa signification, suggère des interprétations, esquisse une «lecture» rationnelle de cette tradition fabuleuse...

[...] Ensuite règne Proca, qui a pour fils Numitor et Amulius et lègue à Numitor, qui était l'aîné, l'antique royaume de la lignée de Silvius[1]. Mais un coup de force prévalut sur la volonté paternelle et sur le droit d'aînesse: Amulius détrône son frère et s'empare du pouvoir royal. À ce crime il en ajoute un autre: il fait mettre à mort les enfants mâles de son frère; quant à la fille de Numitor, Rhéa Silvia, sous prétexte de l'honorer, il la choisit comme Vestale, en lui ôtant, par l'obligation de rester toujours vierge, tout espoir de mettre un enfant au monde.

Mais le destin exigeait (ce me semble, du moins) que survînt la naissance d'une si grande ville et le

---

1. Tite-Live vient d'énumérer tous les rois qui se succèdent sur le trône d'Albe à la suite de Silvius, fils d'Ascagne-Iule, lui-même fils d'Enée.

commencement du plus grand empire après la puissance des dieux. Victime d'un viol, la Vestale donna naissance à deux jumeaux ; était-ce sa conviction ? ou bien un dieu était-il un coupable plus noble pour ce crime ? elle déclare que ces enfants d'origine incertaine ont Mars pour père. Mais ni les dieux ni les hommes ne mettent la mère et ses enfants à l'abri de la cruauté du roi : il donne l'ordre d'enchaîner la prêtresse, de la mettre en prison, et de jeter ses enfants dans les eaux du Tibre. Par un hasard divin, le Tibre avait débordé et s'étalait en nappes d'eaux dormantes ; on ne pouvait accéder jusqu'à son lit habituel ; pourtant, les soldats qui portaient les enfants pouvaient juger que ces eaux stagnantes suffiraient pour les noyer. Ils pensent donc s'acquitter de la mission que leur a ordonnée le roi en déposant les enfants dans la plus proche étendue d'eau, à l'endroit où se dresse de nos jours le figuier Ruminal, que, dit-on, l'on appelait jadis Romulaire[1]. Voici ce qu'affirme une solide tradition : en regagnant leur bas niveau, les eaux déposèrent à sec le berceau dans lequel les enfants avaient été exposés ; c'est alors qu'une louve, poussée par la soif à descendre des collines environnantes, se détourna de sa route pour aller vers leurs vagissements ; elle se coucha pour offrir ses mamelles aux bébés avec tant de douceur qu'elle était en train de lécher les enfants lorsque le berger préposé au troupeau du roi, un nommé Faustulus, dit-on, les trouva ; de là, il les emporta dans son étable, et les remit à son épouse Larentia pour qu'elle les élève. Mais d'aucuns estiment que c'était Larentia qui, parmi les bergers, était affublée du nom de « la louve » parce qu'elle se

---

1. Cet arbre sacro-saint (ou un de ses rejetons !) pouvait se voir sur le forum ; son nom de Ruminal fait référence à Rumina, déesse de l'allaitement.

prostituait ; c'est ce qui aurait donné lieu à cette merveilleuse légende[1].

Telles furent la naissance et l'éducation des jumeaux. Dès qu'ils furent adolescents, au lieu de rester tranquillement dans les étables et auprès de leurs troupeaux, ils couraient les halliers pour chasser le gibier. Ils s'endurcirent ainsi physiquement et moralement, et ne se contentèrent plus d'affronter des bêtes sauvages : ils attaquaient des brigands chargés de butin, partageaient leurs prises avec les bergers et s'associaient avec eux, en compagnie d'une troupe de plus en plus nombreuse de jeunes gens, pour les travaux comme pour les divertissements.

À cette époque existait déjà, dit-on, sur le Palatin, notre Lupercal, et Évandre, établi là de longue date, avait institué en cet endroit une fête annuelle importée d'Arcadie[2] : des jeunes gens nus se livraient à une course, pour le plaisir du jeu et pour honorer le dieu Pan Lycaeus, que les Romains appelèrent, par la suite, Inuus ; au milieu de ces jeux, dont la date rituelle était bien connue, des brigands, pour se venger de la perte de leur butin, dressèrent une embuscade ; Romulus se défendit vigoureusement, mais Rémus fut pris, et les brigands livrèrent leur prisonnier au roi Amulius, en l'accablant de leurs accusations. Ils faisaient surtout grief aux deux frères de lancer des attaques sur les terres de Numitor, puis, avec une troupe de jeunes gens rassemblés sous leurs ordres, de se livrer au pillage comme dans une véritable guerre. Voilà pourquoi c'est à Numitor qu'on remet Rémus afin qu'il le punisse. Déjà, depuis le début, Faustulus avait dans l'idée que les enfants

---

1. Les Romains usaient du surnom de *lupa*, « la louve », pour désigner une prostituée.
2. Le Lupercal (on reconnaît, dans ce nom, la racine du mot « loup ») est une grotte située sur le mont Palatin ; Auguste la fit réaménager, comme beaucoup d'autres lieux de culte archaïques.

qu'il élevait chez lui étaient de sang royal ; il savait en effet que des nourrissons avaient été exposés sur ordre du roi, et que la date à laquelle il avait recueilli ces enfants coïncidait avec ces faits ; mais il n'avait pas voulu révéler la chose au grand jour prématurément, c'est-à-dire autrement que dans une occasion favorable ou sous le coup de la nécessité. Ce fut la nécessité qui s'imposa la première : craignant pour Rémus, il révèle son secret à Romulus. Et il se trouva que Numitor lui aussi, alors qu'il gardait Rémus prisonnier, avait appris qu'il était l'un de deux frères jumeaux ; faisant le lien avec leur âge et avec leur caractère, qui n'allait pas du tout à des esclaves, il s'était souvenu de ses petits-enfants ; et, en questionnant Rémus, il était lui aussi tout près de le reconnaître. Voici donc que, de tous côtés, un complot se trame contre le roi Amulius. Romulus ne compte pas sur sa troupe de jeunes gens, qui n'aurait pas fait le poids pour un coup de force à découvert, mais ordonne aux bergers de se rendre au palais royal par différents chemins et de s'y retrouver à un moment convenu, pour attaquer le roi. Rémus, sortant de la maison de Numitor avec un second bataillon, vient l'aider, et ils tuent le roi.

Numitor, dès le début du soulèvement, avait fait annoncer partout que des ennemis avaient envahi la ville et attaqué le palais royal : ainsi, il avait attiré les jeunes soldats d'Albe à l'intérieur de la citadelle pour qu'ils l'occupent et assurent sa défense les armes à la main ; après le meurtre d'Amulius, voyant les deux jeunes hommes s'avancer vers lui en se congratulant, il appelle aussitôt un rassemblement du peuple et révèle tout : les crimes commis par son frère à son endroit, les origines de ses petits-enfants, leur naissance, leur éducation, les signes grâce auxquels il les avait reconnus, et finalement le meurtre du tyran, dont il assume la responsabilité. Romulus et Rémus, à la tête de leurs troupes, se mêlent à l'assemblée et saluent leur grand-père du titre de roi. À leur suite, unanime, la foule, d'une seule voix, confirme ce titre et le pouvoir conféré au roi.

Après avoir rendu à Numitor son royaume d'Albe, Romulus et Rémus conçurent le désir de fonder une ville à l'endroit où ils avaient été abandonnés puis élevés. En outre, il y avait surabondance de population à Albe et dans le Latium. À cela venaient s'ajouter les bergers : tout ce monde permettait de former l'espoir qu'Albe et Lavinium[1] seraient un jour de petites villes en comparaison de la ville qui allait être fondée. Alors vint se mêler à ces projets cette maladie héréditaire, le désir passionné d'être roi ; et, de là, une entreprise parfaitement paisible en son principe déboucha sur un horrible affrontement. Puisque, étant jumeaux, on ne pouvait même pas faire de différence, entre eux, selon le droit d'aînesse, afin de laisser aux dieux qui protégeaient ces lieux le soin de choisir, en le désignant par des augures, celui qui donnerait son nom à la ville nouvelle et la gouvernerait après sa fondation, Romulus choisit le Palatin et Rémus l'Aventin comme poste pour prendre les auspices.

C'est à Rémus d'abord, dit-on, que vint un signe augural, six vautours ; il venait de le signaler, quand deux fois plus d'oiseaux se montrèrent à Romulus, et chacun avait été salué du titre de roi par la foule de ses partisans. Ils revendiquaient le pouvoir royal en invoquant, pour les uns, la priorité dans le temps, pour les autres, le nombre des oiseaux. Ensuite, ce fut l'altercation, on s'affronta, les colères s'exaspérèrent, et l'on en vint à un combat meurtrier. C'est là que, dans une confuse mêlée, Rémus tomba, frappé

---

1. Lavinium (au sud du Latium) est la cité d'Énée, Albe celle de son fils.

à mort. Selon une tradition plus répandue, Rémus franchit d'un saut les murailles toutes nouvelles de la ville, pour se moquer de son frère. Alors, pris de colère, en l'apostrophant de ces mots : « Périsse ainsi, à l'avenir, quiconque franchira mes remparts ! », Romulus le tua. C'est ainsi que Romulus fut seul maître du pouvoir royal, et la ville fondée prit le nom de son fondateur.

Histoire romaine, I, 3-7.

Les Horaces et les Curiaces

Du serment des Horaces, le grand peintre David a fait un tableau, et de l'intransigeance du dernier des trois frères, Corneille tira une tragédie. Autant dire que l'épisode fait partie de notre patrimoine culturel... Nous sommes vers l'an 670 av. J.-C., et Rome est en guerre contre Albe, d'où sont issus ses propres fondateurs : c'est presque une affaire de famille, et l'on croit pouvoir éviter un massacre inutile...

Le hasard voulut qu'il se trouvât dans les deux armées, à ce moment-là, des triplés, d'âge et de forces comparables. Il s'agissait des Horaces et des Curiaces, selon une tradition clairement établie, et rien n'est plus connu dans l'Antiquité ; pourtant, dans cet épisode si célèbre, une incertitude demeure : à quel peuple appartenaient les Horaces d'une part, et les Curiaces d'autre part ? Des historiens fiables proposent des réponses contradictoires. J'en trouve néanmoins une majorité qui donnent aux Romains le nom d'Horaces, et cela me pousse à les suivre. Les rois proposent aux frères triplés de combattre entre eux à l'épée, pour leur patrie respective : la suprématie serait reconnue au côté qui obtiendrait la victoire. Aucune objection. On fixe un lieu et un moment pour le combat. Avant qu'ils ne s'affrontent, les Romains et les Albains concluent un traité aux termes duquel le peuple dont les citoyens seraient vainqueurs dans ce combat exercerait sans contestation son autorité sur l'autre peuple.

[...] Ce traité conclu, les triplés, comme convenu, prennent leurs armes. Chaque cité encourage ses champions, en leur rappelant que les dieux de la patrie, leur patrie elle-même et leurs parents, tous les citoyens restés en ville, tous ceux de l'armée avaient les yeux fixés sur leurs armes et sur leurs bras. Eux étaient déjà braves par nature : emplis d'émotion par ces encouragements, ils s'avancent entre les deux armées. Assises chacune devant son camp, ces deux armées n'avaient point de danger à craindre, mais des motifs d'inquiétude, car la suprématie se jouait sur la vaillance et la réussite de quelques hommes. Aussi, tous sens en éveil, le souffle suspendu, ils concentrent une ardente attention sur ce spectacle qui n'a rien d'un jeu.

On donne le signal. Comme deux lignes de fantassins, les armes en avant, les jeunes gens animés de tout le courage de deux grandes armées se lancent au combat. Ni les uns ni les autres n'avaient à l'esprit leur propre danger, ils ne pensaient qu'à la puissance ou à l'asservissement de leur cité, en se disant que l'avenir de leur patrie serait ce qu'ils l'auraient fait. Dès que, au premier choc, les armes cliquetèrent et les épées lancèrent des éclairs, un grand frisson étreignit les spectateurs, et l'assistance, tant que l'espoir ne pencha d'un côté ni de l'autre, resta pétrifiée, sans un cri, sans un souffle ; puis s'engagea le corps à corps, et ce ne furent plus seulement les mouvements confus des combattants, de leurs boucliers, de leurs armes, mais des blessures et du sang qui s'offrirent en spectacle ; alors deux

Romains s'effondrèrent l'un sur l'autre, expirant, tandis que les trois Albains étaient blessés. Cette chute fit pousser des cris de joie à l'armée albaine, tandis que les légions romaines, privées désormais de tout espoir, mais point encore libérées de leur inquiétude, retenaient leur souffle pour soutenir leur unique recours, que les trois Curiaces étaient venus cerner. Heureusement, ce dernier Horace était indemne, inférieur, certes, aux trois Curiaces pris ensemble, mais redoutable pour chacun d'entre eux. Aussi, afin de les combattre séparément, il prit la fuite, dans l'idée que chacun de ses adversaires le poursuivrait dans la mesure où sa blessure le lui permettrait. Voici qu'il était à une certaine distance de l'endroit du début du combat, lorsque, se retournant, il voit que ses adversaires le poursuivent en étant séparés par de larges intervalles, mais que le premier d'entre eux n'est pas loin de lui ; d'un bond, Horace se retourne contre lui et, tandis que l'armée albaine crie aux Curiaces de venir secourir leur frère, il tue son ennemi, et, vainqueur, s'avance vers un second combat. Alors, pour aider leur soldat, les Romains poussent cette clameur qui vient ordinairement saluer un exploit inespéré — et celui-ci se hâte d'expédier son duel. Sans laisser le temps au troisième Curiace, qui n'était pas loin, de le rejoindre, il tue le second. Désormais, le combat était égal, ils restaient seuls survivants de chaque camp, mais ils n'avaient ni même moral ni mêmes forces : l'un, indemne de toute blessure, abordait ce troisième combat animé par la farouche fierté de ses deux victoires ; l'autre s'y traînait, épuisé par sa blessure, épuisé aussi par sa course, et vaincu d'avance par le massacre de ses frères, il s'offre aux coups de son adversaire. Ce ne fut même pas un combat. Le Romain, fou de joie, s'écrie : « J'ai donné deux victimes aux mânes de mes frères ; la troisième, c'est à la suprématie de Rome sur Albe, cause de cette guerre, que je vais la donner!» D'en haut, il plonge son épée dans la gorge de l'Albain qui pouvait à peine porter le poids de ses armes — il le terrasse, et dépouille son cadavre.

Les Romains accueillent Horace avec des ovations de reconnaissance, avec d'autant plus de liesse que la situation avait failli être redoutable. Les deux armées se consacrent ensuite à l'enterrement de leurs morts, mais avec des sentiments bien différents, puisque les uns avaient accru leur pouvoir, et les autres tombaient sous l'autorité d'autrui. Les tombeaux existent encore, dressés à l'endroit où chaque combattant est tombé: deux pour les Romains, plus près d'Albe, et trois du côté de Rome pour les Albains, avec les mêmes intervalles que lors du combat.

Histoire romaine, I, 24-25.

Réforme ou révolution?

En 445 av. J.-C., un corps de dix magistrats, les decemviri, *a été chargé par le Sénat de rédiger un «code civil». Ces Lois des Douze Tables constitueront durablement le socle du droit romain. Toutefois, l'une de ces lois interdisait le mariage «mixte» entre plébéiens et patriciens* (Ne conubium esto), *c'est-à-dire non seulement entre pauvres et riches, ou entre gens du peuple et noblesse, mais entre deux «castes» de citoyens, distingués par les privilèges religieux du patriciat comme s'ils étaient de deux races différentes. Quelques années plus tard, les tribuns de la plèbe Canuleius et Icilius réclament que l'on abroge cette loi qui instituait un véritable apartheid. Tant qu'ils y sont, ils déposent un autre projet de loi instituant que l'un des deux consuls puisse être plébéien. Scandale pour les patriciens, qui entendent préserver leurs privilèges, et espèrent étouffer ces projets de loi en invoquant l'urgence d'une guerre contre la cité voisine d'Ardée...*

Dans le texte de Tite-Live, sénateurs et tribuns de la plèbe s'affrontent par des discours, avec une saisissante opposition de style : la gravité sentencieuse des conservateurs se heurte à l'éloquence turbulente, agressive et passionnée du tribun Canuleius, auquel l'auteur confère ses propres talents de rhéteur (quelle belle argumentation, pleine de considérations historiques pertinentes!). Cette «éloquence tribunicienne» nous est familière : c'est en lisant Tite-Live au collège que les orateurs de la Convention se sont forgé un style pour réinventer la République!

Au même moment, les consuls excitaient le Sénat contre le tribun, et le tribun excitait le peuple contre le Sénat. Les consuls disaient qu'il n'était désormais plus possible de supporter cette folie furieuse des tribuns; on avait atteint la limite; il y avait plus d'incitation à la guerre à l'intérieur qu'à l'extérieur. Si on en était venu là, c'était moins par la faute de la plèbe et des tribuns que du patriciat et du Sénat. Dans une cité, disaient-ils, ce que l'on récompense se développe toujours avec le plus de succès; c'est de cette façon qu'on faisait de bons citoyens en temps de paix comme en temps de guerre. Or à Rome, rien n'était mieux récompensé que les séditions : voilà pourquoi celles-ci ne cessaient d'être en honneur auprès des plébéiens, pris individuellement ou tous ensemble. Donc, cela ne finissait jamais, et ne finirait point tant que les instigateurs des séditions se trouveraient d'autant plus honorés que leur sédition aurait rencontré le succès. À quels principes, et de quelle importance, s'attaquait Canuleius! Ce qu'il proposait, c'était un brassage impur des familles, un bouleversement des auspices publics et privés, si bien qu'il n'y aurait plus rien de clair, plus rien de sain, et que, toute distinction étant abolie, personne ne pourrait plus reconnaître ni les siens ni lui-même[1] ! Car les mariages mixtes auraient-ils d'autres effets que de généraliser des accouplements entre plébéiens et patriciens, quasiment comme des bêtes ? L'enfant qui en naîtrait ignorerait son sang et ses cultes, mi-plébéien, mi-patricien, en divorce avec lui-même. Mais c'était trop peu de bouleverser les principes humains et divins : voici que les trublions s'armaient en foule pour conquérir le consulat. D'abord, ils avaient demandé qu'un des deux consuls fût issu de la plèbe, sans aller plus loin que des discours ; désormais, ce que réclamait leur projet de loi, c'était que le peuple pût élire au consulat qui il voudrait, en choisissant parmi les patriciens et les plébéiens. Pour sûr, on élirait consuls les plébéiens les plus séditieux ; des Canuleius, des Icilius seraient consuls ! Puisse Jupiter Très Bon Très Grand ne point permettre qu'un pouvoir issu de la majesté royale tombe aussi bas ! Quant à eux, les sénateurs, ils préféreraient mille fois mourir plutôt que de laisser se commettre une telle infamie. Ils étaient bien certains que si leurs ancêtres avaient prévu qu'en cédant sur tout, loin d'adoucir la plèbe, il la verraient plus agressive encore, enchaînant des revendications toujours plus injustes après avoir obtenu satisfaction sur les précédentes, ils auraient préféré subir n'importe quel conflit, aussi violent fût-il, plutôt que de tolérer aujourd'hui qu'on leur imposât de telles lois. Qu'ils se souviennent de ce qu'était la majesté du Sénat quand ils l'avaient reçue de leurs

---

1. Au nombre des droits exclusifs des patriciens, il y avait un certain nombre de privilèges religieux, concernant l'exercice des sacerdoces, les cérémonies des cultes privés et publics, et surtout les consultations augurales nécessaires à la validation des décisions prises en tant que magistrat.

pères, et de celle qu'ils allaient léguer à leurs enfants! qu'ils se demandent dans quelle mesure la plèbe pouvait se glorifier de s'être accrue en nombre et en puissance! Point de fin à cela, si dans la même cité coexistaient des tribuns de la plèbe et des sénateurs; il fallait supprimer ou bien l'ordre sénatorial, ou bien la magistrature tribunicienne, et, mieux vaut tard que jamais, se dresser contre l'audace et l'irresponsabilité. Ces tribuns pouvaient impunément, en semant la discorde, susciter des guerres de la part de nos voisins, puis empêcher que la cité romaine ne s'arme et ne se défende contre les guerres ainsi suscitées? allaient-ils, non contents de ne pas repousser les ennemis, empêcher la conscription de se faire contre ces ennemis, avec au contraire un Canuleius qui osait déclarer au Sénat qu'il interdirait toute levée de troupes si les sénateurs ne permettaient pas que l'on accepte ses lois comme celles d'un vainqueur? Était-ce autre chose que de menacer de trahir la patrie, de tolérer qu'elle fût assiégée et prise par l'ennemi? Pourquoi ne pas signifier cette déclaration d'intention non point à la plèbe romaine, mais aux Volsques, aux Èques et aux Véiens? Ne se sentiraient-ils point capables, avec un Canuleius à leur tête, d'escalader le Capitole et la citadelle? Si les tribuns n'avaient point enlevé leur courage aux sénateurs en même temps qu'ils leur enlevaient leur légitimité et leur majesté, les consuls étaient prêts à se comporter en chefs contre le crime de leurs concitoyens avant même de le faire contre l'armée des ennemis!

Tandis que se tenaient ces discours au Sénat, Canuleius plaidait pour ses lois et contre les consuls en ces termes: «Dans quel mépris vous tenaient les sénateurs, et combien ils vous jugeaient indignes de vivre avec eux dans une même ville, au cœur de la même enceinte, même avant aujourd'hui, citoyens, je vous l'ai souvent montré — et je le fais aujourd'hui plus que jamais, puisqu'ils se sont élevés aussi farouchement contre nos projets de loi : car, par ces projets de loi, faisons-nous autre chose que leur rappeler que nous sommes leurs concitoyens et que, même si nous n'avons pas la même fortune qu'eux, nous habitons néanmoins la même patrie ? Par l'un, nous demandons le droit au mariage mixte, que l'on a coutume d'accorder aux peuples voisins et étrangers ; nous, Romains, avons bien accordé le droit de cité, ce qui est plus que le droit de mariage mixte, même à des ennemis vaincus ! Par l'autre, nous ne proposons rien de nouveau : nous réclamons et revendiquons ce qui appartient au peuple, à savoir que le peuple romain confie ses magistratures à qui il veut.

Quelles raisons ont-ils, à la fin, de bouleverser terre et ciel, de permettre que tout à l'heure, au Sénat, j'aie quasiment subi une agression physique, d'affirmer qu'ils ne maîtriseront pas leurs mains et d'annoncer qu'ils transgresseront la sacro-sainte inviolabilité des tribuns[1] ? Si l'on donne au peuple romain le droit de voter librement pour confier le consulat à qui il veut, et si l'on ne brise pas d'avance l'espoir d'un plébéien d'atteindre lui aussi la magistrature suprême s'il est digne de la magistrature suprême, cette ville s'effondrera ? c'en est fait du pouvoir conféré par la loi ? Et poser la question d'un plébéien consul, c'est la même chose que de dire qu'un esclave ou un affranchi sera consul ? Ne voyez-vous pas dans quel mépris vous vivez ? Qu'ils vous enlèvent la lumière du jour, s'ils en ont le droit ! Qu'ils s'indignent de vous voir respirer, parler, avoir

---

1. Les tribuns de la plèbe bénéficiaient d'une protection religieuse : ils étaient *sacrosancti*, c'est-à-dire qu'on ne pouvait porter la main sur eux.

forme humaine! Bien plus: les dieux me pardonnent, ils disent qu'il serait sacrilège qu'un plébéien soit élu consul! Je vous en conjure, même si nous n'avons pas le droit de consulter les fastes ni les livres des pontifes[1], ignorons-nous ce que même n'ignorent pas les étrangers, à savoir que les consuls ont pris la place des rois et ne possèdent aucun droit ni aucun privilège de majesté qui n'ait, auparavant, été possédé par les rois? Croyez-vous qu'on n'a jamais ouï dire que Numa Pompilius, qui n'était pas patricien, ni même citoyen romain, fut appelé du territoire sabin, sur ordre du peuple Romain, avec l'assentiment des sénateurs, pour être roi de Rome? qu'ensuite Lucius Tarquin, dont la famille n'était ni romaine ni même italienne, puisqu'il était fils d'un Corinthien nommé Démarate et établi à Tarquinies, fut fait roi du vivant des fils d'Ancus Martius? qu'après lui Servius Tullius, né d'une captive de Corniculum, de père inconnu, fils d'une esclave, régna sur Rome avec sagesse et vaillance? et que dire de Titus Tatius le Sabin, que Romulus en personne, le père de notre cité, associa à son pouvoir royal? Oui, en ne méprisant point un sang capable de nourrir le mérite, le pouvoir de Rome s'est accru. Vous auriez honte, aujourd'hui, de consuls plébéiens, alors que nos ancêtres n'ont pas méprisé des rois venus d'ailleurs et qu'après la chute des rois cette ville ne s'est point fermée au mérite venu de l'étranger? En tout cas, la famille Claudia, c'est après la chute des rois, et alors qu'elle venait de chez les Sabins que nous l'avons reçue dans le droit de cité et même mise au nombre des patriciens[2]! Que d'un

1. Les plébéiens n'ont pas le droit de consulter les fastes (le calendrier sacré fixant les cérémonies et déterminant les jours fastes et néfastes), ni les commentaires des pontifes qui établissent la «jurisprudence» politique et religieuse.
2. Allusion perfide à Appius Claudius, un des décemvirs, qui,

étranger l'on fasse un patricien, puis un consul, soit — mais pour un citoyen romain, s'il est issu de la plèbe, l'espoir d'atteindre le consulat sera condamné d'avance ? Qu'est-ce qui est impossible, à notre avis, qu'un homme courageux et dynamique, bon citoyen en temps de paix comme à la guerre, appartienne à la plèbe en ressemblant à Numa, Lucius Tarquin, Servius Tullius, ou bien que nous ne le laissions pas accéder au gouvernail de l'État même si telle est sa valeur ? et nous aurons des consuls ressemblant à nos décemvirs, cette lie des hommes, qui étaient tous des patriciens, plutôt qu'aux meilleurs de nos rois, hommes nouveaux ?

On va m'objecter que depuis la chute des rois aucun consul n'a été un plébéien. Et alors ? Est-ce qu'on ne doit instituer aucune nouveauté ? et ce qu'on n'a point encore fait — beaucoup de choses n'ont jamais été faites dans un peuple encore jeune — on ne doit pas le faire, même si cela est utile ? Sous le règne de Romulus, il n'y avait ni pontifes ni augures ; c'est Numa Pompilius qui les créa. Dans la cité, ni le cens ni la division des centuries et des classes n'existaient ; c'est Servius Tullius qui fit tout cela. Il n'y avait jamais eu de consuls ; ils furent créés après la chute des rois. Ni les pouvoirs ni le titre de dictateur n'existaient ; c'est chez les sénateurs qu'ils apparurent. Les tribuns de la plèbe, les édiles, les questeurs n'existaient pas ; on décida leur institution. En moins de dix années, nous avons créé, puis destitué des décemvirs chargés de rédiger les lois. Qui peut douter que, dans une ville fondée pour l'éternité et pour croître indéfiniment, de nouveaux pouvoirs légaux, de nouveaux sacerdoces, de nou-

---

justement, s'était conduit scandaleusement et avait précipité la dissolution de ce collège de législateurs tombés dans les abus de pouvoir.

veaux droits pour les hommes et les peuples doivent être institués ?

Cette interdiction même de mariage entre patriciens et plébéiens, ne sont-ce pas les décemvirs qui l'ont inscrite dans la loi, au cours de ces quelques années catastrophiques pour la République, en infligeant à la plèbe le pire déni de justice ? ou bien pourrait-il exister pire ou plus éclatante insulte que de juger une partie de la cité indigne du mariage mixte comme si elle était pestiférée ? Qu'est-ce d'autre, pour elle, que de subir un exil, une relégation à l'intérieur des murailles communes ? Ils veillent à ce qu'il y ait ni liens de parenté, ni alliances, ni métissage des sangs. Quoi ! si cela pollue votre fameuse noblesse, que pour la plupart, descendants des Albains et des Sabins, vous tenez non par la lignée ou le sang, mais par cooptation au nombre des sénateurs, que vous ayez été choisis par les rois ou, après la chute des rois, par la volonté du peuple[1], cette noblesse, vous n'auriez pas pu en sauvegarder la pureté par des décisions privées, en ne permettant pas à vos filles et à vos sœurs de se marier hors du cercle des patriciens ? Aucun plébéien ne prendrait de force une jeune patricienne ; c'est là un caprice de patricien[2] ! Personne n'aurait été forcé de conclure un mariage ! Oui mais, voilà : user de la loi pour interdire et supprimer ce mariage mixte entre patriciens et plébéiens, c'est cela, justement, qui est une insulte pour la plèbe. Pourquoi en effet n'interdisez-vous pas par la loi le mariage

---

1. Seuls cent sénateurs (*patres*) avaient été choisis par Romulus, et au Vᵉ siècle, le Sénat se composait très majoritairement de *conscripti*, cooptés ou reçus après avoir exercé une haute magistrature.
2. Nouvelle allusion à Appius Claudius, qui avait voulu s'approprier, au mépris du droit, la vierge plébéienne Virginie en la traitant comme une esclave.

entre riches et pauvres ? Ce qui, toujours et partout, releva d'une décision privée, à savoir qu'une femme puisse prendre époux dans la maison qui lui convenait, et qu'un homme puisse prendre épouse dans la maison avec laquelle il aurait conclu un mariage, cela, vous le précipitez dans les astreintes d'une loi parfaitement tyrannique par laquelle vous brisez la solidarité qui lie tous les citoyens, et d'une seule cité, vous en faites deux. Pourquoi n'adoptez-vous pas une loi interdisant qu'un plébéien habite à côté d'un patricien, partage son chemin, aille au même banquet, s'arrête, au forum, au même endroit que lui ? Qu'est-ce qui change, si un patricien épouse une plébéienne, ou un plébéien une patricienne ? En quoi enfin le droit est-il modifié ? Bien évidemment, les enfants seront de la condition du père. Et nous ne demandons rien d'autre, en sollicitant le droit de mariage avec vous, que d'être comptés au nombre des hommes, au nombre des citoyens, tandis que vous, vous n'avez d'autre raison d'aller au conflit que la satisfaction de vous battre pour nous insulter et nous rabaisser.

Enfin, à qui appartient le pouvoir suprême ? À vous, ou au peuple romain ? En chassant les rois, a-t-on établi la tyrannie entre vos mains, ou une liberté égale pour tous ? Faut-il que soit permis au peuple romain, s'il le désire, d'adopter une loi, ou bien, au fur et à mesure qu'on affichera un projet de loi, vous, pour nous punir, vous décréterez la mobilisation générale ? Et dès que moi, le tribun de la plèbe, j'aurai commencé à appeler les tribus à voter, toi, le consul, tu feras prêter serment aux jeunes conscrits et tu les conduiras dans les camps, en menaçant la plèbe, en menaçant le tribun ? Qu'est-ce que cela serait, si vous n'aviez pas déjà, par deux fois, éprouvé ce que valaient de telles menaces face à l'union de la plèbe[1] ! Si vous vous êtes alors abstenus de livrer bataille, sans doute est-ce parce que vous vouliez parlementer avec nous ; ou bien serait-ce que, s'il n'y a pas eu bataille, c'est parce que le camp qui était le plus résolu se montra aussi le plus raisonnable ? Et aujourd'hui non plus, citoyens, il n'y aura pas bataille ; ces gens-là mettront toujours à l'épreuve votre courage, mais ils ne se risqueront pas à affronter vos forces.

Ainsi donc, participer à cette guerre, qu'elle existe vraiment ou pas, consuls, la plèbe y est prête, si, en rétablissant le droit de mariage mixte, vous donnez enfin à cette cité son unité, si tous peuvent s'unir, s'allier, se mêler par des liens privés de parenté, si l'espoir et l'accès aux magistratures est concédé aux hommes dynamiques et vaillants, s'il est permis de partager un destin, de vivre dans la solidarité de la République, et s'il est permis, ce qui est le propre d'une liberté égale pour tous, d'alterner, sous des magistrats annuels, l'obéissance et le commandement. Si c'est cela que l'on veut empêcher, ne parlez que de guerres, multipliez-les en paroles ! Personne ne s'enrôlera, personne ne prendra les armes, personne ne combattra pour des maîtres tyranniques, avec lesquels il ne partage ni les magistratures de la République ni le droit privé à des mariages. »

Histoire romaine, IV, 2-6.

---

1. Rappel de deux précédentes séditions de la plèbe, au cours desquelles les sénateurs avaient brandi en vain l'argument d'une guerre menaçant Rome.

Le passage des Alpes

En 218 av. J.-C., Hannibal, qui vient de s'emparer de toute l'Espagne en chassant les Romains de la partie septentrionale de la région, passe les Pyrénées et remonte vers le Rhône sans rencontrer de véritable résistance ; il franchit le fleuve, et se dirige vers les Alpes. L'obstacle est considérable, mais au-delà, c'est l'Italie : faisant taire la peur de ses soldats, le général va leur faire affronter l'hostilité des montagnards gaulois et de la nature la plus sauvage.

Hannibal est-il passé par le col du Montgenèvre, de Larche, de la Traversette ou du Mont-Cenis ? On n'a, pour l'heure, aucune certitude, et le récit des historiens ne permet pas de trancher. En revanche, ces pages relatent un épisode d'une grande intensité dramatique, un véritable exploit, à la limite du fantastique : s'appuyant sur le récit de l'historien grec Polybe, Tite-Live, de guet-apens en congère, fait frémir son lecteur...

À partir de la Durance, Hannibal parvint aux Alpes en suivant surtout un itinéraire de plaine, et sans rencontrer d'hostilité de la part des Gaulois qui habitaient ces régions. On le savait déjà par la réputation, qui pourtant a coutume de grossir tout ce dont on n'est pas certain — mais alors, lorsqu'on vit de près la hauteur des montagnes, les neiges qui touchaient presque le ciel, les habitations informes accrochées aux rochers, le bétail et les bêtes de somme engourdis par le froid, les hommes aux longs cheveux hirsutes, tous les êtres, vivants ou inanimés, raidis par le gel, et mille autres choses encore plus horribles à voir qu'à décrire, alors revint la panique. La colonne de troupes s'élevait sur les premières pentes, quand on aperçut les montagnards postés au-dessus, sur des escarpements ; s'ils s'étaient postés dans des vallons bien cachés, ils auraient pu, en surgissant soudain pour attaquer, provoquer une déroute et un massacre. Hannibal ordonna une halte. Après avoir envoyé des éclaireurs gaulois pour reconnaître les lieux et appris d'eux qu'il n'y avait là aucun autre passage possible, il installa son camp dans la plus large partie possible de la vallée, entre d'abrupts versants rocheux. Alors, il apprend par ces mêmes Gaulois, dont la langue et la culture ne différaient guère de celles des montagnards et qui s'étaient mêlés à leurs conversations, que le défilé n'était gardé que pendant la journée : la nuit, tout le monde rentrait chez soi en se dispersant. Hannibal s'avance à l'aube jusqu'au pied des escarpements, comme s'il avait l'intention de forcer l'étroit goulet de jour, et ouvertement. Ensuite, il laisse passer la journée en feignant une autre tactique que celle qu'il préparait, et installe un camp fortifié à l'endroit même où il s'était arrêté. Dès qu'il vit que les montagnards étaient descendus des escarpements et avaient relâché leur surveillance, il fit allumer, pour faire illusion, des feux plus nombreux que ne le demandait le nombre des soldats restés au camp, et, laissant les bagages avec la cavalerie et la majeure partie des fantassins, il s'avance lui-même avec des soldats armés légèrement et particulièrement combatifs, franchit le goulet sans être vu et vient se poster sur les escarpements même qu'avait auparavant occupés l'ennemi.

Au point du jour, on leva le camp et le reste de l'armée se mit en route. Déjà les montagnards, avertis par un signal, quittaient leurs villages fortifiés pour regagner leurs positions habituelles, lorsqu'ils aperçoivent soudain leurs ennemis : les uns sont au-dessus de leurs têtes, occupant leur propre citadelle, les autres s'avancent sur la route du défilé. Ce double spectacle, s'offrant à leurs regards et à leur réflexion, les immobilisa un temps ; ensuite, voyant l'affolement qui régnait dans le goulet et la confusion dans laquelle la colonne de troupes se plongeait elle-même, en raison surtout de la panique des chevaux, ils pensèrent que toute la terreur qu'ils pourraient ajouter à ce désordre suffirait à causer la perte de l'ennemi : ils font rouler les rochers qui se trouvaient là, et, en montagnards habitués aux pentes impraticables, ils les dévalent en courant. Les Carthaginois étaient alors agressés à la fois par leurs ennemis et par les difficultés du terrain, et ils se battaient plus entre eux, chacun tâchant d'échapper au danger avant les autres, qu'avec ces ennemis. C'étaient surtout les chevaux qui rendaient la colonne meurtrière : épouvantés par les cris dissonants que venaient encore amplifier les échos des bois et des vallons, ils tremblaient de peur, et, lorsque, par hasard, ils recevaient un coup ou une blessure, ils tombaient dans une telle panique qu'ils faisaient d'énormes dégâts aux hommes et aux bagages de toute sorte ; comme le goulet était en pente raide et bordé de chaque côté par des ravins, beaucoup de ces hommes, poussés par la mêlée, furent jetés dans de profonds précipices ; il en fut de même pour un certain nombre de soldats en armes, et, comme prises dans un éboulement, des bêtes de somme et leur chargement roulaient au bas de la pente. Malgré l'horreur de ce spectacle, Hannibal resta un certain temps sans bouger de sa position, en retenant ses troupes, pour ne pas accroître la confusion et l'affolement ; ensuite, quand il vit que la colonne de troupes était coupée en deux et qu'il courait le risque d'avoir fait en vain traverser sans pertes son armée pour qu'elle se retrouve privée de tous ses bagages, il dévala des hauteurs ; cet assaut mit en déroute les ennemis, tout en aggravant l'affolement chez les siens. Mais cet affolement s'apaisa instantanément dès que la fuite des montagnards libéra le passage, et ce fut dans le calme et presque en silence que toute la colonne eut tôt fait de le franchir. Hannibal s'empare ensuite d'un village fortifié, qui était le bourg principal du secteur, ainsi que des hameaux d'alentour, et nourrit son armée pendant trois jours avec les vivres et le bétail dont il s'est emparé; et, pendant ces trois jours, sans être vraiment gêné ni par les montagnards qu'il avait une première fois mis en fuite, ni par le terrain, il fit un bon bout de chemin.

On rencontra ensuite un autre peuple, assez nombreux pour des gens de la montagne. Cette fois, Hannibal faillit être victime non d'un affrontement direct, mais de ses propres artifices habituels, la ruse et l'embuscade. Les anciens des villages, chefs de leur tribu, viennent parlementer avec le Carthaginois, et déclarent qu'instruits par l'utile exemple du malheur d'autrui, ils préfèrent expérimenter l'amitié des Carthaginois que leur puissance; ils exécuteraient ses ordres avec obéissance; ils le priaient d'accepter du ravitaillement, des guides pour la route et des otages en gage de leurs promesses. Hannibal pensa qu'il ne fallait ni se fier à eux à la légère ni repousser leurs offres de service, pour éviter qu'un refus n'en fît des ennemis déclarés; il leur répondit aimablement, accepta les otages offerts, utilisa les vivres qu'ils avaient eux-mêmes apportés pour la route, et suivit leurs guides sans toutefois adopter le moins du monde la disposition des troupes en marche qui eût convenu pour traverser des populations pacifiques. D'abord marchaient les éléphants et les cavaliers; lui-même s'avançait derrière, avec le gros des fantassins, sur le qui-vive, regardant tout autour de lui. Lorsqu'on arriva à un rétrécissement de la route, qu'une crête en surplomb dominait d'un côté, les barbares, postés en embuscade, surgissent de partout, devant, derrière, attaquant de près et de loin à la fois, en faisant dévaler d'énormes rochers sur la colonne de troupes. C'est à l'arrière que pressait la force la plus nombreuse. Les rangs de fantassins se retournèrent contre elle, et l'on put voir clairement que si l'arrière-garde de l'armée n'avait pas été renforcée, on aurait nécessairement subi un immense désastre dans ce défilé. Même dans ces conditions, on en vint à courir un extrême danger, et on frôla le massacre : le temps qu'Hannibal hésite à faire descendre l'armée dans l'étroite gorge, faute d'avoir laissé une troupe d'appoint à l'arrière pour soutenir les fantassins comme lui-même soutenait les cavaliers, les montagnards, accourant de flanc, coupèrent la colonne par le milieu et occupèrent la route, et Hannibal dut passer une nuit entière sans sa cavalerie et sans ses bagages.

Le lendemain, les assauts des barbares se firent moins violents, les troupes purent faire leur jonction et le défilé fut franchi non sans graves dommages, avec néanmoins plus de pertes en bêtes de somme qu'en hommes. Les montagnards furent par la suite moins nombreux, lançant des assauts comme des brigands plutôt que comme des guerriers, tantôt contre l'avant-garde, tantôt contre l'arrière-garde, selon l'avantage du terrain ou bien l'avance ou le retard des troupes, qui leur procurait ces occasions. Les éléphants causaient de grands retards lorsque la route était étroite et de pente raide, mais, aussi bien, assuraient la sécurité de l'armée en marche, partout où ils avançaient, car les ennemis, ne connaissant pas ces animaux, avaient peur de trop s'en approcher.

Le neuvième jour, on parvint à un col des Alpes, après bien des culs-de-sac et des erreurs de parcours, dues soit aux tromperies des guides, soit, lorsqu'on ne se fiait pas à eux, à des spéculations sur la route à prendre, qui faisaient s'engager à l'aveuglette dans les vallées. On stationna pendant deux jours au col, et les soldats, épuisés par leurs efforts et les combats, se virent accorder quelque repos. Un certain nombre de bêtes de somme, qui avaient chuté dans les rochers, rejoignirent le camp en suivant les traces de l'armée. On était fin octobre, à l'époque où se lève la constellation des Pléiades, et à la fatigue et au dégoût causés par tant de souffrances vint s'ajouter la frayeur suscitée par une chute de neige. On avait donné le signal du départ au petit jour, l'armée avançait sans ardeur à travers un enneigement total, sur tous les visages on lisait le manque d'énergie et le désespoir : alors Hannibal s'avança au-devant des enseignes de l'avant-garde. Sur un promontoire d'où la vue portait au loin et largement, il ordonne à ses troupes de faire halte, il leur montre l'Italie et, au pied des Alpes, les plaines qui entourent le Pô : ces remparts qu'ils étaient en train de franchir, dit-il, c'étaient non seulement ceux de l'Italie, mais les remparts mêmes de la ville de Rome ; le reste de la route serait facile, en pente douce ; une bataille, deux au plus, et ils auraient entre leurs mains, en leur pouvoir, la capitale et la citadelle de l'Italie.

L'armée alors se remit en marche sans que les ennemis ne tentent rien d'autre que de petites escarmouches furtives, au coup par coup. Mais la route fut beaucoup plus difficile que pendant l'ascension — les Alpes sont généralement, sur le versant Italien, d'autant plus escarpées qu'elles sont plus resserrées. Presque toute la route, en effet, était bordée de précipices, étroite, glissante, si bien que les soldats ne pouvaient éviter les faux-pas, ni, pour ceux qui trébuchaient, se rétablir solidement sur leurs appuis : ils tombaient les uns sur les autres, et les bêtes de somme chutaient sur les hommes. Ensuite, on arriva à un passage rocheux beaucoup plus étroit, et avec des falaises si verticales qu'un soldat sans bagage pouvait à peine se laisser descendre, en tâtonnant de la main et en s'accrochant aux fourrés et aux racines qui poussaient alentour. Cet endroit, naturellement très pentu, avait été tranché abruptement par un récent glissement de terrain, sur une profondeur de mille pieds au moins[1]. Les cavaliers s'arrêtèrent comme si la route finissait là ; Hannibal s'inquiète de la raison de cette halte ; on lui annonce qu'une roche fait obstacle. Il descend alors en personne pour examiner les lieux. Sans doute possible, à voir la situation, il fallait faire contourner l'obstacle à l'armée en la faisant passer, quelle que fût la longueur du détour, par des endroits non aménagés en route et que personne n'avait jamais foulés auparavant. Mais cette voie s'avéra impraticable : sur une ancienne couche de neige intacte, une nouvelle, de faible épaisseur, était tombée, et les pieds des soldats se plantaient aisément dans cette couche molle et peu profonde ; et lorsque, sous le piétinement de tous ces hommes et de toutes ces bêtes, elle fut fondue, ils marchaient sur la glace nue sous-jacente et dans la gadoue de la neige fondante. Là, on vit des hommes se débattre dans d'effroyables difficultés : le verglas n'offrait aucune prise au pied, il le faisait glisser d'autant plus vite que le terrain était en pente ; s'ils s'aidaient, en essayant de se relever, avec les mains et les genoux, les points d'appui eux-mêmes se dérobaient et ils s'écroulaient à nouveau ; ni souches ni racines alentour,

1. Il faut imaginer une immense dalle de pierre quasi verticale, mise à nu par une avalanche sur 300 mètres. Les soldats vont devoir aménager une sorte de corniche (assez large pour laisser passer un éléphant !) afin de descendre, en lacets, toute la hauteur de cette plaque rocheuse.

qui eussent procuré un appui au pied ou à la main ; ainsi, pour seul résultat, ils roulaient sur la glace lisse et la neige fondante. Il arrivait aussi que des bêtes de somme, en progressant, entament la couche de neige du dessous, et, quand elles glissaient, elles la faisaient voler en éclats à force de l'entailler en la frappant à coups répétés avec leurs sabots dans leurs efforts pour se relever, si bien que la plupart d'entre elles, comme si elles avaient des entraves, restaient les sabots pris dans la glace formée en profondeur. Finalement, quand hommes et bêtes se furent épuisés en vain, on installa le camp sur une crête, après avoir très laborieusement déblayé l'emplacement, tant il fallait piocher dans la neige et débarrasser celle-ci.

Ensuite, on mit les soldats au travail pour aménager la paroi rocheuse dont la traversée constituait la seule voie possible. Comme il fallait creuser un passage dans la pierre, on abat dans l'environ et l'on ébranche des arbres gigantesques, on fait un énorme tas de bois et, comme un vent favorable pour faire un brasier s'était levé, on y met le feu, et, en versant du vinaigre sur les rochers brûlants, on les fait se déliter[1]. À coups d'outils en fer, ils entaillent la roche calcinée par cet incendie, et ils adoucissent sa pente en traçant des lacets peu inclinés, de façon à permettre la descente non seulement des bêtes de somme, mais des éléphants. On passa quatre jours à travailler autour de cette roche, et les bêtes étaient quasiment mortes de faim ; en effet, ces sommets

---

1. Ce vinaigre a fait couler beaucoup d'encre ! L'armée d'Hannibal en transportait une grande quantité pour couper l'eau donnée à boire aux soldats (cela se faisait encore dans la Grande Armée de Napoléon). S'il est vrai qu'un feu très violent fait éclater et se déliter le calcaire, technique connue pour la fabrication du ciment, l'appoint corrosif de l'acide acétique du vinaigre semble, en comparaison, négligeable — mais non nul !

sont pratiquement dénudés, et la neige recouvre les éventuels pâturages. Plus bas, il y a des vallées et des collines bien exposées, des torrents au bord des forêts et des endroits déjà plus habitables pour des humains. Là, on fit paître les bêtes de somme, et on accorda du repos aux troupes fatiguées. Puis, en trois jours, on descendit dans la plaine, où le paysage comme le caractère des autochtones étaient plus agréables.

C'est ainsi, pour l'essentiel, qu'en quinze mois Hannibal alla de Carthagène en Italie, selon certains auteurs dignes de foi, en franchissant les Alpes en quinze jours. Sur le nombre des troupes dont il disposait une fois passé en Italie, il y a désaccord : ceux qui lui en prêtent le plus écrivent qu'il avait cent mille fantassins et vingt mille cavaliers ; ceux qui lui en prêtent le moins, vingt mille fantassins et six mille cavaliers.

Histoire romaine, XXI, 32-38.

Hannibal et Scipion : le dernier combat

En 202 av. J.-C., la seconde guerre punique va s'achever par la bataille de Zama, dans l'actuelle Tunisie. Après avoir subi l'inexorable avancée des armées d'Hannibal, qui, après avoir franchi les Alpes, vont de victoire en victoire jusqu'au triomphe de Cannes (216 av. J.-C.), les Romains se ressaisissent : le Carthaginois a eu le tort de ne pas attaquer la Ville, et ses adversaires adoptent enfin une tactique efficace, grâce à de nouveaux généraux plus sages, comme Quintus Fabius Maximus, dit le Temporisateur, ou plus brillants, comme l'admirable Publius Cornelius

Scipion, qui, après plusieurs années d'efforts, passe en Afrique avec ses troupes et contraint Hannibal à se replier pour le rejoindre. À la veille de la bataille décisive, une entrevue permet aux deux chefs de guerre de s'opposer par des discours : Hannibal, en bon général hellénistique, estime que, puisque la guerre s'achève, il suffit de négocier un bon compromis entre valeureux adversaires ; mais Scipion, en bon général romain, n'admet qu'une victoire absolue, et donc préfère écraser l'ennemi... Tite-Live fait donc d'Hannibal un fin sophiste, et de Scipion un cynique péremptoire !

On fit reculer les armées, et, entre elles, à égale distance, accompagnés chacun de son interprète, s'avancèrent pour se rencontrer Hannibal et Scipion, qui étaient non seulement les deux plus grands chefs de guerre de leur époque, mais encore pouvaient rivaliser avec tous les rois ou les généraux de l'histoire de tous les peuples. Un temps, s'observant, frappés d'admiration mutuelle, ils gardèrent le silence ; puis Hannibal, le premier, prit la parole : « Puisque le destin veut que, moi qui le premier ai lancé la guerre contre le peuple romain et qui, tant de fois, ai eu la victoire en main, je prenne l'initiative de venir demander la paix, je me réjouis que ce soit à toi, plutôt qu'à tout autre, qu'il me faille, par arrêt du sort, la demander. Et pour toi aussi, entre bien des hauts faits, ce ne sera pas ton moindre titre de gloire que d'avoir fait céder Hannibal, à qui tant de fois les dieux ont donné la victoire, et d'avoir mis un terme à cette guerre que vos défaites, avant les nôtres, auront rendue célèbre. Autre caprice du hasard, j'ai pris les armes alors que ton père était consul ; il fut le premier général romain que j'aie affronté en bataille ; et c'est à son fils que je viens, sans armes, demander la paix. Et sans doute le mieux aurait été que les dieux eussent convaincu nos ancêtres de nous contenter, vous, de l'Italie, et nous, de l'Afrique ; car ni la Sicile ni la Sardaigne ne sont, pour vous, des récompenses à la hauteur de la perte de tant de flottes, d'armées, de grands généraux. Mais le passé, on peut plus facilement en faire matière à reproche que le corriger. Nous avons convoité les terres d'autrui au point d'avoir à combattre pour nos propres terres, si bien qu'il n'y eut point seulement la guerre, pour nous, en Italie, ni seulement, pour vous, en Afrique : au contraire, vous, c'est quasiment dans vos ports et sur vos remparts que vous avez pu voir les enseignes et les armes de l'ennemi, et nous, nous avons entendu depuis Carthage les grondements d'un camp romain. Ainsi donc, ce que nous souhaitions par-dessus tout éviter, et que vous, vous souhaitiez obtenir plus que tout, c'est dans une situation favorable pour vous qu'il nous faut discuter de la paix. Et toi et moi en discutons, nous qui avons le plus grand intérêt à ce que cette paix se fasse et dont nos cités ratifieront toutes les négociations, quelles qu'elles soient : tout ce dont nous avons besoin, c'est d'être dans des dispositions qui ne refusent pas catégoriquement des résolutions pacifiques.

« En ce qui me concerne, revenant vieil homme dans la patrie que j'ai quittée enfant, mes succès, mes échecs m'ont déjà bien appris à préférer suivre la raison plutôt que la fortune : ta jeunesse et ta constante réussite, deux traits qui poussent à plus d'agressivité qu'il ne le faudrait pour ces résolutions pacifiques, voilà ce que je crains. L'homme que la Fortune n'a jamais déçu mesure rarement le poids du hasard et ses incertitudes. Ce que je fus, moi, à Trasimène et à Cannes[1], tu l'es aujourd'hui. Tu as

---

1. Rappel de deux éclatantes victoires d'Hannibal sur le sol de l'Italie.

reçu le commandement suprême alors que tu avais à peine l'âge d'être soldat, tu as tenté les tactiques les plus audacieuses, et la Fortune ne t'a jamais trompé. Vengeant la mort de ton père et de ton oncle, après le malheur qui avait frappé votre maison, tu as acquis la gloire éclatante que confèrent une vertu et une piété insignes ; tu as repris l'Espagne citérieure et ultérieure, en chassant de ces terres quatre armées carthaginoises ; élu consul, alors même que tous les autres n'avaient même pas assez de courage pour défendre l'Italie, tu es passé en Afrique, tu as taillé en pièces deux armées, pris et incendié dans la même heure deux camps, fait prisonnier le très puissant roi Syphax[1], ravi toutes ces villes de son royaume ou soumises à notre pouvoir — et, alors que j'étais installé en occupation de l'Italie depuis seize ans, tu m'en as arraché. Tu peux bien, dans ton cœur, préférer une victoire à la paix. J'ai connu ces élans plus immodestes qu'utiles ; et moi aussi, j'ai vu briller, parfois, une aussi éclatante fortune. Or si les dieux, lorsque nous rencontrons le succès, nous donnaient aussi raison et lucidité, nous tiendrions compte non seulement de ce qui est arrivé, mais encore de ce qui peut arriver ensuite. Et pour oublier tous les autres exemples, je suis, moi, une parfaite illustration de tous ces aléas du destin : tu m'auras vu, hier encore, installer mon camp entre l'Anio[2] et Rome, marcher vers la Ville et presque gravir ses remparts — et tu me vois ici, après la mort de mes deux frères, ces hommes si valeureux, ces généraux illustres, tu me vois, au pied des remparts de ma patrie assiégée, chercher à détourner

---

1. Syphax était les roi des Numides, peuple berbère allié de Carthage.
2. L'Anio est un petit fleuve du Latium, à quelques kilomètres de Rome, au bord duquel Hannibal installa son camp — mais il n'osa pas marcher sur la Ville.

de ma ville les malheurs qui plongèrent, à cause de moi, votre ville dans la terreur.

« La plus grande faveur de la Fortune mérite toujours la plus grande défiance. Dans ces circonstances, qui te sont favorables et critiques pour nous, la paix est, pour toi qui l'accordes, noble et glorieuse, mais, pour nous qui la réclamons, plus nécessaire qu'honorable. Une paix conclue est meilleure et plus solide qu'une victoire espérée : la première dépend de toi, l'autre, du bon vouloir des dieux. Ne laisse point se jouer en une heure les succès de tant d'années. Considère d'une part, tes forces, d'autre part — et surtout — la force de la Fortune, mais aussi ces chances égales que donne Mars aux deux camps : des deux côtés, il y aura le fer des armes, des deux côtés, les bras des hommes ; encore moins à la guerre que partout ailleurs, les événements ne répondent à notre attente. À la gloire que tu peux déjà obtenir en accordant la paix, tu ajouteras moins si tu sors vainqueur que tu ne perdras si survient une issue contraire. La Fortune peut, en une heure, anéantir une gloire déjà acquise en même temps que toute celle que l'on espère. Pour conclure la paix, tu as les pleins pouvoirs — mais là, il faudra se plier à la fortune qu'auront choisie les dieux. Au nombre des quelques grands exemples de réussite et de courage, il aurait pu y avoir celui de Marcus Atilius Regulus, qui vint jadis sur cette même terre, si, après sa victoire, il avait accordé la paix à la demande de nos ancêtres : mais, en ne fixant pas une juste mesure à ses succès et en ne réprimant point l'élan d'orgueil où l'entraînait sa fortune, il tomba d'autant plus misérablement que celle-ci l'avait élevé plus haut[1].

---

1. Lors de la première guerre punique, Marcus Atilius Regulus, consul suffect en 258 av. J.-C., mena une offensive réussie en Afrique,

« Certes, c'est à qui l'accorde, non à qui demande la paix de fixer ses conditions ; mais peut-être ne sommes-nous pas indignes de proposer nous-mêmes notre amende. Nous ne contestons pas que toutes les possessions pour lesquelles on entra en guerre vous restent acquises, la Sicile, la Sardaigne, l'Espagne et toutes les îles comprises entre l'Afrique et l'Italie[1] ; nous acceptons, nous, Carthaginois, de rester enfermés dans les limites des côtes de l'Afrique, tout en vous voyant, puisque les dieux l'ont permis, exercer votre domination sur terre et sur mer, y compris en dehors de l'Italie. Je ne saurais nier que la parole des Carthaginois vous est suspecte, parce que la paix a été récemment demandée et attendue avec bien peu de sincérité ; mais la confiance dans la solidité de la paix dépend beaucoup de la personnalité de ceux qui la demandent, et, à ce que j'ai entendu dire, le manque de sérieux de nos ambassadeurs n'a pas joué un rôle négligeable lorsque vos sénateurs ont refusé la paix[2]. Mais maintenant, c'est moi, Hannibal, qui la demande, et je ne la demanderais pas, si je ne la jugeais pas utile, et c'est cette même utilité au nom de laquelle je la demande qui me fera la respecter. Et de la même manière que, puisque j'avais commencé la guerre, j'ai tout fait pour que personne n'ait à la regretter jusqu'au moment

---

puis fut capturé après avoir refusé une trêve ; envoyé à Rome pour proposer au Sénat un échange de prisonniers sous serment de revenir à Carthage après sa mission, il plaida contre l'échange mais respecta son serment, ce qui lui valut d'être atrocement supplicié par les Carthaginois — et de devenir, pour les stoïciens, un martyr de la *fides*, vertu romaine par excellence.

1. Ces possessions étaient reconnues aux Romains par le traité mettant fin à la première guerre punique !

2. Une trêve avait été antérieurement conclue, et violée par les Carthaginois, qui avaient arraisonné des navires de ravitaillement romains, tandis que les Romains, de leur côté, dénonçaient cet accord.

où les dieux eux-mêmes m'ont jalousé, de même, je ferai en sorte que personne n'ait à regretter une paix conclue grâce à moi. »

En réponse à ces paroles, voici à peu près ce que répondit le général romain : « Il ne m'avait pas échappé, Hannibal, que si les Carthaginois avaient troublé la trêve en vigueur et ruiné tout espoir de paix, c'était bien parce qu'ils espéraient ton arrivée ici ; et toi-même, tu ne t'en caches pas, puisque tu supprimes toutes les clauses du précédent accord de paix, ne laissant que ce qui, depuis longtemps, est sous notre contrôle. Mais si ton souci est de faire sentir à tes concitoyens de quel poids tu les soulages, ma tâche à moi est de veiller à ne pas récompenser leur perfidie en renonçant aujourd'hui à des clauses précédemment acceptées. Alors même que vous ne méritez pas qu'on vous offre les mêmes conditions, vous allez jusqu'à réclamer que votre violation des traités vous procure des avantages ! Ce ne sont pas nos pères à nous, Romains, qui ont été les premiers responsables de la guerre en Sicile, et nous n'avons pas provoqué la guerre d'Espagne : ce qui nous a fait prendre les armes pour des guerres légitimes et exemptes de tout sacrilège, c'est, jadis, le danger que couraient nos alliés mamertins, et, cette fois, la destruction de Sagonte[1]. C'est vous qui avez provoqué la guerre, tu l'avoues toi-même et les dieux en sont témoins, ces dieux qui ont donné à la première guerre l'issue conforme à la justice humaine et divine, comme ils le font, comme ils vont le faire pour la présente guerre.

« En ce qui me concerne, moi aussi, je garde à l'es-

---

1. Une attaque carthaginoise contre les Mamertins, habitants de Messine, avait fait éclater la première guerre punique, et la seconde survint lorsque Hannibal mit à sac Sagonte, en Espagne, alors que, selon la lecture « romaine » du traité précédemment conclu, cette cité était sous la protection de Rome.

prit la faiblesse de l'être humain ; moi aussi, je médite sur la puissance de la Fortune, et je sais bien que tous nos actes sont soumis à mille hasards. D'ailleurs, supposons qu'avant mon propre départ pour l'Afrique, tu aies spontanément quitté l'Italie en embarquant ton armée, que tu sois ensuite venu demander la paix et que moi j'aie dédaigné ta demande, j'avouerais que ma conduite serait orgueilleuse et intransigeante ; mais comme en réalité je t'ai pour ainsi dire traîné jusqu'en Afrique à la force de mon bras alors que tu résistais et tergiversais, je n'ai aucune pudeur à avoir avec toi. Par conséquent, si, aux premières conditions auxquelles un accord de paix semblait sur le point de se conclure, vous ajoutez, à titre de réparation, une pénalité pour les bateaux saisis avec leurs cargaisons de ravitaillement pendant la trêve, il y a lieu que j'en réfère au conseil ; si au contraire même les anciennes conditions vous paraissent lourdes, préparez-vous à la guerre, puisque vous n'avez pas pu supporter la paix ! »

Ainsi donc, sans avoir fait la paix, ils rompirent l'entretien pour rejoindre leur escorte, et annoncèrent que l'on avait parlé pour rien : il faudrait s'en remettre aux armes, et avoir le sort fixé par les dieux.

Histoire romaine, **XXX**, 30-31.

OVIDE

(PUBLIUS OVIDIUS NASO, 43 AV. J.-C. — VERS 18 APR. J.-C.)

Dante, dans son Enfer, *place Ovide au niveau d'Homère, d'Horace et de Lucain — et parfois, il a été jugé supérieur à Virgile; il est le seul, en tout cas, à pouvoir lui disputer le titre de plus grand poète latin. Sans doute le plus imité: par ses contemporains, ses successeurs immédiats, puis au Moyen Âge, qui s'en imbibe, le lit et le relit, quitte, pour la convenance, à «moraliser» ce qu'il avait de leste. Après quoi, sous les rafales du romantisme et les assauts de l'Université (surtout en France!), il sera réduit trop longtemps au rang de «poète facile», incapable de distiller ces «liqueurs fortes» (volons ces mots à René Char) qu'adore la Modernité. On lui fera seulement l'aumône d'une reconnaissance de «sincérité» dans ses* Tristes, *comme si le malheur était le seul combustible d'un poète digne de ce don...*

Car notre homme est un joueur. Et même un virtuose: le jeune provincial de Sulmone fait sensation à l'école des rhéteurs Arellius Fuscus et Porcius Latro, il excelle dans les suasoriae *(déclamations disposant une délibération fictive), les vers lui viennent naturellement, «malgré lui», dira-t-il. Peu tenté par la carrière politique, il s'engouffre dans le tourbillon littéraire qu'a suscité la paix d'Auguste, tâte de la tragédie avec une* Médée *(une de plus, dira-t-on), s'essaie à une épopée mythologique sur le combat des Titans et des*

Géants... et trouve son bonheur — après le subtil jeu littéraire des Héroïdes, *lettres d'amour d'héroïnes blessées — dans la poésie légère, la « légère élégie » aux vers déhanchés. Il aime plaire, c'est un séducteur, et il connaît l'amour sur le bout du distique (un hexamètre, un pentamètre), dont il se joue en acrobate: dans* Les Amours, *il fait, de pièce en pièce, l'inventaire galant des situations amoureuses, puis dans son* Art d'aimer, *par parodie, il en brosse la théorie.*

Mais il s'est lancé aussi, en l'an 1 av. J.-C., dans un superbe monument, Les Métamorphoses, *quinze chants, dix-huit mille hexamètres dactyliques, poème-fleuve qui cascade de récit en récit dans la mythologie, souvent galante, toujours un peu magique. Et dans l'étrange aventure des* Fastes *— qui consiste à parcourir, à raison d'un chant par mois, les cultes de la cité romaine... Après de gros efforts pour mettre ici et là un peu d'humour dans ce calendrier, Ovide laissera tomber ce livre à mi-parcours, et, malgré ses regrets souvent affichés en exil, ne s'y remettra jamais.*

Car, mondain, élégant, amant passionné de la Ville et de ses plaisirs, il brille par son charme et par son humour peut-être un peu insolent en des temps où le Prince rêve de restaurer la Vertu dans les têtes bien nées. À trop parler d'amour, à trop le faire peut-être, il déplaît : on le chasse au bout du monde, à la fin de l'an 8, en exil sur les bords de la mer Noire. Pourquoi au juste ? On ne sait. Il y souffrira, et lancera de ces mornes rivages deux recueils d'élégies plaintives, Les Tristes *et* Les Pontiques, *comme autant de bouteilles à la mer.*

Champion du « style bas », mais capable de vers superbes lorsqu'il saisit le prodige esthétique des métamorphoses, Ovide avait trop de talent pour que certains doctes lui concèdent du génie. Un esthète spirituel ? Il en faut, soupirent-ils, avec une feinte indul-

Les Amours

*Réunies en trois livres, sous le titre d'*Amores, *les élégies d'Ovide constituent un véritable inventaire des situations amoureuses et, à ce titre, beaucoup d'entre elles seront « réécrites » pour figurer dans les bons conseils de* L'Art d'aimer. *On y voit un poète amoureux montrer beaucoup d'ingéniosité pour séduire une nommée Corinne (équivalent ovidien de la Délie de Tibulle et de la Cynthie de Properce : sous ce pseudonyme, la Femme idéale, ou du moins adorable...), beaucoup d'exaltation pour l'aimer au jour le jour, mais aussi beaucoup de patience pour supporter ses caprices. Ces pièces galantes, émaillées de quelques traits coquins, composent sans doute les pages les plus charmantes d'une littérature latine dont on sait qu'elle excelle plutôt dans la gravité...*

L'amour l'après-midi

Il n'était pas d'usage de faire, à Rome, l'amour l'après-midi. Sauf pour les complicités d'un adultère...

Chaleur... Midi passé. Au beau milieu du lit,
   je me suis allongé pour prendre du repos.
Un volet reste clos, et l'autre bâille un peu :
   la lumière ressemble à celle d'un sous-bois,
D'un crépuscule à l'heure où Phébus se retire,
   ou quand la nuit n'est plus, sans qu'il fasse encor jour.
Lumière que l'on offre aux amantes timides :
   c'est l'abri espéré par leur chaste pudeur.

Corinne m'a rejoint, tunique dénouée,
  ses cheveux en bandeaux me cachent son cou blanc.
Telle, Sémiramis allait vers son époux,
  et telle fut Laïs, aux si nombreux amants.
J'arrachai la tunique : elle ne gênait guère,
  (si fine) — elle luttait pour en rester vêtue.
Elle luttait, mais sans vraiment vouloir gagner,
  et ne fut point fâchée de se rendre, vaincue...
Quand sans voile elle se dressa devant mes yeux,
  sur son corps tout entier, nul défaut, nulle part.
Ses épaules, ses bras, que je vis et touchai !
  La forme de ses seins, faite pour les caresses !
Et ce ventre si plat sous cette gorge intacte !
  La hanche, douce et pleine, et la cuisse, si jeune !
Des détails ? À quoi bon ? Tout méritait éloge
  et tout contre mon corps je serrai son corps nu.
Le reste... Fatigués, nous dormîmes ensemble.
  Ah ! donnez-moi souvent un tel après-midi !

Les Amours, I, 5.

Légionnaire d'Amour

Bien avant l'amour courtois (qu'elle inspira, évidemment...), la poésie amoureuse romaine se plut à « détourner » le langage de Mars pour l'appliquer aux travaux de Vénus... Autant dire que l'élégie prend le contrepied de l'épopée. C'est une idée qui est particulièrement chère à Ovide, revenu de s'être lancé, dans sa jeunesse, dans une Gigantomachie *épique, pour faire comme tout le monde. Il avait trop d'esprit pour ces « grands machins » assommants — et en donne malicieusement la preuve dans cette pièce d'une belle virtuosité.*

Tout amant est soldat : Cupidon a ses camps,
  crois-moi, cher Atticus, tout amant est soldat.
L'âge bon pour l'armée, c'est celui de l'amour :
  c'est moche, un vieux soldat, moche, l'amour d'un vieux.
La vaillance qu'un chef veut chez un bon soldat,
  une belle la veut chez son amant complice.
Tous deux veillent la nuit, dorment au sol — ils gardent
  l'un, la porte du chef, l'autre, de ses amours.
Soldat, il faut longtemps marcher — chassez l'amante,
  son valeureux galant la poursuivra sans fin.
Il franchira les monts et les fleuves en crue,
  il foulera la neige en congère amassée,
Ne prétextera point le suroît et ses grains
  pour attendre, sur mer, la saison navigable.
Qui, si ce n'est l'amant ou le soldat, endure
  le froid glacé des nuits, la neige en giboulée ?
L'un, on l'envoie guetter les ennemis, et l'autre
  a l'œil sur un unique ennemi — son rival.
Les villes bien armées, le premier les assiège ;
  et l'autre en fait autant pour le seuil de sa belle
Qui ne veut point céder ; et il faudra forcer
  une porte pour l'un, et pour l'autre, un portail.
Souvent, mieux vaut charger l'ennemi endormi
  et, le glaive à la main, le tuer désarmé.
Ainsi fut massacrée l'armée d'un roi de Thrace,
  le farouche Rhésus, et ses chevaux, volés[1].
Souvent, le mari dort et les amants profitent
  du sommeil ennemi pour lancer leurs assauts.
Bataillons de veilleurs, cordons de sentinelles,
  Pour soldats et amants, c'est l'obstacle à franchir.
Mars hésite souvent, Vénus est incertaine :
  on a vu des vaincus gisant se relever
Et l'on a vu aussi tomber ceux que jamais

---

1. C'est le rusé Ulysse qui accomplit cet exploit.

l'on ne pensait pouvoir être jetés à terre.
Donc, quiconque disait : « L'amour, c'est paresseux »,
    silence ! pour aimer, il faut le goût du risque !
Achille est en chagrin d'amour pour Briséis :
    Troyens, c'est le moment d'enfoncer les rangs grecs !
Pour aller au combat, Hector sortait des bras
    de sa femme : à son homme elle tendait son casque.
L'Atride roi des rois prit un vrai coup de foudre
    à la vue de Cassandre aux cheveux dénoués.
Vulcain captura Mars en personne au filet :
    nulle affaire ne fit plus grand bruit dans le Ciel[1].
Et moi, j'étais feignant, oisif né, débraillé ;
    la pénombre et le lit émoussaient mes ardeurs.
L'amour d'une beauté secoua ma torpeur.
    et me fit m'enrôler pour servir dans son camp.
Depuis, je suis d'active, et je guerroie la nuit :
    vous refusez la flemme ? eh bien, soyez amants !

Les Amours, I, 9.

Aux courses

Au nombre des lieux de « drague » favoris d'Ovide, il y a l'hippodrome (le « cirque » — que les modernes confondent à tort avec l'amphithéâtre, lieu des spectacles de gladiateurs). Les Romains (et les Romaines !) adorent les courses de chars, où les casaques bleues ou vertes se disputent une palme en parcourant à toute allure une piste ovale partagée par une barrière

---

1. Mars, occupé à lutiner Vénus, se fit prendre au piège par Vulcain, son mari jaloux, qui, en bon forgeron, avait soudé les mailles d'un filet de métal. C'est en cette occasion que les dieux, découvrant l'adultère, éclatèrent d'un rire... homérique. Cette commémoration des rapports très spécieux entre l'amour et les guerriers conclut une série d'exemples empruntés à l'*Iliade*.

centrale *(la* spina*) terminée par une borne* (meta)*.
Stratège avisé, le poète fait sa cour en se montrant on
ne peut plus prévenant pour sa belle qui, c'est évident,
sera plus prompte à accorder ses faveurs si elle a
parié sur le gagnant...*

«Non, je ne suis pas là par amour pour les cracks:
   tu as un favori? qu'il gagne, c'est mon vœu!
Je suis venu ici pour causer avec toi,
   près de toi: tu sauras l'amour que tu suscites.
Tu regardes la course, et moi, je te regarde:
   regardons tous les deux l'objet de nos plaisirs!
Heureux, ton favori, ce cocher plein de chance!
   Il a donc le bonheur d'occuper ton esprit?
Que j'aie cette faveur et, de la sainte stalle[1],
   je jaillirai, penché, hardi, sur mes chevaux,
Et, à bride abattue ou en fouettant leur dos,
   de la roue de mon char je raserai la borne.
Si, tandis que je cours, tu poses l'œil sur moi,
   de mes mains tomberont les rênes relâchées.
Sous la lance du roi de Pise, Hippodamie,
   Pélops faillit tomber en sentant ton regard[2]!
Mais porté par l'amour de sa belle, il vainquit:
   ton favori et moi, fais-nous vainqueurs, maîtresse!
Tu me fuis? C'est en vain: avantage du cirque,
   le muret[3] nous contraint à rester accolés.
Mais toi, voisin de droite, épargne mon amie:
   le contact de ton flanc importune la belle.

1. Ces stalles *(carcera)*, situées en bout de piste, sont ouvertes simultanément pour permettre aux chars de s'élancer; elles sont «sanctifiées» par la présence, sur chacune d'elle, d'un Hermès.
2. Lors de cette course fameuse, Pélops devait devancer Œnomaos, roi de Pise (ou Élis) en Achaïe, pour obtenir la main d'Hippodamie, sa fille, qui assiste au spectacle. En cas d'échec, le roi abattait le prétendant d'un coup de lance.
3. Les gradins sont divisés en secteurs par des murets, et une balustrade sépare le premier rang du public des «places d'honneur» situées sur le bord de la piste.

Et toi, derrière nous, recule un peu tes jambes,
   tiens-toi bien, n'appuie pas ton genou sur son dos.
Ta robe va trop bas, elle traîne par terre :
   trousse-la — de mes doigts, tiens, moi, je la relève.
Jaloux tissu, qui me cachait ces belles jambes,
   belles jambes que plus on voit... jaloux tissu !
Jambes que Milanion, quand fuyait Atalante,
   eût voulu de ses mains lever et soutenir[1],
Jambes qu'un peintre fit à Diane l'accorte,
   traquant sans nulle peur les bêtes apeurées.
Sans les voir, j'ai brûlé ; *quid*, en les ayant vues ?
   C'est l'huile sur le feu, c'est de l'eau dans la mer !
À les voir j'ai soupçon que me plaira le reste,
   ce reste bien caché sous tout ce fin tissu.
Veux-tu, en attendant, la douceur d'un peu d'air ?
   J'agite le programme en guise d'éventail.
Ou serait-ce ma tête, et non l'air, qui s'échauffe,
   car mon cœur qu'une femme a séduit est en feu ?
Je parle, et ta robe est ternie par la poussière :
   poussière impure, fuis son corps blanc comme neige[2] !
Mais voici le cortège : attentifs, taisez-vous !
   c'est l'heure d'applaudir à l'éclat du cortège[3].
En tête, une effigie de la Victoire ailée :

---

1. L'allusion mythologique est grivoise : *L'Art d'aimer* nous apprend que la « posture de Milanion » (qui s'empara d'Atalante en la rattrapant à la course) consiste à placer les jambes de la dame sur les épaules du monsieur...

2. Dans *L'Art d'aimer*, qui enseigne comment gérer une entreprise de séduction au cirque, il est conseillé au galant d'ôter lui-même, délicatement, cette poussière :

> *Si d'aventure un peu de poussière est tombé*
> *Sur le sein de ta belle, il faut l'épousseter.*
> *Nulle poussière ? Eh bien, époussette ce rien...*

3. Dans ce cortège (*pompa circensis*), divers dieux étaient portés en effigie.

ô déesse, aide-moi, fais gagner mon amour !
Applaudissez Neptune, aventureux marins !
　La mer, très peu pour moi : j'aime la terre ferme.
Soldat, applaudis Mars ! J'ai horreur des combats,
　je n'aime que la paix et, dans la paix, l'amour.
Qu'Apollon à l'augure accorde sa faveur,
　Minerve, à l'artisan, et Diane au chasseur.
Paysans, levez-vous pour Cérès et Bacchus !
　Le boxeur prie Castor, le cavalier, Pollux :
C'est toi, douce Vénus, et ton fils, fin archer,
　que j'applaudis : acquiesce donc à mes projets !
Que ma nouvelle amante accepte d'être aimée !
　Vénus, bon signe, acquiesce, opinant du bonnet.
Ce qu'elle me promet, promets-le, je t'en prie :
　je t'adore (pardon, Vénus !) plus encore qu'elle.
Devant tous ces témoins et les dieux en cortège,
　je jure te vouloir pour maîtresse à jamais.
Mais tes jambes sont sans appui : glisse tes pieds,
　si tu veux, dans les creux de cette balustrade.
La piste s'est vidée ; c'est le clou du spectacle !
　Bon départ ! le préteur a lancé les quadriges.
Je vois ton favori ; il vaincra, quel qu'il soit.
　Les chevaux, semble-t-il, connaissent tes désirs.
Misère ! il a viré bien trop loin de la borne !
　Que fais-tu ! le second te rattrape à la corde !
Que fais-tu, malheureux ? Tu trahis tous les vœux
　de ma belle, appuie donc à gauche, fermement !
Quel nul, ce favori ! Recommencez la course !
　Que le public l'exige en agitant la toge !
Tiens, vois ! Nouveau départ ! Ces toges agitées
　te décoiffent : tu peux te blottir contre moi !
On ôte les verrous, toutes les stalles s'ouvrent,
　Bleux et Verts[1] sont lâchés, et leur troupe s'envole.
Cette fois, sois vainqueur ! l'espace est libre, fonce !

---

1. Les «écuries» en compétition lors des courses, sous l'Empire, portaient les couleurs rouge et bleu, ou bleu et vert.

Exauce tous les vœux de ma belle — et les miens!
Ses vœux sont exaucés : reste à combler les miens.
Il a sa palme; à moi de remporter la mienne!»
Elle a souri : ses yeux m'ont fait une promesse.
C'est assez pour ici : donne le reste ailleurs...

Les Amours, III, **2**.

L'Art d'aimer

Dans son Art d'aimer, *Ovide n'enseigne guère que l'art de séduire — mais avec quel brio! Ce galant traité au titre trompeur (encore aujourd'hui, il se vend comme une œuvre sulfureuse...) parodie avec esprit la littérature didactique : c'est un « manuel du parfait amant », qui réserve son troisième tome, chose inouïe, au point de vue des dames. Déplut-il pour cela à un prince soucieux de la vertu des matrones? Il est vrai qu'en décrivant l'adultère comme un sport à la mode, Ovide prêche une « culture de la séduction » bien éloignée des rudes principes du* mos majorum...

Billets d'amour

Sonde le gué par des tablettes bien cirées :
   cette cire sera ta première complice.
Confie-lui tes mots doux, singe les mots d'amour,
   des prières aussi, en tout cas — pas qu'un peu!
Achille, ainsi prié, rendit le corps d'Hector;
   la colère d'un dieu cède aux voix suppliantes.
Promets, promets encore : cela ne coûte rien,
   en promesses tout un chacun peut être riche.
Une fois cru, l'espoir tient bon, et pour longtemps :
   cette divinité nous trompe, mais nous sert.
Si tu fais un cadeau, on pourra te plaquer :

c'est fait, c'est empoché, donc plus rien n'est à
    perdre.
Point de cadeau ? Toujours on croit qu'il va venir.
    Un champ où rien ne pousse, ainsi, trompe son
        maître,
C'est pour ça qu'un joueur qui perd perdra sans cesse,
    sa main, avidement, cède à l'appel du dé.
Tout le but du travail, l'objet de tes efforts,
    c'est de coucher d'abord sans avoir rien offert.
Pour ne point avoir l'air de l'avoir fait gratis,
    elle redonnera ce qu'elle t'a donné.
Grave donc des mots doux, et envoie la tablette
    pour explorer son cœur et en sonder la voie.
Dix mots sur une pomme ont abusé Cidyppe :
    l'innocente les lut, et sa voix l'enchaîna[1].
Jeune Romain, crois-moi, apprends l'art de parler,
    mais pas que pour défendre un accusé tremblant :
Comme les citoyens, le juge et le Sénat,
    la fille se rendra, par ton bagout vaincue.
Mais cachez vos moyens, n'exhibez pas votre art :
    chassez de vos propos les lourdeurs rhétoriques.
Fou, qui lance à sa belle un discours déclamé !
    Un billet trop musclé, souvent, fit détester.
Tiens des propos sensés, en style familier,
    mais tendres, elle doit t'entendre lui parler.
A-t-elle refusé ton billet, sans le lire ?
    Persiste, en espérant qu'un jour elle lira.
Avec le temps, le bœuf se fait à la charrue,
    on dresse le cheval, il accepte le mors,
Une bague de fer s'amincit chaque jour,
    et le soc recourbé s'use à fendre la terre.
Quoi de plus dur qu'un roc, de plus tendre que l'eau ?

---

1. Acontius, jeune homme rusé, écrivit : « Je jure, par Artémis, d'épouser Acontius », sur une pomme qu'il lança à la belle Cidyppe, dont il était épris. Cidyppe attrapa la pomme, lut le message, et fut liée par le serment que, sans le vouloir, elle venait de prononcer...

et pourtant les rochers sont creusés par l'eau
   tendre.
Avec le temps, aussi, pourvu que tu persistes,
   même de Pénélope on pourrait triompher.
Il fallut, tu le sais, attendre bien longtemps
   pour la prise de Troie — et pourtant, Troie fut
   prise.
Elle t'a lu, ne réponds pas : ne force rien,
   fais qu'elle ait chaque jour à lire tes mots doux.
Elle veut bien les lire ? elle voudra répondre ;
   Dans l'ordre, pas à pas, à tes vœux tout viendra.
Mais peut-être, d'abord, une méchante lettre,
   qui te demandera de cesser tes assauts.
Ce qu'elle te demande, elle en a grande peur,
   et ne demande pas ce qu'elle souhaite en fait :
Insiste, elle le veut ; poursuis donc, et bientôt,
   tu verras tous tes vœux comblés et exaucés.

L'Art d'aimer, I, 435 *sqq.*

Passage à l'acte

Voici sans doute la page la plus «chaude» de L'Art d'aimer : *rien de bien choquant, pour des yeux modernes. Et pourtant, ces vers sont sans doute les seuls, dans la littérature latine, à envisager, entre l'amant et l'amante, un plaisir partagé, et donne à l'homme quelques conseils pour parvenir à ce but louable !*

Voilà qu'un lit complice accueille les amants.
   Ma Muse, n'entre point dans cette chambre close.
Sans toi, seuls, ils sauront inventer mille mots,
   et sa main gauche à lui ne sera pas oisive[1].

---

1. À Rome, il n'existe pas de gauchers — du moins, il n'est pas prévu qu'on se serve de la main gauche pour tenir un glaive ou un

Au lit, ses doigts sauront s'occuper aux endroits
  où l'Amour, en secret, aime tremper son dard.
Hector si valeureux, bon ailleurs qu'aux combats
  ainsi pour commencer besognait Andromaque
Et de même faisait Achille à sa captive,
  las de ses ennemis, sur sa couche alangui.
Tu les laissais sur toi se poser, Briséis,
  ces mains toujours trempées du sang des Phrygiens.
À moins que ton plaisir ne fût, belle jouisseuse,
  que viennent sur ton corps ces mains d'homme vainqueur ?
Crois-moi : ne hâte point les plaisirs de Vénus,
  mais tarde, et, peu à peu, différès-en le charme.
Cet endroit où la femme aime qu'on la caresse,
  tu l'as trouvé ? Caresse, et n'aie pas de pudeur !
Tu verras dans ses yeux trembler comme un éclair,
  un reflet du soleil sur l'onde transparente ;
Ensuite elle gémit, puis murmure d'amour,
  geint doucement et dit les mots que veut ce jeu.
Mais ne va pas alors, déployant trop ta voile,
  laisser l'amante là, ni lui courir après :
Ensemble vers le but hâtez-vous — plein plaisir,
  si elle et lui, vaincus, gisent en même temps.
Telle est la marche à suivre, à loisir, librement,
  sans hâter ce larcin d'amour par quelque crainte.
Si tarder est peu sûr, alors, rame à pleins bras,
  donne de l'éperon, fonce à bride abattue !

L'Art d'aimer, II, 703 *sqq.*

---

stylet : la main gauche, c'est celle qui n'écrit pas, celle que la Muse laisse oisive... et donc, bonne pour d'autres tâches.

À vous, Mesdames...

Ovide, dans le troisième livre de son Art d'aimer, *change de camp: il se place du côté des femmes, et leur dispense ses conseils pour épicer une liaison. On voit là que ce «professeur d'amour» (*magister amoris*) se targue d'avoir, en la matière, une solide expérience!*

Mais puisqu'à l'ennemi j'ai ouvert grand la porte,
   je vais tout lui livrer, traître de bonne foi.
Long amour se nourrit mal de bontés faciles:
   il faut à ces doux jeux mêler quelques refus.
Qu'il se traîne à ta porte, et la dise cruelle,
   qu'il s'humilie beaucoup, et menace beaucoup.
Le sucré nous écœure, et l'amer nous réveille.
   La barque, par bon vent, souvent chavire et sombre.
Épouses, s'il vous est refusé d'être aimées,
   c'est que votre mari va vous voir quand il veut.
Ajoutez une porte et un portier sévère
   qui dit: «Tu n'entres pas!» — exclu, il t'aimera!
Vos glaives sont usés, laissez-les donc tomber,
   prenez pour le combat des armes affûtées.
Et je ne doute point que vous me viserez
   avec les traits que, moi, je vous aurai donnés!
Tombé dans tes filets, captif de frais, l'amant
   espère être le seul à posséder ta chambre.
Qu'il soupçonne un rival, des faveurs partagées:
   sans cette ruse-là, coup de vieux sur l'amour!
Un bon cheval court bien, aussitôt qu'on le lâche,
   s'il précède ou poursuit quelques autres coursiers.
Nos feux se sont éteints? Un affront les ranime.
   J'avoue: je n'aime point, si je ne suis blessé!
La cause de ses maux doit rester vague: inquiet,
   il pensera qu'il y a plus encore qu'il ne sait.
Pour qu'il s'emballe, feins qu'un esclave te garde

ou qu'un galant trop dur d'un soin jaloux t'ennuie.
Sans le moindre danger, le plaisir est moins vif.
Et même si tu es plus libre que Thaïs,
Feins de tout redouter; si, plus facilement,
il peut aller chez toi par la porte d'entrée,
Fais entrer ton amant par la fenêtre ouverte,
sur ton visage, affiche une visible peur.
Fais surgir tout à coup ta servante rusée,
dis-lui de s'écrier: «Ah! nous sommes perdus!»,
Puis cache quelque part ton jeunot tout tremblant.
Mais il faudra mêler à toutes ces alarmes
Des plaisirs sans souci, pour qu'il n'aille pas croire
que ses nuits avec toi se payent à ce prix!

L'Art d'aimer, III, 577 *sqq.*

Les Métamorphoses

Certes, Ovide avait fréquenté les pythagoriciens, et s'accordait avec cette philosophie un peu mystique dans laquelle la vie, toujours en mouvement, faisait «tout couler» en un monde sans cesse renouvelé: il se fait l'écho, dans ce livre même, de leur pieux végétarisme... Et il adorait cette mythologie faite de miracles, où les caprices des dieux (Jupiter en premier!) exercent une magie artiste sur les êtres et les choses. Mais pour l'esthète Ovide, la métamorphose, c'est l'essence de l'art, et, pour le poète, le défi de conjurer l'immobilité statuaire du langage pour animer l'image et transcrire le mouvement. Le poème le dit dès son début: la métamorphose, c'est la création même, celle, sublime, du monde, et celle, encore plus sublime, de la beauté. Voilà pourquoi ce fouillis d'histoires et d'hommages aura, de l'Antiquité à Picasso en passant par Titien, ensemencé sans relâche l'imaginaire des plus grands artistes, plaçant sous chaque objet le soupçon d'un symbole et procurant aux noms la grâce du divin. Parfois un peu longuet, érudit ou rhéteur, Ovide jongle avec les styles, sait sourire, et, souvent, nous éblouit.

Apollon et Daphné

Phébus/Apollon, le dieu solaire, ne pouvait avoir pire inclination amoureuse que celle qui le fit courser une fille de l'eau, Daphné, une nymphe engendrée par le fleuve Pénée. Un dieu bouillant, une froide émule de Diane/Phébé, le soleil a rendez-vous avec la lune comme le chaud avec le froid, et l'âme-sœur du dieu aimé d'Auguste donnera son nom grec au laurier, cher aux généraux romains pour le glorieux brillant de ses feuilles.

Des amours d'Apollon, le premier fut Daphné,
Ce n'est pas par hasard qu'il aima cette nymphe :
Cupidon, rancunier, inspira cette flamme.
Le Délien venait de vaincre le Serpent[1],
Et n'était pas peu fier ; or il vit Cupidon,
Tirant la corde à soi, faire ployer son arc.
« Pour toi, gamin coquin, une arme si puissante ?
Porter un arc pareil convient à mes épaules,
Je puis, moi, d'un trait sûr, blesser la bête fauve,
Ou blesser l'ennemi : je viens de terrasser
De mille traits Python, ce fléau mortifère
Qui, de son ventre énorme, écrasait tant d'arpents.
Toi, contente-toi donc d'attiser de ta torche
Je ne sais quels béguins d'amour : mais garde-toi
De prétendre à ma gloire ! » Et le fils de Vénus
À cela répondit : « Ton arc transperce tout,

---

1. Apollon avait un grand sanctuaire sur l'île de Délos, et l'un de ses exploits avait été de terrasser, à Delphes, le dragon-serpent Python.

Phébus, mais c'est le mien qui va te transpercer.
Autant tous les vivants, face à un dieu, s'effacent,
Autant ta gloire est moindre en regard de la mienne. »
D'un vol vif, fendant l'air en agitant ses ailes,
Il alla se poser sur le Parnasse ombreux,
Et prit dans son carquois deux traits d'effet contraire :
L'un fait s'enfuir l'amour, et l'autre le fait naître.
Celui-ci est en or, sa pointe acérée brille,
L'autre est tout émoussé, sa tige n'est qu'en plomb.
Dans le sein de Daphné Amour ficha ce trait,
Et il blessa Phébus de l'autre, jusqu'aux moelles.
Le dieu aime aussitôt ; mais Daphné, au contraire,
D'amante fuit le nom ; dans les forêts, cachée,
Elle prend son bonheur à chasser le gibier,
Et à le dépouiller, telle Phébé la Vierge :
Pour lier ses cheveux en désordre, un ruban.
Beaucoup la demandaient — elle les dédaigna,
Refusant l'homme sans l'avoir jamais connu,
Et courant par les bois les plus impénétrables,
N'a cure de l'hymen, de l'amour, et des noces.
« Un gendre tu me dois ! » lui répète son père,
« Tu me dois, redit-il, quelques petits-enfants ! »
Mais elle a en horreur les torches conjugales,
C'est un crime à ses yeux ; son visage charmant
Rougissant de pudeur, elle a jeté ses bras
Au cou de son papa ; blottie là, elle dit :
« Donne-moi pour toujours, mon père tant aimé,
Le droit de rester vierge, ainsi que le donna
À Diane, jadis, son père Jupiter ! »
Il consent ; mais ton charme, ô Daphné, interdit
Ce que tu souhaites tant, ta beauté nie tes vœux.
Phébus est amoureux, car il a vu Daphné,
Il la veut épouser, la désire, l'espère,
Et se laisse berner par ses propres oracles.
Comme chaume léger s'embrase après moisson,
Comme brûle une haie allumée par la torche
Qu'un passant approcha de trop près ou laissa

Au jour levé, le dieu s'enflamme et se consume,
Et d'espoirs il nourrit un amour sans nul fruit.
Voyant ses cheveux fous flotter jusqu'à son cou,
« Que serait-ce, dit-il, si elle les coiffait ? »
Il voit briller ses yeux pareils à des étoiles,
Et sa bouche menue — la voir n'est point assez.
Il admire ses doigts, ses mains, et ses poignets,
Et ses bras dénudés bien au-dessus du coude ;
Le peu qui est caché lui semble encore plus beau.
Mais elle, elle s'enfuit, légère et vive brise,
Et court sans s'arrêter aux vains rappels des mots :
« Ô nymphe, je t'en prie, ô fille du Pénée,
arrête-toi : nul ennemi ne te poursuit.
L'agnelle fuit le loup, la biche le lion,
La colombe, en tremblant, fuit l'aigle à tire-d'aile :
Chacune, l'ennemi ; d'amour je te poursuis.
Hélas ! garde-toi bien de tomber en avant,
De marquer tes mollets, indignement blessés,
En les laissant griffer par l'épine des ronces :
Puissé-je ne jamais te causer de douleur !
Bien rude est le terrain sur lequel tu te hâtes,
Cours donc plus lentement, mets un frein à ta fuite ;
Alors, plus lentement, moi, je te poursuivrai.
Je ne suis pas, Daphné, un hirsute berger,
Je ne garde point là ni vaches ni moutons :
Sans réfléchir, tu fuis, sans savoir qui tu fuis,
C'est toute la raison qui fait que tu me fuis.
Je suis maître et seigneur de la terre de Delphes,
De l'île de Claros, aussi de Ténédos,
Et du palais royal qu'on voit à Patara.
Mon père est Jupiter ; ce qui fut ou sera,
Tout comme ce qui est, c'est moi qui le révèle ;
L'art de nos médecins fut par moi inventé,
Et partout dans le monde on me dit secourable,
Les simples ont pouvoir de guérir sous ma loi.
Mais nulle plante, hélas, ne soigne mon amour :
Mon art, utile à tous, ne peut rien pour son maître ! »

Il eût encore parlé — la fille du Pénée
A fui, course craintive, elle l'a laissé là,
Sans lui laisser le temps de finir son discours,
Toujours si belle à voir : le vent la dénudait,
Son souffle en s'opposant faisait flotter sa robe,
La brise rejetait ses cheveux derrière elle.
Sa fuite l'embellit. Voici le jeune dieu
Lassé de lui lancer en vain tous ces mots doux ;
N'écoutant que l'amour, il la suit, en courant.
Comme un limier gaulois qui a vu dans la friche
Un lièvre et l'a lancé : ils courent tous les deux,
L'un pour saisir sa proie, l'autre pour son salut,
L'un semble sur le point de happer le fuyard,
Espère, espère enfin le tenir, et de près,
En tendant le museau, il effleure ses traces ;
L'autre ne sait pas trop s'il est pris, et aux crocs
Il s'arrache, esquivant la gueule qui le frôle ;
Ainsi courent le dieu et la vierge, emportés
L'un par son doux espoir, l'autre par sa terreur.
Pourtant le poursuivant, grâce aux ailes d'Amour,
Va plus vite et refuse à l'autre toute pause,
Menaçant dans son dos la nymphe qui le fuit :
Ses boucles, dans son cou, sentent déjà son souffle.
Pâle, lasse et déjà par sa course épuisée,
Elle tourna les yeux vers les eaux du Pénée :
« Mon père, si un fleuve a un pouvoir divin,
Porte-moi ton secours : qu'une métamorphose
Ôte de moi ces traits qui me font trop séduire ! »
À peine ces mots dits en guise de prière,
Une lourde torpeur s'empare de son corps ;
Sur ses seins délicats pousse une fine écorce ;
Ses cheveux, s'allongeant, font une frondaison,
Et s'allongent aussi ses bras comme des branches ;
Ses pieds, tantôt si vifs, se figent en racines ;
Son chef forme une cime ; et reste son éclat.
Même ainsi, cependant, Phébus l'aime toujours.
Il a posé sa main sur le tronc, et il sent

Que bat encore un cœur sous l'écorce nouvelle.
Et prenant dans ses bras ces rameaux comme un corps,
Il couvre de baisers le bois — qui les repousse.
« Puisque tu ne peux pas devenir mon épouse,
Du moins, Daphné, mon arbre tu seras ; laurier,
Mes cheveux, mon carquois, ma cithare toujours
Tu orneras ; avec les généraux romains,
Tu seras là, dans le chant joyeux des triomphes,
Et quand le Capitole en verra les cortèges ;
Fidèlement postée à la porte d'Auguste,
Tu sauras protéger sa couronne de chêne.
Et comme sur ma tête, ignorant les ciseaux,
Ma chevelure est un symbole de jeunesse,
Tu porteras toujours ton feuillage glorieux. »
Le laurier acquiesça, penchant ses rameaux neufs,
Et il sembla bouger sa cime comme un chef.

Les Métamorphoses, I, 452 *sqq.*

Pyrame et Thisbé

L'histoire de Pyrame et Thisbé — promise à un bel avenir littéraire, puisqu'on la retrouve dans Le Songe d'une nuit d'été *de Shakespeare (qui s'en inspira peut-être aussi pour son* Roméo et Juliette*) et dans la fameuse tragédie de Théophile de Viau (ce* Pyrame *dont le Cyrano de Rostand raille le poignard assassin : «Il en rougit, le traître... ») — se lit pour la première fois dans Ovide. Étrange histoire, en vérité, qui semble pousser tout poète au mauvais goût, voire au «kitsch» le plus déconcertant... Ovide donne le ton, en quelque sorte, et nous avons eu à cœur de respecter celui-ci!*

Pyrame était de tous le plus joli garçon,
Des filles d'Orient, Thisbé, la plus vantée.
Leurs maisons se trouvaient dans la ville, dit-on,
Que fit Sémiramis ceindre de hautes briques.
Grâce à ce voisinage, enfants ils se connurent,
Et furent amoureux ; on les eût mariés
À bon droit, mais voilà : leurs parents l'empêchèrent,
Sans pouvoir toutefois empêcher que ces deux
Fussent pareillement pris d'un amour ardent.
Nul n'en est confident ; ils se parlent par signes,
Et, cachant leur amour, en attisent les feux.
Quand on le construisait se fit une fissure,
Très mince, dans le mur séparant leurs maisons.
Ce défaut, que personne avant eux n'avait vu,
Eux, l'ayant repéré — eh oui, l'amour voit tout ! —
En firent un chemin pour leurs chuchotements.
C'est par là que, sans risque, et très bas murmurés,
Leurs doux propos pouvaient traverser la paroi.
Souvent, Pyrame ici, là Thisbé se plaçait,
Et se grisaient tous deux du souffle de leurs bouches :
« Mur jaloux ! disaient-ils, pourquoi fais-tu obstacle
À deux jeunes amants ? que t'en coûterait-il
De permettre à nos corps de s'unir tout entiers ?
Si c'est trop, de laisser passer tous nos baisers ?
Ne crois pas que tu aies affaire à des ingrats :
C'est grâce à tes bontés, nous le reconnaissons,
Que nos mots s'insinuent jusqu'à l'oreille aimée ! »
Chacun de son côté, à l'heure où la nuit tombe,
Après avoir en vain exhalé ces regrets,
Ils se dirent adieu en donnant des baisers
Qui ne parvenaient point à l'opposé du mur.
L'aurore avait chassé les astres de la nuit
Et le soleil séché du gazon la rosée,
Lorsqu'à leur rendez-vous ils retournent tous deux.
Alors, en chuchotant, et après force plaintes,
Ils décident d'oser, la nuit, dans le silence,
Tromper leurs gardiens en franchissant leurs portes.

Sortis de la maison, ils quitteraient la ville,
Et pour ne point errer dans la vaste campagne,
Ils se rendraient tous deux au tombeau de Ninus,
Afin de se cacher sous l'ombre d'un arbuste.
L'arbuste planté là était un fier mûrier,
Croulant sous ses fruits blancs, près d'une source
   fraîche.
Tel est le pacte; enfin, le jour, si long à fuir,
Sombre dans Océan, d'Océan naît la nuit.
Habile, dans le noir, Thisbé s'ouvre la porte,
Sort, visage caché, en trompant ses parents;
Parvenue au tombeau, s'assied sous l'arbre dit.
L'amour l'emplit d'audace; voici qu'une lionne,
La gueule écumante et teinte encore du sang
D'un bœuf qu'elle a tué tout récemment, arrive
Pour se désaltérer à la source voisine.
En la voyant au loin venir, au clair de lune,
Thisbé, d'un pas tremblant, fuit dans un antre obscur;
Dans sa fuite elle perd le voile qui la couvre.
Lorsque la lionne eut, en buvant à longs traits,
Bien apaisé sa soif, retournant vers les bois,
Elle trouve le fin tissu chu de Thisbé,
Qu'elle déchire de sa gueule ensanglantée.
Sorti plus tard, Pyrame aperçut sur le sol,
Les traces, sans erreur, de quelque bête fauve.
Il pâlit; et trouvant le voile teint de sang,
« La même nuit, dit-il, perdra les deux amants !
Thisbé, bien plus que moi, méritait longue vie !
En mon âme, vraiment, je suis le seul coupable !
Pauvre Thisbé, c'est moi qui ai causé ta perte
En te faisant venir dans ce lieu de terreur
Sans arriver d'abord. Ah ! déchirez mon corps,
Vous tous qui habitez, lions, dans ces rochers,
Dévorez d'une dent féroce mes entrailles !
Mais celui qui s'en tient à souhaiter sa mort
N'est qu'un lâche ! » Il saisit le voile de Thisbé,
Il l'emporte avec lui sous l'arbre de leur pacte,

Le couvre de baisers, l'inonde de ses larmes,
Et dit : « Va, gorge-toi de mon sang répandu ! »
Il portait un poignard, le plonge dans son sein,
Et aussitôt, mourant, l'ôte de la blessure,
Puis tombe sur le dos ; le sang jaillit très haut,
Comme lorsqu'un tuyau de mauvais plomb se fend
Et par ce trou étroit, avec un bruit strident,
Fait jaillir en long jets l'eau qui déchire l'air.
Cette averse de mort frappe les fruits de l'arbre,
Leur donne un sombre aspect, tandis que sa racine
En s'imprégnant de sang teint les mûres en pourpre.
Or voici que Thisbé, malgré sa peur qui dure,
Mais redoutant que son amant ne soit déçu,
Revient, cherchant des yeux et du cœur le garçon
Pour vite raconter le péril évité.
Reconnaissant l'endroit et la forme de l'arbre,
Elle doute pourtant, vu la couleur des fruits.
Est-ce cet arbre-là ? Et tandis qu'elle hésite,
Tremblante, elle aperçoit son corps qui palpitait,
Recule en pâlissant, plus blanche que le buis,
En frissonnant d'horreur comme fait l'océan
Lorsqu'une brise vient effleurer sa surface.
Mais un instant plus tard, reconnaissant l'amant,
Elle frappe ses bras innocents à grands coups,
Lacère ses cheveux, étreint le corps chéri,
Et pleure sur sa plaie, mêle larmes et sang.
Baisant son front déjà glacé, elle cria :
« Quel malheur t'a ravi à moi, ô mon Pyrame !
Pyrame, réponds-moi ! Ta Thisbé bien-aimée
Crie ton nom : entends-moi, Thisbé, regarde-moi ! »
À ce nom de Thisbé, Pyrame ouvrit ses yeux
Alourdis par la mort, puis il les referma.
Alors, reconnaissant son voile et le fourreau
D'ivoire du poignard : « Ta propre main, Pyrame,
Et ton amour pour moi, malheureux, t'ont tué ?
Mon bras n'est pas moins fort pour ce geste suprême,
Mon amour donnera sa force pour ce coup.

Tu es mort, je te suis, et l'on dira de moi
Que, cause de ta mort, je t'ai accompagné.
Toi que seule la mort me pouvait enlever,
Pas même cette mort n'aura pu t'enlever!
Tous deux nous vous prions, et d'une seule voix,
Ô mon père, et le sien, parents infortunés,
De ne point refuser un unique tombeau
À ceux qu'unit l'amour à leur heure dernière!
Et toi dont les rameaux ne couvrent maintenant
Qu'un seul corps, mais bientôt en recouvriront deux,
Mûrier, porte sur toi marque de ce trépas:
Que toujours tous tes fruits soient de la couleur sombre
Qui sied au deuil, en souvenir de nos deux sangs!»
Elle dit, et pointant sous son sein le poignard
Encore tiède de sang, elle s'en transperça.
Sa prière toucha les dieux comme les pères,
Car le fruit des mûriers, lorsqu'il est mûr, est sombre,
Et la même urne abrite à jamais les amants.

Les Métamorphoses, IV, 55-172.

La dernière nuit

En 8 apr. J.-C., pour des raisons que nous ignorons, Ovide fut exilé à Tomes, dans l'actuelle Roumanie, de nos jours Constanza, où il resta jusqu'à sa mort... et même pour l'éternité, puisqu'on peut admirer en ce lieu, aujourd'hui, sa statue! Abominablement malheureux, loin de cette Rome qu'il adorait, le poète adresse à ses amis romains des élégies poignantes, Les Tristes *et* Les Pontiques *(du nom de la mer Noire, alors appelée Pont-Euxin). Étranges poèmes, dans lesquels se mêlent l'émotion vraie, beaucoup d'amertume, cent détails obsédants de la mémoire, un pathétique un peu venteux, des tentations apologétiques et même, qui sait ? un peu d'humour noir... Ovide est au plus mal, mais cette rhétorique peut toucher par sa maladresse même.*

Quand je revois la nuit, cette nuit de détresse,
  ces ultimes moments qu'à Rome je passai,
Cette nuit d'abandon de tant de choses chères,
  me vient encore aux yeux une larme aujourd'hui.
Il allait se lever, le jour de mon départ,
  sur l'ordre de César, plus loin que l'Italie ;
En tête, nulle envie d'être prêt ; point de temps...
  longtemps, mon cœur resta, sous ce coup, effondré.
Nul souci de choisir un esclave, un valet,
  un vêtement d'exil, ou même un viatique.
Je restais sidéré, comme ce foudroyé
  qui conserve la vie sans en être conscient.
Et ce fut la douleur qui, chassant ce brouillard,
  enfin sut redonner quelque force à mes sens.
Je vais partir, je parle une dernière fois
  à mes amis — hier, cent ; un ou deux aujourd'hui...
Je pleurais ; mon épouse en ses bras me serrait
  pleine d'amour pour moi, et pleurait elle aussi
Encore plus fort que moi, sans l'avoir mérité,
  sur ses joues ruisselait un déluge de larmes.
Ma fille était au loin, aux rives de Libye,
  et l'on n'avait pas pu l'informer de mon sort.
Partout, l'on gémissait sa peine, et dans mes murs
  résonnait tous les cris d'un cortège funèbre,
Le mien, pleuré par tous, esclaves et servantes,
  enfants aussi ; partout, la maison est en pleurs.
Puis-je à ce pauvre instant comparer un grand fait ?
  Troie avait cet air-là quand les Grecs la prenaient.
Mais déjà c'était l'heure où, cédant au repos,
  tous les chiens se sont tus, aussi bien que les hommes.
La lune, dans le ciel, aux rênes de son char,
  conduisait ses chevaux au faîte de sa course.

D'en bas, levant les yeux, je vis, dans sa clarté,
  le Capitole, en vain voisin de mon foyer :
« Ô dieux qui résidez si près de ma maison,
  ô temples que mes yeux plus jamais ne verront,
Hôtes divins de la cité de Romulus,
  vous que je dois quitter, protégez-moi toujours !
Je prends le bouclier trop tard, après le coup,
  mais allégez ma fuite en effaçant la haine !
À ce prince divin, à cet homme céleste,
  dites par quelle erreur j'ai été abusé,
Afin qu'il n'aille point penser qu'il y eut crime,
  quand je n'ai rien commis de pire qu'une faute.
Si lui qui me châtie sait ce que vous savez,
  si son divin courroux s'apaise, alors je puis
Vivre heureux ! » J'adressai cette prière au ciel,
  ma femme en fit plusieurs, des sanglots dans la voix.
Décoiffée, en tremblant, devant l'autel des Lares,
  elle baise notre foyer au feu éteint,
Adresse maint reproche aux Pénates hostiles,
  faible consolation pour un époux perdu.
Mais la nuit se hâtait, refusait tout délai,
  la Grande Ourse penchait déjà vers son déclin.
Que faire ? ton amour me retenait, patrie,
  mais cette ultime nuit me verrait fuir, sur ordre.
Que de fois ai-je dit : « Pourquoi me presse-t-on ?
  Vois d'où je dois partir en hâte, et où je vais ! »
Que de fois, me mentant à moi-même, j'ai dit
  que j'avais arrêté le moment de partir !
Par trois fois, je foulai mon seuil ; et par trois fois,
  on me fit, m'appelant, revenir en arrière,
Et mon pied, par bonté pour mon cœur, s'attardait.
  Maintes fois, après avoir à tous dit « Adieu ! »,
Je me lançais encore dans de longues tirades,
  et feignant de partir, j'embrassais tendrement ;
Maintes fois, à mes gens, je donnai des consignes
  que je savais fort bien avoir déjà données,

Je cherchais par ce biais à me tromper moi-même
   et je me retournais pour voir ces êtres chers.
«Pourquoi donc me hâter? Je m'en vais chez les Scythes,
   je quitte Rome — deux raisons pour lambiner!
Ma femme vit, je vis, et on me l'interdit
   ainsi que ma maison si douce et si fidèle,
Tous ceux que j'ai aimés en frères, mes amis,
   dont la fidélité vaut celle de Thésée!
Dans mes bras, tant qu'on peut! car plus jamais, qui sait?
   je n'en aurai le droit: tout instant est un gain!»
C'est fini — je ne puis achever mon discours,
   dans mon cœur seulement j'étreins tous mes trésors.
Je parle, nous pleurons, et cependant, au ciel,
   l'étoile du matin, funeste, s'est levée.
Alors, écartelé, comme perdant mes membres,
   je crus qu'on arrachait de moi une partie.
Ainsi souffrit Mettus[1], puni de trahison
   par les chevaux tirant chacun de son côté.
Là, monte la clameur gémissante des miens,
   qui frappent leur poitrine nue à pleines mains.
Là, s'accroche à mon cou, tandis que je m'en vais,
   mon épouse qui mêle à mes pleurs ces paroles:
«On ne peut t'arracher à moi! Partons ensemble!
   Épouse d'exilée, en exil je te suis!
Ta route est faite aussi pour moi, léger bagage
   ajouté au bateau qui t'exile là-bas.
Le courroux de César te fait fuir ta patrie,
   c'est ma fidélité qui sera mon César!»
Tentatives en vain — auparavant déjà...:
   utile ici, ce seul motif la fit céder.

---

1. Mettus (ou Mettius) Suffetius, chef albain qui, pour avoir voulu trahir les Romains dans la guerre contre Véies, fut écartelé sur l'ordre de Tullius Hostilius.

Je sortis, mort vivant enterré sans cortège,
  hirsute, décoiffé, ni rasé ni lavé.
Elle s'évanouit, m'a-t-on dit, et tomba,
  aveugle de douleur, au cœur de sa maison.
Elle reprit ses sens, de poussière salie,
  et put dresser son corps glacé gisant au sol.
Elle se lamenta sur son foyer désert
  en répétant le nom de son époux ravi,
Et ne pleura pas moins que si sa fille ou moi
  avaient là, sous ses yeux, leur corps sur le bûcher.
Elle voulut mourir, perdre tout sentiment,
  mais par souci de moi, elle ne périt point.
Qu'elle vive! Et l'absent, puisque le sort le veut,
  qu'elle vive en l'aidant toujours de son secours!

Les Tristes, **I**, 3.

PHÈDRE
(CAÏUS JULIUS PHAEDRUS,
VERS 20 AV. J.-C. — VERS 50 APR. J.-C.)

Du fabuliste Phèdre on ne sait pas grand-chose, si ce n'est que, né en Thrace (la Bulgarie d'aujourd'hui), il fut d'abord esclave, puis affranchi par Auguste (fils adoptif de Jules César), comme l'indique son nomen de Julius. Voir en lui un grand écrivain serait excessif, mais il a le mérite d'avoir préparé le terrain à La Fontaine en mettant en vers (des sénaires iambiques assez souples) et en enrichissant de nombreux dialogues les sèches et prosaïques Fables d'Ésope. On pourrait dire, à cet égard, que Phèdre est un peu à Ésope ce que La Fontaine est à Phèdre, ou que La Fontaine a (génialement) parachevé le travail effectué par le fabuliste latin. Peut-être Phèdre, modeste versificateur plutôt que vrai poète, n'avait-il pas sa place dans cette anthologie; il nous a paru tout de même nécessaire de donner trois de ses fables, dont l'imitation par La Fontaine, connue de tous, permet de mesurer tout ce que le fabuliste français doit à son devancier, et tout ce qu'il y ajoute.

Le loup et l'agneau

Au même ru un jour étaient venus,
Fort assoiffés, un loup et un agneau.
Le loup était en amont du courant,

L'agneau beaucoup plus bas. Lors le brigand,
Qui n'écoutait que sa gloutonnerie,
Soudain se mit à quereller l'agneau.
« Pourquoi, lui dit-il, troubles-tu mon eau ? »
Tremblant de peur, l'animal porte-laine
Lui répondit : « Voyons, c'est impossible !
Car c'est de toi, ô loup, que l'eau vers moi
Descend. » Alors, vaincu par l'évidence,
Le loup reprit : « Oui, mais voici six mois,
Tu as médit de moi ! » — « Je ne l'ai pu,
Car je n'étais pas né », lui dit l'agneau.
« Par Hercule, rétorque enfin le loup,
Alors, c'était ton père ! », et sur-le-champ
Il saisit l'agneau et le met en pièces
Sans que le pauvre eût mérité ce sort.
Cette fable vise ceux qui oppriment
Les innocents sous de mauvais prétextes.

Fables, I, 1.

Le corbeau et le renard

Celui qui se plaît à ouïr les éloges
Qui pour le tromper lui sont décernés
Presque à chaque fois s'en trouve puni
Par le repentir honteux qu'il éprouve.
Un corbeau perché tout en haut d'un arbre
Mangeait un fromage (il l'avait volé
Sur une fenêtre). Alors un renard
L'ayant aperçu, lui tint ce discours :
« Quel éclat, corbeau, revêt ton plumage !
Et que de beautés en toi rassemblées
Se voient sur ton corps comme sur ta tête !
Ah ! si tu avais aussi de la voix,
Aucun autre oiseau ne t'égalerait ! »
En voulant alors montrer, par sottise,

Que la voix non plus ne lui manquait pas,
Le corbeau laissa tomber le fromage
Qu'alors le renard, plus malin que lui,
Ramassa bien vite et mangea d'un coup.
Au corbeau stupide il ne resta plus,
Se voyant berné, qu'à plaindre son sort.
D'après cet exemple, on peut constater
Que l'esprit nous sert et que le plus fort
Est souvent battu par le plus adroit.

Fables, I, 13.

Le cerf chez les bœufs [1]

Un cerf, chassé des forêts protectrices,
Fuyait la meute et la mort imminente ;
Fou de terreur, il crut trouver refuge
En une ferme proche, où dans l'étable
Il se cacha. Un bœuf alors lui dit :
« Qu'espères-tu ? Malheureux que tu es,
En t'abritant dans la maison des hommes
Tu cours tout droit au-devant de la mort ! »
Le cerf répond d'une voix suppliante :
« Protégez-moi tout juste une journée !
Dès que la nuit au jour succédera,
Je trouverai l'occasion de fuir. »
Le bouvier alors apporte du foin,
Mais il ne voit rien ; aussitôt après,
Les esclaves vont et viennent : personne
N'aperçoit le cerf ; l'intendant lui-même
Vient faire son tour, sans rien remarquer.
Alors, tout joyeux, le cerf remercie
Les paisibles bœufs, qui lui ont offert,

---

1. Cette fable a été immortalisée par la « réécriture » qu'en proposa La Fontaine sous le titre : « L'œil du maître ».

En si grand péril, l'hospitalité.
Mais l'un d'eux répond : « Que tu sois sauvé,
Nous le voulons bien ; mais si jamais vient
L'homme aux cent yeux, ta vie alors, crois-moi,
Ne vaudra pas cher. » Justement le maître
Vient inspecter le logement des bœufs,
Ayant remarqué, quelques jours avant,
Qu'ils étaient en assez mauvais état.
« Pourquoi si peu de foin ? Pourquoi la paille
Est-elle absente ? Est-ce trop de travail
Que d'enlever ces toiles d'araignées ? »
Passant ainsi tout en revue, soudain
Du cerf il aperçoit les hautes cornes,
Et, appelant à lui tous les esclaves,
Il fait tuer l'animal sur-le-champ.
Voici donc la leçon de cette fable :
Seul y voit clair le maître en ses affaires.

Fables, II, 8.

QUINTE-CURCE
(QUINTUS CURTIUS RUFUS, ÉPOQUE IMPÉRIALE, MAIS DATES INCERTAINES)

On ne sait rigoureusement rien de cet historien, que ne mentionne aucun auteur latin, mais que sa langue très classique permet de situer dans l'un ou l'autre des deux premiers siècles de notre ère. Son Histoire d'Alexandre, *en dix livres, constitue en tout cas l'une de nos principales sources pour connaître la vie du conquérant. Et l'on serait tenté de dire qu'elles se lisent «comme un roman», tant le style en est vivant et les anecdotes foisonnantes. Roman d'aventures, au demeurant, et roman exotique, puisque Quinte-Curce entraîne son lecteur, sur les traces d'Alexandre, jusqu'en Extrême-Orient, tout en émaillant sa narration de nombreux discours fictifs, qui font de lui un talentueux disciple de Tite-Live. Quant au personnage d'Alexandre, il y apparaît dans toute son ambiguïté: guerrier courageux, meneur d'hommes incomparable, idolâtré par ceux qu'on pourrait appeler ses «grognards», mais aussi brutal, porté sur la boisson, incapable de dominer ses passions, et surtout impérialiste dans l'âme. Même si Quinte-Curce ne peut être comparé aux plus grands historiens latins, son œuvre est peut-être, pour un lecteur moderne, l'une des plus attrayantes de l'historiographie romaine.*

L'hydrocution d'Alexandre

Alexandre vient de s'emparer de la ville de Tarse, en Asie Mineure. C'est alors qu'il va commettre une grave imprudence.

Le Cydnus traverse la ville en son milieu, et c'était alors l'été, saison durant laquelle aucun lieu n'est plus brûlant que la côte de Cilicie; commençaient en outre les heures les plus torrides de la journée. La limpidité de l'eau incita Alexandre, qui était couvert à la fois de poussière et de sueur, à s'y tremper bien qu'il eût encore chaud. Il se dévêtit donc, et entra dans le fleuve sous les yeux de son armée, pour montrer du même coup aux siens qu'il savait se contenter, pour son corps, de soins modestes et à la portée de tous. Mais à peine y eut-il pénétré qu'il ressentit brusquement un frisson suivi d'une paralysie de tous ses membres; il devint tout pâle, et la chaleur de la vie abandonna presque tout son corps. Il semblait à l'article de la mort lorsque ses serviteurs, l'ayant pris dans leurs bras, le transportèrent sans connaissance dans sa tente. Dans le camp régnait une terrible angoisse, et l'on était près de prendre le deuil : les hommes pleuraient et se lamentaient : « Le roi le plus illustre qu'on eût jamais connu avait trouvé la mort non pas même frappé par l'ennemi sur le champ de bataille, mais tout simplement en se baignant! Darius s'approchait, victorieux avant d'avoir vu l'ennemi, et eux, ils allaient devoir regagner les contrées qu'ils avaient parcourues en vainqueurs, et qui avaient été ravagées autant par eux que par leurs ennemis; c'étaient des déserts qu'ils traverseraient, et la famine les y décimerait même en l'absence de poursuivants. Qui leur porterait secours dans leur fuite? Qui oserait succéder à Alexandre ? Et à supposer qu'ils parviennent à l'Hellespont, qui leur procurerait une flotte pour le traverser ? » Puis, oubliant leur propre sort, ils reportaient leur pitié sur la personne du roi, et déploraient que sa brutale disparition leur arrachât, dans la fleur de son âge, un homme énergique qui pour eux était à la fois un roi et un compagnon d'armes. Cependant Alexandre respirait un peu mieux, entrouvrait les yeux et, reprenant peu à peu ses esprits, reconnaissait les amis qui l'entouraient ; le seul fait qu'il avait conscience de la gravité de son état semblait marquer un recul de son mal. Mais d'autre part l'angoisse l'aggravait, car on annonçait que dans quatre jours Darius serait en Cilicie. « On me livre enchaîné, gémissait-il, on m'arrache des mains une victoire si belle, et ma vie s'achève sans gloire, dans l'obscurité d'une tente ! » Puis il fit appeler à la fois amis et médecins et leur dit : « Vous voyez à quel moment critique m'a surpris la Fortune. Je crois entendre le fracas des armes ennemies et, alors que j'ai pris l'offensive, c'est maintenant moi qu'on attaque. Lorsqu'il m'écrivait sa lettre pleine d'orgueil, Darius avait-il donc consulté mon destin ? Il l'aura fait en vain, si seulement je peux me soigner comme je le voudrais ; car, dans la situation qui est la mienne, ce ne sont pas des remèdes lents ni des médecins sans audace qu'il me faut ; du reste, j'aime mieux mourir vaillamment que de traîner dans la convalescence. Donc, si les médecins s'y connaissent un peu, qu'ils sachent que je ne leur demande pas tant un remède contre la mort que pour la guerre ! » Cette folle témérité avait plongé tout le monde dans une immense inquiétude, et chacun le suppliait de ne pas accroître le danger par l'impatience, mais de s'en remettre aux médecins, lesquels avaient bien raison de se méfier de remèdes nouveaux, étant donné que jusque dans son entourage l'ennemi cherchait sa perte à prix d'argent. Et il est exact que Darius avait fait savoir qu'il offrait mille talents à qui tuerait Alexandre ; aussi pensait-on que personne ne prendrait le risque d'essayer un remède que sa nouveauté suffirait à rendre suspect.

Or parmi les médecins réputés, il y en avait un, Philippe d'Acarnanie, qui, très dévoué au roi, l'avait accompagné sans son expédition ; chargé de veiller sur sa santé depuis l'enfance d'Alexandre, il éprouvait une affection extraordinaire pour celui qui était à ses yeux autant son élève que son roi. Il affirma qu'il avait avec lui un médicament puissant, mais d'effet non immédiat, et garantit que ce remède viendrait à bout du mal. Cette promesse déplaisait à tout le monde, à l'exception du roi, dont la vie était en jeu : un retard était en effet ce qu'il pouvait le moins facilement supporter ; les armes et la bataille étaient sous ses yeux, et il était convaincu que la victoire était certaine, à la seule condition qu'il fût en état de se tenir debout devant les enseignes ; et la seule chose qui l'ennuyait était que ce remède ne devait pas être pris avant trois jours — telle était en effet l'ordonnance du médecin. Sur ces entrefaites, voilà qu'il reçoit de Parménion, le plus sûr de ses ministres, une lettre l'avertissant de ne pas confier son salut à Philippe, que Darius, disait la lettre, avait soudoyé en lui offrant mille talents et en lui faisant miroiter un mariage avec sa sœur. Cette lettre plongea le roi dans une immense anxiété ; pesant en lui-même les chances et les risques, il se disait : « Dois-je persévérer dans ma décision de prendre ce remède, pour qu'ensuite on dise, au cas où il s'agirait de poison, que j'ai bien mérité mon sort ? Dois-je considérer mon médecin particulier comme un fourbe ? Dois-je me laisser abattre dans ma propre tente ? Après tout, mieux vaut mourir par le crime d'autrui qu'à cause de ma peur ! » Ayant longtemps pesé le pour et le contre, il glissa la lettre sous son oreiller, sans en révéler la teneur à quiconque, mais après y avoir apposé le sceau de son anneau. Au bout de deux jours passés dans ces réflexions, arriva celui qu'avait fixé le médecin, et Philippe entra dans la tente, tenant la coupe qui contenait le médicament. À son arrivée, Alexandre se soulève sur son lit et, tenant de la main gauche la lettre de Parménion, il prend de l'autre la coupe, et en avale sans trembler le contenu. Après quoi il tend la lettre au médecin et, pendant que celui-ci la lit, il ne le quitte pas du regard, pensant qu'il lirait sur son visage quelques réactions significatives. Or Philippe, après avoir achevé sa lecture, montra de l'indignation plutôt que de la peur; il lança au pied du lit son manteau et la lettre, et s'écria: «Roi, c'est de toi que toujours a dépendu ma vie; mais aujourd'hui, si je respire, c'est véritablement par ta bouche vénérable et sacrée. On lance contre moi l'accusation de parricide, mais ta guérison la réduira à néant, de sorte qu'en te sauvant j'aurai reçu de toi la vie. Je te conjure et te supplie d'abandonner toute crainte et de laisser tes veines absorber le médicament. Détends-toi, et ne te laisse pas troubler par l'intempestive sollicitude d'amis dont le zèle est aussi importun que leur fidélité est grande!» Cette réponse ne rassura pas seulement le roi, elle l'emplit aussi de joie et d'espérance, et il dit: «Si les dieux, Philippe, t'avaient donné la liberté de mettre mes sentiments à l'épreuve, tu aurais certainement choisi un autre moyen; mais jamais tu n'en aurais trouvé de plus décisif que celui qu'il t'a été donné d'expérimenter. Tu vois, j'avais reçu cette lettre, et elle ne m'a pas empêché de boire ta préparation. Et maintenant, tu peux me croire, si j'éprouve de l'inquiétude, c'est autant pour toi que pour moi.» Cela dit, il tend la main à Philippe.

Mais le remède eut un effet si puissant qu'il sembla dans un premier temps confirmer l'accusation de Parménion : Alexandre haletait, il pouvait à peine respirer. Philippe essaya tout ce qui ne l'avait pas encore été : il appliqua des topiques, il fit sentir au malade du vin et des aliments pour l'arracher à sa torpeur. Et, dès qu'Alexandre eut repris conscience, il se mit à lui parler soit de sa mère et de ses sœurs, soit de la grande victoire qui était proche. Puis, aussitôt que le remède se fut répandu dans les veines et que son action salutaire eut peu à peu pénétré tout le corps, l'esprit, en premier lieu, recouvra sa vigueur, et ensuite le corps lui-même, plus vite qu'on ne l'aurait pensé, si bien qu'au bout de trois jours le roi put se montrer à ses soldats. L'armée le dévorait des yeux, et chaque soldat venait lui baiser les mains, en lui rendant grâces comme s'il était un dieu descendu sur terre ! Car on ne saurait dire à quel point cette nation, outre sa vénération innée pour ses rois, admira et aima passionnément celui-ci. Depuis longtemps, il semblait bénéficier de l'aide divine dans toutes ses entreprises : comme la Fortune ne cessait de lui sourire, sa témérité même avait tourné en gloire, et son âge, à peine mûr pour de si grands exploits et pourtant suffisant pour qu'il les accomplît, rehaussait toutes ses actions ; de plus, certains de ses comportements, ordinairement considérés comme sans importance, plaisaient beaucoup aux hommes de troupe, comme le fait de participer à leur entraînement, de mener une vie et de porter des vêtements semblables aux leurs, de faire preuve enfin d'une réelle vigueur militaire. Tout cela, qu'il s'agît de qualités naturelles ou de vertus acquises, le leur rendait cher autant que vénérable.

Histoire d'Alexandre, III, 5-6.

Un dernier effort, soldats !

Après plusieurs années de conquêtes, les soldats d'Alexandre commencent à en avoir assez de guerroyer en des contrées lointaines et, malgré leur dévotion pour le roi, ils sont au bord de la mutinerie. Alexandre va donc, dans un discours «napoléonien», ranimer leur courage et les persuader de ne pas s'arrêter en si bon chemin.

Ayant fait sonner le rassemblement, Alexandre adressa à l'armée ce discours :
«Quand on considère, soldats, la grandeur des exploits que nous avons accomplis, on ne peut s'étonner que vous ressentiez le désir du repos et la satiété de la gloire. Ne parlons même pas de tous les pays — l'Illyrie, la Béotie, la Thrace, Sparte, l'Achaïe, le Péloponnèse — qui nous ont été entièrement soumis soit sous mon commandement personnel, soit sur mes ordres et sous mes auspices ! Mais voici qu'après avoir engagé les hostilités sur l'Hellespont, nous avons arraché l'Éolide et l'Ionie à l'esclavage d'une barbarie tyrannique[1], et que désormais la Carie, la Lydie, la Cappadoce, la Phrygie, la Paphlagonie, la Pamphilie, la Pisidie, la Cilicie, la Syrie, la Phénicie, l'Arménie, la Perse, la Médie et le pays des Parthes sont sous notre domination. Je me suis emparé de plus de provinces que d'autres n'ont pris de villes : il est même possible, vu leur nombre, que j'en aie oublié dans cette énumération ! C'est pourquoi, si je jugeais suffisamment stable la possession des territoires que nous avons conquis si rapidement, eh bien croyez-moi, soldats, je serais le premier à me précipiter, malgré vous au besoin, vers

---

1. Ce pouvoir tyrannique est celui de l'Empire perse.

mes pénates, vers ma mère, vers mes sœurs et le reste de mes compatriotes; je choisirais, pour jouir de l'honneur et de la gloire que j'ai acquis à vos côtés, le pays où nous attendent les plus belles récompenses de la victoire : la joie des enfants, des épouses et des parents, le paisible repos et la jouissance tranquille des biens que nous a procurés notre courage. Mais dans un empire nouveau et, à dire le vrai, précaire, où les Barbares ne supportent encore notre joug qu'en raidissant la nuque, il faut du temps, soldats, pour qu'ils nourrissent des sentiments plus calmes et que ces sauvages adoptent des habitudes plus douces. C'est comme pour les récoltes : elles attendent un moment déterminé pour parvenir à maturité — à tel point que même ce qui manque de toute sensibilité s'adoucit en vertu d'une loi intrinsèque. Vous figurez-vous, par hasard, que tous ces peuples, accoutumés au nom et à l'autorité d'un autre souverain, et qui n'ont en commun avec nous ni la religion, ni les mœurs, ni la langue, considèrent que leur défaite a signifié leur soumission ? Non, ce sont vos armes, et non leurs sentiments, qui les font se tenir tranquilles : notre présence les maintient dans la crainte, mais il suffirait que nous partions pour que cette crainte se change en hostilité. Nous avons affaire à des bêtes sauvages qui, une fois en captivité, finiront par s'apprivoiser, mais avec le temps, et malgré leur instinct. Et puis jusqu'à maintenant je vous ai parlé comme si nous avions soumis la totalité des territoires qui étaient sous la domination de Darius. Mais il en reste : Nabarzanès a occupé l'Hyrcanie; Bessus le parricide ne se contente pas d'occuper la Bactriane : il menace; quant aux Sogdiens, aux Massagètes, aux Saces et aux Indiens, ils sont livrés à eux-mêmes. Il suffirait que nous tournions le dos pour que tous ces gens se lancent à nos trousses. En effet ils forment ensemble une seule et même nation, alors que pour eux nous sommes des envahisseurs étrangers; or on obéit plus volontiers à des compatriotes, même si le pouvoir est aux mains d'un tyran redoutable. Donc il nous faut ou bien abandonner ce que nous avons conquis, ou bien conquérir ce que nous ne possédons pas encore. Dans le corps d'un malade, les médecins ne laissent rien qui soit susceptible de nuire; eh bien, soldats, faisons comme eux: supprimons tout ce qui fait obstacle à notre domination! On voit fréquemment une petite étincelle négligée déclencher un immense incendie. Et il est toujours dangereux de sous-estimer un ennemi, car en le dédaignant nous accroissons ses forces. [...] Nous n'avons devant nous que quatre jours de marche, alors que nous avons foulé tant de neiges, traversé tant de fleuves et franchi tant de cols! Il n'y a plus rien pour nous retarder: ni mer déchaînée inondant notre route de ses flots, ni défilés pour nous enfermer, comme naguère en Cilicie; rien que du plat et des descentes! Nous sommes au seuil même de la victoire, et n'avons plus devant nous que des fuyards, meurtriers de leur maître[1]. Par Hercule! C'est d'une action magnifique que vous transmettrez le souvenir à la postérité, une action qui sera le plus grand de vos exploits, puisqu'en tuant son meurtrier vous aurez vengé votre propre ennemi, Darius, contre qui votre haine s'est éteinte après sa mort, et vous n'aurez laissé vous échapper aucun sacrilège. Et puis, quand vous aurez mené à bien cette tâche, ne pensez-vous pas que les Perses seront bien plus dociles, ayant compris que vous n'entreprenez que des guerres saintes et que votre colère a pour objet un criminel et non pas leur nation? »

---

1. Allusion à l'assassinat de Darius par Bessus, satrape de Bactriane.

Ce discours provoqua chez les soldats le plus grand enthousiasme : ils demandèrent au roi de les conduire où il voudrait, et lui ne se fit pas prier...

Histoire d'Alexandre, VI, 3.

SÉNÈQUE
(LUCIUS ANNAEUS SENECA, VERS 1 AV. J.-C. ? — 65 APR. J.-C.)

Membre éminent d'une des familles les plus puissantes et les plus cultivées, formé dès l'enfance au beau langage et au bien penser, Sénèque est certainement la figure intellectuelle majeure de l'époque des empereurs julio-claudiens. On a longtemps évoqué sa naissance à Cordoue pour expliquer la violence passionnée (donc, espagnole) de sa pensée et de son style; en fait, l'expérience déterminante de son apprentissage fut sans doute un long séjour en Égypte, entre ses vingt et trente ans, pendant lequel il étudia tout ce qui pouvait alors s'étudier dans la brillante Alexandrie. Du pythagorisme de ses jeunes années, il évolua de façon décisive vers un stoïcisme à la fois savant et très intériorisé, tout en acquérant une connaissance approfondie des autres grandes doctrines.

De retour à Rome en 31 apr. J.-C., il étonne la cour par ses multiples talents, brille, séduit, et finit par exciter la jalousie de Caligula. On lui prête une aventure adultère avec la brûlante Julia Livilla, sœur du prince: en tout cas, en 41, le mondain est exilé, et passera huit années dans la solitude d'une villa du cap Corse. L'exilé a beau être philosophe et le paysage enchanteur (à nos yeux de modernes!), Sénèque dépérit sur ses rochers et fait tout pour obtenir son pardon. Mais Messaline le déteste, et il doit attendre sa mort, en 48, puis le mariage de Claude avec Agrippine *(janvier 49) pour être rappelé à Rome. Car Agrippine l'adore, et lui confie l'éducation de son fils, le jeune Néron, un garçon intelligent qui aime la poésie et les courses de chevaux. Préparer un empereur-philosophe, c'est un rêve platonicien : Sénèque s'y emploie en rédigeant des traités divers et variés sur la brièveté de la vie, la tranquillité de l'âme, la constance du sage, le loisir ou la providence, et propose une méditation plus politique en traitant de l'évergétisme (*De beneficiis, *« Les Bienfaits ») ou de la clémence (*De clementia). *Mais l'élève, qui respecte son maître (une fois monté sur le trône, il en fait son « Premier ministre », avec Burrus comme « ministre de l'Intérieur »), ne tient guère compte de ses leçons, pour sa conduite personnelle comme pour celle de l'Empire.*

Lassé des crimes de Néron, vieillissant, sans doute un peu inquiet — toute disgrâce était alors redoutable —, Sénèque obtient de l'empereur, en 62, le droit de se retirer des affaires publiques. Il écrit alors ses Questions naturelles, *vaste encyclopédie en sept ou huit livres, dédiée à son ami Lucilius, et commence une correspondance suivie avec ce dernier. Nous avons conservé cent vingt-quatre lettres « morales », qui sont sans doute la mise en forme soignée de lettres véritables, destinées à être ultérieurement publiées. C'est là, sans nul doute, le chef-d'œuvre de notre auteur : en directeur de conscience avisé et éloquent, il prêche à Lucilius un stoïcisme plein de spiritualité.*

À cette époque, le stoïcisme inspirait véritablement une façon de vivre, ou, en tout cas, des attitudes, un style, une relation personnelle au monde. Cette pensée repose sur de nombreux paradoxes, elle mise sur la volonté, elle affirme avec exigence la liberté intérieure : Sénèque trouve les mots pour exprimer tant de tension. Son style tend vers la sentence, qui se grave dans l'âme ; il emprunte aux métaphores la force du réel, avec des hardiesses étonnantes et, ici ou là, un attrait morbide pour la cruauté, l'excès, le mauvais goût ; il ne récuse pas, surtout dans la diatribe, qui consiste à morigéner le lecteur pour mieux le convertir, une violence véritable ; lorsque, cédant à la mode du temps, Sénèque réécrit les grands tragiques grecs, il sait mieux que nul autre exprimer l'absurdité furieuse de la passion, cette maladie pathétique. Personne n'est moins « classique », et cet expressionnisme souvent échevelé a pu choquer : Caligula disait de son style qu'il était « du sable sans chaux » — par jalousie ? Mais l'influence spirituelle de Sénèque fait bel et bien de lui un grand classique de notre culture : des Pères de l'Église à Rousseau, de Montaigne à Vigny, on l'a lu, admiré et cité comme nul autre penseur.

Vive la mort !

L'historien Cremutius Cordus avait, dans ses Annales, appelé Cassius, assassin de César, le « dernier des Romains ». Auguste ne s'en était pas offusqué ; mais sous Tibère, Séjan, ministre du Prince, déteste cet esprit frondeur et prend prétexte de ses sentiments républicains pour le persécuter. Cremutius Cordus, sûr d'être condamné, préfère se suicider en se laissant mourir de faim. Sa fille Marcia, par la suite, perdit deux de ses quatre enfants. C'est du dernier de ces deuils que Sénèque veut consoler philosophiquement une femme de caractère, bien digne de son père héroïque. Aussi est-elle à même d'accepter les arguments les plus violents du stoïcisme... teintés de nostalgie des vertus républicaines !

Quel est cet oubli de ta propre condition, et de la condition de tous ? Tu es née mortelle, tu as enfanté des mortels : toi, qui n'es qu'un corps pourrissant, suppurant et plein de maladies, tu as conçu l'espoir que cette substance si débile aurait porté en elle du solide et de l'éternel ? Ton fils a quitté la vie, c'est-à-dire qu'il s'est précipité à cette fin vers laquelle se hâtent tous ceux que tu juges plus heureux que le fruit de tes entrailles. C'est là que, d'un pas plus ou moins rapide, se rend toute cette foule qui plaide sur le forum, qui regarde le spectacle au théâtre, qui prie dans les temples ; tout ce que tu aimes, tout ce que tu méprises, une même cendre le nivellera. Voilà ce que signifie l'inscription du fameux oracle de la Pythie : CONNAIS-TOI. Qu'est-ce que l'homme ? Un vase qui se brise à la moindre secousse, au moindre mouvement. Il n'est point besoin d'une grande tempête pour te mettre en pièces ; au premier coup de bélier, tu te disloqueras. Qu'est-ce que l'homme ? Un corps débile et fragile, nu et naturellement désarmé, qui a besoin de l'aide d'autrui et se trouve brutalement exposé à toutes les offenses de la Fortune ; lorsqu'il a bien exercé ses muscles, il est pâture pour le fauve, victime pour le tueur ; fait de matières molles et inconsistantes, il ne brille que par ses traits extérieurs ; incapable d'endurer le froid, le chaud, l'effort, mais à rebours l'inaction et l'inertie le feront se décomposer ; manger l'inquiète, car s'il manque d'aliments, il dépérit, s'il en mange trop, il éclate ; pour se protéger, il s'angoisse et s'alarme ; son souffle est précaire, mal assuré, un bruit soudain qui frappe ses oreilles l'arrête net ; plein de vices, inutile, il nourrit sans cesse les dangers qui le menacent. Et nous nous étonnons de le voir mourir, ce qui est l'affaire d'un simple hoquet ? [...]

Qu'est-ce donc, Marcia, qui te trouble ? Que ton fils soit mort, ou qu'il n'ait pas vécu longtemps ? Qu'il soit mort ? alors, tu aurais dû toujours souffrir, car tu as toujours su qu'il mourrait. Dis-toi que les défunts n'éprouvent aucun mal, que tout ce qui nous rend horribles les Enfers n'est que fable, qu'il n'y a, pour menacer les morts, ni ténèbres, ni prisons, ni fleuves de feu, ni rivière d'oubli, ni tribunaux, ni accusés, et qu'on ne retrouve point les tyrans d'ici-bas lorsqu'on est dans cette liberté si parfaite de l'au-delà: ce sont là des fantaisies des poètes, qui nous ont agités de vaines terreurs. La mort est la délivrance de toutes nos douleurs, la frontière que nos malheurs ne passent point; elle nous rétablit dans la tranquillité où nous nous reposions avant de naître. Si l'on plaint les morts, on doit aussi plaindre ceux qui ne sont pas nés. La mort n'est ni un bien ni un mal. Pour être un bien ou un mal, il faut être quelque chose; mais ce qui, en soi, n'est rien et ramène tout à n'être rien, cela ne nous livre à aucun caprice du sort, car le bien et le mal s'appliquent seulement à une substance matérielle. La Fortune ne peut pas avoir prise sur ce que la nature à laissé s'évanouir, et ce qui n'existe pas ne peut être malheureux.

Ton fils a franchi les frontières du territoire de la servitude, et une grande et éternelle paix l'a reçu en son sein. Il n'est tracassé ni par la peur de la pauvreté, ni par le souci des richesses, ni par les aiguillons du désir, qui corrompt l'âme par le plaisir; il ne jalouse point le bonheur d'autrui, et le souci de son propre bonheur ne lui pèse point; pas la moindre insolence ne vient blesser ses chastes oreilles. Il n'a sous les yeux ni crimes publics ni crimes privés. Il n'est point paralysé par l'inquiétude d'un avenir dont les promesses sont toujours plus incertaines. Il est enfin installé dans un séjour dont rien ne peut le bannir, et où rien ne peut l'effrayer.

Ah! qu'ils ignorent leurs propres misères, ceux qui ne célèbrent pas la mort comme la plus belle invention de la nature et qui n'espèrent pas sa venue, qu'elle couronne une vie heureuse ou qu'elle écarte de nous un malheur, qu'elle offre une fin au vieillard rassasié et las, qu'elle rabatte dans sa fleur cette jeunesse où l'on attend toujours mieux, qu'elle rappelle au néant cette petite enfance avant de trop dures épreuves, elle qui, pour tous, est la fin, pour beaucoup, un remède, pour certains, un vœu, et que nul ne doit mieux remercier que celui à qui elle vient avant d'avoir été appelée! C'est elle qui affranchit l'esclave malgré son maître; c'est elle qui ôte les chaînes des captifs; c'est elle qui fait sortir de geôle des hommes emprisonnés par un pouvoir tyrannique; c'est elle qui, à ces exilés dont les yeux et le cœur se tournent sans cesse vers leur patrie, montre qu'il est parfaitement indifférent de reposer ici ou là; c'est elle qui, lorsque la Fortune a mal réparti ces biens qui sont communs à tous et a différemment doté des hommes nés égaux, rétablit l'égalité. C'est elle qui fait que, lorsqu'elle est survenue, personne ne doit plus obéir à l'arbitraire d'autrui; en elle, personne ne se sent un pauvre hère; elle ne s'est jamais refusée à personne; c'est elle, Marcia, que ton père a désiré de ses vœux. Oui, dis-je, c'est grâce à elle que naître n'est point un supplice, grâce à elle que, face aux coups du sort qui me menacent, je ne m'effondre pas, grâce à elle que je puis garder une âme indemne et maîtresse d'elle-même: j'ai un recours. Je vois, dans ce bas monde, des instruments de torture, de divers modèles, imaginés différemment par les uns ou les autres: certains pendent les condamnés tête en bas, d'autres les empalent, d'autres étirent leurs bras sur une croix; je vois des chevalets, je vois des fouets; on a même confectionné des machines spéciales pour chaque membre! Mais je vois aussi la mort. J'ai devant les yeux des ennemis cruels, des concitoyens impitoyables. Mais j'ai aussi, devant les yeux, la mort.

La servitude n'est pas pénible, lorsque, si l'on est las de la tyrannie, il n'y a qu'un pas à faire pour gagner la liberté. Ô vie, si tu m'es chère, c'est grâce à la mort !

Réfléchis aux bienfaits d'une mort opportune, et combien d'hommes ont pâti d'avoir trop longtemps vécu. Si Gnaeus Pompée, glorieux soutien de cet empire, avait été emporté par la maladie à Naples, il serait mort en étant, sans conteste, le premier citoyen de la République. Or le peu de temps qui vint s'ajouter à sa vie le fit choir du faîte de sa grandeur : il vit ses légions massacrées sous ses yeux, et, au terme de cette bataille où le Sénat combattit en première ligne, il se vit lui-même, général en chef, survivre à la défaite, malheureusement épargné ; il vit le bourreau égyptien, et tendit à un serviteur de temple cette tête que même ses vainqueurs avaient tenue pour sacro-sainte — mais même s'il avait eu la vie sauve, il aurait vécu dans la honte de sa propre survie : peut-on imaginer pire infamie que Pompée vivant grâce aux bienfaits d'un roi[1] ? Marcus Cicéron, s'il était tombé à l'époque où il évita les poignards de Catilina qui le visaient comme ils visaient la patrie, s'il avait péri après avoir libéré cette même patrie, lui, son sauveur, si, enfin, il avait suivi sa fille au tombeau, il aurait encore pu mourir heureux : il n'aurait pas vu les glaives brandis sur la tête des citoyens, les assassins se partageant les biens de leurs victimes qui payaient ainsi pour leur propre mise à mort, ni les dépouilles des anciens consuls mises à l'encan, ni les massacres, ni les brigandages commandités par l'État, ni les guerres, ni

---

1. Après la bataille de Pharsale où il fut défait par l'armée de César, Pompée se réfugia en Égypte, où le « parti des prêtres » le fit assassiner pour complaire au nouveau maître de Rome, auquel on fit porter sa tête...

les pillages, ni tant de nouveaux Catilinas[1] ! Si la mer avait englouti Marcus Caton à son retour de Chypre où il était allé recueillir l'héritage de Ptolémée d'Égypte, fût-ce en noyant avec lui ces trésors qu'il convoyait et qui allaient payer la guerre civile, cela n'aurait-il pas été pour son bien ? Il aurait en tout cas emporté avec lui la conviction que personne n'oserait mal se conduire devant Caton. Mais en réalité, quelques années de plus ont contraint cet homme, qui était né non seulement pour sa propre liberté, mais encore pour celle de Rome, à fuir César, et à suivre Pompée[2].

Ainsi donc, la mort prématurée de ton fils ne lui a causé aucun tort : elle l'a dispensé de subir tous les maux.

Consolation à Marcia, 11 puis 19-20.

Et nul ne se connaît tant qu'il n'a pas souffert...

Le malheur est profitable à l'homme de bien : telle est, longuement développée dans un « dialogue » intitulé De la providence, *une grande thèse du stoïcisme tel que l'entend Sénèque. Comme un athlète, comme un gladiateur, comme un valeureux soldat, le Sage — ou l'homme qui s'efforce d'atteindre la sagesse — doit affronter le malheur en combat singulier, pour*

---

1. Allusion à tous les troubles qui aboutirent à la dictature de César.
2. Pour les historiens «républicains» d'esprit, la mission de Caton à Chypre, où il recueillit au nom du peuple romain l'énorme héritage du roi d'Égypte Ptolémée, précipita la marche vers la guerre civile en alimentant le trésor de l'État, nerf de cette guerre... Caton d'Utique, avec sa vertu rigide, est à la fois un saint de la République et un saint du stoïcisme.

peu que Dieu (c'est un être unique, pour le théisme stoïcien) ait la bonté de lui procurer cette épreuve. L'idée ne manque ni de masochisme, ni de panache, ni de... romantisme!

Les bonheurs arrivent tout aussi bien aux cœurs plébéiens et de bas étage; tandis que dominer les malheurs et tout ce qui terrorise les mortels, c'est l'apanage des grandes âmes. Oui, être toujours heureux et traverser sa vie sans la moindre morsure de l'âme, c'est ignorer un des deux versants de la nature. Tu es une grande âme? Comment puis-je le savoir, si la fortune ne te donne pas l'occasion d'exhiber ta vertu? Tu es descendu dans l'arène olympique, mais personne ne t'y rejoint pour concourir: tu as la couronne — mais pas la victoire. Je ne t'applaudis pas comme un homme valeureux, mais comme si tu avais obtenu le consulat ou la préture: on t'a honoré, c'est tout. Je peux dire la même chose à l'homme de bien, si aucune difficulté sérieuse ne lui a donné l'occasion de montrer sa force d'âme: «Tu me sembles bien malheureux, de n'avoir jamais été malheureux! Tu as traversé la vie sans adversaire; personne ne saura jamais, pas même toi, ce dont tu étais capable!» Car même pour se connaître soi-même, il faut avoir été mis à l'épreuve: si l'on n'essaie pas ses forces, on ne sait pas de quoi l'on est capable. Aussi en a-t-on vu certains se jeter d'eux-mêmes au-devant du malheur, si celui-ci tarde à venir, et chercher une occasion de faire briller leur vertu, qui allait sombrer dans l'obscurité. Oui, les grandes âmes éprouvent de la joie, parfois, dans l'adversité, comme les soldats valeureux en éprouvent dans la guerre. J'ai entendu, sous l'empereur Tibère, le mirmillon Triumphus se plaindre de la rareté des spectacles de gladiateurs: «Que de beaux jours perdus!» disait-il. La vertu est avide de périls, elle songe au but qu'elle vise, non aux souffrances qu'elle va subir, puisque même ces souffrances font partie de sa gloire. Les professionnels de la guerre s'enorgueillissent de leurs blessures, ils montrent en souriant le sang qui coule de leur cuirasse; même si les soldats qui reviennent indemnes du combat se sont aussi bien conduits, on les admire moins que ceux qui ont été blessés. Dieu, dis-je, rend service aux hommes qu'il veut rendre les meilleurs possible, chaque fois qu'il leur fournit matière à une conduite courageuse et valeureuse, ce qui suppose une situation difficile: c'est dans la tempête qu'on voit le pilote, au combat qu'on voit le soldat. Comment puis-je connaître ta force d'âme face à la pauvreté, si tu nages dans l'opulence? Comment puis-je juger ta constance face à l'ignominie, le déshonneur, l'impopularité, si tu vieillis entouré d'applaudissements, si tous te portent une faveur indestructible, portée par une véritable sympathie à ton égard? Comment saurai-je avec quelle sérénité tu supporterais la mort de tes enfants, si tu vois, autour de toi, tous ceux que tu as engendrés? Je t'ai écouté, quand tu consolais les autres; mais je n'aurais pu voir qui tu es que si tu t'étais consolé toi-même, si tu t'étais, à toi-même, interdit de souffrir. Ne vous effrayez point, je vous en conjure, de ces accidents dont les dieux immortels aiguillonnent les âmes: le malheur est l'occasion de la vertu.

De la providence, 4.

Bon et mauvais princes

Le traité De la clémence *fut composé par Sénèque pour l'éducation de son impérial élève, le jeune Néron, un an environ après son accession au trône, en 54, à l'âge de dix-sept ans. Malgré un début de règne encourageant, le philosophe doit sentir chez le jeune empereur un caractère porté sinon au sadisme, du moins à une certaine férocité : en s'évertuant à lui inculquer la clémence, son précepteur lui fait non seulement un cours de philosophie politique, mais encore un long sermon susceptible de convertir cette âme cruelle à une très improbable douceur... On saluera les gros efforts de pédagogie pour intéresser un jeune homme qui, à l'époque, n'aime que les courses de chevaux, le chant et la poésie !*

C'est la clémence qui fait toute la différence entre le roi et le tyran : tous deux sont entourés de troupes armées, mais l'un les a pour défendre la paix, l'autre pour étouffer par de violentes terreurs les haines violentes qu'il suscite. Il n'est même pas rassuré quand il regarde ces bras auxquels il se confie. Des forces contraires le divisent : il est haï, parce qu'il est craint, et il veut se faire craindre, parce qu'on le hait — et il fait sien ce vers abominable, qui a tant fait de victimes : « Qu'ils me haïssent, pourvu qu'ils me craignent[1] ! », sans savoir à quel degré de rage conduit une haine démesurée. En effet, une haine mesurée freine les élans ; mais lorsqu'elle est continue, violente, poussée à l'extrême, la crainte donne de l'audace aux plus abattus, elle les réveille, les pousse à tout oser. En effet, une corde tendue, un épouvantail de plumes suffisent pour garder enfermées des bêtes dans un enclos ; mais qu'un cavalier les pousse devant lui avec des flèches, elles chercheront à fuir en traversant précisément ces barrières qui les faisaient reculer, et elles piétineront leur

---

1. Cette formule fameuse (déjà citée par Cicéron dans son *De officiis...*) a été prêtée à beaucoup de tyrans : Denys de Syracuse, Tibère, Caligula... On pouvait la lire, semble-t-il, dans une tragédie de l'auteur latin Accius, *Atrée*.

propre terreur. Le courage le plus ardent est celui qui éclate sous le coup de la dernière nécessité. Il faut que la crainte laisse une certaine marge de sécurité, et laisse paraître davantage d'espoirs que de périls; sinon, du moment que l'on a tout autant à craindre en restant tranquille, on préfère braver ces dangers et risquer sa vie comme si elle ne nous appartenait plus.

Un roi pacifique et paisible peut compter sur toutes les troupes qui le secondent, car il en use pour le salut commun, et le soldat, fier d'œuvrer à la sécurité de tous, endure volontiers tous les efforts dans la pensée qu'il est le gardien du Père de la patrie. Mais l'autre, le tyran violent et sanguinaire, est nécessairement odieux à ses propres gardes du corps. Il ne peut trouver ni honnêteté ni loyauté chez ceux qui le servent, si, pour torturer, il se sert d'eux comme il le fait d'un chevalet ou de tous ces outils meurtriers, et si, comme à des bêtes brutes, il leur jette des hommes en pâture. Il est d'ailleurs plus malheureux et plus tourmenté que tout autre coupable, lui qui redoute que les hommes autant que les dieux soient les témoins de ses crimes et les vengent : il en est venu au point de ne plus pouvoir changer de conduite. Car de toutes les conséquences de la cruauté, la pire est qu'il faut persévérer à être cruel, sans jamais aucune possibilité de reculer d'un pas : c'est par le crime qu'il faut soutenir le crime. Or peut-on trouver pire infortune que d'être toujours condamné à la méchanceté ?

Ô qu'il fait pitié (à lui, du moins, car, de la part des autres, toute piété serait impie!) l'homme qui n'a exercé son pouvoir que par le massacre et la rapine, qui, partout, chez lui comme au-dehors, s'est contraint à se défier de tout, qui, par peur des armes, n'a d'autre recours que les armes, qui ne se fie ni à la fidélité de ses amis ni à l'affection de ses enfants, qui, regardant autour de lui ce qu'il a fait et ce qu'il s'apprête à faire et ne découvrant que sa conscience pleine de crimes et de remords, redoute souvent la mort, la souhaite encore plus souvent, et se déteste lui-même encore plus qu'il n'est détesté par ceux qui sont ses esclaves! Au contraire, le Prince qui veille sur tout, qui, plus ou moins, s'occupe de tout, ne néglige aucune des parties de l'État et les nourrit comme si elles étaient des membres de son corps, qui, toujours enclin à la douceur, même s'il est utile de sévir, laisse voir avec quelle réticence il prête main à un traitement violent, qui n'éprouve ni hostilité ni férocité, qui exerce son autorité pacifiquement et pour le bien de tous et désire que ses concitoyens approuvent ses décisions, s'estimant pleinement heureux s'il peut partager sa fortune avec tous les autres hommes, affable en ses propos, d'abord facile, au visage avenant (rien n'est plus apprécié du peuple!), ouvert aux désirs légitimes, mais s'opposant sans dureté à ceux qui ne le sont pas, ce prince, dis-je, obtient de la cité tout entière amour, protection et respect.

De la clémence, 12-13.

La joie et la vie

Mon cher Lucilius,

Tu penses que je vais t'écrire combien cet hiver, qui fut doux et bref, nous a humainement traités? combien ce printemps nous veut du mal, avec ses froids tardifs, et autres futilités bonnes pour des gens qui cherchent de quoi parler? Non: j'écrirai, moi, quelque chose qui puisse me servir et te servir. Et quoi donc, sinon une exhortation à penser sagement? Et tu me demandes quel est le fondement de la sage pensée? Ne point éprouver de joie aux vanités. Le fondement, ai-je dit? C'en est le faîte. Il parvient au point suprême, celui qui sait de quoi il peut éprouver joie, celui qui n'a pas placé son bonheur sous le pouvoir d'autrui; en revanche, il est inquiet et doute de lui-même, celui qui se laisse exciter par quelque espérance, même si son objet est à portée de main, même si l'on peut l'atteindre sans peine, même si, jamais, l'on n'a connu d'espoirs décevants. Avant tout, mon cher Lucilius, voici ce que tu dois faire : apprends la joie.

Alors là, tu vas penser que je te prive de beaucoup de plaisirs, puisque je soustrais tous les biens fortuits et préconise l'abandon de toutes les espérances, qui sont nos plus douces récréations! Bien au contraire, je ne veux point que tu manques jamais d'allégresse! Mais je veux que tu la cultives sur ton propre fonds. Tu en feras bonne récolte, si elle pousse à l'intérieur de toi. Les autres raisons de sourire n'emplissent pas le cœur, ne détendent que le front, ce sont choses frivoles — à moins que, pour toi, être en joie, c'est rire. Non : l'âme doit se montrer alerte, assurée, en éveil pour faire face à tout événement. Crois-moi, la joie véritable est chose sévère. Ou bien crois-tu que quiconque ait jamais pu arborer un visage épanoui ou, comme disent nos minets, un « petit sourire cool » pour mépriser la mort, ouvrir sa maison à la pauvreté, tenir en bride ses plaisirs et s'exercer à endurer toutes les douleurs[1]? Celui qui roule ces pensées est dans une joie profonde, mais peu souriante.

Je veux te voir en possession d'une telle joie :

1. Sénèque évoque ici les *delicati*, mondains vaguement épicuriens, dont un des tics est l'usage de diminutifs (par exemple l'adjectif *hilariculus [vultus]*, que nous traduisons par « petit sourire cool »).

jamais tu n'en manqueras, si tu trouves une seule fois où il faut la chercher. À la surface du sol, les mines ne permettent de récolter que du minerai de faible teneur: les plus riches sont celles dont une veine profondément cachée répond pleinement et sans défaillance à l'attente de celui qui a creusé jusque-là. Les satisfactions qui réjouissent le vulgaire contiennent un plaisir ténu et superficiel, et toute joie importée en nous manque de fond: celle dont je parle et à laquelle je m'efforce de t'amener est solide et s'ouvre sur l'intériorité. Fais en sorte, je t'en prie, mon très cher Lucilius, de disperser et de fouler aux pieds tout ce qui brille au-dehors de toi, et toutes les promesses de x ou y: tourne tes yeux vers le vrai bien, et tire ta joie de toi-même. « De toi-même », qu'est-ce à dire ? De toi en personne, et de la meilleure part de toi. Notre chétif petit corps, même si, sans lui, on ne peut rien faire, tiens-le plus pour nécessaire qu'important: il procure de vains plaisirs, qui ne durent pas, et dont on se repent; si l'on ne les tempère pas en usant d'une grande modération, ils mènent à leur contraire. Je le dis à ma façon: le plaisir est en pente abrupte vers la douleur, s'il ne respecte pas sa limite. Or respecter sa limite est difficile, s'agissant de ce que l'on considère comme un bien: mais seul l'avide désir d'un bien véritable est sans risque. En quoi consiste ce bien véritable, demandes-tu, et où est sa source ? Sa source est une conscience droite, des intentions honnêtes, des actions droites, le mépris des événements fortuits, le cours placide et régulier d'une vie qui suit sa route sans dévier. Car ceux qui bondissent de plan de vie en plan de vie ou qui, sans même bondir, passent de l'un à l'autre sous la poussée d'un hasard, comment sauraient-ils trouver, ces vagabonds indécis, la moindre certitude durable ? Ils sont bien peu, ceux qui disposent eux-mêmes le plan de leur personnalité ou de leur vie : tous les autres, comme les objets qui flottent sur un fleuve, ne marchent pas, mais dérivent ; les uns, une eau paisible les a retenus et charriés doucement, d'autres, le courant, en s'approchant de la rive, les a fait s'échouer là, d'autres encore, c'est un torrent impétueux qui les a jetés dans la mer. Voilà pourquoi il faut déterminer ce que nous voulons et nous y tenir avec persévérance.

Et voici le moment de payer notre dette[1]. Je puis te rendre ce que je te dois et affranchir cette lettre avec ces mots de ton cher Épicure : « Il est fâcheux d'être toujours au premier jour de sa vie » ; ou bien encore, si cette phrase exprime mieux sa pensée : « Ils vivent mal, ceux qui toujours commencent à vivre. » « Et pourquoi ? », demandes-tu : de fait, cette sentence appelle explication. C'est parce que leur vie est toujours inaccomplie : l'homme qui commence seulement à vivre ne peut se tenir solidement debout, prêt à affronter la mort. Ce que nous devons faire, c'est tâcher d'avoir assez vécu : personne ne peut arriver à ce résultat, s'il vient tout juste d'entamer sa vie. Et ne pense pas que peu de gens sont dans ce cas : il en va ainsi pour presque tout le monde. Certains commencent à peine au moment où il faut finir. Si la chose t'étonne, voici de quoi t'étonner encore davantage : certains ont déjà fini de vivre avant d'avoir commencé !

Bien à toi.

SÉNÈQUE

Lettres à Lucilius, 23.

---

1. C'est un jeu entre Sénèque et Lucilius que de « timbrer » leurs lettres par une citation remarquable. Lucilius, quant à lui, semblait apprécier les sentences d'Épicure.

Sage... et bien tranquille

Mon cher Lucilius,

C'est bien à tort, ce me semble, qu'on tient les fidèles adeptes de la philosophie pour des rebelles ou des factieux, contempteurs des magistrats, des rois ou de tous les gouvernants. Au contraire, en effet, personne ne montre plus grande reconnaissance qu'eux à l'égard de ces autorités; et ce non sans raison, puisque celles-ci ne procurent à personne d'autre plus grand avantage que ce tranquille loisir dont ils peuvent jouir. C'est pourquoi ces individus dont le dessein de vivre vertueusement tire un grand profit de la paix publique honorent comme un père, nécessairement, l'auteur d'un tel bienfait; ils l'honorent bien plus, en tout cas, que tous ceux qui s'agitent sur la scène publique: ces gens-là doivent beaucoup au prince, mais comptent sur lui pour mille besoins; et ces besoins, aucune libéralité ne peut jamais se précipiter pour les satisfaire au point d'assouvir les désirs qui les inspirent et les font croître encore au moment où on les rassasie. Ne penser qu'à recevoir, c'est oublier ce que l'on a reçu: le pire malheur de la cupidité, c'est son ingratitude.

Ajoute à cela que personne, parmi ces hommes de pouvoir, ne voit combien de gens il domine — il ne voit que ceux qui le dominent. Avoir cent concurrents derrière soi procure moins de plaisir que ne cause de peine le fait d'en avoir un seul devant soi C'est le vice foncier de toute ambition: ne pas regarder derrière soi. Et l'ambition n'est pas la seule à ne pas savoir s'arrêter: toute passion recommence de son point d'arrivée.

Mais voici un homme sans ambages et sans tache, qui a laissé la Curie, le forum et tout le gouvernement de l'État, pour se consacrer, dans cette retraite, à de plus vastes travaux : il aime tous ceux qui lui permettent d'agir ainsi sans risque, seul, il leur rend hommage gratuitement, et reconnaît, sans même qu'il le sachent, qu'il est grandement leur débiteur[1]. Il vénère et respecte ses maîtres, qui jadis l'ont tiré de l'errance : il en fait de même pour ceux dont la protection lui permet de pratiquer ces sages savoirs. « Mais, diras-tu, avec sa puissance un roi protège aussi bien les autres hommes ! » Qui dit le contraire ? Mais de la même manière que, tout en ayant bénéficié comme les autres du beau temps, le passager du navire qui transportait sur cette mer davantage de marchandises précieuses estime que plus grande est sa dette envers Neptune ; de même que le négociant, au terme de la traversée, s'acquitte du vœu fait au dieu avec plus d'empressement que le simple voyageur ; de même que, parmi les négociants, celui qui transportait des parfums, des tissus de pourpre et des produits valant leur pesant d'or exprime avec plus d'effusions sa reconnaissance que cet autre, qui n'avait embarqué qu'un amas de pacotille tout juste bonne à servir de lest ; eh bien, de même, le bienfait de cette paix, qui concerne tout le monde, touche plus profondément ceux qui savent bien en user.

Pour bien des hommes, sous l'habit civil, la paix exige plus d'efforts que la guerre — ou serait-ce que tu estimes qu'ils en feraient autant pour la paix, par devoir, tous ceux qui gaspillent la paix en beuveries, en débauches ou en ces perversions qu'il faudrait interrompre, fût-ce par une guerre ? À moins que tu

---

1. À l'évidence, Sénèque pense à son propre retrait de la vie publique — selon Tacite, c'est en 62 qu'il eut, sur ce sujet, une conversation capitale avec Néron. Lequel finit par se laisser convaincre, en apparence du moins, de permettre à son « ministre » d'aller cultiver sa sagesse. D'où les grandes professions de gratitude de Sénèque dans cette lettre !

ne penses que le sage est injuste au point de ne pas se sentir individuellement débiteur des bienfaits dont tous profitent ? Grande est ma dette envers la lune et le soleil, et pourtant, ils ne se lèvent pas pour moi seul. Je suis l'obligé de chaque année et du dieu qui gère sa marche, même si l'ordre des saisons n'a pas été établi en mon honneur. L'imbécile avarice des mortels ne mélange pas libre possession et propriété privée, et tient qu'on ne possède point en propre ce qui appartient à tous : au contraire, l'homme sage estime que rien ne lui appartient plus personnellement que ce qu'il possède en partage avec le genre humain. Et ce ne seraient point des avantages communs, si une part n'en revenait à chacun : cette part, aussi petite soit-elle, instruit une communauté qui nous met en société.

Mais en réalité, ces grands, ces véritables biens ne se laissent pas diviser au point que chaque homme ne s'en voit échoir qu'un mince fragment : ils sont livrés tout entiers à chacun. Lorsqu'on fait une distribution au peuple, chacun n'emporte que ce qui, par tête, a été promis ; plats d'un banquet, parts de viande, tout ce que peut saisir la main est réparti en lots ; au contraire, ces biens indivisibles, la paix, la liberté, appartiennent aussi intégralement à chacun qu'à tous. Le sage songe donc à qui il doit l'usage et le fruit de ces biens, grâce à qui il échappe à la nécessité publique de prendre les armes, d'assurer des veilles, de garder des remparts, de payer les multiples impôts de guerre, et il rend grâces à son timonier.

Ce qu'enseigne plus que tout la philosophie, c'est à bien reconnaître à qui l'on doit un bienfait, et à bien s'acquitter de cette dette : parfois, il suffit de la reconnaître pour s'en acquitter. Le sage reconnaîtra donc sa dette envers l'homme qui, par la prudence de son gouvernement, lui offre une opulente tranquillité, la libre jouissance de son temps, et une quiétude qu'aucune occupation publique ne vient perturber.

C'est un dieu qui m'a fait ces loisirs, Mélibée!
Oui, un dieu pour toujours!

Si doivent beaucoup à l'homme qui les initia ces loisirs dont voici le plus grand avantage :

Vois mes bœufs, grâce à lui, librement paître, et moi
Jouer à mon plaisir de ce roseau rustique[1],

s'il en est ainsi, à quel prix estimerons-nous cet autre loisir dont on jouit en compagnie des dieux, et qui fait de nous des dieux? [...]

Bien à toi.

SÉNÈQUE

Lettres à Lucilius, 73.

Jour de match

Toute occasion est bonne pour méditer : en l'occurrence, une partie de sphaeromachia — *un jeu de ballon assez violent dont nous ignorons les règles précises — a drainé les foules vers le stade, et Sénèque bénéficie d'une belle tranquillité. Mais il habite suffisamment près du stade pour entendre les clameurs des supporters... et laisser sa méditation se lancer*

---

1. On aura reconnu, ici et plus haut, les vers fameux de la *Première Bucolique* de Virgile (voir *supra*, p. 214), dans laquelle le berger Tityre exprime sa gratitude envers le « divin » Auguste qui a rétabli la paix.

dans une de ces rhapsodies stoïciennes qui font le charme de bien des Lettres à Lucilius*!*

Mon cher Lucilius,

Si aujourd'hui je dispose de tout mon temps, c'est moins de mon fait que grâce à un spectacle qui a écarté d'ici tous les gêneurs, partis assister à un match de ballon. Personne ne fera irruption chez moi ; personne ne mettra d'entrave à ma pensée qui, ainsi rassurée, chemine plus hardiment. La porte d'entrée de grincera pas à chaque instant, la tenture qui ferme la pièce ne se soulèvera pas. Il me sera permis d'aller mon chemin en toute sécurité, condition particulièrement indispensable à qui fait route par ses propres forces et suit sa propre voie. Cela veut-il dire que je ne suis pas les Anciens ? Je le fais, mais je me permets de trouver du nouveau, de modifier, d'abandonner sur quelque point leur doctrine. Je n'en suis pas esclave ; non, j'acquiesce librement à leurs avis.

Mais j'ai trop parlé, quand je me promettais le silence, un tranquille repli, sans irruption de fâcheux : voici qu'une immense clameur arrive du stade ; et pourtant, loin de m'expulser de moi-même, elle me porte à méditer sur ce spectacle lui-même. Et je me dis : combien de gens exercent leur corps, et combien peu leur esprit ! Quelle affluence à un spectacle ludique et sans profit durable, et quel désert autour de la culture ! Quelle débilité de l'âme chez ces hommes dont on admire les biceps et les larges épaules ! Mais voici l'idée que je tourne et retourne plus que toute autre : si le corps peut arriver par un entraînement à cette endurance qui lui fait supporter les coups de poing et les coups de pied de plus d'un agresseur, ou bien permet à un homme de passer toute une journée sous un soleil de feu, dans une poussière torride, trempé de son propre sang, combien est-il plus facile, pour l'âme, de fortifier son énergie, afin de recevoir sans se laisser vaincre les coups de la Fortune et, terrassée, piétinée par elle, se relever toujours! Car le corps a besoin de mille choses pour être vigoureux: l'âme tire d'elle-même de quoi se développer, s'alimenter, s'exercer. À ces athlètes il faut beaucoup de nourriture, de boisson, d'huile, bref, beaucoup de travail; la vertu, en revanche, tu l'obtiendras sans le moindre équipement, sans le moindre frais.

Tout ce qu'il faut pour faire de toi un homme de bien, tu l'as avec toi. Et que te faut-il pour être homme de bien? Le vouloir. Or que pourrais-tu vouloir de mieux que de t'arracher à cette servitude qui écrase tous les hommes, et dont même nos esclaves de la plus basse condition, nés dans la lie de l'humanité, s'efforcent de se dégager? Leur pécule, amassé au détriment de leur ventre, ils le donnent en paiement pour racheter leur tête[1]. Et toi, tu ne souhaiterais pas parvenir à tout prix à la liberté, toi qui, penses-tu, es libre de naissance? Pourquoi regardes-tu ton coffre-fort? Elle ne s'achète pas, cette liberté! Eh oui, c'est un vain mot, ce nom de liberté que l'on inscrit sur les registres d'état civil: ceux qui l'ont achetée ne la possèdent point, et pas davantage ceux qui l'ont vendue. Il n'y a que toi pour te donner à toi-même ce bien que tu désires: c'est à toi-même que tu dois le réclamer.

Libère-toi en premier de la peur de la mort, qui nous tient sous le joug, et, ensuite, de la peur d'être

---

1. Les esclaves avaient le droit de recevoir de leur maître quelques menues gratifications, ou bien une somme allouée pour leur nourriture; c'est en économisant sur celle-ci qu'ils réunissaient parfois un pécule (*peculium*) suffisant pour racheter leur liberté et payer la taxe d'affranchissement, fixée à cinq pour cent de la valeur de rachat.

pauvre. Si tu veux savoir combien la pauvreté n'est pas un mal, compare la figure des pauvres et des riches : le pauvre rit plus souvent et plus franchement. Au plus profond de lui, nulle inquiétude. Même s'il tombe dans quelque souci, ce souci passe comme un léger nuage. C'est chez ces riches que l'on dit chanceux que la gaieté est feinte, une pesante tristesse suppure en eux, d'autant plus pesante, parfois, qu'ils n'ont pas le droit d'avouer publiquement qu'ils sont misérables : au milieu des ennuis qui leur dévorent le cœur, il faut qu'ils jouent le rôle d'un homme heureux[1] [...]

Bien à toi.

SÉNÈQUE

Lettres à Lucilius, 80.

L'incendie de Lyon

Mon cher Lucilius,

Voici que notre ami Libéralis a été plongé dans la consternation par la nouvelle de cet incendie qui a totalement réduit en cendres la colonie de Lyon. Cette catastrophe pourrait émouvoir n'importe qui — à plus forte raison, un homme qui aime plus que tout sa cité natale. Le résultat, c'est que le voici en quête de cette fermeté d'âme à laquelle il s'est exercé pour faire face, évidemment, aux accidents qu'il pensait pouvoir redouter. Mais ce malheur si inattendu, et presque inouï, je ne m'étonne pas qu'il n'en ait pas eu la crainte, puisqu'il était sans précé-

---

1. L'ombre de Sénèque nous pardonnera de rappeler ici qu'il était sans doute l'homme le plus riche de son temps...

dent : car bien des cités ont été malmenées par un incendie, aucune n'a été ainsi emportée. En effet, même quand c'est la main de l'ennemi qui a mis le feu aux édifices, celui-ci, en bien des endroits, manque à sa tâche ; on a beau l'attiser ici et là, il est rare qu'un feu dévore tout au point de ne laisser aucune besogne au fer. Jamais non plus un tremblement de terre ne fut violent et destructeur au point de mettre à bas des villes entières. En un mot, jamais n'éclata un incendie agressif au point de ne pas laisser matière à un second incendie. Tant d'œuvres humaines si belles, dont chacune aurait suffi à faire la gloire d'une ville, une nuit, une seule, les a jetées à bas, et au cœur d'une paix si profonde est survenu un désastre d'une telle ampleur qu'on ne pourrait le redouter même en pleine guerre. Qui le croirait ? Partout, les armes se taisent ; la tranquillité règne sur tout notre monde ; et cette ville de Lyon, que l'on montrait fièrement en Gaule, voici qu'on la cherche en vain. À tous ceux qu'elle a frappés d'un malheur public, la Fortune a permis de redouter le sort qu'ils allaient subir ; toute grande chose, avant de s'effondrer, bénéficie de quelque délai ; là, une seule nuit a séparé une très grande ville et son inexistence. Bref, pour te raconter qu'elle a péri, je mets plus de temps qu'elle n'en mit à périr.

Tout cela fait vaciller le moral de notre cher Libéralis, ce moral qu'il tenait bien ferme et bien droit pour faire face à tout ce qui dépend de lui ; et ce n'est pas pour rien qu'il a été ébranlé. L'inattendu accable plus lourdement ; l'absence de précédent aggrave les calamités, et il n'est point de mortel qui ne souffre davantage d'un mal qui, de surcroît, le surprend. Voilà pourquoi rien, pour nous, ne doit être imprévu ; c'est contre toute éventualité qu'il faut envoyer notre âme en reconnaissance, et il faut méditer non pas sur tous les maux habituels, mais sur tous les maux possibles. Qu'existe-t-il, en effet, que la Fortune, si elle le veut, ne puisse faire choir de la plus haute prospérité, et qu'elle n'attaque et bouscule d'autant plus volontiers que brille là plus bel éclat ? Qu'existe-t-il, pour elle, d'inaccessible, de difficile ? Elle ne fond pas sur nous en courant sur le même chemin, même si c'est son chemin battu ; tantôt, c'est notre propre main qu'elle enrôle contre nous-mêmes ; tantôt, ne comptant que sur ses propres forces, elle invente des périls dont nul ne sait l'auteur. Aucun moment, pour elle, ne fait exception : même au beau milieu des plaisirs peuvent naître cent raisons de souffrir. La guerre surgit d'un bond au milieu de la paix, et ce qui renforce notre tranquillité passe au service de nos craintes : d'un ami, elle fait un ennemi, et d'un allié, un adversaire. La bonasse de l'été s'agite en tempêtes subites, pires encore que celles de l'hiver. Même sans ennemis, nous sommes en guerre, et, même si manque tout autre motif, l'excès de nos bonheurs s'invente, pour lui-même, les causes d'un désastre. La maladie attaque les plus tempérants ; la phtisie, les plus robustes ; le châtiment, les plus irréprochables ; le vacarme du monde, les plus strictes retraites. Le malheur trouve un moyen nouveau de lancer sur nous ses forces, comme si nous l'avions oublié.

Tout ce qu'a construit une longue série d'années, au prix de grands labeurs et grâce à une grande bienveillance des dieux, un seul jour l'éparpille et le disperse. Accorder un seul jour de délai à ces malheurs qui se précipitent sur nous, c'est beaucoup donner : une heure, un instant suffit pour renverser des empires. Ce serait une consolation, pour notre fragilité et pour celle de nos œuvres, si tout était aussi lent à périr qu'à être réalisé ; mais voilà : la croissance est lente à venir au jour, à toute allure se fait la destruction. Aucun bien, ni public ni privé, n'est stable; le destin brasse le sort des hommes comme celui des villes. Au milieu du plus grand calme, soudain, se dresse la terreur et, sans qu'aucune cause ne soit venue sonner l'alerte, le malheur fait irruption, surgissant d'où on l'attendait le moins. Des empires que les guerres civiles, que les guerres étrangères avaient laissés debout, s'écroulent sans que nul ne les pousse : en connaît-on beaucoup, des États qui aient supporté jusqu'au bout le poids de leur réussite ?

Il faut donc penser à tout, et affermir son âme face à tout événement possible. Exils, tortures de la maladie, guerres, naufrages, médite sur tout cela. Une catastrophe peut t'arracher à ta patrie, elle peut t'arracher ta patrie, elle peut te reléguer dans un désert, elle peut même, de ce lieu où suffoque la foule, faire un désert. Ayons là, sous les yeux, toute la condition hasardeuse de l'homme, et représentons-nous non point ce qui arrive couramment, mais ce qui peut arriver de plus grave, si du moins nous ne voulons pas être écrasés par l'inaccoutumé, ni ébaubis par l'inédit : il nous faut imaginer la Fortune en sa pleine extension.

Que de fois, en Asie, que de fois, en Achaïe, un tremblement de terre a fait chuter des villes ! Combien de bourgs en Syrie, combien en Macédoine ont-ils été dévorés ! Combien de fois ce fléau a-t-il ravagé Chypre, combien de fois Paphos a-t-elle croulé sur elle-même ! Il n'est pas rare, pour nous, d'apprendre la disparition d'une ville entière, et nous, chez qui une telle nouvelle est si fréquente, quelle part de tout l'univers sommes-nous ? Dressons-nous debout, donc, contre les maux du hasard, et, quoi qu'il soit survenu, sachons que l'ampleur de ce malheur ne se mesure pas au bruit qu'en fait la rumeur. Une cité opulente à brûlé, l'ornement de provinces qui, à la fois, l'enserraient et la mettaient en exergue

— et pourtant, elle n'avait pour assise qu'une colline, pas très large ; mais toutes ces cités dont on te rapporte aujourd'hui la magnificence et la noblesse, le temps effacera jusqu'à leurs vestiges ! Tu ne vois pas comme déjà les fondements mêmes des plus illustres villes d'Achaïe ont été détruits, et que rien ne reste qui puisse laisser apparaître qu'elles ont seulement existé ?

Ce que renverse le temps qui passe, ce ne sont pas seulement les œuvres de nos mains, ce ne sont pas seulement ce qu'ont bâti l'art et l'industrie des hommes : les crêtes des montagnes s'effritent, des régions entières s'affaissent, on a vu recouvertes par les flots des terres bien éloignées d'avoir la mer pour horizon. La puissance dévorante du feu a rongé les volcans qu'elle illuminait, elle a rabaissé au niveau du sol de très hauts promontoires, qui rassuraient les marins et portaient des vigies. Les œuvres de la nature elle-même sont mises à mal : voilà pourquoi nous devons supporter sans sourciller les désastres qui ruinent les villes. Elles ne se dressent que pour crouler, que ce soit la puissance des vents et leur souffle violent entravé par les murs qui ont fait éclater la masse qui les freine, ou bien le tourbillon trop envahissant des torrents cachés qui a brisé tout obstacle, ou bien encore la violence des flammes qui a fait se rompre la charpente du sol, ou bien enfin l'âge, contre lequel rien n'est à l'abri, qui a morceau par morceau emporté la place, la sévérité du climat qui a chassé les habitants, la décomposition putride qui a pourri un site et l'a rendu désert. Vaste programme, que d'énumérer les voies du destin ! Je ne sais que ceci : toutes les œuvres des mortels sont condamnées à la mortalité, nous vivons parmi des êtres destinés à périr.

Voici donc les consolations, et d'autres du même genre, que je présente à notre cher Libéralis, qui brûle d'un incroyable amour pour sa petite patrie : peut-être n'a-t-elle été consumée que pour se réveiller plus belle. Souvent, un tort subi libère la place pour une plus haute destinée : bien des effondrements ont fait surgir plus de hauteur. Timagène[1], cet ennemi juré de la réussite de notre Ville, disait que si les incendies de Rome le chagrinaient, c'était seulement parce qu'il savait que ses bâtiments renaîtraient plus beaux qu'ils n'avaient brûlé. Pour la ville de Lyon, il est vraisemblable que tous vont rivaliser pour rebâtir des monuments plus grands et plus sûrs que ceux qui ont été perdus. Puissent-ils être fondés pour durer, sous de meilleurs auspices, et pour plus longtemps ! car cette colonie n'avait, depuis son origine, qu'une centaine d'années, pas même, pour un homme, l'âge le plus avancé. Installée par Plancus, elle se développa jusqu'à atteindre cette population grâce à la qualité de son site ; et pourtant, dans l'espace d'une vie de vieillard, que de terribles malheurs elle a surmontés !

Formons donc notre âme à comprendre et à accepter son sort : qu'elle sache qu'il n'est rien que n'ose la Fortune, qu'elle a sur les empires les mêmes droits que sur celui qui les gouverne, et que ce qu'elle peut sur les villes, elle le peut sur les hommes. De tout cela, rien ne doit susciter notre indignation : en ce monde dans lequel nous sommes entrés, c'est selon ces lois qu'on vit sa vie. Cela te va ? Soumets-toi.

---

1. Timagène, rhéteur grec, avait écrit une histoire des guerres civiles romaines systématiquement hostile aux vainqueurs, c'est-à-dire, pour la dernière, à Auguste et à ses successeurs ; Sénèque interprète son attitude comme l'aveu du ressentiment implacable, envers ses maîtres romains, d'un Grec capable de souhaiter la destruction totale de Rome ! En vain : détruit en 83 av. J.-C., le temple de Jupiter Capitolin avait été reconstruit encore plus beau, et c'est sans doute à cet exemple cité par Timagène que fait allusion Sénèque...

Cela ne te va pas ? Sors par où tu voudras. Indigne-toi, si quelque arrêt inique te vise en particulier ; mais si cette nécessité astreint les plus grands et les plus humbles, réconcilie-toi avec le destin, qui dissout toutes choses. Il n'y a pas de raison que tu nous mesures à nos tombeaux, qui bordent les routes, grands ou petits : la cendre nous met tous au même niveau. Nous naissons inégaux, mais nous mourons égaux. Et des villes je dis ce que je dis de ceux qui les habitent : on a pris Ardée, Rome ne fut pas moins prise. Ce sublime législateur des hommes ne nous a distingués selon notre naissance, ou selon l'éclat de notre nom, que pour le temps de notre vie. Mais lorsqu'on en est venu à notre fin de mortels : « Loin d'ici, dit-il, humaines ambitions ! Que soit tout ce qui foule la terre par même loi régi ! » Nous sommes égaux pour tout endurer : nul homme n'est plus fragile qu'un autre, aucun n'est plus assuré pour ses lendemains. Le roi Alexandre de Macédoine avait entrepris d'étudier la géographie, le pauvre, pour savoir combien petite était cette terre dont il n'avait conquis qu'une infime partie. Je dis : le pauvre, parce qu'il devait bien comprendre que son surnom était usurpé. Qui en effet peut être « grand », sur cette petitesse ? Ces connaissances qu'on lui livrait étaient abstraites, il devait les étudier avec une attention appliquée, elles n'étaient pas assimilables par un dément qui lançait ses projets au-delà de l'Océan. « Enseigne-moi, dit-il, les choses faciles ! » « Ces choses dont tu parles, répondit son précepteur, pour tous, sont identiques, et également difficiles ! » Imagine que la nature te dit : « Ces malheurs dont tu te plains, pour tous, sont identiques. Je ne puis à personne donner plus facile ; mais quiconque le voudra, se rendra tout cela, à lui-même, plus facile ! » Comment ? En gardant un cœur égal. Il te faut souffrir, avoir soif, avoir faim, vieillir si tu as la chance de t'attarder parmi les hommes, être malade, être diminué, périr. Tu n'as aucune raison d'accorder tant de crédit à ceux qui font vacarme autour de toi : rien de tout cela n'est un mal, rien n'est insupportable ni cruel. Ils tiennent leur peur d'un préjugé commun : tu crains la mort comme on craint les on-dit. Or, qu'il y a-t-il de plus sot qu'un homme qui a peur de simples paroles ? Avec esprit, notre cher Demetrius dit qu'il fait cas des propos des ignorants comme des gargouillis de son intestin. « Que m'importe, ajoute-t-il, qu'ils viennent d'en haut ou d'en bas ? »

Quelle déraison que de redouter d'être diffamé par des infâmes ! Vous avez craint sans raison ce que disent les gens, et aussi bien vous craignez des choses que vous n'auriez jamais craintes, si ce qu'en disent les gens ne vous y engageait ! Est-ce qu'un homme de bien éclaboussé par d'injustes rumeurs peut en subir le moindre dommage ? Ne laissons pas même la mort en être victime dans nos esprits : elle aussi pâtit d'une mauvaise réputation. Aucun de ceux qui font son procès n'en a eu l'expérience : en attendant, il est téméraire de condamner ce qu'on ne connaît point. Mais ce que tu sais bien, c'est à combien de gens elle est utile, combien de gens elle délivre des tourments, de l'indigence, des dénonciations, des supplices, de l'ennui. Nous ne sommes au pouvoir de personne, dès lors que la mort est en notre pouvoir.

Bien à toi.

SÉNÈQUE

Lettres à Lucilius, 91.

L'aveu de Phèdre

Rien n'était plus à la mode, au Ier siècle après J.-C., que d'écrire des tragédies. Moment essentiel de la vie mondaine et littéraire de l'époque, les lectures publiques (recitationes) *offraient leur auditoire à ces textes dont on ne sait point s'ils furent, en quelque occasion, joués sur scène. Pour les tragédies que composa Sénèque — on lui en attribue huit avec certitude, une neuvième,* Hercule sur l'Œta, *fait l'objet d'une longue controverse — les avis sont, encore aujourd'hui, très partagés, car ces pièces se révèlent jouables : du reste, de nos jours, leur penchant pour la cruauté semble fasciner maints metteurs en scène. S'inspirant d'Euripide et sans doute de quelques réécritures ultérieures d'auteurs latins ou grecs, Sénèque nous propose une Phèdre d'une belle violence, haletante d'allitérations. Bien entendu, Racine a lu et relu cette page... que nous traduisons, pour cette raison, en alexandrins!*

PHÈDRE

Mon cœur brûle, embrasé d'une folle passion.
Dans ma moelle enfermé, fauve fervent de fièvre,
Un feu bouillonne en moi et coule dans mes veines,
Dans mes entrailles gît ce feu d'amour caché
Telle la flamme agile à l'assaut des lambris.

HIPPOLYTE

Cette fureur d'amour a pour cause Thésée?

PHÈDRE

C'est cela, Hippolyte, et j'aime, de Thésée,
Les traits de son visage, encore adolescent,

Quand un soupçon de barbe ombrageait ses joues
   pures,
Quand il vint visiter l'obscur palais du monstre
Et qu'un fil sinueux guida son long parcours.
Quel éclat! Un bandeau ceignait sa chevelure,
Et son teint délicat rosissait de pudeur,
Mais dans ses bras gracieux, quels muscles éner-
   giques!
Les traits de ta Phébé, ou ceux de mon Phébus,
Les tiens plutôt — voilà, dis-je, voilà Thésée
Tel qu'il fut quand il plut même à son ennemie,
C'est ainsi qu'il levait fièrement sa tête;
Tu resplendis plutôt d'un charme sans apprêt,
Tout ton père est en toi, mais ta mère farouche
T'a donné pour moitié une part de beauté :
Sur ton visage grec, on lit la rigueur scythe.
Si tu étais venu en Crète avec ton père,
C'est pour toi que ma sœur aurait tissé son fil.
Ô toi, ma sœur, étoile au ciel, où que tu sois,
Notre cause est la même, Ariane, et je t'invoque :
Une seule maison aura séduit deux sœurs,
Toi, c'est le père, et moi, son fils. Je te supplie,
Tombant à tes genoux, moi, la fille d'un roi,
Sans tâche jusqu'alors, d'une pure innocence,
Toi seul tu auras fait de moi une coupable.
C'est d'un cœur résolu que je viens te prier :
Aujourd'hui finira ma douleur ou ma vie.
Aie pitié d'une amante!

HIPPOLYTE

                    Ô puissant roi des dieux,
Tu écoutes, tu vois ces crimes sans broncher?
Quand donc lanceras-tu tes foudres sans pitié
Si à présent le ciel reste calme et serein?

Phèdre, 640-674.

Le pire des crimes

Médée, réfugiée à Corinthe avec les deux fils qu'elle a eus de Jason, apprend que celui-ci va épouser Créuse, la fille du roi Créon. Pour se venger, Médée va tuer ses enfants, le premier, à la fin de cette scène, et le second, suprême horreur, sous les yeux de leur père Jason — et du public éventuel. Anticipant ce « théâtre de la cruauté » qui fascinait Artaud, Sénèque fait de Médée un monstre humain, dont le ressentiment n'excuse pas la démence sanguinaire. Il est bel et bien ici question de représenter à quelle folie furieuse — le furor, *maladie de l'âme — conduit la passion. Mais comment écrire un tel délire ? Étonnant monologue, dans lequel se fait jour, chez Sénèque, une puissante attirance, voire une « sympathie », au sens propre du terme, pour la violence la plus extrême...*

Où vas-tu, ma colère ? quels traits veux-tu lancer contre ce perfide ennemi ?
Je ne sais quelle cruauté en son profond a médité mon âme — elle n'ose encore se l'avouer.
Stupide que je suis, à me hâter ainsi !
Si seulement, de sa traînée, mon ennemi avait quelques enfants ! Mais tous ceux que Jason te donna, dis-toi, Médée, qu'ils sont de Créuse ! Ce châtiment me plaît, et il me plaît à juste titre : j'en conviens, c'est au pire des crimes que je dois m'apprêter :
enfants qui fûtes miens, c'est à vous d'expier les forfaits de votre père !
Mon cœur vibre d'horreur, mon corps se paralyse et se glace, ma poitrine tressaille.
Ma colère me quitte, l'épouse s'enfuit, la mère, en moi, tout entière revient.
Moi, verser le sang de mes enfants, de ma lignée ?

Ah, folle démence, sois mieux inspirée ! Loin de moi, ce crime inouï, cette impiété, ce sacrilège !

Quels crimes expieraient-ils, ces malheureux ? Leur seul crime, c'est d'avoir Jason pour père, et, pis encore, Médée pour mère...

Qu'ils meurent ! Ils ne sont pas à moi ! Qu'ils périssent ! ils sont à moi !

Ils n'ont commis ni faute ni méfait : ils sont innocents, je l'avoue ! — mais mon frère aussi l'était[1] !

Qu'as-tu, mon âme, à vaciller ? Pourquoi ces larmes, pourquoi suis-je ainsi écartelée par ma colère et mon amour ?

Un double tourbillon m'entraîne, hésitante :
comme lorsque les vents violents se font guerre cruelle en poussant en tous sens les flots contrariés de la mer bouillonnante qui ne sait où aller,
voilà la tempête qui agite mon cœur.

Ma colère chasse mon amour, et mon amour de mère chasse ma colère.

— Va, ma douleur, cède à cet amour ! Venez ici, enfants chéris, seule consolation d'une maison affligée, venez ici, nouez vos bras autour de moi, serrez-moi : restez vivants pour votre père, pourvu que votre mère, aussi, vous ait vivants.

— Vite, il va falloir s'exiler, fuir ! On va me les ravir, les arracher à mes bras, en larmes, bannis et gémissants ! Qu'ils soient, pour leur père, perdus ! Ils sont bien perdus pour leur mère !

À nouveau ma colère grandit, ma haine s'enfièvre : l'antique Érinys s'empare malgré moi de mon bras. Ô ma colère, j'irai où tu me mènes !

Médée, v. 916 sqq.

---

1. Médée, pour aider Jason, a tué (et, dans certaines versions, découpé en morceaux...) son propre frère Apsyrtos.

LUCAIN
(MARCUS ANNAEUS LUCANUS, 30 — 65)

Neveu de Sénèque, et condamné à une mort prématurée (il avait vingt-cinq ans) pour implication dans un complot antinéronien, Lucain est l'auteur d'une œuvre unique et inachevée, une épopée intitulée **La Guerre civile (Bellum civile),** *mais qu'on appelle plus communément* **La Pharsale (Pharsalia),** *du nom de la bataille qui en constitue l'épisode principal. Cette œuvre, qui témoigne d'une belle audace juvénile, se présente comme une antithèse de l'Énéide, d'abord parce qu'elle relate non pas des événements situés dans un passé mythique, mais un épisode historique datant d'à peine un siècle, la guerre civile opposant les césariens aux pompéiens; ensuite parce qu'elle est d'inspiration ouvertement républicaine et anticésarienne, alors que Virgile avait conçu la sienne dans une perspective franchement augustéenne; enfin parce qu'elle se caractérise par le refus du «merveilleux» traditionnel hérité d'Homère et largement utilisé par Virgile : les dieux n'y jouent aucun rôle et la causalité des événements est strictement historique. Naturellement, Lucain n'est pas pour autant un historien : il use et parfois même abuse de ce que l'on appelle le grandissement épique, en amplifiant à tout instant les faits et les comportements; et il remplace le merveilleux divin par une sorte de merveilleux «laïque» fait de prosopopées et de figures allégoriques, aux-*

quelles s'ajoute le thème très contemporain de la sorcellerie et des pratiques magiques. Le tout dans un style que caractérisent à la fois l'enflure et le maniérisme, et que l'on a parfois comparé à du mauvais Corneille (ou du mauvais Hugo): plutôt indigeste à nos yeux de modernes, cette œuvre d'un baroque exacerbé n'en comporte pas moins quelques fort beaux passages.

Un duel inégal

Dans la guerre civile qui éclata au début de l'année 49 avant notre ère, Lucain perçoit un duel sans merci entre deux chefs dont il décrit, en des termes qui annoncent sans équivoque l'issue de leur combat, les personnalités profondément antithétiques.

Combat bien inégal: dans l'un des camps, Pompée,
Presque un vieillard et qui, civil depuis longtemps,
En avait oublié l'art d'être général;
Quêtant la renommée et comblant de largesses
Le peuple dont il veut obtenir la faveur,
Il aime les bravos que lui vaut son théâtre
Et vit sur son passé, ombre de son grand nom,
Sans se renouveler. C'est ainsi qu'un vieux chêne
Domine les guérets en portant le butin
D'anciens peuples vaincus et les dons de leurs rois:
Au sol il ne tient plus par de fortes racines,
Son seul poids le maintient pour lancer dans les airs
Ses branches sans feuillage, et l'ombre de son tronc
Est la seule qu'il offre — il est près de tomber
Pour peu que le vent souffle. Et pourtant, même si
Cent forêts alentour se dressent vigoureuses,
On le vénère seul. Dans l'autre camp, César
N'avait si grand renom, mais il était connu
Comme un grand général, ne tenant pas en place

Et craignant seulement de vaincre sans combattre.
Indomptable et violent, ne cédant qu'aux appels
Tantôt de ses espoirs, tantôt de ses colères,
Il frappe, et ne craint point de souiller son épée.
Il presse ses succès et la faveur divine,
Renversant tout obstacle au pouvoir qu'il veut prendre
Et traçant son chemin de ruine en ruine, heureux.
C'est ainsi que jaillit, sous la force des vents,
La foudre au cœur des nues: elle a fait résonner
L'éther de son fracas et de ses grondements
Et traverse le ciel en déchirant le jour,
Plongeant dans la terreur et dans l'effroi les peuples
Dont sa flamme éclatante a ébloui les yeux.
Les lieux où elle tombe, elle se les consacre,
Car aucun corps ne peut la tenir enfermée:
Ayant fait grand massacre en tombant, elle fait
Un massacre pareil en remontant au ciel.

Pharsale I, 137-157.

Le franchissement du Rubicon

Dans sa propre relation de la guerre civile, César avait soigneusement passé sous silence l'épisode qui avait fait de lui, aux yeux de l'État romain, un rebelle et un hors-la-loi: le franchissement du modeste fleuve côtier, le depuis lors célèbre Rubicon, qui marquait la frontière entre le territoire de la Gaule (cisalpine), où le général avait le droit de commander ses troupes, et celui de l'Italie, où la loi lui interdisait de pénétrer avec son armée. Lucain prend le contre-pied de cette discrétion, et souligne avec complaisance la condamnable audace de César.

Dans sa course César avait franchi les Alpes
Et leurs sommets glacés, ayant déjà conçu

Les vastes mouvements de la guerre à venir.
Lorsque l'on eut atteint les lieux où coule l'onde
Du petit Rubicon, de la Patrie alors
Trépidante apparut au chef l'image immense,
Qui brillait dans la nuit, le visage affligé,
Les bras nus, arrachant de sa tête chenue
Que couronnaient des tours, ses cheveux à poignées.
Des sanglots dans la voix, elle tint ce discours :
« Où voulez-vous aller, et où donc portez-vous,
Mes enseignes, soldats ? Si vous venez ici
En citoyens loyaux, il faut vous arrêter,
La loi vous y oblige. » Alors c'est un frisson
D'horreur qui parcourut tous les membres du chef,
Les cheveux hérissés, ne pouvant plus marcher,
Comme paralysé sur la rive du fleuve.
Et puis il répondit : « Ô toi, dieu du tonnerre,
Toi qui du Capitole aperçois les remparts
De notre ville, et vous, Pénates phrygiens
Des descendants d'Énée, et toi, ô Quirinus
Enlevé dans les nues, toi aussi, Jupiter,
Protecteur du Latium, en ton séjour albain,
Toi, foyer de Vesta, et puis toi, Rome, toi,
Authentique déesse, égale des plus grandes,
Approuve mon dessein ! Je ne t'assaille point
Armé par les Furies ; au contraire, je viens,
Moi, César, qui vainquis et sur terre et sur mer,
Pour être ton soldat, tel que je fus toujours,
Si tu me le permets. Et seul sera coupable
Celui qui aura fait de moi ton ennemi. »
César pousse, à ces mots, son cheval dans le fleuve,
Dont l'eau pourpre[1] provient d'une source modeste
Et ne coule qu'à peine au plus fort de l'été,
En marquant tout de même, au creux de sa vallée,

---

1. Pourpre parce que ferrugineuse (d'où le nom du Rubicon), mais sans doute aussi parce que cette couleur est prémonitoire du sang qui va être versé.

Une limite nette entre Italie et Gaule.
Mais l'hiver lui donnait alors de grandes forces
Et la troisième lune, au croissant lourd de pluies,
Et la neige fondant au souffle de l'Eurus[1]
Avaient grossi ses eaux. Engagé le premier
En travers du courant, le fier coursier subit
L'assaut de l'onde; alors, le reste de la troupe
Rompt sans peine les eaux du fleuve ainsi brisé.
L'ayant déjà franchi, César, sur l'autre rive,
En terre d'Hespérie[2] à lui-même interdite,
S'arrête alors et dit: «J'abandonne la paix
Et mes droits bafoués! Et c'est à toi, Fortune,
Que je remets mon sort: les traités, c'est fini!
Il nous faut désormais la guerre pour arbitre!»

Pharsale, I, 183-222.

César et la forêt sacrée

Revenu en Gaule pour attaquer les troupes pompéiennes basées en Espagne, César se trouve, près de Marseille, dépourvu du bois nécessaire à la construction d'une flotte. Il a l'intention de s'en procurer en abattant les arbres d'une forêt voisine; mais celle-ci est un lieu sacré, où se déroulent les sacrifices humains de la religion druidique. Cet épisode, absent lui aussi du récit césarien, est pour Lucain une occasion d'introduire une forme de merveilleux dans son épopée, tout en mettant une fois de plus en lumière l'audace de ce «grand seigneur méchant homme» qu'est à ses yeux César.

---

1. Eurus: vent du sud-est.
2. Hespérie: «le pays du Couchant», nom donné à l'Italie par les poètes grecs.

De ce bois consacré jamais personne encore
N'avait osé violer les profondeurs antiques.
Seules y régnaient l'ombre et les froides ténèbres,
Sans qu'un rayon jamais du soleil n'y parvînt.
Il n'était le séjour ni des Pans campagnards
Ni de leurs compagnons les Sylvains et les Nymphes,
Mais on y pouvait voir se dresser les autels
D'un culte criminel, sur de sinistres tertres,
Avec du sang humain sur le tronc de chaque arbre.
Selon ce que rapporte une antique croyance,
Sur ces branches jamais ne se perche un oiseau,
Nul animal jamais ne pénètre en ces lieux,
Dans les feuilles jamais n'ose souffler le vent
Et même les éclairs n'osent pas s'y abattre [...]
De l'eau stagne partout, coulant de sources noires,
Et baignant les statues informes et hideuses
De dieux, auxquels des troncs coupés servent de
    socles.
Tout moisit en ces lieux, tout n'est que pourriture,
Et, frappé de stupeur, on n'y redoute point
Des dieux que l'on connaît, mais des dieux inconnus,
Que cet anonymat rend d'autant plus terribles.
L'on assurait aussi que la terre y tremblait,
Que s'ouvraient en son sein des gouffres mugissants,
Où des flammes brillaient sans que n'y brûlât rien,
Et qu'aux troncs enlacés s'accrochaient des serpents.
Unique sur des monts par ailleurs dénudés,
Cette forêt, César commande qu'on l'abatte!
Mais vacillait la hache aux mains des plus vaillants,
Qu'emplissait en ces lieux une terreur sacrée
Et qui craignaient de voir les haches rebondir
Sur les troncs attaqués, puis revenir sur eux.
Lorsqu'il voit ses soldats ainsi paralysés,
César prend une hache et la lève bien haut,
Avant de l'enfoncer dans le tronc d'un grand chêne,
Puis il dit: «C'est moi seul qui fis le sacrilège,

Alors n'ayez plus peur, et coupez-moi ces arbres ! »
Les soldats à ces mots s'empressent d'obéir,
Certes craignant encor, mais ayant soupesé
La colère des dieux et celle de César.

Pharsale, III, 399 *sqq.*

Après la bataille

La bataille de Pharsale, relatée au chant VII, se solde par l'écrasement de l'armée pompéienne, taillée en pièces par les troupes de César tandis que son chef s'est enfui sur mer. Il ne reste plus à César qu'à jouir de son triomphe, et à savourer ce carnage avec une atroce délectation dont Lucain souligne complaisamment l'inhumanité — avant d'adresser à la Thessalie, où se situe Pharsale, une invocation poignante.

Lorsque l'éclat du jour eut enfin découvert
Les pertes de Pharsale, alors rien n'écarta
Ses regards attachés sur les guérets funèbres.
Sur les fleuves de sang coulant devant ses yeux,
Sur les corps amassés égalant les collines
Et sur tous ces monceaux de cadavres putrides :
Les soldats pompéiens qu'il pouvait dénombrer.
C'est en ce même lieu qu'on lui sert son repas,
Pour qu'il puisse bien voir les traits et le visage
Des morts. Il se réjouit que le sol de Pharsale
Se dérobe à ses yeux, caché sous le carnage.
Qu'il avait avec lui la Fortune et les dieux,
Le sang le lui confirme, et pour que sa fureur
Puisse joyeusement contempler de tels crimes,
Refusant le bûcher à tous ces malheureux,
Il oblige le ciel à regarder Pharsale.
Même Hannibal pourtant donna la sépulture

Au consul[1] et brûla les corps tombés à Cannes ;
César, lui, refusa de suivre cet exemple
En respectant les lois qu'envers les ennemis
Dicte l'humanité, mais, sans que ce carnage
Apaise son courroux, il pense seulement
Que ces gens massacrés sont des concitoyens.
Nous ne demandons pas un bûcher pour chacun,
Nous ne réclamons pas des tombeaux séparés,
Mais qu'un seul feu du moins consume tous ces corps.
Ne serait-ce, après tout, que pour punir ton gendre,
Dresse en un grand bûcher tous les arbres du Pinde,
Entasse par-dessus les chênes de l'Œta,
Pour que depuis la mer il puisse en voir la flamme !
Ton ire est sans effet, car que les corps pourrissent
Ou que le feu les brûle, il importe bien peu :
La nature toujours les accueille en son sein.
Oui, César, si ces corps ne sont pas maintenant
Consumés par la flamme, alors ils brûleront
Quand brûleront la terre et même l'océan,
Dans l'immense brasier où finira le monde
Et où se confondront et les os et les astres[2].
Partout où la Fortune appellera ton âme,
Ces âmes y seront : tu n'iras pas plus haut
Dans les airs, ni n'auras une meilleure place
Aux ténèbres du Styx, car au sein de la mort
Il n'est point de Fortune, et la terre reprend
Tout ce qu'elle engendra, tandis que le ciel couvre
Celui qui n'a point d'urne [...]
Terre de Thessalie, oui malheureuse terre,
Quel crime as-tu commis et quels dieux offensés,
Pour que par tous ces morts on te voie accablée ?
Et dans combien de temps l'avenir oublieux
Te pardonnera-t-il les pertes de la guerre ?

1. Il s'agit de Paul Émile, le vaincu de la bataille de Cannes.
2. Allusion à la doctrine (notamment stoïcienne) de l'embrasement final de l'univers.

Quand verra-t-on sur toi pousser une moisson
Dont la tige ne soit teinte de tout ce sang ?
Quelle charrue enfin pourra te labourer
Sans violer de son soc les Mânes des Romains ?
Auparavant viendront de nouvelles armées,
Et toi, tu prêteras pour un crime nouveau
Ton sol où point encor n'aura séché le sang[1].

Pharsale, VII, 787 *sqq.*

---

1. Allusion à la plaine de Philippes, où devait se dérouler durant la seconde guerre civile une bataille décisive entre les troupes d'Octave et celles de Marc Antoine.

PLINE L'ANCIEN
(CAÏUS PLINIUS SECUNDUS MAJOR, 23 OU 24 — 79)

Caïus Plinius Secundus, qu'on appelle le plus souvent Pline l'Ancien (Plinius Major) *pour le distinguer de son neveu l'épistolier* Pline le Jeune (Plinius Minor), *fut un personnage étonnant, véritable bourreau de travail qui réussit à être à la fois homme d'action, savant et écrivain d'une exceptionnelle fécondité. Tout en occupant d'importantes fonctions tant administratives que militaires (il fut notamment amiral de la flotte stationnée à Misène), il écrivit une énorme quantité d'ouvrages érudits sur à peu près tous les sujets, allant de l'art oratoire à la linguistique latine, en passant par l'histoire des guerres contre les Germains (en vingt livres) et les tactiques de cavalerie. De cette œuvre impressionnante ne subsiste que l'*Histoire naturelle, *qui compte à elle seule trente-sept livres et constitue une authentique encyclopédie comprenant, comme lui-même aimait à le dire, vingt mille faits importants. En réalité, ne nous y trompons pas : il s'agit simplement d'une gigantesque compilation, réalisée sans doute par une armée de secrétaires et rassemblant en une «somme» toutes les connaissances accumulées avant lui par un grand nombre d'écrivains grecs. On y trouve tout ce que l'on savait (ou croyait savoir) sur la géographie mondiale, l'anthropologie et l'ethnographie, la minéralogie, la botanique et la zoologie, et même l'histoire de l'art! La* *curiosité de Pline est sans limites, et l'on pourrait presque en dire autant de sa naïveté, tant il se montre crédule à l'égard d'informations d'un absolu surréalisme. Bref, ce n'est pas l'esprit critique qui l'étouffe, et il est tout aussi indifférent au beau style, animé qu'il est par le souci hautement proclamé de faire œuvre de vulgarisation et de toucher le public le plus large possible. Ce qui ne l'empêche pas d'interrompre parfois le sec exposé des faits pour placer une diatribe philosophique qui généralement ne manque pas de souffle. On ne le lit plus guère, aujourd'hui, que pour le pittoresque involontaire de ses exposés, mais il faut savoir que son* Histoire naturelle, *à nos yeux si peu scientifique, fit autorité de son temps et jusqu'à la fin du Moyen Âge.*

L'Homme, ce pauvre animal...

*Consacré à l'anthropologie, le septième livre de l'*Histoire naturelle *s'ouvre sur une préface pessimiste et désabusée, dans laquelle l'encyclopédiste brode sur le thème de la misère de l'être humain, qui à ses yeux non seulement n'est qu'un animal parmi d'autres, mais encore est un animal bien inférieur aux autres.*

Il est bien normal de commencer par l'Homme, dans l'intérêt duquel la nature semble avoir créé tout le reste, non sans lui faire payer toutes ses largesses si cher qu'il est bien difficile de décider si elle a été pour l'homme une bonne mère ou une méchante marâtre. Tout d'abord, de tous les êtres vivants il est le seul qu'elle habille des dépouilles des autres : à tous les autres en effet elle a accordé des protections corporelles spécifiques — carapaces, coquilles, cuirs, piquants, soies, poils, duvet, plumage, écailles, fourrures ; même le tronc des arbres, elle l'a protégé des frimas et de la chaleur par une écorce, parfois double. L'être humain est le seul qu'au jour de sa naissance elle jette nu sur le sol nu pour y vagir et y pleurer : aucun autre animal n'est ainsi voué aux larmes, et cela dès le début de sa vie. Le rire, en revanche, par Hercule ! fût-il le plus précoce qui soit, ne lui est jamais donné avant son quarantième jour. Après cette première expérience de la lumière, voici que l'attendent des liens dont sont exempts même les animaux domestiques, et qui emprisonnent tout son corps. Et c'est ainsi que le bienheureux nouveau-né gît en pleurant ; jambes et bras ligotés[1], lui, l'animal destiné à dominer les autres, et inaugure sa vie en subissant un supplice que lui vaut une seule faute : celle d'être né ! Quelle folie, après de tels débuts, que de se permettre d'être orgueilleux ! Le premier espoir de force, premier cadeau du temps qui passe, consiste pour l'homme à circuler à quatre pattes. Quand marche-t-il vraiment ? Quand parle-t-il ? Quand peut-il manger des aliments solides ? Combien de temps sa fontanelle palpite-t-elle, révélant sa faiblesse insigne parmi tous les êtres vivants ? Et puis il y a les maladies et toutes les médecines inventées contre les maux, mais vite annihilées par de nouveaux fléaux. Par ailleurs, tous les autres êtres vivants ont conscience de leurs dons naturels, utilisant les uns leur aptitude à la course, les autres leur faculté de voler, les autres celle de nager. L'Homme, lui, ne sait rien, rien qu'il ne faille lui enseigner, qu'il s'agisse de parler, de marcher ou de se nourrir, rien d'autre par instinct, en fin de compte, que pleurer ! C'est pourquoi il y a eu beaucoup de gens pour penser que le mieux serait de ne pas naître, ou bien de périr le plus tôt possible.

---

1. Allusion à la pratique de l'emmaillotement des nourrissons, qui était de règle à Rome.

L'Homme est aussi le seul animal à qui ait été donné le deuil, le seul à qui ait été donnée l'intempérance, sous des formes innombrables, selon les diverses parties du corps, le seul à qui aient été donnés l'ambition, la cupidité, un désir sans mesure de vivre, la superstition, le souci de sa sépulture et même de ce qu'il arrivera après lui. Aucun n'a une vie si fragile, aucun ne convoite plus avidement toutes choses, aucun n'éprouve davantage l'épouvante, aucun n'enrage plus violemment. Enfin, les autres animaux ont de bonnes relations avec ceux de leur propre espèce : c'est seulement contre les autres espèces que nous les voyons se rassembler et se dresser ; les lions féroces ne se battent pas entre eux, les serpents ne cherchent pas à mordre d'autres serpents, même les monstres marins et les poissons ne s'attaquent qu'à des espèces différentes. Mais, par Hercule ! c'est de l'Homme que viennent pour l'Homme la plupart de ses maux.

Histoire naturelle, VII, 1-5.

Diversité de l'espèce humaine

L'anthropologie de Pline est un des secteurs de son encyclopédie où son manque d'esprit critique se manifeste avec le plus d'éclat. Le tableau qu'il donne ici des diverses « races » dont sont peuplés les pays exotiques est proprement stupéfiant par la crédulité qu'il implique chez Pline, mais aussi par la haute fantaisie dont avaient fait preuve les auteurs grecs dont il s'inspire et dont il donne scrupuleusement les noms. Mais l'ensemble ne manque pas de pittoresque, et l'on se prend à regretter l'époque où l'on croyait que le monde était peuplé, telle une planète de science-fiction, d'êtres aussi étranges.

Il existe un grand nombre de peuplades scythes qui se nourrissent de chair humaine, ce qui pourrait nous paraître incroyable si nous ne songions qu'en plein milieu du monde, et même en Sicile, ont existé des populations tout aussi monstrueuses, les Cyclopes et les Lestrygons, et que dans un passé tout récent les [Gaulois] transalpins faisaient couramment des sacrifices humains, ce qui n'est pas très éloigné du cannibalisme.

Tout près des Scythes, qui habitent dans le Grand Nord, non loin de l'endroit d'où provient l'Aquilon et qu'on appelle sa caverne, on signale l'existence des Arimaspes, que caractérise un œil unique au milieu du front ; ils sont continuellement en guerre, autour des mines, avec les griffons, qui sont des animaux ailés conformes à ce qu'en dit la tradition ; ces animaux extraient l'or des galeries souterraines et mettent à le garder autant d'acharnement que les Arimaspes à s'en emparer, si l'on en croit les écrits de nombreux auteurs, au premier rang desquels Hérodote et Aristée de Proconnèse. Au-delà d'autres Scythes anthropophages, dans une grande vallée située dans les montagnes de l'Asie centrale, se trouve une région appelée Abarimon, dans laquelle vivent des hommes des bois ayant les pieds tournés vers l'arrière, qui sont d'une extrême rapidité et errent à l'aventure en compagnie des bêtes sauvages. Comme ils sont incapables de respirer dans une autre atmosphère, on ne les amène jamais aux rois du voisinage, et on ne les a pas davantage amenés à Alexandre le Grand, ainsi que le signale Béton, l'officier chargé d'établir ses itinéraires.

Quant aux premiers anthropophages, qui sont établis, comme nous l'avons dit, dans les régions septentrionales, à dix journées de marche au-delà du Dniepr, Isigone de Nicée indique qu'ils boivent dans des crânes humains, dont la chevelure, placée sur leur poitrine, leur sert de serviette. Selon le même auteur, on trouve en Albanie des hommes aux yeux glauques, qui ont les cheveux blancs dès leur naissance et une acuité visuelle plus grande la nuit que le jour. Et c'est encore lui qui signale, à treize jours de marche au-delà du Dniepr, le peuple des Sauromates, qui ne s'alimente que tous les trois jours.

Au dire de Cratès de Pergame, il a existé sur l'Hellespont une race d'hommes qu'il nomme Ophiogènes («nés de serpents»), qui rien qu'en les touchant guérissaient les morsures de serpents et extrayaient le venin du corps par simple imposition des mains. Varron affirme que dans cette région il en subsiste quelques-uns, dont la salive constitue un remède contre les morsures de serpents. Il y a eu en Afrique, selon Agatharchide de Cnide, une peuplade analogue, celle des Psylles, qui tirent leur nom du roi Psyllos, dont le tombeau se trouve du côté des Grandes Syrtes : leur corps contenait génétiquement un poison mortel pour les serpents, dont la seule odeur les anesthésiait, et ils avaient coutume d'exposer les bébés, aussitôt après leur naissance, aux reptiles les plus redoutables et de tester par cette méthode la fidélité de leurs épouses, du fait que les serpents ne fuyaient pas devant les enfants d'un autre sang. Cette peuplade a été presque entièrement exterminée par les Nasamons, qui de nos jours occupent cette région ; mais il en subsiste aujourd'hui, en un petit nombre d'endroits, quelques descendants, issus de ceux qui avaient pu s'échapper ou n'avaient pas pris part aux combats. En Italie aussi, on trouve de nos jours une race semblable, dont on dit qu'elle remonte à un fils de Circé, à qui elle doit cette vertu innée. D'ailleurs tous les humains possèdent un poison efficace contre les serpents : la salive, dont le jet les fait fuir comme si c'était de l'eau bouillante et même provoque leur mort si elle pénètre dans leur gueule, surtout si c'est celle d'un homme à jeun.

Calliphane signale qu'au-delà des Nasamons vivent des androgynes, chez lesquels chaque individu possède deux sexes, utilisés à tour de rôle dans le coït. Aristote ajoute que leur sein droit est celui d'un homme et le gauche celui d'une femme. Pour rester en Afrique, il y existe, selon Isigone et Nymphodore, des familles de sorciers, qui par leurs incantations sont capables d'exterminer les troupeaux, de faire se dessécher les arbres et périr les nourrissons. Isigone ajoute qu'il existe des gens de la même espèce chez les Triballes, qui peuvent ensorceler aussi par le regard et provoquer la mort de ceux, adultes surtout, qu'ils fixent quelque temps, surtout avec des yeux courroucés ; plus remarquable encore est le fait qu'ils ont deux pupilles dans chaque œil. Apollonidès assure qu'il y a même des femmes de cette espèce en Scythie, et Phylarque signale l'existence, dans le Pont, du peuple des Thibiens, qui auraient, à l'en croire, une double pupille dans un œil et l'image d'un cheval dans l'autre ; il assure en outre que, même jetés dans l'eau alourdis de vêtements, ils ne peuvent jamais couler. Tout à fait semblables apparaissent les Pharmaques d'Éthiopie, à propos desquels Damon affirme que leur sueur provoque la putréfaction des corps qu'elle touche. Chez nous, Cicéron assure au demeurant que maléfique est le regard de toutes les femmes ayant double pupille. Tant il est vrai que la nature, qui a déjà suscité chez l'homme le goût bestial de se nourrir de chair humaine, a encore trouvé bon de faire naître des poisons dans tout son corps et dans les yeux de certains, afin qu'il n'y eût aucun mal qui n'existât pas dans l'homme ! […]

Mais c'est surtout l'Inde qui fourmille de prodiges. C'est en Inde que naissent les animaux les plus grands : j'en veux pour preuve les chiens, qui sont plus énormes que ceux des autres pays, et les arbres qui, dit-on, atteignent une telle hauteur que les flèches ne peuvent atteindre leur cime ; d'autre part, le sol y est si fertile, le climat si doux et l'eau si abondante que, le croira qui voudra, plusieurs escadrons de cavalerie peuvent prendre place sous un seul figuier, et que les roseaux y croissent à tel point que chaque entre-nœud peut fournir une pirogue capable de porter trois hommes. Il est d'ailleurs bien connu que dans ce pays les hommes ont une taille supérieure à cinq coudées[1], ne crachent pas, n'ont jamais mal ni à la tête, ni aux dents, ni aux yeux, et souffrent rarement des autres parties du corps, ce qui est dû à la douceur de l'ensoleillement. Quant à leurs philosophes, qu'on appelle gymnosophistes[2], ils sont capables de rester debout du lever au coucher du soleil, en fixant celui-ci sans ciller, et de passer une journée entière sur des sables brûlants, en se tenant tantôt sur un pied, tantôt sur l'autre. Mégasthène assure que sur le mont Nulus[3] vivent des hommes dont les pieds sont tournés vers l'arrière et possèdent chacun huit orteils, et que plusieurs massifs montagneux abritent des hommes à tête de chien, vêtus de peaux de bêtes, qui aboient au lieu de parler et chassent au moyen de leurs griffes le gibier et les oiseaux dont ils se nourrissent ; on en dénombrait plus de cent vingt mille à la date où il écrivit son ouvrage.

Selon Ctésias, il y a aussi une peuplade indienne dans laquelle les femmes accouchent une seule fois dans leur vie, et mettent au monde des bébés dont

---

1. Soit 2,50 mètres.
2. Littéralement, « les philosophes nus » ; on voit parfois en eux les ancêtres des fakirs, ascètes hindous qui vivent d'aumône et se mortifient en public.
3. Unique mention de cette montagne, inconnue par ailleurs.

les cheveux blanchissent immédiatement. Le même auteur assure qu'il existe une race d'hommes appelés Monocoles («unijambistes») en raison de leur jambe unique, et qui sont d'une extraordinaire agilité pour le saut; on les nomme également Sciapodes («ombrepieds»), parce que, durant les fortes chaleurs, ils se couchent sur le dos et utilisent leur pied en guise de parasol; il ajoute qu'ils ne sont pas très éloignés des Troglodytes et que, à l'ouest de ces derniers, vivent des hommes dépourvus de cou et ayant les yeux dans les épaules. On trouve aussi des Satyres dans les montagnes orientales de l'Inde; ce sont des êtres d'une agilité prodigieuse, qui courent tantôt à quatre pattes, tantôt debout et ont une apparence humaine; leur rapidité est telle qu'on ne peut les capturer que s'ils sont vieux ou malades. Tauron donne le nom de Choromandes à une peuplade sauvage, ignorant le langage mais poussant d'horribles hurlements; leur corps est velu, leurs yeux glauques, et ils ont des dents de chien. [...]

Aux confins de l'Inde, non loin de la source du Gange, Mégasthène signale la peuplade des Astomes («sans bouche»), qui sont dépourvus de bouche, ont le corps entièrement velu, s'habillent d'un duvet végétal et se nourrissent exclusivement de l'air qu'ils respirent et des parfums qu'ils inhalent, sans prendre ni aliment ni boisson, et en se contentant des diverses odeurs des racines, des fleurs et des fruits sauvages, dont ils font provision pour les emporter avec eux s'ils partent en voyage; en revanche une senteur un peu trop forte peur provoquer leur mort. Plus loin que cette peuplade, on mentionne les Pygmées, dont la taille ne dépasse pas neuf pouces[1] et qui vivent, dans des montagnes abritées du vent du nord, sous un climat salubre et perpétuellement printanier; c'est

---

1. Soit 30 centimètres environ.

ce peuple dont Homère rapporte qu'ils sont harcelés par les grues. On raconte d'ailleurs que, montés sur le dos de béliers et de chèvres, et armés de flèches, ils descendent jusqu'à la mer, au printemps, afin de détruire les œufs et les petits de ces oiseaux ; cette expédition dure trois mois, et elle leur est indispensable, s'ils veulent pouvoir résister à la prolifération des grues. [...]

Telles sont, entre autres, quelques variétés de l'espèce humaine, que dans son ingéniosité la nature a créées pour son propre amusement et pour notre émerveillement. Quant à tout ce qu'elle continue à créer chaque jour et presque chaque heure, qui serait capable d'en faire le compte ? Pour révéler sa puissance, il nous suffit d'avoir montré que des peuples entiers figurent au nombre de ses prodiges.

Histoire naturelle, VII, 9-32.

Réflexions sur la vie et la mort

Les réflexions sur lesquelles s'achève le livre VII rejoignent par leur pessimisme celles de son introduction : la vie humaine est brève, mais au fond c'est tant mieux, car la mort est le plus souvent une délivrance, d'autant qu'elle ne débouche sur aucun au-delà, mais sur un néant identique à celui qui précède la naissance. Pline rejoint ici Lucrèce, qui avait développé la même idée et atteste la forte présence, dans la pensée antique, d'un courant de pensée matérialiste issu de la pensée de Démocrite...

La Nature nous a fait [avec la vie] un cadeau excessivement précaire et fragile : quel que soit notre lot, il est chose misérable et brève, même pour les plus favorisés du sort, surtout si nous prenons en considération l'éternité du temps. En outre, si l'on tient compte du sommeil nocturne, chacun ne vit-il pas seulement la moitié de sa vie, et ne passe-t-il pas l'autre moitié dans un état semblable à la mort, ou bien alors dans la souffrance que constitue l'insomnie ? Et cela sans compter les années de la petite enfance, qui se passent dans l'inconscience, ni celles de la vieillesse, où l'on ne vit que pour souffrir, et sans compter non plus tant de périls divers, tant de maladies, tant de craintes, tant de soucis, tant de fois où l'on appelle la mort, ce qui de tous les vœux est sans doute le plus fréquent ! En vérité, le don le plus précieux que la Nature a fait aux Hommes, c'est la brièveté même de la vie. Les sens s'émoussent, les membres s'engourdissent, la vue, l'ouïe, la faculté de marcher meurent avant la mort, de même que les dents et les organes de la digestion, et pourtant on fait entrer ce temps dans le décompte de la vie ! On cite d'ailleurs comme un cas unique et miraculeux le fait que le musicien Xénophile vécut cent cinq ans sans la moindre infirmité. [...]

Quant à la mort, elle a donné lieu à toutes sortes de supputations concernant l'au-delà. En réalité, après notre dernier jour, nous nous retrouvons dans le même état qu'avant le premier : ni le corps ni l'âme n'ont plus de sensibilité après la mort qu'avant la naissance. C'est en effet par la même vanité que nous cherchons à perpétuer notre souvenir et que nous nous octroyons une vie imaginaire après la mort, en parlant tantôt d'immortalité de l'âme, tantôt de métempsycose, ou encore en prêtant une sensibilité aux ombres des Enfers, en rendant un culte aux Mânes ou en faisant un dieu de celui qui n'est même plus un homme, comme si notre façon de respirer était différente de celle des autres animaux, et comme s'il n'y avait pas dans le monde beaucoup d'êtres qui vivent bien plus longtemps que nous, et auxquels, pourtant, personne n'attribue pareille immortalité! Car enfin, quelle est, réduite à elle-même, la substance de l'âme? Dans cette perspective, quelle en est la matière? Où est le siège de sa pensée? De quelle manière peut-elle voir, entendre, toucher? Comment peut-elle utiliser ces facultés, ou, sans elles, quel bien lui reste-t-il? Et puis, en quel lieu se trouvent ces âmes ou ces ombres, et, depuis tant de siècles, quel en est le nombre? Tout cela n'est qu'inventions puériles, forgées en guise de consolation par une humanité mortelle, avide de ne jamais finir. C'est une vanité du même genre qui a incité Démocrite à préconiser la conservation des cadavres humains dans la perspective d'une résurrection qu'il a été bien incapable de réaliser pour son propre compte. Ô misère, quelle est donc cette folie qui prétend que la mort est une nouvelle vie! Les humains n'auront donc jamais la paix, si leurs âmes au Ciel ou leurs ombres dans les Enfers conservent la sensibilité! Ces croyances peut-être consolantes ne font en réalité que détruire le principal bienfait de la Nature, la mort, et c'est redoubler la peine de celui qui doit mourir que de lui offrir la perspective d'un au-delà.

Histoire naturelle, VII, 167-168 et 188-190.

Le fléau de l'ivrognerie

Pline n'était pas seulement un naturaliste et un érudit, mais aussi, à l'occasion, un moraliste doublé d'un satiriste à la dent dure, qui ne se privait pas de laisser éclater sa colère quand il le jugeait à propos. En témoigne encore le texte suivant, où, de manière pour le moins surprenante, après avoir consacré tout son livre XIV à la viticulture et aux procédés vini-

coles, il se lance sans crier gare dans une charge virulente contre ce qu'il vient d'enseigner.

À y bien réfléchir, c'est dans la viticulture que l'Homme déploie de loin la plus grande activité, comme si la Nature ne nous avait pas donné l'eau, la plus saine des boissons, que consomment tous les autres êtres vivants, alors que nous trouvons le moyen de faire boire du vin même à nos bêtes de somme[1] ! Et tout ce travail, cette peine, ces dépenses, à quoi visent-ils ? À obtenir ce qui enlève à l'homme la raison, fait de lui un fou furieux et entraîne des milliers de crimes, tout en procurant un tel plaisir que pour bien des gens il n'y a pas d'autre attrait dans la vie ! Bien plus, afin d'en boire davantage, on invente des moyens inédits de provoquer la soif, et l'on va même jusqu'à absorber des poisons : c'est ainsi que certains commencent par boire de la ciguë, pour que la peur d'en mourir les force à boire[2], d'autres de la poudre de pierre ponce ou d'autres produits que je n'indiquerai pas ici de crainte d'en enseigner l'usage. Même les plus prudents, nous les voyons se faire cuire aux bains jusqu'à l'évanouissement, tandis que d'autres, n'ayant pas la patience d'attendre le lit ni même de se rhabiller, encore nus et tout essoufflés, saisissent d'énormes récipients comme pour exhiber leur force, et en avalent tout le contenu, pour vomir aussitôt et recommencer sur-le-champ, deux fois, trois fois, comme s'ils étaient nés pour cracher du vin et que celui-ci ne pouvait s'écouler que du corps humain ! Voilà pourquoi l'on pratique des exercices importés d'ailleurs, comme se rouler dans la boue et dresser la nuque en bombant le torse[3],

1. C'était en fait un remède préconisé par certains vétérinaires.
2. Le vin était considéré comme un antidote de la ciguë.
3. Il s'agit là d'exercices pratiqués par les athlètes grecs dans le cadre de leur entraînement.

tout cela dans le but proclamé de provoquer la soif. Ajoutons à cela les concours de beuverie, les coupes aux ciselures érotiques, comme si l'ivrognerie à elle seule n'enseignait pas la débauche! Ainsi l'on boit par lubricité, l'ivresse se voit décerner des prix et en en quelque sorte s'achète, s'il plaît aux dieux! L'un, après avoir mangé autant qu'il a bu, reçoit, selon le règlement, la médaille de l'ivrognerie, l'autre vide autant de coupes qu'il a fait de points aux dés. C'est alors que des yeux avides convoitent la femme mariée, tandis que ceux du mari, appesantis, le trahissent; c'est alors que se dévoilent les secrets de la pensée : les uns révèlent leur testament, d'autres prononcent des paroles fatales et ne retiennent pas les mots qui leur rentreront dans la gorge (combien ont péri pour cette raison!), d'où vient le proverbe selon lequel «la vérité est dans le vin». En mettant les choses au mieux, les ivrognes ne voient pas le soleil se lever et abrègent leur propre vie. De là vient la pâleur, les paupières tombantes, les yeux injectés de sang, les mains tremblantes qui renversent les récipients pleins (punition immanente!), les cauchemars et l'insomnie, et, récompense suprême de l'ébriété, la lubricité monstrueuse et la jouissance à faire le mal. Le lendemain, on a l'haleine qui pue le tonneau, on a tout oublié — morte la mémoire! C'est cela qu'ils appellent «cueillir la vie»; mais, alors que chaque jour l'on ne perd que le précédent, eux perdent aussi le suivant! C'est sous le règne de Tibère, il y a quarante ans, que s'établit l'usage de boire du vin à jeun, notamment avant le repas, usage inconnu à Rome, mais recommandé par les médecins, toujours enclins à se mettre en valeur par quelque innovation[1]. Chez les Parthes, être un grand buveur est un titre de gloire, chez les Grecs, c'est à

---

1. Ainsi pouvons-nous dater l'invention de l'apéritif!

cela qu'Alcibiade dut sa renommée, comme chez nous le Milanais Novellius Torquatus, qui exerça les charges de la préture au consulat, et reçut son surnom [de Tricongius] pour avoir vidé d'un seul trait trois conges de vin[1], sous le regard émerveillé de l'empereur Tibère, qui vers la fin de sa vie fut austère et même méchant, mais qui dans sa jeunesse avait été passablement porté sur le vin pur — raison pour laquelle, lorsqu'il nomma Lucius Pison préfet de Rome, le bruit courut que cette nomination était due à une beuverie ininterrompue de deux jours et deux nuits à la table impériale...

Histoire naturelle, XIV, 137-145

---

1. Le conge faisait environ trois litres...

VALERIUS FLACCUS

(CAÏUS VALERIUS FLACCUS,
SECONDE MOITIÉ DU Ier SIÈCLE)

De ce poète on ne sait à peu près rien, si ce n'est qu'il publia, aux alentours de 90, huit chants d'une épopée, apparemment inachevée, qui avait pour sujet l'expédition des Argonautes, conduits par Jason en Colchide, à l'extrémité orientale de la mer Noire, pour s'y emparer de la légendaire Toison d'or. Poème mythologique où le merveilleux coule à pleins bords, cette épopée, imitée de celle qu'avait écrite quatre siècles plus tôt le poète grec Apollonios de Rhodes, est aussi une histoire d'amour, puisque l'un de ses thèmes majeurs est celui de la passion réciproque unissant le héros grec et la princesse colchidienne Médée: cette redoutable magicienne avait notamment pour fonction de nourrir l'énorme serpent qui gardait de très près, en s'enroulant autour d'elle, la Toison accrochée au sommet d'un arbre. Après avoir, par amour, trahi deux fois son père, le roi de Colchide, en aidant le beau navigateur à surmonter les épreuves imposées par le souverain à Jason, elle va parachever sa trahison en endormant le monstre dont elle a la charge, pour permettre au héros de dérober la Toison.

Jason s'empare de la Toison.

Pressé par les soucis, Jason était venu
Le premier, jusqu'au bois où, dans la nuit sacrée,
Brillait son beau visage à un astre pareil.
Tel attendit jadis, laissant ses compagnons
Dispersés alentour, le chasseur du Latmus[1],
Bien digne d'attirer l'amour d'une déesse,
Que vînt enfin la Lune (et la voici qui vient!),
Tel attendait Jason qu'arrivât son amante,
Dans l'obscure forêt qu'emplissait son éclat.
Et voilà que, pareille à la pauvre colombe,
Qui s'effraie en voyant l'ombre d'un grand rapace
Et se jette en tremblant sur le premier venu,
Vers le héros courut Médée pleine de crainte
Se blottir contre lui. Et Jason l'accueillit,
Sur un ton caressant lui tenant ce discours:
« Ô toi qui dois venir un jour dans mes pénates,
Vierge qui en seras le superbe ornement,
Seule tu donnes sens à mon si long voyage;
Conquérir la Toison désormais m'indiffère,
Et t'emporter chez moi suffit à mon vaisseau.
Mais, puisque tu le peux, ajoute à tes bienfaits
Celui de nous offrir cet éclatant trophée,
Car tous mes compagnons à cette gloire aspirent. »
L'ayant priée ainsi, Jason baisa ses mains,
Et elle, en sanglotant, répondit par ces mots:
« Pour toi je vais quitter la maison paternelle
Avec tous ses trésors; je ne serai point reine:
Suivant mon seul désir, j'abandonne mon sceptre.
Je m'exile pour toi. Alors, conserve-moi
La foi que le premier tu me juras toi-même.
Les dieux nous sont témoins de ce que nous disons,

---

1. Il s'agit d'Endymion: Artémis, amoureuse de lui, venait le retrouver sur le mont Latmus en Asie Mineure.

Et nous parlons tous deux sous le regard des astres.
Je vais braver la mer avec toi, je ferai
N'importe quel voyage, mais à condition
Que, répudiée, ici nul jour ne me ramène
Pour soudain me placer sous les yeux de mon père.
Je fais cette prière à tous les dieux d'en haut,
Mais c'est aussi à toi, Jason, qu'elle s'adresse. »
À ces mots, s'élançant ainsi qu'une Furie,
Elle prend des chemins non frayés. Le héros,
Marchant à ses côtés, s'apitoyait sur elle,
Lorsqu'il voit brusquement, au milieu des ténèbres,
Une flamme brillant d'un terrifiant éclat.
« Quelle est cette rougeur ? Et de quel astre vient
Cette grande lumière aveuglante et sinistre ? »,
Demande-t-il, tremblant. La vierge lui répond :
« Ce que tu vois là-bas, ce sont les yeux farouches
Du serpent monstrueux ; il darde ces éclairs,
Car il a peur, voyant que je ne suis pas seule.
C'est, d'habitude, lui qui le premier m'appelle
Et qui, en me léchant, me demande à manger.
Alors, dis-moi, veux-tu lui voler la Toison
Tandis qu'il peut te voir, ou bien préfères-tu
Que je te le soumette en plongeant ses deux yeux
Dans le sommeil ? » Jason n'ose pas lui répondre :
Devant la jeune fille il est saisi d'horreur.
Elle, levant au ciel ses bras et son regard,
T'invoquait, ô Sommeil, sur des rythmes barbares,
En prononçant ce charme : « Ô Sommeil tout-puissant,
Moi, la Colchidienne, en ce jour je t'appelle
Et je te donne l'ordre, à présent, de venir
En ce monstre. Tu sais que souvent j'ai soumis
Par ta corne les flots, les nuées et la foudre,
Et tout ce que l'on voit qui brille dans l'éther ;
Mais maintenant, allons, renforce ta puissance
Et pareil au Trépas, ton frère, secours-moi !
Quant à toi, ô serpent si fidèle, qui gardes

Le bélier de Phrixos[1], il est temps, cette fois,
Que de ta grande tâche enfin tu te détournes.
Quelle ruse crains-tu ? Tu vois que je suis là :
Je vais te remplacer un moment, pour que toi,
Après si long travail enfin tu te reposes. »
Si fatigué soit-il, le monstre ne veut pas
Délaisser la Toison ni, malgré son envie,
Accorder à ses yeux le repos qu'on lui offre.
Les premières vapeurs du Sommeil l'ont atteint,
Mais en se hérissant, il tente de lutter
Contre le charme hostile ; et voici que Médée,
Ne cessant de cracher l'écume du Tartare,
Parvient à fatiguer de sa main, de sa langue,
Tout le pouvoir du Styx, et réussit enfin
À ce que le sommeil surpasse la colère.
La haute crête choit et la tête vacille,
Le corps du serpent glisse en lâchant sa Toison,
Tel le Pô qui reflue ou le Nil s'écoulant
En sept bras ou l'Alphée au moment qu'il arrive
En terre d'Hespérie. Alors, dès que Médée
Voit gisant sur le sol la tête de la bête,
La prenant dans ses bras, elle exhale des plaintes
Tant sur sa cruauté que sur le triste sort
Du monstre qu'elle aimait : « Ce n'était pas ainsi
Que tu m'apparaissais lorsque, tard dans la nuit,
Je venais t'apporter nourriture et offrandes,
Et lorsque je versais dans ta gueule béante
Le miel accompagné de mes philtres magiques.
Oh ! comme pesamment ta masse est là, gisante !
Comme est faible le souffle en ton grand corps inerte !
Et moi, je n'ai pas eu le cœur de t'achever,
Toi, malheureux à qui le jour sera cruel !
Plus de Toison, pour toi, et plus jamais d'offrandes
Qui brillent sous ton ombre ! Hélas, retire-toi,

---

1. Phrixos est le héros mythique qui, menacé de mort, s'était
enfui en Colchide sur le dos du bélier à la toison d'or.

Pour vieillir loin d'ici, dans une autre forêt ;
Oublie-moi, je t'en prie, et ne me poursuis pas,
Quand je serai sur mer, de sifflements hostiles !
Mais toi aussi, Jason, allons, point de retard !
Va chercher la Toison et enfuis-toi bien vite !
Moi, j'ai éteint le feu des taureaux de mon père,
J'ai tué les guerriers surgissant de la terre[1],
Et voici que par moi le serpent gît au sol :
J'ai ainsi perpétré, j'espère, tous mes crimes. »
Jason demande alors comment il peur monter
Jusqu'au sommet de l'arbre où l'or est accroché ;
Elle de lui répondre : « Il suffit que tu grimpes
Sur le dos du serpent qui est là, devant toi. »
Sitôt dit, sitôt fait : confiant en ses dires,
Le fils d'Éson gravit les écailles du monstre
Et par elles parvient jusqu'au sommet de l'orne,
Sur les branches duquel encore est suspendue
L'éclatante Toison, telles nuées en feu,
Brillant autant que fait la fille de Thaumas[2]
Qui s'élance au-devant des ardeurs de Phébus.
Jason s'empare alors du trésor désiré,
Dernier de ses travaux, et l'arbre restitue
Non sans mal, gémissant, cet antique témoin
De Phrixos fugitif, après l'avoir porté
Durant bien des années, et les tristes ténèbres
Se fermèrent sur lui. Lors, les deux jeunes gens,
Emportant la Toison qui tous les champs éclaire,
Retraversent la plaine et regagnent le fleuve.
Tantôt sur tout son corps il étend la Toison
Dont la laine est brillante ainsi que l'est un astre,
Tantôt dessus sa nuque il la porte, tantôt
Sur un bras il l'enroule : ainsi jadis Hercule

---

1. Allusion aux épreuves surmontées par Jason avec l'aide de Médée.
2. Thaumas, fille de l'Océan, était la mère d'Iris, messagère des dieux et personnification de l'arc-en-ciel.

S'en alla de Némée avec, sur ses épaules
Et sa tête, le fauve. Et quand, dans les ténèbres,
Il apparut, tout d'or, aux yeux des compagnons
Qui se tenaient alors au bord de l'estuaire,
Toute leur troupe pousse une grande clameur ;
Le bateau de lui-même au rivage s'avance
Au-devant du héros. Lui marche encor plus vite,
Leur lance la Toison, et puis avec Médée
Stupéfaite, d'un bond il est sur le vaisseau
Où, vainqueur, il brandit sa pique vers le ciel.

Argonautiques, VIII, 124-133.

STACE
(PUBLIUS PAPINIUS STATIUS,
VERS 45 — 96)

Longtemps considéré comme l'égal de Virgile et même d'Homère, ce Napolitain d'origine est l'auteur d'une épopée en douze chants, la Thébaïde, *retraçant la guerre fratricide des fils d'Œdipe, Étéocle et Polynice, pour la possession du trône de Thèbes. Il en a commencé une seconde, l'*Achilléide, *qui devait retracer la vie du héros grec, mais l'a laissée inachevée, réduite à son premier chant et à 167 vers du deuxième. Il est enfin l'auteur d'un recueil de poésies diverses, les* Silves, *littéralement « les Forêts », le terme désignant un ensemble de pièces théoriquement improvisées sans grand soin et traitant des sujets empruntés à la vie quotidienne. La* Thébaïde, *riche en scènes violentes, a été pourtant comparée aux grands drames historiques de Shakespeare; l'*Achilléide, *ou plutôt son chant I, ne manque pas d'originalité; et il y a dans les* Silves *un bon nombre de pièces amusantes ou pittoresques.*

Achille reconnu

Quel mélo! On croirait le scénario d'un péplum mythologique. La déesse marine Thétis, épouse du roi Pélée et mère d'Achille, voulant à tout prix soustraire son fils à la guerre de Troie, l'a caché quand il avait neuf ans, sous un déguisement féminin, parmi les neuf filles de Lycomède, roi de Scyros. Le futur héros y a ainsi vécu incognito, menant la vie des princesses jusqu'au jour où, devenu jeune homme, il est tombé amoureux de l'une d'entre elles, Déidamie, qu'il a même violée... et engrossée! Le bébé vient de naître, dans le plus grand secret, et voici qu'arrivent Ulysse et son compagnon Argyte : tous deux ont pour mission de récupérer Achille, que les services de renseignements grecs (en l'occurrence le devin Calchas) ont localisé, et c'est à la ruse, comme de bien entendu, que va recourir Ulysse. Au point où nous en sommes, les jeunes filles (et parmi elles «mademoiselle» Achille) viennent d'offrir aux hôtes de leur père un ravissant spectacle de ballet...

Sous les bravos de tous la troupe se sépare
Et regagne aussitôt le palais paternel,
Au beau milieu duquel Ulysse avait placé
Les présents destinés aux filles de son hôte,
Pour les récompenser des efforts accomplis.
«Faites donc votre choix», leur dit-il, et le roi
Leur donne son accord. Âme trop simple, hélas !
Bien trop naïve aussi, qui ne connaissait point
La perfidie hellène et les mille ressources
D'Ulysse le rusé ! Toutes les jeunes filles,
Sous l'impulsion d'un sexe ennemi de la guerre,
S'empressent d'essayer, qui les thyrses jolis
Et qui les tambourins, à moins qu'elles ne ceignent
Leurs tempes des bandeaux ornés de pierreries ;
Les armes qu'elles voient, elles les croient offertes
À leur père, le roi. Mais le farouche Achille,
À peine aperçoit-il, posé contre une lance,
Le bouclier brillant, déjà taché de sang,
Où l'on a ciselé la guerre et ses combats,
Qu'il frémit, les yeux fous, et qu'on voit ses cheveux
Soudain se hérisser ; il n'y a plus de place
Pour aucun des conseils que lui donna sa mère,

Plus de place non plus pour les amours cachées :
En son cœur il n'y a de place que pour Troie !
Ainsi quand un chasseur à sa mère l'a pris,
Un lion bien souvent se laisse apprivoiser,
Permet à son dompteur de peigner sa crinière
Et ne fait éclater sa fureur que sur ordre ;
Mais qu'une seule fois le fer brille à ses yeux,
Il abandonne alors douceur et soumission,
Dans le dompteur, soudain, il voit son ennemi :
C'est lui qu'avant tout autre il attaque et dévore,
Honteux d'avoir été l'esclave d'un tel maître.
Achille, quant à lui, lorsqu'il s'est approché
Et que dans le métal il a vu son image,
Se voyant tel qu'il est dans l'or qui le reflète,
A tout d'un coup rougi, tout d'un coup tressailli.
Ulysse alors, d'un bond, se jette à ses côtés,
Et, lui parlant tout bas : « Pourquoi hésites-tu ?
Nous savons, lui dit-il, qui tu es ; nous savons
Que tu es petit-fils d'Éaque, roi d'Égine,
Et que ton maître fut le centaure Chiron.
C'est toi qu'attend là-bas la flotte des Hellènes,
C'est toi qu'attend la Grèce à qui tu es si cher
Et dont les étendards déjà se sont levés.
De Pergame[1] déjà les murailles chancellent,
Et c'est toi qui déjà les fais trembler. Allons !
N'attends pas un instant pour faire pâlir Troie,
Rends ton père joyeux avec cette nouvelle,
Et fais rougir Thétis d'avoir tant craint pour toi ! »
Achille commençait à enlever sa robe,
Quand Argyte soudain fit sonner son clairon,
Faisant fuir en tous sens la troupe des princesses
Qui courent s'abriter dans les bras de leur père,
Croyant que c'est la guerre et jetant leurs cadeaux.
Alors on voit tomber, sans qu'il y eût touché,
Du torse du héros les vêtements de femme ;

1. Pergame : autre nom de Troie.

Il tient déjà la lance, il tient le bouclier,
Il semble surpasser les épaules d'Ulysse,
Tant le soudain éclat des armes et le feu
Du combat qui l'anime inondent le palais
D'une lueur terrible. Avec une démarche
Qui frappe tous les yeux, comme si sur-le-champ
Il provoquait Hector, il se dresse au milieu
Du palais qui frémit; la «fille» de Pélée,
A disparu d'un coup! Mais, dans une autre pièce,
Le voyant découvert, pleurait Déidamie.
Dès qu'il a entendu ses sanglots prolongés
Et qu'il a reconnu cette voix familière,
Il hésite soudain, son courage chancelle,
Affaibli par le feu qui le brûle en secret.
Lâchant le bouclier, il s'approche du roi
Qui reste stupéfait de ce qu'il vient de voir,
Et, sans se rhabiller, s'adresse ainsi à lui:
«Eh oui, père chéri, je te fus confié
Par la noble Thétis, et c'est à toi qu'était
Dès longtemps réservée une aussi grande gloire.
Achille, que les Grecs ont partout recherché,
C'est toi qui as l'honneur de le leur renvoyer.
Dès lors, tu m'es plus cher que n'est mon puissant
   père,
Plus cher aussi que n'est mon bien-aimé Chiron.
Mais, si tu le veux bien, écoute encor ceci,
Et fais à mes propos un accueil favorable:
Pélée et sa Thétis te donnent pour beau-père
À leur fils, et tous deux ont des dieux pour parents.
Des filles que tu as ils te demandent l'une.
La leur accordes-tu? Ou bien vois-tu en nous
Une race inférieure et indigne de toi?
Tu ne refuses pas? Alors joignons nos mains,
Proclame notre alliance et donne ton pardon!
Car j'ai déjà connu, vois-tu, Déidamie,
En furtives amours. Comment eût-elle pu
S'opposer à mon bras? Oui, quel moyen pour elle,

D'opposer à ma force un peu de résistance ?
Fais-moi donc expier ce forfait : je renonce
Aux armes, et je veux les rendre aux miens, les Grecs,
Et puis rester ici. Mais pourquoi ces murmures ?
Pourquoi faut-il qu'ainsi tu changes de regard ?
Tu es déjà beau-père », et il ajoute encore,
Après avoir posé son fils aux pieds du roi :
« Tu es grand-père aussi ! Chaque fois qu'il faudra
Prendre l'épée en main, nous pourrons faire équipe ! »
Alors, au nom des droits de l'hospitalité,
Les Danaens aussi, Ulysse le premier,
Sur un ton caressant expriment leurs prières.
Et Lycomède alors, surmontant la colère
Que suscite en son cœur l'affront fait à sa fille,
Malgré le sentiment de trahir la déesse
Qui lui a confié un si précieux dépôt,
Renonce à s'opposer aux destins si puissants
Et ne veut retarder les Argiens dans leur guerre.
L'eût-il voulu, d'ailleurs, Achille eût méprisé
Le vouloir de sa mère. Il ne peut refuser
L'alliance d'un tel gendre : il voit qu'il est vaincu.
Déidamie alors, toute rouge de honte,
Sort brusquement de l'ombre où elle se cachait
Et, ne pouvant pas croire en un pardon si prompt,
Pour apaiser son père elle rejoint Achille.

Achilléide, I, 830-920.

Que de haine !

Au chant XII de la Thébaïde, *la guerre fratricide qui a opposé Étéocle et Polynice a pris fin. Le corps d'Étéocle a déjà été brûlé sur le bûcher funèbre, et celui de Polynice vient d'être découvert conjointement, sur le champ de bataille, par sa sœur Antigone*

*et son épouse Argie. Mais, par-delà même la mort,
leur implacable haine perdure...*

Quand les flots de l'Ismène[1] eurent lavé le corps
Et qu'il eut retrouvé la beauté de la mort
Il reçut les baisers ultimes des deux femmes,
Qui se mirent ensuite en quête d'un bûcher.
Mais tous étaient éteints, toutes leurs cendres froides,
À l'exception d'un seul encor resté debout,
Peut-être par hasard, peut-être grâce aux dieux :
C'était précisément celui qu'on avait fait
Pour y brûler le corps du cruel Étéocle.
Était-ce la Fortune, était-ce l'Euménide,
Qui avait conservé ces feux prêts au discord ?
Peu importe ; c'est là que les deux femmes voient
Une faible lueur sous les tisons noircis
Et qu'une triste joie alors les envahit.
À qui est ce bûcher ? Elles ne savent pas.
Mais, quel qu'il soit, c'est lui qu'alors elles supplient
D'accueillir doucement ce nouveau corps, qui vient
Pour partager sa cendre et pour mêler leurs ombres.
Pourtant, dès que le feu (voilà bien les deux frères !)
Eut, vorace, touché le corps de Polynice,
Le bûcher a tremblé, et le nouveau venu
En est chassé, tandis que les flammes jaillissent,
Et qu'en se divisant elles dardent leurs langues
En de brillants éclairs ! On jurerait qu'Orcus
A ici confronté les feux des Euménides,
Tant les deux tourbillons se menacent l'un l'autre,
Car le bois du bûcher est lui-même ébranlé,
Son socle se disjoint. La vierge épouvantée[2]
Crie : « C'en est fait de nous ! Nous avons ranimé
La colère qu'enfin la mort avait éteinte !
Le mort de ce bûcher, bien sûr, c'était son frère ;

1. Rivière coulant près de Thèbes.
2. Il s'agit d'Antigone.

Car qui d'autre que lui serait assez barbare
Pour oser refuser d'accueillir même une ombre ?
Voici son bouclier, dont il reste un morceau,
Voici son ceinturon, à demi consumé,
Je le reconnais bien. Mais oui, c'était son frère !
Vois-tu comme le feu recule et puis revient
Pour lancer un assaut ? Leur haine abominable
Est bien vivante encore, au-delà de la guerre. »

Thébaïde, XII, 416-442.

Prière de l'insomniaque

Les Silves *réunissent des pièces de sujets et de tons variés, mais qui, toutes, se signalent par une belle sophistication... À preuve, cette parodique « prière au Sommeil », qui ne manque ni d'humour ni de poésie.*

Quel crime ai-je commis, Sommeil, ô dieu paisible ?
Quel péché fut le mien, sans que j'en sache rien,
Pour être, jeune encor, privé de tes bienfaits ?
Tout se tait alentour : les animaux sauvages,
Tous ceux de la maison, tous les oiseaux aussi,
Et les arbres, penchant leurs têtes, ont tout l'air
De dormir ; les cours d'eau s'écoulent doucement,
Et la mer se repose au long de son rivage.

Pour la septième fois déjà, Phébé[1] me voit
Gardant les yeux ouverts ; pour la septième fois,
Les étoiles montant au-dessus de Paphos
Ont entendu ma bouche invoquer le sommeil ;
L'épouse de Titon[2], sans écouter mes plaintes,
À son tour a passé. Voulant me rafraîchir,

1. La lune.
2. L'aurore.

De son fouet qui lui sert à presser ses chevaux
Elle a ventilé l'air autour de moi. Misère!
Puis-je survivre ainsi? Argus devait veiller
— Mais il avait cent yeux, et lorsqu'une partie
De tous ses yeux veillait, l'autre pouvait dormir.

Mais, durant cette nuit qui me semble si longue,
L'heureux mortel qui tient dans ses bras sa chérie
Veut chasser le sommeil! Et moi je le conjure
De me venir enfin. Je ne demande pas,
Sommeil, que sur mes yeux tu te fasses pesant,
Comme on peut t'en prier quand on n'a nul souci:
Touche-moi seulement du bout de ta baguette,
Ou bien, à tout le moins, glisse légèrement
Tout à côté de moi, sur la pointe du pied!

Silves, V, 4.

SILIUS ITALICUS
(TIBERIUS CATIUS ASCONIUS SILIUS
ITALICUS, VERS 25 — 102)

Cet écrivain, qui fut consul en 68, est, pour nous, le dernier en date des poètes épiques de la littérature latine classique. Admirateur fervent de Cicéron et de Virgile, pour qui il éprouvait une véritable dévotion, il eut l'idée, certes originale, de composer une épopée consacrée, comme celle de Lucain, à un événement historique, mais en y introduisant, ce que Lucain s'était gardé de faire, tout le merveilleux traditionnel des épopées à sujet mythologique. Opérant ainsi une étrange synthèse de Tite-Live et de Virgile, il relata, dans ses Guerres Puniques (Punica), *le deuxième de ces conflits, à grand renfort d'interventions divines et en s'efforçant de rivaliser avec l'Énéide dont il imite tant bien que mal les principaux épisodes : à la description virgilienne du bouclier d'Énée répond celle du bouclier d'Hannibal, sur lequel est représentée l'histoire de Carthage comme celle de Rome sur celui du héros troyen ; et Scipion l'Africain, marchant sur les traces d'Énée, accomplit une descente aux Enfers qui permet à Silius de rivaliser avec la description que Virgile avait faite du royaume des morts. Peu apprécié de ses contemporains («plus d'application que de talent», disait à son propos Pline le Jeune), et assez vite tombé dans l'oubli, ce «singe de Virgile», comme on l'a appelé encore plus méchamment, a néanmoins composé le chant du cygne de l'épopée latine classique.*

Portrait d'Hannibal

Il était par nature entraîné vers l'action,
Sans respecter jamais la parole donnée,
Et vers la ruse aussi, son terrain d'excellence,
Car pour la loyauté, il n'en faisait nul cas.
Aucun respect des dieux, pour lui, dans le combat ;
Du courage, c'est sûr, mais tourné vers le mal,
Et le plus grand mépris pour la forme de gloire
Que procure la paix. Jusqu'au fond de son être,
La soif du sang humain le tenaille et le fouette ;
Et de toute l'ardeur de sa jeune énergie
Il brûle d'effacer l'affront subi naguère
Par son pays vaincu près des îles Égates[1],
Et de noyer au fond de la mer de Sicile
L'humiliant traité. C'est Junon qui l'inspire,
Obsédant son esprit d'un grand espoir de gloire.
Dans ses rêves déjà s'ouvre devant ses pas
Le Capitole, ou bien il se voit avançant
Vers les plus hauts sommets des Alpes à franchir.
Souvent même, à sa porte éveillés en sursaut,
Les gardes prirent peur en entendant ses cris
Farouches, déchirant le silence nocturne,
Avant de le trouver, inondé de sueur,
Livrant dans son sommeil les futures batailles
Et dirigeant la guerre encore imaginaire.

Les Guerres puniques, I, 56-70.

---

1. Bataille navale qui avait vu la défaite des Carthaginois lors de la première guerre punique.

Le bouclier d'Hannibal

En Espagne, Hannibal assiège la ville de Sagonte, alliée de Rome ; lui-même a pour alliés les peuples de l'Espagne occidentale, qui lui font parvenir de riches présents, au nombre desquels un bouclier historié, analogue à celui que Vulcain avait forgé pour Énée (voir p. 233).

Voici qu'au chef punique apportent leurs présents
Les peuples riverains du lointain Océan :
Un bouclier venant du pays de Galice,
Un casque surmonté d'une aigrette éclatante
Avec un plumet blanc tout en haut du cimier,
Et, pour semer partout le carnage et la mort,
Une épée, une lance, une triple cuirasse
Faite de mailles d'or, imperméable aux traits.
Les yeux brillants de joie, Hannibal examine
Le bouclier forgé de bronze et d'acier dur
Plaqués de l'or du Tage, et se plaît à y lire
L'histoire des débuts du royaume punique.
On y voyait Didon, qui jetait de Carthage
Les premiers fondements ; ses jeunes compagnons,
Ayant tiré la flotte au rivage d'Afrique,
Travaillaient ardemment : les uns ferment le port
Avec d'énormes blocs, à d'autres l'on assigne
Un lieu pour leur maison. On montre la trouvaille
Qu'en défonçant le sol on a faite : une tête
De cheval de combat, présage qu'on salue
Avec des cris de joie[1]. Un autre des tableaux
Représentait Énée, au rivage jeté,
Ayant perdu sa flotte avec ses compagnons,
Naufragé suppliant ; la reine l'observait
Intensément, sans trouble, et déjà dans ses yeux

---

1. Épisode relaté au chant I de l'*Énéide*.

Se lisait de l'amour. L'artiste de Galice
Avait représenté juste à côté la grotte
Et la secrète union des amants de Carthage,
Les chiens faisant monter leurs abois vers le ciel,
Les chasseurs qu'épouvante un orage soudain
Et qui dans la forêt vont chercher un abri[1].
Il avait figuré la plage abandonnée
Et les vaisseaux troyens qui cinglaient vers le large
Sans entendre Didon ; elle-même, debout
Sur l'immense bûcher, la reine délaissée,
Confiait aux descendants de ses sujets puniques
La mission de mener des guerres vengeresses.
Du large, le Troyen regardait le brasier,
Tout en ouvrant sa voile au souffle des destins.
Dans un autre secteur on voyait Hannibal,
Ayant à ses côtés la prêtresse du Styx,
Qui aux dieux infernaux offrait, sur leurs autels,
Une libation de sang, et qui jurait
De mener dès l'enfance une lutte implacable
Contre les fils d'Énée ; et le vieil Hamilcar
Parcourant au galop les plaines de Sicile :
On l'aurait cru vivant, luttant à perdre souffle
Sur le champ de bataille, avec des yeux de flamme,
Et sa farouche image exprimait la menace.
De bas-reliefs aussi s'orne le côté gauche :
C'est le long défilé d'un cortège spartiate
Que conduit en vainqueur Xanthippe[2] d'Amyclée,
La ville de Léda. Tout près, c'est Régulus,
Suspendu au gibet (triste et glorieux spectacle !)
Et de la loyauté donnant un bel exemple.
De plus riants tableaux encadrent ces deux scènes :
On y voit des troupeaux, des fauves pourchassés
Et, gravés dans l'airain, des villages de huttes.

---

1. Épisode relaté au chant IV de l'*Énéide*.
2. Général lacédémonien qui commandait les armées puniques durant la première guerre punique.

À côté, une femme au teint sombre, farouche,
Sœur du Maure à peau noire, apprivoise des fauves.
Le pasteur mène où bon lui semble ses moutons,
Sans rien pour l'arrêter dans ces vastes espaces
Où peut nomadiser le gardien du troupeau
Avec tout ce qu'il a : son javelot, son chien,
Sa tente, le silex qui lui donne du feu
Et puis le chalumeau que connaissent ses bêtes.
En bonne place on voit la ville de Sagonte,
Et autour de ses murs des armées assemblées
Qui l'assiègent avec leurs javelots vibrants.
Au bord du bouclier, les méandres de l'Èbre
En faisaient tout le tour de leur onde immobile ;
Hannibal en avait, au mépris des traités,
Franchi le cours ; alors il appelait les peuples
Soumis au joug punique à lutter contre Rome.
Ravi de tels présents, Hannibal fait sonner
Son armure nouvelle et l'endosse aussitôt ;
Puis, redressant la tête, il s'écrie à voix haute :
« Ah ! que de sang romain va couler par ces armes !
Et toi, Sénat, quel prix je te ferai payer ! »

Les Guerres puniques, II, 395 *sqq.*

Au fond des Enfers...

Nouvel Énée, le consul Scipion est guidé par la Sibylle de Cumes au royaume des morts, où il rencontrera les ombres de ses ancêtres et recevra la révélation de la victoire de Rome sur les Puniques. C'est, pour Silius Italicus, l'occasion de surenchérir, tout en s'en inspirant, sur la description qu'avait faite Virgile du souterrain séjour (voir p. 229).

Un gouffre d'eau dormante et des marais fangeux
S'étendent au lointain. L'horrible Phlégéton,

Dans le bruit haletant de son torrent de flammes,
Projette au loin des rocs et brûle ses deux rives.
Et d'un autre côté l'impétueux Cocyte
S'écoule en écumant et roule du sang noir,
Tandis que le marais par quoi jurent les dieux
Lorsqu'ils font des serments, l'épouvantable Styx
Où coule de la poix, entraîne son limon
Dans des vapeurs de soufre. Et, plus sinistre encore,
L'Achéron, bouillonnant de poisons et de pus,
Vomit son sable froid et coule avec lenteur,
En formant des marais de son eau calme et noire.
De ce pus se repaît Cerbère à triple gueule,
Tisiphone en emplit ses coupes, et Mégère
En a soif elle aussi, mais même ce breuvage
Ne suffit à calmer la rage qu'ils ressentent.
Un dernier fleuve enfin a pour source les larmes
Qui devant le palais[1], sur ses abords, s'écoulent,
Et baignent constamment ce seuil inexorable.
Que de monstres ici, rassemblés dans ces sables,
En mêlant leurs cris sourds terrorisent les Mânes!
Il y a le Chagrin qui ronge, et la Maigreur
Qui suit les maladies; il y a la Tristesse
Qui de larmes s'abreuve, et la Pâleur exsangue;
Il y a les Soucis, il y a la Traîtrise,
La Vieillesse plaintive et l'Envie, et ce mal
Hideux qui peut conduire au crime, la Misère,
Et puis l'Erreur encore, à la marche incertaine,
Et la Discorde enfin, qui aime à mélanger
Le ciel aux eaux. Là-bas, on peut voir Briarée,
Qui grâce à ses cent bras a coutume d'ouvrir
Les portes de Pluton, puis le Sphinx entrouvrant
Sa bouche féminine et de sang maculée,
Et l'horrible Scylla, les Centaures farouches,
Les ombres des Géants. Cerbère, le voici:
Lorsqu'il brise sa chaîne et parcourt le Tartare,

---

1. Celui de Dis, autre nom de Pluton.

Ni Mégère en fureur et pas même Allecto
N'osent se confronter au fauve redoutable,
Qui, une fois rompu le millier de maillons
Qui l'enchaînaient, aboie et autour de ses flancs
Enroule les anneaux de sa queue de vipère.
Sur la droite, étendant les cheveux de ses branches,
Très haut, se dresse un if qu'arrose le Cocyte ;
On y voit, se perchant sur ses rameaux touffus,
De sinistres oiseaux : des hiboux, des vautours,
Et la Strige[1] au plumage éclaboussé de sang,
Et les Harpyes enfin ; tous, ils y font leur nid,
Leur grand rassemblement peuple tout le feuillage,
Et l'arbre retentit de leurs cris déchaînés.

Les Guerres puniques, XIII, 562-600.

---

1. Sorcière qui prend la forme d'un oiseau monstrueux.

MARTIAL
(MARCUS VALERIUS MARTIALIS, VERS 40 — VERS 103)

*Martial, né en Espagne, apparaît, ou du moins se présente, comme le type même du poète à la bourse plate, vivant tant bien que mal de sa plume et des subsides de quelques riches protecteurs, au nombre desquels Pline le Jeune (il possédait tout de même une petite maison sur le Quirinal et une fermette aux environs de Rome). Il est l'auteur d'un recueil d'*Épigrammes *comprenant plus de mille cinq cents poèmes répartis en douze livres, de longueur très variable et de mètres divers, que caractérisent une ironie mordante et assez souvent une franche obscénité, qu'il revendique hautement comme faisant partie des lois du genre. À ces poèmes « à ne pas mettre entre toutes les mains », il est permis de préférer les pièces dans lesquelles il exprime, dans un esprit proche de celui d'Horace, son amour d'une vie simple et dépourvue d'ambition — sur ce lieu commun poétique on ne peut plus rebattu, il montre quelques jolies trouvailles. Mais le censurer serait insulter sa mémoire, et nous avons tenté de donner ici, sans rien édulcorer, un aperçu des diverses facettes de son talent.*

Avis aux mateurs !

C'est toujours en laissant la porte grande ouverte
   Que tu fais l'amour, ô Lesbie :
Tes amants te font jouir, mais tu jouis plus encore
   Du fait d'être prise en public.
Or même les putains des bordels de Subure
   Opèrent derrière un rideau.
Apprends donc la pudeur des filles à cent sous,
   Qui jusqu'en des tombeaux se cachent ;
Qu'on te tringle, vois-tu, je ne l'interdis pas,
   Mais pas au vu et su de tous !

I, 34.

Vive les vers coquins !

J'écris, dis-tu, des vers trop lestes
Pour être commentés en classe,
Et tu t'en plains. Pourtant, mes livres,
Comme les maris pour leurs femmes,
Émasculés, ne plairaient guère.
Voudrais-tu que je composasse
Des chants d'hyménée en un style
Autre que celui de ces chants ?
Qui vêtirait les Jeux floraux[1] ?
Qui permettrait aux courtisanes
La pudeur qui sied aux matrones ?
Telle est la loi des vers légers :
Ils doivent chatouiller les sens.
Trêve, donc, de sévérité !

1. Les Jeux floraux, célébrés du 28 avril au 3 mai en l'honneur de la déesse Flore, étaient réputés pour la nudité rituelle des participants.

Pardonne-moi mes gaudrioles,
Ne va pas châtrer mes poèmes :
Un Priape eunuque est obscène !

I, 35.

Bonheurs de la campagne

Veux-tu savoir, illustre et grand Fronton, les vœux
    Que forme ton ami Marcus ?
Ce qu'il voudrait, c'est un petit domaine, où jouir
    En négligé de ses loisirs.
Pourquoi donc parcourir de froides mosaïques
    Pour le sot salut du matin,
Quand tu as les trésors et des bois et des champs,
    Des filets bien pleins à vider,
Des poissons frétillants accrochés à ta ligne,
    Du miel blond remplissant tes pots,
Pour mettre ton couvert une grasse fermière,
    Et des œufs à toi sous la cendre ?
Puissent mes ennemis, n'aimant point cette vie,
    Pâlir dans les devoirs urbains !

I, 55.

Pique-assiette en deuil

Si vous voyez passer Sélius tout triste,
S'il marche tard, le soir, sous le portique,
Taisant, lugubre, une peine secrète,
Tirant le nez jusqu'à toucher le sol,
Tout en frappant de son poing sa poitrine
Et s'arrachant les cheveux à poignées,
Ne croyez pas qu'il soit en deuil d'un frère
Ou de ses fils ! Non, tous sont bien vivants,

Sa femme et ses gens se portent fort bien
Et son fermier ne lui cause aucun tort,
Son intendant non plus. D'où lui vient donc
Ce grand chagrin? Il doit dîner chez lui!

II, 11.

Content de peu (classiquement...)

Professeur Quintilien[1], maître de la jeunesse
    Et gloire du forum romain
Si je mets quelque hâte à savourer la vie
    Quand je le peux, pardonne-moi!
Que s'en moque celui qui veut sans cesse accroître
    Les biens qu'il tient de ses ancêtres!
Un âtre, un humble toit que noircit la fumée,
    Une source et un petit pré,
Un seul esclave, bien nourri, et une femme
    Qui surtout ne soit pas savante,
Un bon sommeil la nuit, point de procès le jour,
    Cela suffit à mon bonheur.

II, 90.

Un obsédé

Ligurinus, il n'est personne
Qui te rencontre avec plaisir:
Autour de toi, c'est le désert!
En veux-tu savoir la raison?
Tu fais beaucoup trop le poète,
C'est un bien dangereux défaut.

---

1. Quintilien nous a laissé un célèbre manuel de rhétorique, l'*Institution oratoire*, et des recueils de déclamations.

Même la tigresse en furie
À qui l'on a pris ses petits,
Même le scorpion, la vipère
Ne sont pas autant redoutés !
Qui donc pourrait te supporter ?
Quand je suis debout, tu récites[1],
Quand je suis assis, tu récites,
Et quand je cours, et quand je chie ;
Fuyant aux bains, j'entends ta voix,
Plus question pour moi de nager !
Je me hâte d'aller dîner :
Tu me retiens sur le chemin ;
Je passe à table, et te voilà,
Je n'ai plus qu'à prendre la fuite !
Harassé, je me mets au lit,
Tu me tires de sous les draps !
Regarde quel mal tu te fais :
Tu es juste, honnête, gentil,
Et tu fais peur à tout le monde !

III, 44.

Une vieille libidineuse

Tu as dû voir, Vétustilla[2], trois cents consuls,
Et tu n'as plus que trois cheveux et quatre dents,
Un torse de cigale et un teint de fourmi ;
Ton front fait plus de plis que n'en a ton manteau,
Tes seins font songer à des toiles d'araignée ;

---

1. Les « récitations » étaient des séances publiques organisées par les auteurs, qui invitaient leurs amis et les figures de l'intelligentsia romaine à écouter la lecture (par eux-mêmes ou un lecteur professionnel) de leurs œuvres (discours, plaidoyers fictifs, poèmes, tragédies...). La mode des « récitations » atteignit son paroxysme sous Domitien : tout un chacun se piquait d'avoir composé un chef-d'œuvre...
2. Vétustilla : « petite vieille ».

Comparée à ta bouche, elle paraît étroite,
Celle que dans le Nil ouvre le crocodile ;
Et quand dans les marais les grenouilles coassent,
Ou quand autour de nous bourdonnent les moustiques,
On ouït un chant plus doux qu'en entendant ta voix.
Tes yeux n'y voient pas mieux qu'une chouette au matin ;
Ton fumet, c'est celui du mâle de la chèvre,
Ton croupion, c'est celui d'une maigre canette,
Ton con ? Un paquet d'os, pire qu'un vieil ermite !
Aussi ce n'est qu'après avoir éteint la lampe
Que le garçon de bains te laisse entrer aux thermes,
Au milieu des putains qui hantent les tombeaux.
Tu crois être en hiver au milieu du mois d'août,
Dont la pire chaleur ne peut te dégeler.
Mais tu as le culot, après deux cents veuvages,
De vouloir convoler encore en justes noces
Et de croire qu'un mec peut désirer tes cendres !
Autant vouloir sauter Sattia la centenaire !
Qui dirait sa moitié, qui nommerait bobonne
Celle que Philomèle appelle sa mémé ?
Si tu tiens à ce qu'on chatouille ta carcasse,
Il faut louer un lit qui convienne à tes noces,
Un de ces lits, tu sais, qu'ont les Pompes Funèbres,
Puis approcher de toi la torche funéraire,
Qui peut seule enfiler ton vieux con décrépit !

III, 93.

Sacrilège !

« Le ciel est vide, il n'y a point de dieux »,
Prétend Segius. Lui-même en est la preuve :
En les niant, il est devenu riche !

IV, 21.

L'abeille dans l'ambre

Une abeille enchâssée en une goutte d'ambre
  Paraît avoir pour tombeau son nectar.
Elle a reçu le prix de tous ses durs travaux,
  Et semble avoir ainsi choisi sa mort.

IV, 32.

Le bon genre

L'épigramme, Flaccus[1], je vais te l'expliquer.
  Ce n'est pas un jeu, comme tu le crois.
Non, le jeu, c'est plutôt de chanter le festin
  Que l'affreux Thyeste offrit à Atrée,
Les ailes que Dédale à son fils attacha,
  Ou bien Polyphème avec son troupeau.
Point d'enflure en mon livre, où tu ne verras pas
  La Muse porter l'habit des Tragiques.
« Oui mais, me diras-tu, on admire mes livres ! »
  D'accord — mais les miens, on les lit !

IV, 49.

Service minimum

Pourquoi dis-tu, Thaïs, que je suis bien trop vieux ?
Pour se faire sucer, on n'est jamais trop vieux !

IV, 50.

---

1. Le poète épique Valérius Flaccus (voir *supra*, p. 416).

Mon œil !

C'est toujours d'un seul œil que pleure Philénie.
« Impossible ! » dis-tu. Du tout ! C'est qu'elle est
borgne.

IV, 65.

Le style Thaïs

Bien que par tous les mecs elle soit courtisée,
Dans Rome tout entière il n'en est pas un qui
Puisse affirmer qu'un jour il a baisé Thaïs.
« Qu'elle est chaste ! » Mais non ! Elle leur fait des
  pipes !

IV, 84.

À table !

Si dîner chez toi, Teranius, t'assomme,
Viens donc partager ma modeste table.
Voici le menu. Hors-d'œuvre variés :
Des poireaux amers et de la laitue,
Un peu de poisson avec des œufs durs.
Puis, sur un plat noir, on te servira
Du chou récolté dans mon frais jardin
Et de la polente avec des saucisses,
Et un bout de lard sur un lit de fèves,
Mais le tout brûlant — attention aux doigts !
Si pour terminer tu veux du dessert,
Poires et raisin te seront servis,
Et quelques marrons rôtis sur la braise.
Quant au vin, ma foi, il t'appartiendra

De le rendre bon à force d'en boire !
Après tout cela, si Bacchus éveille
La petite faim qu'il fait souvent naître,
On te servira de belles olives
Fraîchement cueillies, et puis des pois chiches
Tout brûlants encore, et des lupins tièdes.
Ce ne sera pas très gastronomique,
Qui peut le nier ? Mais tu n'auras pas :
À dire ou à ouïr le moindre mensonge
Tu pourras garder, au long du repas,
Comme tous les jours, ton visage à toi.
Ton hôte jamais ne t'obligera
À entendre lire un livre indigeste,
Et tu n'auras pas non plus le spectacle
Du déhanchement savant de danseuses
Venant de Cadix, la ville du vice.
Mais tu entendras d'agréables airs,
Par un de mes gens joués sur sa flûte ;
Et puis tu auras Claudia pour voisine,
Qui sera la mienne ? À toi de choisir !

V, 78.

Timbré d'une affranchie...

Habile à tortiller au son des castagnettes
Sa croupe qui ondule aux rythmes de Cadix,
Capable d'enflammer Pélias en personne[1]
Et de faire bander Priam en deuil d'Hector,
Téléthuse incendie celui qui fut son maître ;
Alors, l'ayant vendue quand elle était servante,
Il doit la racheter quand elle est sa « maîtresse » !

VI, 71.

---

1. Le père de Jason, l'un des « grands vieillards » de la mythologie.

Inconsolable

L'affreux malheur, Aulus, qui frappe ma maîtresse!
 Elle a perdu tous ses délices:
Pas un gentil moineau, comme en perdit Lesbie,
 Que chanta le tendre Catulle;
Non plus qu'une colombe, au noir séjour partie,
 Comme Ianthis, chère à Stella[1].
Car ma chérie à moi dédaigne ces joujoux,
 De tels deuils la laissent de marbre.
Elle pleure, la pauvre, un jeune et bel esclave,
 Dont la bite est longue d'un pied!

VII, 14.

Vive l'épigramme!

Quoi? Tu voudrais chanter les horreurs de la guerre
 En poèmes hexamétriques?
Et puis qu'un professeur les dicte à ses élèves,
 Qui tous te jugeront odieux?
Laisse donc ces sujets aux écrivains austères,
 Répands du sel sur tes poèmes:
Que comme en un miroir la vie s'y reconnaisse,
 Y retrouvant ses propres mœurs!

VIII, 3.

Attention, école!

Maudit maître d'école, à quoi donc es-tu bon?
 Garçons et filles te détestent!

---

1. Stella: un ami de Catulle.

Avant le chant du coq et le lever du jour,
   On t'entend gueuler et cogner :
Moins forte est la clameur de tout l'amphithéâtre,
   Quand on ovationne un champion !
Tous tes voisins, pourtant, voudraient pouvoir un peu
   Faire la grasse matinée.
Ferme donc ton école, et si tu veux du fric,
   On te payera pour te taire.

IX, 68.

TACITE
(PUBLIUS CORNELIUS TACITUS, VERS 55 — APRÈS 117)

On pourrait dire de Tacite qu'il est notre premier écrivain national. Avec un peu de chauvinisme, évidemment : on ne saurait tenir pour un Gaulois un homme qui, certes, est né en Gaule — du côté de Vaison-la-Romaine, la bien nommée! — mais d'une famille de chevaliers romains, installée dans cette colonie florissante. La Narbonnaise, à cette époque, est une terre féconde : on y enseigne la rhétorique avec un tel succès que, dans son Dialogue des orateurs, *Tacite pourra réunir une brochette d'« orateurs gaulois » pour discuter en experts des causes du déclin de l'éloquence! Auparavant, notre homme aura lui-même fait ses classes et son chemin : en épousant la fille d'un bon serviteur de l'État, Cnaeus Julius Agricola, natif de Fréjus, dont il écrira, en première œuvre, la biographie ; en se faisant remarquer, à Rome, par ses talents d'orateur et d'avocat ; en accédant au Sénat, enfin, pour se lancer dans la carrière.*

Servir Rome : là est le problème. Toute l'œuvre de Tacite est traversée par deux questions : comment être un bon serviteur de l'Empire sous un mauvais prince ? comment expliquer la grandeur de l'Empire, lorsque l'on considère la médiocrité (pour ne pas dire plus) des empereurs qui, depuis la mort d'Auguste, se sont succédé à sa tête? Jusqu'à Domitien, tyran psychotique dont le règne étouffe tous les talents, celui d'Agricola, et celui de Tacite lui-même, renvoyé en province faire le légat, Rome est prisonnière de ses mauvais maîtres: avec Nerva, elle retrouve la libertas, et Trajan, qui lui succède, sera l'optimus princeps, le meilleur des princes, ou le prince parfait. En tout cas, Tacite est l'ami de ce prince-là, mais aussi de Pline le Jeune.

La vie de Tacite, c'est aussi l'histoire d'un style. Dans la Vie d'Agricola, puis dans la Germanie, on sent percer une force particulière, sous l'aisance d'un bon élève des rhéteurs. La concision. La formule. Le désir évident de séduire le lecteur par la force plutôt que par l'harmonie. En un mot, un expressionnisme. Cette force est plus efficace dans le blâme que dans l'éloge, dans l'ironie que dans l'admiration. Cela tombe bien: Tacite a le regard dur, d'instinct — et ce regard se durcira encore avec l'âge.

Les Histoires débutent à la mort de Néron, les Annales, composées ensuite, à celle d'Auguste. On descend l'histoire en corbillard. Car le destin de tous ces princes est de périr, les uns après les autres, et le plus souvent de mort violente, sans que l'Empire se soit trouvé une loi, une morale, un style. La comédie impériale est souvent inhumaine: on n'y survit que par l'intrigue, on n'y règne que par la peur — une dynastie tempérée par l'assassinat, diront les historiens. Même chez les moins mauvais des princes, les qualités sont moins visibles que les vices, auxquels la cour impériale, telle une serre maléfique, procure un climat favorable à une luxuriance effrénée. Des vices brutaux, inventifs, grandioses même dans leurs effets: il se noue des tragédies, au milieu de tant de farces lugubres. Grands personnages, en tout cas, au sens théâtral du terme, que ces despotes, ces lâches, ces sadiques, ces fous. Et leurs femmes, donc!

Ils appelaient un grand styliste. Ils l'ont trouvé.

Le premier écrivain français? Peut-être, du moins,

le premier « écrivain » au sens moderne du terme. C'est-à-dire, au-delà des méditations de l'historien, une passion de l'écriture comme acte prométhéen, à la fois scandaleux et libérateur. Une projection de soi, bien au large des repères de la rhétorique. Quelque part dans ce champ énigmatique dont la rhétorique ne peut que dessiner abstraitement la force quasi divine : le sublime, zone réputée, depuis les Grecs, « terrible » (deinos). Étonnez-vous que Victor Hugo, quand il se fait narrateur, n'ait en tête que ce Titan-là...

Le discours de Galgacus

Après six années de campagne, Cnaeus Julius Agricola mène une offensive vers le nord, où, autour des Calédoniens (ancêtres des Écossais), s'est regroupée la résistance armée à la puissance romaine. Au commencement de l'été 83, il presse l'ennemi dans la région du mont Grampian, où va avoir lieu une bataille décisive. C'est alors que Galgacus, chef des Calédoniens, adresse à ses troupes cette harangue étonnante.

Déjà, on pouvait voir là plus de trente mille hommes en armes; venaient encore s'y ajouter, comme un flot, toute la jeunesse du pays et tous les hommes d'âge restés verts et vigoureux, illustres guerriers exhibant leurs décorations; c'est alors qu'un nommé Galgacus, qui, parmi leurs nombreux chefs, se distinguait par sa vaillance et sa naissance, prit la parole devant la multitude assemblée qui réclamait le combat, et les harangua, dit-on, à peu près en ces termes :

« Toutes les fois que je considère les causes de cette guerre et la nécessité dans laquelle nous nous trouvons, j'ai grande conviction que cette journée et votre union marqueront le commencement, pour toute la Bretagne, de la liberté. Car tous, sans exception, vous ignorez la servitude ; derrière nous, il n'y a plus aucune terre, et la mer n'offre pas non plus un abri, puisque la flotte romaine nous menace ; si bien que le combat et la force des armes, qui sont, pour les braves, le parti de l'honneur, sont désormais, même pour les lâches, le plus sûr des recours.

« Les précédents combats, au cours desquels nous avons affronté les Romains avec des fortunes diverses, s'appuyaient sur un espoir et une force de réserve : nos bras. Car nous, qui sommes les plus nobles des Bretons, et qui, pour cette raison, habitons dans sa partie la plus reculée, sans rivage asservi à portée de regard, nous conservions même nos yeux purs de toutes les souillures de l'oppression. Nous, qui sommes l'ultime repli du monde et de la liberté, c'est cet éloignement et l'obscurité de notre renommée qui nous ont défendus jusqu'à aujourd'hui, car tout ce que l'on ne connaît pas, on le tient pour prodigieux. Mais aujourd'hui, l'extrémité de la Bretagne s'ouvre devant l'ennemi, et au-delà de nous, il n'y a plus aucun peuple, il n'y a rien d'autre que des flots et des rochers, et, plus dangereux encore, ces Romains dont on ne saurait éviter la domination tyrannique ni en se soumettant, ni en restant neutres.

« Brigands du monde, depuis que, dévastant tout, ils en sont venus à manquer de terres à ravager, ils fouillent la mer ; si l'ennemi est riche, ils sont avides de ses biens, s'il est pauvre, ils veulent le dominer, eux que ni l'Orient ni l'Occident n'ont rassasiés. Seuls de tous les hommes, ils convoitent avec un égal appétit l'opulence et l'indigence. Voler, massacrer, violer, dans leur langage mensonger, c'est ça, l'empire, et là où ils font un désert, ils appellent cela instaurer la paix.

« Pour chacun, ainsi le veut la nature, rien n'est plus cher que ses enfants et ses proches ; nos enfants ?

par des levées en masse, ils nous les prennent pour en faire, ailleurs, des esclaves ; nos épouses, nos sœurs ? même si elles échappent aux appétits brutaux de l'ennemi, c'est au nom de l'amitié et de l'hospitalité qu'ils les déshonorent. Nos biens et notre fortune pour l'impôt, nos champs et nos récoltes pour la dîme en nature, nos corps eux-mêmes et nos bras pour l'aménagement des forêts et des marais, sous les coups et les injures, tout est exploité jusqu'à épuisement. Les esclaves de naissance sont vendus une fois pour toutes, et, qui plus est, leur maître leur donne à manger : la Bretagne, elle, achète chaque jour sa propre servitude, chaque jour elle la nourrit. Et, tout comme dans la domesticité d'une maison, les derniers esclaves arrivés sont méprisés même par leurs compagnons de servitude, c'est nous, les derniers acquis, les sans-valeur, que l'on vient chercher pour nous exterminer ; car nous n'avons ni terres cultivables, ni mines, ni ports à l'exploitation desquels on pourrait nous réserver. Et puis, la vaillance, la fierté des sujets déplaisent à leurs maîtres ; l'éloignement, l'isolement même sont d'autant plus suspects qu'ils procurent une meilleure protection.

« Ainsi, ne comptez sur aucune indulgence, et, par amour de la vie ou par amour de la gloire, enfin, rassemblez votre courage ! Les Brigantes, avec une femme pour chef[1], ont été capables d'incendier une colonie romaine, d'enlever un camp, et, si ces succès ne les avaient pas amollis, ils auraient pu se libérer du joug ; nous, inviolés, insoumis, nous qui allons apporter au combat non point des regrets, mais notre liberté, montrons, dès le premier assaut,

---

1. Le clan des Brigantes s'était rallié aux Icéniens (peuple de la région de Norfolk) qui, conduits par leur reine Boudicca (ou Boadicée), s'étaient révoltés en 61.

quels guerriers la Calédonie a gardés en réserve !
Ou bien croiriez-vous que les Romains sont aussi
valeureux à la guerre qu'ils sont débauchés en temps
de paix ? S'ils brillent, c'est à cause de nos dissensions et de nos discordes, et ce sont les défauts de
leurs ennemis qui font la gloire de leur armée. Cet
assemblage de peuples absolument disparates a beau
être gardé cohérent par les succès, les défaites le
feront se désunir ; à moins que ces Gaulois, ces Germains et même beaucoup de Bretons (quelle honte !),
qui ont beau prêter leur sang à un maître étranger,
mais furent plus longtemps les ennemis de Rome
que ses esclaves, vous ne pensiez qu'ils lui sont passionnément fidèles ! La crainte et la terreur sont de
bien faibles liens d'amitié : ôtez ces liens, ceux qui
auront cessé de craindre se mettront à haïr.

« Tout ce qui peut encourager à vaincre, nous
l'avons : les Romains, eux, n'ont ni épouses pour
enflammer leur courage, ni parents prêts à leur
reprocher une déroute ; pour la plupart, ils n'ont
plus de patrie, ou leur patrie n'est pas Rome. Peu
nombreux, apeurés par leur dépaysement, regardant
avec étonnement, autour d'eux, ce ciel, cette mer,
ces forêts, toutes ces choses inconnues pour eux, ils
nous sont livrés par les dieux, pris au piège, ligotés.
Ne vous laissez pas effrayer par de vaines apparences, par tout cet or et cet argent qui brillent,
mais ne savent ni les protéger ni vous infliger des
blessures. Au beau milieu des lignes ennemies, nous
trouverons des bataillons à nous : les Bretons reconnaîtront leur propre cause, les Gaulois se souviendront de leur liberté de jadis ; comme naguère les
Usipiens l'ont fait, tous les autres Germains lâcheront les Romains. Après quoi, plus rien à redouter : des fortins désertés, des colonies peuplées de
vieillards, des bourgs affaiblis par des discordes entre

des sujets qui obéissent à contrecœur, et des maîtres qui abusent de leur pouvoir.

« Devant vous, il y a leur chef, il y a leur armée ; au-delà, ce sont les impôts, les mines, tous les châtiments qu'on impose aux esclaves, et sur ce champ de bataille va se décider si vous les subirez éternellement, ou si, tout de suite, vous vous vengez. Allez ! au moment d'aller au combat, pensez à vos ancêtres, pensez à vos enfants ! »

Vie d'Agricola, **XXXI-XXXII**.

L'éloquence de jadis...
et celle que permet Domitien

Dans la seconde partie du Dialogue des orateurs, *les intervenants s'efforcent d'expliquer le déclin de l'éloquence. Question d'éducation des enfants ? de formation des orateurs ? Julius Secundus, orateur gaulois qui fut le maître de Tacite, évoque plutôt le changement des conditions politiques, entre la République et l'Empire.*

« On peut voir que Cnaeus Pompée et Marcus Crassus n'ont pas seulement dû leur puissance à leurs forces armées, mais aussi à leur talent d'orateurs ; que les Lentulus, les Metellus, les Lucullus, les Curions et toute la troupe des grands noms ont investi beaucoup de soins et d'efforts dans ces études de rhétorique, et que personne à cette époque n'est parvenu à une puissante position sans quelque éloquence. À cela s'ajoutaient l'éclat des accusés et l'importance des procès, traits qui suffisent à donner beaucoup de poids à l'éloquence. En effet, grande est la différence entre plaider pour un larcin, dans une procédure civile, sur un arrêt du préteur, et plaider une affaire de brigue électorale, de spoliation d'alliés ou de meurtre de citoyens. Certes, il vaudrait mieux que ces délits ne soient pas commis, et c'est ainsi qu'il faut considérer qu'un État a le meilleur régime ; mais dès lors qu'ils étaient commis, ils offraient à l'éloquence une matière considérable. En effet, la force du talent croît à la mesure de l'importance des affaires, et personne ne peut plaider brillamment et lumineusement s'il n'a eu l'opportunité d'une cause à sa hauteur. À mon avis, Démosthène ne doit rien de sa célébrité aux plaidoyers qu'il composa contre son tuteur, et les défenses de Publius Quinctius ou de Licinius Archias ne font pas de Cicéron un grand orateur : Catilina, Milon, Verrès, Antoine lui ont donné sa réputation à nos yeux. Ce n'est pas que, pour la République, supporter de mauvais citoyens ait été un juste prix à payer pour que les orateurs disposassent d'une riche matière : mais, comme je ne cesse de le rappeler, souvenons-nous du sujet de notre discussion, et sachons toujours que nous parlons d'un art qui se déploie avec plus de facilité dans les périodes de troubles et d'inquiétudes. Qui ne sait qu'il est meilleur et plus utile de jouir de la paix que d'être malmené par la guerre ? Et pourtant, les guerres procurent davantage de bons combattants que les temps de paix. Pour l'éloquence, il en va de même : plus souvent elle a dû, pour ainsi dire, monter au front, plus elle a donné ou reçu de coups, plus elle a assumé d'affronter de grands adversaires et des combats acharnés, plus elle s'élève, plus elle se distingue, et, plus encore, ennoblie par ces situations périlleuses, elle est vantée par les hommes qui, par nature, ne souhaitent que la sécurité.

« J'en viens à la forme et aux usages des procès de l'ancien temps. Même si aujourd'hui notre procédure est plus commode, néanmoins, le forum de jadis stimulait davantage l'éloquence : personne n'y devait conclure son plaidoyer dans l'intervalle de quelques heures, les renvois d'audience étaient librement décidés, chacun choisissait la durée de sa plaidoirie, ni le nombre des jours de procès ni celui des avocats n'étaient limités. Le premier, Cnaeus Pompée, lors de son troisième consulat, soumit tout cela à des règles et, pour ainsi dire, passa la bride à l'éloquence. [...] Ce que je vais dire paraîtra peut-être un détail ridicule, mais je le dirai pourtant, ne serait-ce que pour vous faire sourire. De combien l'éloquence a-t-elle été rabaissée, selon vous, par ces étroites robes à capuchon qui nous engoncent, voire nous emprisonnent quand nous parlons aux juges ? Combien de force ont fait perdre à nos plaidoyers ces salles de conférences, ces dépôts d'archives où, désormais, l'on débrouille presque toutes les causes ? Car de la même façon qu'il faut de longues courses et de l'espace pour mettre à l'épreuve les chevaux de race, de même les orateurs ont leur champ de manœuvre : s'ils ne peuvent s'y laisser aller librement, sans entraves, leur éloquence s'affaiblit et se brise. Il y a pis : tout notre soin anxieux d'un style appliqué nous dessert, car souvent le juge nous interrompt pour demander quand on va en venir aux faits, et il nous faut en venir aux faits à sa demande. Maintes fois, c'est l'avocat qui doit passer sous silence ses propres preuves et ses témoins ! Dans tout ce contexte, un ou deux assistants, et l'affaire se plaide comme dans un désert. Or l'orateur a besoin de clameurs, d'applaudissements, pour ne pas dire d'un théâtre. De tout cela, les anciens orateurs avaient chaque jour l'aubaine, lorsque tant de spectateurs, et de si haut rang, faisaient paraître le forum trop étroit, quand des délégations de leurs clients, de leur tribu, de leur municipe, quand la moitié de l'Italie venaient assister les accusés en péril, quand le peuple romain avait la conviction que son intérêt était en jeu dans la plupart des procès. On sait bien que Caïus Cornelius, Marcus Scaurus, Titus Milon, Lucius Bestia, Publius Vatinius[1] furent accusés ou défendus devant un rassemblement de toute la cité, si bien que la passion même qui divisait ce peuple de Rome aurait pu exciter et enflammer les orateurs les plus froids ! [...] »

À la suite de Secundus, Maternus conclut le dialogue en se posant en conciliateur ; en fait, cette description d'un régime idéal dans lequel l'excellence du Prince rend l'éloquence inutile, tant au tribunal qu'au Sénat, est d'une redoutable ironie — car le Prince n'est autre que Domitien, cruel psychotique, et Maternus parle avec les mots de Tacite, qui le déteste !

« Nous ne parlons point d'une chose paisible et tranquille, qui se complaise à une honnête retenue : cette grande et noble éloquence est fille de la licence effrénée, que les sots appellent liberté, c'est la compagne des séditions, l'aiguillon d'un peuple déchaîné, elle dédaigne l'obéissance, elle dédaigne le sérieux, hargneuse, téméraire, arrogante, elle ne naît point dans les cités bien policées. Avons-nous eu vent d'un seul orateur de Lacédémone, d'un seul orateur crétois ? Or la tradition nous affirme qu'en ces États la discipline était très rigoureuse, et très rigoureuses étaient les lois. Nous ne connaissons l'éloquence ni des Macédoniens, ni des Perses, ni d'aucune autre nation qui ait été contenue par un pouvoir bien réglé. Quelques orateurs se manifestèrent à Rhodes, et un

---

1. Tous ces personnages furent, dans des procès politiques, les clients ou les adversaires de Cicéron.

très grand nombre à Athènes : dans ces États, c'était le peuple, c'étaient les incompétents, c'était tout le monde, dirai-je, qui avait tout le pouvoir. Notre propre État, tant qu'il erra à vau-l'eau, tant qu'il s'épuisa en luttes de partis, en dissensions, en discordes, tant qu'il n'y eut ni paix sur le forum, ni concorde au Sénat, ni modération dans les tribunaux, ni respect pour les supérieurs, ni retenue dans l'exercice des magistratures, produisit incontestablement une éloquence plus vigoureuse, comme, dans un champ en friche, poussent quelques herbes folles particulièrement luxuriantes. Mais l'éloquence des Gracques n'était pas, pour la République, précieuse au point qu'elle eût aussi à supporter leurs lois, et Cicéron fut bien mal payé, par la fin qu'il connut, de la renommée de son éloquence.

« Tant et si bien que ce qui reste du forum de jadis est la preuve d'un État qui n'a point été pleinement réformé, ni ordonné aussi harmonieusement qu'on pourrait le souhaiter. Qui en effet fait appel à nous ? des coupables, ou des malheureux. Quel municipe vient dans notre clientèle ? celui que malmène son voisin ou quelque discorde intestine. Quelle province avons-nous à défendre ? celle que l'on a dépouillée, maltraitée. Or, mieux aurait valu ne pas avoir à se plaindre, plutôt que de devoir réclamer justice ! Car si l'on trouvait une cité dans laquelle personne ne commettrait de fautes, parmi des gens irréprochables, un orateur serait aussi superflu qu'un médecin parmi des gens bien portants. De même, en effet, que l'art de la médecine sert le moins et fait le moins de progrès chez les peuples qui bénéficient de la meilleure santé et des corps les plus sains, de même, les orateurs sont moins à l'honneur et leur renommée reste plus obscure parmi des citoyens qui se conduisent bien et sont prêts à obéir à celui qui les gouverne. Car à quoi sert d'exprimer longuement son avis au Sénat, si les meilleurs citoyens tombent rapidement d'accord? À quoi sert de faire maints discours devant le peuple, lorsque ce n'est pas la multitude des incompétents qui prend les décisions, mais un seul homme, et le plus sage? Pourquoi prendre l'initiative d'une accusation, quand les fautes sont si rares et si bénignes? Quel besoin de plaidoyers de défense lourds de haine et d'outrances, lorsque la clémence du juge va d'elle-même au-devant de l'accusé en péril?

« Croyez-m'en, mes très bons amis, qui êtes aussi, autant qu'il en est besoin, d'excellents orateurs, si vous, vous étiez nés dans les siècles qui nous ont précédés, ou si eux, ces grands orateurs que nous admirons, étaient nés de nos jours, et si quelque dieu avait inopinément interverti l'époque de votre vie, il ne vous aurait manqué ni ces sommets de renommée et de gloire de jadis, et ils ne manqueraient pas, ces anciens orateurs, de sens de la mesure et de pondération. Mais voilà: puisque personne ne peut atteindre en même temps une grande renommée et une grande tranquillité, que chacun jouisse des avantages de son époque, sans critiquer celle des autres! »

Dialogue des orateurs, 36-41.

Années terribles

C'est avec les Histoires *que s'affirment à la fois le style si personnel de Tacite et son pessimisme: dans cette période qui commence après l'assassinat de Néron, l'Empire va mal, très mal. Deux années d'une guerre civile particulièrement sanguinaire l'inaugurent, et l'on voit quatre empereurs se succéder avant que, sous Vespasien, et en attendant le despotisme de*

Domitien, un semblant d'équilibre autorise un mince espoir. Cette noirceur est, pour nous, d'autant plus accablante que nous n'avons conservé que les quatre premiers livres de cette œuvre, et le début du cinquième — autant dire, les années les plus sombres...

J'entreprends un livre gorgé de malheurs, horrible de batailles, déchiré de révoltes, cruel même en pleine paix. Quatre princes tombés sous les glaives, trois guerres civiles, plus encore contre l'étranger, et souvent, les deux à la fois; victoires en Orient, échecs en Occident; l'Illyrie en troubles, les Gaules vacillantes, la Bretagne conquise et aussitôt perdue; les Sarmates et les Suèves soulevés contre nous, le Dace illustré par ses défaites et les nôtres. Les Parthes mêmes presque en armes, par l'imposture d'un faux Néron. Et puis l'Italie frappée de catastrophes inouïes ou retrouvées après une longue suite de siècles: des cités dévorées ou englouties sur les si riches rivages de Campanie; Rome dévastée par des incendies, ses plus anciens sanctuaires réduits en cendres, le Capitole même brûlé par la main de citoyens. Rites profanés, adultères chez les grands; la mer emplie d'exilés, le moindre îlot désert baigné de leur sang. Cruauté plus atroce encore à Rome: noblesse, richesse, exercice ou refus des honneurs, autant de prétextes à accusation et, pour prix des mérites, la mort la plus certaine. La récompense des délateurs aussi odieuse que leurs crimes, les uns gagnant sacerdoces et consulats comme un butin, les autres, des procuratèles ou une énorme influence au Palais, exerçant tout cela et bouleversant tout par haine et par terreur. Esclaves subornés contre leurs maîtres, affranchis contre leurs patrons; et ceux qui manquaient d'ennemis étaient écrasés par leurs amis.

Ce siècle toutefois ne fut point si stérile en vertu

qu'il n'ait produit aussi de bons exemples. Des mères accompagnant leur fils en fuite, des épouses suivant leur mari en exil ; des parents intrépides, des gendres courageux, des esclaves d'une fidélité farouche même sous la torture ; de grands hommes réduits à la nécessité suprême, courageusement acceptée, et des fins aussi glorieuses que celles des Anciens. Outre ces mille vicissitudes humaines, des prodiges dans le ciel et sur terre, des coups de foudre prémonitoires, des présages heureux, sinistres, ambigus, limpides : non, jamais plus horribles calamités frappant le peuple romain, jamais signes plus certains ne montrèrent que les dieux ne se soucient plus de nous protéger, mais de nous punir.

Histoires, I, 2-3.

L'horreur dans les rues de Rome : la chute de Vitellius

Le 21 décembre 69, Antonius Primus, à la tête de l'armée des Flaviens — le parti de Vespasien —, entre dans Rome, que tiennent encore les troupes et la garde prétorienne de Vitellius. L'empereur a voulu abdiquer, mais n'a pu le faire ; il s'est réfugié dans le palais impérial, sur le Palatin... La veille, dans l'émeute, le Capitole a été incendié, événement terrible ; aujourd'hui, la foule romaine célèbre les Saturnales, et c'est dans cette folie que va se dérouler le dernier acte de cette « année terrible ». Rome connaît sans doute la plus sanglante journée de son destin.

Les Flaviens avaient pour eux la Fortune, et la victoire déjà tant de fois remportée ; les Vitelliens, eux, se précipitaient au combat mus par le seul désespoir et, repoussés, ils se regroupaient au cœur de la Ville. Juste à côté des combattants, le peuple était là, spectateur, et, comme aux jeux du Cirque, il encourageait de ses cris et de ses applaudissements tantôt les uns, tantôt les autres. Chaque fois qu'un des deux partis fléchissait, s'ils voyaient des hommes se cacher dans des boutiques ou se réfugier dans quelque demeure, les gens exigeaient qu'on les en extirpe et qu'on les égorge, tout en s'emparant de la majeure partie du butin — car le soldat ne pensait qu'au sang et au carnage, et tout le pillage allait à la populace. Cruel, hideux tableau offert par la ville tout entière : ici, des combats, des blessures ; là, des bains publics, des cabarets ; à la fois, flots de sang, tas de cadavres, et, à côté, putains et quasi-putains ; toutes les débauches d'une paix voluptueuse, tous les crimes d'une conquête sans merci, si bien que l'on eût cru une même ville en fureur et en rut. Des armées, déjà, s'étaient combattues dans Rome, deux fois avec la victoire de Sylla, une fois avec celle de Cinna, et la cruauté n'avait pas été moindre ; mais, cette fois, l'insouciance était monstrueuse, pas un instant les plaisirs ne furent interrompus ; comme si, en ces jours de fête, c'était un divertissement de plus, on exultait, on jouissait, sans se soucier des partis, joyeux des malheurs publics.

Le plus affreux fut l'assaut contre le camp des prétoriens, que les plus valeureux des partisans de Vitellius gardaient comme leur ultime espoir. D'autant plus acharnés étaient les vainqueurs, les plus passionnés étant les vieilles cohortes : tout ce qui a été conçu pour ruiner les places les plus fortes, tortue, balistes, estrade d'approche, torches incendiaires, on le met en branle en même temps, et les soldats hurlaient que toutes les souffrances, tous les dangers qu'ils avaient affrontés au combat, cet effort les couronnerait. La Ville avait été rendue au Sénat et au peuple romain, les temples, aux dieux : pour les soldats, leur honneur, c'était leur camp ; là était leur patrie, là, leurs pénates. Si on ne le leur ouvrait pas immédiatement, il leur faudrait passer la nuit armes en mains. Mais les Vitelliens, pourtant moins nombreux et moins aidés par le destin, faisaient hésiter la victoire, retardaient la paix, souillaient de sang maisons et autels — ultimes consolations des vaincus, auxquelles ils se raccrochaient. Beaucoup, à demi morts déjà, expirèrent sur les tours et les défenses du rempart ; une fois les portes enfoncées, la poignée de survivants se jeta contre les vainqueurs, et tous tombèrent sous des coups reçus de face, tournés vers l'ennemi ; tel fut leur ultime souci, à l'heure de la mort, d'une fin glorieuse.

Vitellius, la Ville prise, sort par l'arrière du Palatin, et se fait porter en litière dans la maison de sa femme, dans l'idée, s'il échappait à cette journée en se cachant, de se réfugier à Terracine auprès des bataillons de ses partisans et de son frère. Puis, avec son caractère irrésolu, et par cet effet naturel de la panique qui lui faisait, ayant peur de tout, redouter plus que tout la situation du moment, il revient au Palatin, vide, désert, tous ses esclaves, jusqu'aux derniers des derniers, l'ayant abandonné, ou esquivant sa rencontre. Ce désert, ce silence des lieux le terrifient ; il cherche à ouvrir les portes fermées, il s'horrifie devant les pièces vides ; fatigué d'avoir pitoyablement erré, il se cache dans un réduit dont la pudeur fait taire le nom, et d'où le tire Julius Placidus, tribun d'une cohorte. On lie ses mains derrière son dos ; les vêtements en lambeaux, hideux spectacle, on l'entraîne, sous une grêle d'outrages, sans que quiconque verse une larme : la laideur d'une telle fin avait interdit toute pitié. On tombe sur un soldat des campagnes de Germanie. Voulut-il porter un coup d'épée à Vitellius par colère, ou pour abréger son humiliation? voulut-il frapper le tribun militaire? on ne sait. Il coupa une oreille au tribun et sur-le-champ fut massacré.

Vitellius, contraint par la pointe des dagues tantôt de relever la tête et de l'offrir aux insultes, tantôt de regarder ses statues qu'on renversait, et plus souvent encore, la tribune des Rostres ou l'endroit où Galba avait été exécuté, fut poussé enfin aux Gémonies, là où avait été exposé le corps de Flavius Sabinus. De lui, on ne recueillit qu'une parole qui ne fût pas indigne de son rang; au tribun qui l'insultait, il dit: «J'ai tout de même été ton général!» — puis il tomba sous les coups. Et la foule vulgaire l'outrageait, mort, avec la même bassesse que, vivant, elle l'avait adulé.

Histoires, III, 83-85.

La fin de Messaline

Assez disgracié physiquement — il boitait et bégayait —, Claude manquait d'autorité: «il céda», écrit constamment Tacite pour commenter ses (in)décisions. Épouser un être aussi pervers que Messaline était assurément catastrophique pour un simple citoyen, mais pour un empereur... D'adultère en adultère, de scandale en scandale, l'impératrice ne connaît plus de limites: en 48, elle décide d'épouser son amant, C. Silius, qui vient d'être élu consul pour l'année suivante, et fête l'événement en organisant ce qu'il faut bien appeler une partouze. Alors commence une incroyable tragi-comédie, dont Tacite donne un récit féroce: il n'épargne ni le couple princier ni les «seconds rôles», lâches, courtisans, affranchis, intrigants...

Désormais, Messaline, lassée de la facilité de ces adultères, se laissait glisser à des plaisirs inconnus — et, en plus, Silius, soit par ce grain de folie qu'exigeait son destin, soit parce que cette prise de risque lui semblait un remède aux risques qui le menaçaient, la pressait de faire voler en éclats toute dissimulation : on n'en était pas venu à devoir attendre que le prince fût vieux ! Aux innocents les résolutions innocentes, mais, face à un scandale évident, c'était du côté de l'audace qu'il fallait trouver un recours ! Ils avaient des complices, qui éprouvaient les mêmes craintes qu'eux. Il était célibataire, sans enfant, prêt à se marier et à adopter Britannicus. Messaline garderait la même puissance, avec, en plus, la sécurité, si l'on devançait Claude, aussi prompt à un coup de colère que sans méfiance face aux intrigues. Messaline l'écoutait sans grande conviction, non qu'elle aimât son époux, mais parce qu'elle redoutait que Silius, parvenu au faîte du pouvoir, ne méprisât une femme adultère et n'en vînt à estimer alors à son juste prix un crime qu'il aurait approuvé au milieu des périls. Mais le mot de mariage éveilla ses désirs, à cause de l'énormité d'une telle infamie — lorsqu'on se dilapide en plaisirs, c'est là l'ultime jouissance. Et, sans attendre plus longtemps que le départ de Claude pour Ostie, où il devait accomplir un sacrifice, elle célèbre tout le rituel d'un mariage.

Je n'ignore pas qu'on tiendra pour une histoire inventée que des mortels aient montré autant d'insouciance, dans une cité où tout se sait, où rien ne reste secret, et qu'à plus forte raison un consul désigné et l'épouse de l'empereur, un jour fixé d'avance, avec des témoins pour apposer leur sceau sur l'acte, se soient mariés en déclarant vouloir des enfants légitimes, qu'elle ait écouté les paroles des auspices, franchi le seuil conjugal, sacrifié aux dieux ; qu'ils se soient attablés parmi les convives, avec baisers, étreintes, et enfin une nuit passée aux plaisirs légitimes des époux. Mais rien ici n'est inventé pour étonner le lecteur : je rapporte ce que j'ai entendu dire ou que j'ai lu chez des auteurs de la génération qui précéda la mienne.

Alors, dans la maison du Prince, tout le monde s'était mis à trembler, surtout ceux qui détenaient une influence et qui avaient beaucoup à redouter au cas où la situation changerait ; on ne se contentait plus de conversations secrètes, on murmurait ouvertement : aussi longtemps qu'un cabotin comme l'acteur Mnester avait déshonoré le lit de l'empereur, il y avait scandale, certes, mais pas péril de mort ; maintenant, c'était un homme dans la force de l'âge, noble, distingué par sa beauté, son intelligence et son accession prochaine au consulat, qui s'apprêtait à réaliser de plus hautes espérances — et après un tel mariage, on voyait clairement ce qu'il lui restait à obtenir. Une peur évidente montait : on songeait que Claude était un mou, tenu ligoté par son épouse, et que beaucoup d'exécutions avaient été accomplies sur l'ordre de Messaline ; mais d'un autre côté, la facilité avec laquelle l'empereur se laissait manœuvrer faisait envisager avec confiance que, si l'horreur de ce crime permettait de prendre le dessus, on pourrait écraser cette femme condamnée avant même d'être accusée ; la difficulté, c'était de savoir si sa défense serait entendue, et dans quelle mesure, même si elle avouait tout, les oreilles de Claude resteraient bouchées.

D'abord Calliste, dont j'ai parlé à propos du meurtre de Caligula, Narcisse, qui avait organisé celui d'Appius, et Pallas, qui était à l'époque le favori du Prince, se demandèrent s'ils ne pourraient pas détourner Messaline de sa passion pour Silius en lui signifiant discrètement des menaces, et en étouffant tout le reste. Puis, craignant d'entraîner leur propre perte, ils s'abstiennent de le faire, Pallas, par lâcheté, Calliste parce qu'il avait déjà l'expérience de la cour précédente et avait appris là que, pour conserver sa puissance, la prudence était un plus sûr moyen que l'agressivité; mais Narcisse persista, avec un seul changement au plan: éviter de laisser Messaline connaître d'avance qui l'accusait, et de quoi. Lui-même guetta l'occasion, et, comme Claude s'attardait à Ostie, il avisa deux courtisanes avec lesquelles le Prince avait coutume de s'ébattre particulièrement souvent; en les comblant d'argent et de promesses et en leur faisant miroiter qu'une fois l'épouse répudiée, elles gagneraient en puissance, il les décida à se charger de la dénonciation.

Aussitôt Calpurnia (ainsi se nommait une des courtisanes), dès qu'elle fut reçue en privé par Claude, se jette à ses genoux et s'écrie que Messaline vient d'épouser Silius; et en même temps elle demande à Cléopâtra, l'autre courtisane, qui se tenait là en attendant cette question, si elle a, elle aussi, eu vent de la chose; l'autre dit que oui, et Calpurnia demande que l'on fasse venir Narcisse. Celui-ci demanda pardon à Claude de n'avoir rien dit pour les Titus, les Vettius, les Plautius, et assura que même maintenant, il n'avait pas l'intention de dénoncer Silius pour adultère, ni de réclamer, comme prime, sa maison, ses esclaves et toute sa fortune: qu'il en garde la jouissance, mais qu'il rende l'épouse et déchire l'acte de mariage! «Sais-tu seulement qu'on t'a répudié?» dit Narcisse; «le peuple, le Sénat, les soldats ont vu le mariage de Messaline avec Silius. Si tu ne te hâtes pas d'agir, le nouveau mari de ta femme tient Rome!»

Alors Claude convoque les plus influents de ses amis. Il interroge d'abord Turranius, préfet de l'annone, puis Lusius Geta, commandant de la garde prétorienne. Ils confirment les faits, et tous les autres s'écrient à l'envi que l'empereur doit aller au camp des prétoriens s'assurer la fidélité de la garde et songer à sa sécurité avant de songer à sa vengeance. Maints témoignages affirment que Claude fut pris d'une telle panique qu'il demanda à plusieurs reprises s'il était encore empereur, si Silius était bien un simple citoyen. Quant à Messaline, plus abandonnée au plaisir que jamais, en ce beau milieu d'automne, elle célébrait en sa demeure un simulacre de vendanges : on serre les pressoirs, les cuves débordent ; des femmes vêtues de peaux de bêtes dansaient comme des Bacchantes en cérémonie ou en transes, elle-même, cheveux défaits, secouant un thyrse, et à côté d'elle Silius, couronné de lierre, cothurnes aux pieds, agitaient la tête en tous sens, tandis qu'autour d'eux vociférait un chœur déchaîné. On raconte que Vettius Valens, par jeu, grimpa en haut d'un grand arbre, et, comme on lui demandait ce qu'il voyait, il répondit : « Un terrible orage venant d'Ostie ! », soit qu'il en ait vu un se lever effectivement, soit que des mots lancés au hasard soient devenus prémonitoires...

Sur ces entrefaites, ce n'est plus une rumeur, mais, de tous côtés, des messagers qui viennent annoncer que Claude est au courant de tout, et qu'il arrive, prêt à la vengeance. Alors, les amants se séparent, Messaline va dans les jardins de Lucullus, et Silius, pour dissimuler sa peur, se rend au forum accomplir ses fonctions. Tous les autres fêtards tentèrent de se disperser, mais des centurions venus se poster là les firent mettre aux fers au fur et à mesure qu'ils les trouvaient, circulant en public ou cachés dans un coin. Messaline, cependant, bien que cette situation critique lui ôtât la possibilité de réfléchir, décida, non sans courage, d'aller à la rencontre de son mari et de se montrer à lui — ce qui maintes fois l'avait bien aidée — et elle envoya mander Britannicus et Octavie, pour qu'ils viennent se jeter au cou de leur père. De plus, elle pria Vidibia, la doyenne des Vestales, de demander audience auprès du Grand Pontife et de solliciter sa clémence. Pendant ce temps, avec en tout et pour tout trois personnes pour escorte — soudain, quelle solitude! —, elle traverse toute la ville à pied, puis, sur une de ces charrettes dont on se sert pour emporter les mauvaises herbes des jardins, elle s'engage sur la route d'Ostie, sans rencontrer de pitié chez personne, car l'on ne voyait que la laideur de ses méfaits.

Claude n'était pas moins affolé : on ne pouvait pas faire pleinement confiance à Geta, le préfet du prétoire, homme d'une égale inconsistance face au bien et au mal. Aussi Narcisse, s'appuyant sur ceux qui partageaient ces craintes, affirme que, pour sauver César, il n'y a d'autre espoir que de confier, pour ce seul jour, le commandement des soldats à un affranchi de l'empereur, et il se propose pour cette responsabilité. Et pour que, pendant le retour vers Rome, Claude n'en vienne, sous l'influence de Lucius Vitellius et Largus Caecina[1], à se repentir, il réclame une place dans la même voiture qu'eux et s'y installe. Nombreux furent, par la suite, ceux qui rapportèrent que l'empereur tenait des propos contradictoires — tantôt il dénonçait la conduite scandaleuse de son épouse, tantôt il se replongeait dans le souvenir de leur mariage et de leurs enfants si jeunes ;

---

1. Ces deux anciens consuls étaient des proches conseillers de Claude. Quelques années auparavant, Lucius Vitellius (père de l'éphémère empereur de l'année 69) avait passionnément courtisé Messaline — il portait sur son cœur une pantoufle de sa belle, et la couvrait de baisers à tout moment... Tacite dit de lui qu'il fut « le type même du flatteur sans vergogne ». Quant à C. Largus Caecina, sa famille était apparentée à celle de Silius !

et qu'à cela Lucius Vitellius ne répondait rien d'autre que : « Ô quel forfait ! ô quel crime ! » ; Narcisse le harcelait pour qu'il arrête de parler à mots couverts, et s'exprime franchement ; mais il n'arriva ni à l'empêcher de ne faire que des réponses vagues qui n'impliquaient rien d'autre que l'interprétation qu'on en donnerait, ni à éviter que Largus Caecina suive son exemple. Et voici que Messaline se présentait à eux en demandant, avec force cris, que l'empereur écoutât la mère d'Octavie et de Britannicus, tandis que celui qui l'accusait couvrait sa voix en rappelant Silius et le mariage ; en même temps, il remit à Claude un mémoire rapportant les preuves de ses infidélités, pour qu'il détourne son regard de Messaline. À peine plus loin, alors qu'il entrait dans Rome, on tentait de faire avancer vers lui leurs deux enfants, mais Narcisse avait donné l'ordre qu'on les mît à l'écart. Il ne put éloigner Vidibia ni l'empêcher de demander, non sans beaucoup d'aigreur, qu'on n'exécutât point une épouse sans qu'elle ait pu se défendre ; on écouterait donc Messaline, répondit Narcisse, et elle aurait la possibilité de se disculper ; mais qu'en attendant, la vestale aille s'occuper du culte ! Stupéfiant silence de Claude, dans tout ce vacarme ; Vitellius avait l'air de n'être au courant de rien ; tout obéissait à Narcisse. [...]

On exécute Silius et quelques autres amants de Messaline...

Pendant ce temps, dans les jardins de Lucullus, Messaline s'efforçait d'obtenir un sursis, de composer une supplique, non sans quelque espoir, et même, par moments, quelque colère : c'est dire combien, en ce péril extrême, elle avait d'arrogance ! Et si Narcisse n'avait pas fait précipiter son exécution, retourner le châtiment contre son accusateur était chose quasi faite : car, rentré chez lui, calmé par un long repas, dans l'échauffement du vin, Claude ordonna que l'on aille avertir la malheureuse (c'est le mot, dit-on, qu'il employa) d'avoir à comparaître devant lui le lendemain pour plaider sa défense. En entendant cela, on craignit que sa colère ne fît long feu, que son amour ne revînt, et, si l'on hésitait, la nuit toute proche et le souvenir du lit conjugal étaient redoutables. Narcisse bondit hors du palais et annonce aux centurions et au tribun qui se trouvaient là de faire procéder à la mise à mort : ordre de l'empereur ! Pour les surveiller et contrôler l'exécution, il envoie un des affranchis, Evodus. Celui-ci prend les devants, parcourt en hâte les jardins, trouve Messaline étendue par terre, effondrée, avec auprès d'elle sa mère Lepida — quand sa fille était au sommet, elle ne s'entendait pas avec elle, mais, face à cette situation extrême, se laissant fléchir, elle avait pitié de Messaline, et essayait de la persuader de ne pas attendre le bourreau : sa vie était finie, elle n'avait rien d'autre à chercher qu'une mort honorable. Mais dans cette âme pourrie par les plaisirs, il ne restait pas une trace d'honneur. En vain, larmes et plaintes se prolongeaient, lorsque les soldats arrivèrent, les portes furent arrachées, le tribun se planta devant elle, en silence, tandis que l'affranchi l'accablait de cent insultes dignes d'un esclave. Alors, pour la première fois, Messaline vit son destin, accepta de prendre un poignard, l'approcha de son cou, de sa poitrine, mais en vain, tant elle tremblait, et c'est poussée d'un coup par le tribun que l'arme la transperça. On abandonna son corps à sa mère. Claude était à table et dînait lorsqu'on lui annonça que Messaline était morte, sans préciser si c'était de sa propre main ou de celle d'autrui. Il ne posa aucune question, réclama une coupe de vin et poursuivit le repas comme d'habitude. Même les jours suivants, il ne montra aucun signe de haine ou de joie, de ressentiment ou de tristesse, en un mot, pas la moindre émotion humaine, ni en voyant l'allégresse des accusateurs de Messaline, ni en voyant le chagrin de ses enfants.

Annales, XI, 26-38.

La mise à mort d'Agrippine

En 59 apr. J.-C., Néron va accomplir le pire des crimes : assassiner sa propre mère. L'affaire est passée à la postérité, surtout grâce au récit impitoyable de Tacite, qui mérite d'être lu dans toute son étendue...

Sous le consulat de Gaius Vipstanus et de Caïus Fonteius, Néron ne différa pas plus longtemps le crime qu'il avait depuis longtemps médité ; la durée de son pouvoir impérial avait affermi son audace et il brûlait chaque jour davantage d'amour pour Poppée, qui n'espérait pas le mariage avec l'empereur et la répudiation d'Octavie tant qu'Agrippine vivrait ; elle l'accablait de récriminations, et parfois, feignant de plaisanter, elle l'accusait et le traitait de « pupille », lui qui, soumis aux ordres d'autrui, n'avait ni pouvoir ni même liberté. Pourquoi toujours remettre à plus tard de l'épouser ? Pour sûr, il n'aimait plus sa beauté, ni ses ancêtres et leurs triomphes, ni sa fécondité, ni la sincérité de son affection ? L'objet de ses craintes, était-ce qu'une fois devenue son épouse, elle révélât la manière dont on maltraitait le Sénat, ou le ressentiment du peuple envers l'arrogance et la cupidité d'Agrippine ? Si Agrippine ne pouvait tolérer comme bru qu'une ennemie de son fils, il n'avait qu'à la rendre, elle, Poppée, à Othon, dont elle était la femme légitime : elle irait n'importe où sur la terre, pour apprendre les outrages faits à l'empereur sans en être un témoin partageant avec lui les périls qui le menaçaient. Ces paroles, et d'autres du même genre, qui, grâce aux larmes et à l'habileté d'une maîtresse, pénétraient dans le cœur du Prince, personne ne les faisait taire, car tout le monde souhaitait que fût brisée la puissance d'une mère, sans que personne ne crût que la haine de son fils pût aller jusqu'au meurtre.

Cluvius, dans ses *Histoires*, rapporte que, dans son ardent désir de conserver sa puissance, au milieu de la journée, à l'heure où Néron avait les sens échauffés par le vin et la bonne chère, alors qu'il était à moitié ivre, Agrippine en vint à s'offrir à lui plus d'une fois, parée pour séduire et prête à l'inceste ; que déjà les proches de l'empereur remarquaient leurs baisers lascifs et les caresses qui préludaient à la consommation de ce crime infâme ; mais que Sénèque, pour contrer les séductions d'une femme, eut recours à une autre femme, et dépêcha l'affranchie Acté, inquiète pour les risques qui la menaçaient et pour la réputation honteuse qui guettait Néron, pour avertir l'empereur que partout courait le bruit d'un inceste — sa mère s'en vantait ! — et que les soldats ne supporteraient pas d'être commandés par un prince sacrilège. Un autre chroniqueur, Fabius Rusticus, écrit, lui, que ce désir n'était pas le fait d'Agrippine, mais de Néron, et que cette même habileté de l'affranchie empêcha qu'il ne se réalisât. Mais d'autres auteurs rapportent la version de Cluvius, et l'opinion générale va dans ce sens, soit qu'Agrippine ait réellement imaginé une telle monstruosité, soit qu'on ait jugé assez vraisemblable qu'une débauche inouïe ait été méditée par une femme qui, encore gamine, avait couché avec Lepidus dans l'espoir d'obtenir le pouvoir, puis, poussée par le même désir, s'était laissée aller aux caprices de Pallas et avait poussé à son terme son expérience des infamies en épousant son oncle.

Aussi Néron se mit-il à éviter de la rencontrer sans témoins, et la félicitait de se retirer pour se reposer dans ses jardins, sa villa de Tusculum ou son domaine d'Antium. Finalement, estimant que quelle que fût sa résidence, elle était trop embarrassante pour lui, il résolut de l'assassiner, n'hésitant que sur le moyen: le poison, le fer, ou quelque autre violence. Il pensa d'abord au poison; mais, si on le lui faisait boire au cours d'un banquet du Prince, il serait délicat de mettre la chose au compte du hasard, vu que Britannicus avait déjà connu pareille fin; et il semblait difficile de tenter de suborner les serviteurs d'une femme qui, ayant l'habitude du crime, se méfiait des attentats avec une grande vigilance; en outre, en prenant d'avance des antidotes, elle avait prémuni son organisme. Le fer ou le meurtre sanglant, personne ne voyait comment le tenir caché; et on redoutait que l'homme choisi pour un tel attentat ne refusât d'obéir aux ordres. Une méthode ingénieuse fut proposée par Anicetus, un affranchi, amiral de la flotte de Misène, un des précepteurs de Néron pendant son enfance, qu'Agrippine détestait et qui le lui rendait bien. Il apprend donc à l'empereur qu'on peut agencer un navire dont une partie, en pleine mer, se disloquerait par artifice, en précipitant, à l'improviste, sa mère dans les flots: rien n'était plus susceptible d'accidents que la mer, et si Agrippine était prise dans un naufrage, qui serait injuste au point d'attribuer à un crime un méfait des vents et des vagues? L'empereur, de surcroît, dédierait un temple à sa mère, des autels et tout ce qui pourrait exhiber son amour filial.

Cette ruse plut, et les circonstances la secondaient, puisque Néron passait à Baïes les jours de fête des Quinquatries. Il y invite sa mère, disant à qui voulait l'entendre qu'il fallait bien supporter les coups de colère de ses parents sans s'emporter, afin de faire courir le bruit d'une réconciliation et qu'Agrippine en accepte la nouvelle, pour autant que les femmes croient volontiers ce qui leur fait plaisir. Puis, à son arrivée, il se porte au-devant d'elle sur le rivage — elle venait d'Antium — et lui prend la main, la serre dans ses bras et la conduit à Naules. C'est le nom d'une villa qui, entre le promontoire de Misène et le lac de Baïes, est baignée par une crique de la mer. Là, parmi d'autres, était mouillé un navire richement décoré, comme s'il s'agissait d'un présent en hommage supplémentaire à sa mère ; elle avait en effet coutume de se déplacer sur une trirème, avec un équipage de la flotte. Et elle était invitée à dîner ce soir-là, afin que l'on profitât de la nuit pour masquer le forfait. Il paraît bien établi qu'il y eut un traître, et qu'Agrippine, avertie du piège, ne sut trop si elle devait ou non le croire et se fit porter à Baïes en litière. Là, les attentions de son fils chassèrent sa crainte : elle fut reçue avec courtoisie, installée à la place d'honneur juste à côté de lui. Néron, en lui parlant longuement, tantôt avec la familiarité d'un jeune homme, tantôt avec gravité, comme s'il l'associait à des affaires sérieuses, fit traîner le banquet en longueur ; puis il l'accompagna quand elle se retira, ne la quittant pas des yeux, la serrant sur sa poitrine, soit pour jouer parfaitement la comédie, soit parce que, tout féroce qu'il fût, il se laissait retenir par le fait de voir pour la dernière fois sa mère qui allait mourir.

Les dieux offrirent, pour ce crime, comme s'ils voulaient le dénoncer, une nuit toute brillante d'étoiles, doucement bercée par une mer paisible. Le navire n'était pas encore très loin de la côte — Agrippine était accompagnée par deux serviteurs familiers : Crepereius Gallus, qui se tenait près du timonier, et Acerronia ; celle-ci, aux pieds d'Agrippine, qui s'était allongée et penchée sur elle, évoquait joyeusement le repentir du fils et le retour en grâces de la mère — lorsque, à un signal, la toiture de la cabine, lourdement chargée de plomb, s'effondre, écrase Crepereius, qui meurt sur-le-champ, tandis qu'Agrippine et Acerronia furent protégées par les montants du lit, qui s'élevaient au-dessus de la couche et, par chance, étaient trop solides pour céder sous le poids. Et le navire, ensuite, ne se disloquait pas, dans le désordre général, et la plupart des marins, qui n'étaient au courant de rien, gênaient les complices du crime. Ensuite, des rameurs jugèrent bon de se porter d'un même côté du navire, pour le faire chavirer ; mais ils ne surent s'accorder assez vite pour exécuter cette manœuvre improvisée, et les autres marins, faisant effort en sens contraire, permirent de sauter à la mer moins brutalement. Acerronia, qui, sans savoir ce qu'elle faisait, hurlait qu'elle était Agrippine et réclamait que l'on vînt secourir la mère de l'empereur, fut assommée à coups de gaffes, de rames et de tous les agrès que les marins trouvaient et lançaient. Agrippine garda le silence et, pour cette raison, ne fut pas reconnue (elle reçut néanmoins un coup à l'épaule) ; ensuite, elle nagea, puis, ayant rencontré des barques de pêcheurs, se fit conduire jusqu'au lac Lucrin, et ensuite porter en litière dans sa villa.

Là, se disant qu'elle avait été invitée par une lettre trompeuse, qu'on l'avait reçue avec des honneurs exceptionnels, méditant le fait que, tout près du rivage, sans être poussé par le vent, sans avoir heurté un écueil, son navire s'était effondré par le haut comme l'eût fait, au sol, une machine de théâtre, réfléchissant d'autre part à la mort violente d'Acerronia, portant les yeux, en même temps, sur sa blessure, elle saisit que le seul moyen d'échapper au piège était de ne rien comprendre. Elle envoya Agerinus, son affranchi, annoncer à son fils que, grâce à la bonté des dieux et à l'heureuse fortune de l'empereur, elle avait échappé à un grave accident; elle le priait, tout effrayé qu'il fût par le danger qu'avait couru sa mère, de différer le soin d'aller la voir; pour l'heure, elle avait besoin de repos. En même temps, feignant d'être rassurée, elle fait appliquer des médicaments sur sa blessure et des compresses chaudes sur tout son corps. Mais elle fait chercher le testament d'Acerronia et mettre ses biens sous scellés — cela, ce n'était point par feinte.

Néron attendait qu'on lui annonçât que le forfait était accompli: on lui rapporte que sa mère en a réchappé, légèrement blessée, et que le péril encouru avait eu pour seul résultat qu'elle ne pouvait avoir de doutes sur son instigateur. Alors, à demi mort de peur, et prenant tout le monde à témoin, en répétant encore et encore qu'elle n'allait pas tarder à venir pour se venger au plus tôt, soit en donnant des armes à ses esclaves, soit en soulevant contre lui les soldats de sa garde, soit en se rendant auprès du Sénat et du peuple, dénonçant le naufrage, la blessure, le meurtre de ses amis — quel recours lui restait-il, à lui? À moins que Burrus et Sénèque...? Il les avait mandés aussitôt; on ne sait s'il voulait les sonder, ou s'ils étaient, auparavant, au courant du complot.

Ils restèrent longuement silencieux l'un et l'autre, pour ne pas tenter vainement de le dissuader, ou peut-être parce qu'ils étaient convaincus que la situation en était venue au point que, faute de devancer Agrippine, Néron devrait périr. Ensuite, Sénèque montra juste assez de présence d'esprit pour regarder Burrus et lui demander s'il fallait donner aux soldats l'ordre de la mettre à mort. Burrus répondit que les prétoriens, liés à toute la maison des Césars, et qui n'avaient pas oublié Germanicus, le père d'Agrippine, n'oseraient jamais commettre une atrocité contre sa descendance : c'était à Anicetus de tenir ses engagements. Celui-ci, sans hésiter, accepte d'achever le crime. À ces mots, Néron proclame que c'est aujourd'hui qu'on lui offre le pouvoir impérial, et que c'est à un affranchi qu'il doit ce cadeau : qu'Anicetus se hâte, qu'il prenne avec lui les hommes les plus obéissants à ses ordres. Quant à lui, apprenant qu'Agerinus, envoyé en messager par Agrippine, vient d'arriver, il prépare de lui-même une mise en scène pour l'accuser : tandis qu'Agerinus s'acquitte de sa mission, il jette un glaive entre ses pieds, puis, comme s'il était pris en flagrant délit, le fait arrêter, pour pouvoir prétendre que sa mère, après avoir comploté la mort de l'empereur, honteuse d'avoir vu son crime percé à jour, avait choisi de se donner la mort.

Pendant ce temps se répand le bruit qu'Agrippine a été en grand danger, comme s'il s'agissait d'un accident, et au fur à mesure qu'on l'apprend, chacun se précipite vers le rivage. Les uns grimpent sur les môles des jetées, les autres, sur les barques toutes proches ; d'autres s'avançaient dans la mer aussi loin que leur taille le permettait ; certains lèvent les mains au ciel ; tout résonne des lamentations, des vœux, des questions que l'on crie, des réponses peu sûres qu'on leur donne ; une foule immense afflue, avec des lanternes, et lorsque tous ces gens eurent la certitude qu'Agrippine était saine et sauve, ils s'apprêtaient à aller la congratuler, jusqu'au moment où, voyant des soldats en armes et une colonne de troupes menaçante, ils se dispersèrent. Anicetus dispose un cordon de troupes autour de la villa, enfonce la porte d'entrée, écarte violemment les esclaves qui accourent à sa rencontre, et finalement parvient à la porte de la chambre. Là se tenaient quelques domestiques, les autres avaient été terrorisés par l'irruption des soldats. Une faible lampe éclairait la pièce; dans celle-ci, seule restait une de ses servantes, et Agrippine était de plus en plus anxieuse, vu que son fils ne lui avait envoyé aucun émissaire, pas même Agerinus. Une bonne nouvelle aurait un autre air. En fait, personne; un vacarme soudain; tous les signes d'une catastrophe. Et comme sa servante s'éloignait d'elle: «Toi aussi, dit-elle, tu m'abandonnes?» — c'est alors qu'elle vit, derrière elle, Anicetus, flanqué du capitaine de trirème Herculeius et du centurion Obaritus. S'il venait pour lui rendre visite, qu'il rapporte la nouvelle qu'elle se remettait; si c'était pour accomplir un crime, elle ne saurait croire qu'il venait de son fils; il n'avait pas ordonné un parricide. Les assassins entourent le lit, et, le premier, le capitaine la frappe d'un coup de gourdin à la tête; alors, comme le centurion tirait son glaive pour la mettre à mort, «Frappe au ventre!» cria-t-elle — et, percée de plaies, elle expira.

Voilà sur quoi s'accordent les historiens. Néron vint-il voir le corps de sa mère morte, et loua-t-il sa beauté? Certains l'ont rapporté, d'autres le démentent. Elle fut incinérée la même nuit, sur un lit de banquet, avec des obsèques sans apparat. Tout le temps que régna Néron, on n'éleva ni tertre ni clôture. Par la suite, grâce aux soins de ses domestiques, elle reçut une petite tombe, près de la route de Misène et de la villa du dictateur Jules César, qui domine de très haut les courbes du rivage, au-dessous d'elle. Lorsque le feu fut mis au bûcher, un de ses affranchis, nommé Mnester, se suicida d'un coup de glaive — on ne sait si ce fut par affection pour sa patronne, ou par crainte d'être exécuté. Agrippine, bien des années auparavant, avait été convaincue que sa fin serait celle qu'elle connut, mais elle n'en avait eu cure; en effet, comme elle consultait des mages chaldéens au sujet de Néron, ils lui avaient prédit qu'il serait empereur et tuerait sa mère. « Qu'il me tue, pourvu qu'il règne ! » dit-elle alors.

Annales, XIV, 1-10.

L'incendie de Rome

Le 18 juillet 64, alors que Néron, qui adorait s'exhiber dans des représentations artistiques sur tous les théâtres de l'Empire, rentrait d'une tournée triomphale dans le sud de l'Italie, un très grave incendie se déclara à Rome: on sait que près d'un cinquième de la Ville fut réduit en cendres. Le récit que Tacite fait de l'événement est à la fois dramatique et prudent — rien ne permet d'affirmer que l'empereur était coupable...

Alors survint un désastre, fruit du hasard, ou mauvais coup du Prince ? Là-dessus, aucune certitude — car les historiens ont avancé les deux thèses. Mais de tous ceux que la violence d'un incendie causa à notre Ville, celui-ci fut le plus grave et le plus horrible. Cela commença dans la partie du Cirque qui touche au Palatin et au Coelius, et là, se propageant par les boutiques où se trouvaient des marchandises propres à nourrir les flammes, le feu, dès qu'il prit, se fit violent et, attisé par le vent, embrasa le Cirque sur toute sa longueur. Il n'y avait, en effet, pour s'opposer à lui, ni maisons entourées de clôtures, ni temples enclos par des murs, ni aucun autre obstacle qui pût le ralentir. Sur son élan, se répandant partout, le feu gagna d'abord les zones de plaine puis, grimpant sur les hauteurs et dévastant de nouveau les parties basses de la cité, il devança tous les secours par la rapidité de ses ravages, mais aussi parce que la Ville était vulnérable avec ses voies étroites, sinueuses, et ses blocs d'immeubles construits sans règles, comme jadis la vieille Rome. À cela s'ajoutaient les lamentations des femmes épouvantées, des vieillards épuisés par l'âge et des enfants ignorants de tout, des gens qui ne s'occupaient que d'eux-mêmes, et ceux qui s'occupaient des autres, traînant des invalides ou les attendant, les uns traînant, les autres se hâtant, tout cela gênait le passage. À maintes reprises, tandis qu'on surveillait ses arrières, on était cerné par l'avant ou les côtés, ou bien, si l'on s'était échappé dans un quartier voisin, celui-ci à son tour était la proie du feu et même ceux que l'on croyait assez éloignés se révélaient pris dans le même désastre. Finalement, ne sachant plus ni quels endroits éviter ni où aller, les gens emplissaient les routes, se couchaient dans les terrains vagues ; certains, qui avaient perdu tous leurs biens et même de quoi manger ce jour-là, d'autres, par amour pour leur famille, qu'ils n'avaient pu sauver, alors même que le moyen de fuir s'ouvrait à eux, se laissèrent mourir. Et personne n'osait défendre la Ville contre l'incendie, car beaucoup d'habitants qui défendaient de l'éteindre lançaient force menaces, tandis que d'autres lançaient ouvertement des torches et criaient qu'on leur avait donné consigne de le faire, que ce soit pour pouvoir se livrer au pillage plus librement, ou bien parce qu'on leur avait vraiment donné cet ordre.

À ce moment-là, Néron se trouvait à Antium, et ne revint pas dans la Ville avant que le feu ne s'approche de sa maison, qu'il avait fait construire de façon à mettre en continuité le Palatin et les jardins de Mécène. On ne put toutefois l'arrêter ni l'empêcher de dévorer le Palatin, la maison et tous les alentours. Mais, consolation pour le peuple en grand désordre et chassé de chez lui, Néron fit ouvrir le Champ de Mars, les monuments d'Agrippa, et même ses propres jardins, et il fit construire des abris improvisés pour accueillir cette foule sans ressources. On fit venir d'Ostie et des bourgs voisins le matériel nécessaire, et le prix du blé fut réduit jusqu'à trois sesterces le boisseau. Mais toutes ces mesures, pourtant avantageuses pour le peuple, restaient sans effet, parce qu'une rumeur s'était répandue, selon laquelle, au moment où la ville était en flammes, Néron s'était rendu dans son théâtre privé et avait chanté un poème sur la ruine de Troie, assimilant la présente catastrophe aux désastres antiques.

C'est seulement le sixième jour que le feu s'arrêta, au pied des Esquilies, après que l'on eut abattu les constructions sur un immense espace, pour opposer à sa violence jamais interrompue un terrain vague, et, pour ainsi dire, un ciel entièrement dégagé. Pourtant, la peur n'était point apaisée, et le feu reprit sa marche avec tout autant de violence, mais dans des zones plus ouvertes de la Ville, causant, de ce fait, moins de victimes : c'est surtout à des temples des dieux et à des portiques voués à l'agrément que s'étendit cette ruine. Et cet incendie provoqua encore davantage de mauvaises rumeurs, parce qu'il avait surgi de la propriété de Tigellin dans le faubourg Émilien : on croyait que Néron recherchait la gloire de fonder une ville nouvelle et de lui donner son nom. Et de fait, Rome est divisée en quatorze arrondissements, et quatre seulement restaient intacts, tandis que trois étaient rasés jusqu'au sol ; dans les sept autres ne subsistaient que quelques vestiges des maisons, ruinés et à demi brûlés.

Il ne serait pas facile de dénombrer les maisons particulières, les immeubles collectifs et les temples qui furent perdus ; mais des édifices voués à des cultes très anciens, comme le temple de la Lune dû à Servius Tullius, le grand autel et le sanctuaire qu'Évandre l'Arcadien avait dédiés à Hercule le Secourable, le temple de Jupiter Stator, consacré par Romulus, la maison royale de Numa et l'enclos sacré de Vesta, où se trouvaient les Pénates du peuple romain, tous ces édifices furent brûlés ; mais aussi les trésors acquis par tant de victoires, les chefs-d'œuvre des artistes grecs et toutes les œuvres antiques encore intactes qui conservaient la mémoire des grands esprits de jadis, si bien que, malgré toute la beauté de la Ville qui renaissait, les plus anciens de ses habitants se souvenaient de bien des pertes irréparables. Il y eut des gens pour remarquer que cet incendie avait commencé le 18 juillet, le jour même où les Gaulois Sénons avaient jadis pris et incendié la Ville. D'autres poussèrent ce zèle jusqu'à calculer qu'il y avait eu le même nombre d'années, de mois et de jours entre la fondation de Rome et le premier incendie, qu'entre ce dernier et le présent désastre.

Quoi qu'il en soit, Néron profita de la ruine de sa patrie et se fit construire une maison dans laquelle les pierres précieuses et l'or étonnaient moins (ces ornements étaient classiques, et le luxe les avait rendus vulgaires) que des champs, des étangs et, à la manière d'un lieu inhabité, ici, des bois, là, des espaces ouverts et une perspective, avec pour architectes et ingénieurs Severus et Celer, qui avaient le talent audacieux de réaliser artificiellement même ce que la nature avait refusé de créer, et d'en faire un jouet de la puissance impériale.

Annales, XV, 38 *sqq.*

PLINE LE JEUNE
(CAÏUS PLINIUS CAECILIUS
SECUNDUS MINOR,
61 OU 62 — VERS 113)

Pline, dit « le Jeune » pour le distinguer de son oncle, est pour nous l'épistolier par excellence ; il est même à proprement parler le créateur du genre épistolaire, qui, avant lui, n'existait pas en tant que tel. Certes, on écrivait des lettres, et beaucoup plus qu'aujourd'hui, puisqu'elles étaient le seul moyen de communiquer à distance ; mais ces lettres n'étaient pas davantage destinées à la publication que nos correspondances privées, et si celles de Cicéron furent publiées, ce fut après sa mort : elles n'avaient pas été écrites dans cette perspective. Quant aux lettres philosophiques, telles les Lettres à Lucilius *de Sénèque, elles étaient en fait des traités en miniature, qui étaient un peu au traité ce que la nouvelle est au roman. La correspondance de Pline, elle, rassemble en neuf livres des lettres qui ressemblent en tout point à un courrier authentique, à cela près que chacune d'entre elles est consacrée à un seul sujet, ce qui est fort rare dans les vraies lettres et ne se produit que rarement dans celles de Cicéron. Tout donne donc à penser qu'il s'agit de lettres fictives, écrites spécialement en vue de la publication, autrement dit d'une pseudo-correspondance, dans laquelle Pline trace de lui-même, par petites touches, le portrait d'un grand seigneur libéral et cultivé, expert en belles-lettres comme en bonnes manières, attentionné envers ses* amis, bienveillant envers ses esclaves, affectueux envers son épouse et ses proches, en un mot le type même de ce qu'on devait appeler au temps de Louis XIV un « honnête homme ». Le tout dans un style de la plus extrême pureté, bannissant aussi bien l'emphase que la vulgarité, et caractérisé par cette sobriété élégante qu'on appelait l'« atticisme » et dont les prosateurs de notre XVIII siècle seront souvent de parfaits représentants. Rien de bien excitant dans tout cela : c'est charmant, sans plus, un peu mièvre parfois, mais l'ensemble constitue un assez bon document sur la vie et les préoccupations de la classe supérieure romaine à l'apogée de l'Empire. Voici d'abord les deux lettres les plus substantielles, l'une et l'autre adressées à l'historien Tacite qui était un ami intime de Pline, et consacrées à un événement mémorable du siècle précédent : l'éruption du Vésuve qui détruisit en 79 Pompéi avec quelques autres villes de Campanie, et provoqua par ailleurs la mort de Pline l'Ancien.

La mort étrange d'un savant

Pline le Jeune est le seul écrivain latin qui ait relaté l'éruption du Vésuve ainsi que la mort de son oncle, l'encyclopédiste. Son récit, à vrai dire, comporte tant d'incohérences et d'invraisemblances que sa véracité a été parfois mise en doute et que l'on peut se demander s'il n'a pas fortement « héroïsé » une mort qui fut peut-être moins glorieuse et dont les circonstances exactes sont loin d'être élucidées.

Mon cher Tacite,

Tu me demandes de te raconter la mort de mon oncle, afin de pouvoir la transmettre plus exactement à la postérité. Je t'en sais gré, car je suis certain que cette mort, une fois relatée par toi, connaîtra une gloire immortelle. En effet, bien qu'il ait péri dans une catastrophe frappant une région superbe en même temps que des populations et des villes entières, lors d'un événement qui semble destiné à immortaliser son souvenir, et bien qu'il ait lui-même publié un grand nombre d'ouvrages qui ne tomberont pas dans l'oubli, cependant l'immortalité promise à tes propres écrits ne manquera pas de prolonger considérablement sa gloire. Heureux, en tout cas, sont à mes yeux les hommes à qui les dieux ont accordé la faveur d'accomplir des actions dignes d'être écrites ou d'écrire des livres dignes d'être lus, et heureux au plus haut point ceux qui ont obtenu l'un et l'autre privilège. C'est au nombre de ces derniers que figurera mon oncle, grâce tout à la fois à ses propres ouvrages et aux tiens. Ce m'est une raison supplémentaire d'accepter, et même de revendiquer la mission que tu me confies.

Mon oncle était à Misène, où il commandait personnellement la flotte. Le 25 août, vers midi, ma mère lui signale l'apparition d'un nuage d'une taille et d'un aspect inhabituels. Lui-même, après avoir pris un bain de soleil suivi d'un bain d'eau froide, avait déjeuné légèrement sur son lit et travaillait; il demande ses chaussures, et monte à l'endroit d'où l'on pouvait le mieux observer le phénomène: un nuage se formait, sortant d'une montagne qu'il était difficile d'identifier de loin, mais que l'on sut plus tard être le Vésuve; sa forme était à peu près celle d'un pin parasol, car après s'être élevé à la ressemblance d'un tronc, il se déployait comme le font des branches, sans doute du fait qu'un souffle l'avait emporté vers le haut au moment de sa naissance et qu'étant ensuite retombé, abandonné par ce souffle ou vaincu par son propre poids, il se dissipait tout en se déployant en largeur; il était partiellement d'un blanc éclatant, mais par endroits sale et couvert de taches, en raison de la terre et de la cendre qu'il avait emportées en l'air.

Mon oncle, en savant qu'il était, estima que ce phénomène était intéressant et méritait d'être observé de plus près. Il fait donc appareiller un croiseur léger et me propose de l'accompagner si cela me tente ; mais je lui répondis que j'aimais mieux travailler et que c'était d'ailleurs lui qui m'avait donné un devoir à faire. À sa sortie de la maison, on lui remet un message de Rectina, femme de Cascus, terrifiée par le danger qui la menaçait, du fait que sa villa se trouvait au pied de la montagne et qu'elle ne pouvait fuir qu'en bateau ; aussi le suppliait-elle de l'arracher à un si grand péril. Mon oncle modifie alors son projet, et achève par héroïsme ce qu'il avait entrepris par curiosité scientifique. Il fait sortir des quadrirèmes et prend lui-même la mer afin de porter secours non seulement à Rectina, mais à bien d'autres, car l'agrément de la côte y attirait beaucoup de monde. Il se hâte donc de gagner la région que les autres fuient, et met le cap droit sur la zone exposée, à ce point exempt de frayeur qu'il dictait ou notait de sa propre main toutes les observations visuelles qu'il faisait de la catastrophe, de ses phases et de ses aspects.

Déjà de la cendre tombait sur les bateaux, de plus en plus épaisse et chaude à mesure qu'ils approchaient, et déjà des pierres ponces et des cailloux que le feu avait noircis, brûlés et cassés ; déjà aussi on rencontrait brusquement un bas-fond et des rochers tombés de la montagne et empêchant de toucher le rivage. Mon oncle se demanda un instant s'il ne devait pas faire demi-tour comme le lui conseillait son pilote, et puis il dit à celui-ci : « La Fortune aide les courageux ; mets le cap sur la villa de Pomponianus ! » Ce dernier était à Stabies, de l'autre côté du golfe (car la mer emplit la vaste courbe que forme en cet endroit la côte). Le danger, à vrai dire, en était encore assez loin, mais il était visible et s'accroissait tout en se rapprochant. Pomponianus avait fait charger ses bagages sur des bateaux, bien décidé à fuir dès que le vent cesserait de souffler de la mer. Ce vent était en revanche tout à fait favorable à mon oncle, qui débarque, embrasse son ami tout tremblant, le réconforte, l'encourage et, afin d'apaiser sa frayeur par le spectacle de sa propre tranquillité, se fait porter dans le bain, au sortir duquel il passe à table et dîne gaiement ou, ce qui est aussi beau, en feignant la gaieté.

Pendant ce temps, on voyait en plusieurs endroits, au sommet du Vésuve, d'immenses flammes et des colonnes de feu, dont l'obscurité de la nuit accentuait la brillance et l'éclat. Mon oncle répétait, afin de rassurer son entourage, que c'étaient des feux que les paysans avaient laissés en prenant la fuite ou des fermes abandonnées qui brûlaient dans la campagne. Sur quoi il alla se coucher et dormit d'un sommeil qui ne pouvait être mis en doute, car ceux qui allaient et venaient devant sa porte entendaient les puissants ronflements qu'il devait à sa corpulence. Mais la cour qui donnait accès à son appartement était déjà emplie de cendre mêlée de pierres ponces, qui avait tellement élevé le niveau que, s'il était resté plus longtemps dans sa chambre, il n'aurait plus pu en sortir. On le réveille donc, et il rejoint Pomponianus et les autres, qui n'avaient pas fermé l'œil de la nuit. Tous tiennent conseil, pour décider s'il vaut mieux rester à l'abri d'un toit ou s'en aller dehors. Il faut dire que de fréquents et forts tremblements de terre secouaient les habitations qui semblaient arrachées à leurs fondations et oscillaient dans un sens, puis dans l'autre, tandis que, à l'air libre, on avait à redouter les chutes de pierres ponces, légères et poreuses il est vrai ; c'est ce danger que l'on choisit de courir, après comparaison des deux. Chez mon oncle, c'est la réflexion qui emporta la décision ; chez les autres, c'est la plus grande des deux peurs. Ils mettent donc sur leurs têtes des oreillers maintenus par des serviettes, afin de se protéger contre ce qui tombait du ciel.

Déjà partout ailleurs le jour s'était levé, mais là-bas régnait une nuit plus noire et plus épaisse que toute autre nuit, en dépit d'une quantité de feux et de lueurs diverses. On décida d'aller jusqu'à la plage afin de voir de près si l'on pouvait maintenant prendre la mer ; mais celle-ci était encore houleuse et peu navigable. Mon oncle s'allongea alors sur une serviette étendue sur le sol, et but de l'eau qu'il demanda à plusieurs reprises. Ensuite des flammes, annoncées par une odeur de soufre, mettent les autres en fuite et le réveillent ; il se lève en s'appuyant sur deux esclaves, mais retombe instantanément, sans doute, à mon avis, parce que la cendre avait obstrué ses voies respiratoires et fermé son larynx, qu'il avait naturellement fragile, étroit et souvent oppressé. Lorsque le jour fut revenu (c'était le troisième depuis celui qu'il avait vu pour la dernière fois), on retrouva son corps intact, sans blessure et revêtu des vêtements qu'il avait mis ; et il avait l'air d'un homme endormi plutôt que d'un mort.

Pendant ce temps, à Misène, ma mère et moi... Mais cela est sans intérêt pour l'histoire, et tu ne m'as d'ailleurs interrogé que sur la mort de mon oncle. J'arrête donc ici mon récit. Une précision seulement : ce récit comporte tout ce dont j'ai été témoin et ce que l'on m'a raconté immédiatement après les faits, lorsque la mémoire est le plus exacte. À toi d'en extraire l'essentiel. Car un épistolier n'est pas un historien, et on n'écrit pas de la même façon pour un ami et pour le public.

Bien à toi.

Correspondance, VI, 16.

Et pendant ce temps-là..

La seconde lettre relative à la catastrophe de 79 se distingue, quant à elle, par un accent de vérité qui tient à ce que son auteur a été le témoin direct de ce qu'il relate. Aussi se présente-t-elle comme un véritable reportage, qui a toutes chances de correspondre à la réalité des faits — mais qui nous laisse un peu rêveurs quant à l'état d'esprit du jeune Pline, dont le moins qu'on puisse dire est que, dans sa dix-huitième année, il ne brillait guère par la curiosité.

Mon cher Tacite,

La lettre, m'écris-tu, dans laquelle, sur ta demande, je t'ai relaté la mort de mon oncle, t'a donné envie de savoir par quelles craintes et quels dangers je suis moi-même passé, à Misène où il m'avait laissé ; je m'apprêtais justement à te le dire lorsque je me suis interrompu.

*Bien que mon cœur frémisse à me le rappeler,
Voici donc mon récit*[1].

Une fois mon oncle parti, je consacrai tout mon temps au travail (c'est d'ailleurs pour cela que j'étais resté) ; vinrent ensuite le bain, le dîner et un som-

1. Citation de Virgile, *Énéide*, II, 12-13.

meil bref et agité. Durant plusieurs jours il y avait eu des tremblements de terre annonciateurs, mais pas trop effrayants parce qu'habituels en Campanie. Cette nuit-là, en revanche, ils prirent une telle force que tout semblait non seulement bouger, mais se retourner. Ma mère se précipite dans ma chambre, au moment où je me levais moi-même pour aller la réveiller au cas où elle dormirait. Nous nous asseyons dans la petite cour séparant la maison de la mer. Courage ou inconscience de ma part (j'avais alors dix-sept ans) ? Je me fais apporter un livre de Tite-Live et, comme si tout était normal, je me mets à le lire en prenant même des notes comme j'avais commencé à le faire. Voici qu'arrive un ami de mon oncle, récemment venu d'Espagne pour le voir. Trouvant ma mère et moi assis, et qui plus est moi en train de lire, il s'emporte contre sa passivité et contre mon insouciance — ce qui ne m'empêche pas de rester plongé dans mon livre.

Il était déjà près de sept heures, et la lumière était encore incertaine et comme sans vigueur ; déjà les bâtiments qui nous entouraient étaient secoués et, si nous étions à découvert, l'étroitesse du lieu nous faisait assurément courir un risque sérieux au cas où ils s'écrouleraient. Nous nous résolûmes alors à quitter la ville ; nous suit une foule hébétée et, ce qui est la forme que prend la sagesse en cas de grande peur, préférant l'avis d'autrui au sien : c'est alors une immense colonne qui presse et accélère notre marche. Nous faisons halte une fois sortis de la zone habitée, et nous éprouvons alors bien des surprises et bien des frayeurs. Les voitures qui ouvraient la marche repartaient en arrière bien que le terrain fût parfaitement plat et on avait beau les caler avec des pierres, elles ne restaient pas sur place. Nous constations en outre que la mer se retirait comme sous la poussée du tremblement de terre. En tout cas la rive occupait un plus grand espace et l'on y voyait, échoués sur le sable, un grand nombre d'animaux marins. De l'autre côté, une affreuse nuée noire, que déchiraient les sinuosités et les zigzags de vapeurs incandescentes, s'ouvrait pour laisser passer de longues flammes semblables à des éclairs, mais plus grandes.

L'ami venu d'Espagne dont j'ai parlé se fait alors plus pressant et plus insistant : « Si votre frère et oncle est vivant, nous dit-il, il veut que vous soyez sauvés ; s'il a péri, c'est en voulant que vous lui surviviez. Pourquoi donc tarder à prendre la fuite ? » « Il n'est pas question, lui répondons-nous, que nous songions à notre salut alors que nous ne savons rien du sien ! » Alors sans plus attendre il s'élance en avant et s'éloigne du danger en courant. Peu de temps après, la nuée dont j'ai parlé descend sur la terre et recouvre la mer ; elle avait enveloppé et caché Capri, elle avait fait disparaître à nos yeux le cap Misène. Ma mère se met alors à me prier, à m'adjurer, à m'ordonner de fuir à tout prix : un jeune homme pouvait le faire, mais pour elle, qu'alourdissaient les ans et sa corpulence, la mort serait douce si elle n'était pas cause de la mienne. À quoi je réponds que je ne me sauverai pas sans elle. Puis, la prenant par la main, je la force à marcher plus vite, ce qu'elle fait avec peine, et en s'accusant de me retarder. À ce moment, de la cendre, mais encore peu dense ! Je me retourne, et je vois comme un brouillard épais s'avançant sur nous par-derrière, semblable à un torrent coulant sur le sol. « Quittons la route, dis-je, tant que nous y voyons, afin de ne pas être piétinés, si jamais nous tombons, par la foule de ceux qui nous suivent ! » À peine sommes-nous assis, que c'est la nuit, non point celle qu'il fait en l'absence de lune ou par temps nuageux, mais celle qu'on a dans une pièce fermée une fois la lumière éteinte. On entendait les lamentations des femmes, les pleurs des bébés, les cris des hommes ; les uns cherchaient de la voix leurs parents, d'autres leurs enfants, d'autres leurs épouses, et tentaient de les reconnaître à la voix ; certains déploraient leur malheur, certains celui des leurs ; il y en avaient qui appelaient la mort par crainte de la mort ; beaucoup levaient les mains vers les dieux, d'autres, plus nombreux, prétendaient qu'il n'y avait plus de dieux et que cette nuit durerait toujours et serait pour le monde la dernière. Et il ne manqua pas de gens pour augmenter les dangers réels de terreurs imaginaires et mensongères : certains annonçaient qu'à Misène tel édifice s'était écroulé, tel autre était en flammes — ce n'était pas vrai, mais on les croyait. Il finit par faire un peu plus clair, mais on voyait bien que ce n'était pas la clarté du jour, mais celle du feu, qui se rapprochait. Il s'arrêta tout de même à une certaine distance, et ce furent de nouveau les ténèbres, de nouveau la cendre, abondante et lourde. Nous nous levions de temps en temps pour la secouer, sans quoi elle nous aurait recouverts et écrasés sous son poids. Je pourrais me vanter de n'avoir, au milieu de tels dangers, laissé échapper ni un gémissement ni une parole marquant un manque de courage, si je n'avais trouvé, dans la pensée que je périssais avec le monde, et le monde avec le pauvre être que j'étais, une grande consolation à la condition de mortel.

Enfin le brouillard dont j'ai parlé se dissipa à la manière d'une fumée ou d'une brume. Puis brilla le vrai jour, et même le soleil, mais un soleil pâle, comme lorsqu'il décline. Tout s'offrait aux regards encore mal assurés sous un aspect nouveau, car tout était couvert d'une cendre épaisse semblable à de la neige. Nous sommes alors revenus à Misène, et nous y avons tant bien que mal réparé nos forces, avant de passer une nuit qui nous tint suspendus entre l'espoir et la crainte. C'est la crainte qui dominait, car d'une part la terre tremblait toujours, d'autre part beaucoup de gens, qui avaient perdu la raison, affirmaient que leurs maux et ceux d'autrui n'étaient rien à côté des événements terrifiants qu'ils annonçaient. Mais même à ce moment-là, bien que sachant par expérience à quels dangers nous étions exposés, il ne fut pas question pour nous de partir avant d'avoir eu des nouvelles de mon oncle.

Mais ce récit est indigne d'un ouvrage historique, et tu le liras sans la moindre intention de l'utiliser dans ton livre. Et c'est à toi, qui me l'as demandé, qu'il faudra t'en prendre, s'il n'est même pas digne d'une lettre.

Bien à toi.

Correspondance, VI, 20.

À propos d'un ami malade

Dans cette lettre s'exprime le sentiment qui dans la Rome antique était sans doute le plus intense, celui de l'amitié, et dont attestent suffisamment la force ces mots adressés par Cicéron à un père inconsolable: « Tu ne peux supporter d'avoir perdu un enfant; qu'est-ce que ce serait si tu avais perdu un ami!» C'est à la perte peut-être proche d'un ami qu'est consacrée la lettre suivante, dans laquelle s'exprime, face au problème du suicide en cas de maladie incurable, la très belle attitude qui était celle des stoïciens.

Mon cher Catilius,

Voici déjà longtemps que je suis retenu à Rome dans une véritable consternation. Titus Aristo, un homme à qui je voue une admiration et une amitié singulières, est atteint d'une longue et opiniâtre maladie, qui me cause les plus vives inquiétudes. Chez personne d'autre on ne pourrait trouver autant de sérieux, de moralité et de savoir, à tel point que ce n'est pas un simple individu, mais la littérature même et tous les arts libéraux qui me semblent courir en sa seule personne le plus grand danger. Quelle compétence en droit aussi bien privé que public! Combien d'événements, combien de beaux exemples, combien de faits anciens il garde en sa mémoire! Tout ce que l'on peut désirer apprendre, il est à même de l'enseigner. Pour moi, en tout cas, chaque fois que je suis à la recherche de quelque rareté, c'est dans son trésor que je la trouve. Et puis quelle sûreté dans tout ce qu'il dit, quelle autorité, quelle gravité dans la lenteur de son élocution! À quelle question ne sait-il pas immédiatement répondre? Et pourtant bien souvent il le fait avec hésitation, en récapitulant, en distinguant et en soupesant avec un esprit pénétrant les arguments opposés et en remontant à l'origine et aux causes premières. D'autre part, quelle frugalité dans son alimentation, quelle modestie dans son train de vie! Il me suffit de jeter les yeux sur sa chambre et sur son lit pour contempler l'image même de la simplicité antique. Il embellit ces lieux par la grandeur de son âme, qui jamais ne vise à l'ostentation, mais se règle toujours sur sa conscience, et attend la récompense d'une bonne action non point des éloges d'autrui, mais de l'action elle-même. Bref, rien à voir avec le comportement de ces individus qui manifestent par leur accoutrement leur goût de la philosophie! Ce n'est pas non plus un habitué des lieux de rencontre, ni de ces longues discussions dont d'autres meublent leurs loisirs; mais cela ne l'empêche pas de s'intéresser aux affaires publiques, et d'assister bien des gens en qualité soit d'avocat, soit simplement de conseiller. Et pour ce qui est de la vertu, de l'équité, du sens du devoir et du courage, il ne le cède à aucun de ces prétendus sages.

Tu serais empli d'admiration, si tu étais des nôtres, en voyant avec quelle patience, justement, il endure sa maladie actuelle, comment il lutte contre la souffrance, comment il résiste à la soif, comment il supporte l'incroyable intensité de ses accès de fièvre en restant sans bouger sous ses couvertures. Il m'a tout dernièrement fait appeler avec quelques-uns de ses meilleurs amis, et nous a demandé de consulter les médecins sur le pronostic de sa maladie, dans l'intention, au cas où elle serait incurable, de quitter volontairement la vie, mais de l'endurer et de rester parmi nous si elle ne devait être que longue et pénible, car les supplications de sa femme, les larmes de sa fille aussi bien que l'attachement de ses amis lui faisaient un devoir de ne pas décevoir leurs espérances par une mort volontaire, à condition toutefois qu'elles ne fussent pas vaines. Voilà une attitude qui est, à mes yeux, particulièrement difficile, et digne de tous les éloges. Se ruer à la mort impétueusement et sans réfléchir, beaucoup en sont capables ; mais peser et calculer les motifs de quitter la vie, et, selon ce que conseille la raison, adopter ou abandonner le projet de vivre ou de mourir, seule une très grande âme peut le faire. Quant aux médecins, disons qu'ils sont plutôt optimistes ; encore faut-il que le Ciel confirme cet optimisme et me délivre de mon inquiétude actuelle, ce qui me permettra de regagner ma villa des Laurentes[1], je veux dire mes livres et mes tablettes, et le loisir de travailler. Car pour ce qui est de lire et d'écrire,

---

1. On appelait « les Laurentes » la région côtière située à une vingtaine de kilomètres de Rome, à proximité d'Ostie.

pour le moment le temps que je passe à son chevet ne m'en laisse pas la liberté, et le souci que je me fais m'en ôte toute envie.

Te voilà au courant de mes craintes, de mes souhaits et de mes projets actuels. Donne-moi, à ton tour, de tes nouvelles pour le passé, le présent et l'avenir, mais envoie-moi une lettre plus gaie que la mienne! Dans le tourment où je me trouve savoir que tout va bien pour toi me sera une consolation non négligeable.

Bien à toi.

Correspondance, I, 22.

Bizarre, bizarre...

Le principal intérêt de la Correspondance *de Pline est sans doute de nous permettre de saisir en quelque sorte sur le vif la mentalité des hommes de son temps et de sa catégorie sociale — celle des grands seigneurs. La lettre suivante nous montre que les histoires fantastiques, même s'ils n'y croyaient qu'à moitié, ne les laissaient pas indifférents.*

Mon cher Sura,

Les loisirs dont nous disposons nous procurent à moi la liberté de m'instruire, et à toi celle d'enseigner. C'est pourquoi j'ai très envie que tu me dises si tu crois à l'existence des fantômes et si tu estimes qu'ils ont une forme qui leur soit propre et un quelconque pouvoir, ou bien si, étant irréels et dépourvus de consistance, leurs apparitions ne sont que le résultat de nos craintes.

Pour ma part, ce qui m'incite à admettre qu'ils

existent, c'est l'aventure survenue à Curtius Rufus, que l'on m'a racontée. À l'époque où il était encore obscur et inconnu, il avait été recruté dans la suite du gouverneur d'Afrique. Se promenant au crépuscule sous une colonnade, il avait vu surgir devant lui une figure féminine d'une taille et d'une beauté surhumaines. Épouvanté par cette apparition, il l'entendit lui dire qu'elle était l'Afrique et qu'elle venait lui prédire l'avenir : il retournerait à Rome, il y occuperait d'importantes fonctions, et il reviendrait dans la province revêtu de la magistrature suprême, mais pour y mourir. Une autre fois, alors qu'il arrivait par mer à Carthage et y débarquait, cette figure vint à sa rencontre sur le quai. Une chose est sûre, c'est que, étant tombé malade et augurant de l'avenir par le passé, il abandonna tout espoir de guérison alors même qu'aucun des siens n'avait perdu cet espoir.

Mais voici une histoire encore plus terrifiante et non moins surprenante, que je vais te raconter telle qu'on me l'a relatée. Il y avait à Athènes une maison spacieuse et bien conçue, mais mal famée et maudite : dans le silence de la nuit, un bruit de ferraille s'y faisait entendre ; lorsqu'on prêtait l'oreille, c'est un bruit de chaînes que l'on percevait, d'abord lointain, puis tout proche ; ensuite apparaissait un spectre, qui se présentait comme un vieillard décharné et vêtu de haillons, avec la barbe longue et les cheveux hirsutes ; il portait et secouait des fers aux pieds et aux poignets. Ceux qui habitaient la maison passaient donc des nuits sinistres et affreuses, sans pouvoir dormir tant ils avaient peur ; à force d'insomnie, ils finissaient par tomber malades, et l'épouvante, en s'accroissant, en arrivait à entraîner leur mort. Car, même en plein jour, alors que l'apparition n'était plus là, son souvenir ne quittait pas leurs yeux, et la peur survivait aux raisons d'avoir peur. Conséquence : la maison fut abandonnée et livrée tout entière au fantôme. Mais une pancarte indiquait tout de même qu'elle était à vendre ou à louer, au cas où un amateur se présenterait sans savoir qu'elle était hantée.

Et voilà justement qu'arriva à Athènes le philosophe Athénodore. Il lut l'affiche, puis s'enquit du prix, dont la modicité lui parut suspecte ; il se renseigne, apprend tout, et en dépit, ou plutôt en raison de la chose, il loue la maison. À l'approche de la nuit, il se fait installer un lit de travail au rez-de-chaussée, apporte des tablettes, un stylet et une lampe, et expédie ses gens au fond de la maison ; après quoi il absorbe dans le travail son esprit, ses yeux et sa main, pour éviter que son imagination livrée à elle-même ne lui fasse entendre des bruits de fantômes et ne suscite en lui de vaines craintes. Au début, comme partout ailleurs, silence nocturne ; puis des bruits métalliques, un remuement de chaînes. Lui ne lève pas les yeux, ne lâche pas son stylet, mais se concentre sur son travail, qu'il s'efforce d'opposer à ce que perçoit son oreille. Alors le bruit augmente, s'approche encore et encore, semble retentir sur le seuil, puis à l'intérieur de la pièce. Athénodore se retourne alors, et voit l'apparition qu'on lui a décrite. Elle se tenait debout, et d'un doigt lui faisait signe de s'approcher. Lui fait à son tour un geste de la main pour lui signifier d'attendre un peu, et se penche à nouveau sur ses tablettes et son stylet. Pendant qu'il écrivait, l'autre se penchait sur sa tête et secouait ses fers. Athénodore se retourne une seconde fois, et voit le spectre lui faire le même signe que précédemment. Alors, sans hésiter, il saisit sa lampe et le suit. Il marchait à pas lents, comme alourdi par ses chaînes. Après qu'il eut tourné pour passer dans la cour de la maison, il disparut d'un seul coup et laissa seul le philosophe.

Celui-ci fit alors un tas d'herbes et de feuilles pour marquer l'emplacement exact de sa disparition. Le lendemain, il se rend chez les magistrats et leur demande d'y faire creuser un trou ; on y trouve, mêlés à des chaînes, des ossements que les chairs, tombées en poussière par l'action du temps et l'humidité de la terre, avait laissés à nu au milieu des fers. Les magistrats les font recueillir et leur donnent une sépulture, et de ce jour les Mânes, enterrés selon les règles, cessèrent de hanter la maison. [...]

Il me reste, pour conclure, à te prier de mettre à l'œuvre ta science et de m'ouvrir les trésors de tes connaissances après un examen approfondi des faits. Que penses-tu de tout cela ? Ne me laisse pas dans le doute, puisque c'est pour en sortir que je viens te consulter !

Bien à toi.

Correspondance, VII, 27.

Une retraite bien vécue

Une retraite à la fois sportive et studieuse, succédant à une belle et active carrière, tel est l'idéal que caressent Pline et les gens de son rang. En voici un exemple qui semble presque trop beau pour être vrai, mais par lequel il n'est pas interdit de se laisser séduire.

Les jours les plus délicieux de ma vie sont peut-être ceux que je viens de passer chez Spurinna. Je ne vois vraiment personne d'autre dont la vieillesse me semble plus digne d'être imitée, à condition, bien sûr, qu'il me soit donné d'atteindre son âge ! En effet, de même que je suis émerveillé par le mouvement régulier des astres, de même me ravit chez les gens, et surtout chez les gens âgés, une vie bien réglée. Chez les jeunes, on peut tolérer un peu de négligence, voire de désordre ; mais les hommes d'âge, chez qui l'activité est hors de saison et l'ambition prête à sourire, se doivent de mener une vie calme et ordonnée.

Eh bien, c'est exactement le principe qu'observe Spurinna avec la plus grande constance : même les choses sans importance (ou plutôt qui le seraient, si elles ne revenaient pas chaque jour), il les fait se succéder de façon régulière et en quelque sorte cyclique. Le matin, il reste un moment au lit ; puis, vers huit heures, il demande ses chaussures et fait une marche de trois milles[1], durant laquelle il fait travailler son esprit autant que son corps, car s'il a des amis avec lui, des conversations d'un haut niveau se déroulent, et dans le cas contraire il se fait lire un livre, parfois même en présence de ses amis, à condition qu'ils n'y voient pas d'inconvénient. Après quoi il s'assied, et reprend alors soit la lecture, soit, de préférence, la conversation. Ensuite il monte en voiture, et emmène avec lui son épouse, une femme à tous égards exemplaire, ou bien l'un de ses amis, comme ce fut mon cas dernièrement. Quel charmant, quel délicieux tête-à-tête ! Quelle atmosphère fleurant le bon vieux temps ! De quels hauts faits, de quels grands hommes on l'entend parler ! De quels beaux principes on se pénètre ! Et pourtant il a fixé à sa modestie la règle de ne jamais avoir l'air de faire un cours. Après avoir roulé environ sept milles[2], il en parcourt un de plus à pied, puis s'assied de nouveau ou regagne sa chambre pour y travailler ; car il écrit des poèmes lyriques fort savants, en grec

---

1. Soit environ cinq kilomètres.
2. Soit une douzaine de kilomètres.

aussi bien qu'en latin : ils ont une grâce, une douceur et une gaieté admirables, que met en valeur la haute moralité de leur auteur. Quand on l'a prévenu de l'heure du bain (aux environs de quatorze heures), il commence, après s'être déshabillé, par marcher un peu au soleil, s'il n'y a pas de vent, avant de s'entraîner à la balle énergiquement et longtemps, car cet exercice est un de ceux qu'il pratique pour combattre le vieillissement. Puis vient le bain, au sortir duquel il se couche immédiatement, en attendant l'heure du dîner ; dans l'intervalle, il se fait faire une lecture un peu divertissante, laissant ses amis libres de faire ou non la même chose, à leur convenance. Le dîner, fin tout autant que simple, est servi dans de l'argenterie massive et ancienne, quelquefois aussi dans de la vaisselle en bronze de Corinthe, qu'il aime bien, mais sans plus. Souvent une pause est faite pour entendre des récitants, afin qu'aux plaisirs de la table viennent s'ajouter ceux de l'esprit. Le dîner empiète un peu sur la nuit, même en été, mais personne ne le trouve trop long, tant est vif l'agrément dans lequel il se déroule. Voilà comment Spurinna, qui va sur ses soixante-dix-huit ans, a su garder intacte son acuité tant visuelle qu'auditive, et conserver son aisance et sa force physiques, de sorte que, de son âge, il n'a que la sagesse.

Telle est la vie qu'appellent mes vœux et mon imagination, et que je mènerai avec joie dès qu'aura sonné pour moi l'heure de la retraite. Hélas ! pour l'instant mille travaux m'accablent, dont je ne parviens à me consoler qu'en songeant au même Spurinna. Car lui aussi, tant que ce fut pour lui un honneur, a assumé des charges, occupé des magistratures, gouverné des provinces, et c'est en travaillant beaucoup qu'il a mérité son loisir actuel. C'est pourquoi je m'assigne la même carrière et le même terme, et j'en prends aujourd'hui l'engagement par devant toi, pour que, si jamais tu constates que je ne sais pas m'arrêter, tu me convoques à ton tribunal au nom de cette lettre et que tu me condamnes à me reposer, le jour où je ne risquerai plus d'être accusé de paresse !

Bien à toi.

Correspondance, III, 1.

PÉTRONE

(CAÏUS PETRONIUS ARBITER?,
DATES CONTROVERSÉES)

Premier roman de la littérature occidentale, et à ce titre texte véritablement fondateur, l'ouvrage intitulé (en grec) Satyricon, *sous-entendu* libri *(la graphie* Satiricon *est probablement fautive, et le titre veut dire à peu près «Histoires de voyous»), est sans doute le plus mystérieux de toute la littérature latine. Il nous est en effet parvenu dans un état d'extrême mutilation, sous forme de fragments plus ou moins longs, vestiges de ce qui devait être un ouvrage énorme, dont Pierre Grimal estime qu'il devait avoir à peu près l'épaisseur des* Misérables. *Nous n'en possédons, en particulier, ni le début ni la fin, de sorte que les spécialistes se perdent en conjectures sur ce que pouvait bien être sa signification.*

Non moins mystérieuse est la personne de son auteur, un certain Caïus Petronius Arbiter inconnu par ailleurs: la tradition universitaire l'a depuis longtemps identifié avec un personnage consulaire, courtisan de Néron, qui s'appelait en fait Titus Petronius Niger, mais faisait fonction à la cour impériale, selon Tacite, d'«arbitre du bon goût» (arbiter elegantiarum), *d'où cette identification; elle se heurte néanmoins à de nombreuses objections. Il est au moins aussi vraisemblable de voir en Petronius Arbiter (comme le fait au demeurant la nouvelle édition du* Dictionnaire latin-français *de Gaffiot) un écrivain postérieur à l'époque néronienne, qu'il faut peut-être bien situer, mais sans certitude, au IIe siècle. Ce qui est sûr, c'est que l'auteur du* Satyricon *n'était pas un plumitif occasionnel et «amateur», mais un écrivain au sens plein du terme, un authentique homme de lettres, et que son ouvrage, où se manifestent à chaque page un exceptionnel talent d'écriture (dans tous les styles) et une érudition littéraire tout aussi remarquable (les pastiches et parodies y foisonnent), est une des œuvres maîtresses de la littérature latine.*

Reste une autre question, qui est celle de savoir si son classement, lui aussi traditionnel, dans le genre romanesque, est réellement pertinent. Ce genre, en fait, est à peine représenté à Rome, et n'a jamais fait l'objet, dans l'Antiquité, de la moindre définition, de sorte qu'il apparaît plutôt comme un «anti-genre». Il n'en reste pas moins que le Satyricon, *pour autant que ses mutilations nous permettent d'en juger, présente les principaux caractères de ce qu'à l'époque moderne on désigne par le mot «roman»: c'est un ouvrage narratif de longue haleine, écrit principalement (mais pas uniquement, on le verra) en prose, et présentant des personnages qui vivent des aventures situées non point dans un passé mythique, mais dans un monde contemporain évoqué avec un certain réalisme. Le narrateur fictif en est le personnage principal, nommé Encolpe, qui apparaît comme un jeune homme de bonne éducation, mais passablement dévoyé. Il est accompagné dans ses tribulations par deux autres personnages, marginaux comme lui, son camarade Ascylte et son «petit ami» Giton (dont le nom devait faire fortune). Les amours homosexuelles sont en effet l'un des moteurs de l'intrigue, sans exclure pour Encolpe, ouvertement bisexuel, quelques aventures féminines. Il s'agit aussi d'un roman «picaresque» avant la lettre, puisque le protagoniste et narrateur, qui n'est pas sans évoquer Gil Blas de San-*

tillane, mène (en Italie du Sud et notamment à Tarente et à Naples) une vie errante qui le conduit, selon la loi de ce genre postérieur, à entrer en contact avec les milieux sociaux les plus divers, au premier rang desquels celui de ces anciens esclaves qu'on appelait les « affranchis » (liberti) et qui jouaient un rôle non négligeable dans la vie économique de l'Empire romain.

Il y a donc une incontestable « modernité » du Satyricon, qui, dans la littérature latine, est ce qui se rapproche le plus (ou s'écarte le moins) de la littérature de fiction en prose, que nous appelons romanesque. Son caractère scabreux (encore que toute pornographie en soit absente) a longtemps fait sa réputation, mais il a bien d'autres aspects, et il est particulièrement déplorable que, d'un monument qui dut être grandiose, ne subsistent plus que des ruines.

Propos d'affranchis

Le seul épisode intégralement conservé du roman nous fait assister à un festin à la fois pantagruélique et d'une fantaisie échevelée, qui est donné par le richissime affranchi Trimalchion, et auquel ce nouveau riche a cru bon d'inviter l'universitaire Agamemnon, professeur de rhétorique, et trois de ses étudiants, qui ne sont autres qu'Encolpe, Ascylte et Giton, ce dernier présenté comme étant l'esclave deuxième d'Ascylte. Les autres convives sont tous des affranchis, d'origine grecque ou orientale, qui évoquent sans complexes leurs années d'esclavage et dont le langage truffé de fautes de latin est reproduit par « Pétrone » avec un étonnant réalisme, dont la littérature latine n'offre aucun autre exemple et qui témoigne d'une grande familiarité de l'auteur, quel qu'il fût, avec ce milieu social: on se croirait, pour un peu, au comptoir d'un bistrot, à l'heure de l'apéritif...

Tels furent les propos de Philéros, auxquels Ganymède réagit de la sorte :

« Ce type nous raconte des histoires à dormir debout, et en attendant personne ne pense au prix du blé, qui fait mal, pourtant ! C'est vrai, ça : aujourd'hui j'ai pas réussi à trouver une bouchée de pain. Et avec ça que la sécheresse continue ! Ça fait un an qu'on crève la faim ! C'est la faute aux édiles[1], qui s'entendent comme larrons en foire avec les boulangers. Résultat : le populo en bave, pendant que pour ces grandes mandibules c'est jour de fête en permanence. Ah ! si nous avions encore les lions que j'ai trouvés ici quand je suis arrivé d'Asie ! On vivait bien, à l'époque : si la farine de Sicile n'était pas bonne, ils vous pétaient la gueule à ces guignols, à en rendre jaloux Jupiter lui-même. Tiens, je me rappelle Safinius : du temps que j'étais gamin, il habitait près du Vieil Arc ; c'était pas un homme, c'était du poivre : partout où il allait, il brûlait le sol. Mais alors, le type réglo, bonne mentalité, un ami pour ses amis ; on pouvait sans hésiter jouer à la mourre avec lui dans le noir. Au conseil municipal, fallait voir comment il les enfonçait tous ! Il ne leur faisait pas un dessin, il y allait direct. Et quand il plaidait au tribunal, sa voix sonnait comme un clairon. Avec ça jamais une goutte de sueur, jamais un crachat — je crois qu'il avait quelque chose d'asiatique dans le style[2]. Et puis toujours il vous rendait le bonjour, il appelait tout le monde par son nom, comme s'il avait été l'un d'entre nous. Résultat : à cette époque, le blé coûtait que dalle ; tu payais un pain un as, et

---

1. Les édiles étaient des magistrats chargés de la police des marchés et du contrôle des prix.
2. Confusion avec le style « asianiste » des rhéteurs, qui s'oppose à la sobriété de l'« atticisme ».

même avec un copain t'en venais pas à bout! Tandis qu'aujourd'hui, j'en ai vu des moins gros qu'un œil de bœuf. Ah la la! tous les jours ça empire. Cette cité grossit à l'envers, comme la queue d'un veau. Mais pourquoi faut-il que nous ayons un édile qui vaut pas trois figues et qui aime mieux nous voir crever plutôt que de perdre un as? Résultat: chez lui il est peinard, et en un seul jour il palpe plus d'écus qu'un autre n'en possède au total. Je connais une affaire où il a palpé mille deniers d'or! Mais si nous avions des couilles, il ferait pas tant son malin. Seulement les gens, aujourd'hui, ils jouent les lions à la maison, et puis dehors y a plus que des renards! Moi, en tout cas, j'ai déjà bouffé mes fringues, et si le blé reste aussi cher, j'ai plus qu'à vendre mes baraques. Parce que qu'est-ce qui va arriver, si ni les dieux ni les hommes n'ont pitié de cette cité? Sur la tête de mes enfants, je jurerais que tout ça est manigancé par les dieux. Personne ne croit plus que le ciel est le ciel, personne n'observe plus le jeûne, tout le monde se soucie de Jupiter comme d'une guigne, les gens ne pensent plus qu'à compter leur pognon sans regarder dehors. Dans le temps, les bourgeoises grimpaient jusqu'au Capitole pieds nus, cheveux défaits, et le cœur pur, pour supplier Jupiter d'envoyer la pluie. Résultat: aussitôt il tombait des cordes comme on n'en avait jamais vu, et tout le monde rigolait, trempé comme des rats! Aujourd'hui, les dieux ne lèvent pas le petit doigt, parce que nous n'avons plus de religion. Et les champs restent en friche...

— Je t'en prie, l'interrompit Échion le chiffonnier, mets la sourdine! Comme disait le paysan qui avait perdu un cochon de deux couleurs, "tantôt c'est noir, tantôt c'est rose": ce qui n'est pas aujourd'hui sera demain, c'est la vie! C'est vrai, ça: une patrie meilleure que celle-ci, j'en connais aucune dans le monde. Bon, en ce moment, elle va mal, d'accord, mais elle est pas la seule. Faut pas faire les dégoûtés, partout on est au centre du ciel. Toi, si tu étais ailleurs, tu t'imaginerais qu'ici les cochons se promènent tout rôtis! Nous, on va avoir des combats de gladiateurs trois jours d'affilée, et pas avec des esclaves, s'il te plaît, non, rien que des affranchis, ou presque. Notre Titus, non seulement il voit grand, mais ça chauffe, dans son ciboulot; alors je sais pas ce que ça va être, mais ça sera pas rien. Je le connais bien, je peux vous dire qu'il fera pas les choses à moitié. Il va nous donner les meilleures lames, et ils se trucideront en plein milieu de l'arène, pour que tout le public voye bien. Faut dire qu'il a de quoi. Il a hérité de trente millions de sesterces, au décès de son pauvre père; alors il peut en dépenser quatre cent mille, son patrimoine n'en souffrira pas, et son nom sera célébré à perpète. Il a déjà quelques malabars, une femme qui combattra sur un char, plus le trésorier de Glycon, qui s'est fait pincer pendant qu'il faisait jouir sa patronne. Dans le public, la bagarre entre les cocus et les gigolos, ça va pas être triste! En tout cas Glycon, qui vaut pas un sesterce, a livré son trésorier aux bêtes: autant se donner lui-même en spectacle! Parce que l'esclave, en quoi était-il coupable? Il ne faisait rien qu'obéir! C'est plutôt elle, ce vase de nuit, qui méritait d'être livrée au taureau! Seulement quand on ne peut pas taper sur l'âne, on tape sur le bât. Fallait qu'il soit con, aussi, pour aller s'imaginer que la fille d'Hermogène pourrait un jour finir bien! Parce que le beau-père, lui, il aurait été capable de couper les griffes à un milan en plein vol! Que voulez-vous? Les chiens font pas des chats! Glycon, lui, a toujours été puant, et ça lui restera aussi longtemps qu'il vivra: seule la camarde pourra y mettre fin. Enfin, à chacun ses défauts! Moi, je subodore que Mammaea va nous offrir un bon gueuleton, avec en plus deux deniers pour moi et pour chacun de mes potes. S'il fait cela, Norbanus pourra aller se faire voir ailleurs. Vous y trompez pas : il va le battre à plate couture, parce que l'autre, c'est vrai, qu'est-ce qu'il a fait de valable? Il nous a donné des gladiateurs à un sesterce, tellement décrépits que tu les aurais foutus par terre rien qu'en soufflant dessus : j'ai vu des condamnés aux bêtes plus costauds! Il a fait tuer des cavaliers bons à décorer des lampes, et maigres comme des poulets : l'un avait l'air d'un mulet éreinté, un autre traînait la patte, et le troisième, qui devait se battre comme remplaçant, avait les muscles sciés! Le seul qui avait un peu d'allure était un Thrace, mais il a combattu comme s'il était à l'entraînement. Total : à la fin, il a fallu tous les fouetter, tellement le public avait gueulé "Rossez-les!" C'étaient de vraies machines à fuir... *(S'adressant à Agamemnon :)* Eh bien, monsieur le professeur, tu m'as tout l'air de dire "Qu'est-ce qu'il nous raconte, ce casse-pieds?" Eh oui, mais toi qui sais causer, tu causes pas. Évidemment, t'es pas de notre monde, alors ce que dégoisent les gens du peuple, ça t'emmerde. Mais nous, on sait bien que les études t'ont rendu dingue. Et alors? Un de ces jours je te convaincrai bien de venir jusqu'à ma ferme pour visiter mes bicoques. On trouvera bien de quoi casser la croûte, un poulet, des œufs, ça sera sympa. C'est vrai que cette année la tempête a tout foutu en l'air, mais on trouvera toujours de quoi se caler l'estomac. Et puis là-bas j'ai un élève qui grandit pour toi, c'est mon chouchou; il sait déjà sa table de quatre, et s'il reste en vie, tu auras à tes côtés un bon petit esclave. Dès qu'il a un moment de libre, il lève pas la tête de son ardoise. Il est intelligent, et taillé dans un bon tissu, seulement il est un peu maboul des oiseaux; je lui ai déjà tué trois chardonnerets, en lui faisant croire que la belette les avait boulottés. Alors il s'est trouvé d'autres amusements : il adore peindre. Autrement il a déjà envoyé balader le grec, et il commence à bien causer le latin, même si son prof se croit meilleur qu'il est ; il n'a pas d'école fixe, mais il vient donner des cours à domicile ; c'est un type assez fort, seulement il a un poil dans la main. Il y en a aussi un autre, qui est plutôt nul, lui, mais consciencieux, et qui enseigne plus qu'il n'en sait ; il vient à la maison les jours fériés, et si peu qu'on lui donne, ça lui suffit. Je viens d'acheter au gamin quelques bouquins de droit avec des sous-titres écrits en rouge, parce que je veux qu'il en tâte un peu : dans une maison, ça peut toujours servir — ça gagne son pain, cette chose-là. Pour la littérature, il en est assez barbouillé. Et si jamais il abandonne les études, j'ai décidé de lui faire apprendre un métier : coiffeur, crieur public, ou tout au moins avocat : c'est quelque chose que personne, à part la camarde, ne pourra lui enlever. Alors tous les jours je lui corne aux oreilles : "Crois-moi, petit, tout ce que tu apprends, c'est pour toi que tu l'apprends. Regarde Philéros, l'avocat : s'il n'avait pas appris, aujourd'hui il aurait pas de quoi remplir son assiette. Y a pas si longtemps, il faisait le colporteur et trimballait des colis, et maintenant il marche la tête haute même devant Norbanus. L'instruction, c'est un trésor, et celui qui a un métier a toujours de quoi vivre." » [...]

Comme Ascylte, avec un parfait sans-gêne, se moquait ostensiblement de tout, levant les bras au ciel et pleurant de rire, un des coaffranchis de Trimalchion, blême de colère, l'apostropha soudain : « Qu'est-ce que t'as à rigoler comme un veau ? C'est-il que la fête donnée par mon noble ami ne te plaît pas ? Tu es plus riche que lui, peut-être, et tu reçois mieux que lui ? Me préserve la divinité qui protège ce lieu! Si tu étais à portée de ma main, je t'aurais déjà démoli le portrait! La jolie pomme, pour se moquer des autres! Un sans-domicile-fixe, un rôdeur de barrière, qui vaut même pas sa pisse, et qui saura même pas où se sauver si je l'arrose avec la mienne! Nom de dieu, j'suis pas du genre à m'échauffer vite, mais quand la viande est trop tendre les asticots s'y mettent! Ça te fait rire? Et pourquoi ça te fait rire? Ton père a peut-être acheté ton fœtus pour son pesant d'or? Tu es chevalier romain? Eh bien moi je suis fils de roi, parfaitement! Tu vas me demander pourquoi j'ai été esclave? Parce que je me suis mis moi-même en esclavage, eh oui! J'ai préféré devenir citoyen romain que roi tributaire, et maintenant j'ai bien l'intention de vivre sans que personne se fiche de moi. Je suis un homme parmi les hommes, je marche la tête haute et je ne dois rien à personne. Jamais on ne m'a fait de procès, jamais personne ne m'a sommé devant les juges de rembourser une dette. J'ai acheté quelques hectares, j'ai mis un peu de pognon de côté, j'ai vingt bouches à nourrir sans compter mon chien, j'ai racheté ma copine pour que personne ne se permette plus de s'essuyer les doigts sur sa jupe, j'ai payé mille deniers pour mon propre affranchissement, on m'a nommé sévir[1] gratos, et j'espère bien, une fois mort, ne pas avoir à rougir de ma vie. [...] J'ai quarante ans de servitude, et personne n'a jamais su si j'étais esclave ou homme libre. J'étais encore un gamin à cheveux longs quand je suis arrivé dans cette cité, la basilique était même pas construite; mais je me suis efforcé de donner satisfaction à mon maître, qui était un grand monsieur, couvert d'honneurs: un seul de ses

---

1. Les sévirs formaient un collège de six prêtres (peut-être, dans le municipe du personnage, les *seviri Augustales*, chargés du culte voué à Auguste).

ongles valait plus que toi tout entier ! Et pourtant dans la maison y en avait plus d'un à me faire des croche-pieds, mais j'ai surnagé, et j'en remercie mon Génie[1]. C'est ça, le vrai mérite. Parce que, tu sais, naître dans la peau d'un homme libre, c'est aussi facile que de dire "Amène-toi !" Alors ? Te voilà aussi couillon qu'un bouc devant des chèvres pleines ! »

Comme la phrase avait déclenché un énorme éclat de rire, très mal élevé d'ailleurs, chez Giton qui se retenait depuis longtemps, le querelleur tourna ses invectives vers le jeune garçon et lui dit : « Alors toi aussi tu rigoles, espèce d'oignon frisé ? Tu te crois au Carnaval ? Tu l'as payé quand, ton affranchissement ? Qu'est-ce qu'il fabrique, ce gibier de potence, ce casse-croûte à corbeaux ? Je m'en vais te faire sentir la colère de Jupiter, à toi et aussi à cet autre qui est pas foutu de te faire obéir ! Je veux bien perdre le goût du pain si c'est pas pour mon coaf-franchi que je te fais grâce, parce que sans ça j'aurais pas attendu pour te régler ton compte. On prend du bon temps, ici, et pendant ce temps ces crétins te laissent faire n'importe quoi ! Tel maître, tel valet, ça on peut le dire ! J'ai du mal à me contenir, et pourtant j'ai pas la tête chaude, mais alors quand je démarre je donnerais pas un sou de ma propre mère. Mais tu ne perds rien pour attendre, on se retrouvera à la sortie, face de rat, tête de truffe ! Tu vas voir un peu si ton maître, je le fais pas rentrer sous une feuille de chou ! Et toi aussi tu passeras un mauvais quart d'heure, même si tu appelles Jupiter à ton secours. Tu verras à quoi te serviront tes fri-settes à deux sous et ton maître qui n'en vaut pas quatre ! T'en fais pas, tu me tomberas bien sous la

---

1. Chaque Romain possédait son « Génie » (*Genius*), équivalent de notre « ange gardien ».

dent, et alors ou je ne me connais pas ou tu cesseras de rigoler, même si tu avais une barbe d'or... »

Satyricon, 44-46 et 57-58.

Une aventure amoureuse

Du fait qu'il est le plus long passage du Satyricon *qui soit parvenu jusqu'à nous, le «Festin de Trimalchion» est un peu l'arbre qui cache la forêt, faisant trop souvent oublier que l'ouvrage de Petronius Arbiter est d'abord un roman d'aventures et un roman d'amour(s), dont l'écriture se caractérise aussi par un étonnant entrelacement de la prose et des vers, que les spécialistes appellent «prosimétrie». En témoigne l'épisode des amours tumultueuses du narrateur et d'une grande bourgeoise dépravée, nommée ou surnommée Circé. Encolpe, quant à lui, est amené dans cet épisode à se faire passer pour un esclave, sous le nom d'emprunt de Polyaenos; au cours d'une promenade dans un jardin public, il est abordé par une jeune esclave nommée Chrysis. Le contraste saisissant entre ce texte et le précédent permet de mesurer l'ampleur de la palette stylistique du mystérieux romancier.*

«Tu sais, me dit Chrysis, il est des femmes qui ne sont excitées que par la crasse, et dont le désir ne s'éveille qu'à la vue d'un esclave ou d'un valet en mini-tunique; certaines en pincent pour un gladiateur, pour un muletier couvert de poussière ou pour un histrion qui s'exhibe sur les planches. Eh bien, ma maîtresse est comme ça: au théâtre, elle quitte les fauteuils d'orchestre et grimpe jusqu'au poulailler pour trouver dans le bas peuple l'objet de ses amours... Moi, c'est tout le contraire, jamais je n'ai couché avec un esclave, et fassent les dieux que jamais je ne serre dans mes bras un futur crucifié ! Je laisse aux bourgeoises le plaisir de bécoter les cicatrices d'un flagellé. J'ai beau n'être qu'une esclave, je ne chevauche jamais que des chevaliers. » J'étais stupéfait de constater des goûts aussi dissemblables, et je trouvais prodigieux qu'une esclave eût les répugnances d'une bourgeoise et une bourgeoise les goûts sordides d'une esclave. Mais, à l'issue de ce badinage, je demandai à Chrysis de faire venir sa maîtresse dans l'allée, ce qu'elle accepta volontiers. Relevant alors sa tunique, elle se glissa dans le bosquet de lauriers qui jouxtait la promenade, et quelques instants après elle amena auprès de moi une créature plus parfaite qu'une statue, et d'une beauté que le vocabulaire est impuissant à évoquer. Des cheveux naturellement ondulés, qui ruisselaient sur ses épaules et dont les racines partaient du sommet d'un tout petit front, des sourcils qui se prolongeaient jusqu'aux tempes et se rejoignaient presque entre les yeux, des prunelles plus brillantes que les étoiles par une nuit sans lune, un nez très légèrement busqué, des lèvres pareilles à celles que Praxitèle prêta à Diane, et puis son menton, son cou, ses mains, et ses pieds d'un blanc éclatant, que maintenait une sandalette dorée, tout en elle éclipsait le marbre de Paros. Ce qui fit que, pour la première fois, j'oubliai Doris, que j'avais tant aimée naguère.

Pourquoi donc, Jupiter, déposes-tu les armes
Et restes-tu muet parmi les dieux célestes ?
C'est maintenant qu'il faut que te poussent des cornes,
Ou que tes cheveux gris se cachent sous des plumes :
Car voici Danaé, l'authentique, la vraie ;
Essaye seulement de caresser ce corps,
Et tes membres fondront sous l'ardeur de ta flamme !

Charmée de ce compliment, la belle me décocha un sourire si délicieux qu'il me sembla voir la pleine lune émergeant d'un voile de nuages. Puis, accompagnant son propos d'un mouvement des doigts : « Si tu ne fais pas fi, me dit-elle, d'une jeune femme qui a connu cette année son premier amant, je me propose à toi, jeune homme, comme petite amie[1]. Je n'ignore pas que tu as déjà un petit ami, et j'avoue sans rougir m'en être informée, mais qu'est-ce qui t'interdit d'accueillir conjointement une petite amie ? C'est à ce titre que je viens à toi. Daigne seulement, lorsque tu en auras envie, apprendre que mes baisers ne sont pas moins savoureux que les siens. — Ah ! lui dis-je, c'est plutôt moi qui te supplie, au nom de ta beauté, de ne point refuser d'admettre un étranger au nombre de tes fidèles. Si tu permets que l'on t'adore, c'est un dévot que tu trouveras en moi. Et pour que tu n'ailles pas t'imaginer que je viens sans offrande au temple de l'Amour, je te sacrifie mon petit ami. — Quoi ? s'exclama-t-elle, tu m'offres en sacrifice celui sans lequel tu ne peux pas vivre, celui aux baisers duquel ton existence est suspendue, celui que tu aimes comme je voudrais être aimée de toi ? » Cependant qu'elle parlait, un charme si puissant émanait de sa voix, une musique si mélodieuse caressait l'air charmé, que l'on croyait ouïr le chœur des Sirènes chantant dans la brise. J'étais comme en extase, et il me semblait que le ciel brillait de je ne sais quel éclat plus vif. Je m'enquis alors du nom de la déesse. « Comment ? me dit-elle, ma servante ne t'a donc pas dit que je m'appelle Circé ? Je n'ai pas, il est vrai, le Soleil pour géniteur, et ma mère n'a point, durant ses amours, suspendu le cours de l'univers. Je n'en verrai pas moins une intervention

---

1. Une petite amie : le texte latin dit « une sœur », et à la ligne suivante, « un frère ». Mais le sens correspond bien à notre traduction.

du Ciel, si jamais les destins nous unissent tous deux. Oui, j'en suis sûre, c'est un dieu qui poursuit je ne sais quel mystérieux dessein. Ce n'est pas sans raison que Circé est amoureuse de Polyaenos[1] : toujours, du choc de ces deux noms, a jailli une immense flamme. Serre-moi donc contre toi, si tu en as envie, et ne crains point de regards indiscrets : ton petit ami est loin d'ici. » À ces mots, elle m'enlaça de ses bras plus doux que le duvet, et m'entraîna sur le sol revêtu d'un gazon fleuri.

Telles les fleurs que répandit la Terre mère,
Le jour où Jupiter, au sommet de l'Ida,
S'unit à sa Junon d'un amour légitime
Et qu'il sentit pour elle ardre alors tout son cœur ;
Telles pour les époux resplendissaient les roses
Et les tendres souchets, les douces violettes,
Et les lis blancs riant sur le gazon moelleux ;
Telle la Terre aussi convoqua notre amour,
Tandis qu'un jour plus pur brillait sur notre union.

C'est sur cette pelouse que, tous deux enlacés, nous préludâmes par mille baisers à la recherche d'une volupté plus solide...

Ici se situe l'une des nombreuses lacunes du texte ; la suite indique clairement que le jeune homme a connu un « fiasco », ce qui provoque une vive réaction de la belle.

« Eh bien ! s'écria-t-elle, est-ce que mes baisers te dégoûtent ? Aurais-je mauvaise haleine comme si je digérais mal ? Mes aisselles pueraient-elles la sueur ?

---

[1]. Polyaenos (« l'homme aux mille tours »), pseudonyme que le narrateur, Encolpe, a pris dans cet épisode du roman, est emprunté à l'*Odyssée*, où il est un surnom d'Ulysse.

Dis donc, si ce n'est pas cela, n'aurais-tu pas peur de Giton, par hasard ? » Le rouge de la honte inonda alors mon visage, le peu de virilité qui me restait m'abandonna tout à fait et, littéralement liquéfié, je ne pus que lui dire : « Par pitié, ma reine, ne remue pas le fer dans la plaie ! Je suis victime d'un mauvais sort. » [Mais elle, se tournant vers sa servante :] « Réponds-moi, Chrysis, mais dis-moi la vérité : je suis moche ? je suis mal coiffée ? j'ai un défaut de naissance qui occulte ma beauté ? Ne mens pas à ta maîtresse ! Tout cela est de ma faute, sans doute, mais qu'ai-je donc bien pu faire ? » Comme Chrysis ne pipait mot, elle lui arracha son miroir et s'y regarda en prenant toutes les mines que provoquent les ébats amoureux, puis secoua sa robe que la pelouse avait froissée et se précipita dans le temple de Vénus. Quant à moi, maudit, frissonnant comme si je sortais d'un rêve, j'en arrivais à me demander si j'avais bien été frustré d'une jouissance réelle.

Ainsi, lorsque la nuit nous verse le sommeil,
Errant devant nos yeux, se jouent de nous les songes :
On croit voir un trésor dans la terre creusée,
On y porte la main pour prendre tout cet or,
La sueur de la peur baigne notre visage,
Une terrible angoisse envahit notre cœur,
De crainte que soudain quelqu'un, nous ayant vu,
Ne nous vienne enlever tout notre beau butin.
Et puis on se réveille, et cet imaginaire
S'évanouit et fait place à la réalité :
Et l'âme alors se prend à vouloir retrouver
Tout ce qu'elle a perdu, tant elle est obsédée
Par cette illusion qu'elle garde en mémoire.

Satyricon, 126-128.

La veuve et le soldat

De tous les épisodes du Satyricon, *celui qui a connu la plus grande fortune littéraire est sans aucun doute la «Matrone d'Éphèse» (traduction traditionnelle, mais incorrecte, le mot latin* matrona *désignant en fait une «bourgeoise mariée»). Racontée par un des personnages du roman, le poète Eumolpe, cette «nouvelle» passablement scabreuse devait faire en effet l'objet, du Moyen Âge à nos jours, d'un grand nombre de réécritures et adaptations (le plus souvent scéniques) dans toutes les langues européennes, au nombre desquelles on signalera seulement le conte de La Fontaine portant le même titre, et la pièce de Jean Cocteau intitulée* L'École des veuves, *écrite tout spécialement pour la comédienne Arletty.*

Il y avait à Éphèse une dame, dont la vertu était si renommée que toutes les femmes du pays et même des pays voisins accouraient pour la contempler. Son mari étant décédé, elle ne se contenta point, comme font les autres veuves, de suivre le convoi funèbre les cheveux dénoués et de frapper en public sa poitrine dénudée, mais alla jusqu'à accompagner le défunt dans la tombe, et se mit en devoir de veiller, tout en pleurant à longueur de jours et de nuits, le corps qu'on avait déposé, selon la coutume grecque, dans un caveau. Ni ses parents ni ses proches ne parvinrent à la détourner de son affliction et de sa résolution de se laisser mourir de faim, et après une ultime tentative les magistrats eux-mêmes durent y renoncer. Pleurée par tous, cette femme unique en son genre avait déjà passé quatre jours sans s'alimenter, avec pour seule compagne une servante fidèle entre toutes, qui l'assistait de ses propres larmes et renouvelait l'huile de la lampe placée dans le tombeau, à chaque fois qu'elle venait à manquer. Dans toute la cité c'était l'unique sujet de conversation, et les gens de toutes conditions avouaient que jamais on n'avait vu briller le feu d'une vertu et d'un amour aussi exemplaires.

C'est alors que le gouverneur de la province ordonna de crucifier des brigands, non loin de l'édicule à l'intérieur duquel la veuve pleurait le cadavre encore frais. La nuit suivante, le soldat qui montait la garde auprès des croix, afin que personne ne vînt enlever un corps pour lui donner une sépulture, constata qu'une lumière assez vive brillait au milieu des tombeaux, et entendit des pleurs et des gémissements ; poussé par la curiosité inhérente à la nature humaine, il eut envie de savoir qui était là et ce qui s'y passait. Il descendit donc dans la tombe et, en y apercevant une femme d'une grande beauté, il fut d'abord pétrifié, comme s'il avait vu un fantôme ou une apparition infernale. Mais, dès qu'il eut distingué le gisant et remarqué les larmes de la femme et son visage déchiré à coups d'ongles, il comprit ce dont il s'agissait : il était en présence d'une veuve incapable de supporter la perte de son mari. Il apporta alors sa gamelle dans le tombeau, et se mit en devoir d'exhorter l'affligée à ne pas s'obstiner dans un chagrin qui ne rimait à rien, en lui faisant valoir qu'il était bien inutile de gémir à s'en déchirer les poumons, que tout le monde avait un jour la même fin et la même demeure, et autres lieux communs propres à guérir les cœurs blessés. Mais la veuve, sourde à ce discours consolateur, se frappa la poitrine de plus belle, et s'arracha des cheveux pour les déposer sur le cadavre. Pourtant le soldat, loin de battre en retraite, essaya alors de convaincre la pauvre femme de s'alimenter, jusqu'au moment où la servante, sans doute ébranlée par l'odeur du vin, tendit la première une main vaincue vers ce que proposait obligeamment le militaire; après quoi, revigorée par la nourriture et la boisson, elle donna à son tour l'assaut à l'entêtement de sa maîtresse, en lui disant: « À quoi servira-t-il que vous vous laissiez mourir de faim, que vous vous enterriez vivante, et que vous rendiez une âme innocente avant que les destins ne la réclament?

Pensez-vous émouvoir ou la cendre ou les Mânes[1]*?*

Voulez-vous bien revivre! Voulez-vous bien renoncer à une sottise toute féminine, et jouir de la lumière aussi longtemps que vous le pourrez! Ce cadavre lui-même doit vous exhorter à la vie. » Personne n'éprouve de déplaisir à s'entendre ordonner de se nourrir et de vivre; aussi la dame, épuisée par ces quelques jours passés sans manger, accepta-t-elle de renoncer à son entêtement et se gava de nourriture non moins avidement que la servante, qui s'était rendue la première. Mais vous n'ignorez pas quelle sorte de désir vient habituellement aux humains lorsqu'ils ont bien mangé! Le soldat s'attaqua à sa vertu avec la même force de séduction que pour la convaincre de vivre. La chaste jeune femme, au demeurant, ne le trouvait dépourvu ni d'attrait ni d'éloquence, et la servante s'en faisait l'avocate en répétant:

Allez-vous donc combattre un amour qui vous plaît[2]*?*

Pourquoi vous faire languir davantage? La partie de son corps à laquelle vous pensez ne persévéra pas non plus dans l'abstinence, et le soldat rem-

---

1. Citation de Virgile, *Énéide*, IV, 34.
2. *Ibid.*, IV, 38.

porta la victoire sur toute la ligne. Ils couchèrent donc ensemble non seulement la nuit qui fut pour eux de noces, mais le lendemain et le surlendemain, non sans avoir, bien entendu, fermé la porte du tombeau, de sorte que quiconque, connu ou inconnu, se serait approché de l'édifice aurait pensé que la très vertueuse épouse avait expiré sur le corps de son mari. Le soldat, au demeurant, charmé tant par la beauté de la dame que par le secret de leur union, faisait le marché et rapportait dans le tombeau, dès la tombée de la nuit, toutes les friandises qu'il avait les moyens d'acheter. Seulement voilà : les parents d'un des crucifiés s'aperçurent que personne ne montait plus la garde, décrochèrent le corps durant la nuit et lui rendirent les honneurs funèbres. Le lendemain, lorsque le soldat, ainsi dupé du fait de son abandon de poste, constata qu'il y avait une croix sans cadavre, la punition qui l'attendait le terrifia ; il révéla à la femme ce qui s'était passé et lui déclara qu'il n'attendrait pas le jugement du tribunal, mais se punirait de sa négligence en se perçant de sa propre épée ; il lui demandait seulement de lui fournir l'emplacement de son suicide et de réunir dans le même tombeau son amant et son mari. La femme, non moins compatissante que vertueuse, lui dit alors : « Aux dieux ne plaise que je voie coup sur coup les funérailles des deux hommes que j'ai le plus chéris ! J'aime mieux mettre le mort en croix que le vivant à mort. » Et, joignant l'acte à la parole, elle ordonna que le corps de son mari fût extrait du cercueil et cloué sur la croix inoccupée. Le soldat suivit l'avis de cette femme ingénieuse, et le lendemain tout le monde se demandait comment le mort avait bien pu s'y prendre pour aller se mettre en croix.

Satyricon, 111-112.

SUÉTONE

(CAÏUS SUETONIUS TRANQUILLUS, VERS 70 — APRÈS 122)

C'est grâce à l'amitié de Pline le Jeune, qui avait l'oreille de Trajan, que le « chevalier » Suétone entra au service de l'empereur, dans ce que l'on pourrait appeler l'« administration centrale » de l'Empire, et y fit une belle carrière: jusqu'en 122, où l'on perd sa trace, il est secrétaire ab epistulis, c'est-à-dire qu'il supervise la gestion de toute la correspondance des « ministères » impériaux. Voici donc un grand commis de l'État, qui, par fonction, aime l'Empire, mais, dans ses biographies, semble détester les empereurs...

En réalité, notre homme écrivit beaucoup, et un peu sur tout — la grammaire, les usages romains, les courtisanes célèbres, et même les injures en langue grecque! La liste n'est pas exhaustive, mais tous ces ouvrages ont été perdus. Ne nous reste, en dehors d'un long fragment d'un traité sur les grammairiens et les rhéteurs, que la Vie des douze Césars, ouvrage auquel on a longtemps trouvé les minces vertus des livres réputés sulfureux.

Suétone était-il doté d'une imagination débordante? Ou fut-il le narrateur objectif des turpitudes qui font des empereurs Julio-Claudiens, à l'en croire, une assez belle galerie de monstres? Toujours est-il qu'il énumère et décrit, avec un flegme imperturbable et un style d'une froideur polaire, les vices et les crimes de ceux qui présidèrent aux destinées de Rome. Même *lorsqu'il parle d'un « grand » monarque — César ou Auguste —, il prend un malin plaisir à épingler ses faiblesses, ses manies et ses travers. Il fait la part belle aux racontars, aux superstitions, aux « révélations sensationnelles », dirait-on aujourd'hui dans la presse à scandale. Mais, en homme à fiches, il rassemble et classe méthodiquement un grand nombre d'informations de plus ou moins grande importance et diverses anecdotes qui ont nourri à la fois les dossiers des historiens et l'imagination des scénaristes de péplums. Quant à démêler le vrai du faux dans les scandales que l'auteur prête à tel ou tel empereur, il est bien difficile de faire le tri !*

De toute évidence, après Néron, la curiosité de Suétone s'émousse : il réunit en un seul livre les trois empereurs de l'année 68-69, et les trois empereurs Flaviens, Vespasien, Titus et Domitien, n'ont pas meilleur sort. Au fait, notre mémoire culturelle commune est beaucoup moins riche pour ces six derniers Césars, et ne parlons pas de leurs successeurs... Serait-ce parce nous manquent les ragots de Suétone ?

La mort de César

Lors de la fête des Lupercales, en février 44, le consul Antoine a tenté, à plusieurs reprises, de poser un diadème sur la tête de César ; celui-ci a écarté l'ornement symbolique qui aurait fait de lui un monarque oriental, mais le bruit court qu'il va faire proposer une loi qui le nommerait roi de Rome, sous prétexte que les Parthes ne seraient vaincus que par un roi ! Les sénateurs les plus conservateurs sont excédés d'être malmenés et méprisés, et certains ont formé une conjuration.

Les conjurés n'avaient eu jusque-là que des réunions dispersées, où ils ne se retrouvaient souvent qu'à deux ou trois ; ils se rassemblèrent alors en une seule réunion. Quant au peuple, il n'approuvait pas non plus la situation, dénonçait la tyrannie en secret ou ouvertement, et demandait des libérateurs. Lorsque l'on admit des étrangers au Sénat, une affiche fut placardée avec ces mots : « Salut ! Interdiction de montrer au nouveau sénateur le chemin de la Curie ! » Et l'on chantait par la Ville :

Les Gaulois, César les traîne à son triomphe,
Il les mène droit au Sénat !
Les Gaulois ont quitté leurs braies,
Et pris la toge de pourpre ornée !

Comme Quintus Maximus, qu'il avait nommé consul à sa place, entrait au théâtre et que, selon l'usage, le licteur l'annonçait avec son titre, le public unanime s'écria : « C'est pas vrai, il n'est pas consul ! » Après la révocation par César de deux tribuns, Caesetius et Marcelleus, on trouva aux comices suivants un grand nombre de bulletins de vote qui les désignaient comme consuls. Des gens écrivirent, sur le socle de la statue de Lucius Brutus[1] : « Ah ! Si seulement tu vivais aujourd'hui ! » et au bas de celle de César :

Brutus chassa les rois et le premier fut élu consul,
César, pour avoir chassé les consuls, fut le dernier
  nommé roi.

---

1. Il s'agit de la statue de Lucius Junius Brutus qui, en 509 av. J.-C., chassa de Rome Tarquin le Superbe, et fut ensuite, avec Collatinus, élu consul, inaugurant de la sorte la République et sa magistrature suprême. Les deux Brutus qui assassinent César sont des descendants de ce héros.

La conspiration fomentée contre lui réunit plus de soixante conjurés, avec à leur tête Caïus Cassius, Marcus et Decimus Brutus. Ils hésitèrent entre plusieurs occasions d'attentats : au Champ de Mars, au moment où il appellerait les tribus à voter, une partie des conjurés le jetteraient à bas du pont, tandis que les autres l'attendraient en bas pour le massacrer ; ou bien ils l'attaqueraient sur la Voie Sacrée, ou à l'entrée du théâtre. Quand le Sénat fut convoqué dans la Curie de Pompée[1], le jour des Ides de mars, ils trouvèrent le lieu et l'endroit opportuns.

Cependant, des prodiges spectaculaires ont annoncé ce meurtre encore à venir. Quelques mois auparavant, dans la colonie de Capoue, des colons installés là par la loi Julia[2] dispersaient d'antiques sépultures pour bâtir des fermes et mettaient d'autant plus d'ardeur à ce travail qu'en fouillant ils tombaient sur bon nombre de petits vases d'un travail ancien, quand ils trouvèrent une table de bronze dans le monument où avait été enterré, dit-on, Capys, fondateur de Capoue ; sur cette table était inscrite, en langue grecque et en caractères grecs, la phrase suivante :

Quand les ossements de Capys seront mis à jour, un descendant d'Iule[3] périra de la main de ses proches parents, et sera bientôt vengé par de grands massacres en Italie.

---

1. Le bâtiment était ainsi nommé parce qu'il renfermait une statue de Pompée, qui avait fait rénover le quartier. Selon Plutarque, c'est au pied de cette statue que tomba César !
2. Cette *lex Julia*, édictée par Jules César, distribuait des terres aux vétérans de ses légions.
3. Iule est, avec Ascagne et Ilus, un des trois noms portés successivement par le fils d'Énée. En faisant dériver de Iule le nom de sa famille (la *gens* Julia), César s'était attribué une origine divine, puisque la mère d'Énée n'était autre que Vénus.

Ce fait ne saurait être tenu pour une affabulation ou une histoire inventée, puisqu'il est attesté par Cornelius Balbus, ami intime de César. Et les derniers jours de sa vie, celui-ci apprit que les troupeaux de chevaux qu'il avait déclarés sacrés en franchissant le Rubicon, en les laissant paître en liberté et sans gardiens, s'abstenaient obstinément de toute nourriture et versaient des flots de larmes. Tandis qu'il immolait une victime, l'haruspice Spurinna l'avertit de se méfier d'un danger qui ne durerait pas au-delà des Ides de mars. La veille de ce jour, on vit un roitelet entrer en portant dans son bec un rameau de laurier dans la Curie de Pompée : des oiseaux de différentes espèces le poursuivirent et, là, le mirent en pièces. Et la nuit même qui précéda le jour de son assassinat, il lui sembla, dans son sommeil, tantôt qu'il volait au-dessus des nuages, tantôt qu'il serrait la main de Jupiter. Sa femme Calpurnia rêva que le toit de la maison s'écroulait et que son époux était transpercé dans ses bras de coups de couteaux ; et subitement les portes de la chambre s'ouvrirent toutes seules.

En raison de tous ces signes et d'une sensation de mauvaise forme physique, il hésita longtemps, et faillit rester chez lui en différant ce qu'il avait prévu de faire au Sénat. Mais, comme Decimus Brutus lui conseillait de ne pas décevoir les sénateurs venus nombreux qui l'attendaient déjà depuis longtemps, il sortit finalement vers onze heures. Quelqu'un se porta devant lui sur son passage et lui tendit un billet dénonçant le complot — il rangea le billet, comme pour le lire plus tard, avec les autres papiers qu'il tenait de la main gauche[1]. Puis, après avoir

---

1. Ce « dénonciateur » passe pour avoir été un Grec qui enseignait la rhétorique et la littérature à Rome, nommé Artémidore de Cnide.

immolé plusieurs victimes sans obtenir de présages favorables, il entra dans la Curie, au mépris des prescriptions religieuses, en se moquant de Spurinna et en disant qu'il avait fait une prédiction fausse, puisque les Ides de mars étaient là sans aucun ennui pour lui ; l'autre répondit « qu'elles étaient bien arrivées, mais point encore passées ! »

Lorsqu'il fut assis, les conjurés l'entourèrent comme pour lui rendre leurs devoirs, et aussitôt, Cimber Tullius, qui s'était chargé du premier rôle, s'approcha comme pour lui demander quelque chose. D'un geste, César refusa de lui parler et renvoya l'affaire à plus tard, et alors Cimber Tullius saisit sa toge aux deux épaules. « Ah ! Tu me fais violence ! » s'écria César, mais l'un des deux Cassius le blesse par-derrière au niveau du cou. César saisit le bras de Cassius et le perça de son stylet ; il voulut se redresser d'un bond, mais fut ralenti par une autre blessure. Quand il se rendit compte qu'il était de tous côtés menacé par des poignards, il s'enveloppa la tête de sa toge ; en même temps, de sa main gauche, il en abaissa le pli jusqu'au bas de ses jambes, pour tomber décemment, avec le bas de son corps voilé. C'est dans cette position qu'il fut percé de vingt-trois coups de couteaux, en ne laissant échapper un gémissement qu'au premier coup, sans énoncer une parole, bien que certains aient rapporté qu'il dit en grec à Marcus Brutus, quand il se précipita sur lui : « Toi aussi, mon enfant ! » Quand il ne respira plus, tout le monde s'enfuit, et il resta un assez long moment gisant à terre, jusqu'à ce que trois petits esclaves le posent sur une litière, d'où sortait, pendant, un de ses bras, et le ramènent chez lui.

Vie des douze Césars, César, 80-82.

L'ignoble Caligula

De tous les empereurs Julio-Claudiens, c'est Caligula qui, dans les biographies de Suétone, reçoit l'« image de marque » la plus catastrophique : Tibère est cruel, mais par timidité ; Néron est fantasque, mais artiste et prodigue ; Caïus, puisqu'on l'appelait ainsi, est le César fou, à la fois sadique et schizophrène, mégalomane et paranoïaque, érotomane et mythomane. Un monstre, nous dit Suétone : un cas pathologique, en tout cas. Nous avons, à dessein, dans ce réquisitoire, sélectionné le récit de quelques crimes : il faut avouer que la liste intégrale, froide et interminable (plus de vingt pages !), a de quoi lasser...

J'ai parlé jusqu'ici d'un chef d'État ; c'est d'un monstre que je vais parler maintenant. Gratifié de toutes sortes de surnoms — on l'appelait « le Pieux », « l'Enfant des armées », « le Père des soldats », « le Très Bon », « le Très Grand » —, il donna audience à plusieurs rois que leurs affaires avaient amenés à Rome, et, les entendant discuter entre eux de la prééminence, il s'écria : « Il n'y a qu'un seul maître, il n'y a qu'un seul roi ! », tout prêt à prendre le diadème et les insignes de la royauté. On lui dit alors qu'il était trop au-dessus de tous les rois, ce qui fit qu'il commença à prétendre aux honneurs divins. Il fit venir de Grèce les statues des dieux les plus réputées pour leur perfection ou la vénération des peuples, notamment celle de Jupiter Olympien ; il fit enlever leurs têtes et mettre à la place celles de ses propres statues. Il fit agrandir son palais jusqu'à atteindre la place publique où se dressait le temple de Castor et Pollux, et il en fit un vestibule où il se présentait assis entre les deux jumeaux pour se faire adorer. Quelques-uns le saluant sous le nom de

«Jupiter Latin», il eut un temple, des prêtres et les victimes les plus rares. Dans son temple on érigea sa statue, que chaque jour on habillait comme lui-même. Les citoyens les plus riches briguaient avidement ce sacerdoce. Les victimes qu'on lui offrait étaient des flamants roses, des paons, des poules d'Inde et d'Afrique, des oies noires, des faisans, et à chaque jour correspondait une espèce. Durant la nuit, il invitait la Lune, lorsqu'elle était à son plein, à venir partager sa couche ; pendant le jour, il s'entretenait avec Jupiter, tantôt lui parlant à l'oreille et feignant d'écouter ses réponses, tantôt élevant la voix et même lui faisant des reproches, car on l'entendit une fois lui dire sur un ton menaçant : «Je vais te réexpédier en Grèce, d'où je t'ai fait venir ! » Mais peu après, selon ses propres dires, s'étant «laissé apaiser» et ayant été «invité par Jupiter à venir habiter chez lui», il fit construire, du mont Palatin jusqu'au Capitole, et par-dessus le temple d'Auguste, une galerie de communication ; puis, afin d'être encore plus proche voisin du dieu, il fit creuser les fondations d'un nouveau palais sur le Capitole même. [...]

Il eut des relations sexuelles avec toutes ses sœurs, et l'on dit qu'il déflora Drusilla alors qu'il était encore mineur ; on dit même qu'il fut surpris dans ses bras par Antonia, chez qui il avait été élevé avec elle. Il lui fit épouser l'ancien consul Lucius Cassius Longinus, après quoi il la lui prit et la traita publiquement comme son épouse légitime, au point que, étant tombé gravement malade, il la coucha sur son testament en tant qu'héritière de ses biens et de l'Empire. Lorsqu'elle mourut, il fit décréter un deuil général durant lequel le simple fait d'avoir ri, d'être allé aux bains ou d'avoir dîné avec ses parents, sa femme et ses enfants était puni de mort. Incapable de surmonter sa douleur, il partit en pleine nuit pour la Campanie et de là gagna Syracuse, d'où il revint tout aussitôt. Il se laissa alors pousser la barbe et les cheveux, et par la suite il ne jura plus que par le nom de Drusilla, même en traitant les affaires les plus importantes et en s'adressant au peuple et aux soldats. Il n'eut pas le même amour pour ses autres sœurs et ne les traita pas de la même façon, puisqu'il les prostitua souvent à ses mignons. Aussi n'hésita-t-il pas à les condamner à l'exil en tant qu'adultères et complices d'un complot fomenté par Lepidus. [...]

Voici les manifestations les plus évidentes de sa barbarie. Comme le prix trop élevé de la viande ne permettait pas de nourrir les animaux destinés aux spectacles, il les fit nourrir de la chair de criminels qu'on leur faisait dévorer vifs, et il désigna lui-même ceux qui devaient leur être livrés ; un jour qu'il visitait les prisons, il condamna même aux bêtes, sans autre forme de procès, tous ceux qui y étaient enfermés. Il prit au mot un citoyen qui avait imprudemment juré de mourir pour lui s'il le fallait ; comme l'autre hésitait, il le fit parer comme une victime, puis le livra à une troupe de gamins à qui il ordonna de le poursuivre dans les rues en lui rappelant son vœu, jusqu'à la roche Tarpéienne, d'où il dut se précipiter. Il condamna aux mines, aux travaux forcés ou aux bêtes, après les avoir fait marquer au fer rouge, une foule de citoyens distingués ; il les fit aussi entasser dans des cachots où ils ne pouvaient se tenir qu'à quatre pattes ; il en fit même scier en deux. Et cela pas pour des fautes graves, mais pour n'avoir pas été satisfaits d'un de ses spectacles, pour n'avoir jamais juré par son Génie. Il contraignait les pères à assister au supplice de leurs enfants ; l'un d'eux tenta d'y échapper pour raison de santé, mais il lui envoya sa propre litière ; il invita à sa table un autre qui venait de voir mourir son fils, et le força à rire et à se montrer joyeux. Il fit battre à coups de chaînes, durant plusieurs jours d'affilée, un entrepreneur de spectacles, et ne donna l'ordre de l'achever que lorsqu'il se sentit incommodé par l'odeur de ses plaies. Un auteur d'atellanes[1] fut brûlé vif dans l'arène à cause d'un vers équivoque. Il fit ramener à lui un chevalier romain condamné aux bêtes, qui clamait son innocence, lui fit arracher la langue et le renvoya au supplice. [...] Il faisait toujours frapper lentement, et aux bourreaux il donnait toujours cette consigne : « Fais en sorte qu'il se sente mourir ! » Ayant fait périr un homme à la place d'un autre en raison d'une homonymie : « Celui-ci, dit-il, l'a autant mérité que l'autre ! » Et il citait souvent ce vers d'un poète tragique : « Qu'ils me haïssent, soit, du moment qu'ils me craignent ! » Sa cruauté ne le quittait pas dans ses jeux, ses divertissements, ses festins : on torturait les accusés devant lui, pendant qu'il dînait ou se livrait à la débauche. Un soldat habile à couper les têtes exerçait son talent en sa présence sur tous les prisonniers, quels qu'ils fussent. Lors de l'inauguration du pont de bateaux qu'il fit construire pour relier Baïes à Pouzzoles, il invita plusieurs des personnes présentes sur le pont à s'approcher de lui et les précipita toutes dans la mer ; quelques-unes tentèrent de s'accrocher aux bateaux, mais il les fit repousser avec des crocs et des avirons. À un esclave qui, lors d'une fête, avait détaché d'un lit une lamelle d'argent, il fit couper les mains et les lui fit suspendre au cou, puis ordonna qu'on le promenât ainsi avec un écriteau indiquant la cause de son châtiment. [...]

Sa méchanceté jalouse et son orgueil le faisaient

---

1. Les atellanes étaient des pièces de théâtre comiques, de tradition italique, de style farcesque et populaire, qui n'ont pas été conservées.

outrager les hommes de tous les siècles. Il fit abattre et disperser les statues des grands hommes qu'Auguste avait transportées du Capitole, où elles manquaient de place, sur le Champ de Mars ; lorsque, plus tard, on voulut les y replacer, on ne put en retrouver les inscriptions titulaires. Il interdit qu'on érigeât de statue à qui que ce soit sans le consulter. Il voulut même aussi détruire les ouvrages d'Homère, demandant à ce propos pourquoi il n'aurait pas le droit de faire ce qu'avait fait Platon, qui avait bien chassé le poète de sa République. Et peu s'en fallut qu'il ne fît ôter de toutes les bibliothèques les œuvres de Virgile et de Tite-Live, car il jugeait le premier ignare et dépourvu de génie, et considérait le second comme un historien verbeux et peu fiable. Il envisageait aussi d'abolir toute la jurisprudence, et disait qu'il ferait en sorte d'être en la matière l'unique juge et arbitre. [...] Sur le plan des mœurs, il fut aussi débauché que débaucheur. On assure qu'il se donna à Marcus Lépidus, au comédien Mnester et à quelques otages étrangers. Valerius Catulus, de famille consulaire, l'accusa ouvertement d'avoir abusé de sa jeunesse jusqu'à lui fatiguer les flancs. Et, sans parler de ses incestes avec ses sœurs et de sa passion bien connue pour la courtisane Pyrallide, il ne respecta aucune des femmes de la bonne société : il les invitait à dîner avec leurs maris et les faisait défiler devant lui en les examinant avec toute l'attention d'un marchand d'esclaves, allant même jusqu'à leur relever le menton avec la main si la honte leur faisait baisser la tête ; après quoi il emmenait dans une chambre voisine celle qui avait sa préférence, puis, lorsqu'il revenait en portant encore les traces de la coucherie qui venait d'avoir lieu, il louait ou blâmait tout haut leur comportement sexuel.

Vie des douze Césars, Gaius (Caligula), 22-36.

JUVÉNAL
(DECIMUS JUNIUS JUVENALIS, VERS 60 — APRÈS 127)

Victor Hugo disait que Juvénal aux neuf Muses en avait ajouté une dixième, qui était l'indignation. De fait, Juvénal, qui vécut au milieu du Ier siècle, apparaît comme le type même de l'homme en colère, et ses satires n'ont plus rien des aimables propos à bâtons rompus qu'étaient celles d'Horace.

Ces Satires expriment l'écœurement que fait naître chez le poète le spectacle de la Rome de son temps, qui est à ses yeux une ville pourrie où le fric est roi, où la corruption règne et où les vices les plus divers fleurissent à l'envi. Imprécateur universel, il tire sur tout ce qui bouge, dénonçant avec véhémence les embouteillages diurnes et l'insécurité nocturne de Rome ; les étrangers et les immigrés qui y pullulent et font que les Romains ne se sentent plus chez eux ; les ploutocrates qui écrasent les pauvres gens de leur mépris ; les prétoriens qui tiennent le haut du pavé et oppriment impunément les civils ; et par-dessus tout les femmes, contre lesquelles il se déchaîne tout au long des 661 hexamètres de sa sixième satire, la plus longue du recueil, sommet indépassable de l'antiféminisme (rien n'est pire à ses yeux que les femmes vicieuses, si ce n'est les vertueuses).

Juvénal est un parfait représentant de ce qu'on appelle le populisme, avec, hélas, la caution de ce passéisme foncier de la culture traditionnelle romaine, qui lui fait idéaliser la vie rustique des «vieux Romains», parés à ses yeux de toutes les vertus. Le tout dans un style pittoresque et haut en couleur, marqué au coin d'une rhétorique quelquefois un peu boursouflée. La question se pose, du reste, de savoir s'il n'est qu'un rhéteur dépourvu de sincérité ou s'il exprime des sentiments et des indignations authentiques. Peu importe: on peut voir en Juvénal le créateur de la satire au sens moderne du terme, et cela suffit à faire de lui un écrivain profondément original et de son recueil de seize satires un texte véritablement fondateur.

Pas une pour racheter l'autre!

Va-t-on pouvoir, sous nos portiques, te montrer
Une femme qui soit digne que tu l'épouses?
En verras-tu, sur les gradins de nos théâtres,
Une seule, en tel lieu, que tu puisses aimer
Et choisir sans trembler? Lorsque le beau Bathylle
Danse le rôle de Léda, Tuccia n'est plus
Maîtresse de ses sens, et Apula soudain
Se met à exhaler les râles de l'orgasme,
Tandis que Thymélé, muette d'attention,
Toute novice encore, est là comme à l'école. [...]
Femme d'un sénateur, Eppia jusqu'à Pharos
Et jusqu'au bord du Nil, jusqu'à Alexandrie,
Partit accompagner un lot de gladiateurs.
Oubliant sa maison, sa sœur et son mari,
Négligeant sa patrie et ses enfants en pleurs,
La garce! et puis voici qui plus étonne encore,
Renonçant à Pâris, à tous les jeux du Cirque.
Bien que, dans son enfance, elle eût toujours dormi,
Chez son riche papa, dans un berceau de plumes,
Elle brave la mer, ayant bravé l'honneur,
Dont on fait peu de cas dans les fauteuils moelleux.

Elle affronte les flots de la mer Thyrrénienne,
Les vagues d'Ionie au loin retentissantes,
Toutes ces mers enfin qu'il lui faut traverser,
Et cela sans trembler. Les femmes, d'ordinaire,
Si pour un bon motif il leur faut s'exposer,
Le cœur glacé d'effroi, sont prises de panique,
Leurs jambes, flageolant, se dérobent sous elles.
Elles n'ont cœur vaillant que pour leurs impudences !
Ah ! si c'est leur mari qui leur en donne l'ordre,
Que s'embarquer est dur ! Que la sentine pue !
Il leur semble soudain que tout tourne autour d'elles.
Oui, mais quand il s'agit de suivre un greluchon,
Leur estomac tient bon ! Vous les verrez gerber
Sur leur mari, bien sûr, mais avec un amant
Elles partageront le repas des marins,
Et se baladeront sur la poupe, allant même
Jusqu'à prendre en leurs mains les cordages rugueux !
Pour qui s'enflamme-t-elle et de quelle jeunesse
Est-elle, notre Eppia, éprise de la sorte ?
Qu'a-t-elle bien pu voir qui lui fasse accepter
Qu'on lui donne partout le nom de « gladiatrice » ?
Vous allez le savoir. Un certain Sergiolus,
Ayant perdu un bras, espérait la retraite,
Pas vraiment ravissant, avec la bosse énorme
Qu'il avait sur son nez qu'avait meurtri le casque,
Et puis l'un de ses yeux coulant en permanence.
Oui, seulement voilà : c'était un gladiateur !
Ceux-là, ipso facto, deviennent des Hyacinthes,
Et passent loin devant mari, sœur et enfants :
Elles aiment le fer ! Ce même Sergiolus,
Imaginez qu'il ait déjà pris sa retraite :
Elle ne l'aurait plus honoré d'un regard !
Mais là je n'ai parlé que d'une simple femme.
L'exemple vient de haut : vois les rivaux des dieux !
Écoute seulement ce qu'a supporté Claude !
Dès qu'elle constatait qu'il s'était endormi,
Préférant un grabat au lit du Palatin,

L'impériale putain[1] s'en allait dans la nuit,
Un manteau la cachant, avec une servante.
Ses cheveux noirs couverts d'une perruque blonde,
On la voyait entrer dans un bordel bien chaud,
Où elle avait toujours une chambrette à elle.
C'est là que, sous le nom mensonger de « Louvette »,
Ses deux seins maintenus par un bandeau doré,
Noble Britannicus, elle exhibait le ventre
Où elle te porta, pour se prostituer,
Accueillant les clients d'un sourire aguichant,
Tout en les ponctionnant de son petit cadeau.
Et puis, quand le taulier faisait la fermeture,
Tristement, la dernière, elle partait enfin,
Mais la vulve brûlante encore sous tension,
Crevée par tous ces mecs, mais non pas rassasiée,
Le visage souillé par la suie de la lampe,
Rapportant au palais les relents du bordel. [...]
— Quoi ? Tu ne feras grâce à pas une des femmes ?
— Supposons qu'il s'en trouve une qui soit bien faite,
Qui soit riche et féconde et qui sous ses portiques
Étale les blasons de ses nobles aïeux,
Et qui en chasteté surpasse les Sabines,
Celles qui autrefois, les cheveux dénoués,
Allèrent se jeter entre les combattants :
Oiseau rare en ce monde autant qu'un cygne noir !
Qui pourrait supporter épouse si parfaite ?
J'aimerais, pour ma part, mieux une paysanne
Que vous, ô Cornélie, oui, vous, mère des Gracques,
Si avec vos vertus vous veniez m'apporter
Une morgue hautaine et si dans votre dot
De vos fameux aïeux vous comptiez les triomphes !
De grâce, ôtez-moi donc de là votre Hannibal,
Ôtez votre Syphax abattu dans son camp,

---

1. Il s'agit de Messaline, première épouse de l'empereur Claude, réputée pour son inconduite (voir le texte de Tacite, *supra* p. 464). Mais Juvénal en rajoute peut-être !

Et fichez-moi la paix avec votre Carthage! [...]
Est-il une vertu, est-il une beauté
Qui vaille que sans cesse on vante le bonheur
D'en être possesseur? Leur charme s'évanouit
Si, gâté par l'orgueil, il a plus d'amertume
Qu'il ne produit de miel. Quel mari aime assez
Sa femme pour ne point prendre en grippe et maudire
Au moins sept fois par jour cette admirable épouse?
Voici d'autres travers aussi insupportables
Pour les maris. Est-il rien de plus odieux
Qu'une femme croyant qu'elle n'est vraiment belle
Que si, née en Toscane, elle s'est faite Grecque,
Athénienne pur jus? Elle dit tout en grec,
Comme s'il était chic d'ignorer le latin!
Frayeurs, colères, joies et soucis en tout genre,
Tout ça lui vient en grec, et, comble de snobisme,
C'est en grec qu'elle baise! À une jeune femme
Cela convient encor; mais ouïr toujours du grec
Dans la bouche de qui a ses quatre-vingts ans!
Cette langue messied à une vieille femme. [...]
Si, avec la candeur d'un époux débonnaire,
Tout entier tu te voues à une seule femme,
Alors courbe la tête et sois prêt à porter
Le joug! Car il n'en est aucune qui épargne
Un mari amoureux: amoureuse elle-même,
Elle prendra toujours plaisir à l'embêter
Et à le dépouiller. Plus il sera gentil,
Moins elle s'abstiendra de lui gâcher la vie.
Donner, vendre, acheter, si Madame dit non,
Tu ne le pourras pas. Elle régentera
Même tes sentiments, et tu devras chasser,
S'il n'a l'heur de lui plaire, un vieil ami d'enfance!
Un proxénète ou un patron de gladiateurs
Ou même un gladiateur peut tester comme il veut;
Mais pour toi pas question! Il te faudra coucher
Dessus ton testament plus d'un de tes rivaux.

« Mets cet esclave en croix! — Mais qu'a-t-il fait de
　mal?
Où sont donc les témoins? Qui donc l'a dénoncé?
On ne condamne pas à mort à la sauvette!
— Un esclave! Es-tu sot! C'est un homme, à tes yeux?
Il n'a rien fait? D'accord! Mais c'est mon bon
　plaisir.
S'il faut une raison, ma volonté suffit!» [...]
Dans le lit conjugal on ne sommeille guère:
Ce n'y sont que procès, querelles incessantes!
Elle mérite bien la palme de l'odieux,
Celle qui, pour cacher une secrète faute,
Fait semblant de gémir, te prétend infidèle
Et fait couler en grand le torrent de ses larmes,
Dont elle sait garder une réserve prête.
Tu te laisses piéger, croyant à son amour;
Mais que de billets doux, pourtant, tu pourrais lire
Si jamais tu ouvrais le coffret de ta femme
Jalouse, et que pourtant tu trouveras un jour
Dans le lit d'un esclave ou bien d'un chevalier.
« Eh quoi, te dira-t-elle, on s'était bien juré
Que je te laisserais toute ta liberté
Et qu'en retour j'aurais aussi toute la mienne
Pour m'amuser un peu: je suis un être humain!»

Satires, VI, 60 *sqq.*

Les soldats font la loi!

Juvénal déteste les militaires au moins autant que les femmes: en témoigne cet extrait de la Satire XVI, *qui, inachevée, est la dernière du recueil.*

Le métier militaire a bien des avantages:
Je vais t'en citer un, et qui n'est pas des moindres.

Jamais tu ne verras un civil se permettre
De cogner un soldat. Si c'est lui, en revanche,
Que cogne un militaire, il n'osera jamais
Contre lui porter plainte, et faire constater
Son visage amoché et ses dents déchaussées
Et son seul œil restant, pour lequel le docteur
Ne veut rien garantir. Et si jamais il l'ose,
Les juges, ce seront des godillots cloutés
Et d'énormes mollets sur une haute estrade !
Car c'est ce que prévoit le code des armées,
Tel que le vieux Camille[1] autrefois l'établit :
On ne juge un soldat qu'au sein de la caserne.
— « Oui, mais c'est bien normal de confier l'enquête,
S'agissant d'un soldat, à ceux qui le commandent ;
Si je suis dans mon droit, ils le reconnaîtront. »
Peut-être... En attendant, tu auras contre toi
Le régiment entier ; et tous ses camarades
Se ligueront afin que sa punition
Soit légère, et moins lourde, en tout cas,
Que le tort qu'il t'a fait. Il faut être cinglé,
Têtu comme un mulet, quand on n'a que deux jambes,
Pour oser affronter autant de godillots !
Et puis, qui donc voudra partir si loin de Rome[2] ?
Auras-tu un ami qui soit un vrai Pylade,
Au point de se risquer dans le casernement ?
Séchons nos larmes, donc, et ne requérons point
Nos amis, qui toujours sauront se défiler !
Quand le juge dira : « Produisez vos témoins ! »,
Si même il s'en trouve un pour avoir vu la scène,
Je le mets au défi de dire qu'il l'a vue ;
Ou, s'il l'ose, alors là, je le jugerai digne
Des Romains d'autrefois, barbus et chevelus !

---

1. Camille est le célèbre dictateur qui avait sauvé Rome des Gaulois en 367 av. J.-C.
2. Les armées n'avaient pas le droit de pénétrer dans Rome, et devaient être cantonnées hors de la Ville.

Produire un faux témoin contre un simple pékin,
C'est beaucoup plus aisé qu'un témoin véridique
Contre les intérêts et l'honneur d'un soldat.

Satires, XVI, 7-34.

APULÉE
(LUCIUS ? APULEIUS,
SECONDE MOITIÉ DU IIe SIÈCLE)

*Étrange personnage — mais bien représentatif de son époque — que cet écrivain avec qui se clôt, dans les dernières décennies du IIe siècle, la littérature latine classique : se proclamant philosophe platonicien (et auteur, effectivement, de plusieurs traités de vulgarisation philosophique), il apparaît aussi très attiré non seulement par les « religions à mystères », d'origine orientale, tel le culte d'Isis et Osiris, qui se répandent à cette époque dans le monde méditerranéen, mais aussi par les pratiques magiques, auxquelles il s'intéresse de si près qu'il se verra intenter un procès en magie frauduleuse (nous avons conservé, sous le titre d'*Apologie, *le plaidoyer par lequel il s'employa à réfuter les accusations portées contre lui). Ce natif d'Afrique du Nord fut aussi, à Carthage qui en était la capitale et le principal foyer intellectuel, un conférencier mondain si prestigieux que ses compatriotes lui élevèrent une statue (plusieurs extraits de ses conférences nous sont également parvenus, sous le titre de* Florides *qui traduit le grec* Anthologia*). Mais de cette œuvre multiforme la postérité a surtout retenu le roman qui fait de lui le second représentant du genre, et qui porte le titre de* Métamorphoses, *assorti du mystérieux sous-titre d'*Asinus aureus, *que l'on traduit traditionnellement* L'Âne d'or, *mais dont la signification très controversée, est peut-être à cher-*

cher du côté de la mythologie égyptienne, où le mauvais dieu Seth s'incarnait sous la forme d'un âne « *roux* ».

Ce roman en onze livres, raconté à la première personne comme le Satyricon, nous conte les tribulations d'un jeune Grec nommé Lucius, passionné lui aussi de magie, qui se trouve malencontreusement métamorphosé en âne et connaît, sous la forme de cet animal, de nombreuses aventures à travers la Grèce, jusqu'au jour où, grâce à l'intervention de la déesse Isis, il recouvre enfin, au livre XI, la forme humaine avant de devenir un fidèle et même un prêtre de la déesse.

Il s'agit, à première vue, d'un pur roman de divertissement, qui se présente tout à fait comme un roman d'aventures moderne — des aventures où violence, sadisme et érotisme occupent une large place. Mais il est peu probable qu'un philosophe doublé d'un esprit intensément religieux se soit contenté d'écrire un ouvrage de ce type ; de nombreux indices donnent d'ailleurs à penser que ce roman possède une signification religieuse, et que le livre XI, succédant aux dix premiers où est mise en évidence (non sans humour) la « misère d'un monde sans Isis », est destiné à apporter au lecteur la Révélation de la religion isiaque, centrée sur cette déesse du Bon Secours qui y est célébrée dans des termes étonnamment proches de la mystique chrétienne alors en cours d'élaboration.

À cela s'ajoute l'insertion, au centre du roman, d'un récit tout aussi étrange, qui est le Conte d'Amour et Psyché : censément raconté par une vieille femme et retranscrit par Lucius qui en a été l'auditeur, ce conte mythologique relate d'autres tribulations, celles de la belle Psyché, partie à la recherche de son époux divin Cupidon qu'elle a perdu par sa faute. Là encore la question se pose : œuvre de divertissement, ou d'édification philosophique et religieuse ? Les deux thèses *ont été soutenues, mais le fait que les deux protagonistes ne soient autres que l'Âme (en grec Psyché) et l'Amour (Cupidon) semble bien faire écho à des idées présentes dans le* Phèdre *de Platon, et les errances de Psyché ainsi que son triomphe final offrent un parallèle si frappant avec ceux de Lucius que les deux œuvres pourraient bien s'expliquer l'une par l'autre, dans le cadre de ce néoplatonisme qui est alors à ses débuts et s'efforce de repenser la doctrine platonicienne en relation avec le mysticisme oriental. « Le roman, disait un jour Umberto Eco, a pour but de mettre en scène des ambiguïtés » : nous y sommes en plein !*

Erreur fatale

Voyageant à travers la Thessalie, qui était par excellence, pour les Anciens, le pays des sorcières et des magiciennes, le jeune Corinthien Lucius est descendu chez un « hôte » de sa famille, dont l'épouse est précisément l'une de ces femmes aux pouvoirs redoutables. Devenu l'amant de la soubrette Photis, il obtient de celle-ci qu'elle dérobe à sa maîtresse un onguent magique susceptible de le métamorphoser en oiseau...

Tremblant de tout son corps, la soubrette se glissa dans la chambre de sa maîtresse, et prit une boîte dans le coffret de celle-ci ; quant à moi, saisissant la boîte à deux mains, je la couvris de baisers en la priant de bien vouloir m'accorder un vol sans encombre. Après quoi je me dévêtis entièrement et, plongeant les mains dans le récipient, j'y puisai une bonne dose d'onguent dont je me frictionnai de la tête aux pieds. Et déjà je m'efforçais de reproduire les mouvements du vol en agitant les bras en cadence, mais sur moi n'apparaissait pas le moindre duvet, pas la moindre ébauche de plume. Au lieu de cela, mes poils s'épaississent et deviennent des crins, ma peau si douce se durcit et se transforme en cuir, au bout de mes mains mes cinq doigts se rassemblent pour former un sabot unique, et au bas de mon dos pousse une longue queue! Mon visage à son tour devient difforme, avec des naseaux béants, des lèvres pendantes et des oreilles qui s'allongent démesurément tout en se hérissant de poils! À ma triste métamorphose je ne vois qu'une seule consolation, c'est l'accroissement semblable de mon membre viril, encore que je sois devenu bien incapable de prendre Photis dans mes bras! Et, lorsque je me regarde, sans pouvoir faire quoi que ce soit pour échapper à mon infortune, ce n'est pas un oiseau qui s'offre à mes yeux, mais bel et bien un âne! Maudissant l'action de Photis, mais dans l'impossibilité de recourir désormais aux gestes et aux mots des humains, je laisse pendre ma lèvre inférieure et j'adresse à la jeune femme des regards humides et chargés de reproches muets. Dès qu'elle me vit métamorphosé de la sorte, elle se gifla de toutes ses forces en s'écriant : « Malheureuse, je suis anéantie ! J'avais tellement peur et je me suis tellement hâtée que je me suis trompée de boîte, il faut dire qu'elles se ressemblent toutes. Mais tout n'est pas perdu, car il existe un antidote abondant et facile à trouver : il te suffira de mâcher des roses pour cesser immédiatement d'être un âne et redevenir, par une métamorphose inverse, mon Lucius chéri. Si seulement j'avais préparé pour nous quelques couronnes de roses, comme je le fais d'habitude, la chose pourrait se faire sans plus attendre ; mais ne t'en fais pas : dès le point du jours le remède sera à ta disposition. » Quant à moi, bien que je fusse devenu tout simplement, de Lucius que j'étais, une bête de somme, je conservais l'intelligence d'un homme, et je me demandais si je devais frapper à coups de sabots cette scélérate ou la tuer en l'attaquant à coups de dents. Mais, à la réflexion, je renonçai à ce projet absurde, car en me vengeant de la sorte je risquais de me priver de tout moyen de salut. Je restai donc tête basse et, en la secouant, je dissimulai silencieusement mon humiliation temporaire et me résignai à mon infortune. Je pris alors la direction de l'écurie, où je rejoignis le cheval qui m'avait si fidèlement servi ; j'y trouvai aussi un autre animal, qui n'était autre que l'âne appartenant à mon hôte. Je m'imaginais naïvement qu'il existait entre animaux une solidarité muette et spontanée et que mon cheval, en me reconnaissant, me prendrait en pitié, me ferait bon accueil et même m'accorderait la préséance. Erreur profonde ! J'en atteste Jupiter hospitalier et la lointaine majesté de la Bonne Foi, ma digne monture et l'âne de mon hôte tinrent aussitôt conciliabule et se mirent d'accord pour causer ma perte ; craignant sans doute pour leurs rations, ils ne m'avaient pas plutôt vu m'approcher de leur râtelier que, les oreilles couchées, ils m'assaillirent furieusement à coups de sabots ! Et je fus bien obligé de m'éloigner de l'orge que j'avais, la veille, apportée de mes propres mains à ce serviteur si peu reconnaissant.

Métamorphoses, III, 23-28.

Miracle à Corinthe

La nuit suivant sa métamorphose, Lucius est enlevé par une troupe de brigands qui l'emmènent loin de la ville, et c'est pour lui le début d'un long et périlleux périple à travers la Grèce : passant de maître en maître, il assiste à toutes sortes de faits divers scabreux dont il se fait le narrateur et vit lui-même toutes sortes d'aventures, sans jamais parvenir à trouver les roses dont la consommation lui permettrait de redevenir un humain. Un beau soir, ayant réussi à s'échapper, il s'endort sur une plage proche de Corinthe, où ses tribulations l'ont ramené, après avoir adressé une prière fervente à l'astre des nuits qui se levait au-dessus de la mer. Et voici que, durant son sommeil lui apparaît la déesse Isis: c'est elle que, sans le savoir, il a priée, et elle lui annonce qu'elle l'a pris en pitié et que, dès le lendemain, il va pouvoir trouver le salut, grâce à une couronne de roses que portera, lors d'une procession en son honneur, l'un de ses prêtres, averti lui-même de ce qui va se passer...

Le prêtre, émerveillé de voir comme tout se déroulait conformément aux instructions qui lui avaient été données, s'arrêta dès qu'il m'aperçut, et en tendant la main mit de lui-même devant ma bouche la couronne de roses qu'il portait. Alors moi, tremblant d'émotion et le cœur battant à grands coups, je saisis d'une bouche avide cette couronne, qui étincelait des magnifiques roses dont elle était tressée, et, impatient de voir se réaliser la promesse qui m'avait été faite, je la dévorai. La déesse ne m'avait pas trompé! Immédiatement se détache de moi mon horrible et bestiale apparence: disparaît tout d'abord mon poil hérissé, puis ma peau épaisse s'amincit, mon gros ventre se dégonfle, de mes pieds jaillissent des orteils prenant la place des sabots, mes mains cessent d'être des pieds et retrouvent leurs fonctions de membres supérieurs, mon long cou se rétrécit, mon visage et ma tête s'arrondissent, mes immenses oreilles retrouvent leur petitesse de naguère, mes dents pareilles à des pavés reprennent des dimensions humaines, et de cette queue qui plus que tout faisait mon tourment, il n'y a plus trace! Les profanes n'en croient pas leurs yeux, les fidèles adorent le pouvoir si manifeste de la grande divinité, ce miracle pareil à ceux qu'on voit en rêve et la facilité avec laquelle ma métamorphose s'est accomplie; tous ensemble, d'une voix claire, les mains levées vers le ciel, ils portent témoignage de la bienfaisance éclatante de la déesse. Quant à moi, saisi d'une intense stupeur, je restais cloué sur place en silence : mon cœur ne pouvait concevoir une joie si soudaine et si grande. D'ailleurs que pouvais-je dire pour commencer ? Par quels mots d'heureux augure pouvais-je saluer la renaissance en moi de la parole ? En quels termes assez forts pouvais-je rendre grâces à une déesse aussi puissante ? Le prêtre, cependant, tout ému qu'il était par ce miracle éclatant, donna, d'un signe de tête, l'ordre de me donner une tunique de lin pour couvrir ma nudité ; car, à peine libéré de ma funeste apparence animale, j'avais étroitement serré les cuisses et placé mes mains par-dessus, pour me dissimuler aussi décemment que je pouvais le faire en étant nu. Alors l'un des participants à la procession ôta rapidement sa tunique de dessus et se hâta de m'en revêtir. C'est alors que le prêtre, d'un air inspiré et avec une expression véritablement plus qu'humaine, tout en fixant sur moi un regard fasciné, prononça ce discours :

« Après avoir subi tant d'épreuves de toutes sortes, après avoir été ballotté par les ouragans et les terribles tempêtes de la Fortune, te voilà donc, Lucius, enfin parvenu au port du Repos et à l'autel de la Miséricorde ! Ni ta haute naissance, ni ta belle situation, ni même la science qui brille en toi ne t'ont été du moindre secours, mais, entraîné en des voluptés serviles par la pente glissante de ta verte jeunesse, tu as reçu la récompense amère de ta déplorable curiosité. Et pourtant l'aveuglement de la Fortune, qui t'a tourmenté en t'exposant aux pires dangers, a fini, dans sa méchanceté imprévoyante, par te conduire à cette sainte félicité que tu connais aujourd'hui. Qu'elle s'en aille donc maintenant se déchaîner ailleurs et chercher un autre objet pour assouvir sa cruauté! Car sur ceux dont notre déesse en sa majesté a revendiqué la vie afin qu'ils deviennent ses serviteurs, le sort n'a plus de prise. Bandits de grand chemin, bêtes féroces, esclavage, allées et venues sur des chemins rocailleux, crainte quotidienne de la mort, de tout cela quel bénéfice a recueilli la Fortune méchante? C'est sous la protection d'une autre Fortune que tu es placé désormais, d'une Fortune clairvoyante, qui illumine jusqu'aux autres divinités de l'éclat de sa lumière. Prends donc un visage joyeux, en accord avec le vêtement blanc que tu portes, et rejoins d'un pas triomphal la procession de la déesse de Bon Secours! Que les impies ouvrent les yeux, et qu'en voyant ils reconnaissent leur erreur! Voilà que, libéré de ses anciennes tribulations par la Providence de la grande Isis, Lucius triomphe, dans la joie, de sa propre Fortune. Néanmoins, pour mieux assurer ta sécurité et ta sauvegarde, enrôle-toi dans notre sainte milice, à laquelle depuis peu il t'a été demandé de prêter serment! Consacre-toi dès aujourd'hui aux observances de notre religion et soumets-toi volontairement au joug de son ministère! Car c'est quand tu auras commencé à servir la déesse que tu sentiras véritablement le bienfait de ta libération.»

Ayant prononcé ce discours d'une voix haletante, l'excellent prêtre se tut, épuisé. Je me mêlai alors à la procession des fidèles, dont j'accompagnai la marche. Toute la cité me reconnaissait et me remarquait, les gens me désignaient du doigt et de la tête, et dans la foule on ne parlait que de moi: «Voici celui, disait-on, qui par la volonté de la déesse toute-puissante est aujourd'hui redevenu un homme. Heureux, à coup sûr, trois fois heureux, le mortel à qui, sans aucun doute, la pureté et l'honnêteté de sa vie antérieure ont valu un si éclatant témoignage de la protection céleste que, à peine rené[1], il est déjà promis au saint ministère du culte ! »

Métamorphoses, XI, 13-16.

Nuit câline

Les tribulations de l'âne Lucius sont encadrées par deux scènes d'un érotisme accentué, qui sont très exactement symétriques l'une de l'autre, puisque la première se situe vers le milieu du livre II et la seconde vers le milieu du livre X. Toutes deux décrivent une nuit d'amour, mais dans la première Lucius a encore sa forme humaine, et sa partenaire est la soubrette Photis, celle-là même qui un peu plus tard le transformera malencontreusement en baudet, tandis que dans la seconde il a encore le physique d'un âne...

Je venais à peine de m'étendre sur mon lit, lorsque ma chère Photis fit son apparition. Elle s'approcha de moi, tout sourire, portant des couronnes de roses et des roses coupées[2] dans le pli de sa tunique. Après m'avoir donné un baiser appuyé, elle met sur ma tête une des couronnes, répand des fleurs sur moi et, saisissant une coupe, y verse du vin additionné d'eau chaude ; elle me tend la coupe pour que je boive, puis me la reprend avant que je l'aie entièrement vidée et boit le reste à petits coups, en minaudant et en me regardant de côté. Une deuxième

---

1. René : en latin *renatus*, « né une seconde fois », comme le chrétien après son baptême.
2. Fleur dédiée à Vénus, la rose était pour les Anciens inséparable des plaisirs amoureux.

coupe, puis une troisième et d'autres encore circulent ainsi entre nous, et bientôt, brûlant de désir sous l'effet du vin, le corps et l'esprit aussi excités l'un que l'autre, n'y tenant plus, je relève ma tunique pour permettre à Photis de constater de ses yeux mon impatience à prendre mon plaisir, et je lui dis : « Je t'en supplie, viens vite à mon secours ! Comme tu le vois, à l'approche du combat auquel tu me provoques sans déclaration de guerre officielle, je suis déjà sous haute tension : à peine le cruel Cupidon a-t-il décoché dans mon cœur la première flèche, que j'ai moi aussi bandé mon arc avec vigueur, et maintenant la corde est tellement tendue que je crains fort qu'elle ne se rompe. Mais, si tu veux me faire vraiment plaisir, avant tes voluptueuses étreintes dénoue tes cheveux et laisse-les librement flotter sur ton dos. » Sans plus attendre, après avoir tout juste enlevé la vaisselle, Photis se déshabille complètement, dénoue ses cheveux en leur donnant une joyeuse liberté, et, tout en cachant à demi, d'une main couleur de rose, par coquetterie plus que par pudeur, son sexe épilé, se rend ainsi merveilleusement semblable à Vénus sortant des flots. « Et maintenant, au combat ! me dit-elle ; vas-y hardiment, je ne reculerai pas devant toi et je ne battrai pas en retraite. Alors, si tu es un homme, attaque-moi de face, frappe à mort et lutte pour ta vie ! Le combat qui s'engage sera sans merci. » À ces mots, elle grimpe sur le lit et s'accroupit petit à petit sur moi, puis, en de rapides va-et-vient accompagnés de souples mouvements imprimés à ses reins flexibles, elle me dispense les jouissances de Vénus cavalière, jusqu'au moment où, épuisés, tout le corps alangui, tous nos ressorts brisés, nous tombons l'un sur l'autre, haletants, en nous étreignant l'un l'autre. Ces joutes et d'autres du même genre se renouvelèrent jusqu'au petit matin sans que nous prenions le moindre sommeil ; nous puisions de temps en temps dans le vin un renouveau de désir et de forces, et nous recommencions alors de plus belle. Et nous passâmes plusieurs nuits encore sur le modèle de celle-là.

Métamorphoses, II, 16-17.

Nuit torride

Cette fois, Lucius a la forme d'un âne, et passe une nuit d'amour avec une grande bourgeoise qui s'est éprise de lui alors qu'il se produisait comme animal savant pour le compte d'un entrepreneur de spectacles faisant en l'occurrence office de proxénète.

Nous avions achevé le dîner et quitté la salle à manger de mon maître quand, en pénétrant dans ma chambre, nous y trouvâmes la dame qui m'y attendait depuis un bon moment. Bonté divine ! Quels préparatifs ! Quel faste ! Quelle richesse ! Quatre eunuques nous aménagent sur le sol, avec empressement, une couche faite d'une grande quantité de coussins remplis d'un duvet moelleux, étendent soigneusement par-dessus une couverture brodée d'or et de pourpre et complètent l'ensemble en la recouvrant d'une multitude d'autres coussins tout petits, de ceux sur lesquels les femmes du monde ont coutume d'appuyer leur visage et leur nuque. Puis, afin de ne pas retarder davantage par leur présence les plaisirs de leur maîtresse, ils se retirent après avoir fermé la porte de la chambre, à l'intérieur de laquelle des cierges brillaient avec éclat, illuminant pour nous les ténèbres nocturnes. C'est alors que la dame, après s'être entièrement déshabillée, sans même conserver le bandeau qui enserrait ses seins magnifiques, se tenant debout devant la lumière, oignit tout son corps d'une huile parfumée contenue dans un flacon d'étain, puis répéta l'opération sur moi-même avec encore plus de soin, puisqu'elle alla jusqu'à m'en humecter les naseaux. Après quoi elle se mit à m'embrasser tendrement, en me donnant non pas les petits bécots qu'échangent dans les maisons closes les pensionnaires mendiant des sous et les clients rétifs à leur en donner, mais des baisers en bonne et due forme, accompagnés de propos caressants : « Mon amour ! Je te désire ! Tu es mon seul chéri ! Je ne pourrais plus vivre sans toi ! », bref, tout ce que les femmes ont coutume de dire aux hommes pour les séduire et leur indiquer ce qu'elles ressentent. Puis, me prenant par la bride, elle n'a aucune peine à me faire coucher ainsi qu'on me l'avait appris, car je n'avais pas l'impression de faire quelque chose de nouveau ni de bien difficile, d'autant qu'il s'agissait pour moi, après une si longue abstinence, de tomber dans les bras d'une femme superbe autant que sensuelle ; je m'étais d'ailleurs sérieusement abreuvé d'un vin délicieux, et de surcroît l'huile au parfum capiteux dont elle nous avait enduits avait très fortement stimulé mon désir. Je n'en éprouvais pas moins une vive inquiétude et une grande crainte, car je me demandais comment j'allais m'y prendre pour, avec mes longues et énormes pattes, chevaucher une dame aussi délicate, avec mes gros sabots enserrer un corps diaphane et tendre, tout pétri de miel et de lait, avec ma bouche large et hideuse, plantée d'affreuses dents pareilles à des pavés, donner des baisers à ces lèvres mignonnes et tout humides d'une rosée céleste, et puis surtout comment une femme, fût-elle au comble du désir, allait bien pouvoir accueillir en elle mon membre gigantesque. « Malheur à moi ! me disais-je. Si jamais j'écartèle cette noble dame, je suis bon pour être livré aux bêtes dans les jeux du Cirque que donne mon maître ! » En attendant, elle ne cessait de me murmurer des mots d'amour, de me donner continuellement des baisers, de pousser des râles d'extase et de me décocher des œillades provocantes : « Tu es à moi, répétait-elle, tu es à moi, mon petit pigeon, mon petit moineau ! », et, tout en parlant, elle me prouva que mes appréhensions étaient vaines et mes craintes sans fondement. Car, en me serrant de toutes ses forces dans ses bras, elle me reçut tout entier, mais vraiment tout entier. Et à chaque fois que, de crainte de lui faire mal, je reculais ma croupe, elle-même se rapprochait avec frénésie, me saisissait l'échine à pleines mains et se serrait encore plus fort contre moi, à tel point, je vous jure, que j'en arrivais à craindre de ne pas être à la hauteur, et que je me disais que la mère du Minotaure ne s'était pas sans raison offert un amant mugissant. Lorsque nous eûmes passé, sans chômer, une nuit entièrement blanche, la belle, évitant de se montrer au grand jour, s'en alla en convenant, pour plus tard, d'une autre nuit au même tarif.

Métamorphoses, X, 20-22.

Fatale curiosité

Selon le conte qui relate ses aventures (et qui, transmis par le seul Apulée, apparaît comme le dernier en date des mythes de l'Antiquité), la princesse Psyché était dotée d'une telle beauté qu'elle provoqua la jalousie de Vénus. Condamnée par celle-ci à devenir l'épouse «du monstre le plus redoutable de tout l'univers», elle se retrouve en fait cloîtrée dans un palais merveilleux, et unie à un être qu'elle n'a pas le droit de voir (il ne la retrouve que la nuit), mais qui n'est autre que le dieu Cupidon, autrement dit l'Amour en personne, effectivement redoutable par les malheurs qu'il cause chez les dieux comme chez les mortels. Cette union est pour elle plus délicieuse que toute autre, mais, persuadée que son mari, si merveilleux amant soit-il, est un épouvantable dragon, elle prend un soir la décision de le voir... et de le tuer — ce sera le début de ses malheurs.

Bien que sa décision soit prise et son intention ferme, la volonté de Psyché, au moment de passer à l'acte, se fait incertaine et hésitante, écartelée qu'elle est entre les sentiments contradictoires que suscite en elle son malheur. Tantôt elle se hâte, tantôt elle tarde ; tantôt elle tremble, perdant toute confiance en elle, tantôt elle s'irrite : en un mot, en un seul et même être elle hait la bête et elle adore le mari. Pourtant, à chaque fois que revient la nuit, elle pousse fébrilement les préparatifs de son terrible forfait. Et puis voilà qu'un soir, la nuit venue, son époux l'avait rejointe, puis s'était profondément endormi après leurs premiers ébats amoureux. Alors Psyché, bien qu'au comble de la faiblesse dans son corps et son âme, puisant pourtant de la vigueur dans la cruelle volonté du Destin, trouve la force de sortir une lampe et de s'armer d'un rasoir, faisant ainsi preuve d'une audace dont son sexe n'est pas coutumier.

Mais à peine le mystère de leur couche eut-il été dissipé par la lumière qu'elle vit, de tous les monstres, le plus charmant, le plus adorable, l'Amour en personne, le dieu de grâce, mollement allongé. La lumière même de la lampe, à sa vue, se fit plus vive et plus joyeuse, et le rasoir eut honte de posséder un tranchant sacrilège. Quant à Psyché, stupéfaite du spectacle qui s'offrait à ses yeux, incapable de se ressaisir, pâle et tremblante et ne tenant plus sur ses jambes, elle se laissa choir sur les genoux et voulut dissimuler son arme, mais en l'enfonçant dans son propre sein, et sans aucun doute l'aurait-elle fait, si le fer, horrifié par un tel crime, n'avait échappé à ses mains sacrilèges. Bientôt, brisée, à demi morte, elle finit par reprendre courage à force de contempler la beauté du divin visage. Sur cette tête dorée elle voit une chevelure libre et imprégnée d'ambroisie, un cou de lait, des joues pourprées où errent des boucles harmonieusement entremêlées, retombant les unes en avant, les autres en arrière, et d'un éclat si vif qu'il faisait vaciller la lumière même de la lampe. Sur les épaules du dieu ailé étincelaient des plumes blanches, pareilles à des fleurs humides de rosée, et bien que ses ailes fussent au repos, le doux et délicat duvet qui les bordait frémissait constamment d'un mouvement léger. Tout le reste du corps était lisse et brillant, et tel que Vénus ne pouvait regretter de l'avoir mis au monde. Au pied du lit étaient posés l'arc, le carquois et les flèches, armes propices du puissant dieu.

Psyché, mue par une intense curiosité, les examine et les manie inlassablement, admirant les armes de son mari ; puis elle tire une flèche du carquois, en essaie la pointe sur le bout de son pouce, et, en appuyant un peu trop, d'un doigt qui tremble encore, se pique assez fort pour que perle à la surface de sa peau quelques gouttes d'un sang tout rose. C'est ainsi que, sans même s'en douter, Psyché tombe amoureuse de l'Amour. De plus en plus ardent brille en elle le désir de Cupidon ; elle se penche sur lui passionnément, le couvre à la hâte de baisers ardents, tout en redoutant de provoquer son réveil. Mais tandis que, le cœur défaillant d'émotion, elle s'abandonne à son immense bonheur, voici que la lampe, soit abominablement perfide, soit criminellement envieuse, soit brûlant elle aussi du désir de toucher un corps d'une telle beauté et de lui donner un baiser, laisse tomber de sa mèche une goutte d'huile bouillante sur l'épaule droite du dieu. Ah! lampe audacieuse et téméraire, mauvaise servante de l'amour, tu brûles le dieu de tout le feu, alors même que c'est probablement quelque amant qui, afin de jouir plus longtemps, même en pleine nuit, de l'objet de son désir, t'a, le premier, inventée! La brûlure fit bondir le dieu qui, voyant que sa confiance a été trahie, s'arracha sans un mot aux baisers et aux bras de son épouse infortunée et s'envola sans prononcer un seul mot.

Mais Psyché, à l'instant où il prenait son vol, avait saisi sa jambe droite à deux mains et, pitoyable accompagnatrice de son ascension, le suivait, suspendue à lui, jusque dans les régions des nuages, jusqu'au moment où, à bout de forces, elle retomba sur le sol. [...] Effondrée à terre, elle suivit des yeux, aussi loin que portait sa vue, le vol de son mari, se déchirant le cœur de lamentations désespérées. Et puis, lorsque le battement des ailes de son époux l'eut entièrement ravi à son regard, elle courut se jeter la tête la première dans le fleuve le plus proche. Mais le fleuve indulgent, sans doute par respect pour un dieu capable d'enflammer même les ondes autant que par crainte pour lui-même, la prit aussitôt dans un tourbillon et la déposa saine et sauve sur sa rive couverte d'herbe et de fleurs.

Métamorphoses, V, 21-25.

POSTFACE

Cette Anthologie s'achève avec les Métamorphoses *d'Apulée, publiées selon toute vraisemblance aux alentours de 180, sous le règne de Marc Aurèle. Après cette date commence pour la littérature latine un siècle au moins de stérilité presque totale, si l'on prend en compte quelques œuvres absolument mineures, comme le traité d'astrologie d'un certain Censorinus, le recueil de «curiosités mémorables» d'un dénommé Solinus et quatre bucoliques dues à un imitateur de Virgile nommé Nemesianus! La littérature dite classique s'éteint tout doucement, et les feux dont elle a brillé ne sont plus que des braises à peine rougeoyantes. Cette véritable désertification du paysage littéraire justifiait que notre anthologie s'arrêtât là: elle n'est en fait qu'un des aspects de ce que les historiens appellent «la crise du IIIe siècle», crise multiforme qui touche non seulement les belles-lettres, mais aussi et d'abord tous les secteurs de la vie publique (militaire, politique, économique et religieuse), et qui conduira l'Empire à deux doigts de sa perte.*

Il ne faudrait pourtant pas en déduire qu'il ne se publie plus rien sur la partie «latinophone» de l'Empire. Si les lettres qu'on peut appeler «profanes» (entendons par là d'inspiration à la fois polythéiste et philosophique) sont moribondes, on assiste au surgissement spectaculaire d'une autre littérature, extra-

ordinairement vigoureuse et non moins brillante que la précédente, qui puise son inspiration dans une spiritualité nouvelle: la religion chrétienne, qui jusque-là n'avait guère touché que les milieux populaires, commence au début du IIIe siècle à se répandre dans les classes cultivées et les milieux intellectuels. C'est cette littérature chrétienne qui va supplanter rapidement la littérature «païenne» à bout de souffle et produire, sur une durée égale à celle que ce livre vient d'envisager, d'authentiques chefs-d'œuvre, capables de rivaliser intellectuellement et, parfois, esthétiquement avec les lettres «classiques» — dont les auteurs chrétiens sont du reste imprégnés et dont ils empruntent savamment toutes les techniques rhétoriques, stylistiques et poétiques. À quoi va s'ajouter, au siècle suivant, une renaissance, certes provisoire mais elle aussi spectaculaire, des lettres profanes, qui produiront, entre 350 et 400, un assez joli «bouquet» final ou, si l'on préfère, feront entendre un chant du cygne nullement négligeable.

Cette anthologie de la littérature latine classique n'est donc pas une anthologie de la littérature latine tout court, et il reste à la compléter par une anthologie de la littérature latine qu'on appelait autrefois «décadente» et que l'on appelle aujourd'hui «tardive», tout comme on désigne par l'expression «Antiquité tardive» la période dénommée naguère «Bas-Empire» — celle qui s'étend du IIIe au VIe siècle inclus. Ce n'est pas, dès lors, sur un point final, mais sur trois points de suspension qu'il convient de clore le présent volume, premier volet d'une anthologie globale dont la suite reste à écrire...

RENÉ MARTIN

DOSSIER

Chronologie

FAITS HISTORIQUES	LA LITTÉRATURE LATINE : AUTEURS ET ŒUVRES
AVANT J.-C.	
281-272. Rome conquiert l'Italie du Sud.	
264-241. Première guerre punique.	Vers 254. Naissance de Plaute.
219-201. Deuxième guerre punique.	210-184. Plaute, *Comédies*.
200-146. Rome soumet la Grèce.	Vers 184. Naissance de Térence.
	166-160. Térence, *Comédies*.
133-122. Crise des Gracques.	
113-101. Ascension et dictature de Marius.	106. Naissance de Cicéron.
	Vers 101. Naissance de César.
	Vers 98. Naissance de Lucrèce.
88-82. Guerre civile entre Marius et Sylla.	85. Débuts de Cicéron comme orateur.
82-79. Dictature de Sylla.	
73-71. Révolte de Spartacus.	
	70. Naissance de Virgile. Procès de Verrès.
63. Conjuration de Catilina.	63. Cicéron consul — *Catilinaires*.
	Entre 61 et 54. Catulle, *Poésies*

FAITS HISTORIQUES	LA LITTÉRATURE LATINE : AUTEURS ET ŒUVRES
60. Alliance entre César, Pompée et Crassus (premier triumvirat).	Entre 60 et 55. Lucrèce, *De la Nature*.
58-51. César conquiert la Gaule.	De 58 à 50. César, *Guerre des Gaules*.
	54. Cicéron, *De l'orateur*.
48. Guerre civile entre César et Pompée, qui est vaincu à Pharsale.	
44. Assassinat de César.	45. César, *Guerre civile*.
43. Second triumvirat (Octave, Antoine, Lépide), puis guerre civile entre Octave et Antoine.	44-43. Cicéron, *Philippiques*.
	43-38. Salluste écrit son œuvre d'historien.
	42-39. Virgile, *Bucoliques*.
	41. Débuts poétiques d'Horace.
	37-30. Virgile, *Géorgiques*.
31. Octave écrase Antoine et Cléopâtre à Actium.	31-20. Tibulle, *Élégies*.
	Entre 30 et 8. Horace, *Satires*, *Odes*, *Épîtres*.
27. Octave prend le titre d'Augustus.	29-15. Properce, *Élégies*.
	À partir de 26. Tite-Live, *Histoire romaine*.
	19. Virgile, *Énéide*.
	Entre 19 et 15. Ovide, *Amours*.
	Vers 1 av. J.-C. Naissance de Sénèque.
APRÈS J.-C.	
14 apr. J.-C.-37. Tibère.	Entre 1 et 18. Ovide, *Art d'aimer*, *Métamorphoses*, *Tristes*.
	Entre 30 et 50. Phèdre, *Fables*.
37-41. Caligula.	
41-54. Claude.	Entre 39 et 65. Sénèque écrit son œuvre philosophique et tragique.
	Quinte-Curce, *Histoire d'Alexandre*?

Chronologie

FAITS HISTORIQUES	LA LITTÉRATURE LATINE : AUTEURS ET ŒUVRES
54-68. Néron.	Vers 55. Naissance de Tacite.
	Entre 62 et 65. Lucain, *Pharsale*.
68. Galba, Othon, Vitellius.	
69-79. Vespasien.	Entre 70 et 80. Valerius Flaccus, *Argonautiques*.
	77. Pline l'Ancien publie son *Histoire naturelle*.
79. Éruption du Vésuve.	
79-81. Titus.	
81-96. Domitien.	Entre 85 et 103. Martial, *Épigrammes*.
	Entre 80 et 96. Stace, *Silves*, *Thébaïde*.
96-98. Nerva.	Entre 97 et 112. Pline le Jeune, *Lettres*.
98-117. Trajan.	Vers 102. Silius Italicus, *Guerres Puniques*.
	Pétrone, *Satyricon* ?
	Entre 98 et 117. Tacite écrit son œuvre d'historien.
117-138. Hadrien.	Entre 115 et 130. Juvénal, *Satires*.
	Entre 115 et 122. Suétone, *Vie des douze Césars*.
138-161. Antonin le Pieux.	
161-180. Marc Aurèle.	Entre 160 et 180. Apulée, *Métamorphoses*.
180-192. Commode.	

Repères bibliographiques

Les textes des auteurs latins (accompagnés d'une traduction) sont accessibles dans la Collection des Universités de France (dite «collection Budé»), Paris, Les Belles-Lettres.

ANDRÉ, Jean-Marie, et HUS, Alain, *L'Histoire à Rome*, P.U.F., 1974.
BAYET, Jean, *Littérature latine*, Armand Colin, 1934; rééd. 1998.
DUPONT, Florence, *L'Acteur-roi ou le théâtre dans la Rome antique*, Les Belles-Lettres, 1986.
GAILLARD, Jacques, *Approche de la littérature latine*, Armand Colin, 1992, coll. «128»; rééd. 2005.
GRIMAL, Pierre, *La Littérature latine*, Fayard, 1994.
JERPHAGNON, Lucien, *Histoire de la Rome antique. Les armes et les mots*, Hachette, 1987, coll. «Pluriel»; rééd. 2005.
KENNEY, E.J., et CLAUSEN, W.V., *The Cambridge History of Classical Literature*, II, *Latin literature*, Cambridge University Press, 1982.
MARTIN René, et GAILLARD, Jacques, *Les Genres littéraires à Rome*, Nathan, 1981; rééd. 1990.
NÉRAUDAU, Jean-Pierre, *La Littérature latine*, Hachette Éducation, 1994.
SALLES, Catherine, *Lire à Rome*, Payot, 1992; rééd. 1994.
ZEHNACKER, Hubert, et FREDOUILLE, Jean-Claude, *Littérature latine*, P.U.F., 1993.

« Eux et nous : lire les auteurs latins », préface de
Jacques Gaillard 7

PLAUTE 53

BAISERS VOLÉS. *La Comédie aux ânes (Asinaria)*, acte III, scène 3, p. 55. — UN HÉROS D'OPÉRETTE. *Le Soldat fanfaron (Miles gloriosus)*, acte I, scène 1, p. 59. — UN TENANCIER À POIGNE. *Le Trompeur (Pseudolus)*, acte I, scène 2, p. 62. — L'ESCLAVE DE LA VILLE ET L'ESCLAVE DES CHAMPS. *La Farce du fantôme (Mostellaria)*, acte I, scène 1, p. 66. — LA COMPLAINTE DU DÉPRAVÉ. *La Farce du fantôme (Mostellaria)*, acte I, scène 2, p. 70. — UNE SACRÉE CUITE. *La Farce du fantôme (Mostellaria)*, acte I, scènes 3 et 4, p. 73. — DISPUTE CONJUGALE. *Amphitryon*, acte II, scène 2, p. 77. — EN PLEIN QUIPROQUO. *La Comédie de la marmite (Aululria)*, acte IV, scènes 9 et 10, p. 79. — L'*ILIADE* REVISITÉE. *Les Sœurs Bacchis (Bacchides)*, acte IV, scène 9, p. 84. — DES JUMELLES IRRÉSISTIBLES... *Les Sœurs Bacchis (Bacchides)*, acte V, scène 3, p. 86.

TÉRENCE 91

LES REMORDS D'UN PÈRE. *Le Bourreau de soi-même (Heautontimoroumenos)*, acte I, scène 1,

p. 93. — LES FRÈRES ENNEMIS. *Les Adelphes (Adelphi)*, acte I, scènes 2 et 3, *p. 98.*

CICÉRON 104

LES *VERRINES*, p. 106 :

UNE FARCE. *Verrines*, 2, IV, 30 *sqq.*, *p. 107.* — UN DRAME. *Verrines*, 2, V, 162 *sqq.*, *p. 109.*

LES *CATILINAIRES*, p. 112 :

HARO SUR CATILINA! *Catilinaires*, I, 1 *sqq.*, *p. 113.* — UNE VICTOIRE LOURDE DE MENACES. *Catilinaires*, III, 26 *sqq.*, *p. 119.*

L'EXIL, UN CHOIX HÉROÏQUE. *Pro Sestio*, 46-47, *p. 122.* — L'ORATEUR IDÉAL. *De l'orateur*, I, 1 *sqq.*, *p. 126.* — ÉLOGE DE L'ÉLOQUENCE. *De l'orateur*, I, 30 *sqq.*, *p. 131.* — PHILOSOPHER POUR NE POINT SOUFFRIR. *Tusculanes*, III, 2-4, *p. 133.* — LE BONHEUR D'ÊTRE IMMORTEL. *De la vieillesse (Cato Major)*, 77 *sqq.*, *p. 136.* — UN DEUIL TERRIBLE. *Lettres familières (Ad familiares)*, IV, 6, *p. 142.* — RÉSISTER, POUR LA RÉPUBLIQUE! *Deuxième Philippique*, 115 *sqq.* (péroraison), *p. 145.*

CÉSAR 149

ET CÉSAR COUPA LE PONT... *La Guerre des Gaules*, I, 1-7, *p. 151.* — L'*IMPERATOR* DANS LA TOURMENTE. *La Guerre des Gaules*, II, 18-28, *p. 156.* — LA CHUTE D'ALÉSIA. *La Guerre des Gaules*, VII, 87-89, *p. 162.* — UNE GUERRE INÉVITABLE ? *La Guerre civile*, I, 6-8, *p. 165.* — PHARSALE. *La Guerre civile*, III, 92-96, *p. 167.*

LUCRÈCE 172

LA RELIGION, UNE ERREUR CRIMINELLE. *De la Nature*, I, 62-117 et 127-135, *p. 173.* — LA MORT N'EST PAS À CRAINDRE. *De la Nature*, III, 830-1023, *p. 176.* — CONTRE L'AMOUR. *De la Nature*, IV, 1052-1120, *p. 179.*

CATULLE — 182

LE MOINEAU DE LESBIE. *Poésies*, 2 et 3, *p. 183*. — EMBRASSONS-NOUS! *Poésies*, 5, *p. 185*. — TIENS BON! *Poésies*, 8, *p. 185*. — POUR EN FINIR AVEC LESBIE. *Poésies*, 58, *p. 186*. — TROIS ÉPIGRAMMES. *Poésies*, 32, 48 et 49, *p. 186*. — GUÉRIR DU MAL D'AMOUR. *Poésies*, 76, *p. 187*. — LES PLAINTES D'ARIANE. *Poésies*, 64, v. 50-201, *p. 188*.

SALLUSTE — 195

LES CHOIX D'UN HISTORIEN. *La Conjuration de Catilina*, 3-5, *p. 197*. — TOUS AVEC MOI! *La Conjuration de Catilina*, 20, *p. 200*. — MARIUS, CONSUL DU RENOUVEAU. *La Guerre de Jugurtha*, 84-85, *p. 202*.

VIRGILE — 210

LES *BUCOLIQUES*, p. 212 :

PATHÉTIQUE RENCONTRE. *Bucoliques*, I (traduction Paul Valéry), *p. 213*. — CONCOURS DE POÉSIE. *Bucoliques*, VII, *p. 217*.

LES *GÉORGIQUES*, p. 221 :

HEUREUX LES PAYSANS! *Géorgiques*, II, 458-540, *p. 222*.

L'*ÉNÉIDE*, p. 225 :

LA MORT DE DIDON. *Énéide*, IV, 584-665, *p. 226*. — LA DESCENTE AUX ENFERS. *Énéide*, VI, 268-332 et 384-416, *p. 229*. — LE BOUCLIER D'ÉNÉE. *Énéide*, VIII, 626-731, *p. 233*.

HORACE — 239

LES *ÉPODES*, p. 241 :

ÉPODE À L'AIL. *Épodes*, III, *p. 241*. — LE PÉCHÉ ORIGINEL. *Épodes*, VII, *p. 242*.

LES *SATIRES*, p. 243

  MODESTE, MAIS FIER... *Satires*, I, 6, *p. 243*. — INFLUENCE PATERNELLE. *Satires* I, 4, *p. 248*. — UNE HISTOIRE DE FOUS. *Satires*, II, 3, p 249.

LES *ODES*, p. 251 :

  CARPE DIEM. *Odes*, I, 11, *p. 251*. — UN NAUFRAGÉ D'AMOUR. *Odes*, I, 5, *p. 252*. — JEUNESSE. *Odes*, I, 9, *p. 252*. — SÉRÉNITÉ. *Odes*, II, 3, *p. 253*. — MOI, HORACE, POÈTE... *Odes*, III, 1, *p. 254*.

  LE CHANT SÉCULAIRE, *p. 256*. — LEÇON DE SAGESSE. *Épîtres*, I, 6 *p. 260*.

TIBULLE. — PROPERCE · 262

  VIVRE EN PAIX, QUEL BONHEUR! Tibulle, *Élégies*, I, 1, *p. 264*. — TIBULLE ET LES GARÇONS. Tibulle, *Élégies*, I, 9, 51-fin, *p. 267*. — UNE AMOUREUSE, ENFIN... *Corpus Tibullianum*, Sulpicia, III, 13, *p. 269*. — DANGEREUSE CYNTHIE! Properce, *Élégies*, I, 5, *p. 270*. — BLESSURES D'AMOUR. Properce, *Élégies*, II, 12, *p. 271*. — NUIT D'AMOUR ET MÉDITATIONS SUBSÉQUENTES. Properce, *Élégies*, II, 15, *p. 272*. — ROME D'ANTAN. Properce, *Élégies*, IV, 1, 1-18, *p. 274*. — UNE SACRÉE JAVA! Properce, *Élégies*, IV, 8, 27-70, *p. 275*.

TITE-LIVE · 277

  LES AMBITIONS D'UN HISTORIEN. *Histoire romaine*, Préface, *p. 279*. — LA GESTE DES JUMEAUX. *Histoire romaine*, I, 3-7, *p. 282*. — LES HORACES ET LES CURIACES. *Histoire romaine*, I, 24-25, *p. 287*. — RÉFORME OU RÉVOLUTION? *Histoire romaine*, IV, 2-6, *p. 290*. — LE PASSAGE DES ALPES. *Histoire romaine*, XXI, 32-38, *p. 300*. — HANNIBAL ET SCIPION : LE DERNIER COMBAT. *Histoire romaine*, XXX, 30-31, *p. 308*.

OVIDE — 316

LES AMOURS, p. 318 :

L'AMOUR L'APRÈS-MIDI. *Les Amours*, I, 5, *p. 318.* — LÉGIONNAIRE D'AMOUR. *Les Amours*, I, 9, *p. 319.* — AUX COURSES. *Les Amours*, III, 2, *p. 321.*

L'ART D'AIMER, p. 325 :

BILLETS D'AMOUR. *L'Art d'aimer*, I, 435 sqq., *p. 325.* — PASSAGE À L'ACTE. *L'Art d'aimer*, II, 703 sqq., *p. 327.* — À VOUS, MESDAMES... *L'Art d'aimer*, III, 577 sqq., *p. 329.*

LES MÉTAMORPHOSES, p. 330 :

APOLLON ET DAPHNÉ. *Les Métamorphoses*, I, 452, *p. 331.* — PYRAME ET THISBÉ. *Les Métamorphoses*, IV, 55-172, *p. 335.*

LA DERNIÈRE NUIT, *Les Tristes*, I, 3, *p. 339.*

PHÈDRE — 344

LE LOUP ET L'AGNEAU. *Fables*, I, 1, *p. 344.* — LE CORBEAU ET LE RENARD. *Fables*, I, 13, *p. 345.* — LE CERF CHEZ LES BŒUFS. *Fables*, II, 8, *p. 346.*

QUINTE-CURCE — 348

L'HYDROCUTION D'ALEXANDRE. *Histoire d'Alexandre*, III, 5-6, *p. 349.* — UN DERNIER EFFORT, SOLDATS ! *Histoire d'Alexandre*, VI, 3, *p. 354.*

SÉNÈQUE — 358

VIVE LA MORT ! *Consolation à Marcia*, 11 puis 19-20, *p. 360.* — ET NUL NE SE CONNAÎT TANT QU'IL N'A PAS SOUFFERT... *De la providence*, 4, *p. 365.* — BONS ET MAUVAIS PRINCES. *De la clémence*, 12-13, *p. 367.* — LA JOIE ET LA VIE.

Lettres à Lucilius, 23, p. 370. — SAGE... ET BIEN TRANQUILLE. *Lettres à Lucilius*, 73, p. 374. — JOUR DE MATCH. *Lettres à Lucilius*, 80, p. 377. — L'INCENDIE DE LYON. *Lettres à Lucilius*, 91, p. 380. — L'AVEU DE PHÈDRE. *Phèdre*, 640-674, p. 388. — LE PIRE DES CRIMES. *Médée*, 916 sqq., p. 390.

LUCAIN 392

UN DUEL INÉGAL. *Pharsale*, I, 137-157, p. 393. — LE FRANCHISSEMENT DU RUBICON. *Pharsale*, I, 183-222, p. 394. — CÉSAR ET LA FORÊT SACRÉE. *Pharsale*, III, 399 sqq., p. 396. — APRÈS LA BATAILLE. *Pharsale*, VII, 787 sqq., p. 398.

PLINE L'ANCIEN 401

L'HOMME, CE PAUVRE ANIMAL... *Histoire naturelle*, VII, 1-5, p. 402. — DIVERSITÉ DE L'ESPÈCE HUMAINE. *Histoire naturelle*, VII, 9-32, p. 404. — RÉFLEXIONS SUR LA VIE ET LA MORT. *Histoire naturelle*, VII, 167-168 et 188-190, p. 410. — LE FLÉAU DE L'IVROGNERIE. *Histoire naturelle*, XIV, 137-145, p. 412.

VALERIUS FLACCUS 416

JASON S'EMPARE DE LA TOISON. *Argonautiques*, VIII, 124-133, p. 417.

STACE 422

ACHILLE RECONNU. *Achilléide*, I, 830-920, p. 422. — QUE DE HAINE! *Thébaïde*, XII, 416-442, p. 426. — PRIÈRE DE L'INSOMNIAQUE. *Silves*, V, 4, p. 428.

SILIUS ITALICUS 430

PORTRAIT D'HANNIBAL. *Les Guerres puniques*, I, 56-70, p. 431. — LE BOUCLIER D'HANNIBAL.

Les Guerres puniques, II, 395 sqq., p. 432. — AU FOND DES ENFERS... *Les Guerres puniques*, XIII, 562-600, p. 434.

MARTIAL 437

AVIS AUX MATEURS! I, 34, p. 438. — VIVE LES VERS COQUINS! I, 35, p. 438. — BONHEURS DE LA CAMPAGNE. I, 55, p. 439. — PIQUE-ASSIETTE EN DEUIL. II, 11, p. 439. — CONTENT DE PEU (CLASSIQUEMENT...). II, 90, p. 440. — UN OBSÉDÉ. III, 44, p. 440. — UNE VIEILLE LIBIDINEUSE. III, 93, p. 441. — SACRILÈGE! IV, 21, p. 442. — L'ABEILLE DANS L'AMBRE. IV, 32, p. 443. — LE BON GENRE. IV, 49, p. 443. — SERVICE MINIMUM. IV, 50, p. 443. — MON ŒIL! IV, 65, p. 444. — LE STYLE THAÏS. IV, 84, p. 444. — À TABLE! V, 78, p. 444. — TIMBRÉ D'UNE AFFRANCHIE... VI, 71, p. 445. — INCONSOLABLE. VII, 14, p. 446. — VIVE L'ÉPIGRAMME! VIII, 3, p. 446. — ATTENTION, ÉCOLE! IX, 68, p. 446.

TACITE 448

LE DISCOURS DE GALGACUS. *Vie d'Agricola*, XXXI-XXXII, p. 450. — L'ÉLOQUENCE DE JADIS... ET CELLE QUE PERMET DOMITIEN. *Dialogue des orateurs*, 36-41, p. 454. — ANNÉES TERRIBLES. *Histoires*, I, 2-3, p. 459. — L'HORREUR DANS LES RUES DE ROME : LA CHUTE DE VITELLIUS. *Histoires*, III, 83-85, p. 461. — LA FIN DE MESSALINE. *Annales*, XI, 26-38, p. 464. — LA MISE À MORT D'AGRIPPINE. *Annales*, XIV, 1-10, p. 472. — L'INCENDIE DE ROME. *Annales*, XV, 38 sqq., p. 480.

PLINE LE JEUNE 484

LA MORT ÉTRANGE D'UN SAVANT. VI, 16, p. 485. — ET PENDANT CE TEMPS-LÀ... VI, 20, p. 490. — À PROPOS D'UN AMI MALADE. I, 22,

p. 494. — BIZARRE, BIZARRE... VII, 27, p. 497.
— UNE RETRAITE BIEN VÉCUE. III, 1, p. 500.

PÉTRONE   504
PROPOS D'AFFRANCHIS. *Satyricon*, 44-46 et 57-58, *p. 506*. — UNE AVENTURE AMOUREUSE. *Satyricon*, 126-128, *p. 514*. — LA VEUVE ET LE SOLDAT. *Satyricon*, 111-112, *p. 519*.

SUÉTONE   523
LA MORT DE CÉSAR. *Vie des douze Césars, César*, 80-82, *p. 524*. — L'IGNOBLE CALIGULA. *Vie des douze Césars, Gaius (Caligula)*, 22-36, *p. 529*.

JUVÉNAL   534
PAS UNE POUR RACHETER L'AUTRE! *Satires*, VI, 60 sqq., *p. 535*. — LES SOLDATS FONT LA LOI! *Satires*, XVI, 7-34, *p. 539*.

APULÉE   542
ERREUR FATALE. *Métamorphoses*, III, 23-28, *p. 544*. — MIRACLE À CORINTHE. *Métamorphoses*, XI, 13-16, *p. 546*. — NUIT CÂLINE. *Métamorphoses*, II, 16-17, *p. 550*. — NUIT TORRIDE. *Métamorphoses*, X, 20-22, *p. 552*. — FATALE CURIOSITÉ. *Métamorphoses*, V, 21-25, *p. 554*.

Postface de René Martin   559

DOSSIER

Chronologie   563
Repères bibliographiques   566
Index des auteurs   575

Index des auteurs

Apulée, 542.

Catulle, 182.
César, 149.
Cicéron, 104.

Horace, 239.

Juvénal, 534.

Lucain, 392.
Lucrèce, 172.

Martial, 437.

Ovide, 316.

Pétrone, 504.
Phèdre, 344.
Plaute, 53.

Pline l'Ancien, 401.
Pline le Jeune, 484.
Properce, 262.

Quinte-Curce, 348.

Salluste, 195.
Sénèque, 358.
Silius Italicus, 430.
Stace, 422.
Suétone, 523.
Sulpicia, 264.

Tacite, 448.
Térence, 91.
Tibulle, 262.
Tite-Live, 277.

Valerius Flaccus, 416.
Virgile, 210.

L'ANTIQUITÉ LATINE

dans Folio classique

APULÉE. L'ÂNE D'OR ou LES MÉTAMORPHOSES. *Préface de Jean-Louis Bory. Traduction de Pierre Grimal.*

SAINT AUGUSTIN. CONFESSIONS. *Préface de Philippe Sellier. Traduction d'Arnauld d'Andilly.*

JULES CÉSAR. GUERRE DES GAULES. *Préface de Paul-Marie Duval. Traduction de L.-A. Constans.*

OVIDE. L'ART D'AIMER, suivi des REMÈDES À L'AMOUR et des PRODUITS DE BEAUTÉ POUR LE VISAGE DE LA FEMME. *Préface d'Hubert Juin. Traduction d'Henri Bornecque.*

OVIDE. LES MÉTAMORPHOSES. *Préface et notes de Jean-Pierre Néraudau. Traduction de Georges Lafaye.*

OVIDE. LETTRES D'AMOUR (LES HÉROÏDES). *Édition de Jean-Pierre Néraudau. Traduction de Théophile Baudement.*

PÉTRONE. LE SATIRICON. *Préface d'Henry de Montherlant. Traduction de Pierre Grimal.*

PLAUTE. THÉÂTRE COMPLET (2 volumes). *Préface et traduction de Pierre Grimal.*

Tome I : AMPHITRYON. LA COMÉDIE DES ÂNES. LA COMÉDIE DE LA MARMITE. LES BACCHIS. LES PRISONNIERS. CASINA ou LES TIREURS DE SORT. LA COMÉDIE DE LA CORBEILLE. CHARANÇON. ÉPIDICUS. LES MÉNECHMES. LE MARCHAND.

Tome II : LE SOLDAT FANFARON. LA COMÉDIE DU FANTÔME. LE PERSE. LE CARTHAGINOIS. L'IMPOSTEUR. LE CORDAGE. STICHUS. LES TROIS ÉCUS. LE BRUTAL.

PLINE L'ANCIEN. HISTOIRE NATURELLE. *Édition et choix d'Hubert Zehnacker.*

QUINTE-CURCE. HISTOIRE D'ALEXANDRE *Préface de Claude Mossé. Édition et traduction nouvelle d'Annette Flobert.*

SUÉTONE. VIE DES DOUZE CÉSARS. *Préface de Marcel Benadou. Traduction d'Henri Ailloud.*

TACITE. HISTOIRES. *Préface d'Emmanuel Berl. Postface de Pierre Grimal. Traduction d'Henri Goelzer.*

TACITE. ANNALES. *Préface et traduction de Pierre Grimal.*

TÉRENCE. THÉÂTRE COMPLET. *Préface et traduction de Pierre Grimal.*

TITE-LIVE. LES ORIGINES DE ROME (Histoire romaine, livre I). *Édition bilingue de Dominique Briquel. Traduction de Gérard Walter revue par Dominique Briquel.*

VIRGILE. ÉNÉIDE. *Préface et traduction de Jacques Perret.*

VIRGILE. BUCOLIQUES, GÉORGIQUES. *Préface de Florence Dupont. Traductions de Jacques Delille et Paul Valéry. Édition bilingue.*

THÉOLOGIENS ET MYSTIQUES AU MOYEN ÂGE. *Choix présenté et traduit du latin par Alain Michel.*

Dans Poésie/Gallimard

HORACE. ODES. *Préface et traduction de Claude-André Tabart. Édition bilingue.*

JUVÉNAL. SATIRES. *Préface et traduction de Claude-André Tabart.*

MARTIAL. ÉPIGRAMMES. *Choix présenté et traduit par Jean Malaplate. Édition bilingue.*

Dans la collection Folio théâtre

SÉNÈQUE. *Médée.* Traduction nouvelle de Blandine Le Callet. Édition bilingue.

*Impression CPI Bussière
à Saint-Amand (Cher), le 9 janvier 2015.
Dépôt légal : janvier 2015.
1er dépôt légal dans la collection : septembre 2005.
Numéro d'imprimeur : 2013892.*
ISBN 978-2-07-042628-7./Imprimé en France.